葉嘉瑩作品集

詩歌自有其生生不已之生命，呼喚著讀者的共鳴。

杜甫秋興八首集說

葉嘉瑩 著

《葉嘉瑩作品集》序言

最近台灣的大塊文化公司擬出版我的作品集系列，電郵傳來書目計有十八種之多，囑我為此一系列寫一篇序言。本來早在上個世紀九十年代中，大陸的河北教育出版社就曾出版過我的一個系列，題名為《迦陵文集》，共收有我的作品十種。其後台灣的桂冠圖書公司又重加增補編定，於世紀交替之際為我出版了另一個系列，題名為「葉嘉瑩作品集」，共出版了我的作品有二十四冊之多。繼之則大陸的北京大學出版社於二〇〇七年為我出版了兩個系列，其一是「著作集八種」，其二是「說詞講稿七種」。而與此同一年，北京的中華書局則為我出版了「說詩講稿」的一個系列，計有六種之多，此外還為我出版了一冊《迦陵詩詞稿》。

如今大塊文化又將為我出版另一個「葉嘉瑩作品集」的系列，其緣起蓋由於熱心文化事業的大塊文化董事長郝明義先生，於二〇〇九年之秋，曾經舉辦了一個以「經典3.0」為名的兩岸三地名家之系列講座，當時我亦忝蒙邀約做了一次關於晚唐詩人李商隱的講演，由此遂與郝明義先生相識。郝先生不僅熱心於對傳統文化之宣揚，同時也熱心於對幼少年文化素質之培養。他不僅將經典3.0系列講座分別出版了成人版和兒童版兩個系列，而且還曾親到天津南開大學聽過我的講座，更曾攜其公子來與我相見談話，而且還曾邀請我為古典詩詞做了一系列的演講和吟誦錄音。其關心文化之精神，使我極為感動。至於現在他所主持之大塊文化公司所計劃為我出版的，則是以台灣桂冠的舊版二十四冊書稿為底本，更增加或參考了大陸新出的諸版本，擇優而選取的一個系列，將分為兩批出版。第一批將出版的有九種，計為：1.《迦陵說詩講稿》、2.《迦陵論詩叢稿》、3.《漢魏六朝詩講錄》、4.《阮籍詠懷詩講錄》、5.《陶淵明〈飲酒〉及〈擬古〉詩講錄》、6.《葉嘉瑩說初盛唐詩》、7.《葉嘉瑩說中晚唐詩》、8.《葉嘉瑩說杜甫詩》、9.《杜甫秋興八首集說》。其中的第6、7、8三種，都是以前桂冠所沒有，而據大陸新本補入的。第二批將出版的九種，計為：1.《迦陵說詞講稿》、2.《名篇詞例選說》、3.《唐宋詞十七講》、4.《唐宋詞名家論稿》、5.《我的詩詞道路》、6.《迦陵雜文集》、7.《迦陵詩詞稿》、8.《迦陵學詩筆記》、9.《中國古典詩歌的美感特質與吟誦》。此一系列若只從書名來看，固與舊日桂冠所出版的諸書多有相合之處，但事實上在內容方面已經有所增添，尤其第九種則屬首次出版的全新書種。而且第八種《迦陵學詩筆記》，原來桂冠出版者曾加有一個副標題，名為「顧羨季先生詩詞講記」，分別為上下兩冊出版，今日大塊所出版者內容則較前更為豐富。蓋以桂冠所出版者只是由顧羨季先生之女之京師妹所整理的、我當年聽講筆記之一部分而已。近年來，之京師妹把我所攜回的多冊筆記陸續整理完畢，乃是我當年聽顧先生講課的一冊最完整的筆記。回憶當年在北京輔大女校舊恭王府中聽顧先生講課的往事，蓋已有七十年以上之久了。人生易老而文化長存，我平生歷經憂患，而今已步入耄耋之年，每念及當日羨季師對我的教誨和期許，愧疚之餘，仍不敢不自勉勵。而所有歷年為我出版各種系列文集之友人，其關懷文化之熱心，都使我極為感動。謹借此機會向大塊文化公司郝明義先生與前此為我出版諸系列文集的出版社和朋友們表示感謝之意。

回首數十年來，我一直站立在講堂上講授古典詩詞，蓋皆由於我自幼養成的對於詩詞中之感發生命的一種不能自已的深情的共鳴。早在一九九六年，當河北教育出版社為我出版「迦陵文集」時，在其所收錄的《我的詩詞道路》一書的前言中，我就曾經寫有一段話說：「在創作的道路上，我未能成為一個很好的詩人，在研究的道路上，我也未能成為一個很好的學者，那是因為我在這兩條道路上，都並未能做出全心的投入。至於在教學的道路上，則我縱然也未能成為一個很好的教師，但我卻確實為教學的工作投注了我大部分的生命。」

我自一九四五年開始了教書的生涯，至於今日已超過一甲子。如今我已是九十歲的老人，仍然堅持站在講臺上講課，未曾停止下來。記得我在一九七九年第一次回國教書時，曾經寫有「書生報國成何計，難忘詩騷李杜魂」兩句詩。我現在仍願以這二句詩作為序言的結尾，是詩歌中生生不已的生命使我對詩歌的講授樂此不疲的。

迦陵　壬辰年三月二十三日於南開大學

目錄

論杜甫七律之演進及其承先啟後之成就
——代序

一、集大成之時代與集大成之詩人

談到我國舊詩演進發展的歷史，無疑唐代是一個足可稱為集大成的時代，只根據《全唐詩》一書來統計，所收的作者，就有二千二百餘人之眾，而所收的作品，則更有四萬八千九百餘首之多。在如此眾多的作家與作品中，其名家之輩出、風格之多采，自屬一種時勢所趨的必然之現象。面對如此繽紛絢爛的集大成之唐代詩苑，如果站在主觀的觀點來欣賞，則摩詰之高妙，太白之俊逸，昌黎之奇崛，義山之窈眇，固然各有其足以令人傾倒賞愛之處，即使降而求之，如郊之寒，如島之瘦，如盧仝之怪誕，如李賀之詭奇，也都無害其為點綴於大成之詩苑中的一些奇花異草。然而如果站在客觀的觀點來評量，想要從這種種繽紛與歧異的風格中，推選出一位足以稱為集大成的代表作者，則除杜甫而外，實無足以當之者。杜甫是這一座大成之詩苑中，根深幹偉、枝葉紛披、聳拔蔭蔽的一株大樹，其所垂掛的繁花碩果，足可供人無窮之玩賞，無盡之採擷。

關於杜甫的集大成之成就，早自元微之的《杜甫墓誌銘》、宋祁的《新唐書・杜甫傳贊》，以及秦淮海的《進論》，便都已對之備致推崇。此外就杜甫之一體、一格、一章、一句而加以讚美評論的詩話，歷代的種種記述，更是多到筆不勝書，至於加在杜甫身上的頭銜，則早已有了「詩聖」與「詩史」的尊稱，而近代的一些人，更為他加上了「社會派」與「寫實主義」的種種名號。當然，每一種批評或稱述，都可能有其可資採擇的一得之見，只是，如果徵引起來，一則陳陳相因，過於無味；再則繁而不備，反而徒亂人意。我現在只想簡單分析一下杜甫之所以能有如此集大成之成就的主要因素。我以為其主要因素，實可簡單歸納為以下兩點：其一，是因為他之生於可以集大成之足以有為的時代；其二，是因為他之稟有可以集大成之足以有為的容量。

先從集大成的時代來說，一個詩人與其所生之時代，其關係之密切，正如同植物之與季節與土壤，譬如二月早放之夭桃，十月晚開之殘菊，縱然也可以勉強開出幾朵小花，而其瘦弱與零丁可想；又如種桑江邊，藝橘淮北，縱使是相同的品種根株，卻往往會只落得摧折浮海、積實成空的下場，明白了這個關係，我們就更會深切地感到，以杜甫之天才，而生於足可以集大成的唐代，這是何等值得欣幸的一件事了。自縱的歷史性的演進來看，唐代上承魏晉南北朝之後，那正是我國文學史上一段萌發著反省與自覺的重要時期。在這一段時期中，純文學之批評既已逐漸興起，而對我國文字之特色的認識與技巧的運用，也已逐漸覺醒。上自魏文帝之《典論・論文》、陸機之《文賦》，降而至於鍾嶸之《詩品》、劉勰之《文心雕龍》，加之以周顒、沈約諸人對四聲之講求研析，這一連串的演進與覺醒，都預示著我國的詩歌正在步向一個更完美更成熟的新時代。而另一方面，自橫的地理性的綜合來看，唐代又正是一個糅合南北漢胡各民族之精神與風格而匯為一爐的大時代，南朝的藻麗柔靡、北朝的激昂伉爽，二者的相摩盪，使唐代的詩歌，不僅是平順地繼承了傳統而已，而且更融入了一股足以為開創與改革之動力的新鮮的生命。這種糅合與激盪，也預示著我國的詩歌將要步入一個更活潑更開闊的新境界。就在這縱橫兩方面的繼承與影響下，唐代遂成為了我國詩史上的一個集大成的時代。在體式上，它一方面繼承了漢魏以來的古詩樂府，使之更得到擴展而有以革新；而另一方面，它又完成了南北朝以來一些新興的體式，使之益臻於精美而得以確立。在風格上，則更融合了剛柔清濁的南北漢胡諸民族的多方面的長處與特色，而呈現了一片多彩多姿的新氣象。於是乎，王、孟之五言，高、岑之七古，太白之樂府，龍標之絕句，遂爾紛呈競美，盛極一時了。然而可惜的是，這些位作者，亦如孟子之論夷、齊、伊尹與柳下惠，雖然都能各得聖之一體，卻不免各有所偏，而缺乏兼容並包的一份集大成的容量。他們只是合起來可以表現一個集大成之時代，而卻不能單獨地以個人而集一個時代之大成，以王、孟之高雅而短於七言，以高、岑之健爽而不擅近體，龍標雖長於七絕，而他體則未能稱是，即是號稱詩仙的大詩人李太白，其歌行長篇雖有「想落天外，局自變生」之妙，而卻因為心中先存有一份「自從建安來，綺麗不足珍」的成見，貴古賤今，對於「鋪陳終始，排比聲韻」的作品，便爾非其所長了，所以雖然有著超塵絕世的仙才，然而終未能夠成為一位集大成的聖者。看到這些人的互有短長，於是我們就越發感到杜甫兼長並美之集大成的容量之難能可貴了。

說到杜甫集大成的容量，其形式與內容之多方面的成就，固早已為眾所周知，而其所以能有如此集大成之容量的因素，我以為最重要的，乃在於他生而稟有著一種極為難得的健全的才性——那就是他的博大、均衡與正常。杜甫是一位感性與知性兼長並美的詩人，他一方面具有極大且極強的感性，可以深入於他所接觸到的任何事物之中，而把握住他所欲攫取的事物之精華；而另一方面，他又有著極清明周至的理性，足以脫出於一切事物的蒙蔽與局限之外，做到博觀兼採而無所偏失。這種優越的稟賦，表現於他的詩中，第一點最可注意的成就，便是其汲取之博與途徑之正。就詩歌之體式風格方面而言，無論古今長短各種詩歌的體式風格，他都能深入擷取盡得其長，而且不為一體所限，更能融會運用，開創變化，千匯萬狀，而無所不工。我們看他《戲為六絕句》之論詩，以及與當時諸大詩人如李白、高適、岑參、王維、孟浩然等酬贈懷念的詩篇中論詩的話，都可看到杜甫採擇與欣賞的方面之廣；而自其《飲中八仙歌》、《醉時歌》、《曲江三章》、《同谷七歌》、《桃竹杖引》等作中，則可見到他對各種詩體運用變化之神奇工妙；又如自其《自京赴奉先縣詠懷五百字》、《北征》及「三吏」、「三別」等五古之作中，則可看到杜甫自漢魏五言古詩變化而出的一種新面貌。而自詩歌之內容方面而言，則杜甫更是無論妍媸巨細，悲歡憂喜，宇宙的一切人情物態，他都能隨物賦形，淋漓盡致地收羅筆下而無所不包。如其寫青蓮居士之「飄然思不群」，寫鄭虔博士之「樗散鬢成絲」，寫空谷佳人之「日暮倚修竹」；寫李鄧公驄馬之「顧影驕嘶」，寫東郊瘦馬之「骨骼硉兀」；寫醜拙則「袖露兩肘」，寫工麗則「燕子風斜」；寫玉華宮之荒寂，則以上聲馬韻予人以一片沉悲哀響；寫洗兵馬之歡忭，則以沉雄之氣運駢偶之句，寫出一片欣奮祝願之情，其含蘊之博與變化之多，都足以為其稟賦之博大均衡與正常的證明。其次一點值得我們注意的，則是杜甫嚴肅中之幽默與擔荷中之欣賞。我嘗以為每一位詩人，對於其所面臨的悲哀與艱苦，都各有其不同之反應態度，如淵明之任化，太白之騰越，摩詰之禪解，子厚之抑斂，東坡之曠觀，六一之遣玩，都各因其才氣性情而有所不同，然大別之，不過為對悲苦之消融與逃避。其不然者，則如靈均之懷沙自沉，乃完全為悲苦所擊敗而毀命喪生。然而杜甫卻獨能以其健全之才性，表現為面對悲苦的正視與擔荷。所以天寶的亂離，在當時一般詩人中，惟杜甫反映者為獨多，這正因杜甫獨具一份擔荷的力量，所以才能使大時代的血淚，都成為了他天才培育的澆灌，而使其有如此強大的擔荷之力量的，則端賴他所有的一份幽默與欣賞的餘裕。他一方面有極主觀的深入的感情，一方面又有極客觀的從容的觀賞，如其最著名的《北征》一詩，於飽寫沿途之人煙蕭瑟、所遇被傷、呻吟流血之餘，卻忽然筆鋒一轉，竟而寫起青雲之高興、幽事之可悅，山果之紅如丹砂、黑如點漆，而於歸家後，又復於囊空無帛、飢寒凜冽之中，大寫其幼女曉妝之一片嬌癡之態。又如其《空囊》

一詩，於「不爨井晨凍，無衣床夜寒」的艱苦中，竟然還能保有其「囊空恐羞澀，留得一錢看」的詼諧幽默。此外杜甫雖終生過著艱苦的生活，而其詩題中，則往往可見有「戲為」、「戲贈」、「戲簡」、「戲作」等字樣，凡此種種都說明了杜甫的才性之健全，所以才能有嚴肅中之幽默與擔荷中之欣賞，相反而相成的兩方面的表現。這種複雜的綜合，正足以為其稟賦之博大均衡與正常的又一證明。

此種優越之稟賦，不僅使杜甫在詩歌的體式、內容與風格方面達到了集大成之多方面的融貫匯合之境界，另外在他的修養與人格方面，也凝成了一種集大成之境界，那就是詩人之感情與世人之道德的合一。在我國傳統之文學批評中，往往將文藝之價值依附於道德價值之上，而純詩人的境界反而往往為人所輕視鄙薄。即以唐代之詩人論，如李賀之銳感，而被人目為鬼才，以義山之深情，而被人指為艷體，以為這種作品「無一言經國，無纖意獎善」（李涪《釋怪》）。而另外一方面，那些以「經國」、「獎善」相標榜的作品，則又往往虛浮空泛，只流為口頭之說教，而卻缺乏一份詩人的銳感深情。即以唐代最著名的兩位作者韓昌黎與白樂天而言，昌黎載道之文與樂天諷諭之詩，他們的作品中所有的道德，也往往僅只是出於一種理性的是非善惡之辨而已。而杜甫詩中所流露的道德感則不然，那不是出於理性的是非善惡之辨，而是出於感情的自然深厚之情。是非善惡之辨乃由於向外之尋求，故其所得者淺；深厚自然之情則由於天性之含蘊，故其所有者深。所以昌黎載道之文與樂天諷諭之詩，在千載而下之今日讀之，於時移世變之餘，就不免會使人感到其中有一些極淺薄無謂的話，而杜甫詩中所表現的忠愛仁厚之情，則仍然是滿紙血淚、千古常新，其震撼人心的力量，並未因時間相去之久遠而稍為減退，那就因為杜甫詩中所表現的忠愛仁厚之情，自讀者看來，固然有合於世人之道德，而在作者杜甫而言，則並非如韓、白之為道德而道德，而是出於詩人之感情的自然之流露。只是杜甫的一份詩人之情，並不像其他一些詩人的狹隘與病態，乃是極為均衡正常，極為深厚博大的一種人性之至情。這種詩人之感情與世人之道德相合一的境界，在詩人中最為難得，而杜甫此種感情上的健全醇厚之集大成的表現，與他在詩歌上博採開新的集大成的成就，以及他嚴肅與幽默兩方面的相反相成的擔荷力量，正同出於一個因素，那就是他所稟賦的一種博大均衡而正常健全的才性。

以杜甫之集大成的天才之稟賦，而又生於可以集大成的唐朝的時代，這種不世的際遇，造成了杜甫多方面的偉大的成就。而其中最值得注意的，則該是他繼承傳統而又能突破傳統的一種正常與博大的創造精神，以及由此種精神所形成的承先啟後繼往開來的表現。

二　杜甫與杜甫以前之七言律詩

杜甫的繼承傳統與突破傳統的精神，以及其深厚博大的蘊涵，表現於古近各體，都有其特殊獨到的成就，而其中尤其值得注意的，我以為該是他在七言律詩一方面的成就。因為，其他各種體式，到杜甫的時候，可以說大致都早已臻於成熟之境地，而唯有七言律詩，則仍在嘗試之階段。對於其他各種體式，杜甫雖然亦能有所擴展與革新，然而畢竟前人之作已多，有著足夠的可資觀摩取法的材料，而唯獨對於七言律詩一體，則杜甫之成就，乃全出於一已之開拓與建立。如果我們把各體詩歌的成就，比作庭園的建造，則其他各體，譬如早經建築得規模具備、完整精美的庭園。杜甫於進入園中周遊遍覽之餘，一方面既能盡得前人已有之勝，一方面更能以其過人之才性，見前人之所未見，於是乎據山植樹，導水為池，更加以一番拓展與改建，這種拓展與改建，當然也彌足珍視，然而畢竟可資為憑藉者多，拓建較易，而意義與價值亦較小。至於七律一體，則在杜甫以前之作者，只不過為這座庭園才開出一條入門的小徑，標了一面「七律」的指路牌，而園門以內則可以說仍是曠而不整，一片荒蕪，從闢地開徑，到建為花木扶疏、亭台錯落的一座庭園，乃全出於杜甫一人之心力。如果說在中國詩史上，曾經有一位詩人，以獨力開闢出一種詩體的意境，則首當推杜甫所完成之七言律詩了。

談到杜甫七律一體的演進與成就，我們就不得不對杜甫以前的七言詩之產生與七言律詩之形成，先有一個概略的認識。七言之句，雖然早在古歌謠與「三百篇」中就已經出現了，然而真正完整的七言詩，則興起頗晚，而且一直不甚發達。我總以為中國五言詩之興起，是時勢所趨，頗為大眾化的一件事，而七言詩之興起，則似乎與一些天才詩人的創造與嘗試，有著較密切的關係。觀乎七言之體式，當是騷體之簡練凝縮與五言詩之擴展引申所合成的一種中間產物。而在今日所見到的可信的作品中，第一個做這種結合嘗試而得到成功的作者，首當推東漢時候寫《四愁詩》的一位偉大的天才張衡（柏梁聯句之不可信，自顧炎武《日知錄》以來，辨者已多，茲不具論）。現在我們就把他的《四愁詩》錄在下面。

我所思兮在太山，欲往從之梁父艱。側身東望涕沾翰。美人贈我金錯刀，何以報之英瓊瑤。路遠莫致倚逍遙，何為懷憂心煩勞。

我所思兮在桂林，欲往從之湘水深。側身南望涕沾襟。美人贈我金琅玕，何以報之雙玉盤。路遠莫致倚惆悵，何為懷憂心煩傷。

我所思兮在漢陽，欲往從之隴阪長。側身西望涕沾裳。美人贈我貂襜褕，何以報之明月珠。路遠莫致倚踟躕，何為懷憂心煩紆。

我所思兮在雁門，欲往從之雪紛紛。側身北望涕沾巾。美人贈我錦繡段，何以報之青玉案。路遠莫致倚增嘆，何為懷憂心煩惋。

我們從這四首詩中，可以清楚地看到騷體影響所遺留的痕跡，然而每句皆為七字，已較騷體為整齊，而「兮」字語詞之運用亦已逐漸減少，這種嘗試的成功，為七言詩之體式，植下了一粒極有生機與希望的種子。

自此而後，一直到了另一位天才魏文帝的出現，才對七言之詩體做了更進一步的創造與嘗試。現在我們把魏文帝的兩首《燕歌行》也錄在後面：

秋風蕭瑟天氣涼，草木搖落露為霜，群燕辭歸雁南翔。念君客遊思斷腸，慊慊思歸戀故鄉，何為淹留寄他方？賤妾煢煢守空房，憂來思君不敢忘，不覺淚下沾衣裳。援琴鳴弦發清商，短歌微吟不能長。明月皎皎照我床，星漢西流夜未央。牽牛織女遙相望，爾獨何辜限河梁。

別日何易會日難，山川遙遠路漫漫，鬱陶思君未敢言。寄聲浮雲往不還，涕零雨面毀容顏，誰能懷憂獨不嘆？展詩清歌聊自寬，樂往哀來摧肺肝，耿耿伏枕不能眠。披衣出戶步東西，仰看星月觀雲間。飛鳥晨鳴聲可憐，留連顧懷不能存。

我們看這兩首詩，較之前所舉張衡之《四愁詩》，已經有了更進一步的演進，「兮」字與「之」字等騷體常用之語詞，既已經全部被棄去，而且在句法的組織與音節的頓挫上，其二、二、三之頓挫，亦與五言詩二、三之頓挫，已有著更為接近的傾向。雖然每句都押韻的格式，仍有頗近於騷體短歌之處，然而大體說來，魏文帝之作，較之張平子之作，已經更明顯地可以看出其去騷日遠、去詩日近的趨勢了。

我以為張平子與魏文帝，在中國詩史上，都是頗可注意的天才，而其天才又正與杜甫有著某一點相似之處，那就是感性與知性的均衡與正常。張衡多方面的成就，尤其足以為其天才的均衡與博大的說明。他一方面在科學上，有著渾天、地動等儀器的偉大精密的製作與發明，而另一方面，在文學上，他也有著極可重視的創作成就。在辭賦方面，他的《思玄》、《兩京》、《歸田》諸賦，既能兼得楚騷漢賦之長，而且更開了魏晉抒情短賦的先聲。在五言詩方面，他的《同聲歌》，是東漢可信的五言之作中，僅後於班固《詠史詩》的最古老的作品，而其情意之婉轉深密，則較之班固的「質木無文」的《詠史詩》，在詩的意境上，已有著極顯明的進步。另外在七言詩方面，他的《四愁詩》的成就，則更為值得注意，其「水深」「雪紛」之託興，字法句式之復沓，既兼有楚騷與國風之美，而形式上又全不承襲風騷，而成為了七言詩的濫觴。我們從張平子的文學創作與科學發明之並長兼擅，以及他的成就方面之廣大方向之正確來看，都足以證明張平子是一位感性與知性兼美的天才。而最早的七言詩的雛形之作，就出於張平子之手，這實在不是一件偶然的事。至於魏文帝，則同樣也是一位感性與知性兼美的詩人。他既有創作的才情，又有理性的思辨，所以，《文心雕龍》說「子桓慮詳而力緩」，「慮詳」「力緩」，就正是他有反省的思致的表現，所以他能有《典論・論文》之作，成為了我國文學批評中最早的一篇專著。而他的《燕歌行》二首，就正代表了七言詩演進的另一階段，這也不是一件偶然的事。因為，在文學的創作中，一般尋常的作者，都只是追隨風氣，在風氣所趨的情勢下，群行並效，即使偶然有幾個才情出眾的人，也偶然可以寫出幾篇感人出眾的作品，然而若想嘗試一種新體式的製作，開出一種詩歌的新意境，則不是僅靠著一點過人的才情就能做到的，而一定要是感性與知性兼長並美的人，然後才能知所取捨剪裁，知所安排運用，知所毀建廢興，我以為這是在討論整個文學史的演進與個人創作的成就時，兩方面都值得注意的事。

所惜者是張平子與魏文帝兩位作者，都只是由其一己天才之所至，自然而然在作品中現出了由其感性與知性所凝聚成之一種新體式，而卻並未曾對之做有心有力之提倡，所以自張平子、魏文帝二位天才之後，七言詩一體，乃一直消沉了許久，都沒有更進一步的演進，直等到南北朝的時候，五言之變既窮，一般作者才於窮極思變之際，而開始對七言詩作有限度的嘗試。其中給唐代影響最多的一位作者是鮑照，他的樂府體的《擬行路難》十八首，曾給予唐代的李白、高適諸人的歌行以不少影響。不過鮑照的《行路難》，也仍是古樂府雜言之變，雖然七言之句較多，然而卻並非完整之七言詩。到了齊梁以後，七言的作品，才由於時勢之所趨而日漸增多。如梁武帝的《河中之水歌》，雖然在音節韻律上仍有樂府歌行之遺跡，然而已是完整之七言詩。又如梁簡文帝之《夜望單飛雁》、梁元帝之《送西歸內人》等詩，則由於南北朝五言小詩引申之七言化，成為唐代七絕的先聲。而其中尤其可注意的，則是受齊梁聲律對偶之風影響所形成的一種近於律詩的體式，現在舉幾首作為例證：

蝶黃花紫燕相追，楊低柳合露塵飛。已見垂鉤掛綠樹，誠知淇水沾羅衣。兩童夾車問不已，五馬城南猶未歸。鶯啼春欲駛，無為空掩扉。

——梁簡文帝《春情》

文窗玳瑁影嬋娟，香帷翡翠出神仙。促柱點唇鶯欲語，調弦繫爪雁相連。秦聲本自楊家解，吳歈那知謝傅憐。只愁芳夜促，蘭膏無那煎。

——陳後主《聽箏》

促柱繁絃非子夜，歌聲舞態異前溪。御史府中何處宿，洛陽城頭那得棲。彈琴蜀郡卓家女，織錦秦川竇氏妻。詎不自驚長淚落，到頭啼烏恆夜啼。

——庾信《烏夜啼》

揚州舊處可淹留，臺榭高明復好遊。風亭芳樹迎早夏，長皋麥隴送餘秋。淥潭桂檝浮青雀，果下金鞍躍紫騮。綠觴素蟻流霞飲，長袖清歌樂戲洲。

——隋煬帝《江都宮樂歌》

從這四首詩來看，前面兩首，中間四句已經是頗為工整的對句，只是末兩句則仍然都是五言句，這正是五言之轉為七言，古體之轉為律體的階段中過渡時期的作品。至於後二首，則在字數、句數、對偶各方面，都已經完全合於七言律詩之體式，只是平仄尚未完全和諧，而七言律詩之形成，已有著指日可期的必然之勢。所以到了唐初的時代，經過上官儀「當對律」之倡立，與沈佺期、宋之問諸人「回忌聲病，約句準篇」之講求，五言律詩之體式，既更臻於精美而完全確立，七言律詩之體式遂亦隨五言律詩之後而相繼成立。惟是五言律詩之體，因為自六朝以來，已早有律化之醞釀與準備，故其所表現之意境與表現之技巧，乃極易達到擴展與成熟之境界。而七律一體，則雖然因受五律之影響而得以成立，然而其所成立者，實在僅是一個徒具平仄對偶之形式，這也就是我所說的僅是一條門徑與指路牌，而其園門以內，則仍是空乏貧弱，一片荒蕪。這一方面自然是因為七言之體式，自魏晉以來，原來就不發達，作品之可資觀摩取法者既少，作者對七字為句的句法之組織運用亦未臻熟練，而況在平仄對偶之格律的限制下，七字之句自然較五字之句所受的束縛拘牽為更多，所以，初唐詩人的作品中，雖然也偶然可以發現有幾首七言律詩，然而可資稱述者則極少。我們現在就以沈、宋二家為例，看一看他們的七律之作。

沈佺期的作品，據《全唐詩》所收共一百五十七首，其中七言律詩計有十六首，這在初唐詩人的七律之作品中，可以說是所佔的比例極大的了。我們現在先把沈氏這十六首七律的詩題錄出來看一看：

①《奉和立春遊苑迎春》②《人日重宴大明宮賜綵縷人勝應制》③《奉和春初幸太平公主南莊應制》④《奉和春日幸望春宮應制》⑤《侍宴安樂公主新宅應制》⑥《龍池篇》⑦《興慶池侍宴應

制》⑧《從幸香山寺應制》⑨《紅樓院應制》⑩《再入道場紀事應制》⑪《嵩山石淙侍宴應制》⑫《古意呈補闕喬知之》（此詩《樂府》入《雜曲》，題《獨不見》，又或但題《古意》）⑬《遙同杜員外審言過嶺》⑭《和上巳連寒食有懷京洛》⑮《陪幸太平公主南莊詩》⑯《守歲應制》

宋之問的作品，據《全唐詩》所收共一百九十三首，而其中七律之體，則僅有四首而已，現在我們也把宋之問這四首七律的詩題錄出來看一看：

①《餞中書侍郎來濟》②《奉和春初幸太平公主南莊應制》③《三陽宮侍宴應制》④《和趙員外桂陽橋遇佳人》

我們看沈佺期的十六首七律中，有十二首都是奉和陪幸應制一類的作品，至於宋之問的四首中，亦有兩首題中便已標明是頌聖之作，這一類應制頌聖之作，即使其稱頌之技巧有高下工拙之異，而其內容之為歌頌無聊，則一望可知。現在把這些作品暫時擱置不談，我們且將沈、宋二家頌聖以外的作品各錄兩首來看一看：

盧家少婦鬱金堂，海燕雙棲玳瑁梁。九月寒砧催木葉，十年征戍憶遼陽。白狼河北音書斷，丹鳳城南秋夜長。誰謂含愁獨不見，更教明月照流黃。

——沈佺期《古意》

天津綠柳碧遙遙，軒騎相從半下朝。行樂光輝寒食借，太平歌舞晚春饒。紅妝樓下東回輦，青草洲邊南渡橋。坐見司空掃西第，看君侍從落花朝。

——沈佺期《和上巳連寒食有懷京洛》

曖曖去塵昏灞岸，飛飛輕蓋指河梁。雲峰衣結千重葉，雪岫花開幾樹妝。深悲黃鶴孤舟遠，獨對青山別路長。卻將分手沾襟淚，還用持添離席觴。

——宋之問《餞中書侍郎來濟》

江雨朝飛浥細塵，陽橋花柳不勝春。金鞍白馬來從趙，玉面紅妝本姓秦。妒女猶憐鏡中髮，侍兒堪感路傍人。盪舟為樂非吾事，自嘆空閨夢寐頻。

——宋之問《和趙員外桂陽橋遇佳人》

這四首詩中，以沈佺期的《古意》一首最為著名，沈德潛《說詩晬語》曾評之云：「沈雲卿『獨不見』一章，骨高氣高，色澤情韻俱高。」這首詩的好處，一在開端二句以華麗反襯悲哀，寫得極有神采；二在中間兩聯，一句閨中，一句塞外，再一句塞外，再一句閨中，寫得極為開闊。然而如以內容言，則征夫思婦之情，仍不過只是詩人常寫的一種極熟的題材，沈佺期也不過只是很會找題材，很會作詩而已，並沒有什麼發自由衷的深厚之情。至於「九月」與「十年」，及「白狼河」與「丹鳳城」之對句，雖然頗有開闔之致，然而句法則仍屬工整平板。而結尾兩句，尤其是帶著齊梁樂府詩的味道，《全唐詩說》曾云：「末句是齊梁樂府詩話……如織官錦間一尺繡，錦則錦矣，如全幅何？」所以這首詩只能算是自樂府演變為七律的一首奠定形式的代表作，此外在詩歌之意境與句法上，並沒有什麼新的拓展和成就。

至於其他三首詩，沈佺期的「行樂光輝」與「太平歌舞」，及「紅妝樓下」與「青草洲邊」的對句，固然是庸俗平板；宋之問的「千重葉」與「幾樹妝」，及「金鞍白馬」與「玉面紅妝」的對句，也一樣淺俚無足取。再看一看這三首詩的內容，則兩首為唱和之作，一首為餞別之作，除了渲染一些眼前俗景之外，所寫之情事，不過為「侍從花朝」，「分手沾襟」，橋上「遇佳人」而已，其空泛無聊，更復顯然可見。七言律詩這一體，在一開始成立之時，就走上了這一條內容空泛、句法平俗的用於酬應贈答的路子。這一方面，當然是由於初唐的一些作者，天才本來就不甚高，他們只能做一些安排藻飾的小巧的功夫，而普遍缺乏一種開源拓地的創造精神，如王、楊、盧、駱四傑，根本無七律之作，崔日用、張九齡、杜審言、李嶠諸人，偶有幾篇七言律詩，亦多為奉和應制之作，其成就較之沈、宋，尤為無足稱述。而另一方面，則由於七言律詩本身的體式既極為端整，而格律復極為謹嚴，因此限制了這些天才較為平凡的詩人，使他們的情意思想，在這種體式與格律中，都受到了嚴格的束縛，而感到不能有自由發抒的餘地。而同時這種體式的嚴整，卻又便於一些未能免俗的詩人利用來製造「偽詩」，因為七律之為體，只要把平仄對偶安排妥適，就很容易支撐起一個看來頗為堂皇的空架子，所以這種體式最適於作奉和應制贈答等酬應之用。甚而至於今日，一般酬應之作的頌喜祝壽等詩篇，也仍然多用七律之體，這種作俑之始，可以說由來已久了。

初唐以後，唐詩漸進於全盛之世，在此一階段中，王維自然是其中一位重要的作者。據《四部備要》本趙殿成注《王右丞集》，共收古近體詩四百七十九首，其中有七律之作二十首，此二十首中，有奉和應制等頌聖之作七首，酬贈餞行之作六首，其他雜詩七首。摩詰居士的七律，其內容固然已較沈、宋二家為擴展，詞句亦更為流利通暢，然而平仄對偶之間，則仍不免予人以沾滯之感，較之其五言律之天懷無滯、妙造自然，相差乃極為懸殊。現在我們舉王維的兩首七律來看一看：

積雨空林煙火遲，蒸藜炊黍餉東菑。漠漠水田飛白鷺，陰陰夏木囀黃鸝。山中習靜觀朝槿，松下清齋折露葵。野老與人爭席罷，海鷗何事更相疑。

——《積雨輞川莊作》

居延城外獵天驕，白草連天野火燒。暮雲空磧時驅馬，秋日平原好射雕。護羌校尉朝乘障，破虜將軍夜渡遼。玉靶角弓珠勒馬，漢家將賜霍嫖姚。

——《出塞》

從這兩首詩來看，第一首的清新澹遠，第二首的沉雄矯健，都可證明摩詰對七言律詩的意境，較之沈、宋二家，已經有了顯明的擴展。然而我以為這種擴展，該只屬於摩詰一人之成就，而並不代表整個七律一體之演進。因為，這兩首詩中所表現之意境，乃出於摩詰之生活環境與其才情修養之自然流露，而並沒有一種帶著反省與嘗試意味的開創精神，所以其意境雖佳，卻並不能表示摩詰曾促成七律一體之運用及表現技巧之任何進益。《輞川莊》一首，乃作於摩詰輞川隱居之時，據《舊唐書・王維傳》云：「晚年長齋，不衣文彩，得宋之問藍田別墅在輞口，輞水周於舍下，別漲竹洲花塢，與道友裴迪浮舟往來，彈琴賦詩，嘯詠終日。」有這樣隱居閑逸的生活，所以，才有那樣清新澹遠的作品，這原是作者生活修養的自然流露，自無可疑。至於《出塞》一首，詩題下原有自注云：「時為御史，監察塞上作。」姚鼐評此詩云：「右丞嘗為御史，使塞上，正其中年才氣極盛之時，此作聲出金石，有麾斥八極之概矣。」可見《出塞》一詩之意境，也是作者當時生活才情的自然流露。此種由作者之生活、修養、才氣、性情之所至的自然流露，都該僅屬於作者個人之成就，而並不能代表一種詩體之歷史的演進，正如陶淵明之五言古詩，雖然妙絕千古，然而卻不能代表晉宋之際五言詩之演進的任何階段，這正是我在前面論張平子與魏文帝時所說的，必須具備有知所安排運用與知所毀建廢興的反省的理性，才能於詩體作有意之拓展與建立。而摩詰這二首詩，則僅是生活與修養所反映的自然之流露，所以，其意境雖較沈、宋二家有所擴展，而其章法與句法，則仍然是平鋪直敘，並無更進一步之演進。如果將這兩首詩中的「山中習靜觀朝槿，松下清齋折露葵」及「護羌校尉朝乘障，破虜將軍夜渡遼」等對句，與摩詰五言律詩之「江流天地外，山色有無中」（《漢江臨汎》）及「行到水窮處，坐看雲起時」（《終南別業》）等對句相較，其工拙高下豈不顯然可見。所以我說摩詰七律仍不免予人以沾滯之感，而與摩詰五律之超妙自然乃迥乎不可同日而語。因此七言律詩之體，在摩詰個人而言，固已較沈、宋有所擴展，而就一種詩體之演進言，則並無顯著之進步。至於摩詰此二詩平仄之失黏，所謂折腰體者，則尤為七律一體未盡臻於成熟之證。

其次，我們再看一看盛唐詩壇上另外兩位名家高適、岑參的七律之作。《全唐詩》共收高適詩二百四十一首，其中七律之作僅有七首；共收岑參詩三百九十七首，其中七律之作僅有十一首。高、岑二家七言古風之邊塞詩，固然為一世之雄，然而兩家之七言律詩，則平順板滯，全為格律所拘，其內容亦多為酬應唱和之作，並無任何開拓擴展。現在我們將二家七律之作各舉一首來看一看：

嗟君此別意何如，駐馬銜杯問謫居。巫峽啼猿數行淚，衡陽歸雁幾封書。青楓江上秋天遠，白帝城邊古木疏。聖代即今多雨露，暫時分手莫躊躇。

——高適《送李少府貶峽中王少府貶長沙》

節使橫行西出師，鳴弓擐甲羽林兒。臺上霜風凌草木，軍中殺氣傍旌旗。預知漢將宣威日，正是胡塵欲滅時。為報使君多泛菊，更將絃管醉東籬。

——岑參《九日使君席奉餞衛中丞赴長水》

從這兩首詩來看，高適的「巫峽啼猿」與「衡陽歸雁」，及「青楓江上」與「白帝城邊」的對句，岑參的「臺上霜風」與「軍中殺氣」、「漢將宣威」與「胡塵欲滅」的對句，雖頗為工整流麗，然而其句法之平板，對偶之拘執，用意之凡近，亦可以概見一斑，清葉燮即曾譏之謂：「高、岑五、七律相似，遂為後人應酬活套作俑。」（《原詩》）而高氏一首，中二聯平列四地名，則尤為人所譏議。蓋人之天性，各有短長，觀高、岑二家之風格，近於豪縱雄放一流，而不耐束縛，故長於古而短於律，譬如形骸脫略之人，一旦使之垂衣端坐，束帶整冠，便覺百種拘牽，舉手投足，皆為所制，遂自然有一種窘迫侷促之態。所以高、岑二家，對七律一體之演進，乃並未能有較大之貢獻。

再次，我們要提到另外一位偉大的詩人李白。李白確實是一位了不起的天才，其七言古風，如《遠別離》、《蜀道難》、《天姥吟》、《鳴皋歌》諸作，真有所謂「大江無風，濤浪自湧，白雲卷舒，從風變滅」（沈德潛《說詩晬語》）之妙。若此者，原為太白之所獨擅，固無論矣。至其五言古詩，如《古風五十九首》諸作，其包舉之恢宏，寄意之深遠，皆可見其胸中浩渺之氣，亦迴然非常人之所可及。至其五言律詩，如《夜泊牛渚懷古》、《聽蜀僧濬彈琴》諸作，意境之蒼茫高遠，屬對之疏放自然，亦復正自有其不同於凡近之處。至於其五、七言絕句，一片神行，悠然意遠，以敻絕一世之仙才，寫為四句之小詩，其成就尤非著力者之所能及，而唯有七言律詩一體，則為太白諸體中最弱之一環。清繆曰芑本《李太白全集》，共收各體詩九百九十四首，其中七言八句，通篇押平韻之作共九首，而《送從弟綰從軍安西》一首乃短歌之體，並非律詩，其較合於七言律詩之體者不過八首而已。這八首詩的題目是：

①《贈郭將軍》②《送賀監歸四明應制》③《別中都明府兄》④《寄崔侍御》⑤《登金陵鳳凰臺》⑥《鸚鵡洲》⑦《題雍丘崔明府丹竈》⑧《題東溪公幽居》

從這幾首詩來看，太白的七言律詩有兩種現象，一種是表現太白不羈之才氣，全然不顧七律之格律者，如其《鸚鵡洲》一首：

鸚鵡來過吳江水，江上洲傳鸚鵡名。鸚鵡西飛隴山去，芳洲之樹何青青。煙開蘭葉香風暖，岸夾桃花錦浪生。遷客此時徒極目，長洲孤月向誰明。

又一種則是為格律所拘，使太白之才氣全然不得施展者，如其《題雍丘崔明府丹竈》一首：

美人為政本忘機，服藥求仙事不違。葉縣已泥丹竈畢，瀛洲當伴赤松歸。先師有訣神將助，大聖無心火自飛。九轉但能生羽翼，雙鳧忽去定何依。

從這兩首詩來看，第一首頗有豪縱自然之致，而第二首之詩格，則極為平俗卑下。以太白謫仙之才，而竟有如此卑俗之作，那正因為其天才愈為不羈，格律之束縛所加之壓迫感亦愈甚，譬如把一隻身長不過數寸的小鳥，養在三尺高的樊籠之內，則雖在拘限之中，也還可以有迴旋起舞的餘地；而若囚雄鷹巨鶚於此樊籠之內，則其委頓低垂，乃真有不堪拘束者矣。所以太白有時不免竟爾不顧一切地破籠飛去，所舉第一首《鸚鵡洲》的前四句，就表現了太白破籠竟去的一股天才的豪氣。像這兩類作品，無論其為委頓籠中，或者破籠竟去，對籠來說，都是不幸的，因為委頓於籠中者，固然是彌彰此樊籠之狹隘，而破籠飛去者，則竟破毀此樊籠而置之不顧。如果只就太白的七言律詩來看，則七律一種體式，乃真無絲毫可以成立之價值矣。這只因為太白之天才，與此種拘執狹隘之七律之體式，全不相合，而太白復不能如杜甫之致力用心於擴建此狹隘之樊籠使成為博大之苑囿的嘗試。就太白之天才與七律之體式來說，雙方都是可遺憾的，所以太白在七律一體之成就，並沒有什麼值得稱述之處，即使以其守格律的最負盛名的一首作品《登金陵鳳凰臺》來說，王世貞的《藝苑卮言》及《全唐詩說》，也都曾譏之云「亦非作手」，而胡仔的《苕溪漁隱叢話》、楊慎的《升庵詩話》，則皆謂其為擬崔顥《黃鶴樓》之作。現在我們就把李白的《鳳凰臺》及崔顥的《黃鶴樓》都抄錄在後面看一看：

鳳凰臺上鳳凰遊，鳳去臺空江自流。吳宮花草埋幽徑，晉代衣冠成古丘。三山半落青天外，二水中分白鷺洲。總為浮雲能蔽日，長安不見使人愁。

——李白《登金陵鳳凰臺》

昔人已乘黃鶴去，此地空餘黃鶴樓。黃鶴一去不復返，白雲千載空悠悠。晴川歷歷漢陽樹，芳草萋萋鸚鵡洲。日暮鄉關何處是，煙波江上使人愁。

——崔顥《黃鶴樓》

從《鳳凰臺》詩開端之兩用鳳凰，及前錄《鸚鵡洲》詩之兩用鸚鵡來看，則太白確有模仿崔顥《黃鶴樓》詩兩用黃鶴之嫌，而且《鸚鵡洲》詩次聯之「芳洲之樹何青青」，亦大似崔顥《黃鶴樓》詩次聯之「白雲千載空悠悠」，二者都是不顧平仄格律，末三字連用三平聲，且有二疊字，與上一句迥然不相偶。凡此種種相似之處，都使人覺得，姑不論《苕溪漁隱叢話》及《升庵詩話》所載之故事是否可信，而太白此詩之曾受崔顥《黃鶴樓》之影響，則殆為無可置疑之事。以太白之天才超逸，而竟受崔氏一詩之影響如此之深，我想這正因崔氏以古風之句法入於律詩之作風，與太白之長於古風不耐格律束縛之天性有暗合之處，因之乃不免深受其影響。然而，即使以崔顥之《黃鶴樓》而言，雖然其興象頗為高遠，而就七律之詩體而言，則仍屬未臻於完整成熟之介於樂府與律詩之間的過渡時期之作。此種作品，在天才偶一為之則可，然而究非正途常法，不能為後世樹立規模，垂為典範。明胡應麟評此詩，即曾云：「崔詩《黃鶴》，歌行短章。」（《詩藪》）清紀曉嵐亦曾云：「偶爾得之，自成絕調，然不可無一，不可有二，再一臨摹，便成窠臼。」（編按：批方回《瀛奎律髓》評《黃鶴樓》語）所以，即使是崔氏原作，也已經不能列為七律之正格，而且並未能為後世開源闢徑。則縱然崔氏之作可以稱為絕調，於七律一體之演進，也並不能有所裨益，而況太白此詩，有模擬之心，此以創作之精神論，便已落於第二乘之境界。至於《鳳凰臺》一詩中二聯之對句，雖較《鸚鵡洲》一作為合律，金聖嘆且曾讚美「吳宮」「晉代」一聯云：「立地一哭一笑」，以為「我欲尋覓吳宮，乃惟有花草埋徑，此豈不欲失聲一哭；然吾聞代吳者晉也，因而尋覓晉代，則亦既衣冠成丘，此豈不欲破涕一笑」。又云：「此是其胸中實實看破得失成敗，是非贊罵，一總只如電拂。」金氏之言，就詩之意境開闊而言，頗能得太白神情氣勢之妙。然而《藝苑卮言》及《全唐詩說》，乃譏此二句云「亦非作手」者，則以就句法格律而言，此二句仍不過承初唐之舊，平順工整，並無可以稱勝之處，尤其如果在讀過杜甫的一些在句法中足以騰挪變化的七律之後，就更可以體會出此「亦非作手」四個字的意味了。所以太白雖為絕世仙才，然而對七律一體之演進，也並無絲毫功績可以資為稱述之處。

最後我們再看一看此一時期的其他名家之作。此諸家在詩的內容方面，既沒有摩詰與太白之廣，而在詩的數量方面，也沒有摩詰與太白之多，所以他們對於七律一體，也都沒有留下什麼可觀之成績。如孟浩然僅有七律四首，王昌齡僅有七律二首，崔曙、祖詠和儲光羲都僅有七律一首，而這些作品，都沒有什麼特殊成就，姑且略而不談。此外，較為可觀者，應推李頎及前面所談到的崔顥二家，李頎留有七律六首，崔顥留有七律三首，崔顥除有前所引過的《黃鶴樓》一首以外，還有《行經華陰》一首及《雁門胡人歌》一首。《行經華陰》一首，氣象頗為闊大，此蓋崔氏一般之風格如此；而以體式與句法言，則並無特殊之演進。至於其《雁門胡人歌》一首，則與《黃鶴樓》一詩，同樣有以樂府語調用於七律之情形。現在將這一首詩錄出來看一看：

高山代郡東接燕，雁門胡人家近邊。解放胡鷹逐塞鳥，能將代馬獵秋田。山頭野火寒多燒，雨裡孤峰濕作煙。聞道遼西無鬥戰，時時醉向酒家眠。

此詩後六句全為七律之格式，而首二句則為樂府古風之聲調，而且標題以「歌」為名，我們從此可以看出，崔顥實在是有意地以樂府聲調用於七律，與前所舉之《黃鶴樓》一詩，同樣不能視為七律之正格，尤其不能代表七律一體正統之演進。

至於李頎的七律之作，雖然也不過只有七首，然而值得注意的是他對於七律一體運用之純熟。現在我們也舉他的兩首詩作為例證來看一看：

朝聞遊子唱離歌，昨夜微霜初渡河。鴻雁不堪愁裡聽，雲山況是客中過。關城樹色催寒近，御苑砧聲向晚多。莫見長安行樂處，空令歲月易蹉跎。

——《送魏萬之京》

花宮仙梵遠微微，月隱高城鐘漏稀。夜動霜林驚落葉，曉聞天籟發清機。蕭條已入寒空靜，颯沓仍隨秋雨飛。始覺浮生無住著，頓令心地欲皈依。

——《宿瑩公禪房聞梵》

從這兩首詩來看，李頎的七言律詩，其對偶之工整，聲律之諧暢，轉折之自然，都表現了對七律一體運用之成熟，唯一可惜的是並沒有什麼開拓獨到的境界，所以許學夷就曾批評他說：「李七言律聲調雖純，後人實能為之。」（《詩源辨體》卷十七）也就是說他聲律雖熟，而失之平整，內容也缺少開拓和變化，並沒有什麼極為過人的成就。

從以上所舉的名家七律之作來看，唐詩七律一體，雖然在初唐沈、宋的時候就已經成立了，然而在杜甫的七律沒有出現之前，以內容來說，一般作品大都不過是酬應贈答之作，以技巧來說，一般作品也大都不過是直寫平敘之句，所以嚴守矩矱者，就不免落入於卑瑣庸俗，而意境略能超越者，則又往往破毀格律而不顧。因此七言律詩這一種新體式的長處，在杜甫以前，可以說一直沒有得到儘量發展的機會，也一直沒有得到應該得到的重視。我們看到自晚唐以來，兩宋以迄明清諸家詩集中，七律一體所佔的分量之重，所得的成就之大，就可以知道杜甫對於七律一體的境界之擴展，價值之提高，以及他所提供於我們的表現之技巧、句法之變化，這一切對於後世的影響，是如何深遠而值得注意了。

三　杜甫七律之演進的幾個階段

中國文字之特色，是單形體單音節，無論贊成或反對，這個特色原來就適宜於講求平仄及對偶，乃是一種必然的趨勢所形成的事實。所以自魏晉南北朝以來中國的詩歌，一直都向著這一方面在發展，迄於唐代，五言律詩既已先獲得優異的成績於先，則按照理論來說，七言律詩較之五言律詩每句多了兩個字，其缺點固然是增加了兩個字的麻煩，而隨之而來的優點，則是增加了兩個字的藝術之精美性的表現機會。所以七言律詩之可以形成為中國詩歌中最凝煉精美的一種體式，原該是一種可以預期的事實，只是在杜甫以前的一些詩人，都因他們的天才功力以及識見修養的限制，而未能予這種體式以應得的重視，也未嘗付出應盡的努力，直到杜甫出來，才由於他所稟賦的感性與知性並美的資質，而認識了這種體式的優點與價值，於是杜甫乃以其過人的感受力與思辨力，及其創作的精神與熱誠，擴展了七律一體的境界，提高了七律一體的價值，而將他的高才健筆、深情博學都納入了這一向被人卑視的、束縛極嚴的詩體之中，而得到了足以籠罩千古的成就。當然這種成就，也並不是一蹴而成的。我現在就想，試把杜甫的七言律詩，按其年代的先後，劃分為幾個階段，藉以窺見杜甫在這種詩體的內容與技巧上的一些演進的痕跡。當然這種劃分都只是為立說方便而做的大略區劃，不然，以杜甫之博大變化，每首詩皆各有其不同之風格與境界，則又豈是此簡單的幾個階段所能盡。

杜甫的詩，據清浦起龍分體編輯的《讀杜心解》來計算，計共收詩一千四百五十八首，其中的七言律詩計有一百五十一首之多，這比起李白的九百九十四首詩中只有八首七律的情形來，真是相差懸殊了。而如果自杜甫入蜀以後的作品來計算，則七律所佔之比率數尤為大，即以此比數之大，與比數之增加來看，已經可以見到杜甫對七律一體之重視，及其逐漸成熟演進之痕跡了。如果把這一百五十一首七言律詩詳加分析，其變化之多，方面之廣，自然是難以窮盡的。我現在只依其時代之先後，約略將之分為四個演進的階段。

第一個階段是天寶之亂以前的作品。這是杜甫七言律詩作得最少，成績也最差的一個階段。在這一階段，杜甫仍然停留在模擬之中，其所做如《題張氏隱居》、《鄭駙馬宅宴洞中》、《城西陂泛舟》、《贈田九判官梁丘》、《贈獻納使起居田舍人澄》，其內容與一般作者一樣，仍然都是以酬贈及寫作為主，技巧方面也只是對偶工麗、句法平順，絲毫沒有什麼開創與改進之處。現在我們舉杜甫這一階段的兩首七律來看一看：

春山無伴獨相求，伐木丁丁山更幽。澗道餘寒歷冰雪，石門斜日到林丘。不貪夜識金銀氣，遠害朝看麋鹿遊。乘興杳然迷出處，對君疑是泛虛舟。

——《題張氏隱居》

青蛾皓齒在樓船，橫笛短簫悲遠天。春風自信牙檣動，遲日徐看錦纜牽。魚吹細浪搖歌扇，燕蹴飛花落舞筵。不有小舟能蕩槳，百壺那送酒如泉。

——《城西陂泛舟》

第一首《題張氏隱居》，此題原有詩二首，另一首是五言律詩，所寫乃相留款曲之情。此首七律，則寫張氏隱居之幽寂，題中所云張氏，歷代注者或以為乃隱居徂徠之張叔明，或以為乃張叔卿，或以為乃張山人彪，錢注已曾云「不必求其人以實之」，總之為一隱者而已。此詩開端先從入山求訪說起，次句寫山之幽，三句寫沿途所歷之澗道冰雪，四句寫到後所見之斜日林丘，五句寫夜宿所見煙嵐霞氣之美，藉以映襯張氏之高潔清廉，六句寫朝遊所見山中麋鹿之嬉，藉以映襯張氏之閑逸恬適，七句寫乘興而遊，雲山杳然，出處都迷，八句寫對此高隱之士，此心蕩然，全無所繫，有賓主俱化之感（或以為七句喻隱仕之出處不決，八句慨己身之飄搖無著，似過於深求）。觀此詩所寫，由「求」而「歷」而「到」，又由「斜日」而「夜」而「朝」，層次清晰，章法分明。中二聯之對偶，亦復句法平順、對偶工整。像這種平順工整之作，仍未脫早期七律的平俗空泛之風，其內容與句法，都大有似於李頎之《宿瑩公禪房聞梵》一首，並未能超越前人而別有建樹。

第二首開端寫所見之樓船與船上青蛾皓齒之佳人，次句寫遙聞簫笛之音，遠傳空際（悲字但寫音聲之感人，不必拘定悲哀為解）。三、四一聯，「春風」、「遲日」、「牙檣」、「錦纜」，極寫春光之美與樓船之麗，而句中著以「自信」與「徐看」二字，可以想見一片容與中流之樂。五、六一聯，水中則魚吹細浪，枝上則燕蹴飛花，而承以歌扇舞筵，則魚吹細浪兼以映襯歌聲之美，有沉魚出聽之意，燕蹴飛花兼以映襯舞姿之美，有燕舞花飛之致，復著以「搖」字「落」字，則扇影搖於水中，飛花落於筵上，遂爾將魚兒、燕子、細浪、飛花，與歌扇舞筵並相結合為一片美景良辰賞心樂事。至於末二句，有蕩槳之小舟，送百壺如泉之酒，正極寫飲宴之樂且盛也，仇注引顧宸曰「天寶間景物盛麗，士女遊觀，極盡飲宴歌舞之樂，此詠泛舟實事」是也（或以為此詩如《麗人行》之類，當有所指，似不必如此拘鑿）。觀此詩所寫之種種景物情事，可謂極鋪陳工麗之盛，而其風格則仍在初唐綺麗餘風的籠罩之下，可見杜甫此一時期的作品，仍未能完全擺脫時尚，其風格仍不過是平順工麗，不但未能度越前人，即較之摩詰、太白的一些佳作之遠韻高致，亦復尚有未及。而且此一詩之「春風」「遲日」一聯，上下承接之際，都有平仄失黏之病。前一首之「澗道」一聯與「伐木」句相承，亦有平仄失黏之病，此與宋之問《餞中書侍郎來濟》一首，及王維《輞川莊作》一首與《出塞》一首，諸詩失黏之情形所謂折腰體者正復相同。這原是七律尚未完全成熟時的一種現象，杜甫尚完全在當時風氣籠罩之下，所以連這種失黏的現象，也一併承襲下來。這與杜甫晚年所做的一些擺脫聲律故為拗體的極為老成疏放的作品，實在不可以放在一起相提並論。這種作品是尚未入網的群魚，而後來的拗體則是透網而出的金鯉。不過，杜甫在這一階段的模仿與嘗試，也已經為後來的種種演變與蛻化做了很好的準備工夫，這一點也是不可忽視的。

第二個階段，該是收京以後重返長安一個時期的作品。這一階段，杜甫所做的七言律詩，可以分作兩部分來看：一部分是至德二載冬晚及乾元元年春初，杜甫重回長安，身任拾遺，滿懷欣喜之情，所做的一些頌美之作，如《臘日》、《奉和賈至早朝大明宮》、《宣政殿退朝晚出左掖》等詩屬之；又一部分則是乾元元年春晚，杜甫自傷衰職無補，寸心多違，滿懷失意之心所做的一些傷感之作，如《曲江二首》、《曲江對酒》、《曲江陪鄭八丈南史飲》等詩屬之。前一種頌美之詩篇，雖然也有一些頗為人所讚賞推重的高華偉麗、博大從容的作品，然而此種頌美之詩，自初唐以來，作者已多，並非杜甫之所獨擅，現在姑置不論。我所認為可以代表杜甫七律第二階段的作品，乃是屬於後一種的傷感之作。從這一部分作品我們可以很明顯地看到，杜甫一方面對於七律一體的運用，已經達到運轉隨心，極為自如的地步；而另一方面，杜甫於天寶之亂以來，所經歷的陷長安、奔行在、喜授拾遺、放還鄜州、重返朝廷、再遭失意等種種憂患挫折的變化，也更為擴大而且加深了杜甫詩歌中的感情的意境。這種技巧與意境的同時演進與配合，使杜甫的七言律詩進入了第二個階段。現在我們也舉兩首詩，作為例證來看一看：

一片花飛減卻春，風飄萬點正愁人。且看欲盡花經眼，莫厭傷多酒入唇。江上小堂巢翡翠，苑邊高冢臥麒麟。細推物理須行樂，何用浮榮絆此身。

——《曲江二首》之一

朝回日日典春衣，每向江頭盡醉歸。酒債尋常行處有，人生七十古來稀。穿花蛺蝶深深見，點水蜻蜓款款飛。傳語風光共流轉，暫時相賞莫相違。

——《曲江二首》之二

關於這兩首詩，很多對杜甫此一時期心情之轉變未曾詳加研析體會的人往往會覺得，以杜甫從前「致君堯舜」（《奉贈韋左丞丈二十二韻》）、「竊比稷契」（《自京赴奉先縣詠懷五百字》）的志意抱負，何以會在長安收復、天子還京、杜甫身為近侍官授拾遺的時候，竟然寫出如此及時行樂之作，王嗣奭《杜臆》就曾經說過：「余初不滿此詩，國方多事，身為諫官，豈行樂之時。」然而，我們如果仔細從杜甫的詩中研求一下，就會發現他是如何地從滿懷的希望振奮而轉變到哀感頹傷，這種表面看來似是及時行樂之詩，其實正是杜甫一片悲哀失意之心情的流露。杜甫在初還朝時，不僅曾寫了很多首欣喜頌美之作，而且更曾在詩歌中顯露出他身為諫官的一份忠愛之情，我們看他的《春宿左省》一詩：「花隱掖垣暮，啾啾棲鳥過。星臨萬戶動，月傍九霄多。不寢聽金鑰，因風想玉珂。明朝有封事，數問夜如何。」此詩由花隱垣暮寫起，而夜，而朝，在其瞻望星月、聽金鑰、想玉珂的種種情事之中，寫出了多少忠勤為國之意，而所有的期待盼望，都只在於明朝之「有封事」，其殷勤懇摯，豈不正是一份「致君堯舜」、「竊比稷契」的用心。可是我們再看一看他在《題省中壁》一詩中所寫的「腐儒衰晚謬通籍，退食遲回違寸心。衮職曾無一字補，許身愧比雙南金」的話，就可以知道杜甫當時必然有許多難於進言、或進言而無補的苦衷，從其「違寸心」上面的「遲回」二字，就可看出他的無限低徊悵恨之悲了。而況就在這年春天，曾與杜甫以《早朝大明宮》詩相唱和的賈至，便已經出官汝州，杜甫《送賈閣老出汝州》的詩中，就已經有「艱難歸故里，去住損春心」的嘆息。其後於是年五、六兩月，房琯、嚴武與杜甫也相繼出貶，由此可以想見當杜甫寫《曲江二首》之時，不僅是抱著空懷忠悃、久違寸心之悲，而且更可能有著無限憂讒畏譏之心，於是纔寫出《曲江》這兩首如此哀感頹傷的作品。明白了杜甫當時的一份心情，我們再看這兩首詩，纔不會誤以為是「行樂」之詩而對杜甫妄加責怪，也纔不會漫以一般詩人傷春之作而等閒視之。

第一首只開端「一片花飛減卻春」一句，便已寫出杜甫滿懷之悵惘與哀傷。僅此一句，便已是杜甫歷遍人生種種悲苦深加嘗味後之所得，因為若不是曾經深感到人世間花落春歸的悲哀的人，決不會因一片之花飛，便體會到春光之殘破，而杜甫卻將如此深沉的悲哀的體味，僅從一片花飛寫出，我們看他「一片」兩字寫得如此之委婉，而「減卻」二字又說得如此之哀傷，其意境之深，表現之妙，便已非以前任何一家之所能比。而復繼之以第二句云「風飄萬點正愁人」，自花飛一片之哀傷，當下承接到風飄萬點之無望。我每讀此二句，總覺得第一句便已以其深沉的悲哀直破人之心扉，長驅而入，而就在此心扉乍開的不備之際，忽然又被第二句加以重重的一擊，真使人有欲為之放聲一慟之感。然後復接以「且看欲盡花經眼，莫厭傷多酒入唇」二句，把一片無可奈何的心情、無可挽回的悲哀，全用幾個虛字的轉折呼應表達出來：已是欲盡之花，然且復經眼看之，已傷過多之酒，而莫厭入唇飲之。夫花之欲盡，既已難留，則我之飲酒，何辭更醉；而且不更飲傷多之酒，又何能忍而對此欲盡之花；既對此欲盡之花，又何能忍而不更飲傷多之酒，這兩句真是寫得往復低徊哀傷無限。我們試將此種對句，與高適之「巫峽啼猿」、「衡陽歸雁」，及李頎之「關城樹色」、「御苑砧聲」等對句相較，就可以看出杜甫已經使這種平板的律詩對句，得到了多少生命，得到了多少抒發。以後接入五、六兩句「江上小堂巢翡翠，苑邊高冢臥麒麟」，從飛花而寫到人事，彼人事之無常，亦何異乎此飛花之易盡。張性《杜律演義》云：「曲江，舊時風景佳麗，祿山亂後，無復向時之盛，是以堂巢翡翠，冢臥麒麟，盛衰不常如此。」仇注亦云：「堂空無主，任飛鳥之棲巢；冢廢不修，致石麟之偃臥。」所謂翡翠者，固當是翡翠鳥，江上小堂者，則昔日歌舞繁華之地也。而今歌舞繁華，都成一夢，而空堂之上，但為飛鳥營巢之地而已。麒麟者，石麒麟也，秦漢間公卿墓往往以石麒麟鎮之，而今苑邊高冢之前，石麟早已傾臥欹斜，則其斷裂與斑駁可想。有此無生之物尚且如此，則冢中昔日之人，富貴之早為雲煙，屍骸之早為塵土，更復何所存留乎！有此二句，則知前四句，杜甫所以對風飄萬點之欲盡飛花之如此哀傷者，其感慨之深意，正自有無窮之痛。而以句法論，此「江上小堂」二句，又寫得如此之整煉，一方面既足以使前四句為之振起，一方面更於此為一凝重之頓挫。然後接以尾聯：「細推物理須行樂，何用浮榮絆此身。」「細推」二字寫得極有深度，極有情致。「細推」者何？自此一片驚飛，乃至風飄萬點的欲盡之花，到堂巢翡翠冢臥麒麟的世事雲煙賢愚黃土，於是知一切有情無情之物，其幻滅虛空短暫無常盡皆如是，更何必羈絆於此「浮榮」而徒然自苦！於是而有「須行樂」之言。然而以杜甫對國家對人類的情愛之深厚執著，又豈是真能看破虛空但求一己行樂之人？讀此兩句詩，當細味其「須行樂」之「須」字，及「何用浮榮」之「何用」二字，其中有多少含蘊，有多少悲慨。這種要將一切都放下而無所顧戀但求行樂的聲吻，正由於杜甫一切都無法放下，而又無可奈何的一份沉哀深痛。後世淺識之人，乃竟真以「行樂」目之，仇注引申涵光之言，甚至以為此句「似村學究聲口」，這對當時退食遲回寸心多違的杜甫真是一種可悲的誤解。

再看第二首詩，第二首詩乃承接第一首而來。第一首寫傷春自慨而歸之於無可奈何之行樂，第二首則由傷春無奈而轉為留春之辭，然而春去難留，則留春之辭乃彌復可傷矣。首聯：「朝回日日典春衣，每向江頭盡醉歸。」一開端便寫得如此之無聊賴，典春衣而云「日日」，向江頭而云「每向」，醉歸而云「盡醉歸」，其「日日」字、「每」字、「盡」字，都用得極好，足以寫出其滿腔無可奈何的抑鬱哀怨之情。而尤其妙在「日日典春衣」之上，偏偏著以「朝回」二字，夫上朝是何等事，典衣盡醉又是何等事，如今杜甫乃於朝回之時，而日日典衣以求盡醉，則其在朝中之違寸心的種種情事，可以想見。次聯「酒債尋常行處有，人生七十古來稀」二句，先不論其以「尋常」對「七十」之數字之借對之妙，即以其「酒債」與「人生」，及「行處有」與「古來稀」之對偶的承應自然而言，便已非杜甫以前諸作者之一循格律便落平板的句法所可比。而此一聯之尤可貴者，則更在其所含蘊之感慨之深。尋常行處的酒債之多，正因七十古稀的人生之短，而況「人生」一句之所慨者，實不僅七十古來稀之短促而已，其中更有杜甫對人生之多少失意哀傷。無可奈何之餘，惟欲盡付之一醉而已，此所以尋常行處不辭酒債之多也。而杜甫此二句，卻只落落寫來，一句酒債，一句人生，其間之關合感慨，乃盡在於言外，此種技巧與意境，也不是杜甫以前的七律所曾見。至於頸聯「穿花蛺蝶深深見，點水蜻蜓款款飛」二句，一般人只知欣賞其「深深」與「款款」二疊字之自然、「穿花」與「點水」二對句之工麗，若但知以此為工，則真將墮入「魚躍練川拋玉尺，鶯穿絲柳織金梭」之惡道矣（見《曲江二首》仇注），故葉夢得《石林詩話》乃讚美之云：「讀之渾然」，「氣格超勝」。葉氏之言固然不錯，而其實杜甫此一聯的好處，還不僅在其句法工麗之中不見琢削之跡的一種渾然超勝之致而已，而更在其中所蘊涵的一份極深曲的情意。王國維《人間詞話》曾分詩歌為有我之境與無我之境，而舉元好問之「寒波澹澹起，白鳥悠悠下」（《潁亭留別》）為無我之境。若元氏之「澹澹」與「悠悠」亦為疊字，而其所表現者乃但為優閒淡遠，並不見悲喜之情，與前所舉王維《輞川莊作》的「漠漠水田飛白鷺，陰陰夏木囀黃鸝」一聯之「漠漠」、「陰陰」頗為相似，而與杜甫此聯之「深深」、「款款」則迥不相同。蓋王氏與元氏皆能泯然悲喜而為超，而杜甫此二句則乃深糅悲喜而為入。雖然此二句中亦未嘗著以悲喜字樣，然而其所寫之「深深」、「款款」，卻使人讀起來，自然會感到杜甫對此深深見之穿花蛺蝶、款款飛之點水蜻蜓，正自有無限愛惜之意。像這種不正面抒寫感情，而感情卻能由其所寫之事物自然透出的境界，正是胸懷博大感情深摯的杜甫之所獨擅。而此二句，尤為使人感動者，則更由於自其愛惜之情中，所流露出的無限哀傷。何以知其哀傷？則自上一句之「人生七十古來稀」，及後二句之「傳語風光」、「暫時相賞」諸語所顯然可見者也。蓋此穿花之蛺蝶與點水之蜻蜓，亦終必有隨流轉之風光以俱逝之一日，因此眼前所見之一種「深深」、「款款」之致，乃彌復可戀惜，亦彌復可哀傷矣。像這種情意如此轉折深至，而對偶又如此工麗天然的七言律句，豈非我前面所說的意境與技巧的同時演進和配合的證明？至於尾聯「傳語風光共流轉，暫時相賞莫相違」二句，「傳語」二字已寫出無限叮嚀深意，而且其所欲傳語者，乃是向無知之風光傳語，其感情之深與癡可以想見；「共流轉」之「共」字當是兼此二句之花與蝶與蜻蜓與詩人而言者，此三字寫得極為親切纏綿，而復承接於叮嚀深至的「傳語風光」四字以後，其感人已多；而又繼之以「暫時相賞莫相違」七字，「相賞」而云「暫時」，已說得如此可哀，而「莫相違」之「莫」字，則更為說得委婉深痛，全是一片叮嚀祈望之深意，明知其不可留而留之，而如此多情以留之，杜甫傷春無奈之悲，至此而極矣。

從這兩首詩看來，杜甫對七言律體之運用，可說是已經達到了純熟完美、得心應手的地步了，所以，才能一從所欲地表達出如此曲折深厚的一份情意，而且，寫得如此淋漓盡致，無一意不達，無一語不適。這豈不是杜甫之七言律詩的一大進步？而這種進步，也正代表著整個七言律體的一大進步。杜甫的成就，已經使七言律詩脫離了早期酬應寫景的浮泛內容與束縛於格律的平板句法，使人認識了七言律體的曲折達意、婉轉抒情的新境界與新價值。僅此一階段之成就，杜甫已經為後世寫七言律詩的人開啟了無數境界與法門，然而這在杜甫而言，卻仍然只是他七言律詩的第二個階段而已。

杜甫在收京以後的一個階段所做的七律中，還有一首極好的佳作，而本文卻並未選錄出來作為此一階段的代表作，這首詩就是杜甫為鄭虔遭貶所做的《送鄭十八虔貶台州司戶傷其臨老陷賊之故闕為面別情見於詩》。盧德水曾讚美此詩說：「萬轉千迴，清空一氣，純是淚點，都無墨痕。」這確是一首極好的詩，而我並未選取此詩為此階段之代表作的緣故，則是因為這首詩乃是一首可遇而不可求的、在多種機緣湊泊之下所形成的特殊作品，並不能代表此一階段之常度的成就。試想鄭虔這一位「有道出羲皇」、「有才過屈宋」的「老畫師」，是何等人物；而其與杜甫之間的「但覺高歌有鬼神，焉知餓死填溝壑」的「忘形到爾汝」（以上引《醉時歌》）的友情，又是何等交誼；而「垂老陷賊」、「萬里嚴譴」的遭遇，更是何等慘事。以如此之人物，如此之交誼，而遇如此之慘事，杜甫竟而邂逅無端闕為一面之別，則更該是如何可憾恨之情意。像這種盡人間之極的作品，又何可以常度來衡量，這就是我未選取此詩為此一階段之代表作的緣故。

第三個階段，該是杜甫在成都定居草堂的一個時期的作品。如果我們說第二個階段是杜甫從嘗試模仿進步到純熟完美的一個階段，那麼這第三個階段則該是從純熟完美轉變到老健疏放的一個階段。寫到這裡，我想到一件值得一提的事，那就是杜甫所做七律較多的時期，都是在他生活上較為安定的時期，而在離亂奔亡中則很少寫七言律詩。像安祿山亂起以後，杜甫陷長安奔行在的一個時期，雖然也曾留下許多首不朽的詩篇，如《哀江頭》、《哀王孫》、《喜達行在所》、《述懷》、《北征》等，然而卻沒有一首是七言律詩。其後杜甫由華州棄官，而秦州，而同谷，而間關入蜀的一段時期，杜甫在輾轉旅途飢寒交迫之中，雖然也曾寫了許多首好詩，如前後二十四首《紀行詩》，以及《同谷七歌》等，然而也沒有一首是七言律詩。我以為這是頗可注意的一件事，這說明了七律一體在各種詩體中，是更富於藝術性的一種詩體，而寫作七言律詩，也需要更多的藝術上的餘裕。這所謂餘裕乃包括現實與精神兩方面的從容與安定而言，即使所寫的內容是沉痛哀傷，但在創作的階段中，七律一體卻始終需要更多的安排反省的餘裕，那就因為七律是所有各種詩體中最精美的一種詩體，因此所需要的藝術技巧也更多，它不像五七言古詩之不受拘執，可以隨物賦形，作自由的抒寫。至於以七律與五律相較，則五律雖也有平仄對偶的限制，但五律畢竟少了兩個字，對於工整與精美的要求，便也相對地減少了許多，所以五言律詩的寫作，可以不需要較多的餘裕。而況五律之體，前人之作品已多，蹊徑已熟，對一位才情兼勝，而更復以功力見長的像杜甫這樣的詩人而言，寫五言律詩該是費力最少而最易成功的一種詩體了。所以在杜甫所留下的一千四百多首詩中，五律一體竟然有六百三十首之多，將近所有各種詩體總和的半數，這在杜甫正是極自然的一件事。至於七言律詩，一則因此種體式在杜甫以前尚未成熟，二則因此種體式需要更多藝術上的餘裕，既有此二條件，所以杜甫在天寶亂前第一階段中，生活雖多餘裕，而卻因為對運用此種體式之技巧尚未臻於圓熟自然之境，因此，此一階段中，杜甫七律之作的數量並不多。到了收京之後的第二階段，則生活一安定下來，杜甫的七律之作的數量與技巧，便同時都有了顯著的增加和進步。既然有了第二個階段的成功，所以到了第三個階段，杜甫在成都草堂定居以後，生活與心情一有了餘裕，七律的作品立刻就增加了數量，而其表現的技巧與境界，也同時有了另一度的轉變。這正是一個偉大的天才之可貴的地方。因為一個真正的天才，其創作精神必然是生生不已的，杜甫既然在第二階段已經達到了對七律之體式運用純熟之境地，所以在進入第三階段中，杜甫就開始步上了另一新境地，這種新境地，乃是變工麗為脫略，雖然，仍舊遵守格律，然而卻解除了格律所形成的一種束縛壓迫之感，而表現出一種疏放脫略之致，可是，又並非拗折之變體，這是杜甫的七律之又一轉變。當然，這一切轉變，實在都只是一個天才演進發展的自然現象，並非如我所說的這樣有心著跡。杜甫之自純熟轉入於脫略，也正是一種極自然的現象。而且另一方面，杜甫這時年已漸老，所經歷過的生活，更可以說是歷盡艱險、辛苦備嘗，當年的豪氣志意，既已逐漸消磨沮喪，心情也自然轉入疏放頹唐。這種疏放的心情與脫略的表現，形成了杜甫第三階段的七律的風格。現在我們也舉兩首作品為例來看一看：

為人性僻耽佳句，語不驚人死不休。老去詩篇渾漫與，春來花鳥莫深愁。新添水檻供垂釣，故著浮槎替入舟。焉得思如陶謝手，令渠述作與同遊。

——《江上值水如海勢聊短述》

幽棲地僻經過少，老病人扶再拜難。豈有文章驚海內，漫勞車馬駐江干。竟日淹留佳客坐，百年粗糲腐儒餐。不嫌野外無供給，乘興還來看藥欄。

——《賓至》

第一首《江上值水如海勢聊短述》一篇，在杜甫的七律之作中，並不能算是很好的作品，只是我以為這一首詩頗有特色，足以代表杜甫此一階段的心情與風格，所以選錄了這一首詩。此詩從詩題開始，就已表現了杜甫的一種脫略疏放的意致，試想江上值水如海勢，乃是何等可觀之事，像這種可觀之事，如果在當年杜甫意氣方盛之時，該如何用長篇偉制以渲染描繪之，而杜甫此題卻於「江上值水如海勢」之下，輕輕只用了「聊短述」三字，便爾遽然截住，這真是絕妙的一個詩題。吳見思《杜詩論文》評此詩云：「江上值水勢如海，公見此奇景，偶無奇句，故不能長吟，聊為短述耳。」仇注更云：「此一時拙於詩思而作。」這些話，我以為實在是淺之乎視杜甫，「拙於詩思」、「偶無奇句」等語，都說得過於淺狹落實，不能深得此一首詩疏放脫略的情致之妙。以杜甫之高才健筆，豈真不能描述此一如海勢之江水乎？不過杜甫當時已非復當年之豪氣，一時不欲逞才刻意於詩篇，故而乃有此作耳。觀其題與詩之妙，此種情致實堪玩味。開端二句「為人性僻耽佳句，語不驚人死不休」乃寫前時平生之為人，正為次聯之反襯。當年性耽佳句，必求出語之驚人，此正一種少年盛氣光景，而今則年已老去，意興蕭疏，乃覺平生種種爭奇好勝之心俱屬無謂，故繼之乃有次句之「老去詩篇渾漫與，春來花鳥莫深愁」之言也。「渾漫與」一作「渾漫興」，「漫興」二字似較為習見易解，然而實不若作「漫與」之佳。「與」者，給與、交出之意，「渾漫與」者，謂隨意寫出全不用心著力之意也，故繼云「春來花鳥莫深愁」，對作詩既已非復當年之性耽佳句、語必驚人，對花鳥亦已非復當年之傷心濺淚，而致慨於其一片花飛、風飄萬點，因之乃一任今日江上水勢之如海，我亦復何所動心，更亦復何勞筆墨，因乃聊為短述而已。此一聯將杜甫老來一片疏放之情完全寫出，而遙遙與詩題之「聊短述」三字相映照，極為有致。至於頸聯「新添水檻供垂釣，故著浮槎替入舟」兩句，則是呼應詩題之「江上值水如海勢」，卻全不用正寫，而僅只用側筆作淡淡之點染，故意於其如海勢之種種壯觀奇景，皆略去不寫，而只寫一水檻，寫一浮槎，而此水檻與浮槎，亦不過僅只聊以供垂釣替入舟而已。看此二句，杜甫將一片如海勢之水只寫入如此之微物微事，真是閑淡之極，疏放之極，此正為此一詩情致佳妙之處，所以有心深求的人，反而不能領略這一首詩的好處了。至於尾聯「焉得思如陶謝手，令渠述作與同遊」二句，杜甫之設想，真乃如此詼諧入妙，其意蓋云，我今既已老去，而又疏放如此，不復雕琢佳句以求驚人，則安得有一思如陶、謝而有如此手段之詩人，則令渠述為驚人佳句，而我但得與之同遊，便可不用思索雕琢之苦，而得有欣賞驚人佳句之樂。此種妙想，千載以下之今日讀之，仍然可以使人對杜甫當日一份疏狂幽默的風趣發會心之微笑。而同時此一詩在格律句法方面，也同樣表現了一種脫略之致。首聯，一起便不入韻，而且兩句之句法，復極為疏散質拙，乍觀之，幾乎全然不似律詩之起句，然細味之，則平仄又全然無所不合，是脫略，而卻並非拗體（杜甫亦有拗律佳作，俟下節論之），此正為杜甫此一階段獨到之境界。次聯「渾漫與」、「莫深愁」之對句，亦極脫略，而平仄及詞性又能不失其平衡對稱，正唯熟於律者，方能有如此妙用。至於頸聯「水檻」、「浮槎」之對頗為工整，而卻又出之以閒淡，此乃脫略之又一種表現。結尾一聯之句法，與首聯同其疏散。這一首詩，可以說充分表現了杜甫此一階段的內容與格律兩方面的疏放脫略的境界。

第二首，起二句「幽棲地僻經過少，老病人扶再拜難」，與前一首相同，也是起首不入韻，而與前一首相異的，則是此二句乃是對起，而且不僅字面相對，內容方面亦是賓主相對。首句「經過少」是就賓而言，次句「再拜難」則是就主而言，而且自此以下通篇皆以賓主互相對敘。三句「文章驚海內」是主，四句「車馬駐江干」是賓，五句「佳客坐」是賓，六句「腐儒餐」是主，七句「無供給」是主，八句「看藥欄」是賓。高步瀛先生《唐宋詩舉要》評此詩云：「開合變化，極變化之能事。」通觀全篇，謹嚴之中有脫略，疏放之中有整齊，這正是熟於格律而又能脫去束縛壓迫之感的代表作品。至於就內容而言，則首句「幽棲地僻」既本無意於賓之訪，次句「老病人扶」自亦無怪其禮之疏，而於此疏懶之致中，卻偏偏用了「經過」、「再拜」等謹嚴的客套字樣，寫得狂而不率，情致極佳。次聯「豈有文章驚海內，漫勞車馬駐江干」二句，「文章」與「車馬」，及

「海內」與「江干」之對句，用字頗端謹，而「豈有」與「漫勞」二字之口吻，則又極為疏放自然。「文章」一句，似謙退之語，而隱然亦可見文章之有聲價；「車馬」一句似推敬之言，而隱然亦見車馬之無足羨。至於頸聯「竟日淹留佳客坐，百年粗糲腐儒餐」，以「淹留」對「粗糲」，字面便極脫略，佳客自無妨為竟日之留，而腐儒則唯有粗糲之供，一片疏放真率之情，寫得極自然可喜。至尾聯之「不嫌野外無供給，乘興還來看藥欄」二句，「不嫌」一本作「莫嫌」，我以為「不嫌」之口氣是就客說，客自不嫌耳，若作「莫嫌」，則似有主人願客莫嫌之意，以杜甫此詩所表現之疏放之情來看，似以作「不嫌」為佳。「藥欄」則花藥之欄也，野外原無供給之物，亦不欲故求供給之物，惟「藥欄」或者尚可一看，至於客之是否「不嫌」，是否「還來」，則一任之耳，不嫌固佳，嫌亦何妨；來固佳，不來亦何傷。此二句原不必深求，但寫杜甫當時一份疏放之情而已，必如金聖嘆所云「因不能款他，要他速去」，則未免失之淺狹矣。

綜觀此二詩，以內容情意而言，都表現了杜甫久經艱苦幸得安居後的一份疏放的情致，以格律技巧言，則又都表現了臻於純熟以後的、或散或整或工或率的一種脫略的境界。這是杜甫七言律詩的第三個階段。在此一階段的作品如《卜居》、《狂夫》、《客至》、《江村》、《野老》、《南鄰》等，都表現了相近似的境界，這是對人生的體驗與對格律的運用都已經過長久的歷練而逐漸擺脫出其壓迫與束縛的一種境界。這是杜甫七律的又一進展，也是七言律詩一體在格律之束縛中自拘謹化為脫略的又一進境。

第四個階段，我以為該是杜甫去蜀入夔以後一個時期的作品。這一時期，杜甫的七律可以分作正變兩方面來看，像《諸將五首》、《秋興八首》、《詠懷古跡五首》等，這當然屬於正格方面的代表作，而像《白帝城最高樓》、《黃草》、《愁》、《暮春》等詩，則屬於變體的拗律。初看起來，正格與變體，似乎是迥然相異的兩種風格，而其實這正是一種成就之兩面表現。杜甫此一階段之七律，對格律之運用，已經達到完全從心所欲的化境的地步，不過，一種從心所欲是表現於格律之內的騰挪跳躍，另一種從心所欲則是表現於格律之外的橫放傑出而已。

現在我們先舉一首橫放傑出於格律之外的變體的拗律來看一看：

城尖徑仄旌旆愁，獨立縹緲之飛樓。峽坼雲霾龍虎臥，江清日抱黿鼉遊。扶桑西枝對斷石，弱水東影隨長流。杖藜嘆世者誰子，泣血迸空回白頭。

——《白帝城最高樓》

杜甫的拗體七律，早在其第一階段與第二階段就已經出現過，如《鄭駙馬宅宴洞中》、《題省中壁》、《早秋苦熱堆案相仍》等，其平仄音律便都有拗折之處。此種作品，但為杜甫多方面繼承接納之一種嘗試，蓋在七律一體尚未完全奠立之先，如庾信《烏夜啼》等作，其音律往往有拗折之處，此原為一種不成熟之現象。杜甫早期拗律，亦僅為一種嘗試而已。而到了去蜀入夔以後，杜甫的拗律，卻由嘗試而真正達到了一種成熟的境地，以拗折之筆，寫拗澀之情，夐然有獨往之致，造成了杜甫在七律一體的另一成就，而《白帝城最高樓》一首，就正可為杜甫成熟之拗律的代表作品。此詩開端「城尖徑仄旌旆愁」一句，「仄」字、「旆」字都是仄聲，從一開始就是拗起，寫出一片險仄苦愁情景。次句「獨立縹緲之飛樓」，「立」字與「緲」字又是兩仄聲字，聲律既已拗折，而復於句中用一「之」字，變律詩之句法而為歌行之句法，且連用三平聲，奇險中又別有瀟灑飛揚之致，而獨立蒼茫之悲慨亦在言外。三、四兩句「峽坼雲霾龍虎臥，江清日抱黿鼉遊」，對偶聲律都頗為工整。以格律言，此二句固正是律詩之重點所在。此一聯之工整，正是此詩雖為拗體，而仍不失為律詩的重要關節。然而「黿鼉遊」卻又連用了三個平聲字，工整中仍有拗澀之致。至於以內容言，則此二句乃寫高樓所見之景，仇注引韓廷延云：「雲霾坼峽，山水盤拏，有似龍虎之臥；日抱清江，灘石波蕩，恍如黿鼉之遊。」這兩句所形容刻畫之景物實極為真切，卻偏偏出之以險怪之辭、疑似之筆，於工整中力避平俗，這正是杜甫變中有正、正中有變的一種妙用。至於頸聯「扶桑西枝對斷石，弱水東影隨長流」，則寫峽石之高與水流之遠。扶桑為日出之地，在碧海中，有樹長數千丈，見《山海經》及《十洲記》，弱水則《禹貢》、《山海經》、《淮南子》、《史記・大宛傳》、《漢書・地理志》及《後漢書・東夷傳》皆有所載，要之弱水之為發源極遠，而自西東流。此二句蓋言峽之斷石極高，遙遙與東方扶桑之西枝相對，江之水流極遠，遙遙與西方弱水之水影相接，其意不過寫峽高水遠，而用字遣辭乃有橫絕一世之概。至於此一聯之聲律，則上句「桑」字與「枝」字兩字皆平，下句「水」字與「影」字兩字皆仄，上句「對斷石」連用三仄，下句「隨長流」連用三平，拗折中亦有法度，且聲律雖拗，對偶則工，此仍是杜甫正變相參之妙用。第七句「杖藜嘆世者誰子」，句中用一「者」字，大似散文之句法，較之次句效歌行體用「之」字，尤為奇崛。後之韓愈有意學杜之奇險，亦往往以文句入詩，如其《薦士》一詩「有窮者孟郊」一句，豈非與杜甫此句之句法頗為相近？然而韓愈之奇險，乃在惟以字句爭奇，而不能於感情意境上取勝，其奇險乃落空而無足取。至如杜甫此句，則不僅句法之奇崛而已，而其尤可貴者，乃在以此拗澀之句，寫出一種中心多舛的嘆世之情。「杖藜」寫人之形貌，則既衰病又艱於行矣。「嘆世」寫人之心境，則滿懷悲慨徒託之嘆息矣。然後用「者」字做一收束，頓挫極為有力，再以「誰子」二字接轉，則此杖藜而嘆世者，果何人哉，乃竟形貌如此之衰，心情如此之痛乎！此句悲慨極深，乃全在用「者」字之音節拗澀停頓中表現出來，這又豈是僅知於字面學杜甫之奇險的人之所能企及。至於末一句「泣血迸空回白頭」，乃承上句而來，寫其嘆世之悲，有至於如此者。杜甫往往以「泣血」寫其深沉之悲苦，如其《得舍弟消息》一詩之「啼垂舊血痕」，《遣興》一詩之「拭淚沾襟血」，讀之皆使人深為其悲苦所感動，以為杜甫所泣者，固當真是血痕而非淚點也。唯是前所舉二句之泣血，尚復有垂痕可見，有衣襟可沾，今日在此高樓之上，滿懷嘆世之情，乃竟至泣血迸空，更無可供沾灑之地，既寫出樓之高，更寫出情之苦。而「回白頭」三字，則使人讀之尤覺可哀，何則？滿頭白髮而望空回首，此中固有多少抑鬱無奈之情在也，讀者當於此深加體味，則知其一片違拗艱苦之情，皆在此一回首之中矣。通觀此詩，以拗折艱澀之語，寫抑鬱艱苦之情，既得聲情相合之妙，而復能於拗折中把握一份法度。首聯，以拗句起，以拗句救。頷聯把握律詩之重點，而於工整中見奇險之致。頸聯復以下句之拗救上句之拗，而又於聲律之拗折中，把握了對偶之工整。尾聯於第七句用一「者」字，以散文之句法入詩，復接以「誰子」二字，作疑問之口氣喚起末句，極得頓挫振起之妙。像這樣的詩，其所把握的，乃是形式與內容相結合的一種原理與原則，雖然不遵守格律的拘板形式，卻掌握了格律的精神與重點。毛奇齡曾評杜甫拗律云：「杜甫拗體，較他人獨合聲律，即諸詩皆然，始知通人必知音也。」（見《暮歸》詩仇注）所以，杜甫此種變體之拗律，雖是橫放傑出於聲律之外，然而實在是深入於聲律的三昧之中了。因此，我以為此種變體之拗律，與另一種謹守格律，而於格律之局限中做騰挪跳躍的正格律詩，實在乃是同一種成就的兩種表現。這兩種表現，都說明了杜甫已經深得律詩之三昧，達到了出入變化運用自如的地步。如果單純以欣賞而言，則無論其為正格或變體，杜甫此一階段的七言律詩，都自有其值得賞愛之處。但如果以七言律詩之演進而言，則自然仍當以正格之作為主，至於拗律雖然易見飛躍騰挪之勢，而如果以詩體演進之理論言，則拗律畢竟只是側生旁枝。即如宋代之黃山谷，有心專致力於拗體之嘗試，後人甚至為之定立了單拗、雙拗、吳體種種名目，其於拗律之寫作，可以說頗有成就了，而觀其所作，實在只是求奇取勝。因為正格的謹守格律的七律，如果沒有高才深情，便容易流於庸弱，山谷蓋深明此理，所以乃以拗折為古峻，這在形貌與音律方面確實有化腐朽為神奇之用，但此與杜甫之以拗折之筆寫拗折之情，把一片沉哀深痛都自然而然地表現於拗律之中的作品，當然不可同日而語。不過杜甫的拗律，確曾為後人開了一條門徑，使後人得了一個避免流於平弱庸俗的寫七律的法門。這一點就杜甫之七律對後世之影響而言，已是極可注意的一件事。不過，以拗折避平弱，畢竟只是別徑，謹守格律而能不流於平弱的作品，才是正格的更可注意的成就。

說到杜甫此一階段的正格的七言律詩，自然當推其《諸將》、《秋興》、《詠懷古跡》等詩為代表作，而其中尤以《秋興八首》之成就為最可注意。現在我們就把這八首詩抄出來看一看：

其一

玉露凋傷楓樹林，巫山巫峽氣蕭森。江間波浪兼天湧，塞上風雲接地陰。叢菊兩開他日淚，孤舟一繫故園心。寒衣處處催刀尺，白帝城高急暮砧。

其二

夔府孤城落日斜，每依北斗望京華。聽猿實下三聲淚，奉使虛隨八月槎。畫省香爐違伏枕，山樓粉堞隱悲笳。請看石上藤蘿月，已映洲前蘆荻花。

其三

千家山郭靜朝暉，日日江樓坐翠微。信宿漁人還汎汎，清秋燕子故飛飛。匡衡抗疏功名薄，劉向傳經心事違。同學少年多不賤，五陵衣馬自輕肥。

其四

聞道長安似奕棋，百年世事不勝悲。王侯第宅皆新主，文武衣冠異昔時。直北關山金鼓振，征西車馬羽書遲。魚龍寂寞秋江冷，故國平居有所思。

其五

蓬萊宮闕對南山，承露金莖霄漢間。西望瑤池降王母，東來紫氣滿函關。雲移雉尾開宮扇，日繞龍鱗識聖顏。一臥滄江驚歲晚，幾回青瑣點朝班。

其六

瞿唐峽口曲江頭，萬里風煙接素秋。花萼夾城通御氣，芙蓉小苑入邊愁。珠簾繡柱圍黃鵠，錦纜牙檣起白鷗。回首可憐歌舞地，秦中自古帝王州。

其七

昆明池水漢時功，武帝旌旗在眼中。織女機絲虛夜月，石鯨鱗甲動秋風。波漂菰米沉雲黑，露冷蓮房墜粉紅。關塞極天唯鳥道，江湖滿地一漁翁。

其八

昆吾御宿自逶迤，紫閣峰陰入渼陂。香稻啄餘鸚鵡粒，碧梧棲老鳳凰枝。佳人拾翠春相問，仙侶同舟晚更移。彩筆昔遊干氣象，白頭今望苦低垂。

這八首詩，無論以內容言，以技巧言，都顯示出杜甫的七律已經進入一種更為精醇的藝術境界。先就內容來看，杜甫在這些詩中所表現的情意，已經不是一種單純的現實之情意，而是一種經過藝術化了的情意。譬如蜂之採百花，而釀成為蜜，這中間曾經過了多少飛翔採食、含茹醞釀之苦，其原料雖得之於百花，而當其釀成之後，卻已經不屬於任何一種花朵了。杜甫在這些詩中所表現的情意，亦復如此。杜甫入夔，在大歷元年，那是杜甫死前的四年。當時杜甫已經有五十五歲，既已閱盡世間一切盛衰之變，也已歷盡人生一切艱苦之情，而且其所經歷的種種世變與人情，又都已在內心中經過了長時期的涵容醞釀，在這些詩中，杜甫所表現的，已不再是像從前的「窮年憂黎元，嘆息腸內熱」的質拙真率的呼號，也不再是「朱門酒肉臭，路有凍死骨」（《自京赴奉先縣詠懷五百字》）的毫無假借的暴露，乃是把一切事物都加以綜合醞釀後的一種藝術化了的情意。這種情意，已經不再被現實的一事一物所局限，正如同蜂之釀蜜，雖然確實自百花採得，卻已經並不受百花中任何一種花朵的局限了。如果我可以妄擬兩個名稱加以區分的話，我以為拘於一事一物的感情，可以稱之為「現實的感情」；而經過綜合醞釀以後的一種感情之境界，則可以稱之為「意象化之感情」。杜甫在這些詩中所表現的，就已經不再是「現實的感情」，而是一種經過醞釀的「意象化之感情」了。

再就技巧來看，杜甫在這些詩中所表現的成就，有兩點可注意之處：其一是句法的突破傳統，其二是意象的超越現實。有了這兩種運用的技巧，才真正掙脫了格律的壓束，使格律完全成為被驅使的工具，而無須以破壞格律的形式，來求得變化與解脫了。因此七言律詩才得以真正發展臻於極致，此種詩體才真正在詩壇上奠定了其地位與價值。杜甫所嘗試的這兩種表現的方法，對中國舊詩的傳統而言，原是一種開拓與革新，然而杜甫在這種開新的嘗試中，卻完全得到了成功，那就因為杜甫所闢的途徑，乃是完全適合於七律一體的正確可行的途徑。看到這種成就，我們不得不震驚於杜甫的天才，其所稟賦的感性與知性是如此的均衡並美，因之，乃能對於詩體的特色、詞句的組織、前人已有之成就、未來必然之途徑，都自然而然有一種綜合的修養與認識，而復能加以正確的開拓和運用。

就七言律詩之體式而言，其長處乃在於形式之精美，而其缺點則在於束縛之嚴格。杜甫以前的一些作者，如沈、宋、高、岑、摩詰、太白諸人，都未能善於把握其特色來用長捨短，所以謹守格律者，則不免流於氣格卑弱，而氣格高遠者，則又往往破壞格律而不顧。蓋七律之平仄對偶，乃是一種極為拘狹、極為現實之束縛，如果完全受此格律之束縛，而且做拘狹現實之敘寫，如宋之問的「金鞍白馬」與「玉面紅妝」，高達夫的「青楓江上」與「白帝城邊」，甚至如王摩詰之「山中習靜」與「松下清齋」，都不免有拘狹平弱之感。這是在此嚴格之束縛中的一種必然的現象。杜甫在其第一階段的七律之作，便亦正復如此。到了第二階段，則杜甫對於此拘狹現實之格律，已經達到了運轉自如之地步，所以，已能將深微曲折之情意納入其中，而就格式言，則杜甫卻仍然停留在工整平順的一般性之束縛中。到了第三階段，杜甫便表示了對格律之壓迫感的一種掙脫之嘗試，只是這種掙脫之嘗試，僅表現於消極地以脫略代工整而已，而並未曾作積極的破壞或建樹。到了第四階段，杜甫才真正地完全脫出於此種拘狹於現實的束縛之外，而於破壞與建樹兩方面都做到了淋漓酣暢、盡致極工的地步。屬於破壞性的拗律，我在前面已曾詳細論及，杜甫之破壞，並非盲目的破壞，他所破壞的，只是外表的現實拘狹的形式，卻把握了更重要的一種聲律與情意結合的重點，這正是深入於聲律之中，又有擺脫於聲律之外的一種可貴的成就。不過這種成就，雖然避免了七律之缺點，做到了完全脫出於嚴格的束縛之外的地步，但另一面卻也失去了七律之長處，而未能保持其形式之精美。因此，杜甫在拗律一方面之成就，終不及其在正格的七律一方面之成就的更可重視。而使杜甫在正格之七律中，能做到既保持形式之精美，又脫出嚴格之束縛的兩點最可注意的成就，那便是前面所提到過的——句法的突破傳統與意象的超越現實。

先就句法的突破傳統來看。中國古詩的句法，一向是以承轉通順近於散文的句法為主，如「行行重行行，與君生別離」（《古詩十九首》）、「步登北芒阪，遙望洛陽山」（曹植《送應氏詩》）、「西京亂無象，豺虎方遘患」（王粲《七哀詩》）諸語，皆屬平順直敘之句法。其後隨聲律之說的興起，詩的句法也因拘牽於聲律而又力求精美之故，而漸趨於濃縮與錯綜，如「魚戲新荷動，鳥散餘花落」（謝朓《遊東田》）、「網蟲隨戶織，夕鳥傍櫚飛」（沈約《直學省愁臥》）諸語，便已迥異於前所舉諸詩句之舒展自然。迄於初唐以後，隨律詩體式之奠定，詩句亦更趨於緊縮凝煉，如「露重飛難進，風多響易沉」（駱賓王《在獄詠蟬》）、「雲霞出海曙，梅柳渡江春」（杜審言《和晉陵陸丞早春遊望》）諸語，或省略主詞，如「露重」二句，或以短語做形容詞之用，如「雲霞」二句。然而要之，其因果層次，則仍極為通順明白，如前兩句「露重」是因，「飛難進」是果；「風多」是因，「響易沉」是果，後兩句「雲霞出海」是寫「曙」之美，「梅柳渡江」是寫「春」之來。若此等詩句，雖已化傳統之平散為濃煉，然而一則其變化乃全出於詩體音律所形成的自然之趨勢，而並非出於作者有意之改革或開創，再則其變化僅為自平緩舒散之化為緊煉濃縮，而並非因果與文法之顛倒或破壞，所以，此種句法與傳統之句法，並不甚相遠。而七言律詩之體，初起之時，實在連此種五言律精煉濃縮的階段亦尚未做到，而僅能以散緩的句法寫平順的對句。但我們從五律的演進，就可以推知，七律的對句之必將自散緩平順轉為精煉濃縮，乃是一種極為自然的趨勢，在這種趨勢下，杜甫不但自然地做到了精煉濃縮，而且以其過人之感性與知性，帶領著七言律詩的句法進入到另一完全突破傳統的新境界。那就是因果與文法之顛倒與破壞。這種顛倒與破壞對杜甫而言，是含有一種反省與自覺的意味的，而並非全出於無意之偶然。這種含有反省與自覺意味的革新，不但在當時是一種前無古人的開創，即使在五四新文學革命以後的近代，也還有些人對之不能完全承認或接受，如陸侃如與馮沅君合編之《中國詩史》，便曾譏詆《秋興》及《詠懷古跡》的一些詩句為「直墮魔道」，「簡直不通」；胡適之的《白話文學史》，在評述杜甫的七言律詩時，也曾說：「《秋興八首》，傳誦後世，其實都是一些難懂的詩謎，這種詩全無文學的價值，只是一些失敗的詩玩意兒而已。」對於這種評語，我卻不敢苟同。我們試舉《秋興八首》中最為人所譏議的「香稻啄餘鸚鵡粒，碧梧棲老鳳凰枝」兩句來看，就邏輯與文法而論，此二句實有鄰於不通之嫌，蓋如將首二字視為主詞，將第三字視為動詞，則香稻固無喙，如何能啄？碧梧亦無足，如何能棲？此所以很多人譏評此二句為不通，或者又以為此二句乃是倒句。但假如竟把此二句倒轉過來，成為「鸚鵡啄餘香稻粒，鳳凰棲老碧梧枝」，則此二句乃成為正寫鸚鵡啄稻與鳳凰棲梧之兩件極現實之情事。姑不論「鳳鳥」之久矣不至，在現實中本不可能為實有之物，即使果有鳳凰棲梧之事，如此平直地敘寫下來，也成為極淺薄現實的一件情事了。所以杜甫此二句，其主旨原不在於寫鸚鵡啄稻與鳳凰棲梧二事，乃在寫回憶中的渼陂風物之美，「香稻」、「碧梧」都只是回憶中一份烘托的影像，而更以「啄餘鸚鵡粒」與「棲老鳳凰枝」來當做形容短語，以狀香稻之豐，有鸚鵡啄餘之粒；碧梧之美，有鳳凰棲老之枝，以渲染出香稻、碧梧一份豐美安適的意象，如此則不僅有一片懷鄉憶戀之情激盪於此二句之中，而昔日時世之安樂治平亦復隱然可想。這是一種極為高妙的表現手法。故讀此二句時，不當以香稻、碧梧二詞與下一「啄」字及「棲」字連讀，而當稍作一停頓，如此便能將下五字分別為形容短語，而不致有文法不通之言矣。所以，《而庵詩話》即曾云：「論詩者以為杜詩不成句者多，乃知子美之法失久矣，子美詩有句有讀，一句中有二三讀者，其不成句處，正是其極得意處也。」我以為正是這種新穎的句法，才使這兩句超脫於一般以平鋪直敘來寫拘狹現實之情事的範疇，進入一種引人聯想觸發的感情的境界。這種句法，其安排組織全以感受之重點為主，而不以文法之通順為主，因此，其所予人者乃全屬意象之感受，而並非理性之說明。所以，杜甫的句法，雖然對傳統而言乃是一種破壞，其實卻是一種新的創建。這種創建可把握感受之重點，寫為精煉之對偶，而全然無須受文法之拘執，一方面既合於律詩之變平散為精煉之自然的趨勢，一方面又為律詩開拓了一種超乎於寫實的新境界。如此，七言律詩才真做到了既保持了形式之精美，又脫出了嚴格之束縛的地步，才真的完全發揮了七律的長處與特色，而避免了七律的缺點。這是杜甫第一點可注意之成就。

其次，再就意象之超越現實來看。在傳統的觀點中，杜甫原被人目為寫實派的詩人，如其《自京赴奉先縣詠懷五百字》、《北征》、《羌村》、「三吏」、「三別」等一些名作，當然都是屬於寫實的作品，其成就之堅實卓偉，固早已為眾所周知，而我以為杜甫在晚年的七律之作品中，所表現的寫現實而超越現實的作品，才是更可注意的成就。因為，中國的詩歌，自《詩經》以來，可以說大多數是偏於寫實之作，如《關雎》、《桃夭》、《苕之華》、《何草不黃》諸詩，無論其所寫者之為歡樂、為愁苦，要之皆不外以現實之事物寫現實之情意，即使有比興之喻託，而其所借喻與被喻者，仍然皆屬於現實之範疇。這種比興喻託之作，一直到了唐代的初期，仍然被現實的圈子局限著，如駱賓王之《詠蟬》的「露重飛難進，風多響易沉」、陳子昂之《感遇》的「微月生西海，幽陽始代升」，或者以「露重、風多喻世道之艱險」、「難進、易沉慨己冤之不伸」（唐汝詢說），或者以「陰月喻黃裳之坤儀」、「陽光喻九五之乾位」（陳沆說），這種作品，其所喻託之拘牽限制，自屬顯然可見。而杜甫《秋興八首》所表現的一些意境，則既非平敘之寫實，又非拘牽之託喻，而乃是以一些事物的意象表現一種感情的境界，完全不可拘執字面為落實的解說。這在中國詩的意境中，尤其在七言律詩的意境中，是一種極為可貴的開創。杜甫之所以能達致此種成就，其因素約有下列數端：其一，杜甫此八首詩所表現之內容，如前所言，乃是一種「意象化之感情」，而非「寫實之感情」，故其所寫之情意，乃不復為一事一物所局限，這是其所以能超越現實之一因；其二，杜甫所用以表現之句，如前所言，乃全以感受之重點為主，而並不以文法之通順為主，因此其表現之方式，不為說明而為觸發，這是其不為現實所拘之又一因；其三，如果以杜甫與李賀、義山輩的幽微渺茫之意境相較，杜甫詩中所表現的情意，仍是屬於近乎現實之情意，然而其竟能突破現實之局限的緣故，則在其感情本身之質量的深厚與博大。《莊子・逍遙遊》說：「水之積也不厚，則其負大舟也無力。」韓愈《答李翊書》說：「水大而物之浮者大小畢浮。」感情之質量亦復如此。所以，以孟郊、賈島氣局之狹隘，則縱使極力雕琢也依然無補於其枯窘寒瘦，令人有置杯則膠之感。若杜甫之襟懷感情，如果以水為喻，則其度量固屬汪洋浩瀚，難以際其端涯，以浮物言亦復大小畢浮，難以一一遍舉，故陳繼儒評《秋興八首》乃有「雲霞滿空，回翔萬狀」之言。

所以，其意境既難於做具體之說明，亦難於為現實之界劃，大有背負青天而莫之夭閼之勢。這是杜甫之所以雖寫現實卻超越於現實之外的又一因。

杜甫的這種成就與表現，在前面論句法一節，舉「香稻」「碧梧」二句為例時，我已曾言及此二句原只是回憶中一份影像的烘托，而藉以表現懷鄉戀闕之種種情懷與夫盛衰今昔之種種悲慨。今再舉一例，如七章「昆明池水」一首，「織女機絲虛夜月，石鯨鱗甲動秋風」二句，也是以一些事物來渲染出一種意象，藉以表現一種感情之境界，而並非拘狹之寫實。雖然織女與石鯨之石刻，也確為長安昆明池所實有之物（詳見七章《集解》），然而杜甫此二句，則不僅寫其對昆明池畔之織女像，以及水中之石鯨魚的一份懷念而已，其所要寫的乃是藉織女、石鯨所表現出的一種「機絲虛夜月」與夫「鱗甲動秋風」的空幻蒼茫飄搖動盪的意象。此種意象，原難於做現實之說明與勾畫，而讀者卻又極容易自其中引起觸發與聯想，所以，前之注杜詩者，對於此種詩句，乃往往有極紛紜歧異的解說與猜測。即以此二句而言，「織女」句，有以為喻言「防微杜漸之思不可不密」者，有以為寫「杼柚之已空」者，有以為「比相臣失其經綸」者；至於「石鯨」句，則多以為乃寫「強梁之蠢蠢欲動」，或者更以為有「萬一東南江湖之間變起不測」之意（以上諸說皆詳七章《集解》）。凡此諸說，皆受中國傳統的比興喻託之說的拘執，所言皆不免過於拘狹落實，而不能純自其意象去體會其中的一份懷戀之情。今昔之感、空幻之悲與夫動亂之慨，譬如酌蠡於海，又安能窮其端涯，盡其浮物也哉！故讀杜甫《秋興》諸詩，必須先有一份深刻而通達的感受能力，而不可拘執字義與句法，做過於現實之解說與評論。《一瓢詩話》即曾云：「杜少陵詩止可讀不可解，何也？公詩如溟渤無流不納，如日月無幽不燭，如大圓鏡無物不現，如何可解？」若欲勉強拘牽現實以立說，則真不免貽摸象揣籥之譏了。所以我說杜甫第二點可注意之成就，乃是意象之超越現實，那就因為杜甫所寫的，雖也是現實的景物情意，如織女、石鯨之確為現實之物，憂時念亂之本為現實之情，可是杜甫卻完全能不為現實所拘，而只是以意象渲染出一種境界，於是織女、石鯨乃不復為實物，而化成為一種感情之意象了。這在中國舊詩的傳統中，乃是一種極可貴的開拓。

尾言

從以上所舉的四個階段來看，杜甫的七言律詩一體，其因襲成長，以及蛻變與革建的種種過程已可概見。由此可以推知杜甫在《秋興》八章中所表現的句法之突破傳統與意象之超越現實的兩點成就，並不是無意的偶然，而是透過其深厚的體驗及功力，與其均衡的感性及知性以後的產物，在這種演進的過程中，帶有濃重的反省的意味。他所指示給我們的，乃是中國舊詩欲求新發展的一條極可開拓的新途徑。因為就文學藝術的發展而言，自平直地摹寫現實，到錯綜地表現意象，由訴諸理性的知解，到喚起感性的觸發，原該是一種演進的必然之趨勢，這在文學藝術界都瀰漫著超現實與反傳統的現代風的今日，就越發可看出此種演進趨勢之必然與不可遏止的力量了。而杜甫《秋興》八詩所表現的突破傳統與超越現實兩點成就，也就越發值得我們重新加以研判和注意了。然而可貴亦復可惜的，則是杜甫的成就，乃全出於天才自然之發展，雖然其間也有著一種屬於感性與知性均衡之天才所特有的反省之意味，但並未曾形諸於顯意識的有意之標舉或倡導。所以，雖早在一千二百多年前的唐代，杜甫就曾以其天才及功力之凝聚，在他的作品中顯示了現代風的反傳統與意象化的端倪，然而真正能繼承此一方向，而步上向未知延展的意象之境界的作者，卻並不多見。其所以未能就此一方向發展下去的緣故，我以為乃由於以下的幾點因素：其一，就文學藝術一般之發展而言，意象化的表現，雖有其必然之趨勢，然而一定要等到寫實之途徑既窮，然後方能為一般人所嘗試和接受，正如前所論七言詩之形成，雖有其必然之勢，然而一定要等到五言之變既窮，然後方能普遍盛行一樣，在時機尚未成熟時，一般人並無奔越及於未然的能力。所以，杜甫雖然以其博大傑出的天才與功力，成為了一個意象化的先知先覺的信息的透露者，然而繼起的足跡，卻是寂寥而荒漠的。其二，就中國韻文之發展而言，中國的詩歌，一向都與音樂歌唱結有不解之緣。訴之於耳的作品，自然以直接現實之情事更易於為一般人所了解和接受。因此，由詩而詞而曲，中國韻文中所表現的感情意境，也就始終都是偏於現實具體的敘寫，而遲遲地未能步向於觸引深思默想的意象化的途徑上去。其三則因為舊社會儒家思想影響之深遠，一般中國詩人所寫的志意懷抱，乃往往都僅局限於出處仕隱窮通家國等種種現實之情意，而鮮能脫出此種士大夫觀念之約束。然而，如我在前一節所言，杜甫的情意雖然也依然屬於此傳統現實之情意，杜甫卻獨能以其感情之深厚無涯，而溢出了現實事物的局限之外。他人的忠愛之心與用世之念，乃出於理性之有意，而杜甫之忠愛，則出於天性之自然。所以，一淺一深，一則可以為理性之區劃，一則不可為理性之區劃。譬如方池與大海，即使自一般人看來同樣是水，而一者之輪廓淺狹可見，一者之廣漠渺遠無邊，其質量之懸殊，實迥然相異。杜甫情感之深厚博大，既迥非常人所可及，所以，杜甫寫現實而溢出於現實事物之外的成就，也就不是常人所可輕易學步的了。因了以上的三種原因，所以，杜甫七律的影響雖大，沾溉雖廣，得其一體的作者雖多，然而真正能自其意象化的境界悟入，而能深造有得的作者，卻並不多見。有之，則唯一值得稱述的，便該推晚唐時的李義山了。《一瓢詩話》即曾云：「有唐一代詩人，唯李玉溪直入浣花之室。」《詩鏡總論》亦云：「李商隱七言律，氣韻香甘，唐季得此，所謂枇杷晚翠。」《峴傭說詩》亦云：「義山七律，得於少陵者深，故濃麗之中時帶沉鬱，如《重有感》、《籌筆驛》等篇，氣足神完，直登其堂入其室矣。」諸家之說，自屬有見之言，只是我國舊日詩話之評說，往往過於含混，但能以直覺感受其然，而未能以理性分析其所以然。自今日觀之，則義山七律之所以能獨入浣花之室者，其最重要的一點，實即在於其深有得於杜甫的意象化之境界。所以，胡適之在他的《白話文學史》中，即曾經把杜甫的《秋興八首》指為「難懂的詩謎」，而玉溪詩謎之難懂，則尤有過之，元遺山《論詩絕句》就曾經有過「只恨無人作鄭箋」的嘆息，王漁洋《論詩絕句》也曾經說過「一篇錦瑟解人難」的話。而杜之《秋興》、李之《錦瑟》，卻並不曾以其難懂而貶損其價值。因為一般所謂難懂，實在並非不可懂，只是難於以言語做局限之說明，而就讀者之感受而言，則此種意象化之表現，實在較之現實的敘寫更容易引起人的聯想，更能予人以豐富的觸發。杜甫與義山之所以能進入此一境界，我以為他們兩人有一個共同的特色，那就是感情的過人。雖然兩人的感情之性質並不盡同，杜甫是以其博大溢出於事物之外，義山則是以其深銳透入於事物之中；杜甫之情得之於生活體驗者多，義山之情則得之於心靈之銳感者多，而其以過人的感情的浸沒，泯滅了事物外表之局限的一點，則兩人卻是相同的。這是義山之所以能步入杜甫的意象化之境界的一個主要原因。其次，另一個共同的特色，就是他們兩人皆長於以律句之精工富麗來標舉名物，為意象之綜合。然而兩人所用以表現意象之名物，則又微有不同。杜甫所藉以表現其意象者，多屬現實本有之事物，如渼陂附近之香稻、碧梧，昆明池畔之織女、石鯨，皆為實有之景物；而義山所藉以表現其意象者，則多屬現實本無之事物，如莊生之曉夢、望帝之春心、明珠之有淚、暖玉之生煙，乃皆為假想之事物。自文學之演進來看，二者雖同為意象化之表現，而義山之以假想之事物，表現心靈之銳感的境界，較之杜甫之以現實之事物，表現生活中現實之情意的境界，實當為更精微、更進步之表現。關於這一點，我以為義山除得之於杜甫的一部分承襲，似乎另外還有得之於李賀的一部分承襲。無疑，李賀在中國詩史上，乃是一個極可注意的特殊天才，因為在中國傳統的詩歌中，一般的內容都著重於現實情意的敘寫，而李賀獨能以其天才之銳感，而有探觸及於宇宙之渺茫神奇的一種深幽窈眇之感受。這一點特色，是極為難得而可貴的。只是就李賀而言，其成就乃全出於天生過人之銳感，且兼有些許之病態，而欠缺知與情的反省及醞釀，雖然苦吟，而功力也仍嫌不夠深厚，故其所成就者，乃僅能刺激人之感覺，而並不能饜足人之心靈。至於義山，其感覺之窈眇，用字之瑰奇，自是頗受李賀之影響，然其感情與功力之深厚，則實在更近於杜甫。尤其義山之成就，特別以七律一體見長，而七律一體，則捨杜甫而外，可說是無一可資為宗法之人，如果無盛唐杜甫之七律，則必無晚唐義山之七律，這是我所可斷言的。

如果中國的舊詩能從杜甫與義山的七律所開拓出的途徑就此發展下去的話，那麼中國的詩歌必當早已有了另一種近於現代意象化的成就，而無待於今日台灣地區斤斤以「反傳統」、「意象化」相標榜了。然而自宋以來，中國的舊詩，卻並未曾於此一途徑上更有所拓進，其主要的原因，即在於杜甫與義山之成就乃同在於以感性之觸發取勝，宋人所致力者，則偏重於理性之思致，即此一端，著眼立足之點便已迥然相異，而況杜甫與義山之獲得此一意象化之境界又全出於其天賦之自然，未曾加以有心有力之提倡。所以，宋人之得於杜甫者雖多，卻獨未能於其意象化之一點上致力。即如北宋之半山、山谷、後山、簡齋諸人，以及南宋之放翁、誠齋一輩，甚而至於金、元之際的北國詩人元好問，可以說都是學杜有得的作者，尤其他們的七言律詩，更可以從其中看出自杜甫深相汲取的痕跡，或者取其正體之精嚴，或者取其拗體之艱澀，或者得其疏放，或者得其圓熟，然後復參以各家所特具之才氣性情，無論寫景、言情、指事、發論，可以說都能有戛戛獨造的境界；只是其中卻沒有一個作者，曾繼承杜甫與義山所發展下來的意象化之途徑而更有開拓。所以，在中國詩史中，杜甫晚年《秋興》諸作與義山《錦瑟》諸篇，乃獨令人有詩謎之目，那就因為中國傳統的舊詩，對此如謎之意象化的境界並未能普遍承認與發展的緣故。至於明代的詩歌，如前後七子，唯知以擬古為事，其七言律詩雖一意學盛唐的杜甫，但只能襲其形貌，一如宋初西昆體之學義山，貌人衣冠，根本沒有自我境界之創造，更遑論意象化的拓展。晚明公安、竟陵兩派的作者，則一反擬古之風，頗有革舊開新之意，然其所重者，乃在浪漫自然之敘寫，雖然公安之清真與竟陵之幽峭微有不同，而其未曾措意於意象化之表現則一。且其成就多在散文，而不在詩歌。以散文而論，竟陵一派之用字造句，頗有脫棄傳統之意，然而於詩歌意象化之表現則亦復無可稱述。至於清代的詩歌，則大別之可分為尊唐與宗宋二派之拓展。尊唐者倡神韻，尚宗法，言格調，主肌理；宗宋者主新奇，反流俗，去浮濫，用僻險。宗派雖多，作者雖眾，其成就亦復斐然可觀，但一般說來，則也都未曾於境界之意象化一方面致力。晚清以來，海運大開，與西洋之接觸日繁，新思想、新名詞之輸入日眾，時勢所迫，舊詩已有必須開拓革新之趨勢，於是新思想與新名詞，乃亦紛紛為一些舊詩人所採用，其間如黃公度與王靜安便都曾做過此種嘗試與努力。黃氏所致力者為新名詞之運用，如其《今別離》詩之「所願君歸時，快乘輕氣球」、《倫敦大霧行》之「吾聞地球繞日日繞球，今之英屬遍五洲」、《海行雜感》詩之「倘亦乘槎中有客，回頭望我地球圓」諸句，皆可見其用新名詞於古近各體詩中之能力。唯是如以意境而論，則黃氏所寫之情意，實在仍不脫中國舊傳統現實之情意。至於王氏則頗能以西方哲學之思想納入於中國舊詩之中，如其《雜感》、《書古書中故紙》、《端居》、《宿峽石》、《偶成》、《蠶》、《平生》、《來日》，從這些詩中，皆可見其所受德國叔本華悲觀哲學之影響，而深慨於人生沉溺於大欲之痛苦。然其內容雖得之於西方之哲理，而其所用之詞字，則仍為舊詩傳統習用之詞字，如「窮途」、「歧路」、「樂土」、「塵寰」、「寂寥」、「蕭瑟」諸詞，皆為舊詩所習見，經王氏之運用，其意境乃幡然一新，脫去現實之情意，別有一種哲理之境界（此在其詞作中表現尤為明顯）。如果以前人論詩之以瓶與酒為喻，則黃氏乃是以新瓶入舊酒，王氏則是以舊瓶入新酒。另一方面，陳弢庵的《秋草》、《落花》諸詩，於撫時感事、寄託深至之餘，也頗有意象化的表現。此外如陳散原，於出入六朝、唐、宋，表現為精瑩奧衍之餘，竟然也頗用一些新思想與新詞彙，如其《讀侯官嚴氏所譯社會通詮》，及其《讀侯官嚴氏所譯群己權界論》等詩，自詩題便已可見其對新學接受之一斑。由這種種跡象看來，中國舊詩自晚清以來，實在已有了窮極則變的一種開新的自然的要求，如果中國舊詩就此發展下去的話，也許頗有形成為一種新局面的可能。而五四的白話文運動，卻給這相沿了兩千年左右的詩體帶來了一種前所未有的劇變。當然，這對中國舊詩的發展而言，似未免稍覺可憾，而就中國整個文學的發展演進而言，則白話的興起，確實為中國文學開拓了一個更為博大的新領域。因為白話自有其委曲達意融貫變化的種種長處，較之文言似更便於接納西方現代之種種形式與內容，也更適於現代人表情達意的需要。因之，白話詩的成就，原該是可以預期的，但自白話詩被倡立以來，卻先後產生了兩點相反的阻力，始則失之於過於求白，再則失之於過於求晦。其實，文學作品之美惡，價值之高低，原不在於其淺白或深晦，而在於其所欲表達之內容與其所用以表達之文字，是否能配合得完美而適當。即以杜甫而言，有被胡適先生譏為「難懂的詩謎」的《秋興》諸詩，也有被胡先生譽為「走上白話文學大路」的《遭田父泥飲》諸作（見《白話文學史》），而陶淵明之真淳自然，亦復與謝靈運之繁重深晦，千古並稱。可見作者既不該以白與晦為自我之局限，評者亦不當以白與晦為標準之高低。然而不幸的是，我國的白話詩，始則既自陷於不成熟的白，繼則又自囿於不健全的晦，如此，白與晦乃真成為白話詩發展的兩大爭端與兩大阻力了。早期的白話詩正當五四文學激變之後，當時雖有對白話的提倡，但是對白話的運用，則實在仍在極膚淺的幼稚階段，而並未能發揮其融貫變化之妙，所以一般作者乃僅知一味以求白為事，而一味求白的結果，作為散文而言，雖尚頗有淺明達意之效果，而作為詩歌而言，有時就不免意盡於言，略無餘味了。這與淵明之「豪華落盡見真淳」（《元好問《論詩三十首》其四）的妙造自得之境界，以及杜甫從「語不驚人死不休」所轉入的「老去詩篇渾漫與」（《江上值水如海勢聊短述》）的質拙真率的境界，當然不可同日而語了。而文字運用能力的幼稚，也就妨礙了意境的開新，因之有些早期的白話詩，乃不免使人讀之有新瓶舊酒之感，而文字之淺白單調，有時且使人覺得滋味遠不及舊瓶舊酒之芳醇。這是早期白話詩的一大缺憾。而物極則反，於是台灣地區之現代詩，乃轉而走向了求晦的一條路。求晦，原是白話詩一條可行的路，因為白話之為物，其缺點原在過於淺白，而對詩歌言，則此種缺點尤為明顯（此正為早期白話詩失敗之主因）。如果今日之現代詩，能善為運用白話的融貫變化之長，在句法及詞彙上，以適當的中西古今之雜糅來求取變化，甚至於以顛倒和拗澀來增加其含蘊曲折之美，這原都是大為可行的，何況在今日之現代，空間與時間之激變日甚，矛盾與零亂之感覺日增，理念約束之慣力日減，而西方的反傳統反具象的現代風乃如狂飆之吹起，使全世界都落入於其捲掃之中，則台灣地區的現代詩之走上求晦的途徑正亦自有其時代之背景在。如此說來，則現代詩之求晦，乃不但大可諒解，更且大有可為了。然而不幸的是，台灣地區的現代詩，卻陷入了一個拘狹偏差的迷途，形成了極不健全的現象，其原因大別之約有以下兩端：第一是對傳統妄加鄙薄的幼稚無知，第二是以晦澀病態為唯一的形式與內容的褊狹差誤。對傳統之妄加鄙薄，是因為早期的白話詩，既未能獲致理想的成功，而一些保守的舊詩人之作，則又與現代之思想日益脫節，其內容乃陳陳相因，了無進益，於是一些急於求新求進的年輕人，乃憤然將舊日所用之瓶與酒一併一腳踢開，而熱衷於向異鄉去採擷果實，另謀釀造之方了。於是在目迷乎異鄉之奇文異彩之餘，乃欲於匆促間割取其一片截面而加以移植，殊不知任何酒的釀造，都非可一蹴而就，而各需有其不可少的原料之儲備與時間之醞釀，即以被現代詩人所崇仰的西方之現代大師艾略特（T. S. Eliot）而言，亦自有其極深遠的傳統方面的修養和繼承。這一點實不容忽視，因為唯有自傳統得到養料的植物，其根基才是深厚的。如果要自西方擷取，我們該先了解西方流變的傳統，這才是連根的移植，而非片面的截割。如果我們要在自己的土地上栽植，用自己的語文來寫作，就該先從我國傳統中認取我國文字的特色，養成組織運用的能力，進而與西方相融合，然後此種新的栽植才能深入土中，新的根株才能與舊的土壤深相結合，從地下深處去吸取其培育的養料，如此方能望其有碩茂成蔭之一日。如果只是片面截割，信手插植，自將不免於有「零落同草莽」的悲哀了。至於誤以晦澀病態為唯一的形式與內容，則由於觀念之褊狹差誤。我在前面論淺白與深晦時已曾談到，作品之美惡原不在於其為淺白或深晦，而在於內容與形式之配合得當。而今日台灣地區之現代詩人，乃有一部分人對晦澀有過分之執迷，不復顧及形式與內容之配合及句法之組織變化之是否完美適當，不惜以淺薄之生硬荒謬製造晦澀，甚至以荒謬之晦澀來自我掩飾其內容之淺陋與空乏；另一方面，則又由於此激變之時代，形成了一部分人心理上的虛無病態，時代既有如此之現象，則文學自可做如此之反映，正如西子既有心病之疾，自無妨作捧心之態，而今日台灣地區一般現代詩人所犯之錯誤，則是以健康為可恥，欲使天下之人，無論其是否有西子之美與西子之病，都要競作西子捧心之態，而往往欲作此效顰之態的，偏又常是醜而無病的東施。由此種種觀念之偏差，於是現代詩乃自囿於不健全的晦澀之中，而造成了自白話詩倡立以來，繼早期之不成熟的淺白以後之又一阻力。這是極可遺憾的一件事。因此，我願舉出杜甫七律一體之繼承、演進、突破與革建的種種經過，為現代詩人做一參考之借鏡。而尤其是《秋興八首》所表現的反傳統與意象化的成就，我以為更值得現代詩之反對者與倡導者的雙方面的注意。保守的反對者，可藉此窺知現代之「反傳統」與「意象化」的作風，原來也並非全然荒謬無本，而是早在一千二百多年前，我國的集大成之詩壇的聖者，就已經在其作品中昭示了這種趨向的端倪；而激進的倡導者，也可藉此窺知，要想違反傳統、破壞傳統，卻要先從傳統中去汲取創作的原理與原則，正如任何新異的建築物，無論其形式如何標新立異，都必須合乎建築美學的原理一樣，如此才不致自暴其醜拙生硬而飄搖於風雨之中。意象化之境界，亦並非僅以晦澀荒謬自炫神奇，而同樣可以表現博大、正常、健全之一份情意。因此，我乃不惜小題大做、勞而少功，搜集了四十九種杜詩不同的本子（今已增至六十九種），為《秋興八首》詳細校訂文字之異同，並依年代之先後，列舉各家不同之注釋評說，分別加以按斷，寫了二十餘萬字的《秋興八首集說》（今已增至三十八萬字左右）。其初，我亦未曾料及，區區八首律詩，竟能生出如許多之議論，引發如許多之聯想，而如能藉此紛紜歧異之諸說，看到杜甫的繼承之深、功力之厚、含蘊之廣、變化之多、開拓之正，及其意象之可確感而不可確解，以及欲以理念拘限此意象為之立說的偏頗狹隘，使保守者能自此窺見現代之曙光，使激進者能自此窺知傳統之深奧，則亦或者尚非全屬無益之徒勞。昔禪家有偈云：「到處尋春不見春，芒鞋踏遍嶺頭雲。歸來笑拈梅花嗅，春在枝頭已十分。」讀者或亦將自杜甫之《秋興八首》中，窺見冰雪中之一絲春意乎？是為《秋興八首集說》序。

凡例

一、本書所集諸說，以歷代評注杜詩之專著為主，其他各選本偶有可供參考之說，則於按語中及之，不一一列舉。

二、集說次第，以時代先後為序，其年代不可確考者，列之最後。

三、本書首列引用書目，注明各書之年代版本，及編注者之姓名，並於每書下分別注明簡稱，以後徵引但舉其簡稱為標目，且均不加書引號。

四、本書共分編年、解題、章法及大旨、分章集說四章，前三章皆以八詩為一單位，分章集說則以每一詩為一單位。集說又分校記、章旨、集解三節，前二節以全詩為一單位，集解一節，則為立說方便，將一詩分為四聯，每一聯為一單位。

五、集說所引諸說，其有前後二聯之解說須互相參看者，則於按語中注明參看某聯，並於徵引時酌加刪節號，以示其須與上下文參看之意。如有總論全篇，不可以四聯劃分者，則於首聯一併錄出，以後但注明見某聯，不再引錄原文。

六、集說引書，其原書未加引號者，悉仍其舊，按語中則視需要加用引號。

七、凡諸家引書相同者，皆於首見時詳之，以後視各家所引詳略之不同，分別注明「見」或「參看」字樣。其有相差較多者，則將異文錄出；如須辨正者，則於按語中詳之。

八、諸家之說，有引證古書注釋字義者，有抒發己見解說詩義者，皆歸納為引古在前，解說在後，以求其整齊一致。

九、原詩字句，諸家有不同者，皆詳校記。至於集說所引，則以諸家原本字句為準，不另加考辨。

十、凡各聯、各引文需加考辨者，分別加「瑩按」字樣，而於每聯及每章之總按語，則加「嘉瑩按」字樣。

一　引用書目

一、杜工部集二十卷、補遺一卷十六冊　宋王洙編　〔王本〕
續古逸叢書影印宋紹興刊本，卷首有宋仁宗寶元二年（公元一〇三九年）王洙序。
（按此書無注，然據以影印之原書，版本極佳，為今日所見杜詩最早刊本。）

二、九家集注杜詩三十六卷十八冊　宋郭知達編　〔九家〕
甲、清文瀾閣四庫全書鈔寫本，卷首有宋孝宗淳熙八年（公元一一八一年）郭知達自序，又有寶慶元年（公元一二二五年）曾噩重刻序。
乙、哈佛燕京社杜詩引得本，卷首有郭序曾序，及清高宗題詩。
（按此書所輯為王洙、宋祁、王安石、黃庭堅、薛夢符、杜田、鮑彪、師尹、趙彥材九家之注，為今日所見杜詩最早注本，極有價值，惟四庫鈔本脫誤之處頗多，當分別辨之。）

三、分門集注杜工部詩二十五卷十冊　宋人編　〔分門〕
四部叢刊涵芬樓借南海潘氏宋刊影印本。
（按此書為宋時坊本，多刪取九家注而成，偶有增益之處，亦頗可供參助，惟所分門類極為駁雜，不依時代，不分體裁，往往將同一詩題之連章數詩，分別編入數門，極不合理。）

四、集千家注分類杜工部詩二十五卷二十四冊　宋徐居仁編次、黃鶴補注　〔鶴注〕

元至正八年戊子（公元一三四八年）積慶堂刊本。

（按此書蓋以分門集注本為據，間有黃希、黃鶴父子補注，亦頗可採擇，惟所分門類次第與分門集注本並不全同。）

五、杜工部草堂詩箋四十卷、外集一卷十二冊、補遺十卷三冊　宋魯訔編次、蔡夢弼會箋　〔蔡箋〕

商務印書館叢書集成影印古逸叢書本，卷首附有紹興二十三年癸酉（公元一一五三年）魯訔序及宋寧宗嘉泰四年甲子（公元一二〇四年）蔡夢弼識語。

（按此書草堂詩箋四十卷，首卷題嘉興魯訔編次，建安蔡夢弼會箋。補遺十卷，首卷題臨川黃鶴集注，建安蔡夢弼校正，他卷題名皆為梓人削去，而每卷卷首標題又有不同。詩箋四十卷，或題杜工部草堂詩箋，或題增修杜工部草堂詩箋，或題集諸家注杜工部草堂詩箋，或題集注杜工部草堂詩，或題集注草堂杜工部詩；而補遺十卷或題黃氏集千家注杜工部詩史補遺，或題杜工部草堂詩箋補遺，或題黃氏集千家注杜工部詩補遺，或題增修杜工部草堂詩箋補遺，或題增修杜工部草堂詩補遺，或題集注草堂杜工部詩補遺，其標題極為零亂，此蓋當時坊賈之所為也。注解多採舊說，而頗留意於考異辨音，亦間有發明之處，可分別觀之。）

六、集千家注杜工部詩　元高楚芳編，附劉辰翁評點　〔千家〕

甲、湖北先正遺書影印明嘉靖丙申（公元一五三六年）玉几山人校刊本詩集二十卷十二冊。

乙、明嘉靖八年（公元一五二九年）靖江王府刊本詩集二十卷十冊。

丙、明嘉靖刻明易山人校本詩集二十卷、文集二卷二十四冊。

丁、明刻許自昌校本詩集二十卷、文集二卷六冊。

（按上四種詩集同為二十卷，所據皆為元高楚芳編千家注本。觀其所收各家之說，雖與分門注本偶有不同，然大體出於一源，惟較分門注本為略。至所附劉評，偶有闡發，亦未盡當，依刊印時代，四種中以靖江王府本為最早，然湖北先正遺書本較易得，為本人所據之本，故列之最前。）

七、杜律演義　元張性撰　〔演義〕

明嘉靖十六年（公元一五三七年）汝南王齊刊本二卷四冊。

附：杜律虞注六種（按即張性所撰杜律演義，後人誤為元虞集撰，題名杜律虞注）。

甲、明成化七年（公元一四七一年）朝鮮刊本虞注二卷二冊　〔朝鮮本虞注〕

乙、明正德三年（公元一五〇八年）羅汝聲刊本虞注二卷二冊　〔羅本虞注〕

丙、明嘉靖十四年（公元一五三五年）江陰朱氏刊本題名補本虞注杜律不分卷四冊　〔朱本虞注〕

丁、明萬曆戊子（公元一五八八年）新安吳懷保杜律趙注、杜律虞注合刊本，趙注三卷，虞注四卷共六冊　〔吳本虞注〕

戊、明桐花館刊杜律虞注不分卷二冊　〔桐花館本虞注〕

己、明吳登籍校刊本虞注二卷二冊　〔吳校本虞注〕

（按此書據王齊刊本杜律演義所附王齊序，及曾昂夫撰元進士張伯成先生傳，與吳伯慶撰張先生詩考之，當是張性所作，後之誤為虞集者或因張性之字伯成與虞集之字伯生相近，因以致誤。又諸本之次第詳略差別頗多，或者曾經人竄改而託之虞集，又或者因虞集曾為范梈批選杜詩作序因而致誤，當另為文考之。今茲所用以明嘉靖王齊刊本杜律演義為主，他本但供參校而已。）

八、范德機批選杜工部詩六卷二冊　元鄭鼒編、范梈批點　〔范批〕

元刊本卷首有虞集序。
（按此書以一己之意刪選，去取未盡當，所批亦極略。）

九、讀杜詩愚得十八卷十冊　明單復撰　〔愚得〕
明弘治辛酉（公元一五〇一年）補修，宣德九年（公元一四三四年）江陰朱氏刊本，卷首有洪武壬戌（公元一三八二年）秋單復自序。
（按此書除注解偶引舊注外，其串講解說亦頗為可取。）

一〇、杜律頗解四卷附李律頗解一卷四冊　明王維楨撰　〔頗解〕
明嘉靖戊午（公元一五五八年）江陰泰谷朱茹刊本，卷首有朱氏序文及張光孝序文。卷一題云關中槐野王維楨解、西蜀泰谷朱茹編、關中左華張光孝校。
（按此書略於舊注而但以己意解說，偶有發明，惜未盡當。）

一一、杜工部詩通十六卷附杜律本義四卷，共十二冊　明張綖撰　〔詩通附本義〕
明隆慶壬申（公元一五七二年）張守中（按守中乃張綖之子）浙江刊永思堂藏板，本義卷首有嘉靖己亥（公元一五三九年）張綖自序。
（按此書採擇舊注而加以刪節融貫，更以己意為之闡述，頗為可取。所附杜律本義，但收律詩，而其解說與詩通大致相同。）

一二、杜律集解六卷六冊　明邵傅撰　〔邵解〕
日本貞享二年（清康熙二十四年，公元一六八五年）刊本，卷首有明萬曆丁亥（公元一五八七年）邵傅序。
（按此書引舊注，剪裁雖頗簡當，惜多不注明出處，解說則頗有可取。）

一三、杜少陵先生詩分類集注二十三卷二十四冊　明邵寶集注　〔邵注〕

明萬曆壬辰（公元一五九二年）三吳周子文校刊本，卷首有周氏序文。
（按此書刪引舊注，亦多不注明出處，串講尚頗簡明。）

一四、杜律意箋二卷二冊　明顏廷榘撰　〔意箋〕〔附朱批〕
明末顏堯揆刊本，卷首有明萬曆癸卯（公元一六〇三年）朱運昌序及顏廷榘《上杜律意箋狀》，書眉並附有朱氏評語。
（按此書略於注釋而詳於解說，頗能闡發詩義。）

一五、杜工部全集六十六卷八冊　明劉世教編　〔劉本〕
明萬曆四十年（公元一六一二年）平原劉氏刊李杜合集本。
（按此書無注，惟可供參考校勘之用。）

一六、杜詩通四十卷七冊　明胡震亨撰　〔胡注附奚批〕
明寫本，附黃叔璥手錄奚祿詒原批。
（按此書編次頗為零亂，注解亦略，惟所附奚批評解極詳，頗可採擇。）

一七、杜詩胥鈔十四卷、摘錄一卷，共四冊　明盧世㴶輯　〔胥鈔〕
明崇禎七年甲戌（公元一六三四年）梓於尊水園之杜亭。首卷目錄之後，有盧氏自序。
（按此書無注，惟在書眉及行間有寫錄前人舊注，可資輯錄者不多。但書後餘論說杜甫各體詩成就及特色，頗為有見。）

一八、杜臆十卷五冊，附管天筆記外編一冊　明王嗣奭撰　〔杜臆〕
影印王嗣奭手稿本，卷首有王嗣奭自序《杜臆原始》，云著此書始於崇禎甲申（公元一六四四年）九月之望，竣於乙酉（公元一六四五年）端二日。
（按此書不注字句惟闡述詩義，頗能發前人所未及。）

一九、杜詩評律不分卷，四冊　清洪舫撰　〔洪評〕

卷首有順治壬辰（公元一六五二年）洪舫舊題選杜序及康熙癸酉（公元一六九三年）何焯序，與康熙丁丑（公元一六九七年）族子力行序。

（按此書評解不多，可參考者甚少。）

二〇、杜詩攟四卷二冊　明唐元紘撰　〔詩攟〕

舊鈔本卷首題明烏程唐孝廉杜詩攟劍舟居士校閱，無序跋。

（按此書亦不注字句，至於評述尚有可取。）

二一、批點杜工部七言律一卷二冊　明郭正域撰　〔郭批〕

明崇禎烏程閔齊伋刊三色套本。卷首有郭正域自序。

（按此書除錄劉辰翁評語外，並加朱筆圈點黛筆批注，惟所評極略，可供採擇者甚少。）

二二、杜詩錢注　清錢謙益箋注　〔錢注〕

甲、明鈔本二十卷二函六冊，卷首有柳如是圖記及清道光庚戌（公元一八五〇年）陸僎重裝並跋之題字。

乙、宣統三年（公元一九一一年）時中書局石印附輯評本二十卷八冊，卷首附有輯評姓氏。

丙、世界書局鉛印本二十卷二冊。

（按錢注曾屢經改訂，有初箋及又箋之不同，故各本詳略及解說往往有異。錢氏於史事考訂頗詳，惟解說詩義好以諷託為言，有時不免失之穿附。石印本所附輯評共十七家，而以吳李二家之說為多，據卷首所附竹一氏之考證，吳為星叟先生農祥，李為天生先生因篤或容齋先生天馥，其他十五家為張自烈、張爾岐、俞汝為、韓子蘧、申涵光、盧德水、陳廷敬、王士祿、朱彝尊、查慎行、潘耒、盧元昌、宋犖、邵長蘅、黃生，諸說時有可供採擇之處。）

二三、杜律注解四卷二冊　清張溍行撰　〔張解〕

卷首有順治己亥（公元一六五九年）張溍行自序，卷末有乾隆己卯（公元一七五九年）張氏文、孫道存跋文，知此書原刊於順治己亥，重刊於乾隆己卯。

（按此書多用舊說，偶有自抒所見者，亦未盡當。）

二四、唱經堂杜詩解　清金聖嘆撰　〔金解〕

甲、清張氏味古齋鈔本四卷二冊。

乙、新陸書局刊本題名《杜詩欣賞》四卷一冊。

（按此書二本雖皆為四卷，然每卷所收詩之多寡次第並不全同，至其相同者，字句間亦偶有差異。金氏好逞才子之筆，雖亦有精到之見，然不免時有故為標新炫異之處。）

二五、辟疆園杜詩注解十七卷七冊　清顧宸撰　〔顧注〕

康熙間刊本，卷首有署名同學弟畢忠吉志中康熙癸卯（公元一六六三年）序文一篇。

（按此書亦多用舊注，偶以己意評說，頗有是處。）

二六、杜工部集二十卷十冊　清朱鶴齡注　〔朱注〕

康熙間刊本，卷首有錢謙益序文一篇，朱氏自序一篇，皆未署明年月。又有朱氏同里學人計東序文一篇，署曰康熙九年（公元一六七〇年）

（按此書以注釋字句之典故出處為主，與舊注大抵相同，並無評說。）

二七、杜詩論文五十六卷四冊　清吳見思撰　〔論文〕

清康熙岱淵堂校定本，前有康熙壬子（公元一六七二年）龔鼎孳及吳興祚等序文，凡例後題云康熙壬子（公元一六七二年）三月吳見思識。

（按此書不注字句，但於每詩之後以散文加以評說，惟好用駢句，往往以辭害意，不能做詳盡之闡釋。）

二八、纂注杜詩澤風堂批解二十六卷十四冊　朝鮮李植批解　〔澤解〕

清康熙十八年（公元一六七九年）朝鮮李氏刊本。

（按此書多採舊注，間有澤風堂自加評注，惟所言極略。）

二九、杜詩闡三十卷十九冊　清盧元昌撰　〔詩闡〕

清康熙思美廬藏版，卷首有康熙壬戌（公元一六八二年）盧元昌自序。

（按此書亦不注字句，但於每詩之後，以散文加以評說，與《杜詩論文》同，惟所說似較論文為精深可取。）

三〇、杜詩會粹二十四卷二十冊　清張遠撰　〔會粹〕

清刊本，卷首有清康熙戊辰（公元一六八八年）張遠自序。

（按此書注釋引古頗詳，仇注稱其搜尋故實，能補舊注所未見，至其評說雖略，然亦時有發明之處。）

三一、杜詩詳注　清仇兆鰲注　〔仇注〕

甲、廣文書局影印附王引之諸家批本二十五卷四冊。

乙、商務印書館重印萬有文庫本二十五卷四冊。卷首有清康熙三十二年（公元一六九三年）仇兆鰲自序。

（按此書於歷代評注及故實搜剔引證極詳，惟似稍嫌駁雜。）

三二、杜詩說十二卷四冊　清黃生編　〔黃說〕

清康熙丙子（公元一六九六年）刊本，卷首有黃生自序。

（按此書亦不注字句而評說頗詳。又此書付刊雖較仇注自序之年為晚，而仇注已曾引用，附識於此。）

三三、讀書堂杜工部詩集注解詩集二十卷、文集二卷，共十二冊　清張溍撰　〔溍解〕

甲、清康熙戊寅（公元一六九八年）初刊本，卷首有康熙丁丑張溍之子榕端序文及康熙戊寅商丘宋犖序文。

乙、清道光辛丑（公元一八四一年）重刊本，卷首有道光二十一年（即辛丑年）張溍六世孫籛重刻讀書堂杜詩注解序。

（按此書多引錢注，偶有以己意闡述之處，惜未盡當。重刊本行式義例悉遵原本，惟偶有一二字句校改之處耳。）

三四、杜詩言志十六卷八冊　清佚名撰　〔言志〕

揚州古籍刻印社據康熙間佚名著者稿本校刊，卷首有著者自序一篇，未署姓名年月。

（按此書不注字句，全以評說為主，頗有可取之處。）

三五、杜律通解四卷六冊　清李文煒箋注　〔通解〕

清雍正年間刊本，卷首有李基和序文一篇，謂是書成於康熙壬辰（公元一七一二年），而未署撰序年月；又有曹掄彬序文一篇，寫於雍正乙巳年（公元一七二五年）。

（按此書以評說為主，亦引舊說，時有可取之處。）

三六、杜詩提要十四卷八冊　清吳瞻泰評選　〔提要〕

山雨樓藏版。

（按此書字句之注釋雖略，但解說頗詳，偶有用錢注之處，間亦論及句法，頗為可取。）

三七、讀杜心解六卷二函十二冊　清浦起龍撰　〔心解〕

靜寄東軒藏版，卷首有雍正二年（公元一七二四年）浦起龍自序。

（按此書分體編次，而卷首附有編年詩目。每詩先注字句，後加解說，頗有發明之處。）

三八、杜工部詩直解五卷三冊　清范廷謀注釋　〔范解〕

靜修書局藏本，卷首有雍正戊申（公元一七二八年）景考祥序文一篇及范氏自序一篇。

（按此書先注字句，多引舊注；後加評說，時有可取之處。）

三九、杜詩偶評　清沈德潛撰　〔偶評〕

甲、賦閑草堂本四卷二冊，卷首有乾隆丁卯（公元一七四七年）沈氏自序。

乙、日本享和三年（公元一八〇三年）官版書籍發行所據賦閑草堂本翻印四卷三冊。眉端附錄諸家評語。

丙、台灣廣文書局影印日本京都文求堂版，標題為《杜詩評鈔》四卷一冊，實即為《杜詩偶評》，眉端亦附有評語，但與前一種所錄者並不相同。

（按此書以評為主，頗簡要；眉端所附諸評，亦偶有可參取者。）

四〇、杜詩直解六卷三冊　清沈寅朱崑補輯　〔沈解〕

乾隆乙未年（公元一七七五年）新鐫本，卷首題朱竹均先生鑑定，涇上沈寅朱崑補輯。

（按此書於字句之注釋多用舊說，至所附評解則尚時有發明。）

四一、杜詩集說　清江孟亭輯　〔江說〕

甲、本立堂藏版二十二卷十二冊，扉頁原題《杜少陵集詳注》，史官仇兆鰲原注，嘉興江孟亭編輯，卷首有乾隆癸卯（公元一七八三年）張九鉞序。

乙、望三益齋本，二十卷二十冊，內容與前一種同。

（按此書多用仇注，而時有刪節，亦偶有增入處。）

四二、杜工部詩集二十卷六冊　清鄭沄編　〔鄭本〕

四部備要刊玉勾草堂本。

（按此書無注，但可供參校之用，原當簡稱為玉勾本。因欲與前王洙本及劉世教本之簡稱王本、劉本者取得一致，故簡稱曰鄭本。）

四三、翁方綱手批鈔本杜詩不分卷十二冊　清翁方綱批　〔翁批〕

（按此書為清翁方綱手批本，每冊前皆有翁氏自識之言，可以想見其用力之勤。此書不注字句，但加評說，其評語之當，考據之謹，皆極為可取。）

（又按翁氏另有手鈔本《杜詩附記》一種，不分卷，二十冊，卷首有翁氏自序，歷述其對杜詩用力之勤，並自言其寫為附記之故蓋「以備自省自擇焉耳」。內容與前本多同，惟在《秋興八首》之末有總論章法一節，為前本所無。）

四四、杜詩鏡銓詩集二十卷附讀書堂張溍注文集二卷三冊　清楊倫撰〔鏡銓〕

台灣新興書局影印清同治成都刊本，卷首附有清乾隆辛亥（公元一七九一年）楊倫自序。

（按此書多匯集前人之評注解說剪裁編輯而成，自己發明之處不多。）

四五、杜詩注釋二十四卷十二冊　清許寶善撰　〔許注〕

光緒丁丑（公元一八七七年）吳縣朱氏補刊本，卷首有嘉慶七年（公元一八〇二年）許氏自序。

（按此書評注極簡，可參考者甚少。）

四六、杜詩集評十五卷八冊　清劉濬輯　〔集評〕

卷首有嘉慶七年（公元一八〇二年）阮元序，嘉慶八年（公元一八〇三年）陳鴻壽序，嘉慶九年（公元一八〇四年）查初揆序。據查序評者十五家，為海寧陸辛齋，蘇州錢湘靈，新城王西樵、阮亭，中州宋牧仲，秀水朱竹垞，洪洞李天生，錢塘吳慶百，永年申鳧盟，吳江潘稼堂、俞犀月，長洲何義門，海寧查初白、許蒿廬，嘉興許晦堂。

（按此書所引集評多有已見於錢注輯評者可以參看。）

四七、杜詩選讀六卷二冊　清何化南、朱煜同編　〔選讀〕

道光壬午（公元一八二二年）新鐫忠恕堂藏版，卷首有何化南序，未署年月。

（按此書多引前人評注，時或於字句間稍加改易，而又不注明出處，徒亂人意，可取者不多。）

四八、五家評本杜工部集二十卷八冊　〔五家〕

道光甲午（公元一八三四年）芸葉盦藏版，卷首有涿洲盧坤序，云：「五家所評，別以五色。」計為：王世貞（紫筆）、王慎中（藍筆）、王士禎（硃筆及墨筆）、邵長蘅（綠筆）、宋犖（黃筆）。

（按本書諸家所評皆極簡略，重在詩法，而不重在解說，可參用者甚少。）

四九、歲寒堂讀杜二十卷三冊　清沈鞏雲輯　〔沈讀〕

台灣大通書局據清道光二十六年（公元一八四六年）蘇州後樂堂原刊本影印。卷首有吳廷颺序、張澍序，皆未署年月，卷末有道光丙午（公元一八四六年）鄔鶴徵跋及道光二十四年甲辰（公元一八四四年）沈玉琨跋。

（按此書亦多用前人舊說，而不注明出處。）

五〇、讀杜詩說二十四卷一冊　清施鴻保撰　〔施說〕

據施鴻保手稿鉛印本，附有清同治庚午（公元一八七〇年）施鴻保自序。序云，其原稿本分二十四卷訂為五本。

（按此書不錄原詩，但錄詩題，後加解說。徵引舊說而以己意為之參訂，主要在為仇注糾誤，頗有發明。）

五一、杜詩箋十卷十二冊　清湯啟祚撰　〔湯箋〕

舊鈔本，時代未詳。

（按此書不注字句，而其解說多為四字一句，且全用駢句，既傷板滯復病拘牽，殊少可取。）

五二、杜律啟蒙十二卷四冊　清邊連寶撰　〔啟蒙〕

前有獻陵戈濤序文及邊氏自撰之凡例，然皆未著明年月，刊本亦不詳。

（按此書亦多用舊說，然時有一己之見，可以參看。）

五三、少陵詩鈔不分卷二冊　清吳士鑑撰　〔詩鈔〕

撰年不詳，今所見為一九二七年會稽顧氏珍藏清鄭鄉先生手書影印本。

（按此書無注，所錄眉批大多已見前人引錄，可參考者甚少。）

二 編年

一、九家　「叢菊」句趙注云：蓋公於夔州見菊者二年矣。

二、分門　「叢菊」句注引趙次公曰：公於夔州見菊花者二年矣。（參看九家注）

三、鶴注　鶴曰：詩云「巫山巫峽氣蕭森」，又云「叢菊兩開他日淚，孤舟一繫故園心」，當是大曆元年夔州作。時艤舟以俟出峽，自永泰元年至雲安，及今為菊兩開矣。

四、蔡箋　編於大曆二年秋在夔州所做詩內。

五、演義　此詩因秋而感興，皆在夔州思長安而作，鶴云：當是大曆元年秋作。

　又　「叢菊」句云：自嘆留夔州已經兩秋。

　　瑩按：此先引黃鶴注以為乃大曆元年秋作，而釋「叢菊」句又云「留夔州已經兩秋」，未免先後矛盾。

六、范批　編於大曆二年秋在瀼西所作詩內。

七、愚得　編於大曆元年所作詩內。

八、頗解　當是大曆元年秋作。

九、詩通　編於大曆二年秋夔州所作詩內。

一〇、邵解　「叢菊」句注云：公去秋至夔，故「兩開」。

一一、意箋　「叢菊」句箋云：言兩歲客夔，歸未得也。
一二、錢注　公在夔州府兩見菊開。
一三、金解　「叢菊」句解云：先生寓夔已兩次見菊，故曰「叢菊兩開」。
一四、顧注　公自永泰元年秋至雲安，及今為兩秋，見菊兩開矣。
一五、朱注　公至夔州已經二秋。
一六、論文　編於大曆元年秋夔州所作詩內。
一七、澤解　「叢菊」句引趙云：蓋公於夔州見菊花者二年矣。
一八、會粹　編於夔州所作詩內。卷首附年譜云：大曆元年春，自雲安至夔州，居之，秋寓西閣。
瑩按：此八詩編於夔州所作詩內，且在夜宿西閣、西閣口號諸詩前，而年譜云大曆元年「秋寓西閣」，則其意蓋以此八詩為大曆元年作明矣。
一九、仇注　黃鶴、單復俱編在大曆元年，詩云「叢菊兩開」，蓋自永泰元年秋至雲安，大曆元年秋在夔州，是兩見菊開也。
二〇、溍解　「叢菊」句解云：公居夔二年，兩見菊開。
二一、言志　蓋我之居此夔州，見此叢菊已兩開矣。
二二、心解　「叢菊」句解云：本去蜀後而言，則兩見菊開也。
瑩按：杜甫於永泰元年五月離草堂南下，自戎州至渝州，六月至忠州，旋至雲安，自秋徂冬俱在雲安，是在雲安一見菊開也；次年即大曆元年，春自雲安之夔州，居之。是本去蜀後而言，兩見菊開，則當在大曆元年秋也。
二三、范解　公在夔兩見叢菊之開而墮淚。
二四、偶評乙　眉批引仇注（已見仇注），以為大曆元年秋在夔州作。

二五、江說　公至夔州，已經二秋。

二六、鏡銓　「叢菊」一聯下引朱注云：公至夔州已經二秋，時艤舟以俟出峽。

二七、集評　李云：在夔二年，故曰「兩開」。

二八、選讀　公至夔已經二秋。

二九、施說　「叢菊」一聯說云：此言乘舟至夔，一繫以來，已經二載不乘也。

三〇、啟蒙　公已羈夔二載。

嘉瑩按：八詩之第二章，首句有「夔府孤城落日斜」之句，則此八詩之作於夔州之秋日，自無可疑。杜甫自大曆元年春至夔州，大曆三年春去夔出峽，是在夔州曾兩經秋日。然則此八詩究為大曆元年秋所作，抑大曆二年秋所作，諸家之說，頗有異議。九家、分門、蔡箋、范批、詩通、邵解、意箋、錢注、金解、朱注、澤解、溍解、言志、范解、江說、鏡銓、集評、選讀、施說、啟蒙，皆以為作於大曆二年秋。初觀之，似以此說為長，蓋就首章之「叢菊兩開他日淚」一句而言，自以兩次見菊皆在夔州之說為明白完整。然而詳味詩意，則作於大曆元年秋之說實更為可信。鶴注、愚得、頗解、顧注、論文、會粹、仇注、心解諸家皆主之，蓋自「孤舟一繫故園心」句觀之，則心解所謂「本去蜀後而言，則兩見菊開」之說，實極有見地。原來杜甫離成都後，扁舟下峽，其心原在故園，而關塞阻隔，羈身江上，是自永泰元年離草堂，扁舟一繫之後，兩見叢菊之開，則正當為大曆元年秋也。此就詩人創作之時言之，亦為極自然之感情，極自然之說法。且大曆元年秋，杜甫寓居夔府之西閣，大曆二年秋，則已自瀼西遷居夔州之東屯。西閣地勢高迴，下臨江峽，杜甫《中宵》一詩有「西閣百尋餘」之句，而《西閣二首》又有「層軒俯江壁」之句，《閣夜》一首有「三峽星河影動搖」之句，《不離西閣二首》有「江雲飄素練，石壁斷空青」之句，皆可為證。東屯則地勢平曠，有稻畦百頃，杜甫《自瀼西荊扉且移居東屯茅屋四首》有「東屯復瀼西，一種住清溪。來往兼茅屋，淹留為稻畦」之句，鏡銓注引《一統志》云：「東瀼水，公孫述於東濱墾稻田，號東屯。」又仇注引于桌《東屯少陵故居記》云：「峽中多高山峻谷，地少平曠，東屯距白帝五里而近，稻田水畦，延袤百頃，前帶清溪，後枕崇岡，樹林蔥蒨，氣象深秀，稱高人逸士之居。」杜甫《夔州歌》亦有「東屯稻畦一百頃，北有澗水通青苗」之句。且杜甫大曆二年秋居東屯時，生活較安定，心情亦較閒逸，如其《茅屋檢校收稻二首》之「嘗新破旅顏」，及《暫往白帝復還東屯》之「復作歸田去，猶殘獲稻功」諸句，皆可為證。而《秋興八首》則就其「江間波浪」、「塞上風雲」、「白帝城高」諸句觀之，以地勢言，自當為大曆元年秋寓居西閣之作。又就其「孤舟一繫」、「一臥滄江」諸句觀之，其羈旅懷鄉之情，均極為沉痛深切，而不似自瀼西移東屯諸作之有閒逸之致，是就其內容情調言，亦當為大曆元年秋寓居西閣之作。故私意以為作於大曆元年之說實較作於大曆二年之說更為可信也。又，大曆之「歷」字，當作「曆」，從日。清人著作及清刊本，多作「歷」，不從日而從止，則因避清高宗弘曆諱，故改「曆」作「歷」也。

三 解題

一、演義　此詩因秋而感興，皆在夔州思長安而作。

二、意箋　此公寓夔，將欲東下，感秋而賦，所謂「秋興」也。

三、杜臆　語云：「秋士悲。」秋原易悲，而公之情事，有許多可悲者，而感秋景以生情。第一首乃後來七首之發端，乃《三百篇》之所謂興也。

四、錢注　殷仲文詩云：「獨有清秋日，能使高興盡。」

又　潘岳《秋興賦序》云：「於時秋也，遂以名篇。」

五、張解　公時在夔，當秋有感。

六、金解　總以第一首為提綱。蓋先生爾時所處，實實是夔府西閣之秋，因秋而起興。下七篇話頭，一一從此生出（參看章法及大旨一章）。

別批　興之為言興也，美女當春而思濃，志士對秋而情至，凡山川林巒，風煙雲露，草色花香，目之所睇，耳之所聞，何者不與寸心相為蘊結，其勃然觸發有自然矣。乃先生以忠摯之懷，當飄零之日，復以流寓之身，經此搖落之時，其為興也，真興盡之至，心灰意滅，更無纖毫之興，而有此八首者也。後人擬作者，或至汗牛充棟，亦嘗試於先生制題之妙一尋繹乎。題是《秋興》，詩卻是無興，作詩者滿肚皮無興，而又偏要作秋興，故不特詩是的的妙詩，而題亦是的的妙題；不特題是的的妙題，而先生的的妙人也。從來詩是幾首，多一首不得，少一首不得，如此詩是八首，則七首不得，九首亦不得，某既言之屢矣，而或未能深信。試看此詩第一首純是寫秋，第八首純是寫興，便知其八首是一首也。

七、顧注　此公在峽江之中，艤舟欲出，因感楓樹而起興（按此亦感秋之意）。

八、論文　秋興者，遇秋而遣興也，故八首寫「秋」字少，「興」字多。

九、詩闡　「秋興」二字出簡文賦。賦曰：「秋何興而不盡，興何秋而不傷。」《秋興八首》，盡矣，傷矣。

一〇、會粹　秋興者，因秋而發興，不專詠秋也。八首中，或明點「秋」字，或暗點「秋」字，總寄其興耳。

一一、仇注　潘岳《秋興賦》（見錢注）。

又　吳論（見論文）。

又　末章引吳渭潛齋曰：《詩》有六義，興居其一。凡陰陽寒暑，草木鳥獸，山川風景，得於適然之感而為詩者，皆興也。《風》、《雅》多起興，而楚騷多賦比，漢魏至唐，傑然如老杜《秋興八首》，深詣詩人閫奧，興之入律者宗焉。

一二、涪解　梁簡文帝賦（見詩闡）。

又　殷仲文詩（見錢注）。

又　潘岳賦（見錢注）。

一三、言志　興即漫興之謂也。秋興，言當秋日而漫興以為詩也。

一四、提要　其題原於盧子諒。

瑩按：盧子諒有《時興》詩一首，見丁福保編《全晉詩》卷五，其意在感慨四時運轉之無常。

一五、心解　秋為寓夔所值，興自望京發慨。

一六、偶評　言因秋而感興，重在興不在秋也。每章中時見秋意。

一七、江說　引吳論（見前引論文）。

一八、鏡銓　潘岳有《秋興賦》，因以名篇。

一九、選讀　秋興者，遇秋遣興也，故八首寫秋字意少，興字意多（按與江說所引吳論全同，但未加注明）。

二〇、施說　注（按指仇注）引吳說：秋興者，遇秋而遣興也。今按此是遇秋而起興，吳說作意興之興，非也。

二一、啟蒙　引吳論（見前江說）。

又　興者，所思也，所思者何？故園也，京華也，長安也，故國也，故國之蓬萊、曲江、昆明、渼陂也。故各篇之內自為標識，以作眼目。

嘉瑩按：上諸說中，錢注、詩闡、潛解、鏡銓，不過注明「秋興」二字之出處，提要舉盧子諒詩，命題雖近似，而立意並不盡同。蓋盧詩但寫對時節之感興，其為義較狹，杜甫《秋興》則寫其因秋所生之多方面之感興，其義較廣。仇引吳渭潛齋之說，頗得感興之意。至於金解，「因秋而起興」一句，原極簡當；而在別批中，則欲逞才子之筆，中間一大段專在「有興」與「無興」上作文章。實則「有興」、「無興」之「興」字，當為「興致」、「興味」之意，頗近於簡文賦「興盡」之「興」，而杜甫此題之「興」字，則當為「感興」之意，二者並不相同也。又別批之開端論外界景物與內心「勃然觸發有自然矣」數句，所言亦頗有足取。論文於「興」字上用一「遣」，蓋亦以興字作意興解，施說已駁其不妥。至於其他諸說，則皆以「秋興」為因秋而感興之意。蓋此八詩，原但為杜甫寓居夔州，因見秋日草木之凋傷，景象之蕭森，而內心油然有所感發而作。至於其所興感者為何，則杜甫平日所心心念念者，原只在京華長安，因此，首章雖自夔州秋景起興，而一念及長安，則此興一發而不可遏抑，直至末一首，雖不復明寫秋景，然的的確確仍是秋興，此原為極簡單極自然之事，不必過求甚解、過為深說者也。唯是杜甫制題之際，不著懷鄉、感昔、傷今之任何一字，而但云「秋興」，含蘊深長，悠然意遠，無限感傷，盡在題外矣。而尤妙者，則「興」字又更有「興味」之一解，是就其立意言，原為「感興」之意，且其所感興者，原為無限哀傷；而就其字面言，則偏著一「興味」之「興」字。金氏別批，若但以此論制題之妙，原無不可，惟不可專指《秋興》一題之「興」字作「興味」解耳。

四　章法及大旨

一、詩通　按《秋興八首》，皆雄渾富麗，沉著痛快。其有感於長安者，但極言其盛，而所感自寓於中。徐而味之，則凡懷鄉戀闕之情，慨往傷今之意，與夫夷狄亂華，小人病國，風俗之非舊，盛衰之相尋，所謂不勝其悲者，固已不出乎言意之表矣。卓哉一家之言，夐然百世之上，此杜子美所以為詩人之宗仰也。

瑩按：此不論章法，但言大旨，而大旨亦但言其託寓蘊含之意，雖簡略而頗為扼要。

二、胡注　（無）

奚批　前四首言肅、代兩朝，後四首則追天寶。

瑩按：此說殊略，且過為拘執。

三、杜臆　《秋興八首》，以第一首起興，而後七首俱發中懷，或承上，或起下，或互相發，或遙相應，總是一篇文字，拆去一章不得，單選一章不得。

又　起來發興數語，便影時事，見喪亂凋殘景象。「故園心」三字，固是八首之綱，至第四章「故國平居有所思」，讀者當另著眼。故國思即「故園心」，而換一「國」字，見所思非家也，國也。其意甚遠，故以「平居」兩字該之，而後面四章，皆包括於其中。如人主之荒淫，盛衰之倚伏，景物之繁華，人情之逸豫，皆足以召亂；而平居思之，已非一日，故當時彩筆上干，已有憂盛危明之思，欲為持盈保治之計，志不得遂，而漂泊於此，人已白頭，匡時無策，止有「吟望低垂」而已。此中情事，不忍明言，不能盡言，人當自得於言外也。

瑩按：此論起興，相發，遙應，以及易「故園心」為故國思其意甚遠之說，皆極有見地，此中情事，固真有「不忍明言，不能盡言」者也。唯是其中以「彩筆上干」說第八章「彩筆昔曾干氣象」句，其意蓋謂以彩筆上干時主，暗指當年上三大禮賦之事，此說似稍拘執。「彩筆」當指遊渼陂諸篇什，「氣象」則指山水之氣象，「干氣象」，蓋指與山水之氣象爭奇之意，上賦干主之意只能謂言外容或有之，而不可徑以「上干」為說也，詳細辨說見八章集解。

四、詩攟　吾謂《秋興》，取材似《賦》，抽緒似《騷》，至於法脈變化，直造《風》、《雅》，且如《竹竿》發粲於百泉，《陟岵》聆音於無死，《東山》則伊威在目，《斯干》則熊羆入夢，並空中彩繪，水面雲霞，荒忽杳冥，無蹤可覓，斯乃詞中秘藏，象外玄機。此詩三首以前，取景猶近，後之五篇，形神俱遠，真已飛精輦下，廁足朝端，雜沓輪蹄，從容讌賞。每篇止一二語，或止數字，略點題面耳，使他人為之，方慮喧客奪席，主反受淩，而此獨不覺，則以抉其秘藏，透其玄機故也。又五篇一律，亦慮其重複，不能變化，而此不覺，則吾所謂抽緒似《騷》，似復非復者也。嗟乎，枚叟《七發》，少陵八篇，何所因仍，興盡而止耳。後之擬者，截鶴補鳧，挖瘡加炙，我有性情為他人用，欲求其工，安可得哉。

瑩按：此論《秋興》八詩之法脈變化，頗能得其神情之妙。

五、錢注　此詩舊箋影略，未悉其篇章次第，鉤鎖開闔，今要而言之：「玉露凋傷」一章，《秋興》之發端也。江間塞上，狀其悲壯，叢菊、孤舟，寫其淒緊。末二句，結上生下，故即以「夔府孤城」次之。絕塞高城，杪秋薄暮，俄看落日，俄見北斗，爐煙熠而哀猿號，急杵斷而悲笳發，蘿月、蘆花，淒清滿眼；蕭辰、遙夜，攢簇一時。「請看」二字緊映「每依北斗」，即連上城高暮砧當句呼應耳。夜夜如此，朝朝亦然，日日如此，信宿亦然，心抱北斗京華之思，身與漁人、燕子為侶，遠則匡衡、劉向之不如，近則同學輕肥之相笑。第三章正中《秋興》名篇之意，古人所謂文之心也。然「每依北斗望京華」一句，是三章中吃緊關節。蕭條歲晚，身事如此，長安棋局，世事如此，企望京華，平居寂寞，故曰「百年世事不勝悲」也。次下乃重章以申之。「蓬萊宮闕」一章，思全盛日之長安也。「瞿塘峽口」一章，思陷沒後之長安也。「昆明池水」一章，思自古帝王之長安也。「昆吾御宿」一章，思承平昔遊之長安也。由瞿塘鳥道之區，指曲江禁近之地，兵塵秋氣，萬里連延，首章即云「塞上風雲接地陰」也。唐時遊幸，莫盛於曲江，故悲陷沒則先舉曲江。漢朝形勝，莫壯於昆明，故追隆古則特舉昆明。曰「漢時」，曰「武帝」，正尅指自古帝王也。此章蓋感嘆遺跡，企想其妍麗，而自傷遠不得見，乃疊申曲江，末句文勢了然，今以為概指喪亂則迂矣。天寶之禍，干戈滿地，營壘俱在國西，及郭令收西京，陳於香積寺北，灃水之東，皆漢上林苑地，在昆吾御宿之間，然城南故地，風景無恙，故曰「自逶迤」也。碧梧、紅豆，秋色依然，拾翠、同舟，春遊如昨，追彩筆於壯盛，感星象於至尊，豈非神遊化入，夢回帝所，低垂吟望，至是而秋興之能事畢矣。此詩一事疊為八章，章雖有八，重重鉤攝，有無量樓閣門在，今人都理會不到，但少分理會，便恐隨逐穿穴，如鼷鼠入牛角中耳。餘義則更於分章下詳之。

附輯評　吳云：《秋興》正如樂府八解，首言寓蜀，感身世之飄零；次因蜀而憶京華，慟家邦之離亂；三因京華而追念獻賦，悼立身之不早；四因自悼而咎政府致崩亂之由；五因政府而言明皇荒淫，已微露幸蜀之恨；六則慨嘆行在，傷心故京；七則宕開，如岳雲之忽斷，如江潮之怒歸，謂借漢武言明皇可也，謂因漢武而言明皇之不及亦可也；八則又言當日獻賦名動帝王，而今則一官放逐，蓋暗傷資格之困人也。層層鉤鎖，處處回環，願學者盡心以對之。

又　陳云：八首命意煉句之妙，自不必言；即以章法論，分之如駭雞之犀，四面皆見；合之如常山之蛇，首尾互應。

瑩按：錢注以首章為「發端」，次章「每依北斗望京華」句為前三章「吃緊醫節」，而第三章既點出「清秋」二字，復感慨功名之薄，心事之違，故以為第三章乃「正申《秋興》名篇之意」，而自第四章長安棋局以下，乃「重章以申之」：「『蓬萊宮闕』一章，思全盛日之長安」；「『瞿塘峽口』一章，思陷沒後之長安」；「『昆明池水』一章，思自古帝王之長安」；「『昆吾御宿』一章，思承平昔遊之長安」。其說似頗為條理明白，然而張溍杜詩解以為錢說頗有不妥之處。其一則漢武昆明一章，錢氏以為乃杜甫「感嘆遺跡，企想其妍麗」，而非以漢武為借喻；張氏以為如非借喻，則漢武「年代遠隔」，「何云在眼」，「何取追憶」？再則，錢氏以為「城南故地，風景無恙」，故末章曰「昆吾御宿自逶迤」也；而張氏以為「祿山之亂，久據長安，安見昆吾御宿獨無兵火」（均見後引溍解之說）？張氏之說，不為無理。蓋《秋興》八章，其感興之自然，寄慨之深遠，原不可拘執以求，正如錢氏所云「少分理會，便恐隨逐穿穴」。錢氏必以「昆明池水」一章為確指自古帝王漢武時之長安，又必以「自逶迤」為指昆吾御宿風景無恙，正亦不能自免於此病也。至輯評吳氏之說，於每章皆扼要作簡單之說明，大意頗是，惟第五章云「因政府而言明皇荒淫」，其說過為刻露。杜甫忠愛厚摯，於明皇、貴妃事，其感諷皆極隱約含蓄，五章「蓬萊宮闕」云云，亦不過大體寫當日長安宮闕之盛。至於感諷之意，雖亦微露於言外，然若如吳氏之說明「荒淫」二字，亦恐非杜甫忠厚之本意也。又輯評陳氏之說雖極略，然頗為簡要。

六、張解　前四首言秋，後四首言興，其立格又各不同。至其用意處，脈絡分明，首尾相應，八首竟一首矣。真增減一首不得，顛倒一首不得，何世乃有止選一首，並選一半者，殊失此詩本色。選杜又豈容易哉！

瑩按：此指明前四首言秋，後四首言興，未免拘執。至云八首不可割裂以選，則所言極是。

七、金解　此詩八首凡十六解。才真是才，法真是法，哭真是哭，笑真是笑，道他是連，卻每首斷，道他是斷，卻每首連，倒置一首不得，增減一首不得，固已。然總以第一首為提綱。蓋先生爾時所處，實實是夔府西閣之秋，因秋而起興。下七篇話頭，一一從此生出，如裘之有領，如花之有蒂，如十萬師之號令出於中權也。此豈律家之能事已耶？嘗讀《莊子》內篇七，以三字為標題。及觀題字之次第，必以《逍遙遊》為首。何以故？遊是聖人極則字。逍有逍之義，遙有遙之義，於遊而極，《魯論》「游於藝」是也。余嘗為之說曰：人不盡心竭力一番，做不成聖人，故有「志」「據」字。人不鏡花水月一樣，趕不及天地，故有「依」「遊」字。若《齊物論》至《應帝王》，皆從極則字漸次說下來，與首篇不同。如齊而後物，物而後論，至於論，則是非可否，紛然不齊矣。應帝王之「應」，即《法華》「三十二應」「應」字，如先師「老安少懷」是也。帝之諦當，王之歸往，抑末矣。故曰：皇有氣而無理，帝有理而無理（下一理字當從鈔本作情），王有情而無事。其事則齊桓、晉文，此之謂糟粕而已。舉此二篇，可概餘四。況《南華》見道之書，極重「南」、「北」字，首篇從「北溟」說到南，欲（當從鈔本作次）則直提「南」字，其義了然，豈得混首篇於下六篇耶？大抵聖賢立言有體，起有起法，承有承法，轉合有轉合之法。大篇如是，小篇亦復如是。非如後世塗抹小生，視為偶然而已。吾不信天下事，有此偶然又偶然也。分明八首詩，直可作一首詩讀。蓋其前一首結句，與後一首起句相通。後來董解元《西廂》，善用此法。

瑩按：金氏對此八詩之章法，極為嘆之美之。開端數語，頗為感人，惟稍嫌浮泛不實耳。至於先後以《南華經》及《西廂記》比附立說，則與《秋興》八章之章法並無必然之關聯。至云大作家之善於安排章法，則又何止《南華》、《西廂》為然。又金氏依樂府分解之法，每章皆自四句分截，斷為前後二解，殊為板滯，與作者原意亦未盡合。今茲之說八詩概不取金氏分解之說。

八、顧注　王阮亭曰：《秋興八首》，皆雄渾富麗……固已不出乎言意之表矣。（見詩通）

瑩按：此數語當以見於明張綖所撰之《杜工部詩通》為最早，顧注引作「王阮亭曰」，不知何據。

九、詩闡　公身羈夔府，心在長安。前三章當以夔府為主，後五章當以長安為主。於夔府而憶長安，則託之望，故曰「望京華」。望長安而不可見，則託之思，故曰「有所思」。前三章都從望中寫出心在長安不得見長安之情。以言天時，巫山玉露，何如霄漢金莖也；塞上風雲，何如蓬萊雲日也；以言地勢，白帝城之淒，其何如秦中為帝王州也；瞿唐峽之風煙，何如曲江為勝遊處也。以言人事，伴山郭之千家，何如與拾翠佳人春相問也；侶信宿之漁人，何如與同舟仙侶晚更移也；以言物理，下叢菊兩開之淚，何如碧梧、香稻為可念也；看江樓燕子之飛，何如鸚鵡、鳳凰為可懷也。長安之繫人思如此。今日之長安不然矣。今日長安霄漢金莖猶然否？蓬萊雲日猶然否？想見者夜月機絲、秋風鱗甲不勝寂寞耳。秦中為帝王州猶舊否？曲江為勝遊處猶然否？想見者花萼樓邊、芙蓉苑裡不勝荒蕪耳。拾翠佳人猶登紫閣否？同舟仙侶猶泛渼陂否？想見者王侯第宅、文武衣冠不勝變遷耳。碧梧、香稻猶然如昨否？鸚鵡、鳳凰依然無恙否？想見者菰米沉雲、蓮房墜粉不勝淒涼耳。況孤城之落日當樓，三峽之哀猿入耳，悲笳隱而如訴，孤舟繫而不開。寂寂魚龍，秋江獨臥，淒淒刀尺，旅夜偏驚，想故國之旌旗，感少年之裘馬，滄江遲暮，難回青瑣之班，彩筆蹉跎，空起白頭之嘆，真可謂秋何興而不盡，興何秋而不傷也已。

瑩按：詩闡所云「前三章以夔府為主」，「後五章以長安為主」，其說頗近於錢氏之所謂「望京華」一句是前三章「吃緊翻節」，「長安棋局」以下「重章以申之」之意。此原為立說方便，故爾聊作分畫。其實夔府與長安之遙映，今時與昔日之興悲，原乃八詩中一貫之主要情意。唯是若詩闡之故意摘其一二句以夔府與長安做兩兩之對比，則文人好弄筆墨之積習。且如鸚鵡、鳳凰皆做實解，亦殊失作者原意。

一〇、仇注　首章引王嗣奭曰：《秋興》八章，以第一起興，而後章俱發隱衷，或起下，或承上，或互發，或遙應，總是一篇文字。又云：首章發興四句，便影時事，見喪亂凋殘景象；後四句，乃其悲秋心事。此一首便包括後七首。而「故園心」乃畫龍點睛處。至四章故國思，讀者當另著眼，易家為國，其意甚遠。後面四章，又包括於其中。如人主之荒淫，盛衰之倚伏（原脫「之」字，據《杜臆》補），景物之繁華，人情之逸豫，皆能召亂。平居思之，已非一日，今漂泊於此，止有頭白低垂而已。此中情事，不忍明言，不能盡言，人當自得於言外也（參看《杜臆》）。

又　三章引朱鶴齡曰：前三章，俱主夔州。後五章，乃及長安事。

又　三章引陳廷敬曰：前三章，詳夔州而略長安。後五章，詳長安而略夔州，次第秩然。

又　末章引張綖曰：《秋興八首》皆雄渾富麗……詩人之宗仰也（見詩通）。

又　澤州陳冢宰廷敬曰：《秋興八首》……首尾互應。前人皆云李如《史記》，杜如《漢書》，予獨謂不然，杜合子長、孟堅為一手者也（參看錢注輯評引陳說）。

瑩按：仇注引王嗣奭杜臆，獨刪去其「彩筆上干」數語（見前），知仇氏亦不謂然也。

餘則杜臆所言頗是。至於所引朱、陳二說，與錢注及詩闡之說相近，乃一般之通說。

一一、溍解　先引錢箋（已見前），然後評曰：錢論八詩融貫關鎖處自是高見。但漢武昆明謂非借喻，則昆明年代遠隔，非公目睹關情，何言在眼？何取追憶？即祿山之亂，久據長安，安見昆明御宿獨無兵火，而必謂漢武遺跡如故耶？余謂首章揭明所處之地、所遇之時，而自嘆鄉思迫切，正是說明秋興。第二首言雖在遠多病，而自京華君國之思不懈。「每依北斗」句，是後六首要旨。第三首言孤城蕭索，旅泊無依，功名已薄，心事多違，而致嘆於同學貴賤頓殊，又是賦秋興本情。第四首言長安事變今昔之異，而明指所思，與「每依北斗」句應。第五首追言開元全盛之長安，而及己之曾受拾遺也。第六首言陷沒後之長安，而嘆形勝之不守也。第七首借漢武嘆玄宗開邊勞民，而遺禍蒙塵也，亦是陷沒後長安。末首言昔日渼陂景物之勝，朋友之樂，及獻賦稱旨之榮，以「白頭吟望」結之，又綰到首篇叢菊、孤舟慘狀。八詩環應，只如一旨，皆雄渾富麗，沉著痛快。凡言長安，寓意悲涼，而辭俱壯麗。凡懷鄉戀闕之情，感往傷今之意，與夫戎寇交兵，小人病國，風俗之非舊，盛衰之相尋，皆在意言之表。

瑩按：溍解駁錢箋之說頗是，已詳前錢注按語。唯溍解直指七章乃借漢武嘆玄宗開邊勞民，而遺禍蒙塵，亦未免過於拘狹。蓋杜甫之慨古傷今，皆極含蓄自然，如此之明言確指，求得反失，求深反淺矣。其他各章之解說，亦未盡洽（容後分章詳之）。至於其結尾數語所謂懷鄉戀闕，感往傷今……皆在意言之表之說，則頗為可取。

一二、言志　八首先後次第，彼此照映。如遊蓬山，處處溪壑迴別；如登閬苑，層層戶牖相通。以言格律，則極其崇閎，議論則極其博大，性情則極其溫厚，舉譬則極其精當。然皆其興會所至，一筆寫來，自然妙麗天成，不待安排思索。此天地間至文也，讀者詳之（按語參看後之范解）。

一三、提要　昔人謂《秋興八首》，其題原於盧子諒，其氣取之劉太尉，其文詞縱橫，一絲不亂，法本於左太沖，此特論其熟精《文選》理也。　然少陵一腔忠憤，沉鬱頓挫，實得之屈子之《九歌》、宋玉之《九辯》而變化之。至其慘淡經營，安章頓句，血脈相承，蛛絲馬跡，則又八章如一首，其序次不可紊焉。一章紀夔州之秋興，為總冒。次章承急暮砧，而及夔州之晚景。三章又及夔州之朝景。四章承五陵衣馬而憶長安，因有王侯第宅文武衣冠之語，遂結云「故國平居有所思」，故下皆思長安遊歷之地：五章思蓬萊宮之朝班，六章思曲江之遊，七章思昆明池之遊，八章思渼陂之遊。寫得長安之盛衰歷歷如見，而乃以昔遊今望為一大結，仍不脫夔州之秋興。回環映帶，首尾相應。公詩所云「美人細意熨貼平，裁縫滅盡針線跡」，此其是也。苟不得少陵悲秋之故，與夫長篇之法，動擬秋興，以為善學柳下惠，吾不敢也，吾不能也。

瑩按：杜甫之詩，茹古涵今，號稱集大成。其應用變化，存乎一心，必如提要之指明某者原於某人，似嫌拘執過甚，不過亦頗可啟人聯想耳。至其論各章之承轉，則頗為簡明有序。

一四、心解　八詩總以望京華作主，在次章點眼，錢氏所謂「截斷眾流句」也（見下分章集解二章所引錢注）。說者俱云，前三章主夔，後五章乃及長安，大失作者之旨，且於八章通身結構之法全未窺見。

瑩按：此駁一般所謂前三章主夔、後五章主長安之通說，其實此乃無謂之爭。錢氏以「望京華」一句為截斷眾流句，且又曰此句是前三章「吃緊齧節」，然而錢氏固亦云「此詩一事疊為八章，章雖有八，重重鉤攝」也。詩闡云：「前三章當以夔府為主，後五章當以長安為主」，「前三章都從望中寫出」，然而詩闡固亦云望而不見「則託之思」，更復一一將夔府與長安之遙映寫出，何嘗不視此八詩為有通身結構也。即以心解論，心解論此詩題，豈不亦有「秋為寓夔所值，與自望京發慨」之說。是八詩雖不可分，然其間每章又豈無賓主重輕之異。是前三章自寓夔值秋起興，自以夔府為主；然既曰「望京」發慨矣，則發慨之後一心繫於故國之思，故後五章便以長安為主矣。前三章與後五章之分說，不過為立說方便，一作分畫而已。曰主夔、主長安者，其間固原自仍各有其所謂賓者在也，並非一分之後，便爾全不相干，故曰此乃無謂之爭耳。

一五、范解　此詩八章，公身寓夔州，心憶長安，因秋遣興而作，故以《秋興》名篇。八章中總以首章「故園心」為樞紐，四章「故國平居有所思」為脈絡，方得是詩主腦。若渾淪看去，終無端緒可尋。首章以「凋傷」二字作骨，凡峽中天地、山川、草木、人事，無不蕭森，已說盡深秋景象，提出「故園心」三字，點明遣興之由。「暮砧」句結上生下。「孤城落日」承上詠暮景，「山郭」、「朝暉」又承上詠朝景，雖俱就夔府而言，細玩次章曰「望京華」，三章曰「五陵衣馬」，仍是不忘長安，正所謂「一繫故園心」也。四章則直接長安，煞出「故國平居有所思」，將「故園心」三字顯然道破。下四章即承此句分敘，撫今追昔，盛衰之感和盤托出，卻首首不脫秋意。「蓬萊」一章指盛時言，「瞿塘」、「昆明」二章指陷後言，「昆吾」一章追憶昔遊而言，皆故國平居之所思者。末則以「白頭吟望」結出作詩之意，總收全局。統觀篇法次第，一首有一首之照應，八首有八首之聯貫，氣體渾厚，法脈周密，詞意雄壯，其間抑揚頓挫，慷慨淋漓，全是浩然之氣相為終始。公之心細如髮，筆大於椽，已可概見。至於憂國嫉時，懷才不偶，滿腔憤悶卻出以溫厚和平之語，全然不露圭角。怨而不怒，哀而不傷，《三百篇》之遺響猶存，真所謂大家數也。學詩者熟讀細玩，頃刻不離胸次，則思過半矣。

瑩按：前引言志之說，所謂「處處溪壑」、「層層戶牖」者，雖亦能得此八章之神理，然而未免病於空泛，不若范解之懇切詳明。

一六、偶評　懷鄉戀闕，弔古傷今，杜老生平具見於此。其才氣之大，筆力之高，天風海濤，金鐘大鏞莫能擬其所到。

又　曰「巫峽」，曰「夔府」，曰「瞿唐」，曰「江樓」、「滄江」、「關塞」，皆言身之所處。曰「故國」、「故園」，曰「京華」、「長安」、「蓬萊」、「曲江」、「昆明」、「紫閣」，皆言心之所思，此八詩中線索也（參看後引鏡銓俞瑒云）。

瑩按：此論八詩線索，頗為簡要。

一七、江說　王嗣奭曰：《秋興》八章以第一起興……總是一篇文字。又云：首章發興四句便影時事，見喪亂凋殘景象（參看《杜臆》）。

又　邵長蘅曰：《秋興》自是杜集有名大篇。八章固有八章之結構，一章亦各有一章之結構，渾渾吟諷，佳處當自得之。必云如何穿插，如何鉤鎖，則鑿矣。作者胸中定無此見解。

瑩按：杜甫《秋興八首》自有結構層次，惟不可拘執以求耳。

一八、翁批　第六章評曰：論者但知「故國平居有所思」一句，領起下四首，皆憶長安舊事，此亦大概粗言之耳。其實「瞿唐峽口」一首，首尾以兩地迴環，其篇幅與「蓬萊」、「昆明」、「昆吾」三首皆不同，而轉若與「聞道長安」一首之提振有相類者。蓋第四首以「長安」、「故國」特提，而「蓬萊」一首以實敘接起；第六首以「曲江」、「秦中」特提，而「昆明」、「昆吾」二首以實敘接起，則中間若相間，插入「瞿塘」一首作沉頓回翔者，此大章法之節族也。若後四首皆首首從長安舊事敘起，固傷板實，即不然而一章特提，一章實敘，又成何片段耶？今第五首實敘，而第七、八首又實敘，中一首與末二首層疊錯落，相間出之，乃愈覺聞道「長安」、「瞿塘峽口」二首之凌厲頓挫，大開大合，在杜公則隨手之變，虛實錯綜，本無起伏錯綜之成見耳。

又　七章評曰：自第一首正寫秋景，直至此首五、六句乃再正寫秋景，正提秋事也。細玩八章，雖以中間「魚龍寂寞秋江冷」一句為筋節，然前則「夔府孤城」一首皆虛含秋意，並非實寫秋景。「千家山郭」一首，全不著秋，惟「清秋」二字一點而已。後則「蓬萊」章亦全不著秋，惟「歲晚」二字一點，此較「千家山郭」一首之「清秋」字更為虛渾矣。「瞿唐」章以秋作兩地聯合節拍，而邊愁終非賦秋也。至於「昆吾」一章，則竟脫開，通幅以虛景淡染，碧梧棲老，並非為秋而設，而彩筆干氣象，轉於春字繫出，此則神光離合之妙也。然則江間塞上，黯淡泬寥之景，後七章豈竟全無映照之實筆乎？然又不可再於江峽之秋景著筆摹寫也。惟此首夜月秋風，無意中從昆池咽到題緒，所以五、六一聯，遂提筆從菰蓮重寫秋境，以為實，則實之至，以為虛，則又虛之至，想像中波光涼思，沉切蕭寥，彌天塞地，然則此首乃已正收秋思矣。第八章乃重與一彈三嘆耳。

又　手鈔本杜詩附記　若乃謝惠連《秋懷》詩止於一篇而已。蓋記事之理緣意而生，意盡篇中，故無假於復疊也。惟杜陵之詩，法自儒家……然後言情之作與事物錯綜之理交合出之而極其至焉。然若《八哀》、《諸將》、《詠懷古跡》之倫，所謂事訖而更申，章重而事別也。惟《秋興》之篇至於八首，賡復則一事疊為重章……初同而末異者矣。是以古今藝林推為巨制，非其氣力出於物表者殆無以勝之歟。（引文有刪節處，蓋以手鈔本有字跡模糊處故也）

瑩按：翁批所言，極有精到之處。如評第六章所云「特提」與「實敘」之筆；而又能不拘拘指為作者有意之安排，而曰「杜公則隨手之變」，本無成見，若此等處，皆所謂能入能出，不失為大方之論。至於評第七章所云秋景之「實」寫與「虛」寫，亦頗得原詩「神光離合之妙」。而謂第八章乃「重與一彈三嘆耳」，其說亦良可吟味。至於杜詩附記論《秋興八章》與其他連章之作之不同，所說亦極為有見。

一九、鏡銓　俞瑒云：身居巫峽，心憶京華，為八詩大旨。曰「巫峽」，曰「夔府」，曰「瞿塘」，曰「江樓」、「滄江」、「關塞」，皆言身之所處；曰「故國」，曰「故園」，曰「京華」、「長安」、「蓬萊」、「昆明」、「曲江」、「紫閣」，皆言心之所思，此八詩中線索。

又　陳子端云：八詩章法緒脈相承……其命意煉句之妙，自不必言（見錢注附輯評）。

瑩按：二說一自字面言，一自神情言，皆頗簡要，惟不甚詳盡切實耳。

二〇、集評　陸云：八詩要不可更與評論，反覆讀之，意氣欲盡。李云：八首只就景物瀠洄，而悲憤意在言外，大家之篇。春容富麗，樸老渾雄，自唐迄今，竟為絕調。感時憂國，詩之寄興在此，而能超議論之劫，故為神品。八首篇篇映帶秋意並夔地。

又　吳云：《秋興》正如樂府八解……願學者盡心以對之（見前引錢注附輯評）。

又　俞云：身居巫峽，心望京華，為八首之大旨。曰「巫峽」，曰「夔府」……此八詩中線索（參看前引偶評）。

二一、選讀　王嗣奭曰：《秋興》八章以第一章起興……總是一篇文字（參看《杜臆》）。

又　吳渭潛齋曰：詩有六義，興屬其一。凡陰陽寒暑，草木鳥獸，山川風景，得於適然之感，而為詩者，皆興也。

又　張綖曰：《秋興八首》雄渾富麗……此所以為詩人之宗仰也（參見詩通）。

瑩按：選讀多錄前人舊說，已詳前引諸說，茲不復贅。

二二、沈讀 錢云：八詩篇章次第……人都理會不到（見錢注）。

又 錢論八詩融貫關鎖處……皆在意言之表。

瑩按：其所引前一節「錢云」，固見前引錢注。至其後一節則見前引滔解。蓋在滔解中亦曾先引錢注，而後加按已見。沈讀蓋全引滔解，而但注明「錢云」，而未注明滔解，未免疏略。

二三、啟蒙 王阮亭曰：《秋興八首》……言意之表矣（參看前引顧注）。

又 陳澤州曰：《秋興八首》，命意煉句之妙……如常山之蛇，首尾互應（參見錢注輯評）。

二四、詩鈔 眉批引李天生云：八詩只就景物瀠洄……大家之篇（見前引集評）。

又 吳星叟云：《秋興》正如樂府八解……願學者盡心以對之（見前引集評）。

又 陸辛齋云：八詩要不可更與評論……意氣欲盡（見前引集評）。

又 李天生云：春容富麗……故為神品（見前引集評）。

又 俞犀月云：身居巫峽……八詩中線索（見前引集評）。

瑩按：此皆引前人舊說，並無絲毫新意。

嘉瑩按：杜甫七律連章之作，五章者有《將赴成都草堂途中有作先寄嚴鄭公五首》、《諸將五首》及《詠懷古跡五首》，而八章者，則惟此《秋興八首》而已。蓋唐人七律之作，至杜甫而境界始大，情意始深，而此一體之功能變化，亦始發展而臻於極致。至於七律連章之作，則更為杜甫之所獨擅，而《秋興八首》則杜甫七律連章之作中之翹楚冠冕也。此不僅以八章之數目較五章為獨多而然也，即以章法次第言之，《赴草堂寄嚴鄭公五首》，其章法之間，雖亦有首尾層次之變化，然而赴草堂只是一地，寄嚴公只是一人，以與《秋興》八章相較，則《赴草堂五首》，終不免有單調繁瑣之感。且杜甫彼時之七言律作，於內容與意境二面皆未能達於入夔以後之境界，則更不得與《秋興》八章相提並論矣。至如《諸將五首》，則首章寫吐蕃內侵，責諸將不能禦寇；次章寫回紇入境，責諸將不能分憂；三章寫亂後民困，責諸將不行屯田；四章寫貢賦不修，責諸將不能懷遠；五章寫鎮蜀失人，而懷嚴武之將略。其感慨議論雖亦反覆唱嘆，殷勤篤至，然而五章分詠五事，其次第分劃固釐然可見者也。《詠懷古跡五首》亦然。其所感懷之古跡，首為庾信宅，次為宋玉宅，三為昭君村，四為永安宮，五為武侯廟。其間感懷與詠古互相映發，亦極盡賓主虛實變化之妙，然而亦為五章分詠五事，其次第分劃亦復釐然可見。如以上所舉諸詩，其章法之層次呼應變化，雖亦頗極連章七律之妙，然而要皆不得與《秋興》八章之自一本發為萬殊，又復總萬殊歸於一本者相提並論也。蓋以《赴草堂》之作但為一本，而並不能化為萬殊；《諸將》及《詠懷古跡》二作，則分為萬殊，而並不總歸於一本；其能自一本化為萬殊，而萬殊又復歸於一本者，唯《秋興》八章足以當之耳。今試一論其章法，所謂一本者，羈夔府值秋日而念長安，斯為八詩之骨幹，所謂一本者也。而八詩中或以夔府為主而遙念長安，或以長安為主而映帶夔府，至於念長安之所感，則小至一身之今昔，大至國家之盛衰，誠所謂百感交集，所懷萬端者也。而復於此百感萬端之中，或明寫，或暗點，處處不忘對夔府秋日之呼應，此豈非萬殊一本，一本萬殊者乎？首章以夔府為主，自秋景起興，故開端即以「玉露」、「楓林」、「巫山」、「巫峽」，點明時地；次聯「江間」、「塞上」承上聯之景，亦啟下聯之情；故三聯「叢菊」、「故園」即遙逗故園之思；尾聯接寫客子無衣之感，既呼應「秋」字，又以「暮砧」喚起下章。次章一起即承首章寫夔州暮景，次句「望京華」，明明點出長安，已較首章之「叢菊」、「故園」為激切；中二聯皆以一句傷今，一句感舊，互為呼應；尾聯月映蘆花既以之應首聯之暮景，傷光陰之迅速，復暗寫夔府秋景之淒涼。三章承次章接寫夔州朝景起興；次聯以眼前清秋景物寫客子羈遲之感；三聯感傷功名心事之違，嘆息無成；尾聯以「同學」「不賤」為對比，而又慨其但求「衣馬」之「輕肥」，有無限身世家國之感，復以「五陵」喚起下章。四章承五陵而以「聞道長安」為起，已自夔府轉入長安，而以「聞道」二字呼起之，遙映首章之「故園」、次章之「京華」、三章之「五陵」，而此章則為正寫長安之始，故中二聯皆自大處落筆，總寫百年世事之盛衰紛擾，而第七句復以「秋江冷」映帶夔府之秋，第八句則又以「故國平居」喚起以下數章。五章承「故國平居」，首思「蓬萊宮」，既為當年獻賦之地，又為天子之所居，故以之為所思之發端，「王母瑤池」、「函關」「紫氣」，寫當日之庭闕，初移「宮扇」、乍睹「聖顏」，寫當時之杜甫，而以第七句「一臥滄江」映帶夔府秋日，末句則慨「朝班」之不再，迴合自然，感慨無限。六章亦承上而來，其所思以「曲江」為主，而以首二句「瞿塘」及「素秋」映帶夔府之秋，「花萼樓」有通曲江之夾城，「芙蓉苑」則為曲江之池苑，「珠簾」、「錦纜」，回首全非，而結之以自古帝王州，無窮感慨，盡在言外。七章所思以「昆明池」為主，遠承四章之「故國平居」，近承六章之「自古帝王」，故又有「漢時功」及「武帝旌旗」之言，「織女」、「石鯨」、「菰米」、「蓮房」，皆以昆明池秋景寓盛衰之慨，而以極天鳥道、滿地江湖呼應夔府。八章所用地名獨多，曰「昆吾」，曰「御宿」，曰「紫閣」，而歸之於「渼陂」，餘韻悠然，情思無限，是所思雖以渼陂為主，然而其情意則並不為渼陂所限也；「香稻」、「碧梧」、「佳人」、「仙侶」四句記昔遊之盛，而「佳人」句更著一「春」字，乃竟不為秋字所限，此正因此詩已為八詩末章，極寫其感興之遠，故有此餘波蕩漾之致，翁批所云有「神光離合之妙」者也；末二句，明明著一「昔」字，著一「今」字，以「昔」字總結長安，以「今」字總結夔府，章法完足，哀傷無限。以上略述八詩之章法大旨，若更簡言八詩之布置呼應，則八詩皆以地名為發端，前三章以夔州為主，自第四章以後則轉入長安。首章「巫山巫峽」、次章「夔府孤城」、三章「千家山郭」，皆以夔府秋日起興，遙遙以「故園」、「京華」、「五陵」喚起長安；四章「聞道長安」，為正式轉入長安之始，承以上三章，啟以下四章，而其感慨亦復由一身而轉入朝廷；五章以後，以「蓬萊宮」、「曲江頭」、「昆明池」、「渼陂」，分詠故國平居所思之事，而以五章之「滄江」、六章之「瞿塘」、七章之「關塞」、「江湖」映帶夔府，八章總以一「昔」字、一「今」字作長安與夔府之總結。而首章「玉露凋傷」、次章「洲前蘆荻」、三章「清秋燕子」、四章「寂寞秋江」、五章「滄江歲晚」、六章「風煙素秋」，皆實寫夔府之秋以為感興，至七章之「波漂露冷」，而秋興反於遙想之長安繫出，八章更著一「春」字以為餘韻，虛實映帶，各極其妙。或有人以起承轉合說八詩，而以每二章為一段落，以為一、二兩章為起，三、四兩章為承，五、六兩章為轉，七、八兩章為合，其說似稍為拘板。杜甫詩中雖有起承轉合之妙，然不可如此以八股之章法說之也。至於八詩感興寓託之深，如詩通所云「懷鄉戀闕之情，慨往傷今之意，與夫夷狄亂華，小人病國，風俗之非舊，盛衰之相尋，所謂不勝其悲者」，則當於以後分章集解時詳之。

五　分章集說

其一

玉露凋傷楓樹林，巫山巫峽氣蕭森。
江間波浪兼天湧，塞上風雲接地陰。
叢菊兩開他日淚，孤舟一繫故園心。
寒衣處處催刀尺，白帝城高急暮砧。

【校記】

接地　演義注云：「一作匝地。」范解作「匝地」。

瑩按：「匝地」但就地面而言，「接」字則有自上而下之意，此句云「塞上風雲接地陰」，由上而下說來，自以作「接」字為是。

兩開　王本、九家、鶴注、蔡箋、錢注、朱注、澤解、仇注、鄭本、翁批，皆注云：「一作重開。」啟蒙作「重開」，而注云：「一作兩。」翁批云：有「重」字一本，則益見「兩」字之穩重大方。

瑩按：「兩」字不僅穩重大方，且音義皆更為切實有力，作「兩」字為是。

【章旨】

一、演義　此詩因見峽中之秋景而起興，略及長安故園（朱刊本虞注「故園」作「秋景」），而未極言之也。

瑩按：此說極為簡明。

二、邵解　感夔秋景。

三、邵注　時公艤舟以俟出峽，當秋感興而作也，興而賦也。

四、杜臆　第一首乃後來七首之發端，乃《三百篇》之所謂興也。

五、錢注　「玉露凋傷」一章，《秋興》之發端也（參看前章法及大旨引錢注一節）。

瑩按：以上諸說皆但以因秋感興而言，而未明言其所感者為何。

六、金解　前解從秋顯出境來，後解從境轉出人來，此所謂「秋興」也。

瑩按：此就所感之層次轉折而言。

七、論文　第一首先從「秋」字起。

八、詩闡　首章離鄉之感。

瑩按：以上三說一就起興而言，一就所感而言，皆極簡略。

九、會粹　此首以「巫山巫峽」四字作紐。「江間」「塞上」，巫中之景；「叢菊」兩句，巫中之情。

瑩按：此分別為在夔之景與在夔之情言之。

一〇、仇注　首章對秋而傷羈旅也，上四因秋託興，下四觸景傷情。

瑩按：此以就景生情為說。

一一、言志　此第一首從秋字上籠蓋而起，下歷舉其興之所由生。

又　此第一首在夔言夔，漫興之始也。

一二、提要　此為八章總冒，故祇虛照秋興，後乃一章緊一章；巫山、巫峽、白帝城，記地，見其為夔州之秋興也。

瑩按：此就八章之章法而總論之。

一三、心解　首章八詩之綱領也。明寫秋景，虛含興意；實拈夔府，暗提京華。

瑩按：此就其明暗呼應而言。

一四、范解　此章俱寫夔府秋景，惟第六句點出「故園心」三字，為八首主腦。細玩上下語意，即八句中亦總歸縮此三字。方秋而木凋氣蕭，兼天匝地，想到在故園時必無此境，所以兩見叢菊便至隕淚，一聞暮砧即憶刀尺，總是故園心團結於中，自覺觸景生感，因時遣興，故八首中獨此首寫秋以完題面，後七章全是遣興，卻仍不離秋意。

一五、偶評　首章乃八章發端也，故園心與四章故國思隱隱注射。

丙本　眉批引楊西河曰：首章，《秋興》之發端也……故以夔府孤城次之（見鏡銓眉批）。

一六、沈解　此詩因見峽中之秋景而起興……而未極言之也（見演義）。

瑩按：此蓋引用演義之說，而未加注明。

一七、鏡銓　眉批曰：首章，《秋興》之發端也。江間、塞上，狀其悲壯；叢菊、孤舟，寫其淒緊，末二句結上生下，故以夔府孤城次之。

瑩按：此分別以悲壯與淒緊為說，反嫌支離，似不若會粹與仇注之以即景生情為說之完整渾成，至於論末二句之結上生下，則就章法之連綴而言，所說頗是。

一八、集評　李云：首篇時地在目，景情相涵，不旁借一語，清雄圓健，更為傑出。

一九、選讀　首章，對秋而傷羈旅也（參看仇注）。

二〇、啟蒙　仇注：首章對秋……觸景傷情（見仇注）。

瑩按：此為八詩首章，自夔州秋景起興，點明時地。而在秋景之敘寫中，隱隱逗出懷鄉戀闕之思，已有無數感興在其間。「故園心」三字，自是此詩主腦所在。而以尾聯之「急暮砧」喚起次章首聯之「落日斜」。諸說意實相近，唯繁簡不同耳。

【集解】

玉露凋傷楓樹林，巫山巫峽氣蕭森。

一、九家　李密詩：「金風蕩佳節，玉露凋晚林。」

又　張景陽詩：「荒楚鬱蕭森。」

又　阮籍詩：「湛湛長江水，上有楓樹林。」

又　趙云：「巫山，以言山；巫峽，以言水。」

二、分門　王洙曰：李密詩（見九家注）。

又　王洙曰：張景陽詩（見九家注）。

又　趙次公曰：（見九家趙注）。

三、鶴注　洙曰：李密詩（見九家注）。

又　洙曰：張景陽詩（見九家注）。

四、蔡箋　李密詩（見九家注）。
又　巫山……以言水也（見九家趙注）。
五、演義　玉露，露至秋則白。
又　露凋楓葉至於滿林，則秋深矣。故巫山巫峽之氣肅殺而蕭森。
又　巫山、巫峽並在夔州。
六、愚得　言在夔見玉露凋傷楓林，則巫山巫峽浪兼天而雲接地，而秋氣蕭森矣。
七、詩通　蕭森，清肅貌。
又　前四句，景中含情，乃秋興之端。
八、邵解　楓凋玉露，秋既深矣，故巫山巫峽之氣，肅殺蕭森。
九、邵注　玉露，秋露；蕭森，蕭條也。
又　言露凋楓葉，則秋深而氣肅。
一〇、意箋　「玉露凋傷楓樹林，巫山巫峽氣蕭森」，總是言草木變衰，悲秋之意。
一一、胡注　氣概風韻，固是壓卷。
奚批　以秋起興，氣象頗健。
一二、杜臆　秋景可悲，盡於蕭森，而蕭森起於凋傷，凋傷則巫山巫峽皆蕭森矣。
又　起來發興數語，便影時事，見喪亂凋殘景象。
一三、錢注　《水經注》：江水歷峽東，經新崩灘，其下十餘里，有大巫山，非惟三峽所無，乃當抗峰岷峨，偕嶺衡疑，其間首尾一百六十里，謂之巫峽，蓋因山為名也。自三峽七百里中，兩岸連山，略無闕處，重巖疊嶂，隱天蔽日，自非亭午夜分，不見曦月。
又　《招魂》曰：「湛湛江水兮上有楓，目極千里兮傷心悲。」（按當作「傷春心」，然錢注諸本並同，當係誤引）宋玉以楓樹之茂盛傷心，此以楓樹之凋傷起興也。

一四、張解　玉露，白露也，《詩》：「白露為霜。」又，《呂氏》：「宰揭之露，其色如玉。」

又《楚辭》：「湛湛江水兮上有楓。」（參見錢注引《招魂》）。

又　言霜零木落，高下咸肅殺矣。

瑩按：張解所引呂氏見《呂氏春秋》卷十四第二節《本味》，為以前諸家注本所未引。據高誘注：「宰揭，山名，處則未聞。」至於引《楚辭·招魂》及「霜零木落」云云，則與其他諸家注本之說相近，並無新意。

一五、金解　「露凋傷」、「氣蕭森」六字，寫秋意滿紙。秋者，揫也，言天地之氣，正當揫斂之時也。故怨女懷春，志士悲秋，皆因氣之感而然。時先生流寓夔州西閣。夔州，舊楚地，最多楓樹。巫山在夔州，有十二峰，巫峽為三峽之一。白帝城在夔州之東，公孫述於此僭號者。先生雖心在京華，而身寓夔州，故即景起興，不及他處。後來無數筆墨，一起一伏，若斷若連，從夔州望京華，以至京華之同學，京華之衰盛，如曲江，如昆明池，如昆吾、御宿、渼陂，凡為京華所有者，感興非一，總不出爾日夔府之秋，故下七首詩，實以此首為提綱也。

別批　露也，而曰「玉露」；樹林也，而曰「楓樹林」，止一凋傷之境，而白便寫得白之至，紅便寫得紅之至，此秋之所以有興也。卻接手下一「巫山巫峽」字，便覺蕭森之氣，索然都盡。

瑩按：金解起六字秋意滿紙之說，讀之確有此感。至於「秋者揫也」一節，則出於《禮記·鄉飲酒義》，雖不可謂為無據，然頗失之迂遠。其論即景起興，下七詩以此為提綱之說，尚頗扼要。至於別批以露白、楓紅為對比，所言頗是。千家注本引劉辰翁評語云：「八詩沉雄富麗，哀傷無限，小家數不可彷彿，即如此二句，寫巫山巫峽之蕭森氣象，而露曰玉露，樹曰楓林，凋傷之中仍有富麗之致，自是大方家數，別批雖標舉露白、楓紅，而但以『有興』、『興盡』為說，尚不免小家之見。」

一六、顧注　當此秋露既下，楓樹凋傷，葉落而山與峽倍明，故氣象蕭條之中彌見森列。

瑩按：此以「蕭條之中彌見森列」，說「蕭森」二字，用意雖是，然未免沾滯。

一七、朱注　李密詩（見九家注）。

又　《水經注》（見錢注）。

又　張協詩（見九家注張景陽詩）。

一八、論文　玉露，八月之露，已能凋傷楓林者，以在巫山而又巫峽，山之最深，氣復加肅也。

一九、澤解　洙曰：李密詩（見九家注）。

又　洙曰：張景陽詩（見九家注）。

又　夢弼曰：巫山……以言水也（見蔡箋）。

二〇、詩闡　悲哉秋也，萬象搖落，乃玉露團團，凋傷之象楓先受之。況山島竦峙，巖壑深肅，蕭森之氣，更何如耶？

二一、會粹　李密詩（見九家注）。

又　張景陽詩（見九家注）。

又　《水經注》（略同錢注）。

二二、仇注　李密《感秋》詩（見九家注）。

又　沈約詩：「暮節易凋傷。」

又　阮籍詩（見九家注）。

又　梁元帝詩：「巫山巫峽長。」

又　《水經注》（略同錢注）。

又　張協詩（見九家注引張景陽詩）。

瑩按：仇注蓋沿用李善注《文選》之例，凡詞字之見於古籍者，皆為之一一錄出，其所引錄雖未盡妥洽，且未必即為作者詩意之所自出，然亦未始不可供讀者聯想之一助，且時或亦可見古人讀書融會運用之妙，故本文亦不避繁瑣，並皆錄出。

二三、黃說　「凋傷」二字連用，以字法助句法，巫山、巫峽，分山水二項。

二四、溍解　《水經注》（略同錢注）。

二五、言志　看他開口一句將造物神奇一筆寫出。大凡描繪物理，刻畫者必失之尖小，博大者又易含糊，似此既極鑱削又極渾淪，以玉露為追琢，以楓林為方幅。其玉露降而楓林傷，非玉露之果為確鑿，然楓林之傷實由玉露之降，若或凋傷之。此真以化工之筆妙寫化工之神理。讀者慎勿以其熟習而遂滑口過去，不加咀味也。

瑩按：此說雖似過於深求，然謂其「刻畫」中有「渾淪」，亦未始無見。

二六、通解　又見玉露凝寒而楓樹林之丹黃者，俱為凋傷。

二七、心解　首句拈秋，次句拍夔。

二八、范解　李密詩（見九家注）。

又　楓樹經霜，紅艷奪目，今玉露濡時，滿林凋傷。

瑩按：杜詩所云「玉露」，蓋泛指秋日之寒霜冷露而言。范解先云「經霜」，又云「玉露濡時」，未免枝節破碎矣。

二九、鏡銓　《水經注》（略同錢注）。

三〇、集評　首句下注云：秋字總起。

瑩按：首句並無「秋」字，此蓋云首句所寫為秋日景象，應題目中之「秋」字也。

三一、選讀　李密詩（見九家注）。

《水經注》（見錢注）。

三二、湯箋　懷因秋感興起，目前露冷楓丹，蕭森萬狀。

三三、啟蒙　顧注：楓樹凋傷……彌見森列（見前引顧注）。

嘉瑩按：九家、分門、鶴注、蔡箋、錢注、張解、朱注、澤解、仇注、溍解、鏡銓諸家，惟注明詞字之出處及地名所在而已；演義、愚得、詩通、邵解、邵注、意箋、論文、詩闡諸家，依詩句字面演釋，殊為平泛；心解之說要而失之簡；金解有精到處，惟傷蕪蔓耳。杜臆以為「起來發興數語，便影時事，見喪亂凋殘景象」，其意致頗是，惟是定指為有影時事之意，則反不免過於拘執，不如令讀者自得其言外之意為佳也。言志之說亦有可取，而微病過於深求。蓋此二句為首章開端，自夔州秋景起興，故於地則曰「巫山巫峽」，於物則曰「玉露」「楓林」，而間以「凋傷」、「蕭森」字樣，不惟寫得秋意滿紙，更引起無窮蕭颯衰殘之感興，而情景時地更復無一不照應周至，氣象足以籠罩，而復有開拓之餘地，是絕好發端。

江間波浪兼天湧，塞上風雲接地陰。

一、九家　趙云：夔以白帝城為塞，故云塞上。

瑩按：此以塞上為指白帝城。

二、演義　峽江之間，波浪蹴天，楚塞之上，風雲匝地，此皆蕭森之氣。江間即巫峽，塞上即巫山；菊花山中之物，孤舟江中之物，中四句交股應「巫山巫峽」四字。

三、頗解　江間即巫峽，塞上即巫山；菊花山中之物，孤舟江中之物，中四句錯綜應「巫山巫峽」四字。

瑩按：此說與演義略同。

四、詩通　江謂巫峽，塞謂巫山，兼天湧，接地陰，又舉蕭森之甚者言之也。

瑩按：此以塞上為指巫山，與演義之說同。

五、邵解　江間，巫峽；塞上，巫山。

又　「江間」二句，俱言氣之蕭森。

又　肅殺之氣塞於兩間。

瑩按：此亦以塞上為指巫山。

六、邵注　江，指巫峽言；塞，指巫山言。

又　因指其所見而言，峽江之間，波浪蹴天，楚塞之上，風雲匝地，將閉塞而成冬矣。

瑩按：此亦以塞上為指巫山，與演義、詩通、邵解並同。

七、意箋　波浪兼天，秋水盛；風雲接地，秋塞晦。既言可悲，又言可驚也。

八、胡注　兼天接地之屬對，及一繫「一」字之無著落，小疵也。

奚批　三、四寫秋氣中，含盡亂象。

瑩按：此以兼天、接地之屬對為「小疵」，不知杜者也。杜甫詩精神氣魄皆非恆流所及，固非可以字句工拙瑣瑣計之者也。此一聯，初觀似嫌對句過於板滯，然正唯「兼天」、「接地」之對，方能寫出如邵解所云之「肅殺之氣，塞於兩間」。胡注本荒疏無足取，此說尤妄。奚批則尚有可採。

九、杜臆　但見巫峽江間，波浪則兼天而湧；巫山塞上，風雲則接地皆陰。塞乎天地，皆蕭森之氣矣。

瑩按：此亦以塞上為指巫山。

一〇、錢注　江間洶湧，則上接風雲；塞上陰森，則下連波浪。此所謂悲壯也。

附輯評　吳云：三、四極力形容蕭森，兼天接地，不以此處示奇也。後人以「兼天」、「接地」之太板，「兩開」、「一繫」之無謂，是不知工中有拙，拙中有工者也。

瑩按：錢箋以悲壯評此二句，頗能得其氣象，而輯評吳氏所言「工中有拙，拙中有工」之語，亦頗有見於詩人得失寸心之妙，較胡注有見多矣。

一一、張解　「江間」句，巫峽所見；「塞上」句，巫山所見。

又　波浪蹴天，風雲匝地，氣之蕭森如此。

又　頷聯波浪本在地，乃言天；風雲本在天，乃言地。其顛倒處正見變亂，已伏後三章矣。

瑩按：張解前二則，大抵與演義全同，可以參看。至於論此聯「顛倒處正見變亂」之說，亦可見杜詩中寫景而兼寓慨之妙，而但云「伏後三章」，則所說仍似未免拘狹。私意以為此一聯寫景寓慨之感興實可以籠罩八章也。

一二、金解　「江間」，承巫峽；「塞上」，承巫山。「波浪兼天湧」者，自下而上一片秋也；「風雲接地陰」者，自上而下一片秋也。

別批「波浪」、「風雲」二句，則緊承「巫山巫峽」來。若謂玉樹（按當是「露」字之誤）斯零，楓林葉映，雖志士之所增悲，亦幽人之所寄抱。奈何流滯巫山巫峽，而舉目江間，但湧兼天之波浪；凝眸塞上，惟陰接地之風雲，真為可痛可悲，使人心盡氣絕。此一解總貫八首，直接「佳人拾翠」末一句，而嘆「白頭吟望苦低垂」也。

瑩按：金解釋「江間」、「塞上」二句云「自上而下」與「自下而上一片秋」之說，極能得其氣象神致。至於別批所云幽人寄抱之說，則是有意從反面作文章，言作者當時無復此等幽人之抱。又謂此一解（按指此詩前四句）直接「白頭吟望苦低垂」句，按此四句為八詩開端，極寫蕭森之氣，中間雖往復唱嘆，極盡今昔盛衰之輝映，而總歸於一結之衰颯，金解、別批之說未始無見。

一三、顧注　江間即峽，塞上即山。峽江之間……風雲匝地，舉蕭森之甚者言之（參看前引演義）。

又　黃仲霖曰：江濤在地，而曰「兼天」；風雲在天，而曰「接地」，極言陰晦之狀。

一四、論文　我歸計未定，欲直下荊楚，而江間波浪未平，八月也。欲仍道秦州，而塞上烽煙未靜，吐蕃亂也，故留滯已久。

瑩按：江間塞上云者，似只在寫上下一片蕭森之氣象，而羈旅留滯之感，盡在言外。論文必欲以江間指下荊楚，塞上指道秦州，似不免過於拘執，求深反狹。

一五、詩闡　我久欲泝江南下，奈江間波浪兼天而湧，波浪在下，勢若兼天，蛟螭之縱橫可知；我久欲辭塞北歸，奈塞上風雲接地而陰，風雲在上，勢若接地，烽煙之擾攘可知。首四句寫巫峽秋氣。

瑩按：詩闡所云：「泝江南下」與「辭塞北歸」，與論文之意頗相近；惟論文云：塞上烽煙吐蕃亂也，則似以「塞」字為遙指秦州關塞，而以烽煙釋「風雲」二字。詩闡云「辭塞北歸」則似以「塞」字為指夔州。當以夔州為是（說詳下仇引陳澤州注）。又，詩闡較論文善於鋪排，頗能得其氣象。至於評首四句云「寫巫峽秋氣」之說，亦頗為簡要，惟「蛟螭」句則又為文人弄筆之習，不必深求確指也。

一六、仇注　虞炎詩：「三山波浪高。」

又　《莊子》：「道兼於天。」

又　蔡琰《胡笳十八拍》：「塞上黃蒿兮，枝枯葉乾。」

又　庾信詩：「秋氣風雲高。」

又　漢武帝《諭淮南王書》：「際天接地。」

又　王維楨曰：（見頗解）。

又　顧（宸）注：波浪在地，而曰「兼天」；風雲在天，而曰「接地」，極言陰晦蕭森之狀。

又　陳澤州（廷敬）注：塞上，即指夔州，《夔府書懷》詩「絕塞烏蠻北」，《白帝城樓》詩「城高絕塞樓」，可證。

影印本旁批　「江間」句批云：虛含第二首「望」字。

瑩按：仇注引王、顧二家之解說，皆極簡要。至於陳注斷塞上為指夔州，引杜詩立說，證據確鑿，他說不攻自破。影印本旁批虛含「望」字之說，因江間塞上，所見之高遠，神致亦頗是。

一七、黃說　三、四喻乾坤擾亂，上下失位之象。

又　三、四二句，語含比興。

瑩按：杜詩妙處正在寫實而復有凌越現實之意。如此聯，固是寫眼前現實景物，而其言外乃有無限凋傷衰颯之嘆，令人油然自景物而感慨及於人事，惟是一加確指，則反失之拘狹，此正詩人感興之妙，殊不必以穿鑿之說強作解人也。

一八、溍解　兼天、接地，極言陰晦之狀。塞上即山。

瑩按：此所謂山，當指巫山。

一九、言志　然後極力形容之曰此其氣之蕭森貫於兩間，自下而上者，江間之風浪兼天掀湧，自上而下者，塞上之風雲接地成陰，一上一下，盡在此秋氣之中。四句寫得秋字如許壯闊。

瑩按：此除「蕭森」之外，又以「壯闊」為說，乃舊說所未見。

二〇、通解　至於巫山巫峽，一路寒氣更自蕭森，秋光何陰慘也。以觀江間，則波浪倒映天光而兼天湧焉；以觀塞上，則風雲下連地氣而接地陰焉。

瑩按：江間波浪之「兼天」，不過寫其洶湧滔天之狀，此以「倒映天光」為言，並不切合，又以「下連地氣」釋「接地」，亦嫌牽強。

二一、提要　修遠云：波浪在地，而曰「兼天」；風雲在天，而曰「接地」，極寫「氣蕭森」三字。

瑩按：此與仇引顧注略同。

二二、心解　陳澤州注（見仇注引）

江間塞上，緊頂夔；浪湧雲陰，緊頂秋。尚是縱筆。

瑩按：此以「夔」、「秋」二字為說，頗簡要。

二三、范解　波浪本在地，而曰「兼天湧」；風雲本在天，而曰「匝地陰」，正見山峽蕭森與他處迥異，引起留滯而不得歸故園意。

瑩按：此以「山峽蕭森與他處迥異」為「引起留滯不得歸故園意」之感興之因，頗有可取，為舊說之所未及。

二四、偶評　眉批引顧注（見前顧注）。

又　眉批引王維楨曰：江間承峽，塞上承山。

瑩按：其所引王維楨曰云云，與王維楨《杜律頗解》之原文並不全同。可參看頗解之引文。

二五、沈解　峽江之間……風雲匝地，此皆蕭森之狀（參看演義）。

二六、江說　陳廷敬云（見仇注引陳澤州之首句）。

又　王維楨云：江間……承山（參看前引偶評眉批）。

二七、鏡銓　顧注（見仇注引）。

二八、集評　吳云：三、四極力形容……示奇也（見錢注引輯評）。

二九、選讀　江間……承山（參看偶評引王維楨曰）。

三〇、五家　藍筆眉批：「兼天」、「接地」四字，終不佳。

瑩按：前引胡震亨《杜詩通》亦以此一聯之屬對為杜詩「小疵」，可參看胡注按語。

三一、沈讀　「江間」句注云：欲下荊州；「塞上」句注云：欲仍到秦中。

又　兼天、接地，極言陰晦之狀。塞上即山。

瑩按：此沈讀所云「下荊州」及「到秦中」之言，與前引論文之說甚為相近；至於「兼天、接地」云云，則與前引之潛解全同。

三二、湯箋　峽間波浪，高可蹴天；山頂風雲，下如棲地。

三三、啟蒙　黃仲霖曰（見前顧注）。

又　王維楨曰（見偶評眉批）。

嘉瑩按：此二句緊承首聯，極寫巫山巫峽秋氣蕭森之狀，以眼前景物為主，「塞上」，當以仇引陳澤州所云「指夔州」之說為是。論文以「塞上」為指秦州之說，不可從。或以為「塞上」指巫山，巫山固亦是夔州所見之山也。諸說雖有繁簡之異，然大體相近。江間波浪，塞上風雲，寫景而兼寄慨，論文及詩闡發為「南下」、「北歸」之說，黃說又以「乾坤擾亂，上下失位」為言，皆不免穿鑿拘狹。杜詩之妙，正在言外，可以觸發讀者無限感慨，一加確指拘說，則反失其感興自然之致矣。諸說中惟張解所云「顛倒處見變亂」，與言志所謂寫秋「如許壯闊」，及范解所謂「山峽蕭森……引起留滯而不得歸故園意」，有可供參想之處。至於通解所謂「倒映天光」云云，則強作解人，全失此詩本意，不可不察。

叢菊兩開他日淚，孤舟一繫故園心。

一、九家　「叢菊兩開他日淚」，此句含蓄。蓋公於夔州見菊者二年矣，方叢菊之兩開，皆是他日感傷之淚也。

瑩按：在夔見菊一年之辨，說已詳見前編年，此後凡有關編年之辨，並皆從略，此釋他日淚句，所說亦嫌含混。

二、分門　趙次公曰：此句含蓄……感傷之淚（見九家注）。

三、鶴注　趙曰：此句涵蓄……傷感之淚（見九家注）。

四、蔡箋　此句含蓄……感傷之淚（見九家注）。

五、演義　公因感此，而自嘆留夔州已經兩秋，故云叢菊之開，我嘗感此而揮淚矣。然下峽孤舟則猶滯此，一繫我故園之心也。他日，言向日；一繫，言始終心在故園而身滯舟中，繫身即所以繫心也。

瑩按：此以「向日」釋「他日」。下峽之行，其心原在故園，身繫舟中，心繫故園，故云「繫身即所以繫心」也。

六、愚得　迨叢菊開，乃授衣之月，是以公起故園之思而悲傷焉，亦草木搖落變衰之意耳，矧舟一繫而菊再開乎？興而賦也。

瑩按：此未釋「他日」，至於節物興慨起故園之思，則所說良是。

七、頗解　故園，指長安也，杜氏之先在城南杜曲。「叢菊兩開他日淚，孤舟一繫故園心」，每句四字作一節，三字作一節讀，才是。他日，言向日也；一繫，謂身滯舟中，若將始終也。

瑩按：杜甫十三世祖杜預，《晉書》云京兆杜陵人；八世祖杜叔毗，《周書》云其先京兆人，徙居襄陽；曾祖依藝，位終鞏縣令；祖審言終膳部員外郎；父閑終奉天令，具見《舊唐書·杜甫傳》。故杜甫雖亦有田園在鞏洛，然居止多在長安，居近城南杜曲之少陵，故每自稱杜陵野老、少陵野客。此《秋興八首》以懷長安為主，故園自當指長安而非鞏洛也。又點明四字一節三字一節之句讀，似極淺薄無謂，然句讀之頓挫輕重，頗關係詩之神致，其說不無可取。

八、詩通　兩開，謂兩秋也；他日，前日也；一繫，猶言純繫也。

又　後四句，情中寓景，乃秋興之實。五、六，已盡其羈旅之情。

瑩按：此以「前日」釋「他日」，亦猶頗解之以「向日」為說也。至於「純繫」，則當是全繫之意，蓋謂心所全繫也。二句確已盡羈旅之情。

九、邵解　兩開，公去秋至夔，故兩開；孤舟，公時已艤舟欲出峽。

又　我此見叢菊兩開，乃垂感時之淚，孤舟一繫；惟切故園之心，形雖留而神則往也。

一〇、邵注　兩開，謂經兩秋開也。他日，指已往言。一繫，謂始終繫此思鄉之情。故園，指襄陽洛陽。

又　因嘆久客於此，他日見菊之開，嘗兩揮淚，始終心在故鄉，而身繫舟中，繫身即所以繫心也。

瑩按：此亦以「已往」釋「他日」，而以「始終繫此」釋「一繫」。至於以襄陽、洛陽釋「故園」，則杜甫八世祖杜叔毗雖曾居襄陽，而杜甫並未嘗居襄陽。至於洛陽則杜甫雖曾居其地，然此八詩實以長安為主，故仍當以指長安為是，說詳頗解按語。

一一、意箋　「叢菊兩開他日淚」，言兩歲客夔，歸未得也。「孤舟一繫故園心」，言繫舟於夔，鄉心亦繫也。

一二、胡注（無）

奚批　一繫，猶獨繫也。

瑩按：此以「獨繫」釋「一繫」，似不若詩通純繫之說之純摯動人。

一三、杜臆　乃山上則叢菊兩開，而他日之淚，至今不乾也；江中則孤舟一繫，而故園之心，結而不解也。前聯言景，後聯言情；而情不可極，後七首皆胞孕於兩言中也。又約言之，則「故園心」三字盡之矣。

又　余謂「故園心」三字為八首之綱，誠不易之論，然與久客思歸者不同。身本部郎，效忠有地，蓋欲歸朝宣力以救世之亂。故第四首說到奕棋、金鼓，世亂堪悲，固以同學少年釀成之，亦借他人之過，以明己之志也。故諸詩中，如畫省香爐，抗疏傳經，青瑣朝班，彩筆干時，皆發隱衷。即蘿月之惜光陰，漁翁之嘆漂泊，無非此意，而人不覺也。末章「彩筆昔曾干氣象」，自余發明，才有著落，才有意致。

瑩按：杜甫《秋興》八章，原以值夔府之秋遙念長安為八詩之大旨，此「故園心」三字，正為發興之端，謂為「八首之綱」自無不可。至於「欲歸朝宣力以救世亂」之說，則私意以為此八詩所寫但為未能為朝宣力之慨，蓋杜甫羈身夔府之日，已有無限垂老衰遲之感，與其謂有「歸朝宣力」之欲願，何如謂有「不能為朝宣力」之悲慨。杜甫常以忠愛為心，繫心者固不僅故園，而更兼君國，此原為其情意自然之流露。故有「奕棋」、「金鼓」、「畫省香爐」、「青瑣」、「朝班」之語，然而不必指為有心之用意也。至於八章「彩筆」一句，雖言外亦有感慨及於當日獻賦之意，然而更不可便以「干時」釋「干氣象」也，當於八章集解中詳之。

一四、詩擴　「叢菊兩開他日淚」，或注云「向日」，其實過去未來皆得兼之，謂後日亦可也。凡集中他日類然，句法頓挫，俯仰悲愴，百千年來，皆知學杜，有幾語得若此者？

瑩按：此以為「他日」二字，兼有「向日」與「後日」之意。

一五、錢注　叢菊兩開，儲別淚於他日；孤舟一繫，戲歸心於故園，此所謂凄緊也。《秋夜客舍》詩云（按各本此詩之題多但作一「夜」字）「南菊再逢人臥病」，公在夔府兩見菊開，故有「兩開」之句，舊箋（按此指後附錄之明鈔本錢箋）指樊川故里之菊，非也。《九日》詩云「繫舟身萬里」，孤舟一繫即已辨（世界書局本作辨，石印本作辨，從石印本為是），故園之心矣，所謂遠望當歸也。張璁曰：時公艤舟以俟出峽。

附輯評　李云：在夔二載，故云「兩開」；入舟又一年矣，故云「一繫」；他日，猶前日也。

明鈔本《九日》詩云：「故里樊川菊，登高素滻源。他時一笑後，今日幾人存。」叢菊兩開，指樊川之菊，故云「他日淚」。「繫舟身萬里，伏枕淚雙痕」，所謂「孤舟一繫故園心」也。於此見叢菊兩開仍是他日感時之淚，而孤舟一繫惟有故園心耳。

瑩按：明鈔本錢氏舊箋初以為叢菊兩開指「樊川之菊」，而又有「於此見叢菊兩開」之言，似未免前後矛盾，故錢氏又箋即云「舊箋指樊川故里之菊，非也」。而輯評李氏則云「在夔二載，故云兩開」，是以為兩見菊開皆在夔州，其說亦不妥，當為一在雲安、一在夔州為是，說已詳前編年。至於以「入舟又一年」釋「一繫」，所說亦過於拘執。

一六、張解　「叢菊」句「他日淚」下注云：見不堪回想。

「孤舟」句「故園」下注云：即下故國。

又　因自嘆兩年羈旅，他日之淚，與菊同開；一身漂零，故國之心，與舟共繫。

瑩按：此以「故園」為「即下故國」，與頗解之說謂「故園」「指長安」者相近，可以參看。

一七、金解　先生寓夔，已兩次見菊，故曰「叢菊兩開」。淚言「他日」，不言今日者，目前倒也相忘，他日痛定思痛，則此叢菊亦堪下淚也。此身莫定，不繫在一處，故曰「孤舟一繫」，身雖繫此，而心不繫此者，故園刻刻在念，有日兵戈休息，去此孤舟始得遂心也。嗚呼，豈易言哉！

別批：不知者，謂兩開者是叢菊，豈知兩開者皆他日淚乎；不知者，謂孤舟何必一繫，豈知一繫者惟此故園心乎！「淚」字上，下一「他日」字，妙絕，惟身處其境者知之。

瑩按：金解云「他日痛定思痛」，是以「他日」為來日，與演義、頗解、詩通及錢注輯評之以「他日」為「向日」或「前日」者異。初觀之，似以「來日」之說為是，然詳味其情意，則當以「向日」及「前日」之說為是。金解謂「他日痛定思痛，則此叢菊亦堪下淚」，其說迂遠而不切事情，不如解作「向日」，意謂自扁舟下峽之後，羈身江上，兩見菊開，節物感人，傷離念故，今日之淚猶昔日之淚，今年之淚猶去年之淚，垂淚已久，故總而言之曰「他日淚」也。高步瀛《唐宋詩舉要》卷五杜甫《秋興八首》注引方植之曰：「他日，前日也。孟子：『而賦粟倍他日』（《離婁上》），倍前日也。」可為「他日」當作「向日」、「前日」解之證，其說極為可取。且唐人用「他日」多作向日、往日之意，即以杜甫而言，如其《佐還山後寄三首》之二之「老人他日愛」，《贈王二十四侍御契四十韻》之「粗飯依他日」，《老病》一首之「藥殘他日裡」，《別蘇徯》一首之「他日憐才命」，諸「他日」並皆為昔日、向日之意，可知此「他日淚」之「他日」亦當解作昔日也。至於別批所云「兩開者皆他日淚」，「一繫者惟此故園心」，是朵朵花開，都為斑斑淚點，扁舟一繫，此心不移。所言頗深切感人。

一八、顧注　公自永泰元年秋至雲安，及今為兩秋，見菊兩開矣。故詩云：「南菊再逢人臥病。」此叢菊兩開之證也。菊雖兩開，使我感之而揮淚者，今日不異。

瑩按：此說對此二句解說甚詳，對詩中用字與詩中情意之關係之分析，頗能得杜甫之用心，較諸說為勝。

一九、朱注　公至夔已經二秋……孤舟久繫，惟懷故園之心也（參看會粹引朱注）。

二〇、論文　目前叢菊，去年已開，他日又開矣，尚有一番垂淚；江上孤舟，去年已繫，今日仍繫者，總此鄉心也。

瑩按：此亦以「他日」為來日之意，而所說殊含混不明，惟總此一片鄉心之語，尚頗可取。

二一、澤解　趙曰：此句涵蓄……感傷之淚（見九家注）。

二二、詩闡　所以棲遲南國，看叢菊之開還似去年，將涕淚之揮何日得免也。北望長安，嘆孤舟之繫，解纜無期，是故園之心終成留滯也。

瑩按：此釋「他日淚」三字，避重就輕，語焉不詳。

二三、會粹　張協詩：「輕露棲叢菊。」

又　朱（鶴齡）注：公至夔已經二秋，時艤舟以俟出峽，故再見菊開仍隕他日之淚，而孤舟乍繫，輒動故園之心。

二四、仇注　張協詩：「輕露棲叢菊。」

又　陶潛辭：「或命巾車，或棹孤舟。」

又　虞炎詩：「方掩故園扉。」

又　錢箋：「叢菊兩開」，即公《客舍》詩「南菊再逢人臥病」；「孤舟一繫」，即公《九日》詩「繫舟身萬里」（見前，仇引略有刪節）。

又　朱注：（見會粹）。

又　「他日」，言往時；「故園」，指樊川。

影印本旁批　「叢菊兩開」句批云：虛含望之久也。「故園心」句批云：引起望京華也。

瑩按：仇引朱注亦以「他日」為往時，與演義、頗解、詩通、錢注輯評說同。「故園」為指樊川，樊川在長安南，與頗解所謂杜氏之先在城南杜曲，故園指長安之說同。

二五、黃說　花如他日，淚亦如他日，非開花也，開淚而已；身在孤舟，心存故園，非繫舟也，繫心而已，故云云。

瑩按：此云「非開花也，開淚而已」，與金解別批「兩開者，皆他日淚」之說相近。花如淚點，情致頗佳。至於「他日」，雖未加明白解說，而觀其語意，則亦以為乃「向日」之意。

二六、灊解　公居夔二年，兩見菊開，今年思鄉無異去年，故曰「他日淚」。

　　瑩按：此蓋以「他日」為去年。

二七、言志　秋氣如此，我將何以為懷乎？蓋我之居此夔州，見此叢菊已兩開矣，人以為叢菊也，而不知皆吾之淚，且非今日之淚也。以吾之含淒於內而不能自語者，已非一日，今見此叢菊，而不禁其駢流以出，是此兩開者皆吾他日淚也。且我之居此峽中，泛而無著，如孤舟之繫，人以為孤舟之繫也，而不知吾心則在於故園，是孤舟之一繫惟此故園心也。

　　瑩按：此以「居此夔州，見此叢菊已兩開」為言，是以此詩為大曆二年所做，然此八詩實當作於大曆元年，已詳編年，茲不復贅。至其論「他日淚」及「故園心」之說，則足以委曲達意，較舊引諸說為勝。

二八、通解　回思去年他日，適至叢菊方開，即下思鄉之淚，今則淚當菊之兩開，而猶如他日也。因知今日故園未歸，孤舟尚繫，徒起還鄉之心，是則心以舟而一繫，而未到故園也。

　　又　顧修遠曰：五、六言經兩秋而不出峽，孤舟徒繫故園之心。

　　又　黃白山曰：花如他日……繫心而已（見黃說）。

二九、提要　白山云：花如他日……繫心而已（見黃說。白山即黃生字）。

　　又　「一繫故園心」，思故園即思長安也。此句點睛。

　　瑩按：此亦以思故園為指長安，為點睛之句，與《杜臆》之說相近。

三〇、心解　五、六則貼身起興，「他日」「故園」四字，包舉無遺。言「他日」，則後七首所云「香爐」、「抗疏」、「奕棋」、「世事」、「青瑣」、「珠簾」、「旌旗」、「彩筆」，無不舉矣；言「故園」，則後七首所云「北斗」、「五陵」、「長安」、「第宅」、「蓬萊」、「曲江」、「昆明」、「渼陂」，無不舉矣。捨蜀而往，仍然逗留。歷歷前塵，屢灑花間之淚；悠悠去國，暗傷客子之心，發興之端，情見乎此。本去蜀後而言，則兩見菊開。公詩云：「兩京猶薄產。」此處則指西京。

瑩按：此以「他日」泛指昔日之前塵往事，與諸說之但以「他日」為向日或竟指為去年者異。杜甫亦有田園在鞏洛，故此處特舉公詩「兩京猶薄產」之句，而特別說明此處則指西京，以免人誤為洛陽也。

三一、范解　公在夔兩見叢菊之開而墮淚，祇因心在故園，時思出峽，乃兩見花開，一身久滯，如孤舟繫於江上，一繫而不可解。他日，猶言向日，今日之淚即向日之淚。一繫，猶言始終；繫舟，即所謂繫心也。

瑩按：此「在夔兩見叢菊之開」之說，不可據。考辨已詳見編年。至於釋「他日淚」及「一繫故園心」之說，尚有可取。

三二、偶評　「他日」旁批曰：猶往日。

三三、沈解　我胡為獨留夔州已經兩秋，見叢菊之開，我嘗感而揮淚矣，然下峽孤舟則猶滯此，故始終一繫故園心也。

三四、江說　王維楨曰（見前引頗解）。

又　朱鶴齡云（見前引朱注）。

又　仇云：他日……指樊川（見仇注）。

三五、鏡銓　朱注（與仇引略同）。

三六、集評　李云：興感在此。又云：在夔二年……猶前日也（參看錢注引輯評）。

三七、選讀　再見菊開，仍隕他日之淚；而孤舟乍繫，輒動故園之心。

瑩按：此以「乍繫」釋「一繫」，未能得杜詩之用心。可參看其他諸家之說。

三八、五家　「叢菊」句綠筆旁批：七字拙。

瑩按：此評未允，杜詩佳處未可以外表文字之工拙計也。

三九、沈讀　今年思鄉無異去年，故曰「他日淚」。

四〇、施說　「孤舟一繫故園心」，注引朱說公至夔二載，常繫舟以待出峽，故云。今按公詩屢言繫舟，《洞房》云「繫舟今夜遠」，《遣懷》云「繫舟臥荊巫」，《九日》云「繫舟身萬里」，《秋野》云「繫舟蠻井絡」，《送長孫舍人》云「費日繫舟長」，《送客》云「時聞繫舟楫」，《清明》云「寂寂繫舟雙下淚」，皆即言停舟也。《宿花石戍》云「繫舟盤藤輪」，《冬到金華山觀》云「繫舟接絕壑」，亦是言停舟。此言乘舟至夔，一繫以來，已經二載不乘也。亦急於出峽之意，如朱說，則在夔日久，繫舟相待，恐無此事。

瑩按：此駁仇引朱注之說，謂「繫舟」乃「停舟」之意，蓋謂在夔府一停舟之後，便捨舟不乘已經二載，而以為非繫舟相待之意。此說殊為拘執，且全不解杜甫用心，故無論「繫舟」是否「相待」，杜甫所繫者實唯「故園心」，是「故園心」是實，而「舟」則虛也。施說以此駁仇引朱說，未免淺見。

四一、啟蒙　去年見菊開而淚，今日復然，是重開他日之淚也，較「兩」字為醒；自孤舟之繫，而故園之心與之俱繫。一者，不變之辭，「開」字、「繫」字俱連下讀，是死字作活字用。

瑩按：此以「重開」較「兩開」為勝，所說未允，考辨詳舊說此一章之校記。

四二、湯箋　兩經菊放，猶纜孤舟，故國難歸，淚零沾臆。

瑩按：此說殊略。

嘉瑩按：此二句歧解之所在，首當辨者厥為「兩開」二字，或以為在夔州兩見菊開，或以為本去蜀後而言則兩見菊開，其辨說已詳前編年，茲不復贅。其次當辨者則在於「他日」二字，或以為「他日」乃指「來日」，金解及論文主之，其說迂遠而不切事情，已於前文辨之。或以為「他日」指「向日」，演義、顧解、詩通、邵注、錢注輯評、仇注及提要皆主之；或以為總指昔日之前塵往事，心解主之；或以為但指去年，淯解主之。今自原詩句「他日淚」三字觀之，「他日」下著一「淚」字，如泛指前塵往事，則方杜甫在長安青瑣點朝班、彩筆干氣象時，又何垂淚之有？若云杜甫因回憶前塵而墮淚，則「他日淚」三字寫得如此緊湊，如此斬截，是此三字之重點原在「淚」字，而全句之意則在寫見菊開而墮他日之淚，即使因憶前塵而墮淚，然而要不得言「他日淚」也。至於以「他日」為「去年」，其說頗是，蓋叢菊之開既曰「兩開」，則淚亦當為「兩墮」，是今年墮淚一如去年也。此說雖是，然而頗病拘執，蓋自孤舟一繫以來，叢菊已經兩開，「兩開」是也，然而垂淚則已久，故「他日」二字似以釋作向日為妥，向日者有去年之意，而不為去年所拘限者也。又其次當辨者，則為「一繫」二字，有以為繫身舟中者，演義、顧解、邵注、金解及提要主之；有以為繫舟江上者，愚得、錢注、論文、詩闡及仇引朱注主之。若拘定字面立說，則杜甫此章有「白帝城高」之句，次章有「夔府孤城」之句，三章更有「千家山郭靜朝暉，日日江樓坐翠微」之句，則杜甫為此八詩時，其身必不在舟中，可斷言者也。然而乘舟下峽之意，其心原在故園，是則一身常望登舟，一心常繫故園也。是無論繫舟繫身，所繫者實此一片鄉心耳。至於故園之指長安而非指洛陽，則已於前文辨之。蓋此八詩之以憶長安為主，自無可疑，然若謂其必全然不憶洛陽，則又未免刻舟求劍，死於句下矣。

寒衣處處催刀尺，白帝城高急暮砧。

一、九家　郭泰機詩：「皎皎白素絲，織為寒女衣。良工秉刀尺，棄我忽如遺。」

二、分門　王洙曰：郭泰機詩（見九家注）。

三、鶴注　洙曰（見分門注）。

四、蔡箋　郭泰機詩（見九家注）。

五、演義　白帝城，公孫述自號白帝，築城於夔州。

又　末言人家感此秋氣蕭森亦備寒衣，故白帝城中搗衣之聲，天寒歲暮，愈關情矣，安得不移情形於詠嘆哉！

又　白帝城有白帝樓，又有最高樓，在夔州，公孫述所築，據蜀自稱白帝。

瑩按：杜甫《上白帝城》詩，仇注引《後漢書》云：「公孫述，字子陽，更始時起兵討宗成、王岑之亂，破之，遂有蜀土，僭立為帝，都成都，色尚白，改成都郭外舊倉為白帝倉，築城於魚復，號白帝城。述立十二年，為光武所滅。」又引《全蜀總志》云：「白帝城在夔州府治東五里。」又《夔州歌十絕句》云「白帝夔州各異城」，仇引朱注云：「古白帝城在夔州東。」按杜甫《秋興》八章，作於大曆元年秋（說詳編年），其時杜甫寓居夔府之西閣。杜甫《返照》一詩有句云：「白帝城西過雨痕。」仇注引《杜臆》云：「詩作於西閣，閣臨白帝城西。」證之前所舉仇引《全蜀總志》及仇引朱注所謂白帝城在夔府治東之說，知為可信。而白帝舊城與夔府之城相去極近，陸游《入蜀記》卷四云：「唐故夔州與白帝城相連，杜詩云『白帝夔州各異城』，蓋言難辨也。」故《返照》一詩，既可見白帝城西之過雨痕，則此詩所云

「白帝城高急暮砧」，自亦可遙聞白帝城之砧聲也。又杜甫《夔府詠懷一百韻》亦有「孤城白帝邊」之句，足見夔城與白帝城相去之近，是此句當是在夔城遙聞白帝城之砧聲也。

六、詩通　末二句，則無衣之懷愈至矣。

瑩按：詩通於五、六二句云「已盡其羈旅之情」，此又云「無衣之懷愈至」，其意蓋謂因客子無衣而彌深羈旅之情也。

七、邵解　白帝城高，夔城在山頂。

又　況處處寒衣，催逐刀尺，而白帝城之暮，亦急搗練之砧矣。旅客無衣，不益關情乎！

瑩按：此以「白帝城高」與「夔城在山頂」連言，似嫌含混不明，說詳演義按語。

八、邵注　況備衣禦寒，處處皆急，而白帝城邊有猶然者，無衣之感，又切於懷，安得不形諸詠嘆哉！

九、意箋　白帝城，公孫述所築。

又　寒衣刀尺而曰催，白帝砧聲而曰暮，則已為授衣之候，不但叢菊再花，而又有卒歲之慼矣。

一〇、胡注　（無）

奚批　七句，「九月授衣」；八句，思歸。

一一、杜臆　況秋風戒寒，衣須早備，刀尺催而砧聲急，耳之所聞合於目之所見，而故園之思彌切矣。

一二、錢注　以節則杪秋，以地則高城，以時則薄暮，刀尺苦寒，急砧促別，末句標舉興會，略有五重，所謂嵯峨蕭瑟真不可言。

又　公孫白帝城亦英雄割據之地，此地聞砧尤為淒斷。《上白帝城》詩云「老去聞悲角」，意亦如此。

瑩按：錢注所云「標舉興會，略有五重」，不過極言其感人之深而已，亦猶況周頤《蕙風詞話》之評晏幾道《阮郎歸》一首「殷勤理舊狂」句云「五字三重意」也，若此等處皆不必過於拘求其所謂五重、三重者也。

一三、張解　古詩云：「衣工秉刀尺。」（按此為郭泰機詩，「衣工」當作「良工」）（見九家注）

又　白帝城，公孫述自稱白帝，據蜀時所築（參看演義）。

又　《荊州圖記》：白帝城西臨大江，東南高二百丈，西北高千丈。

又　況今歲暮備寒，客子寧無無衣之感！

又　通章皆言見，故末結以所聞，頷聯應次句，頸尾應首句，此接項格。

瑩按：所引《荊州圖記》，為舊說所未引，至於「接項格」云云，則未免拘執。

一四、金解　因用叢菊故園，轉到寒衣上去。意謂我今客中，百事且暫放下，時方高秋，江山早寒，身上那可無衣？聽此砧聲，百端交集，我獨何為繫於此也？蓋老年作客之人，衣食最為苦事，無食則橡栗尚可充飢，無衣則草葉豈能禦寒哉？「催刀尺」「催」字，「急暮砧」「急」字，甚是不堪，乃從先生見聞中寫出二字來，更覺不堪也。

別批　七言處處，正是先生繫心一處。白帝城在夔府之東，言近以指遠也，肚裡想著家中刀尺，而耳中只聞白帝砧聲，遠客之苦為之淒絕，砧聲也而下一城高字，見得耳為遙聽，目為懸望，遠客之苦為之淒絕。

瑩按：金解及別批並無新意，不過極力渲染其淒苦耳。

一五、顧注　秋氣既深，正「九月授衣」之後（按疑當作候），催刀尺，為製新衣；急暮砧，為擣舊衣，處處皆然，而白帝高城之中，砧聲亦復入吾耳，則無處非砧聲可知。曰「催」，曰「急」，尤見時已迫，而新衣舊衣，俱不容緩。客子無家之感，可勝淒絕。

一六、朱注　郭泰機詩（見九家注）。

又　砧，擣衣石。庾信詩（見會粹）。

一七、論文　況授衣已近，而新者裁縫，舊者浣濯，白帝城中，處處刀尺，處處砧聲，我衣何處乎？

又　已逗一暮字矣。

一八、詩闡　當此杪秋苦寒，正授衣之候，家家刀尺，催製新衣。衣成，擣衣之聲，急不能緩，嗟我客子，何堪薄暮砧聲入耳耶？

又　四句無家之感。

瑩按：詩闡於「催製新衣」一句話，特加「衣成」二字，然後始云「擣衣」，硜硜瑣瑣，彌見牽強，不若論文所云「新者裁縫，舊者浣濯」之說為渾成自然。他說多與論文同。

一九、會粹　郭泰機詩（見九家注）。

又　庾信詩：「秋砧調急節。」

又　刀尺裁新，暮砧整舊，微別。

二〇、仇注　《子夜歌》：「寒衣尚未了。」

又　王台卿詩：「處處動春心。」

又　《古詩為焦仲卿妻作》：「左手持刀尺。」

又　庾信詩（見會粹）。

又　顧（宸）注：催刀尺，製新衣；急暮砧，擣舊衣。曰「催」，曰「急」，見禦寒者有備，客子無衣，可勝淒絕。

瑩按：仇引顧注之說與前論文相近。

二一、黃說　結處虛虛點秋興之意，以後數章始得開展。

瑩按：此所謂「點秋興之意」，蓋謂刀尺、砧聲為點秋，所引發之客子無衣之感，則興也，其說亦不無可取。

二二、潛解　結句動客子無家之感，以節則秒秋……略有五層（見錢注）。

二三、言志　最可悲者，此白帝城邊砧聲暮急，總為寒衣刀尺之計，處處相催，將見霽發載途，入室而處之時矣，而我何為漂泊於此耶！

瑩按：此乃就情意之所感發者言之，非依字面為解說也。

二四、通解　當此蕭森天氣，而寒衣未備者，處處皆催刀尺；其舊衣整理者俱付砧杵，而白帝城高，惟聞急暮砧焉，蓋動吾以客路之悲矣。

又　顧修遠曰：七、八言製新衣、搗舊衣者眾，而客子無家之感可勝淒絕（參看前引顧注及仇注）。

又　黃白山曰（參看黃說）。

瑩按：此引顧宸及黃生之說皆有刪節。

二五、提要　白帝城記地（詳前章旨）。

二六、心解　第七仍收秋，第八仍收夔，而曰「處處催」，則旅泊經寒之況，亦吞吐句中，真乃無一剩字。

瑩按：心解之評頗是。

二七、范解　郭泰機詩（見九家注）。

又　「白帝城」句注云：公孫述據蜀，殿前井出白龍，因自稱白帝，築白帝城，唐改夔州。

又　一聞暮砧即憶刀尺，總是故園心團結於中，自覺觸景生感，因時遣興。

瑩按：關於白帝城之所在，已詳舊說演義之按語，茲不復贅。

二八、偶評　「急暮砧」句旁批云：客子無衣之感。

乙本　眉批引顧注（與顧注原文異，與仇注所引顧注同）。

二九、沈解　白帝城有最高樓……自稱白帝（參看演義）。

又　況人家感此秋氣……安得不詠嘆哉（參看演義）。

瑩按：此所說多源於演義，而小有删節。

三〇、江說　「寒衣」句旁批：應起處秋字意。

又　顧注（與仇注所引同）。

三一、集評　「寒衣」句，李云：應秋；「白帝」句，李云：應巫山。

瑩按：李評極簡要，但無新意。

三二、選讀　催刀尺……可勝淒絕（與仇注引顧注同）。

三三、五家　「白帝城」句綠筆旁批云：「好。」

三四、沈讀　結句動客子無家之感，以節則杪秋……急砧促別，句內略有五層（見溍解）。

瑩按：此所說與溍解全同，蓋皆為錢注之節錄。

三五、湯箋　高城寒早，未製冬衣，砧杵聲喧，客心欲碎。

三六、啟蒙　先砧杵而後刀尺，先刀尺而後寒衣，二句是倒敘。顧注分新舊衣，謬。

又　末聯是當授衣之辰，而自傷遊子無衣之意。言處處者，以見己之獨不然也，故園是眼目，此處一提，前半屬秋，而暗伏「興」字，後半是興，而明帶「秋」字。

瑩按：諸家之說多有引顧注為言者，此獨能點明杜詩感興之意，而以顧注之強分新、舊衣者為謬，甚為有見。又論「處處」二字反襯「以見己之獨不然」，及論「秋」字與「興」字之感發，皆有可取。

嘉瑩按：此二句各家之說多同，唯繁簡異耳。寒衣，記時；白帝，記地。仍歸結夔府之秋。催刀尺、急暮砧，寫客子淒寒之感，而懷鄉之情，盡在言外，此所以次章接言望京華也。而「暮砧」二字即逗起次章之「落日斜」。至聞砧之所在，與白帝城之所在，其辨說已詳演義按語，茲不復贅。

其二

夔府孤城落日斜，每依北斗望京華。
聽猿實下三聲淚，奉使虛隨八月槎。
畫省香爐違伏枕，山樓粉堞隱悲笳。
請看石上藤蘿月，已映洲前蘆荻花。

【校記】

落日　各本皆作「落日」，唯九家注云：「一作月。」

瑩按：「月」字當是誤字，仍以作「落日」為是。

北斗　王本、九家、分門、鶴注、千家、范批、愚得、詩通、意箋、錢注、金解、顧注、論文、涪解、言志、提要、鄭本、沈讀、湯箋，皆作「南斗」。而九家、分門、錢注、顧注、言志、鄭本、湯箋，皆注云：「南一作北。」分門本雖作「南斗」，而引趙次公注云：「舊本作南斗，非。」其他諸本皆作「北斗」。而蔡箋、劉本、朱注、翁批、仇注、心解、江說皆注云「一作南」。蔡箋、心解則注云：「一作南，非。」

瑩按：當以「北斗」為是，作「南斗」生硬而牽強，說詳後文。

實下　意箋作「寔下」。

瑩按：「實」與「寔」通，《左傳》桓公六年「寔來」，杜注：「寔，實也。」

八月槎　王本、九家、分門、鶴注、蔡箋、錢注、澤解、鄭本作「八月查」，他本皆作「槎」，唯仇注引楊慎云「當作查」。

瑩按：「查」同「槎」，見《廣韻》。

山樓　金解作「山城」，朱注作「城樓」，他本皆作「山樓」。

瑩按：各本皆作「山樓」，當以作「山樓」為是。金解作「山城」，誤。

【章旨】

一、演義　此詩因見夔府晚景而望長安，極言其思歸之切也。

二、邵解　感夔暮景。

三、意箋　此公秋夜思長安也。

四、顧注　此言夔之暮景也。

五、詩闡　此章去國之感。

六、仇注　二章言夔州暮景。
七、滔解　此言夔之暮景。
八、言志　通首重「望京華」三字，蓋望京華者，乃少陵之至性所鍾，生平命脈皆在於此，所謂與身而俱來，寢食不忘者也。
九、通解　此承上末句，而言夔州之暮景，以寓感懷之意。
一〇、提要　此寫夔州之晚景也，點出京華是主腦。
一一、心解　二章乃是八首提掇處，提望京華本旨，以申明他日淚之所由，正所謂「故園心」也，如八股之有承題然。
又　此章大意言留南望北，身邊無依，當此高秋，詎堪回首，正為前後筋脈，舊謂夔府暮景，是隔壁話。
一二、范解　接上「暮」字寫晚景。
一三、偶評　望京華，八章之旨，特於此章拈出，身羈夔府，心戀京華，望而不見，不能不為之黯然也。
丙本　眉批云：此首言才看落日已復深更……故下章接言「日日」（參看鏡銓眉批）。
一四、沈解　此詩因見夔府晚景而望長安，極言其思慕之切也。
一五、江說　查慎行曰「望京華」句為八詩之大旨，即下所謂「聞道長安」也。
一六、鏡銓　眉批云：此首言才看落日已復深更，正見流光迅速，總寓不歸之感，故下章接言「日日」。
一七、選讀　二首言夔州暮景。
一八、沈讀　此言夔之暮景。

嘉瑩按：此首承第一首「急暮砧」而來，故以夔州晚景起興，而點出「望京華」。「哀猿」、「悲笳」是夔州眼前景物，間以「奉使虛隨」、「畫省香爐」寫思歸感舊之情，結二語無限淒清，亦見流光之迅速。如仇注及潛解但言「夔州暮景」，固失作者真意，然而如心解之指暮景為「隔壁話」，亦未免過於偏頗。必也賓主襯托，有眼前之景，有心內之情，乃成其所謂「秋興」也。

【集解】

夔府孤城落日斜，每依北斗望京華。

一、九家　趙云：南斗，師民瞻作「北斗」，蓋長安上直北斗。

瑩按：首聯依斗望京一句，歧解最多，此以「長安上直北斗」為說。辨說詳後。

二、分門　趙次公曰：蓋長安上直北斗，號北斗城也。舊本南斗非（參看九家注）。

三、鶴注　趙曰（同分門注引趙次公曰）。

四、蔡箋　蓋長安上直北斗，號北斗城也。《春秋說題辭》：南斗為吳。《十道志》：長安故城，南似南斗形，北似北斗形。

瑩按：蔡箋引二說，一引《春秋說題辭》以明南斗當吳之所在，而云北斗則當長安之所在，與九家注同；一引《十道志》之說，以為長安北似北斗形。據《三輔黃圖》卷一「漢長安故城」條云城南為南斗形，北為北斗形，至今人呼漢京城為斗城，是也，其說與《十道志》之說同。

五、演義　夔城孤立，當日斜之時，公登臨其上，言我每依北斗而望，〔則知長安〕（據朱刊本虞注增此四字）在其下，欲歸而未得也。

又　北斗，一本作「南斗」，必謂公在南望北也，不知南斗乃江湖之外，不直夔城，況長安之上值北斗也，作「北」字無疑矣。

瑩按：此駁南斗之說極簡明。

六、愚得　公自言臥病於夔，當日落月明之時，憶畫省望京華而無使來，故聽啼猿、悲笳而下淚也，則其戀闕之心為何如哉！賦也。

瑩按：此說過於概略。

七、詩通　南斗，吳楚分，近夔州，公詩「掛席上南斗」是也。

又　此承上篇末句，而因有感夔之暮景也，以落日起興。

瑩按：「掛席上南斗」句，見杜甫廣德元年在梓州所做《將適吳楚留別章使君留後兼幕府諸公》詩內，仇注引《春秋說題辭》云：「南斗吳地」；又引《舊唐書・天文志》云：「南斗在雲漢之流，當淮海之間，為吳分。」南斗既為吳地，而夔州並不當吳楚之分，則此處引《將適吳楚》一詩之「掛席上南斗」以為在夔州依斗望京之說，似並不可為據也。可參看演義之說。

八、邵解　以落日起，興也。長安上直北斗，故依而望之（參看九家注）。

九、邵注　每依，瞻依之；依北斗，長安上直北斗，故曰北斗城。有謂南斗者，非是，蓋夔城不與南斗相直也。

又　此感晚景而言，我於夔城，當日斜孤立之時，每瞻北斗，則思長安在於其下，欲歸而不可得。

瑩按：此亦駁作南斗之非，與演義之說同。

一〇、意箋　「夔府孤城落日斜」，則向夜矣；依北斗而望京，曰「每」，則無時不懷矣。

朱批　南斗一作「北斗」，依南斗，以身在蜀；依北斗，以京華在北，義皆通。

瑩按：朱氏眉批雖以為「南斗」、「北斗」義皆通，而意箋則依「北斗」立說，仍以作「北斗」為是，說詳後。

一一、胡注　（無）

奚批　首句，承上末句；次句，眼目，已點出長安了。

又　暮暮朝朝，千思萬想。

一二、杜臆　望京華，正故園所在也，望而不得，奚能不悲。

一三、錢注　孤城落日，悵望京華，曰「每依南斗」，蓋無夕而不然也。石上之月已映藤蘿，又是依斗望京之候矣。

又　「每依南斗望京華」，皎然所謂截斷眾流句也，孤城砧斷，日薄虞淵，萬里孤臣，翹首京國，雖復八表昏黃，絕塞慘淡，唯此望闕寸心，與南斗共芒色耳。此句為八首之綱骨。章重文疊，不出於此。

瑩按：錢本作「南斗」，云「望闕」之心「與南斗共芒色」，又云「依斗望京」，意者蓋以南斗當夔州之地，心既與南斗爭輝，此身亦與南斗相依近，而遙望京華。此說頗牽強，可參看前演義之說及詩通按語。

一四、張解　孤城，即白帝城。每依北斗，秋時斗柄西指，故依。望京華，長安上直北斗。

又　此承上章暮砧，言時當落日，因遙望京華落日。

瑩按：張解以「秋時斗柄西指」為說，殊嫌泛率，蓋因地球有自轉與公轉之運行，如在每日之同一時刻觀測，則斗所指之方位，乃因地球之公轉而每日不同；但如整夜觀測，則斗所指之方位乃因地球之自轉而每時不同。且所謂「西指，故依」者，究謂杜甫身所在之方位乎，抑謂所望之方位乎？按詩句語氣依斗望京，則「依」字當指所望之方位，但長安並不在夔府之西，又何得以「斗柄西指，故依」為言乎？至於「長安上直北斗」之說，則舊說皆同，且杜詩每以長安與北斗連言，如其「秦城北斗邊」及「秦城近斗杓」諸句，皆可為證。

一五、金解　第一首悲身之在客，此首方及客中度日也。前以「暮」字結，此以「落日」起。唐人詩每用「秋」字必以「暮」字對，秋乃歲之暮，暮乃日之秋也，都作傷心字用。此「落日斜」卻裝在「孤城」下，尤為慘極。宛然見先生獨立孤城中，又在孤城夕陽中也。前首明說夔州流寓，卻不出「夔府」字，此特揭「夔府」以冠之者，正明身在夔府，心在京華。從此至末，一氣貫下也。長安名北斗城，夔府在南，故依南斗以望之。此云「望京華」，末云（原作「名」，依文意改）「白頭吟望」，以「望」字起，以「望」字結，乃七首自為章法。

別批　言斜日落則是已晏，言落日斜則尚早，緊接一「每」字，則知當此落日斜光，一年三百六十度，忽忽孤城，懸懸遠望。「南斗」字從「望」字上用來，蓋大火西流，斗行南陸，舉目即見，故曰「依」也。

瑩按：金解云「長安名北斗城，夔府在南，故依南斗以望之」，以南斗與北斗遙對，其說較錢注尤為牽強。至於狀孤城落日之淒慘，及一氣貫下之說，此種闡述則金氏之所長也。

一六、顧注　《三輔黃圖》曰漢初長安城狹小，惠帝更築之。城南為南斗形，城北為北斗形。至今人呼斗城，則謂之南北斗皆可。每依，瞻依之依（參看蔡箋按語。但較舊說為詳，故錄之）。

又　錢牧齋曰：孤城落日……依斗望京之候矣（參看錢注）。

一七、朱注　《舊唐書》貞觀十四年，夔州為都督府。督歸、夔、忠、萬、涪、渝、南七州。天寶元年改雲安郡，乾元元年刺史唐論請升為都督府，尋罷之。

又　按南斗不直夔城，公詩有「秦城北斗邊」，又云「秦城近斗杓」，作北斗是。

一八、論文　接上「白帝」與「暮」字，夔州孤城落日又斜矣，每日於此，身依南斗之下，北望京華。

瑩按：此說與錢注及金解相近。

一九、澤解　趙曰：長安上直北斗，號北斗城，舊本「南斗」，非（參看九家注）。

二〇、詩闡　二句承前「暮」字，催刀尺，急暮砧，仰面見「夔府孤城落日斜」，當此日薄虞淵，天荒地老，孤臣萬里，君門九重，所灼然者北斗耳。舉頭見斗，不見長安，然而遙循北斗之墟，下是京華之地，當此朝廷失政，藩鎮不臣，星共之義不章，辰居之象安在？我心依北斗，極目京華，興言及此，安得挽斗杓直上哉！

瑩按：此亦云「遙循北斗之墟，下是京華之地」，與九家注「長安上直北斗」之說相近。而更益以「星共」、「辰居」之說，則諸家所未嘗言。

二一、會粹　公詩「秦城北斗邊」，今云「北斗望京華」，義同。

又　此首以「夔府」二字作紐，以下俱屬夔府情景。

瑩按：此說極為簡明。

二二、仇注　王褒詩：「秋色照高城。」

又　梁元帝詩：「西山落日斜。」

又　郭璞詩：「京華游俠窟。」

又　陳澤州注：杜詩「白帝夔州各異城」，白帝在東，夔府在西。公詩多用「北斗」，如「秦城北斗邊」之類。

又　錢注（詳前，仇引略有刪節）。

又　《杜臆》：京華即故園所在……奚能不悲（見前《杜臆》）。

又　《舊唐書》：貞觀十四年，夔州為都督府，督歸、夔、忠、萬、涪、渝、南七州。

又　按：趙、蔡兩注俱云秦城上直北斗，長安在夔州之北，故瞻依北斗而望之。或引長安城北為北斗形者，非是。

影印本旁批　「夔府」承上「白帝城」來，「落日斜」，又緣上「暮」字。「望京華」三字，詩眼。

瑩按：仇氏按語頗是，所引陳注與前會粹之說同，皆以為當作「北斗」，蓋秦城上直北斗也，其說較「南斗」近情。至所引陳注「夔府在西」之說，已詳首章末聯演義按語。

二三、黃說　起語緊接上章末句來，次句意，杜詩中時時見之，蓋本「日近長安遠」意耳。

又　錢牧齋云：此句為八首之綱骨，章重文疊，不出於此（見錢注）。

又　錢牧齋云：「每依北斗望京華」，蓋無夕而不然也……又是依斗望京之候矣（參看錢注）。

瑩按：此引錢注之說，唯易錢注之「南斗」作「北斗」，又引申為「日近長安遠」之說。

二四、涽解　此言夔之暮景，孤城落日……不知何日得見京華也（見錢注）。

又　此句為八首之綱骨……不出於此（見錢注）。

又　漢惠帝築長安城，城南為南斗形，城北為北斗形。

瑩按：湑解多引錢注，至於長安「城北為北斗形」之說，已見於蔡箋，仇注以為「非是」。

二五、言志　此第二章承上言，白帝城即夔府城也；暮砧之時，即落日斜之時，而我於此豈徒望鄉淒感耶？以我生平君臣義切，雖居僻遠，而葵傾愈摯，每依南斗而憑高以望京華，庶幾得覲吾君乎？

瑩按：言志之說，前半所謂「承上」云云頗有可取；後半則過於拘執，且以「南斗」為說，其牽強之處，金解按語已曾論及，茲不復贅。

二六、通解　言夔府近在萬山之中，止孤城耳。而當落日西斜時動吾以「日近長安遠」之思。

又　《三輔黃圖》（見前引顧注）。

瑩按：杜詩此二句，首句乃承上章之「暮砧」而言，故有「落日斜」之語；次句始點明依斗望京之意，不必以「日近長安遠」為說也。至於所引《三輔黃圖》之說，可參看蔡箋之按語，及前引顧注之說。

二七、提要　錢注云：每依南斗……八首綱骨（見錢注）。

二八、心解　舊引長安城為北斗形者，固非。趙、蔡等云秦城上直北斗，亦非。斗身四時轉運，安得專直。蓋紫微垣為天帝座，以象帝京。北斗正列垣旁，又名帝車，故依北斗以望耳。首句明點「夔府」，次句所謂點眼也。

瑩按：心解「紫微垣」之說，與詩闡所謂「星共辰居」之義，相近而並不全同，詩闡引「朝廷失政，藩鎮不臣」，以為「星共之義不章，辰居之象安在」，其說過為深求，有欠自然。心解之說，不過以方位言，以為北斗在紫微垣旁，垣象帝京，故依以望之，其說較易為人接受。

二九、范解　唐貞觀及乾元時，嘗升夔州為都督府（參看朱注）。

又　夔府孤立，落日已斜，每依北斗之下遙望京華，所謂故園心也。

瑩按：此以「望京華」與「故園心」相並立說，與舊說引《杜臆》之說同，可以參看。

三〇、沈解　夔城孤立，當日斜之時而登臨其上，每依北斗而望，則知長安在其下。

三一、江說　「每依」，言無夕不然。

又　仇注：趙、蔡兩注俱云，秦城上直北斗……故瞻依北斗而望之（見仇注）。

又　查慎行曰：「望京華」句為八詩之大旨，即下所謂「聞道長安」也。

三二、鏡銓　秦城上直北斗，長安在夔州之北，故依北斗而望之。

又　《舊唐書》貞觀十四年……七州（見仇注）。天寶元年改雲安郡。

瑩按：此亦以為長安上直北斗。

三三、許注　紫微垣為天帝座……故依此以望耳（參看心解）。

三四、集評　「孤城」句接「白帝」來。

又　吳云：起語悵然。

三五、選讀　依斗望京，此句為八章之骨。重章疊文，不出於此（參看錢注）。

又　每依，言無夕不然（見前引江說）。

又　京華，即故國所在，望而不見，奚能不悲（參看杜臆）。

又　眉批：長安在夔州之北，故瞻依北斗而望。

瑩按：此多引舊說而微有不同，故多未注明出處。如其「八章之骨」云云實與錢注同，惟是錢注作「南斗」，此則作「北斗」；又「京華即故國」云云，與杜臆同，惟杜臆作「故園」，此則作「故國」耳。

三六、沈讀　此言夔之暮景，孤城落日……蓋無夕而不然也（參看錢注）。

又　漢惠帝築長安城，城南為南斗形，城北為北斗形（參看前引顧注）。

三七、湯箋：身居夔府，心在京華，感想斗城，瞻從落日。

瑩按：湯箋平板而概略。斗城云者，蓋用分門引趙注及蔡箋長安上直北斗號北斗城之說。

三八、啟蒙　樊川、洛陽皆云故園所在，而前首之故園則指樊川之在西京者，故此首頂前故園而以望京華為主（參看頗解）。

又　顧注：望京華為八章之骨……不出於此（參見錢注）。皎然所謂截斷眾流句也。每依，言無夕不然（皆參見錢注）。

又　夔府承上白帝，落日承上暮砧，伏本首之末聯。

瑩按：關於杜詩「故園心」之所指，在頗解按語中辨之已詳，茲不復贅；至於所引顧注之說則大多出於錢注，顧注對錢注並未全部引錄，故啟蒙所引雖標為顧注，然實為顧注未曾引錄者，當與錢注參看，始能知其引錄之根本所出。

嘉瑩按：此二句首當辨者，厥為「南斗」與「北斗」之異。各本作「南斗」者，多解作「南斗」當夔府所在，故依以望之，詩通、錢注、金解及論文主之，此說實極牽強，不近情理。一則杜甫詩多用「北斗」，少用「南斗」字樣，如其《詠月》三首之一云「故園當北斗，直指照西秦」，又《歷歷》一首云「巫峽西江外，秦城北斗邊」，又《哭王彭州掄》一首云「巫峽長雲雨，秦城近斗杓」，皆可為「每依北斗望京華」一句之佐證，可見依南斗望京華之牽強不近人情。再則「南斗正直夔城」之說，亦殊為無據，前舉演義及詩通按語已辨其非，故據「南斗」立說實不可從。而據「北斗」立說者，其說亦有不同，一則以為長安城「北為北斗形」，見於蔡箋及潛解。此說雖不為無據（見蔡箋按語），然實極穿鑿拘執，仇注、心解已駁其非是，且若依「長安城北為北斗形」之說，則是只望京華之一半矣，又安有是理乎？其說必不可從。二則以為長安「上直北斗」，九家、分門、蔡箋、邵解、邵注、金解、仇注、鏡銓及湯箋皆主之，此說頗是，而心解以為亦非，云「斗身四時轉運安得專直」，心解之說蓋對「上直」二字過於苛求，故曰「安得專直」，然而斗身雖有轉運，而北斗七星之在北，則不變者也。每當秋夜淒清，北斗七星，灼然在北，而京華長安亦正在夔府之北，故曰「每依北斗望京華」，正為人之常情，前舉杜甫詩「故園當北斗」、「秦城北斗邊」及「秦城近斗杓」諸句，皆可為此景此情之證。心解駁「長安上直北斗」之說，而云「紫微垣」、「象帝京」、「北斗正列垣旁」、「故依北斗以望」，其說似過為深曲。詩闡云「遙循北斗之墟，下是京華之地」，不明言「上直」，可以避心解「安得專直」之譏，惟是詩闡又以「星共辰居」為說，則亦傷穿鑿，較心解「紫微垣」之說，尤為拘腐，使淺者反深，直者反曲。實則此句情景原極為自然，不過寫秋夜羈旅思鄉之情，因北斗在北，長安亦在北，故循北斗而遙望長安耳。至於念亂傷離之感，自在言外，不必如詩闡之必瑣瑣指明朝廷之失政、藩鎮之不臣也。

聽猿實下三聲淚，奉使虛隨八月槎。

一、九家　趙云：《宜都山川記》：峽中猿鳴至清，諸山谷傳其響，行者歌曰：「巴中三峽猿鳴悲，猿鳴三聲淚沾衣。」八月查事，載《博物志》，世亦傳為張騫奉使尋河事，而不見傳記，公屢使為張騫，蓋承用之熟也。庾肩吾《奉使江州船中七夕》詩「漢使俱為客，星槎共逐流」，今公雖有理州之役若奉使然，而不到天上，為虛隨矣。

瑩按：八月查及張騫奉使事，俱詳後蔡箋按語。杜甫詩屢以二事合用，如《有感五首》云「乘槎斷消息，無處覓張騫」，《秋日夔府詠懷奉寄鄭監李賓客》一首云「查上似張騫」，皆以二事合用者。至於以張騫奉使一事獨用者，則有《寄岳州賈司馬六丈巴州嚴八使君兩閣老》一首之「奉使待張騫」及《哭李尚書之芳》一首之「奉使失張騫」等句，此云「承用之熟」是也。以「不到天上」釋「虛隨」，其意蓋謂不得還京也。

二、分門　「聽猿」句，王洙曰：見《雨晴》「有猿揮淚盡」注。

「奉使」句，王洙曰：見「查上似（原誤作以，據杜甫詩改）張騫」注。

瑩按：《雨晴》一首，「有猿揮淚盡」句，注引王洙曰：「《荊州記》曰：巴東三峽長，猿聲啼至三聲，聞者垂淚。」又《夔府詠懷》一首「查上似張騫」句注引王洙曰：「《因話錄》云《漢書》載張騫窮河源，言其奉使之遠，實無天河之說，惟張茂先《博物志》說近世有人居海上，每年八月見槎來，不違時，齎一年糧，乘之，到天河，見婦人織，丈夫飲牛，遣問嚴君平，云某年某月日客星犯牛斗，即此人也。」

三、鶴注　「聽猿」句，洙曰（見分門注）。

又　「奉使」句，洙曰（見分門注）。

四、蔡箋　《宜都山川記》：「巴東三峽猿鳴悲，猿鳴三聲淚沾衣。」（參看九家注）

又　按張騫及西域傳：騫以郡應募，使西域，窮河源之遠，即無乘槎之說。惟張華《博物志》說：近世有人居海上，每年八月見槎來，不失期，多齎糧乘之，十餘日，忽至一處，有城郭、屋舍，宮中有婦人織，一丈夫牽牛渚次飲之，驚問曰：「何由至此？」其人問：「此是何處？」答曰：「君至蜀訪問嚴君平。」還後，以問君平，君平曰某年月日有客星犯牛女，即此人到天河時也。未嘗指言張騫。宗懍作《荊楚歲時記》乃引《博物志》謂：漢武令張騫乘槎而去。今余按宗懍所言既引《博物志》，而《博物志》不言張騫，則知宗懍之謬可不攻而自破矣。前輩詩多引張騫乘槎者，乃相襲訛謬矣，然則子美其亦承襲用之而訛歟？

瑩按：蔡箋引《漢書》張騫及西域傳，以明張騫使西域窮河源，無乘槎之事，至八月槎則出於張華《博物志》，而謂宗懍《歲時記》始將二者混為一談。然考之今所見寶顏堂秘笈本《荊楚歲時記》與稗海本《博物志》二書所載海渚有人乘槎至天河事大致均同，皆不言張騫事。惟《苕溪漁隱叢話》卷十二云：「《緗素雜記》、《學林新編》二家辨證乘槎事，大同小異，余今採摭其有理者，共為一說。按張茂先《博物志》曰：『舊說天河與海通，近世有人居海上（稗海本《博物志》作「濱」，寶顏堂本《荊楚歲時記》作「渚」）者，每年（稗海本作「年年」）八月，見（另二本皆作「有」）浮槎來（二本「來」字上皆有「去」字），不失期，齎一年糧（二本皆作「人有奇志，立飛閣於槎上，多齎糧」），乘之而去。十餘日中，猶觀星月日辰，自後茫茫（稗海本下多「忽忽」二字），亦不覺晝夜。奄至一處（寶顏堂本《歲時記》無「十餘日中」以下三句，徑作「十餘月至一處」），有城郭（二本下皆多「狀」字），屋舍甚嚴，遙望宮中有婦人織（稗海本作「宮中多織婦」，寶顏堂本《歲時記》作「有織婦」），見一丈夫牽牛，渚次飲之，驚問曰：「何由至此（二本「驚」字上有「乃」字）？」其人說與（稗海本作「此人具說」，寶顏堂本《歲時記》作「此人為說」）來意，並問此是何處。答曰：「君至蜀郡（二本「至」字上皆多「還」字，寶顏堂本《歲時記》「郡」

作「都」）訪嚴君平，則知之。」因還（二本因字上多「竟不上岸」四字，「還」字下多「如期」二字）後以（二本皆作「至蜀」而無「以」字）問君平，君平曰：「某年月日（寶顏堂本《歲時記》作「某年某月」），有客星犯牽牛宿。」計年月，正是（寶顏堂本《歲時記》無「是」字）此人到天河時也。』所載止此而已。而《荊楚歲時記》直曰：『張華《博物志》云（自此以下《苕溪漁隱叢話》所引與今所見寶顏堂本《荊楚歲時記》全異，故具錄之）：漢武帝令張騫窮河源，乘槎經月而去。至一處，見城郭如官府，室內有一女織，又見一丈夫牽牛飲河，騫問云：「此是何處？」答曰：「可問嚴君平。」織女取楮機石與騫而還。後至蜀，問君平，君平曰：「某年月日，客星犯牛斗。」所得楮機石，為東方朔所識，並其證焉。』按騫本傳及《大宛傳》，騫以郎應募使月氏，為匈奴所留，十餘歲得還，騫身所至者，大宛、大月氏、大夏、康居，而傳聞其旁大國五六，具為天子言其地形所有，並無乘槎至天河之說。而宗懍乃附會以為武帝、張騫之事，又益以楮機石之說，何邪？子美《夔府詠懷》詩曰：『途中非阮籍，槎上似張騫。』又《秋興》詩曰：『奉使虛隨八月槎。』如此類，前賢多用之，恐非實事。」《苕溪漁隱》所據之《緗素雜記》，今本中已佚此條，王觀國《學林》此條在卷四，此外《癸辛雜識》前集亦引之，然今本《歲時記》無此文，寶顏堂秘笈本所引與《博物志》同，並無張騫事，蓋後人妄改。至於杜甫之以「奉使」與「八月槎」混為一談，不過相沿舊說、襲用故事而已，原不必辨其真偽謬誤也。

五、千家　洙曰：《宜都山川記》（見蔡箋）。

又　夢弼曰：按張華《博物志》……承襲用之耳（見蔡箋）。

六、演義　《荊州記》：巴東三峽，猿聲啼至三聲，聞者垂淚（見分門注）。

又　張騫奉使西域，《博物志》載：每年八月見槎來，因乘之到天上。此非張騫事，公每合用之。

又　常聞峽中猿啼三聲，客淚自墮，今我在此，則實聞之而下淚矣；嘗聞張騫八月乘槎奉使，今秋我不得歸，則八月乘槎之事成虛矣。

又　「聽猿」一句，應夔府；「奉使」一句，應京華。

朱批虞注：《宜都山川記》（見蔡箋）。

又　張騫及西域傳……未嘗指言張騫，子美亦承襲用之耳（參看蔡箋）。

瑩按：演義亦以「不得歸」釋「虛隨」。

七、愚得　洙曰：《宜都山川記》……淚沾衣（見蔡箋）。

又　張華《博物志》……附會以為張騫事，子美亦承用之耳（參看蔡箋）。

八、頗解　「奉使虛隨八月槎」，言張騫乘槎曾到斗牛之間，今時已秋，而不得歸，則八月乘槎之事成虛矣。

又　「聽猿」一句應夔府，「奉使」一句應京華。

又　第二聯如昆吾御宿內，倒句反語格（按指「昆吾御宿」一首內之次聯）。

瑩按：此云張騫乘槎到斗牛之間，蓋亦相沿致誤，前蔡箋已辨之甚詳。至於釋「虛隨」之意，以為八月當有槎來不失期，今無槎可乘，故以「不得歸」釋「虛隨」，至論倒句反語格，可參看後金解按語。

九、詩通　《宜都山川記》（見蔡箋）。

又　漢張騫奉使西域，或傳其八月乘槎（參看蔡箋）。

又　聽猿，應首句夔府而言；奉使，應次句京華而言。古傳猿鳴三聲下淚，今我則實下矣；古傳奉使八月乘槎，今我則虛隨矣。

瑩按：此於「虛隨」未加詳釋。

一〇、邵解　聽猿，應夔府；奉使，應京華也。言我嘗聞峽中啼猿三聲，客淚自墮，今我在此聽猿，旅情慘切，三聲之淚已實下矣；又聞張騫八月奉使乘槎，今秦中驛使消息阻於兵戈，而我不得歸，浮槎之事，成虛隨矣。

瑩按：此亦以「不得歸」釋「虛隨」，頗是。而益以「驛使消息阻於兵戈」之說，似以「驛使」釋「奉使」，則殊有未安。

一一、邵注　古詩：「巴東三峽猿聲悲，猿鳴三聲淚沾衣。」昔聞其語，而今則實下淚矣。八月槎，用張騫事，謂昔人乘槎，有時而返，今我歸期未卜，故曰「虛隨」。

又　故聽猿聲實至淚下，而奉使乘槎，今為虛度。

瑩按：此云「歸期未卜」，蓋亦以「不得歸」釋「虛隨」。

一二、意箋　《宜都山川記》（見蔡箋）。

又　張華《博物志》：海上人，每年八月見槎來……某年月日，有客星犯斗牛，即此人也。《荊楚歲時記》乃附會為張騫。

又　聽猿三聲而下淚，人有是言，今則實下矣，非但人言也；奉使八月而乘槎，古傳是事，今八月矣，安有乘槎之使，是虛隨耳。

朱批　虞注（按即演義）乘槎謂公自比於張騫（按演義以「我不得歸」為言），非也，蓋公見八月水盛，無乘槎之事。

瑩按：意箋以「安有乘槎之使」釋「虛隨」一句，而朱批則但以「八月水盛」為言，皆不以公自言「不得歸」為說，與前演義、頗解、邵解及邵注之說異。

一三、胡注　（無）

奚批　貫星槎是八月，卻非奉使，張騫槎，又非八月（參看蔡箋）。

一四、杜臆　「猿鳴三聲淚沾裳」，古語也，今別實矣，公亦以乘槎為張騫事，故云奉使。八月槎來不失期，今則虛矣，公雖不奉使，然朝廷授以省郎而逾期不赴，與奉使不歸同也。

瑩按：此以「朝廷授以省郎而逾期不赴」釋「虛隨」一句，似嫌牽強。蓋杜甫雖曾於廣德元年召補京兆功曹不赴，然「不赴」實不得以「奉使不歸」為言也，且《杜臆》更以「不赴任」釋下聯「畫省香爐違伏枕」一句，其牽強之處，顯然可見，說詳下聯《杜臆》按語。

一五、詩攟　猿啼淚落，乘槎上天，皆熟爛事，「聽猿實下三聲淚」，猶言乃今信之；「奉使虛隨八月槎」，猶言徒浪傳耳。此用事點化法。虛隨，謂實未得放舟歸，此即前「叢菊」一聯意也，使他人為之復矣，筆端變化，蓋緣才大法熟，所謂長袖善舞也。

瑩按：此亦以「未得放舟歸」釋「虛隨」，與演義、頗解、邵解及邵注之說同。

一六、錢注　《水經注》：每至晴初霜旦，林寒澗肅，常有高猿長嘯，屬引淒異，空谷傳響，哀轉久絕，故漁者歌曰：「巴東三峽巫峽長，猿鳴三聲淚沾裳。」范注：《荊州記》彝陵縣峽口山，非日中夜半，不見日月，多猿鳴，至清遠。

附輯評　吳云：「奉使」句，蔡夢弼謂襲用張騫之謬，要是借用。

瑩按：錢注引《水經注》釋「聽猿實下三聲淚」句，較他注之引《宜都山川記》者更為詳明真切。輯評吳氏評「八月槎」句云襲用張騫之謬，要是借用，所言亦極具通達之見。襲用之謬，固不可不辨，然借用通變之處，亦不可不知，否則若執此一端，便謂杜甫用典誤謬，斯則小家之見矣。

一七、張解　因遙望京華落日，故聞猿啼而下淚。望京華，故嘆奉使之無期。「虛」、「實」字正相應，見聽猿則實，奉使則虛也。

瑩按：此以「遙望京華落日」與「猿啼」相連立說，此中關係，殊嫌含混。後引金解曾有「蜀山向晚，猿聲不住」之言，則是「落日」之際，正「猿聲不住」之時，固當與「猿啼」有關，然此「落日」自當是「夔府」之「落日」，何得云「遙望京華落日」乎？且下句又有「望京華，故嘆奉使之無期」之語，則是兩句當分承，「聽猿」乃承「落日」而言，「奉使」則承「京華」而言。張解所云疑有疏失脫誤之處。

一八、金解　三、四承望京華來。楚地多猿，蜀山向晚，猿聲不住，猿三聲，淚三下。此是身歷苦境，故下一「實」字。前首淚在他日，此首淚在今日也。傳稱漢張騫使大夏，尋河源，八月乘槎到天河，經年而返，問嚴君平始知。君平蜀人，故用此入詩。乘槎尚有還期，此生杳無歸日，此是心作虛想，故下一「虛」字。蓋為嚴武再鎮蜀，辟先生為參謀，而先生留蜀。一年武卒，而先生仍寓蜀也。三應云「聽猿三聲實下淚」，今云然者，句法倒裝，與第七首三、四一樣奇妙。

別批　三承一句，四承二句，猶言夔府孤城，聽猿下淚是實；而南斗京華，乘槎可到是虛，真教人無可奈何，此落日斜也。

瑩按：金解釋「三聲淚」云「猿三聲，淚三下」，「淚三下」之說殊為勉強，當是猿三聲而果然淚下，至於必謂之「三下」，則金氏故為造作之言。而釋「實下」之「實」字云「身歷苦境」則極真切。至於以「心作虛想」釋「虛」字，則不若頗解所云「乘槎之事成虛」之說之明切。別批說承接，乃釋「虛」、「實」二字俱好（「南斗」之說已詳上聯按語，不可從）。唯末一句「此落日斜也」五字，殊為突兀。金氏之意蓋謂落日斜者，是無可奈何之景，亦是無可奈何之情也。又金氏論此二句及第七首三、四句法倒裝之奇妙，此正杜甫老年於詩律精煉至極之所成就，守格律而不為格律所拘，故能騰挪變化於格律之中，而免於平泛拘執之病，能於七言律詩中別開出一深厚沉至之境界。故前乎杜甫之詩人，其七律一體多無甚可觀，而後於杜甫者，則往往以七律見長。杜詩成就之博大，影響之深遠，盡人之所共知，其性情之誠摯，固為其詩歌所以有不朽之成就之最大原因，然若此等律詩句法運用變化之奇妙，亦不可忽焉。

一九、顧注《水經注》（見錢注）。

又 按張騫無乘槎事，張華《博物志》載有人居海上……齎糧乘之，到天河。未嘗指張騫。惟宗懍《荊楚歲時記》乃云張騫乘槎，後遂沿襲。公詩亦屢用為騫事（參看九家注及蔡箋）。

又 「實」、「虛」二字，承上落日難留、京華難即意。昔人所云聞猿下淚，玆為親歷實事；所云乘槎可到天河，徒作虛語耳。

瑩按：杜甫所云「虛隨」，蓋暗寓不得還京如八月槎之往來耳，非謂不能到天河為虛語也。可參看本聯總按語。

二〇、朱注《水經注》：每至晴初霜旦……淚沾裳（參看錢注）。

又 峽猿感淚，向聞其語，今乃信之，故曰「實下」；海上浮查，有時自還，今不得歸，故曰「虛隨」也。

二一、論文 夔州，南方地也。身居此地，始知聽猿下淚已非虛語，今欲乘槎而返，未卜何時，奉使亦以華州之命也。

瑩按：此釋「奉使」句以為指出任華州司功參軍事。

二二、澤解《宜都山川記》（見蔡箋）。

又 夢弼曰：按張華《博物志》……亦承襲而用之耳（參看蔡箋）。

又　「聽猿」句，語苦。

又　澤堂曰：杜為嚴武使佐，其所辟工部郎，猶不改以「奉使」自稱，言「虛隨」者，蓋不能上天故。

瑩按：「上天」應指還京而言，其意猶演義、頗解、邵解、邵注及詩攟之所謂不得歸也，以「為嚴武使佐」釋「奉使」之自稱，頗是。

二三、詩闡　望京華而不見，因之下淚，我聽猿而淚，猶之感叢菊而淚也。古云「猿鳴三峽（疑當為聲字之誤）淚沾裳」，今在巫峽聞之，信非虛語。望京華而不見，或者乘槎，我奉命出華，何不可乘槎返國也。語云八月乘槎犯斗牛，今憑北斗思之，茫無實據。

瑩按：此亦以「奉使」指出任華州事，與論文之說同。曰「奉命出華」，而以「虛隨」為不得「乘槎返國」，又云「憑北斗思之」者，蓋就「乘槎犯斗牛」之典，以之呼應次句之「每依北斗望京華」也，然則「虛隨」二字豈不正當指不能返京而言乎？

二四、會粹　《水經注》（參看錢注）。

又　《博物志》（參看蔡箋）。

又　聽猿揮淚，已非虛語，故曰「實下」；乘槎而返，未卜何時，故曰「虛隨」。

瑩按：此釋「實下」、「虛隨」二句，極簡，而頗切當。

二五、仇注　伏挺詩：「聽猿方忖岫，聞瀨始知川。」

又　蕭銓詩：「別有三聲淚，沾裳竟不窮。」

又　《水經注》（參看錢注）。

又　徐增注云：本是聽猿三聲實下淚，拘於聲律故為實下三聲淚。

又　李陵書：「丁年奉使，皓首而歸。」

又《博物志》（略同蔡箋）。

又《荊楚歲時記》（略同蔡箋）。

又 聽猿墮淚，身歷始覺其真，故曰「實下」；孤舟長繫，有似乘槎不返，故曰「虛隨」。

又 京華不可見，徒聽猿聲而悵隨槎，曷勝淒楚，以故伏枕聞笳，臥不能寐，起視月色於洲前耳。

又 今按：嚴武為節度使，公曾入幕參謀，故有「奉使虛隨」句。八月槎，用嚴君平在蜀事。奉使，參用張騫出使事。

影印本眉批 「奉使」句用小庾「星漢非乘槎可上」。八月槎，言京華難返，猶天上不可至也。

瑩按：仇注以奉使指在嚴武幕下任參謀檢校工部員外郎事，與澤解之說同，而與論文及詩闡之以奉使為出任華州司功參軍者異。至於引徐增注云「聽猿句乃拘於聲律而然」，瑩意以為不然。蓋以詩之神情氣勢言，若此句徑作「聽猿三聲實下淚」，則平鋪直敘，殊乏感人之力，而「聽猿實下三聲淚」，則重在「實下」二字，是確確實實下淚，下如何之淚，則人所傳言「猿鳴三聲淚沾裳」之淚，以前是聞人傳言而已，今則我聞猿三聲而果然淚下，豈非實下「聞猿三聲」之淚乎？是無論以情理言，以氣勢言，皆當如此說，豈但為聲律所拘而然耶！眉批舉庾信《哀江南賦序》之言，所說極是，庾氏蓋亦以星漢乘槎喻南朝之遠如在天上，無路可通，與杜甫懷念京華之意正同。

二六、黃說 《荊楚歲時記》以乘槎犯斗為張騫事，公承襲用之耳（參看蔡箋）。

又 聽猿下淚，奉使隨槎，蓋古語。今我淹留此地，聽猿下淚，蓋實有之。若夫依北斗而望京華，尚不能至，則乘槎犯斗非事實可知。用「虛」、「實」二字，點化古事，筆圓而詩老。三、四、五、六承夔府、京華，兩兩分應。

瑩按：此以「望京華尚不能至」釋「虛隨」與演義、頗解、邵解、邵注、澤解之說相近。

二七、潛解　朱云：海上浮槎，有時自還，今不得歸，故曰「虛隨」。

瑩按：此亦以「不得歸」釋「虛隨」，與演義、頗解、邵解、邵注、澤解及黃說並同。

二八、言志　然而徒聽斷猿之聲，不勝悲痛，而淚與之俱下矣。且我尚叨朝廷之官職，而飄流劍外，無分毫策力以報君恩，與虛隨張騫八月之浮槎無異也。

瑩按：張騫並無八月乘槎之事，前在顧注按語已曾辨之，言志所說詞費而無當。

二九、通解　聞漁者聽猿三聲下淚以過巫峽，吾亦有淚以灑客路，果實事也；聞張騫奉使八月隨槎以上天河，吾今無槎以至京師，徒虛語耳。

瑩按：此說亦並無新意，八月槎事可參看蔡箋按語。

三〇、提要　「聽猿」句，承夔府；「奉使」句，承京華。

瑩按：此說頗略。

三一、心解　《水經注》（參看錢注）。

又　張騫奉使乘槎事，出《荊楚歲時記》（參看蔡箋）。

又　三、四申上望京華，起下違伏枕；奉使，向無的解，仇指嚴武為節度使，其說是也；虛隨者，隨使節而成虛也。

瑩按：此於「奉使」句，主仇注之說，蓋亦以為指杜甫入武幕為參謀而言，惟釋「虛隨」二字，語焉不詳。

三二、范解　《水經注》：漁者歌曰……淚沾裳（參看舊說錢注）。

又　張華《博物志》……非指騫奉使西域也，惟宗懍《荊楚歲時記》乃云張騫乘槎，公亦沿襲用之耳（參看前引顧注及九家注與蔡箋）。

又　聽猿下淚，向聞其語，今實聞而下淚，故曰「實下」；海上浮槎為奉使耳，今非奉使而遠出，故曰「虛隨」。

瑩按：關於「奉使虛隨」之意，可以參看范解所說，殊失杜詩本意。

三三、偶評　「奉使」句旁批云：孤舟長繫，有似乘槎。

乙本　眉批：聽猿墮淚，身歷始覺其真，故曰「實下」；孤舟長繫，有似乘槎不返，故云「虛隨」。

又　聽猿悲笳，俱言暮景；八月蘆荻，點還秋景。

瑩按：此數語頗為簡要。

三四、沈解　《宜都山川記》（參看蔡箋）。

又　張華《博物志》（參看蔡箋）。

又　嘗聞峽中，猿啼三聲，客淚自墮，今我在此，實聞之而下淚矣；嘗聞張騫八月奉使，今秋我不得歸，則八月乘槎之事虛矣。

瑩按：此多用舊說，並無新意。

三五、江說　漁者歌曰（參看錢注引《水經注》）。

又　朱鶴齡云：峽猿感淚……故云「虛隨」也（見前引朱注）。

三六、鏡銓　《水經注》（參看錢注）。

又　《杜臆》：謂聽猿墮淚，身歷始覺其真也（按此二句不見《杜臆》，當為仇注之言，鏡銓誤引）。

又　仇注：嚴武為節度使……故有此句（見仇注）。虛隨者，隨使節而成虛，仍未能一至京闕也。

又　奉使乘槎，用張騫事；八月槎，又參用《博物志》有人到天河事。

瑩按：《漢書》載張騫奉使，不云乘槎，前已辨之甚詳，鏡銓蓋略而言之耳。至於「奉使」句亦主仇注之說，以為「隨使節而成虛」，則與心解同，惟末云「仍未能一至京闕」，則較心解為詳明，意者蓋謂，嚴武出為節度使，原應有返京之日，杜甫既入嚴武幕，則亦應有隨之返京之一日，而嚴武既卒，杜甫亦留蜀而不得返，故曰「奉使虛隨」也。前舉金解有「一年武卒，而先生仍寓蜀也」之言，蓋亦此意也。

三七、許注　「奉使」句，指嚴武為節度使（參看仇注及心解）。

三八、集評　「聽猿」句，李云：望京華故。

又　吳云：中聯沉著。蔡夢弼謂「八月」句襲用張騫之謬，要自借用（參看錢注輯評及按語）。

瑩按：「聽猿」句李云「望京華故」，其意蓋謂聽而下淚乃因望京華之故。此語為前引諸說所未及，而情固可以有之也。

三九、選讀　《水經注》（參看錢注）。

《博物志》（參看蔡箋）。

又　京華不可見……曷勝淒楚（參看仇注）。

又　聽猿墜淚……故曰「虛隨」（見偶評乙本眉批）。

瑩按：此全引舊說，並無新意。

四〇、沈讀　朱云海上浮槎……故曰「虛隨」（見前引朱注）。

四一、湯箋　聞猿墜淚，實境親嘗；虛語乘槎，天河豈到。

瑩按：此釋「乘槎」句，殊為概略含混。

四二、啟蒙　《水經注》（參看錢注）。

又　仇注聽猿下淚……故曰「虛隨」（參看舊說仇注）。

又　嚴武奉命鎮蜀，是奉使也，公雖入幕參謀，檢校工部，然不得入京而即真，故曰「虛隨」，說本仇氏。

瑩按：此蓋推演仇氏之說。

嘉瑩按：此二句首當辨者，厥惟「奉使」二字之所指，有以秦中驛使阻於兵戈為言者，邵解主之；有以為指出任華州司功參軍者，論文及詩闡主之；有以為指在節度使嚴武幕下任參謀檢校工部員外郎者，仇注、心解、鏡銓、許注及啟蒙主之。綜觀三說，以驛使為說者，最為不可信，蓋此句當為杜甫自慨之辭，以之指驛使，則迂遠而無謂，且驛使亦不可稱「奉使」也。至於杜甫之出任華州司功參軍，乃在乾元元年，而《秋興八首》則為大曆元年羈身夔州之所作，上距乾元元年已有八年以上之久，時地均相隔已遠，且杜甫自拾遺出為華州司功，亦不得言「奉使」，故以出任華州釋「奉使」，其說亦有未安。至於以在嚴武幕下任參謀檢校工部員外郎釋「奉使」，其說實較為可據，蓋參謀原為節度使之幕僚，而檢校工部員外郎則為加帶之虛銜（見《通典・職官》十七及《通考・職官》十八），嚴武之出任節度使，自可言「奉使」，杜甫為嚴武幕僚，蓋自以為嚴武還朝，己身亦有隨嚴武以還京之一日，然而大曆之時嚴武卒已二年，杜甫則久羈夔府而不得返，故曰「奉使虛隨」。至於「八月槎」，則以時當秋日，瞻望北斗，因憶及古有人於八月乘槎而到天河之說，而今則孤舟一繫，故園竟不得返，故曰「虛隨八月槎」，亦猶庾信《哀江南賦序》所謂「星漢非乘槎可上」，同為感慨故國之不得復返也。是其主旨原在於此，故演義、頗解、邵解、邵注、澤解及黃說皆以「不得歸」為言，是也。意箋朱批以為「虛隨」一句，但寫「八月水盛，無乘槎之事」，而認為此句非杜甫自慨其不得歸，將杜甫滿腔悲慨全部抹殺，其說之無足取顯然可見。至於《杜臆》以「授以省郎而逾期不赴」釋「虛隨」亦殊迂遠，不切事情，已辨之於前，茲不復贅。至於以「奉使」與「八月槎」連用，則以古有張騫奉使窮河源之事，而後人多以之與《博物志》乘槎至天河之說混為一談，杜甫因亦相襲用之耳，故「奉使」二字實只是輕輕一帶，而其主旨則在以「虛隨八月槎」慨不得還京也。至於奉使乘槎句用典之為借用，不可謂之謬誤，及「實下三聲淚」句，句法倒裝之妙，則前已分別述之矣。

畫省香爐違伏枕，山樓粉堞隱悲笳。

一、九家　堞，城堞也；粉，謂飾以堊土。胡人捲蘆葉吹之，為笳。

又　趙云：省署以粉畫之，謂之畫省，亦謂粉署。《初學記》引應劭《漢官儀》，尚書郎入直臺廨中，給女侍史，執香爐燒薰，以從入臺中，給使，護衣服，奏事明光殿省中。違伏枕，則違去畫省香爐者，以伏枕之故也。山樓粉堞，指白帝城。

　　瑩按：此云「違去畫省香爐者，以伏枕之故」，其說殊略，當於後文詳之，又，此以「粉堞」為指白帝城。

二、分門　王洙曰：見「遂阻雲臺宿」注。

又　趙次公曰：畫省，以粉書之，謂之畫省。《初學記》載應劭《漢官儀》曰：尚書郎入直臺廨中，給女侍史二人，執香爐燒薰，以從入臺。違伏枕，則違去畫省香爐者，以伏枕之故也（參看九家注）。

又　王洙曰：堞，城堞也；粉，謂飾以堊土也。胡人捲蘆葉吹之以為笳（見九家注）。

又　趙次公曰：山樓粉堞，指言白帝城也（參看九家注）。

瑩按：「遂阻雲臺宿」句，見《夔府書懷四十韻》，分門注引王洙曰：「宿，直宿也。《後漢書・鍾離意傳》：藥崧家貧，為郎，常獨直臺上，無被枕杫，食糟糠。帝夜入臺，輒見崧，問其故，甚嘉之。自此，詔大官賜尚書以下朝夕食給、幃、被、皂袍，及侍史二人。」此不過亦言尚書郎直宿之給使而已，與所引趙注《漢官儀》之說可相參看。

三、鶴注　趙曰：畫省……之故也（見分門引趙次公曰）。

又　洙曰：堞……以為笳（見分門引王洙曰）。

四、蔡箋　甫為尚書員外郎，而流寓於夔故也。《漢官典職》：尚書奏事於明光殿，省中畫古列女，重行書贊，蔡質《漢官儀》：尚書郎女侍史執香爐燒薰從入臺中。

又　堞，達協切，城上垣也，指言白帝山城，樓奏胡笳而悲也。

瑩按：蔡箋所引蔡質《漢官儀》，原書名當作《漢官典職儀式選用》，為漢蔡質所撰，與前分門注所引漢應劭所撰之《漢官儀》，皆收入平津館叢書漢官六種中，所記略同。至於杜甫在嚴武幕下為工部員外郎，而蔡箋云甫為尚書員外郎者，蓋唐制尚書省尚書令一人，其屬有六尚書：一曰吏部，二曰戶部，三曰禮部，四曰兵部，五曰刑部，六曰工部，所屬皆有員外郎之職（詳見《新唐書》卷四十六《百官志》）。工部既屬尚書省，故工部員外郎亦可稱尚書員外郎也，甫雖任職節度使嚴武幕下為參謀，而加有檢校工部員外郎之銜（見次聯總按），故蔡籛云爾。又：蔡籛亦以「山樓」為白帝城樓，與分門注同。

五、千家　趙曰：省中以粉畫之，謂之「畫省」。《漢官儀》：尚書郎入直，給女侍史二人執香爐以從。公為尚書員外郎，自嘆違去省中，以多病伏枕故耳。下句「山樓粉堞」，言在夔州也（見九家注）。

又　評：畫省香爐，雖點綴意，然語亦大樸。

瑩按：此但以「山樓粉堞」為「言在夔州」，而未明指其為夔府抑白帝城之樓。至於所引評語，當係劉辰翁須溪評語，原評在「畫省」一句下。張溍《讀書堂杜工部詩集注解》前有康熙戊寅年商丘宋犖序，云「今千家注本凡分注句下，或綴篇下，而不著姓氏者，悉屬劉評」，其言可以為證。「畫省香爐」亦以為指在武幕為員外郎而言，與蔡籛同，而以多病釋「伏枕」。

六、演義　畫省，指尚書省也，尚書郎入直，給女侍二人，執香爐燒薰以從。粉堞，城上女牆，以白土塗之。

又　我雖檢校工部員外郎，而與尚書省入直之香爐相違遠者，以病之故，但聞此城樓之上、雉堞之間，笳聲隱隱為可悲也。

又　「聽猿」一句應夔府，「奉使」一句應京華；「畫省」一句又因隨槎而言，「山樓」一句又因聽猿而言，皆以夔城長安交互對言之也。

瑩按：此論承接之交互對言，所說頗是。「畫省」句以為指在武幕為員外郎說與蔡籛及千家注相近。「隱悲笳」之「隱」字，以為乃笳聲隱隱之意，辨說俱詳後。

七、愚得　《漢官儀》（見九家注）。

八、頗解　「畫省」一句，又因隨槎而言；「山樓」一句，又因聽猿而言，皆以夔城京華交互言之也。

瑩按：此論承接之處，與前演義之說同。

九、詩通　畫省香爐，尚書郎居粉署，有侍女執香爐以從，謂己為省郎也。伏枕，臥病也。山樓，夔城樓也。粉堞，即今女牆，以粉飾者也。笳，胡人捲蘆葉吹之，似觱（按當作觱）篥而無孔。

又「畫省」句，又以京華言；「山樓」句，又以夔府言，蓋聽猿悲笳，皆落日時景也。

瑩按：此云「畫省句，又以京華言」，則其意蓋以為此句乃指肅宗朝杜甫在長安為左拾遺之事，而非指在成都嚴武幕為郎之事也，與蔡箋、千家注及演義之說不同，雖亦以臥病釋「伏枕」，而不云臥病為伏枕之故。

一〇、邵解　畫省，又應京華；山樓，又應夔府，以多病伏枕故違畫省，能忘情乎？聞悲笳之聲隱於山樓，又增一感矣。

瑩按：此亦以「畫省句，又應京華」為言，與詩通之說同，而以多病為伏枕之故，則與詩通稍異。至於「隱」字，則未加詳釋。

一一、邵注　畫省，省中以粉畫者，《漢官儀》：尚書郎入直，給女侍史二人，執香爐以從，公嘗為尚書員外郎也。違，遠也，伏枕，謂今抱病在夔，故與畫省香爐相違遠也。粉堞，城上女牆，飾以堊土，故曰粉牆。隱，痛也，笳聲嗚咽，聞之而悲痛。

又　遂傷多病去官，旅寓於此，但聞笳聲為可悲耳。

瑩按：此以「畫省」句為指曾在嚴武幕為員外郎而言，而以「抱病」釋「伏枕」，以「痛也」釋「隱」字，辨說俱詳後。

一二、意箋　《漢官儀》：尚書郎入直，給侍女二人，執香爐以隨（參看九家注）。

又「晝省」，尚書省也，公為工部員外，參謀幕府，則晝省香爐自違矣，今又病而伏枕，朝京未有日也，如之何而不懷思？當此之際，又聞山樓粉堞有悲笳隱痛之聲，是亂猶未已也，歸計益未遂矣。

朱批「晝省香爐違伏枕」，虞注謂公因病而相違，非也。為工部員外參幕府，已違尚書晝省矣，又伏枕也。

又公以嚴武表為工部員外，雖參幕，亦得稱晝省，然武已卒，公已去，病而伏枕，猶曰違晝省之香爐可乎？蓋公心無日不在長安，必是還長安再登朝，而後晝省可入也。

瑩按：意箋以為公為工部員外而「參謀幕府」是「晝省香爐自違」也。其意蓋謂雖有為郎之名，而未嘗入朝，但居幕府也。至於「伏枕」雖亦以「病」為說，而不以多病為違晝省之故，而以為乃慨「朝京未有日」。至於朱批則以為「武已卒，公已去」，故此句不當指在武幕為郎之事，而以為乃遙想「還長安再登朝」之意，與意箋慨「朝京未有日」之說，可互相發明。意箋以「隱痛」釋「隱」字，與邵注同。

一三、胡注（無）

奚批《漢官儀》：尚書省以胡粉塗壁紫青界之，畫古列士，尚書郎更直於建禮門內，臺給青縑白綾被，或錦被幃帳茵褥通中枕，女侍史二人，選端正者，執香爐燒熏，護衣服（參看九家注）。

又「晝省」句，應京華；「山樓」句，應夔府。

瑩按：胡注、奚批之說雖略，然亦以晝省為指長安，而不指武幕。

一四、杜臆公雖不奉使，然朝廷授以省郎，而逾期不赴，與奉使不歸同也，公不赴任，實以病故，是晝省香爐因伏枕而違也，夫然，故不但聞猿鳴而下淚，抑聞悲笳而自隱矣。隱，猶痛也。

又　「悲笳」，因有兵亂，公詩「悲笳數聲動」云云，可證。

瑩按：杜甫曾於廣德元年召補京兆功曹，不赴，見杜甫年譜。據王洙《杜工部集序》云「召補京兆府功曹，以道阻不赴」，是其不赴乃「以道阻」之故，而《杜臆》乃牽附「伏枕」二字，以「病」為說，然杜甫是年曾往來於梓州、閬州之間，未幾又返成都入嚴武幕，知以病不赴任之說為不可信也。至於以「隱痛」釋「隱」字，與邵注及意箋同。又引杜甫《後出塞》詩「悲笳數聲動」句，以為悲笳乃指兵亂，亦與意箋「亂猶未已」之說相近。

一五、錢注　《漢官儀》：尚書省中，皆以胡粉塗壁，畫古賢烈女；以丹塗地，謂之丹墀。尚書郎主作文書起草，晝夜直更於建禮門內，臺給青縑白綾被，或以錦被帷帳茵褥畫通中枕（按蔡質《漢官典職儀式選用》有「畫」字，應劭《漢官儀》無「畫」字），女侍史二人挈被服執香爐燒薰，從入臺中給使護衣服（參看九家注）。

又　張璁曰：山樓，謂所寓西閣也。

瑩按：此於「山樓」引張璁之說以為指「所寓西閣」，與九家、分門及蔡箋之以為指白帝城者異。

一六、張解　畫省，省中以粉畫壁；違伏枕，多病，違去省中；粉堞，女牆以粉畫之；悲笳，似觱栗，無孔，捲蘆葉吹之。

又　「畫省」二句皆以聞見分。

瑩按：此所說甚為簡明。

一七、金解　《漢官儀》（參看九家注）。

又　先生嘗為尚書員外郎，故云畫省香爐；悲笳者，笳葉捲而成聲，邊人以司昏曉者也。

五、六轉到望京華不已，月上而猶未睡，以足前解之意，言昔在省中，侍史焚香而寢，今身在西閣，則相違矣，況山城落日，笳聲在粉堞之外，何其淒慘。隱者，痛也，當此之事，豈復放腳熟眠之時耶。先生只顧在那裡望，絕不思睡，夫違伏枕，不欲睡也，隱悲笳，即睡亦不合眼也。

別批　不云違畫省香爐而伏枕，乃云畫省香爐違於伏枕，得詩人忠厚篤棐立言之體。山城堞隱於悲笳，尤妙，前猶日落，此則竟晚，眼看山城粉堞，漸隱不見也，乃因日暮笳作，笳動堞隱，一似隱於悲笳也者，身處客境，滿肚無聊，只三字寫出。

瑩按：《詩・邶風・柏舟》「如有隱憂」句，毛傳云：隱，痛也。邵注、意箋、杜臆及此金解釋「隱悲笳」之「隱」字為痛，雖非無據，然殊為牽強。別批乃釋隱為漸隱不見，其說似較自然，蓋金氏亦自覺釋隱為痛之不妥，故易為後說也。又金解亦以為「畫省香爐」指為尚書員外郎而言，其意似指在武幕為員外郎之事，而語焉未詳，又其釋「違伏枕」三字，則既曰「身在西閣，則相違矣」，又曰「違伏枕不欲睡」也，其說亦含混不明。別批解之曰「不云違畫省香爐而伏枕，乃云畫省香爐違於伏枕」，是我自因伏枕而違畫省，不以怨尤加之朝廷，故曰得詩人忠厚立言之體，其言頗深婉可取。

一八、顧注　《漢官儀》（參看九家注）。

又　公為郎官，然未嘗入京，故用尚書郎入直女侍捧香爐事，自傷病廢與相違也。公《贈蕭使君》詩：「曠絕含香舍，稽留伏枕辰。」

又《贈蘇四徯》云「為郎未為賤，其奈疾病攻」，即所云「違伏枕」也。

又　粉堞，城上女牆飾以堊土，故曰粉堞；胡人捲蘆吹之，謂之笳簫，似觱篥而無孔。「隱」字淒絕，聽猿悲笳，俱指暮景而言，隱亦暮狀也。

瑩按：此於「違伏枕」一句，引杜詩《奉贈蕭十二使君》及《贈蘇四徯》二詩為說，甚有參考價值。

一九、朱注　《漢官儀》（參看九家注）。

又　山樓，白帝城樓。

瑩按：此以「山樓」為指「白帝城樓」，與九家及分門之說同。

二〇、論文　是以省郎既授，嘆伏枕之已違；臥病山城，聽悲笳之又起。

瑩按：此說殊為概略。

二一、澤解　趙曰：省中以粉畫之……言在夔州也（見千家注）。

又　洙曰：堞，城堞也；粉，謂飾以堊土也（見分門注）。

又　趙曰：山樓粉堞，指言白帝城也（見九家注）。

又　批曰：畫省……語亦大樸（見千家注劉評）。

二二、詩闡　往者為郎雖賤，庶幾畫省之中，爐香親惹，自傷病廢，不能躬直承明。命蹇如此，是京華以伏枕而疏也。茲焉作客殊方，惟見山樓之外粉堞周遮，每至黃昏，邊聲四起，世亂如此，是京華以悲笳而隔也。

瑩按：此云「往者……爐香親惹」，又云「不能躬直承明……京華以伏枕而疏」，則「畫省香爐」不當指在嚴武幕下為工部員外郎事，其意蓋指在京華左省為拾遺事而言，惟「為郎」二字是否可稱拾遺之官為可議耳。此當於後文辨之。至於其釋「隱悲笳」句，則似以「隱」字為周遮隔絕之意，然而曰「京華以悲笳而隔」，則未免稍嫌迂遠。

二三、會粹　《漢官儀》（見錢注）。

又　公為尚書郎，今違去省中，唯伏枕耳。山樓，白帝城樓。

瑩按：此說與蔡箋、千家注、演義、金解及澤解諸家之說相近，皆云「畫省香爐」為指杜甫為尚書郎事，其意蓋指在武幕為郎事也。「山樓」，以為指白帝城樓，與九家、分門、朱注及蔡箋之說同。

二四、仇注　沈佺期詩：「累年同畫省。」

又　《漢官儀》（見錢注）。

又　詩：「輾轉伏枕。」

又　孔德紹詩：「雲葉掩山樓。」

又　梁簡文帝詩：「平江含粉堞。」

又　魏文帝《與吳質書》：「悲笳微吟。」

又　張璁曰（見錢注）。

又　邵（寶）注：城上女牆，飾以堊土，故曰粉堞（見邵注）。

又　顧（宸）注：胡人捲蘆葉而吹之，謂之笳簫，似觱篥而無孔。

又　香爐直省，臥病遠違，堞對山樓，悲笳隱動，皆寫日落後情景。

影印本眉批　五、六二句言豈以病留，兵實阻之，悲笳起而粉堞隱，上承日斜，下起月映，忽晦忽明，曲折變化。

瑩按：仇氏但云「香爐直省」，而未加確解，意者蓋指在長安為拾遺事。又云「悲笳隱動」，意亦含混，其為於隱然不可見之中，聞悲笳之聲動，抑或為悲笳之動，聞其聲隱隱乎。眉批云「悲笳起而粉堞隱」，則眉批之意以為「隱」字乃指粉堞於暮色蒼茫中隱去而不見之意。至於「悲笳」二字，眉批以為有阻於兵之意，其說與意箋「亂猶未已」之說相近。

二五、黃說　五、六承夔府、京華，兩兩分應（參看前一聯黃說）。

瑩按：此以夔府與京華對舉為說，則「畫省」云云似當指甫在長安事而言。

二六、涽解　公為郎在武幕，未嘗入京居省署，故曰「違伏枕」。隱悲笳，即「花隱掖垣暮」，「隱」字是暮景。

瑩按：此亦以「畫省香爐」為指在武幕為郎而言。未嘗入京，故曰「違伏枕」。至於其釋「隱」字，引杜甫《春宿左省》：「花隱掖垣暮」為言，則與仇注眉批之說相近，亦以為在暮色中隱去之意。

二七、言志　畫省香爐，我嘗入直，而伏枕以思衰職，而今則與之暌絕矣。惟聽此山樓粉堞之中，悲笳互動，相尋未已，其將何日得以奏升平之效耶？放廢如此，而時不我與。

瑩按：此以「伏枕以思袞職」及「何日得以奏升平之效」說「伏枕」及「悲笳」二句，殊嫌牽強。

二八、通解　《漢官儀》（參見九家注）。

又　憶身在畫省，侍女執香以從，而今違於伏枕。念目極山樓、戍卒守粉堞以望，而常隱夫悲笳。當此蕭條之景，益覺日月易逝。

瑩按：此但依字面敷衍為說，並無真解。

二九、提要　「畫省」句再頂京華，「山樓」句再頂夔府。

瑩按：此云「畫省句再頂京華」，其意蓋指當年在長安左省為拾遺事而言。

三〇、心解　《漢官儀》（見錢注）。

又　朱（鶴齡）注：山樓，白帝城樓。

又　五、六長去京華，遠羈夔府也。伏枕，即所云一臥滄江，不必說病。

瑩按：此引朱注以為「山樓」指白帝城樓，與九家、分門、蔡箋及會粹之說同。以「一臥滄江」釋「伏枕」，而云「不必說病」，其說似頗通達，然杜甫在夔州西閣所作《返照》一詩固明有「衰年病肺唯高枕」之句，《移居夔州作》一首，亦有「伏枕雲安縣，遷居白帝城」之句，又《九日五首》亦有「繫舟身萬里，伏枕淚雙痕」之句。此外在夔所作各詩中嘆息衰病之句亦甚多，謂其必不說病，似又不然也。要之，「伏枕」之意亦並非便伏於枕上病不能起之意，不過寫其羈旅流落衰老多病之況而已。

三一、范解　《漢官儀》（參看九家注）。

又　粉堞……笳簫（參看顧注）。

又　公曾為省郎，應近畫省香爐，自傷違遠之故皆緣伏枕；惟聞城樓雉堞間悲笳之聲隱然而起。

瑩按：各家於「隱」字曾有多種不同解說，今但云「隱然」，殊嫌含混。

三二、偶評　「畫省」句旁批：以京華言。「山樓」句旁批：以夔府言。

瑩按：此以「畫省」句為「以京華言」，則是以此句為回憶當年在左省為拾遺之事。

三三、沈解　《漢官儀》（參看九家注）。

又　我雖為工部員外郎而與畫省入直之香爐違遠者，以病之故。但聞此城樓之上雉堞之間，笳聲隱隱為可悲也。

瑩按：杜甫寫此《秋興八首》之時在大曆元年。杜甫已早於前一年正月辭去幕府中工部員外郎之職務，且嚴武亦已於前一年四月病卒，而沈解乃以「工部員外郎」為說，似有未妥。又以「笳聲隱隱」釋「隱悲笳」之「隱」字，亦不可從。說詳本聯總按語。

三四、江說　《漢官儀》（參看九家注）。

又　梁簡文帝詩（參看仇注）。

又　邵注（參看邵注）。

又　香爐直省，臥病遠違，堞對山樓，悲笳隱動，皆寫日落後情景。

瑩按：此多用舊說，並無新意，惟是以「堞對山樓」為言，則是將「堞」與「山樓」相分隔，則此「粉堞」乃不為山樓之粉堞，然則又為何所之粉堞乎？此不過為敷衍文字之故，加一「對」字，徒亂讀者之意耳。

三五、鏡銓　《漢官儀》（見錢注）。

又　山樓，謂白帝城樓。

瑩按：此亦以「山樓」為白帝城樓，與九家、分門、蔡箋、會粹及心解之說同。

三六、集評　「畫省」句，李云京華；「山樓」句，李云夔府。

瑩按：此亦以一句京華、一句夔府為言，可參看偶評按語。

三七、選讀　香爐直省……情景（參看江說）。

三八、沈讀　公為郎在武幕……「隱」字是暮景（見湝解）。

三九、啟蒙　《漢官儀》（見九家注）。

又　山樓，白帝城樓；堞，城上短牆。

又　京華之畫省，以伏枕臥病而違；粉堞之笳聲，以不見京華而悲。

瑩按：此釋「粉堞」句云「以不見京華而悲」，蓋以「悲」字釋「隱」字也，可參看邵注、意箋、杜臆及金解之說。

四〇、湯箋　省銜雖繫，病隔爐香，昏黑山樓，但聽笳響。

瑩按：此云省銜雖繫，其意蓋亦指在嚴武幕檢校工部員外郎而言，以病釋「伏枕」，以昏黑釋「隱」。

嘉瑩按：此二句歧解極多，首當辨者，厥惟「畫省香爐」一句之所指，各家多以為指在嚴武幕為工部員外郎而言，蔡箋、千家、演義、邵注、意箋、金解、會粹、溍解及湯箋皆主之，然其說又有不同。金解既云「先生嘗為尚書員外郎，故云畫省香爐」，又云「昔在省中，侍史焚香而寢，今身在西閣，則相違矣」，其意若以為甫在嚴武幕為員外郎時，曾有此畫省香爐之事者，今既去嚴武幕而居西閣，則違去之矣。此說之不可信甚明。一則在嚴武幕不得稱畫省，再則此《秋興八首》以懷念京華為主，若依金氏之說大有懷戀嚴武幕府之意，此大失作者之意。至於溍解所云「公為郎在武幕，未嘗入京居省署，故曰違伏枕」，其意則以為杜甫在嚴武幕中，雖有省郎之銜，然而並未嘗入京，而幕府中則並無畫省香爐之事也。此外其他各家，雖亦皆以畫省香爐為指在武幕為工部員外郎而言，然而其為在武幕中有此畫省香爐之事乎？抑為徒具省郎之銜，而感慨未能一返京華，畫省香爐皆為懸想長安之言乎？則多含混其辭，並無明言確解，然觀諸家語意，則多主後一說者也。蓋杜甫《秋興八首》原以懷念京華為主，若「畫省香爐」句果指在武幕為員外郎之事而言，則自當以感慨徒具省郎之銜，未能一親京華之畫省香爐之說為是。蓋杜甫在武幕所任原但為參謀之職，至於工部員外郎，則不過為加帶之虛銜而已（見次聯總按）。然而此句似又可作別一解，即詩闡一家所云：「往者為郎雖賤，庶幾畫省之中，爐香親惹，自傷病廢，不能躬直承明。命蹇如此，是京華以伏枕而疏也。」詩闡既云往者在畫省中「爐香親惹」，又云「京華以伏枕而疏」，其意大似以「畫省香爐」為杜甫往者在京華左省任拾遺而言者，雖然「往者為郎」之「郎」字是否可稱拾遺，頗為可議，意者詩闡蓋不過以《漢官儀》有「尚書郎」之一語，故不忍捨此一「郎」字耳。其他各家之必拘拘以畫省為在武幕為郎者，亦莫不拘於《漢官儀》之尚書郎入直，尚書省畫壁之說也。故詩闡、仇注及前首聯集解所引愚得各家之說，雖頗有以「畫省香爐」為指昔在京華任拾遺之意，然皆吞吐其辭，不敢明言，詩通、邵解、胡注奚批，雖皆以指京華為言，然亦復語焉不詳。然瑩意以為，此句乃指昔在長安為拾遺而言之說，實極為可信，雖然《漢官儀》所云畫省為尚書省，而杜甫為拾遺之左省則為門下省。蓋漢代本無門下省之稱，而唐代既以尚書、門下、中書三省並稱，則就其官職省署而言，奈何不可以比尚書省之稱畫省之例，亦稱門下省為畫省乎！且古人詩文往往假古之官署與今之相當者為代稱，如唐李嘉祐《酬劉七侍御》一詩有「惟羨君為周柱史」之句，然則唐豈復有柱下史之稱乎？不過取侍御與古之柱下史差相當而已。是故不論唐之門下省有否胡粉塗壁為畫圖之事，已皆可比尚書省之例而稱畫省。而況唐之三省，其富麗必各不相亞，且省中亦皆有畫壁，而凡在各省中直宿者，亦皆有侍史執香爐薰衣之種種供應，此在唐人詩中往往言及，如王維之《冬夜寓直麟閣》詩（一作宋之問詩），有句云：「直事披三省，重關閉七門。廣庭憐雪淨，深屋喜爐溫。」又沈佺期《酬蘇員外味道寓直省中》詩，有句云：「大官值宿膳，侍史護朝衣。」又沈氏《送韋商州弼》詩，有句云：「累年同畫省。」又宋之問有詩題云：「詠省壁畫鶴」。又岑參《寄左省杜拾遺》（按即杜甫）詩，有句云：「暮惹御香歸。」於此諸詩觀之，可知唐代既以三省並稱，是三省皆可援《漢官儀》之說並稱畫省，而省壁之多畫，與省中香爐之供應，亦皆為一般之所同然，且杜甫在左省為拾遺時，亦曾屢有值宿之事，如杜甫有《春宿左省》詩，其詩中雖未明言畫省香爐，而左省之可稱畫省，與當時省中之有香爐，當為無可置疑之事。各家多拘於《漢官儀》「尚書郎」之一語，必以「畫省香爐」為在嚴武幕任員外郎而言，似未免過於泥滯不通。且杜甫在嚴武幕中直宿亦曾有詩，而其詩題則但云「宿府」，並不云「宿省」也。且「畫省香爐」句若解為對昔日京華左省之懷戀，其意較為深切，若解為任職武幕，省郎之銜徒繫，遙想未能一入省中，則其意殊為膚淺，而況方杜甫寫此八首《秋興》之時，並省郎之銜亦已不復存在，然則其因省郎之虛銜所發之遙想豈不全然落空。故私意以為「畫省香爐」一句實當指昔在京華左省任拾遺而言也。又此聯次當辨者則為「違伏枕」三字，若依前所辨說，以「畫省香爐」為指昔在京華左省為拾遺而言，則「違伏枕」者意當謂此日違去京華畫省，一臥滄江，流離衰病，感今思昔，自有無限哀傷。若依各家說，以為在武幕為員外郎而言，則是云省郎之銜虛繫，而流離衰病，未能親至京華一親畫省香爐也。然以未能一至釋「違」字，實不甚妥。蓋「違」字乃違離之意，而非未至之意也，此又各家之以尚書郎立說之不可信之又一證也。「伏枕」二字自當指衰病而言，前已於引心解一條後之按語中詳之。顧注引杜詩「稽留伏枕辰」之句亦有參考價值。然「違伏枕」三字更有一異說，如王堯衢氏所編《古唐詩合解》，其釋此句云：「昔在省中侍史焚香而寢，今在蜀，與枕相違矣；且望京華心切，不欲睡也，故云違。」若以「不欲睡」釋「違」字則此「違」字與前「畫省香爐」四字何干？若解作與昔日畫省中之枕（錢注引《漢官儀》有「通中枕」之語）相違，則又不免過為鑽求，杜甫為詩時恐未必便拘執於此《漢官儀》所云「通中枕」之一「枕」字也。且杜甫他詩中亦有「伏枕」字樣，則又復與畫省中之「枕」何干乎？故知此說決不可信，聊復錄之，供讀者之一參助而已。至於杜臆一家復獨以「朝廷授以省郎」，「以病故」「不赴任」為說，其不可從，已於杜臆按語中詳之，茲不復贅。此一聯當再辨者，則為「山樓粉堞」之所指，有直指為夔府城樓者，詩通主之；有泛言夔州或夔府，而不明言山樓何指者，九家、千家、演義、顛解、邵解、胡注奚批、黃說及提要主之；有以為指白帝城樓者，九家、分門、蔡箋、澤解、會粹、心解及鏡銓主之；有以為指夔府西閣者，錢注及仇注引張璁說主之。綜觀三說，私意以為夔府西閣之說最不可信。蓋西閣乃杜甫在夔州所居之處，而山樓粉堞之漸隱於悲笳，自當就目所及之遠處大處者言之，況此詩首聯原有「夔府孤城落日斜，每依北斗望京華」之語，則其瞻望之遠可知，必不拘限於所居之區區一西閣也。至於指夔府城樓抑白帝城樓二說，就首句夔府孤城言之，自當以指夔府城樓為是。然唐代之夔州城原與白帝城相近（說已詳首章末聯按語），二城既相距甚近，而白帝城又甚高，是以白帝高城之暮砧既足以達於耳為遙聽所聞，則白帝高城之山樓，亦當足以及於目為遙瞻所睹，故私意以為夔府及白帝之城樓，當時必皆在杜甫遙瞻目睹之中，若必欲瑣瑣為之辨說，似反不免硜硜然為小人之見矣。最後當辨者，則為「隱悲笳」之「隱」字。「隱」字大別之約有四說：一則釋「隱」為「痛」，邵注、意箋、杜臆及金解主之，前已於金解按語中辨其不可信。而王堯衢《古唐詩合解》亦用此說，云「隱者，痛也」，「痛京華如遙聞笳聲淒切」，其荒謬牽強，更屬顯而易見。二則釋「隱」為周遮隔絕之意，詩闡主之。若以為粉堞周遮，笳聲於周遮之粉堞後傳來（邵解之說與此相近），原亦尚無不可，惟詩闡更發為「京華以悲笳而隔」之說，則不免迂遠不切矣。三則釋「隱」為「笳聲隱隱」之意，演義主之。此說看似可通，然就文法而言，則「笳聲隱隱」之「隱隱」一詞，是否可但省言為一「隱」字，似頗為可議。再則「隱隱」一詞乃形容詞，與上句「違伏枕」之「違」字一動詞相對，亦不甚相稱，故此說亦有未安。四則以「隱」字為昏黑隱沒之意，金解別批、仇注眉批、湑解及湯箋皆主之。其說蓋以為山樓粉堞於笳聲中隱去之意，誠以笳聲既起，暮色漸濃，山樓粉堞乃漸至昏黑隱沒而不可見也。此於當時情景言之，乃極自然之事，而杜甫既於落日斜時直望至月映洲前，則此種情景亦為一必然經過之階段，故私意以為此說實最為可信也。至於「悲笳」則不過取其為暮景及淒涼之意，蓋悲笳者邊人吹之以司昏曉者（見金解），而其音又甚為悲切也。意箋、杜臆及仇注眉批以為有兵亂及阻於兵之意，讀者或可有此一想，然不必拘拘依此立說也。

請看石上藤蘿月，已映洲前蘆荻花。

一、九家《北山移文》：「秋桂遺風，春蘿罷月。」

又　趙云：末句，想像扁舟之往如此。

瑩按：所引《北山移文》，不過取「蘿」、「月」二字而已，於杜之詩意並無關聯；至於趙氏之說，亦不甚貼切。此二句，蓋杜甫在夔府所見秋夜之景如此，而趙云「想像扁舟之往如此」，如依後引澤解之說，則趙氏之意，蓋謂藤蘿為夏景，蘆荻為秋景。此二句乃寫扁舟出峽，時節屢易，所見之景物如此也。

二、分門　趙次公曰：想像扁舟之景如此（參看九家注）。

又　《北山移文》（見九家注）。

三、鶴注　《北山移文》（見九家注）。

又　趙曰（見九家注）。

四、演義　適間方見日斜，即今請看石上之月，已映荻花，而明光陰代禪，如此其速，豈不尤可悲哉！

又　結又應起句而為始終之辭也。

瑩按：此云「結又應起句而為始終之辭」，頗是。蓋此二句乃承「落日」及「北斗」而來，日落、星出、月上，前後呼應，極有層次，而所云「光陰代禪」「尤可悲」之意亦在言外，上句「請看」及下句「已映」四字足可傳其神致，而杜甫對京華懷望之殷，佇立之久，亦可想見。

五、頗解　月映荻花，明光陰代禪，如此其速，是久客之意。

　　瑩按：此說與演義同。

六、詩通　結聯「請看」、「已映」四字極有味。蓋以月應落日而言，謂方日落而遽月出，才臨石上而已映洲前，光陰迅速如此，人生幾何，豈堪久客羈旅邪！其感深矣。

　　瑩按：此與演義之說相近。

七、邵解　「請看」、「已映」四字當玩。蓋應落日而言，日方落而月遽出，才臨石上，又映洲前，光陰迅速，人生幾何，不堪久旅也。

　　瑩按：此意亦與前說相近。

八、邵注　月映洲前，謂適見日斜，忽看月出，感慨之久，不覺移時，且傷光陰迅速也。

　　又　又言光陰代謝，如此其速，豈不尤可悲哉！

　　瑩按：此亦與前說相近。

九、意箋　於是見石上藤蘿之月，忽映洲前之蘆花，遂動光陰迅速之感。曰「請看」，則分陰可惜之意，又在言外。

　　瑩按：此以為除「光陰迅速之感」外，更有「分陰可惜之意」。

一〇、胡注　（無）

　　奚批　「藤蘿月」二句，比也，逗下首末句。

　　瑩按：下首末句為「同學少年多不賤，五陵衣馬自輕肥」，而奚批云「同學少年，豈非洲前蘆荻耶」，其意乃以「蘆荻」為比「同學少年」，此說頗為迂鑿，杜甫為此詩時，恐未必有此穿鑿迂曲之用心也。

一一、杜臆　不特此耳，頃方日斜，又見月出，才臨石上，又映蘆洲，歲月如流，老將至而功不建，能無悲乎！

瑩按：此亦以「歲月如流」為言，以為乃慨「老將至而功不建」，與「光陰迅速」、「不堪久旅」諸說雖異，而意實相近。

一二、詩攟　或疑首尾日月相犯，不知「請看」、「已映」字，正從落日來，何謂相犯？如「白露團甘子，清晨散馬蹄」，而末云「回鞭急鳥棲」，一詩不妨竟日始成，諸家如此類，未易悉數，曾何拘於此也。

瑩按：此論首句「落日」與末聯「月」「映」之不相犯，蓋因末聯原承首句而來，此不待辨而明者，諸說所謂「光陰迅速」云云，皆從此發揮而出。

一三、錢注　聽猿奉使，伏枕悲笳，遙夜憯淒，莫可為喻，然石上藤蘿之月，已映洲前蘆荻之花矣，莫遂謂長夜漫漫何時旦也。細思「請看」二字，又更是不覺乍見，訝而嘆之之詞，作如是解，此二字喚起有力，此翁老不忘君，千歲而下可以相泣也。

又「請看」二字，緊映「每」字，無限淒斷，見於言外，如云已又過卻一日矣，不知何日得見京華也。

附輯評　吳云：結語不盡，極有思致。

李云：點綴感慨。

瑩按：錢氏云「請看」二字乃「不覺乍見，訝而嘆之之詞」，其說頗是。所謂「訝而嘆之」者，實當如演義、頗解、詩通、邵解、意箋之說，解作訝嘆光陰之速為是，故錢氏乃有「莫遂謂長夜漫漫何時旦」之言，而光陰迅速乃益增久客羈旅、還京無日之悲，故錢氏乃又有「老不忘君」之言。至於輯評吳李二氏之說亦頗可耐人尋味。

一四、張解　末二句言時方斜日而月已出，景物又何速也。

瑩按：此以景物之速為言，蓋謂因景物之變化見時間消逝之速也。

一五、金解　俄然而落日斜，俄然又月上矣。「請看」二字妙，月上山頭，已穿過藤蘿照此洲前久矣，我適才得見也。先生惟望京華過日子，見此月色，方知又是一日了也。

別批　請看石上，是月之初出；上照藤蘿，已映洲前，是月之漸升；下照蘆荻，自日斜底於堞隱，世人匆匆輕易忽過者何限？若石上之月，則明明上照藤蘿，何至遽映洲前，已移蘆荻，胸前有無數忠君愛國心腸人，真是刻不能耐耳。有人解作月在石上，光映洲前，乃至作畫者慣圖此景，真是將神龍作泥鱔弄也，可為古人長嘆。

瑩按：金解「又是一日了」及別批「刻不能耐」之說，實亦即光陰迅速、久客羈旅之感，不過金氏好弄筆墨，故炫新意耳。至於金氏所譏之「月在石上，光映洲前」之說，自屬妄人之語。此二句之意，蓋謂原照於石上藤蘿之月，已映於洲前蘆荻矣，映亦照也。

一六、顧注　諸注俱云適見日斜，忽又月出，正照於石上者忽已移照於洲前，光陰迅速，所以可悲。徐文長曰：藤蘿夏月，蘆荻秋花，傷秋倍甚。此解更為有情。

又　錢牧齋曰：「請看」二字……何年得歸京華也（參看錢注）。

瑩按：此引徐文長之說，以藤蘿及蘆荻分指夏、秋，與詩意實未盡合。可參看後引仇注按語。

一七、朱注　蘿月映洲又是依斗望京之時，緊應次句。

瑩按：此與錢注之說相近，可以參看「每依北斗望京華」一句之錢注。

一八、論文　未幾石上月影已映洲前，而一日已過矣。八月與藤蘿、蘆荻，點還「秋」字。

瑩按：「一日已過」之語，即前光陰代禪之意；「點還『秋』字」之說，呼應題目「秋興」二字，簡要可喜。惟藤蘿有以為指夏日者，容後詳之。

一九、澤解　趙曰（見九家注）。

又　澤堂曰：藤蘿夏景，蘆荻秋景，言時物變易也。

瑩按：此既引九家趙注，又曰「藤蘿夏景，蘆荻秋景」，則其意蓋謂趙氏所云「扁舟之往如此」，乃指乘舟出峽，所見夏秋景物之變易如此也。

二〇、詩闡　吾一夜所感，如此漫漫長夜，何時得旦，不見月光所照，才到石上藤蘿，又映洲前蘆荻，夜將曉矣，日月如流，終成留滯，亦奈之何。

又　結起下章。

瑩按：下章起句乃「千家山郭靜朝暉」，所謂結起下章者，月移而夜將曉，以喚起下章之朝暉也。日月如流之說，則猶前演義、頗解、詩通、邵解、邵注及意箋所云光陰迅速之意。

二一、會粹　鮑博士聯句：「彷彿藤蘿月，繽紛篁霧陰。」

又　《烏夜啼》：「巴陵三江口，蘆荻齊如麻。」

又　朱云：蘿月映洲，又是依斗望京之時，緊應次句。

瑩按：所引詩句，不過取「藤蘿月」與「蘆荻」二詞而已，與杜甫之詩意並不相關。至於「緊應次句」之說，蓋此章首句言落日，次句言北斗，中間兩聯完全宕開，至第七句始又言月，此即前演義所云「結又應起句而為始終之辭」者也。

二二、仇注　鮑博士聯句（見會粹）。

又　樂府《烏夜啼》（見會粹）。

又　蘿間之月，忽映洲花，不覺良宵又度矣。

又　聽猿悲笳，俱言暮景，八月蘆荻，點還秋景。

又　依斗在初夜之時，看月在夜深之候，此上下層次也。亦在四句分截。

又　京華不可見，徒聽猿聲而悵隨槎，曷勝淒楚，以故伏枕聞笳，臥不能寐，起視月色於洲前耳。

又　徐渭以藤蘿、蘆荻分夏、秋未合。

瑩按：「良宵又度」之言，猶前光陰迅速之意。「點還秋景」之說，已見前論文。「四句分截」之說過於拘執，前已於章法及大旨章論金解分解之說言及。至於評徐渭藤蘿、蘆荻分夏、秋之說未合，所言頗是，當於總按語中詳之。惟仇氏所謂「伏枕聞笳，臥不能寐，起視月色於洲前」之說，必以伏枕為確指臥床，然後復起床而視月色，則所說頗拘執。

二三、黃說　七、八言如此情懷，又度卻一日，故下章以「日日」字接之，詩中只是身在此，心在彼。心在彼恨不能去，身在此日不可度。光景催人，借長歌以代痛哭，此秋之不能已於興，秋興之不能已於八也。

又　錢牧齋云：「請看」二字……京華也（見錢注）。

瑩按：此云「又度卻一日」，亦猶光陰迅速之意，而所云「如此情懷」與夫「身在此」、「心在彼」，則仍是久客羈旅不能還京之慨也。

二四、滔解　末二句，言光陰迅速，忽已至夜，又是依斗望京之時。

又　藤蘿夏月，蘆荻秋花，傷秋倍甚。

瑩按：「夏月」、「秋花」之說亦猶仇注引徐渭分夏、秋之說，仇注已言其未合，當於總按語辨之。

二五、言志　落日方斜者倏又西沉，請看石上之月已映洲前之花，則頃刻百年，如駒過隙，能不悲耶！

瑩按：此以「頃刻百年」為言，似若傷人生之短暫無常者，與舊說諸家謂此二句指光陰之速、傷為客之久之說雖不盡同，而意實相通。

二六、通解　當此蕭條之景，益覺日月易逝，請看此夜之月，夏時照於石上藤蘿者，曾幾何時，而於江洲之前，已映蘆荻花間，不覺轉瞬而秋矣，能不令吾興思而浩嘆乎！

又　徐文長曰……傷秋倍甚（見顧注）。

瑩按：此亦用徐渭之說，與原詩意不合之處，已詳仇注按語。

二七、提要　寫秋景作結，筆極流動，然長歌當哭，繫乎此矣。

又　每夕如此，則日日可知，又以起下章也。

瑩按：「筆極流動」及「長歌當哭」之說，所評極是。往往詩歌以景語作結，不但生動真切，且能含無限之情，見於言外，此二句有之。錢注附輯評所云結語不盡，極有思致，及點綴感慨之語，亦此意也。「起下章」之說與前詩闡同。

二八、心解　樂府《烏夜啼》（見會粹）。

又　藤蘿月映落日，蘆荻花合「秋」字。

瑩按：此亦以藤蘿月為當時情景，以呼應首句之落日，不以為指夏月也。

二九、范解　石上藤蘿之月，已映洲前荻花矣。藤蘿夏蔓，蘆荻秋花，方夏忽秋，光陰迅速，不知何日得歸故園，宜其對景增感耳。「請看」字、「已」字，即上含淚對菊意。多少淒涼，得之言外。

瑩按：此亦以為二句分言夏、秋之景；而又云「即上含淚對菊意」，蓋謂見秋日荻花而對景增感，亦如見秋日菊開而對景增感也，然此二句實但指一夜間光陰之轉移，並非分指夏、秋而言，已見仇注按語，茲不復贅。

三〇、偶評　旁批云：近言石上，遠言洲前，下句虛擬之也。

瑩按：此二句之「請看」及「已映」諸語，指說分明，何得謂為「虛擬」，偶評之言，不可信取。

三一、偶評丙　眉批：楊西河云：此首言才看落日……接言「日日」（參看鏡銓眉批）。

三二、沈解　適間方見日斜……豈不尤可悲哉（見演義）。

瑩按：此全用演義之說，已詳演義按語，茲不復贅。

三三、江說　蘿間之月，忽映洲花，不覺良宵又度矣。

瑩按：此以「良宵又度」為言，明指一夜間光陰之移轉，與徐渭分指夏、秋之說不同，足以破徐說之惑。

三四、翁批　郎仁寶針砭偽□（原字模糊不清疑當為蘇字）注，所謂齊失而楚亦未得也，惟此首末句自落日斜時「望」字生來卻是。

瑩按：此亦謂末句自「落日斜」生來，此所以日月不相犯也。可參看詩攟之說。

三五、鏡銓　眉批云：此首言才看落日，已復深更，正見流光迅速，總寓不歸之感，故下章接言「日日」。

瑩按：流光迅速之說，與演義、頗解、詩通、邵解、邵注、意箋、詩闡之說同。「下章接言『日日』」，即詩闡及提要起下章之說。

三六、選讀　蘿間之月……良宵又度矣。

瑩按：此與江說全同，蓋襲用之也。

三七、沈讀　石上之月……何日得見京華也。無限淒斷，見於言外（此與錢注之說基本相同，惟敘寫次第稍有不同耳）。

又　末二句言光陰迅速，忽已至夜，又是依斗望京之時。

又　藤蘿夏月……傷秋倍甚（參看顧注及仇注）。

三八、湯箋　藤蘿夏茂，蘆荻秋花，日往月來，望京候屆。

瑩按：此亦以藤蘿指夏，前仇注已言此說之未合。而「日往月來，望京候屆」之語，一若時屆秋日，方為望京之候者，尤屬牽強附會不可為據。

三九、啟蒙　藤蘿月色，已映蘆荻，是又當孤城落日以後矣。京華之望，烏能已乎！

又　藤蘿在石上，蘆荻在洲前，地有高卑，故月有先後。

又　顧注：石上之月……見於言外（此引顧注實用錢注之說，見顧注引錢牧齋曰云云，可以參看錢注）。

瑩按：此以「落日以後」及「月有先後」為言，是以此二句為寫一夜間光陰之轉移，足以見有人以二句分寫夏、秋之說為不可信也。

嘉瑩按：此二句之當辨者，首在「藤蘿月」之是否指夏月而言。如依澤解之既分夏、秋，又引九家趙注「想像扁舟之往如此」，則當指乘舟去蜀以來，夏秋之節序屢更，景物之變易如此，然而此實迂執而淺薄，且與「請看」、「已映」之寫景如在目前之口氣不合；且蘿月實不必指夏月，蓋藤蘿雖於夏初作花，然其藤蔓枝葉則秋日尚未全凋也。杜甫《秋日夔府詠懷寄鄭監李賓客》一首，即有「碧蘿長似帶」之句，可見夔府之藤蘿，其色不僅秋日猶「碧」，更且其「長似帶」也，則「藤蘿月」何必定指夏月乎！此二句之意蓋謂依斗望京，瞻望既久，不覺月上藤蘿，且更復移映洲前矣，字面似但寫秋夜之景，而戀闕之情、光陰之速、佇立之久，皆在言外，此所以提要有「寫秋景作結」而又云「長歌當哭」者也。至於仇注所云「臥不能寐，起視月色於洲前」，與湯箋「日往月來望京候屆」之說，皆為一家偶然之想，或迂遠拘執，或牽強附會，已分別於前各家之說下辨之，茲並從略。惟言志以「頃刻百年，如駒過隙」為言，為舊說所未及，然而其意亦有相近之處，雖不同，然而可資參考。而啟蒙之說以此二句為寫一夜間光陰之轉移者，尤可以破除徐渭以此二句為分言夏、秋之景之誤。至於偶評以下句為虛擬之說，則不足信取。前已言之，茲不復贅。

其三

千家山郭靜朝暉，日日江樓坐翠微。
信宿漁人還汎汎，清秋燕子故飛飛。
匡衡抗疏功名薄，劉向傳經心事違。
同學少年多不賤，五陵衣馬自輕肥。

【校記】

日日　王本錢注，皆作「一日」。分門、鶴注、蔡箋皆作「日日」，而注云「一作一日」。又王本、錢注、翁批、仇注、鄭本，皆注云「一作百處」，而翁批、仇注更注云：「呂東萊選本作百處。」又澤解注云「一作百日」，九家注本作「百日」，而注云「一作百日」，其注文中之「百」字當為「日」字之誤。又施說以為當作「每日」。又朱注作「日日」，而注云一作「日處」。

瑩按：當以「日日」為是，足以見其羈寓之久，無聊之情。作「一日」殊板滯，作「百處」則嫌瑣雜，作「百日」雖與「日日」之意相近，且與首句千家相對，而頗為著跡，不若「日日」之自然。施說以為當作「每日」，似較「百日」為佳，惜無本可據。至朱注云「日處」，則當為「百處」之誤。

汎汎　演義、邵解、意箋、郭批、金解、論文、詩闡、黃說、言志、通解、偶評、沈解、選讀、鏡銓皆作「泛泛」。

瑩按：「汎」通「泛」。《玉篇》云：「汎同渢，今為汎濫字通作泛。」《說文》云：「泛，浮也，一曰流也，通作汎。」是作「汎」或作「泛」並同。

燕子　鶴注、千家、錢注、滄解、心解、集評、沈讀皆作「鷰子」。

瑩按：《集韻》云「鷰」與「燕」同。《玉篇》云：「鷰，俗燕字。」是作「燕」或作「鷰」並同。

故飛飛　蔡箋、澤解皆注云：「一作正飛飛。」

瑩按：「故」字情意較深，作「正」字者唯見於蔡箋、澤解二本之附註，仍當以「故」字為是。

心事違　愚得作「心事微」。

瑩按：作「違」字義較佳，作「微」字者唯愚得一本，又並無勝解，蓋音近之誤。

多不賤　金解別批作「俱不賤」，詩闡作「都不賤」。

瑩按：「多不賤」筆致較流動有致，金解亦作「多」字，唯金解別批作「俱」，蓋一時筆誤。詩闡之「都不賤」，蓋亦因「都」字與「多」字音近之筆誤，俱不可從。

衣馬　金解及別批與通解、詩鈔，皆作裘馬。

瑩按：「衣馬輕肥」出《論語・公冶長》，子路曰：「願車馬衣輕裘與朋友共，敝之而無憾。」阮元校勘記云：「《唐石經》『輕』字旁注，按《石經》初刻本無『輕』字，車馬衣裘見《管子・小匡》及《齊語》，是子路本用成語，後人因《雍也》篇『衣輕裘』，誤加『輕』字。」又錢大昕《金石文跋尾》云：「《石經》『輕』字，宋人誤加。」是「衣」「裘」二字原為並舉之同等字，「車馬衣裘」，約言「衣馬」，或「裘馬」，皆可。然各本皆作「衣馬」，仍當以作「衣馬」為是。且「裘馬」之「裘」字，與「輕肥」之「輕」字雙聲，「裘馬自輕肥」相連讀之頗為拗口，不若作「衣馬」之自然流利。

輕肥　論文作「輕微」。

瑩按：「衣馬輕肥」乃成語，論文作「輕微」，而於「輕微」二字並無任何解說，蓋一時之筆誤，絕不可從。

【章旨】

一、演義　此詩因公坐江樓，見秋景而自傷命薄，不如長安之少年也。

二、詩通　此又及夔之朝景也。

三、邵解　感夔朝景。

四、意箋　此秋日江樓述懷也。

五、錢注　第三章正中《秋興》名篇之意，古人所謂文之心也。

瑩按：錢說可參看前章法及大旨一章按語。

六、張解　此承上章言方月出又復明朝矣。

七、顧注　此言夔之朝景也。
八、詩闡　此章失志之感。
九、仇注　錢箋：三章正中……文之心也（見錢注）。
又　三章言夔州朝景，上四詠景，下四感懷。
一〇、黃說　時與地，皆從上章接來，上章寫晚景，此章乃寫朝景。
一一、滘解　此言夔之朝景。
一二、言志　此第三首，承上言我之飄泊於孤城而懷抱難堪者，豈徒悲己志之無成哉？彼日之方落者，信宿之間，又轉而為朝暉矣。固日日如是也。
一三、通解　此詠夔州朝景以自敘感慨之意也。
一四、提要　此寫夔州之朝景也。
一五、心解　三章申明望京華之故，主意在五、六徑出，文章家原題法也。
又　前二首故園京華雖已提出，尚未明言其所以，至是說出事與願違衷曲來，是吾所謂望之故，錢氏所謂文之心也。他說概謂夔州朝景，豈不辜負作者！
瑩按：此駁諸家但以「朝景」說此章之非，以為未能得其「望之故」、「文之心」。
一六、范解　接上寫曉景。
一七、沈解　此詩因坐江樓見秋景而傷命薄，不如長安之少年也。
一八、江說　仇兆鰲曰：三章正中《秋興》名篇之意，古人所謂文之心也。
瑩按：此仇注蓋出於錢箋，可參看錢注。
一九、鏡銓　沉云：上章言夔州暮景，此言夔州朝景。
又　此首承上起下，乃文章之過渡。

二〇、選讀　三章言夔州朝景。

又　此章正中《秋興》……文之心也（參看江說按語）。

二一、沈讀　此言夔之朝景。

二二、啟蒙　此章因望京華而自傷孤賤也。

又　上章暮景，此章朝景。

又　此首正中《秋興》……文之心也（參看江說按語）。

嘉瑩按：此章以夔之朝景起，承上章之月映蘆荻；以五陵衣馬結，起下章之長安奕棋，鏡銓之說頗是，而此種承接之處，原在作者寫作時感興之自然，初非可拘拘以線索繩求者也。而此章之主旨，則於寫夔秋朝景之外，不僅如前二章之寓羈旅感舊之情，而於五、六兩句，更如心解所言，露出「事與願違衷曲來」，此則前二章之所未及，故錢注云「文之心」，心解云「望之故」。蓋此《秋興》八詩乃因秋景起興，娓娓寫來，自首章之「故園心」至此章之「心事違」，情意愈轉而愈深，此亦作者創作時自然之情，其初並未嘗有定此章為「文之心」之意也。至於心解所云「他說概謂夔州朝景，豈不辜負作者」之言，則亦猶次章之指夔州暮景為「隔壁話」，其言似不免過為偏頗，蓋此八章詩題原是《秋興》，或寫夔府秋日之景，或寫懷鄉感往之興，二者互為表裡，原不可但執一端為說者也。

【集解】

千家山郭靜朝暉，日日江樓坐翠微。

一、九家　趙云：「江樓坐翠微」，樓在山間也。《爾雅》：山欲上曰翠微，以其氣然也。

又　杜補遺：左太沖《蜀都賦》：「觸石吐雲，鬱葐蒀以翠微。」注：翠微，山氣之輕縹者。陸倕《石闕銘》：「上連翠微，天邊氣也。」

瑩按：《爾雅．釋山》：「未及上翠微。」疏曰：「未及頂上，在旁陂陀之處名翠微。一說山氣青縹色，故曰翠微也。」此引《爾雅》及左思《蜀都賦》注以山氣之輕縹者釋「翠微」。

二、分門　王洙曰：見熊羆守「翠微」注。

又　趙次公曰：（見九家趙注）。

瑩按：熊羆守「翠微」句見分門注卷六《重經昭陵》一首，注引洙曰：「古詩『陵寢暮煙青』。」蓋亦但取其煙氣之青，與翠微有相類者而已。

三、鶴注　洙曰：（見分門）。

四、蔡箋　謂樓在翠微山氣之間也。《爾雅》：山未及上曰翠微（參看九家注）。

五、演義　山郭，夔州城內郭也；翠微，山林之翠氣也。

又　山郭朝暉之靜，秋氣清也。江樓翠微之中，每日來坐，亦因秋曉之氣清也。

瑩按：此以「秋氣清」釋「靜朝暉」。而以為每日來坐乃因秋曉氣清之故。

六、愚得　言我本自五陵之豪貴，今於夔府日日坐江樓，靜朝暉而對翠微，見漁人之汎汎，觀燕子之飛飛，則其無聊之意可想。

瑩按：杜甫《自京赴奉先縣詠懷》一首，有「杜陵有布衣」之句，杜陵雖為漢宣帝陵所在，然並不在一般人所稱之五陵（高帝長陵、惠帝安陵、景帝陽陵、武帝茂陵、昭帝平陵）之內。且杜甫自稱「布衣」，今愚得遽目之為五陵之豪貴，殊為不妥。至於釋日坐江樓見漁人燕子四句，總云「無聊之意可想」，則頗能得其情致。

七、詩通　江樓，謂西閣；翠微，山色也。

又　乘朝景之清，日坐江樓，因即所見而感（參見下聯）。

瑩按：此以江樓為指西閣。

八、邵解　靜朝暉，秋氣清也；翠微，山氣青縹。

又　以山郭朝暉之靜起興，言江樓在翠微中，我每日來坐。

瑩按：此亦以「秋氣清」釋「靜朝暉」，與演義同。

九、邵注　暉，日光。江樓，夔州府臨江有靜暉樓。翠微，山氣青縹色。

又　此亦感秋晚而言，千家山郭皆靜朝暉，我則日在江樓以坐翠微。

瑩按：此獨云「夔州府臨江有靜暉樓」，而諸家並皆不載，不知何據，意者乃後人因杜甫詩句隨意為夔府之一江樓作此題名，固不可據此而說杜詩也。

一〇、意箋　千家山郭，居繁也；朝暉猶靜，氣爽也；江樓，即公所居之西閣；翠微，山腰也；日坐江樓於翠微閣（疑當為「間」字之誤），以其靜也。

瑩按：此以「居繁」釋「千家山郭」。至於以「氣爽」釋「靜朝暉」，則與演義及邵解「秋氣清」之說相近；以「江樓」為指「西閣」，則與詩通之說同；而以「山腰」釋「翠微」，雖與諸家「山氣之青縹色者」之說異，而翠微之山氣，原在山腰間，是其說雖異，而其意實相近也。《爾雅疏》固有「在旁陂陀之處」及「山氣青縹色」之二說，是蓋因山腰之氣如此，故亦隱有指山腰之意也。

一一、胡注　（無）

奚批　首句，從上夜說至朝。次句，無時不愁。

瑩按：此云「無時不愁」，亦頗得「日日」一句言外之情。

一二、杜臆　公在江樓，暮亦坐，朝亦坐，前章言暮，此章言朝，承上言光陰迅速，而日坐江樓對翠微，良可嘆也。

瑩按：此全從承接及情意立說，所言頗是。

一三、錢注　山郭千家，朝暉冷靜，寫出夔府孤城也。

附輯評　李云：老極，然自新；淡極，然自壯。

瑩按：錢注云首句寫出夔府孤城之景象，所言頗是。輯評李氏評杜甫詩筆之佳，所言亦有可取。

一四、張解　靜朝暉，秋光清也；江樓，指西閣；翠微，山青縹色。

瑩按：此與諸家之說大體相近，並無新意。

一五、金解　此夜已過，又是明日。山郭，言其僻也；千家，言其小也；靜朝暉，言其冷寂也；日日，言每日朝暉時也；翠微，山之浮氣，當朝暉時而浮氣未淨，或者是江樓之偶然，乃一日坐之如是，日日坐之亦如是，雖有朝暉，不敵浮氣，先生其奈之何哉！此處「翠微」不作佳字用。

又　一本「日日江樓」作「百處江樓」，而庵說之曰：百處坐，非郭中有百處樓子，一一坐遍，是一座樓子百處坐也。心中有事人，東坐不是，西坐不是，前坐不是，後坐不是，坐一處不是，坐兩處不是，坐不是，不坐不是，越坐越不是，此所以有百處坐也。妙甚。

別批　千家山郭下加一「靜」字，又加一「朝暉」字，寫得何等有趣，何等可愛。江樓坐翠微，亦是絕妙好致。但輕輕只用得「日日」二字，便不但使江樓、翠微生憎可厭，而山郭、朝暉俱觸目惱人。

瑩按：金解以「千家」為言其小，與意箋以「居繁」為說者異，然而地小、居繁，二說實可相成，而非盡相反。至所云「朝暉不敵浮氣」之說，則頗為拘腐。又所引而庵「百處江樓」之說，故弄筆墨，亦無可取。至於別批之說，則生動真切，頗能得其情致。

一六、顧注　秋氣一至……慘淡之景（見濬解）。

又　從樓上以攬山色，一切遠峰如在樓頭，故曰坐翠微。

又　《爾雅疏》（見仇注）。

又　凡山遠望……則翠漸微（見仇注）。

瑩按：此多用舊說，惟「一切遠峰如在樓頭」之語為舊說之所未見。

一七、論文　接上言，未幾而又曉矣。山郭千家，朝暉又出。日出市喧之時而靜者，正寫山郭之寂寥也。我則日處江樓，坐於翠微之中，正朝暉時也。

瑩按：此以「寂寥」釋「靜朝暉」，亦猶錢注所云「山郭千家，朝暉冷靜」之意，與演義、邵解及意箋之以「氣清」、「氣爽」為說者異。

一八、澤解　夢弼曰（見蔡箋）。

一九、詩闡　蘿月沉，荻花隱，起而見「千家山郭靜朝暉」。千家住山郭之旁，山郭在朝暉之內，秋光靜霽，爽氣淒清，乃千家盡傍山郭，江樓獨倚翠微，日日坐，殆與江樓終始矣。望京華，則每依北斗；坐翠微，則日坐江樓，豈非捨北斗則此心無依，離江樓即此身亦誰寄哉。

又　二句秋曉。

瑩按：「捨北斗則此心無依，離江樓即此身誰寄」之說，頗為感人。至於山郭朝暉之說，則雖弄筆墨，並無新意。

二〇、會粹　陸機詩：「扶桑升朝暉。」

又　此首以「江樓」二字作紐，「信宿」二句江樓所見之景，下則江樓之情。

瑩按：此說雖概略，然頗簡要。

二一、仇注　《拾遺記》：千家萬戶之書。

又　謝朓詩：「還望青山郭。」

又　陸機詩：（見會粹）。

又　庾信詩：「石岸似江樓。」

又　《爾雅疏》：山氣青縹色，曰翠微。凡山遠望則翠，近之則翠漸微。

又　秋高氣清，故朝暉冷靜。山繞樓前，故坐對翠微。

瑩按：此釋「靜朝暉」，乃兼「氣清」與「冷靜」而言，是兼有演義、邵解及意箋之「氣清」、「氣爽」，與錢注及論文之「冷靜」、「寂寥」之意也。

二二、黃說　時與地，皆從上章接來，上章寫晚景，此章乃寫朝景，上云「每依」，此云「日日」，可知早夜無時暫釋矣，坐翠微，對翠微而坐也。

瑩按：此云「無時暫釋」，與詩闡「每依北斗」、「日坐江樓」及胡注奚批「無時不愁」之說相近，至於以「對翠微而坐」釋「坐翠微」與杜臆「對翠微」及顧注「遠峰如在樓頭」之說相近，而與九家注「樓在山間」及邵解「江樓在翠微中」之說並不盡同。然而夔府山郭，四圍山色，二者之意，亦並不相遠也。

二三、滑解　此言夔之朝景，秋氣一至，氛霧交退，日白光清，一「靜」字，寫盡夔府孤城清秋慘淡之景。

又　山氣青縹色曰翠微，遠望則見，近之則滅。

瑩按：此釋「靜朝暉」亦兼「秋氣」之「清」與「孤城慘淡」而言，可參看仇注按語。

二四、言志　彼日之方落者，信宿之間又轉而為朝暉矣，固日日如是也。我日日如是來坐此翠微。

瑩按：此但弄文字，並無新意，所說亦含混不明。

二五、通解　言當秋高氣爽而千家之眾聚處於山郭之中，第見煙收霧斂，而朝暉自靜肅焉。予日日無事，獨上江樓，而山色當面，如坐翠微中焉。

瑩按：此以「靜肅」釋「靜」字，與金解所謂「冷寂」之意相近。至云「山色當面」，則與杜臆、顧注及黃說所謂「遠峰如在樓頭」及「對翠微而坐」之意相近。

二六、提要　此寫夔州之朝景也。一「靜」字，一「坐」字，已寫得山郭淒涼，羈人兀坐，不克終日光景，況日日如此乎！

又　此與「每依南斗望京華」，把柄俱在第二句，前篇煉一「望」字，此篇煉一「坐」字，全首振動。前半是坐時所見之景，後半是坐時所寓之情，把握有力。

瑩按：此說亦與各家大致相同，至於「煉一望字」、「煉一坐字」之語，雖為有意標奇，然而未始無見也。

二七、心解　山郭、江樓，仍從夔起。靜朝暉，即含秋意；日日，含留滯無聊意。

瑩按：此說頗簡明。

二八、范解　翠微，凡山遠望……翠愈微（見仇注，惟易「漸微」為「愈微」耳）。

又　山郭朝暉，已自暮而曉矣。朝暉出而千家猶靜，見山郭中寂寞也。公從江樓憑眺，眼前山色如在樓頭，故曰坐翠微。

瑩按：此亦並無新意，然所說極為明暢可取。

二九、偶評乙　眉批：仇注：秋高氣清……坐對翠微（見仇注）。
三〇、沈解　山郭朝暉……秋曉之氣清也（見演義）。
三一、江說　仇兆鰲曰：秋高氣清……坐對翠微（見仇注）。
三二、鏡銓　「日日江樓坐翠微」句，言山繞樓前也。
瑩按：此云「山繞樓前」，與黃說「對翠微而坐」之言相近。
三三、集評　李云：日復一日，帶上首來。
瑩按：此說足可以證此句之當作「日日」而不當作「百處」也。
三四、選讀　秋高氣清……坐對翠微（見仇注）。
三五、沈讀　秋氣一至……慘淡之景（見濬解）。
又　山氣青縹色曰翠微，遠望則見，近之則滅（參看仇注）。
三六、施說　「千家山郭靜朝暉，日日江樓坐翠微」。補注：元本「日日」，乃起下「還汎汎」、「故飛飛」，但嫌重字太多。呂東萊選本作「百處」，與「千家」對，似板。若作「每日」，仍是對句，兼能啟下矣。今按此說是也，詩是對起，作「日日」，非但重字太多，與「千家」字亦不對，呂作「百處」，雖對「千家」，然貼江樓說，則不可言「百處」，不貼江樓說，則又無所指，尤顯然不合矣。
瑩按：此以為「日日」當作「每日」，即可避「重字太多」，且與「千家」字相對，然杜甫《曲江二首》，其次章首句即云「朝回日日典春衣」，而頸聯復更有「深深見」、「款款飛」諸重字，可見杜甫大家，每每不拘此等小節，且「日日」二字實極為自然，「每日」既無本可據，仍當從「日日」為是。
三七、湯箋　朝坐江樓，感傷景物。

瑩按：此說殊略。

三八、啟蒙　山郭靜於朝暉，一「靜」字寫出秋日淒清之狀。

又　江樓坐翠微，坐江樓而望山之翠微也。下聯乃坐中所見。

瑩按：此以「秋日淒清」釋「靜」字，蓋兼有演義、邵解、意箋所謂「秋氣清」及錢注、論文所謂「冷靜」、「寂寥」之意。至於「坐江樓而望山之翠微」云云，則與杜臆及黃說所謂「對翠微而坐」之意相近。

嘉瑩按：此二句，各家之說小異而大同。首句「千家山郭」，或以「居繁」為說，意箋主之；或以「僻」、「小」為說，金解主之，蓋山城雖「僻小」，而居戶千家亦不可謂不「繁」；二說原不盡相反，惟以此詩之情調言之，則似當以寫山城之冷僻為主也。至「靜朝暉」三字，或以「秋氣清」及「氣爽」為說，演義、邵解、意箋、沈解、江說、選讀主之；或以「冷靜」、「寂寥」為說，錢注及論文主之；或兼二者而言，詩闡、仇注、澹解及通解、啟蒙主之；蓋秋之節序，固正如歐陽修《秋聲賦》所云「其色慘淡」，「其容清明」，「其氣栗冽」，「其意蕭條」，「清明」與「寂寥」之情調，杜詩固兼而有之也。次句「日日江樓坐翠微」，「日日」二字，異文最多，已辨之於前。「日日」者，極寫其「無時不愁」、「無時或釋」之一份羈旅無聊之意，愚得、詩闡、胡注奚批及黃說之意皆相近。「江樓坐翠微」，或以為江樓在山間，故坐翠微間，九家注及邵解主之；或以為「對翠微而坐」，杜臆、顧注、黃說及通解主之；二說亦並不相反，已於黃說按語中詳之。至「翠微」，或以為指山間雲氣其色青縹故曰「翠微」，或以為即指山腰而言，二說並見《爾雅疏》，已詳九家注及意箋按語，茲並從略。

信宿漁人還汎汎，清秋燕子故飛飛。

一、九家　《詩》：汎汎揚舟。

又　梁張率《長相思》云：「望雲去去遠，望鳥飛飛滅。」

又　江總《別袁昌州》：「黃鵠飛飛遠，青山去去愁。」

二、分門　趙次公曰：《詩》：「汎汎揚舟。」（見九家注）

又　趙次公曰：江總《別詩》：「黃鵠飛飛遠。」（見九家注）

三、鶴注　趙曰：（見分門注）。

又　趙曰：（見分門注）。

四、蔡箋　《詩》（見九家注）。

又　陸機《壯哉行》：「飛飛燕弄聲。」（按此乃謝靈運擬陸機《悲哉行》詩句，蔡箋引作陸機詩，誤）

五、千家　汎汎，無所得也。

瑩按：此以「無所得」釋「汎汎」，蓋言漁人之所以「還汎汎」之故，以其無所得也。

六、演義　一宿曰宿，再宿曰信。

又　即江（朱刊本虞注作「此」）樓每日之所見，漁舟已越再宿，猶汎汎於江中（朱刊虞注作「上」），燕子社前當去，尚飛飛於山郭，皆以清秋而自適也。賤而漁人，微而燕子，其自適且如此，宜公之有感而自嘆也。

七、愚得　（說見首聯）。

瑩按：此以「自適」釋「汎汎」及「飛飛」，與千家以「無所得」釋「汎汎」者異。

瑩按：愚得以為坐江樓見漁人燕子之汎汎、飛飛，則其無聊之意可想。

八、頗解　漁舟已越再宿，乃溺釣餌猶汎汎於江中，燕子社前當去，乃戀舊巢故飛飛於山郭。敘此二物，暗喻久客不歸之義，賦而比也。

瑩按：此以「戀舊巢」釋「故飛飛」尚可，至於以「溺釣餌」釋「還汎汎」，則似嫌牽強。「喻久客不歸」之說，尚不無可取。

九、詩通　再宿曰信。

又　因即所見而感漁人燕子得其適，遂嘆……（參看下聯）。

瑩按：此亦以「適」字，釋「汎汎」、「飛飛」之情，與演義之說相近。

一〇、邵解　再宿曰信。

又　見漁舟已越宿，猶汎汎於江上；燕子社前當去，尚飛飛於山郭，皆以清秋自適也。

瑩按：此亦以「自適」為說，與演義及詩通相近。

一一、邵注　再宿曰信。汎汎，無所止也；飛飛，猶未歸也。

又　於是即其所見之景因思……（參看下聯之說）。

瑩按：此以「無所止」釋「汎汎」，以「猶未歸」釋「飛飛」。

一二、意箋　漁人信宿，宜從矣，而猶汎汎，若有所求；清秋燕子，宜去矣，而猶飛飛，若有所戀，此自江樓所常見者而言，亦興也。

瑩按：此以「若有所求」釋「還汎汎」；以「若有所戀」釋「故飛飛」。

一三、胡注　汎汎，無所得也；故飛飛，尚未歸也，皆寓此意。

奚批　三、四，可知公意之不久於夔也。

又　信宿著漁人上，從上「日日」來。

瑩按：胡注以「無所得」釋「汎汎」與千家注同，而以「尚未歸」釋「故飛飛」；奚批則以為二句乃「不久於夔」之意，然皆未加詳說。

一四、杜臆　故漁舟之汎，燕子之飛，此人情、物情之各適，而以愁人觀之，反覺可厭，曰還，曰故，厭之也。

瑩按：此雖亦以「適」字釋「汎汎」及「飛飛」，與演義及詩通之說相近，而謂「還」字、「故」字有「厭之」之意，則為前二說所未及。

一五、詩攟　「漁人」、「燕子」一聯，歸思浩然，所謂「故園心」也。漁人忘機，燕子必去，曰「還」，曰「故」，皆羨其逍遙字法也。「局促看秋燕」，正可與下句參看。

瑩按：此以為此一聯有「浩然」「歸思」，而謂「還」字、「故」字有羨之之意，與杜臆之以「厭之」為說者異。至所引「局促看秋燕」一句，見《秋日夔府詠懷一百韻》，鏡銓注云「寓不久將去意」，故此云「歸思浩然」也。

一六、錢注　「漁人」、「燕子」，即所見以自傷也，亦以自況也。

又　「信宿漁人」，不但自況，以其延緣荻葦，攜家嘯歌，羈棲之客，殆有弗如。「還汎汎」者，亦羨之之詞也。《九辯》曰「燕翩翩其辭歸兮，蟬寂寞而無聲」，以燕遇秋寒，徊翔而畏懼也，故以「清秋」目之。「燕燕於飛」，詩人取喻送別。已則繫舟伏枕，而燕乃上下辭歸，飛翔促數，攪余心焉。曰「故飛飛」者，惱亂之詞，亦觸迕也。

附輯評　李云：《秋興》作於將去蜀夔之時，故三、四云然。

漁人雖信宿，而心仍汎汎，言無所繫於此也；燕子當清秋，而所至飛飛，言即去而之他也。漁人之意，本自無著，雖信宿猶然，故下「還」字；燕子入秋，已自不定，而清秋為甚，因下「故」字。「信宿」，再宿；「清秋」，深秋也。

瑩按：錢注所云「即所見以自傷」、「自況」之說頗是，惟各家對所傷、所況之看法不同耳。錢氏之意，蓋謂若漁人者，已早慣於汎汎之生涯，杜甫之漂泊似之，然心情則殆有不如，故曰「還汎汎者亦羨之之詞」，與詩攟之以「羨之」為說者相近。至於燕子，則隨節候而往返者也，清秋之日，飛飛將逝，而杜甫則羈棲而不得返，故曰「故飛飛者惱亂之詞」，則與杜臆「厭之」之說相近。錢氏蓋以二聯分別「羨」與「厭」二意。輯評之說，意亦相近，惟措辭不同耳。

一七、張解　《夏小正》言「陟玄鳥蟄」，注言玄鳥欲蟄乃先飛也。

又　日坐江樓，見漁舟已越信宿猶汎汎於江上；燕子先陟乃蟄，故飛飛於山郭。此分人、物以比也。

瑩按：此引《夏小正》以說燕子一句，然實未必為杜詩之所取義。至於「分人、物以比」之說，其意蓋以為「漁人」句為「人」，而「燕子」句為「物」也。

一八、金解　承以「漁人」、「燕子」，即坐中所見，皆先生自況也。一夜曰「宿」，再宿曰「信」。漁人信宿，或可以息矣。「還汎汎」者，是喻己之憂勞而無著落也。八月燕子將去，則竟去可矣。「故飛飛」是喻己羈絆而不得脫然也。

別批　三、四再承。兩句，不嫌自己日日坐江樓，卻嫌漁人之信宿；不怪自己日日到翠微，卻怪燕子之飛飛。真為絕妙筆也。

瑩按：金氏以「憂勞而無著落」釋「還汎汎」，以「羈絆而不得脫然」釋「故飛飛」，此又對杜甫所自傷、自況之另一看法。至於別批所謂「絕妙筆」，則在杜甫用筆之自然開宕。此二句不寫日日江樓上之人所有之情，而寫日日江樓上之人所見之景。遂使其情意既開宕復含蓄，此亦所以各家於其所自傷、自況者多有異說之故。

一九、顧注　漁舟已越再宿，乃溺釣餌……久客不歸之義（參看頗解）。

二〇、朱注　《文昌雜錄》（見會粹）。

二一、論文　樓下見汎汎漁人，在此已經信宿，正見其「日日」也；江間有飛飛燕子，不覺又是清秋；清秋便點還「秋」字也。

瑩按：此論其用字之相呼應，頗有是處。

二二、澤解　《詩》（見九家注）。

又　汎汎，無所得也（見千家注）。

又　澤堂曰：漁人信宿汎汎，故云還汎汎；燕子逢秋將去，故云故飛飛。故者，勉強之意。

瑩按：此以「無所得」釋「汎汎」，與千家同；而云「故飛飛」之「故」字有勉強之意，此於「羡之」、「厭之」外，又一說也。

二三、詩闡　江樓下所見者有漁人，彼漁人有何住著，今已信宿而還汎汎，江樓中之客，宜去而久不去，是亦信宿漁人也。江樓外所飛者有燕子，彼燕子秋以為期，今已清秋，而故飛飛，江樓中之客宜歸而久不歸，是亦清秋燕子也。

又　二句江樓所感。

瑩按：此以應去不去，應歸不歸，為杜甫所自況、自傷之意。

二四、會粹　《詩》（見九家注）。

又　《文昌雜錄》：燕子至秋社乃去，仲春復來。

又　「信宿」二句，江樓所見之景（詳首聯）。

瑩按：此說殊簡。

二五、仇注　《詩》：「于汝信宿。」注：再宿曰信。

又　徐訪詩：「漁人迷舊浦。」

又　《詩》：「汎汎揚舟。」（見九家注）

又　殷仲文詩：「獨有清秋日，能使高興盡。」

又　古詩：「秋去春還雙燕子。」

又　《文昌雜錄》（見會粹）。

又　謝靈運詩：「飛飛燕弄聲。」（參看蔡箋）

又　《杜臆》：舟汎燕飛，此人情、物性之常，旅人視之，偏覺增愁，曰還，曰故，厭之也（參看杜臆）。

又　漁人燕子，即所見以況己之淹留。

又　以「故」對「還」，是依舊之詞，非故意之謂。或引《子規》詩「故作傍人低」，未合。

影印本眉批　似漁人之萍梗，異燕子之知歸也。

瑩按：仇氏所謂「淹留」，與頗解所謂「久客不歸」，詩闡所謂「宜去而久不去，宜歸而久不歸」之意頗為相近。至於以「故」字為「依舊之詞，非故意之謂」，其言亦可備一說。此二句之神情全在一「還」字、一「故」字，所含蘊之情致彌深，然而一加確解，便不免淺狹著跡。影印本眉批之說，則頗簡要。

二六、黃說　集中多以物能去形己不去，此三，四，又怪漁人、燕子，可去偏不去，自翻自意。

瑩按：此以「還汎汎」、「故飛飛」二句為怪其「可去偏不去」之意，亦頗簡明。

二七、濬解　信宿漁人，延緣荻葦……惱亂之詞也（以上見錢注），總自喻久客不歸之意。

重刊本補注：汎汎，尚未泊也；飛飛，尚未歸也。喻久客不歸之意，妙甚。燕子至秋社乃去，仲春復來，觀「故」字，公恨燕能歸而已不能也。

瑩按：此以「汎汎」、「飛飛」為喻「久客不歸」之意，與頗解、詩闡、仇注之說相近，而以為「故」字有「恨」之意，則與杜臆「厭之」之說相近。

二八、言志　而彼漁人者亦日日如是還來汎汎，即此清秋之燕子亦日日如是故來飛飛。獨是漁人、燕子不改其為故常，而我則何為與之同其汎汎飛飛也乎。

瑩按：此以漁人及燕子之「汎汎」、「飛飛」為故常，蓋以之為反襯杜甫之漂泊失所也。

二九、通解　時漁人之網魚者，已經信宿，可以歸矣；而朝來還汎汎焉。燕子之來巢者，已及清秋，可以歸矣；而傍家故飛飛焉。彼之可歸而不自歸，不猶予之欲歸而不能歸乎！

瑩按：此以漁人燕子「可歸而不自歸」為說，與詩闡所云「宜去而久不去」及「宜歸而久不歸」之意相近。至於「傍家故飛飛」之說，則殊無著落。

三〇、提要　漁人汎汎，有自適意；秋燕飛飛，有自悲意。偏來日日與我相對，正見坐不可耐也。

瑩按：此以為「汎汎」有「自適」之意，與演義及詩通之說相近。惟以為「飛飛」有「自悲」之意，則與前二說異。

三一、心解　漁人、燕子，日日所見，由漂泊者見之，故著「汎汎」、「飛飛」字，其所以觸緒依違者何哉，功名其遂已矣，心事其難副矣。

瑩按：心解所云「由漂泊者見之，故著汎汎、飛飛字」之說，雖未加確解，然其說頗通達可取。至於「功名」、「心事」云云，則兼下聯而言，當於下聯論之。

三二、范解　漁舟已越信宿，汎汎江中，燕子社前當歸，飛飛不去，皆坐時所見，下一「還」字、

「故」字，隱喻己之還在夔城，故為留滯。

瑩按：此所說前半與諸家相近，而後半所云「喻己之還在夔城，故為留滯」之言，則與諸說稍異，亦可供參想。

三三、偶評　二句喻己之飄泊。

瑩按：此與鏡銓之說相近。

三四、偶評乙　眉批：即所見以況己之淹留（見舊說仇注）。

三五、沈解　漁舟已越再宿……其自適且如此，而我獨無所感乎。

瑩按：此所說與演義全同，惟末句稍異耳。

三六、江說　杜臆（見杜臆）。

又　漁人、燕子……非故意之謂（見仇注）。

三七、鏡銓　漁人、燕子，即所見以況己之漂泊。故飛飛，即公詩「秋燕已如客」意。

瑩按：此即錢注所謂即所見以自傷、自況之說，惟未詳加確解耳。「秋燕已如客」一句見《立秋後題》一首，鏡銓無注，仇注引盧元昌曰：「秋燕，公自喻，言將去華，如燕離巢，故云如客。」

三八、集評　李云：《秋興》作於將去蜀夔之時……三、四云然。

又　漁人雖信宿……深秋也。

瑩按：以上所引皆見錢注輯評。

三九、選讀　舟汎、燕飛，此人情物性之常，旅人視之，偏覺增愁，曰還，曰故，厭之也。

瑩按：此與杜臆之言相近，可以參看。

四〇、沈讀　信宿漁人，延緣荻葦……惱亂之詞也。總自喻久客不歸之意（參看錢注）。

瑩按：此說多用錢注，可以參看。

四一、施說　「清秋燕子故飛飛」，注：以「故」對「還」，是依舊之詞，非故意之謂，或引《子規》詩「故作傍人飛」，未合。今按上句「還」字，則依舊之詞，此句「故」字，正故意之謂。言燕子將歸，飛故愈頻，著「故」字，則疊「飛飛」字方有意。絕句《漫興》云「江上燕子故來頻」，正與此同。

瑩按：此以為「故」字正當為「故意之謂」，而駁仇注之非。

四二、湯箋　久漁戀釣，秋燕忘歸，有似旅人滯蹤山郭。

瑩按：此說雖略，而頗簡明。

四三、啟蒙　漁人已經信宿，可以已矣，而還汎汎；燕子而遇清秋，可以歸矣，而故飛飛，以喻己之淹留也。下文乃言所以淹留之故。

瑩按：此說並無新意，而頗明暢，可以參看。

嘉瑩按：此二句看似淺明易解，而各家反無折衷一致之說。蓋因此二句所寫原為眼前景物，至於觸景生情所引發之感觸，則殊難具體加以分析解釋者也。綜觀各家之說，大約皆以為所喻者為羈旅漂泊，久客不歸之感。惟是有以為反喻者，有以為正喻者，如演義、詩通、提要及沈解之以「還汎汎」、「故飛飛」解為漁人、燕子之「逍遙」、「自適」，而杜甫有感自嘆；又如錢注以為漁人「攜家嘯歌」，杜甫自嘆「羈棲之客殆有弗如」，皆以之為反喻者也。至於以正喻為說者，則各家又有不同，如「還汎汎」句，有以「無所得」釋之者，千家、胡注、澤解主之；有以「無所止」釋之者，邵注主之；有以「溺釣餌」或「戀釣」因而不去釋之者，頗解、顧注及湯箋主之；有以「憂勞」釋之者，金解主之；有以「漁人萍梗」

釋之者，仇注影印本眉批主之；有泛言「漂泊」者，鏡銓主之。至於「故飛飛」句，則有以「戀舊巢」釋之者，頗解主之；有以「辭歸」釋之者，錢注主之；有以「未歸」或「羈絆不得脫」釋之者，邵注、胡注及金解主之；有以「宜歸而久不歸」釋之者，詩闡及通解主之；有以「知歸」釋之者，仇注影印本眉批主之。至於言外之情意則有以「厭之」為說者，杜臆及選讀主之；有以「羨之」為說者，詩攟主之；有以「怪之」為說者，黃說主之。總之，杜甫觸景傷情，所感非一，大抵各家所說，皆能得其一體，譬之盲人摸象，各人雖皆有撫觸之一得，然而卻不可執一以立說也。要而言之，則信宿漁人汎汎，清秋燕子飛飛，不過江樓日日所見之景，而著一「還」字、一「故」字，則漂泊無聊、羈棲厭倦之情，盡在言外，其妙處正在寫景之開宕自然，寫情之含蓄蘊藉，拘執以求，反失作者用筆之妙。如必欲求一確解，則杜甫《天池》一詩，有「九秋驚雁序，萬里狎漁翁」之句，雖易燕為雁，然大可與此燕子飛飛、漁人汎汎二句相發明也。

匡衡抗疏功名薄，劉向傳經心事違。

一、九家　趙云：功名薄，公自言其為左拾遺時，雖有諫諍，如匡衡，而緣此帝不加省，以此比之，則功名薄也；劉向講論五經於石渠，公言其心事欲如劉向之傳經於朝，而乃違背不偶也。心事違，出《左傳》「王心不違」。又史云：「事與願違。」

瑩按：此以有諫諍而帝不省，欲傳經而願竟違，比之匡衡、劉向，殆有不如為說。

二、分門　王洙曰：《匡衡傳》：有日食地震之變，上問以政治得失。衡數上疏，上悅其言。又，傅昭儀及子定陶王愛幸寵於皇后太子，衡復上疏。衡為少傅數年，數上疏陳便宜，言多法義，上以為任公卿，由是為御史大夫。

又　洙曰：《劉向傳》：會初立《穀梁春秋》，徵更生受《穀梁》，講論五經於石渠。更生，後名向。

又　趙次公曰：漢初立《穀梁春秋》，徵更生受《穀梁》，講論五經於石渠。公其心事，欲如劉向之傳經於朝，而乃違背不偶也（按所引實即九家注，惟詳略微有不同）。

三、鶴注　洙曰：《匡衡傳》（見分門注）。

又　洙曰：《劉向傳》（見分門注）。

又　趙曰（見分門注）。

四、蔡箋　甫以直言迕旨，移華州掾，愧其不如匡衡也。《匡衡傳》：衡，字稚圭，是時有日食地震之變，上問以政治得失。衡上疏，上悅其言，遷光祿大夫、太子少傅。

又　甫恨不得講經於朝，如劉向也。《劉向傳》：向，字子政，本名更生，擢諫議大夫，會初立《穀梁春秋》，徵更生受《穀梁》，講論五經於石渠。

五、千家　洙曰（見分門注）。

又　劉評：既前後不相干涉，只用二人名，亦莫知其意之所在，落落自可。

瑩按：此二句，各家引《匡衡傳》及《劉向傳》，所為解說，並皆相近。而此引劉評云「前後不相干涉，只用二人名，亦莫知其意之所在」，實則此正杜甫用筆落落大方之處，其意非不可知，而妙在不明白說出，只用不相干涉之二人名，渾然說過，但於二句結尾用一「薄」字、一「違」字，點出意旨所在。劉評云「莫知其意」，而又云「落落自可」，此正杜詩佳處之所在也。

六、演義　漢《匡衡傳》（見分門注）。

又　漢《劉向傳》（見分門注）。

又　甫論房琯忤旨，貶華州掾，此甫愧不如匡衡也。

又　甫言不得如劉向傳經於朝也。

又　謂我亦能如匡衡之抗疏，如論房琯，而帝怒，則功名分薄，不及衡也。亦欲如劉向傳經，然不在京受詔，則心事背違不及向矣。

瑩按：此更以「論房琯」「貶華州」釋「抗疏」一句，以「不在京受詔」釋「傳經」一句，其說較前諸家之說更為切實。

七、愚得　漢匡衡（見分門注）。

又　漢劉向（見分門注）。

又　乃言同學少年，多飛騰而不賤，故自嘆功名之薄，心事之微耳。即五陵豪貴反覆顛倒之意，興而賦也。

瑩按：愚得作「心事微」，其意或謂心事幽微，莫得彰顯，與各家之作「心事違」者異。然作「違」字似較沈著切實，且與上句「功名薄」之「薄」字對偶較工，仍當以作「違」字為是。愚得作「微」蓋音近之誤。至於五陵豪貴反覆顛倒之說，愚得蓋以為杜甫「本自五陵豪貴」（見首聯），今乃獨坐江樓，而同學少年反多不賤，而居五陵也，前已於首聯之解說中，駁此說之不當矣。

八、頗解　匡衡、劉向，公自比，「抗疏」，指劾論房琯，坐謫貶官，功名言輕之也；受詔傳經，則得託經進諷，此公之心事，今坐江樓，所謂違也。

瑩按：此說與演義相近。

九、詩通　匡衡，漢元帝時上疏，言日食地震之變，上悅之，遷為太子少傅；劉向，宣帝時徵受《穀梁春秋》，講論五經於石渠。

又　遂嘆其亦嘗如匡衡抗疏，而我之功名則薄矣；亦常如劉向傳經，而我之心事則違矣。

附本義　此一聯乃公出處大節，謂欲進而正君，以濟當世，則有命存焉；欲退而修業以淑後人，則與時悖矣。

瑩按：杜甫未嘗如劉向之受詔傳經，而詩通云「常如劉向傳經」，本義又云「欲退而修業以淑後人」，是張綖之意乃以「退而修業以淑後人」釋「傳經」，又以「與時悖」釋「心事違」，是謂「修業淑人」之「心事」與時相違悖也，與前諸家之以「欲如劉向傳經於朝而乃違背不偶」之說相異。

一〇、邵解　匡衡上疏言日食地震，遷太子少傅；劉向授帝《春秋》，講五經於石渠。

又　乃若我也，嘗如匡衡之抗疏，論房琯而蒙帝怒，則功名分薄矣；亦欲如劉向之傳經，然不在京受詔，心事違背矣。

瑩按：此與前諸家之一般通說相近，而與詩通相異。

一一、邵注　匡衡，漢元帝時上疏，極言時政，上悅，遷光祿大夫。公嘗論房琯，忤旨，幾被戮辱，此功名不如衡也。劉向與衡同時，帝使講論五經於石渠閣。公嘗待制於集賢院，召試文章，送隸有司，此傳經不如向也。

又　因思抗疏而功名不如匡衡，傳經而心事相背劉向，自傷命薄如此。

瑩按：此亦與演義之說相近。

一二、意箋　匡衡，元帝時上日蝕地震疏，帝問以政治，遷太子少傅。劉向，宣帝元年立《穀梁春秋》，受詔傳經，講五經石渠閣。

又　因此而念，昔曾如匡衡抗疏，而功名則薄於衡。亦欲效劉向傳經，而心事則違於向。

又　蓋公嘗進三大禮賦，亦附於經術，而授非其任。及為拾遺，坐救房琯，外謫，所謂薄與違為是也。

瑩按：此亦與前所引之一般通說相近。

一三、胡注　用匡、劉只是自寓。

瑩按：此眾所共知，諸說之所同然。

一四、杜臆　因自發心事，欲效忠於朝，如匡衡之抗疏，則功名分薄，謂為拾遺，而直言被斥也；承貽謀於家，如劉向之傳經，而心事相違。按《劉向傳》，初徵向受《穀梁》，又講論五經於石渠，後子歆亦受《穀梁》，領五經，卒傳前業，而公弗克丕承厥祖也。

瑩按：杜甫祖審言，《全唐詩》有小傳，載其「善五言詩」，「少與李嶠、崔融、蘇味道為文章四友」。杜臆之意，蓋以為「心事違」一句，乃謂杜甫自謙其「弗克丕承厥祖」之業，是不及劉歆能傳其父劉向之業也，此說與前諸家之說並異。然杜甫實頗以詩自負，如《宗武生日》一首云「詩是吾家事」，又《八哀詩》贈李邕一首亦云「例及吾家詩」，皆自以為能上承厥祖之詩。然則此「心事違」一句，恐亦未必便有「弗克丕承厥祖」之意也。而況《秋興八首》，於自慨身世之中皆隱有無限君國朝廷之思，故以「弗克丕承厥祖」釋「心事違」一句恐有未當。

一五、詩擴　匡衡功名不薄，劉向著述竟傳，遠慚二人。

瑩按：此說頗為簡明，惟於「劉向」句不以「受詔傳經」為言，而以「著述竟傳」為言，與諸家之說小異。

一六、錢注　漢匡衡（見分門注）。

又《九嘆序》曰：向以博古敏達，典校經書，追念屈原忠信之節，故作《九嘆》。嘆者，傷也，息也。

又 公抗疏不減匡衡，而近侍移官，一斥不復，故曰功名薄；若劉向雖數奏封事，不用，而獨居近侍，典校五經，公則白頭幕府，深愧平生，故曰心事違也。

又 抗疏之功名既薄，傳經之心事又違。

附輯評 吳云：五、六借匡衡、劉向以言所遭之困厄，與三、四意相映射。劉辰翁云，前後不相涉，用二人名亦莫知其意之所在，非也。

瑩按：錢注釋此二句，與一般之通說亦相近，前引劉向《九嘆序》不過言向「典校經書」耳，與各家引《漢書・劉向傳》為說者同。惟是所引又有「嘆者，傷也」云云，反嫌亂人心意。輯評引吳農祥之說評劉辰翁評語，劉評已見前千家注。

一七、張解 謂我欲如抗疏匡衡，反論房琯而帝怒，是自薄其功名也；欲如傳經劉向，然不在京受詔，是自違其心事也。

又 不惟已不願同古人……即今同學少年……於我何預哉！所以寧靜坐江樓也（參見下聯之說）。

瑩按：張解蓋以此一聯與下一聯合說，以為杜甫自己不願同於古人，亦無羨於今人之同學少年，故以「自薄」、「自違」為說。然此實非杜甫之本意，故諸家說皆與此不同，可參看本聯總按語。

一八、金解 言我若不坐江樓，而抗言政治之得失，何減匡衡，而遭際不如，功名何在，故曰薄，是則出不成出矣。我若不坐江樓，而講論五經於石渠，亦何減劉向，而用世心切，伏處奚堪，故曰違，是又處不成處矣。功名薄、心事違，皆先生自謂，非謂匡衡、劉向也。

別批　因日日之坐，不厭其煩，因而自思。欲如匡衡之抗疏，既愧功名之薄，欲如劉向之傳經，又嫌心事之違。

瑩按：此不以「欲如劉向傳經而未能」釋「心事違」，而以「用世心切，伏處奚堪」釋「心事違」，是其意以為縱如劉向之傳經，而不能用世，亦非己之心事也，此與諸家之說又異。

一九、顧注　公嘗疏救房琯，出貶司功，則功名分薄，不及衡也；又嘗獻三賦，又上書明皇云：臣之述作，揚雄、枚皋可企及也。則欲傳經如向，而心與事違。此一聯乃公生平出處大節，謂欲進而匡君以濟當世，則有命存焉；欲退而修業以淑後人，則與時悖矣。

瑩按：此所說與諸家之意皆相近似，惟此說敘述周至，闡發詳明，頗為可取。

二〇、朱注　公疏論房琯，旋貶於外，故言進欲如衡之抗疏言事，而遇已不及。退欲如向之校經於朝，而又與願違也。

二一、論文　因念昔抗疏而功名未建；欲傳經而心事已違，功名學問，一事無成。

瑩按：此亦以「欲傳經」而「無成」為說，乃一般之通說。

二三、澤解　洙曰：《匡衡傳》（見分門注）。

又　洙曰：《劉向傳》（見分門注）。

又　夢弼曰：甫以直言……不如匡衡也（見蔡箋）。

又　趙曰：公其心事……不偶也（見分門注）。

又　批曰（見千家注劉評）。

又　澤堂曰：進而抗疏，則乖於功名；退又不能著書明志。

瑩按：此以「不能著書」為言，與詩攟之說相近。

二三、詩闡　亦知此逗留江樓者，幾經抗疏青蒲上矣。自出貶司功以來，遂丹墀之日遠，彼匡衡抗疏而遷太傅，我也抗疏而遭貶斥，功名比匡衡而薄矣。亦知此依棲江樓者，曾思傳經石渠閣矣，自獻賦失志以來，嘆儒術之難起，彼劉向傳經而徵受《穀梁》，我也傳經而詩書牆壁，心事擬劉向而違矣。

又　以下四句，江樓感懷。

瑩按：此以抗疏遭貶及傳經未能為說，亦一般之通說。

二四、會粹　《解嘲》：「獨可抗疏，時道是非。」

又　陸機詩：「但恨功名薄。」

又　《劉向傳》（見分門注）。

又　周弘正詩：「既傷年緒促，復嗟心事違。」

又　公疏論房琯，旋貶，故言欲如匡衡之抗疏，而功名已薄。欲如劉向之傳經，而心事已違。

瑩按：此亦一般之通說。

二五、仇注　《匡衡傳》（見分門注）。

又　《解嘲》（見會粹）。

又　陸機《長歌行》（見會粹）。

又　《劉向傳》：成帝即位，詔向領校中五經秘書。河平中，子歆受詔，與父領校秘書。哀帝時，歆復領五經，卒父前業。

又　劉歆《責太常書》：考學官傳經。

又　周弘正詩（見會粹）。

又　邵（寶）注：公嘗論救房琯，忤旨，幾被戮辱，此功名不若衡也。公嘗待制集賢院試，後送隸有司，此傳經不如向也（見邵注）。

又　遠注：匡衡抗疏，劉向傳經，上四字一讀；功名薄，心事違，屬公自慨。

又　黃生注：衡、向皆歷事兩朝，故借以自比（見後黃說）。

影印本眉批　「匡衡」二句，少而早識尾大之徵，欲痛哭而無路，晚而追原外戚之咎，抱忠蓋而莫奏也，時肅宗復偏聽張氏，故公欲以劉向《洪範五行傳論》為諫書。

瑩按：仇引邵注亦一般通說。惟所引黃生注云：衡、向皆歷事兩朝，故借以自比之說，頗嫌拘執。杜甫蓋不過取抗疏、傳經二事，而言其功名心事之不遂耳，不必拘於兩朝之說也。至於眉批所云，以為不僅感慨一己身世而已，兼有借指時事之處，與各家之說並異。而其「尾大之徵」及「洪範五行」云云，其為牽強附會之言，實屬顯然可見。且如眉批所云，謂此聯乃指肅宗之偏聽張良娣，然此詩乃作於大曆元年，時肅宗已早卒，代宗之立已久，何得復指此事，故眉批之說實不可信也。

二六、黃說　衡、向皆歷事兩朝者，喻己立朝亦更玄、肅兩主，其始，有同抗疏之匡衡，而功名遠遜；其後，不及傳經之劉向，而心事重違。意蓋不滿肅宗，而其辭則可以怨矣。

又　「薄」字，即平聲微字耳，抗疏雖似匡衡，功名何薄；傳經僅比劉向，心事甚違。公蓋不欲以文章名世，即五言所謂「名豈文章著」者，特借用劉向事耳。

又　「匡衡」二句，借古為喻。

瑩按：此以「衡、向皆歷事兩朝者，喻己立朝亦更玄、肅兩主」為言，似不免過為深求，其「不滿肅宗」之言，更嫌拘鑿淺露，已於仇注按語中論之。至於以「不欲以文章名世」釋「心事違」一句云「傳經僅比劉向，心事甚違」則與一般通說，亦復相異。至所引

「名豈文章著」句，則見於《旅夜書懷》一詩。詳後總按。

二七、潛解　洙曰：漢匡衡……劉向……於石渠（見分門注）。

又　公救房琯，抗疏不減匡衡……故曰心事違（參看錢注）。

二八、言志　夫我昔者亦曾如彼匡衡出而抗疏矣，而於功名之會則甚薄；今者亦且如劉向坐而傳經矣，而於吾心之事則遠違。夫豈我之託業有未善哉？

瑩按：此以「今者亦且如劉向坐而傳經矣」為言，而又曰「於吾心之事則遠違」，是其意以為杜甫已有坐而傳經之事而非其本心，與諸家之說以為杜甫未能如劉向之傳經為「心事違」者，所說不同。然杜甫寫《秋興八首》之時，豈有「如劉向坐而傳經」之事乎？是此說實不可從也。

二九、通解　予也欲抗疏以濟當世，於以比匡衡，則業與命相左，而功名偏薄；欲傳經以啟後人，於以擬劉向，則志與時相悖，而心事常違。

瑩按：此亦與諸家說相近。

三〇、提要　錢箋云：公抗疏不減匡衡……心事違也（見錢注）。

三一、心解　（參看上聯之說）。

瑩按：心解乃以「功名未遂」、「心事難副」為說，亦一般之通說。

三二、范解　下截因景生感，公疏論房琯，旋遭貶黜，欲如衡之抗疏言事，功名分薄；如向之傳經石渠，心事又違。

瑩按：此與諸家說相近，並無新意。

三三、偶評　二句慨己之不遇。

瑩按：此言殊略。

三四、偶評乙　眉批：功名、心事，屬公自慨。

瑩按：此說亦略。

三五、沈解　我亦能如匡衡之抗疏矣……心事皆違，又不及向也。

瑩按：此所說與演義大致相同，可以參看。

三六、江說　張遠云（見仇注引遠注）。

又　朱鶴齡云（見朱注）。

又　黄生云：衡、向皆歷事兩朝，故借以自比（此與黄說相近，但曾加刪節，可以參看）。

又　邵注（可以參看邵注，但此曾加以刪節）。

瑩按：此多刪引舊說，並無新意。

三七、翁批　「心」字，此一平聲細膩沉頓。

瑩按：翁批所云，其感受頗為細微真切。

三八、鏡銓　《匡衡傳》（見分門注）。

《劉向傳》（見分門注）。

又　公曾疏救房琯而近侍移官……故曰「心事違」（見錢注）。

三九、集評　吳云（見錢注引輯評）。

四〇、選讀　公嘗論救房琯……傳經不如向也（參看邵注，但此所引小有刪節）。

又　匡衡抗疏……公自慨（見仇注引遠注）。

四一、沈讀　公救房琯，抗疏不減匡衡，而近侍移官，一斥不復，故曰功名薄；若劉向雖數奏封事不用，而猶居近侍典校五經，公則白頭幕府，深愧平生，故曰心事違。

瑩按：此亦與諸家說大體相近，然所言頗明暢可喜。

四二、湯箋　救房抗疏，竊比稚圭；獻賦上書，欲紹子政。遇乖願左，實命不猶。

瑩按：此亦一般通說，惟所言頗略。

四三、啟蒙　欲為抗疏之匡衡，而功名已薄；欲為傳經之劉向，而心事又違。所以淹留於夔而以貧賤老耳。照應上聯，已翻動下聯。

又　五、六句是虛擬後日，邵注指救房琯為抗疏，待制集賢為傳經，非是。

瑩按：此云「五、六句是虛擬後日」，蓋以為杜甫之意乃虛擬其後日之不能如匡、劉二人之抗疏傳經也。此與諸家之以指往事為言者，並皆不同。然觀杜甫敘寫之口吻，實自慨其平生之無所成就，仍以指往事為言之諸說較為可信。

嘉瑩按：此二句，一般之通說，皆以為「匡衡」句，乃指杜甫之疏救房琯，而出貶華州，是功名不及匡衡也；而「劉向」句，則指杜甫雖曾獻賦於朝，而未蒙受詔傳經，是心事又復違背不偶不及劉向也。九家、分門、鶴注、蔡箋、演義、頗解、邵解、邵注、意箋、錢注、顧注、朱注、論文、詩闡、會粹、濳解、通解、提要、心解、范解、沈解、鏡銓、選讀、沈讀、湯箋，並主此說，雖所言詳略不同，而意皆相近。此外，「劉向」一句，又復有多種不同之解說。有以「欲退而修業」而「與時悖」為說者，詩通及所附本義主之；有以「弗克丕承厥祖」為說者，杜臆主之；有以劉向「著述竟傳」因而自「慚」為說者，詩攟及澤解主之；有以縱如劉向之傳經，而「伏處奚堪」為說者，金解主之；有以「不欲以文章名世」為說者，黃說主之；有以影指時事云「追原外戚之咎」，謂「肅宗偏聽張氏」為說者，仇注影印本眉批主之。綜觀諸說，仇注眉批謂指「肅宗偏聽張氏」之說，最為穿鑿附會不可置信。蓋杜甫此詩作於大曆元年（公元七六六年），而肅宗已早卒於寶應元年（公元七六二年），張后（即張良娣）亦早於肅宗卒後為李輔國所弒，而代宗更早於肅宗卒後即已即位為帝，則杜甫此詩何得更指肅宗、張氏而言乎？次則杜臆「弗克丕承厥祖」之說，亦不可信，蓋杜甫每以家世能詩為言，於此若以「弗克丕承厥祖」為說，不僅嫌其謙偽，且與《秋興》八篇於感嘆身世之外，往往以君國朝廷為慨之情意不相類，故不可信，已於前杜臆按語中言及，茲不復贅。至於詩通之「欲退而修業」而「與時悖」之說及金解「縱如劉向傳經」而「伏處奚堪」之說二者雖相異，然於「劉向傳經」四字皆作「欲如」、「縱如」之正面解釋，私意以為此二句當作既不如匡衡，復不如劉向解，悲慨始更為深至，且以「心事與時悖」或「伏處奚堪」釋「心事違」三字，亦嫌過於深曲且有自負恃之意，不若解作「心事乖違」，與上句「功名不遂」一氣貫下，全以失意無成致慨者，更為使人悲惻同情也。至於黃說以「不欲以文章名世」為說，且引杜甫《旅夜書懷》「名豈文章著」一句為證，私意以為二者所慨之意實不盡同，「名豈文章著」一句，與下句「官應老病休」一句，正相反襯，要在慨其欲為官以「致君堯舜」之願之全然落空，而名豈反因文章而著乎？自慨中亦隱然有自負之意，並非全「不欲以文章名世也」，黃說引之為說，似非妥恰。且此二句全為身無所成之悲慨，並非有「文章」即使「名世」亦復「不欲」之意，黃說似不可信。至於詩攟及澤解之「不能著書明志」如劉向之「著述竟傳」之說，其口氣雖與一般通說之既不如匡衡復不如劉向之口氣相近，然杜甫之本意，則似不僅指「著述」而言也，蓋就此詩尾聯「同學少年多不賤」句而言，此二句似當以未能立身於朝有所建樹而言。同學之立朝居官，但在求衣馬輕肥，而我則雖有滿腹為國為君之心，然而抗疏未成，傳經未遂，此所以令人為之深慨者也。是此二句，仍當以一般通說為是，惟抗疏事雖以「論救房琯」為其大端，然亦似不必定拘指此一事也。杜甫在長安為拾遺時，《春宿左省》一詩，曾有「明朝有封事」之句，又其《寄岳州賈司馬巴州嚴使君》一詩亦有「青蒲甘受戮」之句，故知杜甫為拾遺時，「抗疏」固其夙願也。至於張解以「自薄」、「自違」為說，言志以「今者亦且如劉向」為說，啟蒙以「虛擬後日」為說，則並不可從；又如愚得作「心事微」，「微」字之為誤字，及黃說「歷事兩朝」之拘執，皆已論之於前，茲不復贅。

同學少年多不賤，五陵衣馬自輕肥。

一、九家　薛云：《文選》范彥龍《贈張徐州》詩：「田家採樵去，薄暮方來歸。還聞稚子說，有客款柴扉。儐從皆珠玳，裘馬悉輕肥。軒蓋照墟落，傳瑞生光輝。」又：「劍騎何翩翩，長安五陵間。」

又　趙云：五陵衣馬，言貴公子也。《西都賦》：「北眺五陵。」言長陵、安陵、陽陵、茂陵、平陵，皆高貴豪傑之家所居。

又　《論語》：「乘肥馬，衣輕裘。」

瑩按：薛、趙二家之注，但注明「五陵」及「裘馬輕肥」之出處，而未加解說。

二、分門　薛夢符曰（見九家注）。

又　蘇軾曰：劉嵩謂兒童曰：若等不見我同學少年，皆衣錦食肉，若等不力學，復何為終身之計耶？

又　趙次公曰（見九家注）。

又　舊引嚴陵與光武同學，何相干邪！

瑩按：舊引嚴陵與光武同學之說，蓋光武日後貴為天子，所謂「同學少年多不賤」也，雖不甚切，然亦不可謂為全不相干。

三、鶴注　夢符曰（見分門注）。

又　蘇曰（見分門注）。

又　趙曰（見分門注）。

四、蔡箋　五陵，言貴公子也。《西都賦》……高貴豪傑之家也（參見九家注）。

又　《論語》：「乘肥馬，衣輕裘。」（見九家注）

又　范彥隆（按當作龍）詩（見九家注）。

五、演義　五陵謂長陵、安陵、陽陵、茂陵、平陵。勳貴豪傑之家，多居五陵之下。

又　非惟不及衡、向，但如我同學少年，亦多貴顯，而乘肥衣輕，馳騁於五陵之間，我何為久淹於此，獨坐江樓，甚寂寞焉（朱刊本虞注，末句作：獨江頭之寂寞也）。

瑩按：此說似以為杜甫自傷寂寞，而對同學少年有羨之之意。

六、愚得　（見上聯）。

七、頗解　尾聯含譏。虞注（按即演義）以公自傷命薄，而深羨少年，何蔑視杜陵老也。

瑩按：此以為「尾聯含譏」，與演義之以為「有羨之之意」者相異。

八、詩通　彼同學少年，今多貴顯，而乘肥衣輕於五陵間，我何獨寂寞於此地哉！

又　一說：同學，學習之同者也。蓋當時新進少年，必自為一種學習，以趨時好，而取貴顯。若公之素學，與彼正自不同，殆謂之昔之人矣，然彼自貴顯，吾亦安能變所學以從之乎！

又　又一說：公謂與我少年同學之人，今多不賤，彼其得志於五陵，豈復念我故人之飄泊耶！三說不一，前說較平實。

瑩按：此所舉三說，自以前一說最為平實，第三說以為乃謂得意之同學不念故人，所想亦尚頗近情，惟第二說「自為一種學習以趨時好」釋「同學」，故為深曲，反嫌牽強穿附。

九、邵解　少年，新進；五陵，豪貴所居。

又　彼同學少年雖多貴顯，彼自貴顯耳，於我何有，其不如漁人之汎汎，燕子之飛飛多矣，不可慨乎！蓋當時少年必自為一種學術以希世，視公為昔之人，所謂當面輸心背面笑者，故公嘆之。

瑩按：此與詩通所舉之第二說相近。

一〇、邵注　同學，同習學者。五陵，皆豪貴所居，為衣馬馳騁之地。

又　因嘆不惟不如衡、向，而且不如同學之少年，是故重嗟清秋之寂寞也。

瑩按：此以「不如」為言，則似亦隱有「羨之」之意，與演義之說相近。

一一、意箋　又見同學少年，今多不賤，而衣輕策肥於五陵之間，而已獨流落西南，與信宿漁人、清秋燕子同情，此興之所由託也。

瑩按：此與演義之說相近，惟「羨」之情少，「慨」之情多耳。

一二、胡注　結句正見同輩以曲學致通顯，而已獨不遇也。

奚批　五陵：長陵、安陵、陽陵、茂陵、平陵五處。

又　同學少年豈非「洲前蘆荻」耶？

又　他自輕肥而已。

瑩按：奚批「洲前蘆荻」之說，已於前章末聯按語中，駁其迂鑿不可信。至於所云「自輕肥而已」，則似有輕之之意。胡注則仍為慨之之言。

一三、杜臆　且追論當初同學少年，往往有去而為尊官者，止是輕裘肥馬，貪一時之光榮，而忘社稷之長計，其誤國可勝道哉！故有下章。

又　補曰：同學而曰少年，同學少年而曰不賤，俱有深意，人皆不曾理會。同學，猶云吾輩，非同堂而學者，少年以形已衰老，不賤以形己之賤。意謂身老且賤，故欲效忠拯世而不能；今以少年富貴而徒事輕肥，置理亂於度外，於心安乎！公恨此輩切骨，而語意渾含不露，真得溫柔敦厚之旨。

瑩按：此以「吾輩」釋「同學」，而曰「非同堂而學者」，此為「同學」之又一解也。至其為說，則兼有譏之與慨之之意，而云「語意渾含不露，真得溫柔敦厚之旨」，所言頗是。

一四、詩攟　遠慚二人（按指匡、劉，見上聯），近愧同學，是以嘆也。「輕肥」上著一「自」字，所謂言不盡意盡，即非詩矣。

瑩按：此以「愧同學」為說。至於「言不盡意盡」之語，蓋謂「自」字有深意，是言盡而意不盡，所以為好詩也。

一五、錢注　《七歌》云：「長安卿相多少年。」所謂同學者，蓋長安卿相也。曰少年，曰輕肥，公之目當時卿相如此。

又　旋觀同學少年，五陵衣馬，亦漁人、燕子之儔侶耳，故以自輕肥薄之。下一「自」字，與「還汎汎」、「故飛飛」翻倒相應。「杜陵有布衣，老大意轉拙」，於長安卿相何有哉！

瑩按：此亦以「自輕肥」為有「薄之」之意。至所謂「五陵衣馬亦漁人、燕子之儔侶」者，漁人不過為衣食計耳，而燕子則如杜甫《登慈恩寺塔》一詩所云「君看隨陽雁，各有稻粱謀」者也，與五陵衣馬之但求衣食富貴者，正復相類，故錢氏云然，且引《同谷七歌》「長安卿相」句為證。至於謂「自」字與「還汎汎」、「故飛飛」翻倒相應，則不過就「自」字、「還」字、「故」字之用字而言耳。

一六、張解　即今同學少年固多貴顯，亦惟任彼自誇耀於長安而已，於我何預哉！所以寧靜坐江樓也。

瑩按：此二句之所以引人爭議者，厥惟其口氣之何指。此以「任彼」為言，有輕之之意，可參看此一聯之總按語。

一七、金解　末轉到同學富貴上去，此非輕薄少年，亦非艷羨裘馬也。若謂昔在太平之時，同學少年，致身青雲，無一貧賤者，終日鮮衣怒馬，以為得志，孰意有今日之亂。昔日少年，今應白首。昔日富貴，今應困窮。我既如是，同學皆然，安得常如昔日輕衣肥馬，在京師相馳騁哉！少壯無所建立，出處皆困，匡衡抗疏，劉向傳經，總付之浩嘆而已矣。

別批　輾轉反側，因而想到少年同學原俱不賤，但只五陵裘馬自炫輕肥，明知我之心事，而不與我以功名，以致見笑漁人，貽譏燕子耳。

瑩按：金解以為「少年」、「衣馬」云者，不過寫今昔之感而已，與他說之以為艷羨或鄙薄者皆不同，且曰「昔日少年，今應白首」，「昔日富貴，今應困窮」，「我既如是，同學皆然」，此說雖新，然恐非作者本意也。其所以為此說者，蓋由於必以「同學少年」為指杜甫當日之同學少年，因思我今白首，則昔之少年亦應白首，而昔日少年衣馬，亦必有杜甫在其間。此說實極迂鑿。至於別批則以為「自輕肥」有「自炫輕肥」、「而不與我以功名」之意，若然，則有怨羨之意矣。

一八、顧注　曰少年……目當時卿相如此（參看錢注）。

又　當時新進之士，必自為一種學習……殆謂之昔之人矣。故曰「晚將交契託年少，當面輸心背面笑」，又曰「爾曹身與名俱滅，不廢江河萬古流」，又曰「遞相祖述復先誰，別裁偽體親風雅」，總指當時同學少年而言。彼以此取功名或反易易，然彼自貴顯，不過裘馬翩翩而已，吾安能變所學乎？所以甘於功名薄心事違，決不自貶以趨時好也。

瑩按：此蓋推衍詩通之說，而枝蔓無當，可參看詩通及按語。

又　李夢沙曰，四句合看，總見公一肚皮不合時宜處。言同學少年既非抗疏之匡衡，又非傳經之劉向，志趣寄託與公絕不相同，彼所謂富貴赫奕，自鳴其不賤者，不過五陵衣馬自輕肥而已。極意奚落語，卻只如嘆羨，乃見少陵立言蘊藉之妙。

瑩按：此以四句合看，以說明杜甫平生「抗疏」、「傳經」之志趣與「五陵衣馬」之相異，更可見此數句語氣口吻之妙，極能得杜詩神理，為諸說之所未及。

一九、朱注　錢箋（見舊說錢注）。

二〇、論文　回望同學少年，已多不賤，惟有裘馬翩翩以鳴得意而已。

瑩按：此著以「翩翩」、「得意」字樣，似亦有薄之之意。

二一、澤解　趙曰（見九家注）。

又　夢弼曰（見蔡箋）。

又　澤堂曰：同學之輩，不階文學自富貴，此則不能效襲，其意深矣。

瑩按：此以不肯效襲同學少年為說。

二二、詩闡　「日日江樓坐翠微」，所傷者漁人、燕子為群，同學少年何在也；所悲者匡衡、劉向不若，同學少年何如也。遙想五陵年少，衣馬輕肥，亦念有客江樓，伴漁人，侶燕子，悼功名之不立，悵心事之多違乎。「輕肥」者，亦自輕肥耳，所謂厚祿故人書斷絕者，正此屬焉。

瑩按：此貫穿通首言之，頗為婉轉周至，而引杜甫《狂夫》一首「厚祿故人書斷絕」為說，則有慨同學少年不念故人之意，與詩通第三說相近。

二三、仇注 《列女傳》：孟宗少游學，與同學共處。

又 鮑照詩：「憶昔少年時。」

又 《西都賦》（見九家注）。

又 顧（宸）注：漢徙豪傑名家於諸陵，故五陵為豪俠所聚。

又 范雲詩：「儐從皆珠玳，裘馬悉輕肥。」（見九家注）

又 顧（宸）注：同學少年，不過志在輕肥，見無關於輕重也。

又 同學少年，謂小時同學之輩。

又 曰自輕肥，見非己所關心。

又 末句五陵，起下長安。

瑩按：仇引顧注以為同學少年不過志在輕肥，又云「曰自輕肥，見非己所關心」，則亦有鄙薄之意。

二四、黃說 衣馬輕肥，反取與朋友共意，言長安知舊，不惟不相援引，並周急恤友之意，亦無之矣，「同學少年」者，易之之辭。

又 此詩氣脈渾渾，首尾全不關合，及詩腹之體也。

瑩按：此以慨「長安知舊」「不相援引」為說，且引《論語》「與朋友共」為證。至云「同學少年者易之之辭」，易之，輕之也。

二五、滔解 《七歌》云（見錢注）。

又　正見同輩以曲學致通顯，而己獨不遇也，極意奚落語，卻口如讚嘆，乃見立言蘊藉之妙。

瑩按：潛解云「極意奚落」，則亦以為乃薄之之意，惟又云「口如讚嘆」，則深得杜甫「立言蘊藉之妙」。

二六、言志　回憶少年時一班同學，今皆宦成，都已不賤，翩翩衣馬輕肥於五陵之間者，比比皆是也。而奈何使志在溫飽者皆得其所願，翻令我心乎君國者，轉飄零於遠地耶。玩一「自」字，有志得自滿意，有封殖自擅意，有尸位素餐、恬不為恥意，八面玲瓏，十分足色，趣甚，毒甚。

瑩按：杜詩此句之「自」字，在口吻之間有無限意蘊耐人尋味，此處言志之說亦可供參考。惟以「毒甚」為說，似頗傷杜老忠厚之意。

二七、通解　以視長安同學少年皆趨時以顯名於世，而率多不賤，然惟翩翩裘馬馳逐於五陵之中以矜其輕肥而已，而予又何羨哉！

又　結則極意奚落少年，卻只如嘆羨，乃見少陵立言蘊藉之妙。

瑩按：此以為此一聯意在奚落而語如嘆羨，與潛解及提要之說相近，可以參看。

二八、提要　錢注云：旋觀同學少年……翻倒相應（見錢注）。

又　李夢沙云：一結極意奚落語，卻只如嘆羨，乃知立言蘊藉之妙。

瑩按：此與潛解之說同。

二九、心解　五陵同學長此謝絕矣乎！

瑩按：此說殊略，其意不過慨同學少年之不念故人也。

三〇、范解　回首故園，同學少年多有貴顯，豈肯自貶所學以趨時好。故末言五陵衣馬雖則翩翩，亦彼自輕肥耳，於己何與乎。既曰少年，又曰輕肥，極奚落語，卻似欣羨語，不露痕跡。

瑩按：此亦以「奚落」與「欣羨」結合為言，與前舉通解之說相近。

三一、偶評丙　眉批：同學少年……即起下章意（見鏡銓引眉批）。

三二、沈解　非惟不及衡、向，即如我同學之少年，亦多貴顯，而乘肥衣輕，馳騁於五陵之間，我何為久淹於此，而獨江頭之寂寞也耶！

瑩按：此與演義之說相近，可以參看。

三三、江說　《七歌》……卿相如此（見錢注）。

又　顧云：同學少年不過志在輕肥，見無關於輕重也。

瑩按：後錄施說引顧宸說與此全同，然余所見之辟疆園本顧宸注杜詩注解則並無此數語，不知諸家所引何據。

又　查慎行曰：回首京華，功名不遂，不得不有同學故人之望，而少年進用，徒事輕肥，可嘆，可嘆。

瑩按：此蓋以前一句為有望故人援引之意，與詩通之第三說、詩闡、黃說、心解及後舉之施說諸家，有相近之處。至於謂少年進用徒事輕肥，則有輕之之意。

三四、鏡銓　《西都賦》（見九家注）。

又　《漢書》：徙吏二千名高貲富人豪俠兼并之家於諸陵。

眉批　同學少年，指長安卿相言，謀國者用此等人，宜乎如奕棋之無定算矣。即起下章意，此首承上啟下，乃文章之過渡。

瑩按：眉批論章法之承轉，其說頗有可取；云「謀國者用此等人」，則亦有慨之之意。

三五、集評　李云：所以感傷。

瑩按：此說過簡，意旨不明。

三六、選讀　同學少年，不過志在輕肥，見無關於心也。

瑩按：此說似與前舉江說所引之顧說相近，然顧所云「無關輕重」蓋輕視少年之意，此云「無關於心」則殊嫌含混，不知其意乃謂杜甫對諸少年之無關於心乎，抑謂諸少年之對杜甫無關於心乎。

三七、沈讀　《七歌》……卿相如此（見錢注）。

又　正見……己獨不遇也（見胡注）。

又　極意奚落……蘊藉之妙（見通解及按語）。

瑩按：此但摘引諸家舊說，並無新意。

三八、施說　「同學少年多不賤，五陵衣馬自輕肥」，注引顧宸說：同學少年不過志在輕肥，是無關輕重也。又云自輕肥，見非己所關心。今按「自」字是言其自己輕肥不念故人流落，猶「厚祿故人書斷絕」之意。《冬至》詩「江上形容吾獨老，天涯風俗自相親」，即此「自」字，前二說皆非。

瑩按：此駁仇引顧注以為「同學不過志在輕肥，見無關輕重」及仇氏「見非己所關心」釋「自輕肥」之非，而以「自己輕肥，不念故人流落」為說，且引「厚祿故人書斷絕」為證，與詩闡同。

三九、湯箋　偏有時賢，五陵年少，輕裘肥馬，意欲誰矜。

瑩按：此云「意欲誰矜」，與金解別批所謂「自炫輕肥」者，意頗相近。而以「時賢」釋「同學少年」。

四〇、啟蒙　顧注：同學少年……無關輕重也（見前舉江說及按語）。

嘉瑩按：此一聯首當辨者，厥惟「同學少年」之所指。有以為指杜甫少年之同學者，諸舊說多主之；有泛言吾輩者，杜臆主之；有以為指新進少年，而謂同學乃「自為一種學習以趨時好」者，詩通第二說及邵解主之。綜觀三說，仍以第一說為長，蓋此一聯乃承匡衡、劉向一聯而來，以昔之同學少年，今日衣馬輕肥，與我今日之「功名薄」、「心事違」相襯托，其情意乃更為深切。若謂乃指與我無關之新進少年，則其情意似較為淡薄疏遠，且強以「自為一種學習」云云，以釋「同學」二字，尤嫌迂鑿，至於以「吾輩」釋「同學」，則殊嫌浮泛，皆不若第一說之情意深切也。至於如錢注及鏡銓之以「長安卿相」為言，及湯箋之以「時賢」為言，則就昔之「同學少年」今已「五陵衣馬」者言之，自當是「長安卿相」之「時賢」可無庸辨者矣。其次，則下一句「自輕肥」之「自」字，有以「自己輕肥」為言者，施說主之；有以「自炫輕肥」為言者，湯箋主之；有以為「輕視」、「鄙薄」之意者，胡注奚批、錢注、仇注主之。至於就二句之語氣及情意言之，則有以為乃「羨之」之意者，演義及詩通第一說主之；有以為乃「譏之」之意者，頗解主之；有以為「慨己之不遇」者，意箋、胡注及潛解主之；有以為「慨同學少年之誤國」者，杜臆主之；有以為慨同學少年之「不念故人」者，詩通第三說、詩闡、黃說、心解及施說主之。綜觀諸說，如就「自輕肥」之「自」字尋味，似有一任彼自輕肥之意，當以輕之之口氣近是，惟是杜甫之用筆，含蘊深厚，故譏之而有似讚羨之意，顧注引李夢沙之言即作此說；潛解、言志及提要皆曾極讚杜甫立言之妙，是也。至其言外之意，則己身之不遇，同學少年之誤國，與夫厚祿故人之斷絕種種感慨，盡在其中矣。必執一說，反嫌拘狹，此正杜詩情意厚至，感發深遠之處，非故為含混之說也。

其四

聞道長安似奕棋，百年世事不勝悲。
王侯第宅皆新主，文武衣冠異昔時。
直北關山金鼓振，征西車馬羽書遲。
魚龍寂寞秋江冷，故國平居有所思。

【校記】

奕棋　王本、范批、郭批、鈔本、錢注、朱注皆作「奕棊」。九家、鶴注、分門、愚得、論文、澤解、滘解皆作「奕碁」。

瑩按：「奕棋」與「弈棋」古通用，今日辭書多將「奕」、「弈」分別為二，不再通用，而杜詩舊本多有作「奕」者，因古可通用，未加詳校。「棋」本作「棊」，或作「碁」，見《說文》，是作「棊」作「碁」並同。

不勝悲　九家、劉本、仇注、朱注、鄭本皆注云：「勝一作堪。」翁批本注云：「勝一作堪，非。」施說用仇注而引作「堪」。

瑩按：當作「不勝悲」為是，「不堪」二字生硬而無餘味。

金鼓振　王本、九家、鶴注、分門、蔡箋、千家、演義、范批、愚得、頗解、詩通、邵解、意箋、胡注、劉本、郭批、錢注、金解、論文、澤解、詩闡、黃說、滘解、言志、提要、偶評、江說、集評、選讀、湯箋、啟蒙、詩鈔皆作「金鼓震」。朱注、翁批、仇注、心解雖作

「震」，而注云「一作振」。

瑩按：「振」與「震」二字，往往借用相通，是作「震」作「振」並同，而作「振」者多，宜從眾，作「振」。

車馬　錢注鈔本、朱注及澤解皆注云「馬，一作騎」。

瑩按：「車騎」較生澀，且聲音不響，仍以作「車馬」為是。

羽書遲　王本、分門、鶴注、蔡箋、千家、演義、愚得、頗解、詩通、邵解、意箋、胡注、劉本、郭批、錢注、金解、論文、澤解、詩闡、會粹、黃說、澹解、提要、心解、偶評、江說、鄭本、集評、選讀、湯箋、啟蒙、詩鈔皆作「遲」。而分門、蔡箋、劉本、錢注、心解、鄭本皆注云「一作馳」。翁批、仇本作「馳」，且注云：「一作遲，非。」

瑩按：作「馳」與作「遲」之意迥然相異，私意以為作「遲」字較佳，說詳後。

【章旨】

一、演義　此詩專為長安之變更（朱刊本虞注無「更」字，餘同），因秋有感而懷思也。

二、愚得　言我平居所思者，長安耳。及聞第宅皆新主，衣冠異昔時，金鼓振於北，羽書馳於西，而魚龍寂寞，此非世事已如奕棋乎？若是，則不勝其悲矣。比而賦也。

瑩按：此為全篇之概說，大意謂思長安之如奕棋而不勝悲也。

三、邵解　其四感及長安事。

又　「故國平居」以下四首，思蓬萊宮、曲江、昆明池、渼陂之類，皆平居也。

瑩按：此不僅論本章章旨，兼論對後四章之呼應。

四、邵注　此詩專為長安之變，因秋有感而懷思也。

五、意箋　此因秋而傷長安之亂也。

六、杜臆　其四遂及國家之變。

瑩按：以上三說相近，皆以此章為慨長安之變亂。

七、張解　此承上章言五陵少年，因嘆長安變亂，王侯竄去，舍主皆換，文武離亂，舊人無存。蓋嘆輕肥幾時也。況今北征西討，尚無成功，當此秋日，寧不思故國乎！

瑩按：此以本章為寫長安之變亂，因為諸家之所同。謂其承上章「五陵少年」而言，亦有可取。不過承接之意旨何在，則諸家之說各有不同。或以為以「長安」與「五陵」相承，此顯然可見者也。至於如此處所言以此章之變亂喻嘆五陵少年輕肥之不能幾時者，則私意以為曲折過多，恐未必為詩中原意，至於北征、西討云云，說亦未洽，當於後文詳之。

八、顧注　前三首皆就夔州言，此以下遂及長安事，故以「聞道」發之。

九、朱注　此嘆長安之洊經喪亂也，金鼓羽書，謂吐蕃頻年入寇。

又　前三章俱主夔州言，此章以下皆及長安之事。

一〇、詩闡　此章提出長安，啟下四章。

一一、會粹　前三章俱主夔州言，此下五章乃及長安事。

一二、仇注　四章，回憶長安，嘆其洊經喪亂也。上四傷朝局之變遷，下是憂邊境之侵逼。故國有思，又啟下四章。

瑩按：以上三說皆於慨長安之外兼論其對後數章之呼應。

一三、湑解　前三首，皆就夔州言，此以下遂及長安事，故著「聞道」二字。

瑩按：此論慨及長安故以「聞道」二字特提，所言頗是。

一四、言志　此第四首，則悲時事之甚失也。承上章言我之生平既未得其志，而時事之可悲，又有甚焉者。

一五、通解　此公有感於長安無定、時事日非而賦也。

一六、提要　（同漕解）。

一七、心解　四章正寫望京華，又是總領，為前後大關鍵。

一八、范解　此詩前六句全不涉題，直至第七句方點「秋」字，其實所述時事皆公因秋感興，故首以「長安」二字領起，末以魚龍自況，即點出「故國平居有所思」，上應「故園心」三字，為下四首引脈。八首中關鍵全在於此，讀者勿草草看過。

一九、偶評　前半指朝廷之變遷，後半指邊境之侵逼，北憂回紇，西患吐蕃，追懷往事不勝今昔之感。

二〇、偶評丙　眉批：前首慨身，此首慨世，皆是所以依斗望京之故。

二一、沈解　此詩專為長安之變因秋而感懷也。

二二、江說　朱鶴齡曰（見前引朱注）。

又　查慎行曰：此首詩為承上起下之關鍵，奕棋不定，謀國者之過也。世事艱難，孰階之禍，故追思往事不勝悲感。下四句皆以所思故國者言之。

二三、鏡銓　前三章，俱主夔州，此下五章，乃及長安事（參看會粹）。

又　前首慨身，此首慨世，皆是所以依斗望京之故。

二四、選讀　四章回憶長安，嘆其洊經喪亂也。

二五、沈讀　肅宗收京後委任中官，中外多故。公不以移官僻遠扨置君國之憂，故有「聞道長安」之章。「每依北斗望京華」，情見於此。曰「平居有所思」，殆欲以滄江遺老覆定百年奕棋之局，非徒悲傷畹晚如昔人願入帝城已也。

二六、啟蒙　此章憶長安而傷國事也。

嘉瑩按：此章正寫長安，遙與首章之「故園」、次章之「京華」、三章之「五陵」相呼應。又喚起以下四章，心解所云為前後大關鍵者，是也。因之，此章所寫之長安皆自大處落墨，總寫朝局之變遷，邊境之紛擾。以下四章再一一致其懷思之意。尾聯，「魚龍」句回到自身，兼點「秋」字，「故國」句喚起以下四章。至於言志之以上章慨生平，此章慨時事，及偶評之前首慨身、此首慨世之言，皆可見上下之相承呼應，亦有可取。他如江說引查慎行之言，以為追思往事以溯禍階，則與沈讀所云欲以滄江遺老覆定百年奕棋之局之言可以參看，亦可得言外之悲慨。再如范解之謂以魚龍自況，亦可供一說。凡此種種雖或者但為讀者之一想，然亦杜甫詩之富於感發含蘊豐美之一證也。

【集解】

聞道長安似奕棋，百年世事不勝悲。

一、九家　「奕棋」，互勝負也。《左傳・襄公二十五年》：「今甯子視君不如奕棋。」

　　瑩按：此以「互勝負」為言，蓋謂長安之屢經戰亂也。

二、分門　洙曰：奕棋，互勝負也（見九家注）。

三、蔡箋　奕棋，互有勝負也。《左氏傳》：甯子視君不如奕棋（見九家注）。

四、演義　長安自祿山之破（朱刊虞注作故），至於代宗（朱刊虞注下多「之世」二字），朱泚亂之（朱刊虞注作之亂），吐蕃陷之，乘輿播越，而公久客巴蜀，故云聞道，甚是。奕棋，迭相勝負，而百年之內有不勝悲者。

瑩按：祿山陷長安在玄宗天寶十五載（公元七五六年），吐蕃陷長安在代宗廣德元年（公元七六三年），以此釋「似奕棋」，蓋指長安之屢陷而言也。至於朱泚之亂，則在德宗建中四年（公元七八三年），時距杜甫之歿——大曆五年（公元七七〇年），已十四年矣，演義引朱泚之亂說此詩，與歷史年代不合，蓋一時誤引。

五、愚得　（見前章旨）。

六、頗解　王侯，指宗室言，避亂奔竄，第宅委棄，故曰皆新主；時用兵既久，府帑匱竭，朝廷悉以官爵賞功，故曰異昔時。此二事所謂奕棋，所謂不勝悲也。

瑩按：此舉所謂「似奕棋」與「不勝悲」之事實，兼領聯三、四兩句而言。

七、詩通　似奕棋，言變故不常也。

又　前三者，皆以夔州言，此以下遂及長安之事，故以「聞道長安」發之。三、四一聯，即似奕棋者。

瑩按：此亦以三、四一聯釋「似奕棋」，與頗解同。

八、邵解　自祿山入長安，至代宗世，吐蕃陷之，公久在蜀聞其變故不□（原缺一字，疑當是常字）如奕棋然，百年之內，不勝悲者。

瑩按：此亦以長安屢陷釋「似奕棋」，與演義之說相近。

九、邵注　奕棋，一局一勢，互有勝負。百年，言自祿山之亂至於代宗時朱泚亂之，吐蕃陷之，言其久也。

又　故云長安聞似奕棋，迭相勝負，而百年之內有不勝悲者。

一〇、意箋　長安如奕棋，言變故多端，皆得之所聞，而百年之內，不意其不勝悲如今日者，為之浩嘆也。

瑩按：此泛以「變故多端」釋「似奕棋」。

一一、杜臆　長安一破於祿山，再亂於朱泚，三陷於吐蕃，如奕棋之迭為勝負，而百年世事，有不勝悲者。

瑩按：此以長安屢陷釋「似奕棋」，而引朱泚之亂，年代未合，其誤與演義同。

一二、錢注　《左傳》：奕者舉棋不定，不勝其偶，而況置君而不定。

又　辛有曰：不及百年，此其戎乎！

又　長安似奕棋，言謀國者似奕棋之無定算，故貽禍於百年之後，而不勝其悲也。百年世事，用辛有之言也。

又　肅宗收京後，委任中人，中外多故，公不以移官僻遠，慭置君國之憂，故有「聞道長安」之章，「每依南斗望京華」，情見於此。

瑩按：錢注所引《左傳》奕棋之說，與前九家注及蔡箋所引《左傳》奕棋之說，雖詳略不同，然同見於《左傳・襄公二十五年》，茲錄原文如下：「衛獻公自夷儀，使與甯喜言，甯喜許之。太叔文子聞之曰……今甯子視君不如奕棋，其何以免乎？奕者舉棋不定，不勝其耦，而況置君而弗定乎？必不免矣。」杜甫此句雖亦有奕棋之語，然並無置君不定之意，惟言長安以一國之首都，而迭經戰亂，如奕棋勝負不定，為可悲耳。錢氏解作謀國者似奕棋之無定算，似尚不免失之於狹。至於錢注所引辛有之言，則見於《左傳・僖公二十二年》，《傳》云：「初平王之東遷也，辛有適伊川，見被髮而祭於野者，曰：不及百年，此其戎乎！其禮先亡矣。」錢氏以為杜甫「百年」二字用辛有之言，其說可備參想之一助，然亦不可拘於是說也。又錢氏云：「公不以移官僻遠，慭置君國之憂，故有聞道長安之章」，則是杜甫一貫忠愛之本心也。

一三、張解　奕棋，一局一勢，互有勝負。百年世事，祿山陷長安城。

瑩按：「百年世事」不僅指祿山之陷長安，其所慨者極多，詳見總按語，可以參看。

一四、金解　前首結五陵裘馬，故此以長安起。聞道者，一則不忍言親見，故託之耳聞；一則去國已遠，不欲實說也。長安似奕棋，指明皇幸蜀以後而言。百年世事，由今大曆紀年逆追至神堯有天下之初而言。不勝悲者，悲國政也。而曰世事，蓋微辭也。百年世事，固不勝悲，然先生之悲，至此日長安而極。

別批：「聞道」妙，不忍直言之也，亦不敢遽信之也，二字貫全解，世事可悲。加「百年」二字妙，正見先生滿肚真才實學，非腐儒呴吁腹誹迂論。蓋世事因循至於今日，非一朝一夕之故，其馴而致於此者，有漸矣。且世事既因循至於今日，亦非一朝一夕可以遂致太平，將來正費周折，故曰百年。

瑩按：金解以為「百年世事」，乃「由大曆紀年逆追至神堯有天下之初而言」。按唐高祖廟謚為神堯大聖光孝皇帝，故仇注卷二《同諸公登慈恩寺塔》一詩「回首叫虞舜」句，引《杜詩博議》云：「高祖號神堯皇帝，太宗受內禪，故以虞舜方之。」是神堯蓋指高祖李淵而言也。高祖武德元年當西曆六一八年，而代宗大曆元年當西曆七六六年，前後有將近一百五十年之久，與金解百年之說並不盡合，蓋詩人口中之數字，原不必且不可拘執者也。「百年世事」者，泛言世事之多變耳。別批「非一朝一夕」之說頗亦通達可採。又，金解及別批說「聞道」二字，以為有「去國已遠」，「不忍直言」，「不敢遽信」之意，亦頗可玩味。

一五、顧注　似奕棋，言無定也。長安變遷，其來已久，即百年之間，世事已不勝悲矣，言不必遠追也。

瑩按：此與後引涽解之說相近，可以參看。

一六、朱注　《左傳》（見錢注所引）。

又　此言謀國者如奕棋之無定算（參看錢注）。

一七、論文　接上「同學」二句，言長安時局，紛如奕棋，百年之間，而天下之事已不勝悲矣。

瑩按：此說頗簡明。

一八、澤解　洙曰（見分門注）。

一九、詩闡　羈巫峽，坐江樓，長安風景不復見矣，惟有託之於聞。長安自古帝王都，秦漢以來，變遷不一，大勢只如奕棋耳，開國者往往得勝算，亡國者往往留殘局，誰知前人勝算即為殘局所基，後人殘局又為勝算所起，然則勝算未可恃，殘局未可拋，善奕者，因殘局為勝算，不善奕者，變勝算為殘局，得失何常之有。長安變遷，且無遠追，即百年間世事多可悲者。

瑩按：此說將盛衰如奕棋勝負之無常，直推及秦、漢以來，所說似未免過遠。至於「殘局」、「勝算」云云，雖頗為有理，然而究屬文人弄筆墨之說，與作者原意，並無重要之關係。杜甫「似奕棋」云云，自有憂國傷時種種深切之悲慨，非如詩闡勝算殘局之說之通古今而泛論之也。

二〇、會粹　《左傳》（見錢注）。

二一、仇注　《左傳》（見錢注）。

又　李陵《答蘇武書》：世事謬矣。

又《世說》：王戎悲不自勝。

又金俊明曰：自高祖開國，至大曆之初，為百年。

又杜臆　長安一破於祿山，再陷於吐蕃，如奕棋迭為勝負，即此百年中，而世事有不勝悲者。百年，謂開國至今（按據影印王嗣奭手稿本，杜臆並無「開國至今」一句，可參看前杜臆之說）。

影印本眉批　奕棋，指置君不定。此詩追述祿山陷長安之事，下二章追述天寶以後，馴至喪亂之因。

瑩按：仇注金俊明之說，以「百年」為指高祖開國至大曆之初，與金解同，說已詳前。眉批所云奕棋指置君而言，蓋用《左傳》原意，然而恐非作者之意也，說詳錢注按語。

二二、黃說　首句接上章五陵字來，言長安經亂，人事多有變更。

瑩按　此以「長安經亂」，「人事多變」釋「似奕棋」。

二三、潛解　「似奕」，無定也。第二聯言其實，言即百年間，而變遷正不勝其悲，不必遠追也。

瑩按：此亦以第二聯釋「似奕棋」之事。

二四、言志　不聞長安近日之變態乎？紀綱紊亂，措置紛紜，如奕者之舉棋無定。

瑩按：此亦與前舉朱注之說相近。

二五、通解　言長安盛衰變遷不一。聞道自古以來如奕棋然，即百年之間世事經眼，有不勝其悲者。

瑩按：此亦與前引說相近，惟是加「自古以來」四字反嫌蛇足。杜甫所慨者唐代之事，未曾兼慨自古以來之事也。

二六、提要　起句用《左傳》（見錢注）。

二七、心解　奕棋、世事，不專指京師屢陷，觀三、四，單以第宅、衣冠言可見。百年，統舉開國以來，今昔風尚之感也。

瑩按：心解之說頗通達。「似奕棋」固可泛指一切盛衰今昔之變，不專指京師之陷。然京師之陷仍為重點之所在，則無可置疑者也。

二八、范解　《左傳》（見錢注）。

又　接上五陵衣馬來，因憶長安卿相當國者，如奕棋之無定算。百年世事已不勝悲。曰聞道者，公久客巴蜀，故皆得於傳聞。

瑩按：此亦與前引諸說相近，以「久客巴蜀」說「聞道」二字，與演義之說同。

二九、沈解　長安自祿山之叛……有不勝悲者。

瑩按：此與演義之朱刊虞注本之說相同，惟是「祿山之叛」一句，朱刊虞注作「祿山之故」。此當為輾轉鈔印時之誤，而無害於原意也。

三〇、江說　杜臆：長安一破於祿山，再陷於吐蕃……有不勝悲者。百年，謂開國至今。

又　朱鶴齡曰：此言謀國者如奕棋之無定算。

瑩按：此雖引杜臆之說，然刪去朱泚之亂句，蓋亦以有見於其時代之不合，已詳演義及杜臆按語。至於引朱鶴齡之說，則已見前舉朱注。

三一、集評　「聞道」句，李云望京華者以此。

三二、選讀　長安一破於祿山……開國至今（同上江說）。

三三、沈讀　前三首……故著「聞道」二字（參看詩通）。

三四、施說　「聞道長安似奕棋，百年世事不堪悲」注引杜臆：百年，謂開國至今。又金俊明說：自高祖開國至大曆初，為百年。今按百年祇是虛說，即第六章「秦中自古帝王州」意，若就唐開國以來說，則高祖、太宗、高宗時，未可云長安似奕棋也。

瑩按：此駁仇注之非，仇引杜臆「開國至今」之說，並不見《杜臆》一書，蓋仇氏妄引，已見前仇注按語。至所引金俊明之說與金解同，其不可確據已見前金解按語。施說以「百年」為「虛說」，頗是。

三五、湯箋　語及五陵，因懷京國，百年未久，人地俱非，世事變遷，失由廟算，舉棋不定，曷怪其然。

三六、啟蒙　似奕棋，言亂而無定。惟似奕棋，故不勝悲。

瑩按：此說甚為簡明。

嘉瑩按：此章承上章「五陵衣馬」而來，以「聞道長安」上承，且呼起以下數章。「聞道」二字，以去國之久，於長安之變，不忍直言，不敢遽信，故託之於聞。演義、邵解、詩闡及金解別批，釋此二字之言皆有可取。「奕棋」二字，有以為指長安之屢陷者，邵解、杜臆、仇注皆主之；有以為寫「今昔風尚之感」，「不專指京師屢陷」者，心解主之；有以三、四一聯說此聯者，頗解、詩通、湣解主之；有兼三、四、五、六，兩聯說之者，愚得主之。如自「長安」二字觀之，則五、六一聯「直北關山」、「征西車馬」，似嫌距「長安」稍遠。而三、四一聯，「王侯第宅」、「文武衣冠」，則緊承首聯而來，故「似奕棋」雖不必兼五、六一聯，而實當兼三、四一聯而言也。然長安變故之大者，則為迭經戰亂，屢陷敵手，故詩中雖未明言屢陷之事，然杜甫所云「似奕棋」者，則必慨及此事，可斷言者也。心解雖曰「不專指京師屢陷」，然「不專指」，並非「不指」，此「似奕棋」三字，蓋兼長安之陷，與今昔風尚及人事之種種變故之不常而言之者也。至於錢注、顧注、朱注、言志、范解及湯箋之以「謀國者無定算」、「舉棋不定」為說，則過於拘執《左傳》之原文，而杜甫固未必用《左傳》之原意也，前已於錢注按語中辨之。又如詩闡之「殘局」、「勝算」、「得失無常」之說，雖頗為通達，然而失之於泛，似不能得杜甫之深意，亦已於前詩闡按語中論之矣。至於「百年」一句，有以為指「高祖至代宗大曆年間」為百年者，金解及仇注主之；有以「貽禍百年」為言者，錢注主之；金解及仇注之說，施說已駁其非；錢注之說則承其論「奕棋」一句「謀國者無定算」之說而來，亦嫌迂鑿，惟施說「百年只是虛說」之言，及金氏別批「非一朝一夕」之言，尚頗通達可取，蓋謂世事可悲者之多，非一朝一夕，至所悲之世事則兼國政、風尚、人事種種變故而言者也。

王侯第宅皆新主，文武衣冠異昔時。

一、九家　左太沖詩：「濟濟王城內，赫赫王侯居。」

又　古詩：「長衢羅夾巷，王侯多第宅。」

又　「王侯」句，以喪亂而易主也。

瑩按：此但通以「喪亂易主」為說。

二、分門　王洙曰：以喪亂而傷（按當作「易」，見九家注）主也。

又　左太沖詩（見九家注）。

又　「文武」句，言非故舊也。

三、鶴注　左太沖詩（見九家注）。

又　洙曰（見分門注）。

四、蔡箋　「王侯」句，言以喪亂而易主也；「文武」句，悲故舊也（參看分門注）。

五、演義　如王侯則委棄奔竄，而第宅皆為他人所有；文武又皆軍功濫進，非復向時動閥衣冠。

又　頷聯感慨。

瑩按：此以「軍功濫進」釋「文武衣冠」句。

六、愚得　（見章旨）。

七、頗解　（見首聯）。

瑩按：頗解以「朝廷悉以官爵賞功」釋「異昔時」，與演義「軍功濫進」說相近。

八、詩通　（見首聯）。

瑩按：詩通但云「三、四」聯即似奕棋者」，所說極略。

九、邵解　王侯第宅，俱屬凡人；文武衣冠，又非舊閥。

瑩按：此但泛言其易主非舊。

一〇、邵注　「王侯」二句，言其似奕棋也。

又　如王侯則委棄奔竄，而第宅皆為他人所有，文武則僥倖濫進，非復向時動舊衣冠。

瑩按：此與演義之說同。

一一、意箋　「王侯第宅皆新主」，言喪敗可悲也；「文武衣冠異昔時」，言濫爵可悲也。

又　眉批：四還朱公題：王侯第宅，頻易新主，文武衣冠，非復舊制，正見世事如奕棋，所以為可悲也。

瑩按：意箋以「濫爵」釋「文武」句，而眉批朱運昌氏以「非復舊制」為說，二者頗異。

一二、杜臆　王侯奔竄，第宅皆新主矣，軍功濫進，衣冠異昔時矣。

瑩按：此亦以「軍功濫進」釋「文武衣冠」句，與演義、頗解、意箋之說相近。

一三、錢注　《長安志》：奉慈寺，本虢國夫人宅，其地本中書令馬周宅。《津陽門》詩曰：「八姨新起合歡堂。」右相李林甫宅，本衛國公李靖宅，林甫死後，改為道士觀。天寶中，京師堂寢，已極宏麗，而第宅未甚逾制，然衛國公李靖廟已為嬖人楊氏廄矣。及安史二逆之後，大臣宿將，競崇棟宇，人謂之木妖。

又　王侯第宅，指誤國之人，如林甫、國忠輩也。玄宗寵任蕃將，而肅宗信向中官，俾居朝右，文武衣冠，皆異於昔時也，所謂百年世事者如此。

附輯評　李云：「文武」句，意不專指衣冠，亂後人才非故，感興甚深，若在今日則傷於直率矣。其實衣冠已異唐初，然所謂異者，時俗趨新厭樸，就簡棄繁耳，非指創制者言。「王侯第宅」句，乃思故也，將相雲興，而先朝勳舊之裔，不可問矣。「文武衣冠」句，乃感今也，踵事增華，而先進樸略之風不復睹矣。

又　吳云：語罪秉政，意在懷君，此正言崩離也。王侯第宅，皆安史之支黨；文武衣冠，非開寶之班行。致此禍者，皆舉棋不定之人也，故曰百年，故曰故國，錢箋指唐之王侯文武，予以為不然。

瑩按：輯評所錄吳農祥之說，以為「王侯第宅」乃指安史支黨，與其他各家之說異。瑩意以為，杜甫作《秋興八首》之時，乃在大曆年間，時不但距安史之陷長安已有十年之久，即距吐蕃之陷長安亦有三年之久，而長安早經收復。杜甫此詩泛言盛衰今昔之感，不應專指安史陷長安而言，更不可能稱安史支黨為王侯文武，故吳評之說絕不可信。至於李評所云「文武衣冠句，乃感今也，踵事增華，而先進樸略之風不復睹」，以為「異」者乃指「時俗趨新厭樸，就簡棄繁」而言，其說亦過於拘狹。杜甫所謂衣冠之異，蓋傷人與政之俱非，而非僅指衣冠之制而言也。至錢注引史實頗詳，惟以為「王侯」但指誤國之人，如林甫、國忠輩，又以為「文武」指玄宗之寵蓄將，肅宗之信中官，雖於史有徵，然似不免過於拘實，反嫌淺狹。

一四、張解　王侯竄去，舍主皆換。文武離亂，舊人無存。

瑩按：此說簡而且泛。

一五、金解　承之以三、四，但言第宅，言衣冠，此所謂世事也。

別批　三、四緊承世事之堪悲，然而正不必為目前第宅之新、衣冠之異而致詫也。讀先生詩，真如聞無上甚深經典，使小儒意見都盡。

瑩按：金解「所謂世事」之言，乃承首聯之說，以為悲國政而曰世事，然國政與世事，實不必如此截然劃分也。又別批所云不必致詫之言，亦承首聯之說，以為世事因循至於今日，非一朝一夕之故也，雖曰不必致詫，而其實感慨甚深也。

一六、顧注　《長安志》……人謂之木妖（見錢注）。

又　王侯，指宗室言。避亂奔竄，第宅委棄，故曰「皆新主」。用兵既久，府帑匱竭，朝廷皆以官爵賞功，故曰「衣冠異昔時」。此二事所謂奕棋，所謂不勝悲也。追敘長安，昔經祿山喪亂，故其變遷如此。

又　當年誤國之臣如林甫、國忠輩，其第宅已更新主矣。自玄宗倚仗蕃將，專制節鎮，而肅宗以中官居重任，文武衣冠亦異於昔時矣。

瑩按：此說雖似較詳，然以王侯指宗室，又以第宅之更新主指林甫、國忠輩，既與所謂指宗室者相矛盾，又各有拘限。杜甫所慨者固當不僅指宗室或林甫、國忠輩也。

一七、論文　下頂「不勝悲」句，王侯第宅，已更新主，文武衣冠亦異昔時矣。

瑩按：此泛言之也。

一八、澤解　洙曰（見分門注）。

一九、詩闡　長安中第宅，萬戶相連也。今王侯易，而第宅已易主，一時大臣宿將，競崇新第，甚而浮屠木妖，遍滿京師，世事之可悲者也。長安中衣冠，萬民所望也。今文武異，而衣冠亦異舊，如貂蟬乃侍中冠也，一變而總戎皆插，如旌旄本節鉞儀也，一變而奴隸皆麾，世事之可悲者又一。

又　二句正見似奕棋。

瑩按：此云「侍中冠」「一變而總戎皆插」語見杜甫《諸將五首》，有「殊錫曾為大司馬，總戎皆插侍中貂」之句，錢注引《舊唐書》云：「李輔國判元帥行軍司馬，專掌禁兵，上元二年，拜兵部尚書。」又云：「至德二年九節度討安慶緒於相州，不立統帥，以魚朝恩為觀軍容宣慰處置使。觀軍容使名，自朝恩始，廣德元年，改為天下觀軍容宣慰處置使。」又云：「程元振代輔國判元帥行軍司馬，專制禁兵，加鎮軍大將軍，右監門衛大將軍，充寶應軍使。」又引應劭《漢書集解音義》：「侍中，周官也。金蟬有貂，秦始皇破趙，得其冠，以賜侍中。」《漢官儀》：「侍中左蟬右貂，本秦丞相吏，往來殿內，故謂之侍中，分掌乘輿服物，下至褻器虎子之屬。」《晉書・輿服志》：「天子元服，亦先加大冠，左右侍臣及諸將軍武官通服之，侍中常侍，則加金璫，附蟬為飾，插以貂毛，黃金為竿，侍中插左，常侍插右。」又箋曰：「此深戒朝廷不當使中官出將也。」又云：「李輔國以中官拜大司馬，所謂殊錫也。魚朝恩等以中官為觀軍容使，所謂總戎也。」而仇注引澤州陳冢宰（廷敬）之說駁錢氏之非云：「其一謂漢武帝置大司馬，為武官極品。唐之兵部尚書不可稱大司馬，唐兵部尚書乃正三品。輔國進封司空，兼中書令，進封博陸郡王，三品之官，何足異乎？若唐之諸帥，其下各有行軍司馬及軍司馬，所謂大司馬者，應指副元帥、都統、節度使、都督府、都護府等官，專征伐之柄者言。且安南設大都護以掌統諸番，此亦可證。所謂殊錫，大約非常寵錫，為朝廷親信重臣耳。其一謂總戎之名，節度使皆可稱，如杜詩『總戎處蜀』，以贈高適，『聞道總戎』以贈嚴武，何必觀軍容使始云總戎耶！《唐書．百官志》：門下省，侍中二人，正二品。左散騎，常侍二人，正三品。注云：左散騎與侍中為左貂，右散騎與中書令為右貂。考馬燧、渾瑊（見《新唐書》卷一百五十五《列傳》第八十），皆拜侍中，初非中人也。《百官志》：中人有內侍省監，內常侍諸稱，而無侍中。《宦者傳》諸宦官有封為王公，進為中書令者，亦無侍中。今以魚朝恩當之，誤矣。所謂總戎皆插侍中貂，當指節度使而帶宰相之銜者。」仇引陳說所駁錢氏二點，其一謂「唐之兵部尚書不可稱大司馬」。然考之《唐六典》卷五曰：「兵部尚書一人，正三品，後周依周官置大司馬卿一人，隋改為兵部尚書。」李輔國既曾為兵部尚書，相當於舊之大司馬卿，然則是錢氏以為指李輔國之說為可據。至於其二，以為中人無侍中之稱，而謂「總戎皆插侍中貂」一句非指魚朝恩而言。瑩意以為陳氏之說亦未免過拘。蓋宦者侍奉於大內之中，故歷代宦者或稱中人，或為內侍，或為中常侍，皆可以宦者為之。然則杜詩所云「侍中」，蓋亦泛指宦者之稱而已，殊不必拘指侍中狹義之官職以考之也。故私意以為錢氏之說仍為可信，然此特就杜甫《諸將五首》「殊錫」、「總戎」二句而言耳。至於《秋興》此章頷聯之所謂「文武衣冠異昔時」一句，則所慨者當更為深廣，有無限盛衰今昔之感與朝政日非之痛，而非僅指李輔國、魚朝恩輩而已也。至於詩闡釋此句，而以「侍中」、「奴隸」為言，其意蓋亦指宦者而言，可備為參助之一說，而不必如此拘指也。

二〇、會粹　古詩：「王侯多第宅。」

二一、仇注　古詩（同會粹）。

又　《後漢書．傳贊》：上方欲用文武。

又　《郭泰傳》：衣冠諸儒。

又　唐中宗《授楊再思制》……衣冠舊齒。衣冠，指縉紳望族。

又　邵注：王侯之家，委棄奔竄，第宅易為新主矣；文武之官，僥倖濫進，衣冠非復舊時矣。

又　錢箋：天寶中，京師堂寢……人謂之木妖。玄宗寵任蕃將……皆異於昔時也（見錢注）。

瑩按：仇引邵注之說，與杜臆相近，亦以「濫進」釋「文武」一句。

二二、滑解　《長安志》（見錢注）。

又　王侯，指誤國之人，如林甫、國忠輩。

又　玄宗寵任蕃將……俾居朝右（以上見錢注）。兼之用兵既久，府帑匱乏，朝廷以官爵賞功，文武衣冠皆異於昔時也，所謂百年世事者如此。

瑩按：滑解之說，多與錢注同，至於「以官爵賞功」之說，則與演義、頗解、意箋、杜臆之說相近。

二三、言志　王侯第宅，各矜壯麗，而絕無矢忠報主之心；文武衣冠，各樹黨援，而絕無憂國奉公之士。

瑩按：此蓋就杜甫言外所可能有之感慨為說。雖嫌支蔓，亦不無可取。

二四、通解　試看長安之內，巍巍第宅，向為王侯所居者，俱更新主，有不可居而居者矣。濟濟衣冠，向為文武之所服者，悉異昔時，有不當服而服者矣。

瑩按：此以今之新主及文武有不可居而居與不當服而服者，然則昔之王侯及文武又果然為可居與當服者乎？所言似未盡當。

二五、提要　中二聯世事可悲處。

瑩按：此說殊略。

二六、心解　三、四，即衣馬輕肥而推廣言之，以映己之寂寞。曰「皆新」，曰「異昔」，則寓甲卒身貴，冠裳倒置之慨。是時朝局如此。

又《洗兵馬》云：「攀龍附鳳勢莫當，天下盡化為侯王。」

又《折檻行》云：「青衿胄子困泥塗，白馬將軍若雷電。」

瑩按：錢注於《洗兵馬》一首，此二句下注云：「是時方加封蜀郡靈武元從功臣，肅宗之意，獨厚於靈武，故婉辭以譏之。攀龍附鳳，郭湜謂李輔國。一承攀附之恩，致位雲霄之上是也。」

又於《折檻行》一首，此二句下注云：「永泰元年，命左僕射裴冕、右僕射郭英乂等文武之臣十三人，於集賢殿待制。獨孤及上疏，以為雖容其直，不錄其言，故曰『秦王學士時難羨』，嘆集賢待制之臣，不及秦王學士之時也。次年（按即大曆元年），國子監釋奠，魚朝恩率六軍諸將往聽講，子弟皆服朱紫為諸生，遂以朝恩判國子監事（據《通鑑》卷二百二十四《代宗紀》，魚朝恩率六軍諸將往聽講，在二月；判國子監，在八月），故曰『青衿胄子困泥塗，白馬將軍若雷電』也。」然則心解之引此二詩，不過證實其所謂「皆新」、「異昔」、「甲卒身貴」、「冠裳倒置之慨」之說耳。

二七、范解　《長安志》（見錢注）。

又　玄宗倚仗蕃將……中官居重任，皆非舊制（見顧注）。

又　王侯第宅已更新主，文武衣冠亦異昔時。

瑩按：此但引錢注及顧注，並無新意。

二八、沈解　如王侯則委棄奔竄……異於動閥之時。

瑩按：此與演義之說全同。

二九、江說　古詩（見九家注）。

又　《郭泰傳》（見仇注）。

又　邵注（見邵注）。

三〇、鏡銓　公在京往還如汝陽王璡、鄭駙馬潛曜之類。

又　如諸番將封王及以魚朝恩判國子監事之類（參看心解）。

瑩按：此以為「王侯」句乃指汝陽王與鄭駙馬之類，與錢注及滑解之以為指林甫、國忠者異。至於心解之引《洗兵馬》「攀龍附鳳」句以為指李輔國者，則就文武衣冠之新貴言之，與錢注、滑解及鏡銓之慨舊者亦異。又，此於「文武」句以為指蕃將封王而言，同於錢注。而又以為兼指魚朝恩判國子監事，則與心解之引《折檻行》之意同。

三一、集評　李云：不勝悲處。

瑩按：此蓋以此一聯所寫為杜甫首聯所慨之「百年世事不勝悲」者，然杜甫所慨者實當兼指此一聯及下一聯而言，非僅指此聯也。

三二、選讀　王侯之家……衣冠非復舊時矣（參看邵注）。

又　眉批：第宅新主，如衛國公李靖廟為嬖人楊氏廄之類；衣冠異者，如玄宗寵信蕃將，肅宗信任中官之類（參看錢注）。

瑩按：此蓋節錄邵注及錢注之言，並無新意。

三三、沈讀　《長安志》（見錢注）。

又　王侯，指誤國之人……百年世事者如此。

瑩按：此亦皆引自錢注，並無新意。

三四、施說　又云：「文武衣冠異昔時。」今按衣冠，當如《麑》詩：「衣冠兼盜賊」，注引《漢書》注：有仕籍者。公詩如《建都》云「衣冠空攘攘」，《收京》云「衣冠卻扈從」，《寄岳州賈司馬》云「衣冠心慘愴」，《贈蕭使君》云「磊落衣冠地」，《太歲日》云「衣冠拜紫宸」，《承聞河北諸道入朝》云「衣冠是日朝天子」，《贈韋贊善》云「鄉里衣冠不乏賢」，《追酬高蜀州人日》詩云「衣冠南渡多崩奔」，《惜別行》云「衣冠往往乘蹇驢」，皆同《漢書》注解。注引邵長蘅說：文武之臣，僥倖濫進，衣冠非復昔時矣，則是譏刺當時文武。又引錢箋：玄宗寵任蕃將，肅宗信用中官，俾居朝右，是文武衣冠異於昔時也，則更譏刺朝廷，皆非詩意。詩意第謂此時文武衣冠中人，新進多而老成少，猶上句「王侯第宅皆新主」也。據《舊唐書・德宗紀》：貞元十四年七月庚辰，詔鴻臚寺，蕃客至京，各服本國之服。可見其先即蕃客使奉朝貢，亦改服中國之服，況蕃將仕中國者，豈異衣冠耶？後說玄宗寵任蕃將，尤非。

瑩按：此駁仇引邵注及錢箋之非，而以為「衣冠」句但言「新進多而老成少」之意，其說頗通達可取。

三五、湯箋　（見上聯）。

瑩按：湯箋但以世事變遷為說，殊泛。

三六、啟蒙　邵注（見邵注）。

又　第宅皆新主，盛衰無常也；衣冠異昔時，僭逾無等也。此其可悲之小者。

瑩按：此以「盛衰無常」及「僭逾無等」為言，為前引諸說所未及，頗有可取。至於以此二聯為可悲之小者，則因下聯之「直北關山」二句，為可悲之大者也。是其意蓋以中間四句並指百年世事之不勝悲者，可與前引集評之按語參看。

嘉瑩按：此二句之歧解，首在「王侯」句之所指。有以為指林甫、國忠輩者，錢注、顧注及溍解主之；有以為但指肅宗朝李輔國輩者，心解引《洗兵馬》之「攀龍附鳳」二句，其意如此；有以為指安史支黨，而非唐之王侯文武者，錢注附輯評吳農祥氏之說如此；有以為指安史亂前汝陽王璡、鄭駙馬潛曜之類者，鏡銓主之；有以為泛言王侯盛衰之變者，九家、分門、鶴注、蔡箋、演義、邵注、意箋、杜臆、錢注輯評李氏之說，論文、仇引邵注皆主之。按諸說之多歧異，蓋以或就舊之王侯而言，或就今之新主而言，而未能作明白之分劃，故不免於紛異也。要之，惟錢注輯評吳農祥氏之說最為不可信。蓋無論就舊之王侯、今之新主言，杜甫意必不指安史支黨為言也，說已詳前錢注按語。至於他說則或指舊之王侯，或指今之新主，可謂為俱是也；然若固執其一，則亦可云俱非也。惟泛言王侯盛衰之變之說最為可取，而況錢注雖以王侯第宅為指林甫、國忠輩為言，然其所引《長安志》所云王侯第宅之變異，固不僅國忠、林甫輩而已也。蓋當時歷經戰亂，盛衰變化極巨，昔陶淵明有詩「一世異朝市，此語真不虛」，一世三十年，尚不免於如此，而況百年之世事，其盛衰變化何可勝言，又何必拘指其中之一二人乎？至於「文武衣冠」一句，則有以為不專指衣冠之異，而在慨時俗之趨新厭樸，就簡棄繁者，錢注輯評李氏之說主之；有以為專指衣冠非復舊制而言者，意箋、朱批及詩闡主之，詩闡且舉總戎之插侍中貂、奴隸之執節鉞儀為言；有以為指文武之官僥倖濫進而言者，邵注、意箋、杜臆、仇引、邵注及滔解主之；有以為指玄宗寵蕃將，肅宗信中官而言者，錢注主之；有以為指甲卒身貴，冠裳倒置而言，且舉杜甫《洗兵馬》、《折檻行》二詩詩句為證者，心解及鏡銓主之；有以為但言新進多而老成少，慨世事變遷，今昔新舊之異者，施說及湯箋主之。綜觀諸說，或失之泛，或失之拘，大抵杜甫所慨非只一端，縉紳之非故、冠裳之倒置、官爵之濫賞、時俗之異舊，皆在其中。然若拘指某事某人，或竟指衣冠之制，皆嫌淺狹。若以譏刺為說，亦有失杜甫忠厚之意。是此二句，杜甫不過深慨今昔盛衰之種種變易，言簡而意深，固不可拘求，然亦不可淺說，惟在讀者於言外體味之耳。

直北關山金鼓振，征西車馬羽書遲。

一、九家　「直北」句，河北尚用兵。

又　趙云：「直北關山金鼓振」，言夔州之北用兵，乃隴右關輔間也，舊注便云：時河北尚用兵。考之大曆二年，豈有此事乎？「征西車馬羽書馳」，此所云西，專指吐蕃。征西者，將軍之號，《晉書》：征西起於漢代。舊本原作「羽書遲」，師民瞻本作「羽書馳」，是。或曰，言「羽書遲」，則望其奏克捷之功也，雖有義，但費力耳。羽書者，羽檄也。漢高祖曰：吾以羽檄召天下兵。注：檄，尺有二寸之木，插羽其上，取其疾也。

瑩按：此所引「直北」句有二說：一則王洙之說，以為指「河北尚用兵」；一則趙彥材之說，以為「直北」乃指「隴右關輔間」。此二說當於本聯總按語中辨之。又，「征西」句，趙氏以為「專指吐蕃」，「羽書馳」三字，趙氏以為「羽書」乃用於「徵召」之「羽檄」，「取其疾」之意，故當作「馳」，而以為作「羽書遲」解作捷報不至之說為「費力」。至於引《晉書》云「征西起於漢代」，則不過指明「征西」二字之出處而已。

二、分門　洙曰：時河北尚用兵也（參看九家注）。

又　趙曰：言夔州之北用兵……豈有此事乎（參看九家注）。

又　楷曰：征西興於漢代以張遼為征西大將軍也。

又　趙曰：此所云西，指言吐蕃之過（疑為「禍」字之誤）。征西者，將軍之號也（參看九家注）。

三、鶴注　洙曰：征西興於漢代以張遼為征西大將軍也（分門注引作楷曰。按分門注卷首著錄集注杜工部姓氏，有建安王氏名楷者。而九家注征西一句除趙注外，並無王洙之說，況鶴注原以分門注本為據，似仍當從分門注作楷曰為是）。

又　趙曰：西指吐蕃。征西者，將軍之號也（參看九家注）。

四、蔡箋　言夔州之北用兵，乃隴右關輔之間擾攘也。

又　言當時西有吐蕃，吐蕃之寇未息，羽檄交馳也。

瑩按：此亦以「直北」句指「夔州之北」、「隴右關輔間」；以「征西」句指「吐蕃之寇未息，羽檄交馳」，與九家趙注同。

五、千家　趙曰：直北，言夔州之北，乃隴右關輔間；征西，言當時西有吐蕃之亂。

瑩按：此亦用九家趙注之說。

六、演義　直北，言夔之北，乃隴右關輔間；征西，言當時西有吐蕃之亂未息。

又　長安正北，關山之警方急，西征吐蕃，其捷報又遲，凡此數者，皆可悲也，豈非似奕棋之故乎！

瑩按：此亦以「直北」指夔之北，而又兼言長安之北，可知其意蓋以夔州之北隴右關輔間，即指長安之北而言也。「征西」亦以為指吐蕃之亂。惟此以「羽書」為捷報，故釋作「捷報又遲」，與九家趙注及蔡箋之釋作「羽檄交馳」者異。

七、愚得　金鼓振於北，羽書馳於西（詳前章旨）。

瑩按：愚得錄詩之正文作「遲」，而解說則以「馳」為言，於「直北」與「征西」亦未加確指。

八、頗解　直北金鼓，或指朱泚之亂；征西車馬，指伐吐蕃。凡此四者皆可悲也。

瑩按：此以「直北」為指朱泚之亂，與演義及杜臆釋首聯「奕棋」句引朱泚之亂立說者，其誤正同，說已詳前演義按語。至於「征西」句，則亦以為指吐蕃之亂，與前引諸家並同，所謂「凡此四者」，則兼頷聯而言也。

九、詩通　直北，謂隴右關輔之間；征西，當時西有吐蕃之亂，諸道節度使無一人救援者，朝廷遣使敦諭，竟不至。

又　五、六言西北二方兵戈不解，此長安所以似奕棋也。

附本義　吐蕃之亂未息，羽書，徵兵之書也；遲，謂援兵不至也。公自注云：吐蕃之亂，諸道節度使無一人救援，朝廷遣使敦諭，竟不至。

瑩按：本義引公自注云「吐蕃之亂諸道節度使無一人救援」以釋「羽書遲」三字，據《資治通鑑》卷二百二十三《代宗紀》上之下載：「廣德元年十月吐蕃入寇……程元振專權自恣，人畏之，甚於李輔國。諸將有大功者，元振皆忌疾，欲害之。吐蕃入寇，元振不以時奏，致上狼狽出幸。上發詔徵諸道兵，李光弼等皆忌元振居中，莫有至者。」《舊唐書》卷一百八十四

《宦者傳・程元振傳》亦載云：「廣德元年九月，吐蕃、黨項入犯京畿，下詔徵兵，諸道卒無至者。」又《新唐書》卷二百七《宦者傳・程元振傳》亦載云：「廣德初，吐蕃、黨項內侵，詔集天下兵，無一士奔命者。」是據史所載，以徵兵諸道莫至釋「羽書遲」原自可通，惟本義以「公自注」為言，然諸本並不見此句有杜甫自注之言，不知本義之說何據。

一〇、邵解　羽書，徵兵之書。

又　長安正北隴右關輔之間，其警甚急，朝廷發詔徵兵西征吐蕃，而諸道故遲不報羽書，此長安所以似奕棋也。

瑩按：此亦以徵兵不至釋「羽書遲」，與詩通之說同。

一一、邵注　直北，言夔之北，隴右關輔之地，防河北群盜並回紇也。振，奮也；征西，征吐蕃也；羽書，插羽於書，取疾速之意，傳兵報也。

又　況直北之警方急，征西之報又遲，凡此數者，皆可悲也，豈非似奕棋乎。

瑩按：此以「直北」句指隴右關輔間之用兵為防河北群盜並回紇，乃諸說之所未發。至「羽書遲」句，則以兵報之遲為說。

一二、意箋　直北，關輔也；羽書，徵兵書也。

又　其大者，則吐蕃內犯，京師震驚，徵兵不至，乘輿西幸，故曰「直北關山金鼓振，征西車馬羽書遲。」

瑩按：此亦以「徵兵不至」釋「羽書遲」，與詩通及邵解之說同。

一三、胡注　（無）

奚批　廣德元年，吐蕃入寇，徵天下兵皆不至，故曰遲。

又　「直北」二句，安史未定，吐蕃又入京。

瑩按：胡注奚批亦以「徵兵」「不至」釋「羽書遲」，與詩通、邵解、意箋之說並同。惟「直北」句以「安史未定」為言，似嫌牽強。蓋杜甫此詩作於大曆元年，安史亂已早平，不當更以之為言也。

一四、杜臆　北憂回紇，西困吐蕃，俱可悲也。

瑩按：前諸家之說皆但以吐蕃之亂為說，此則更以「北憂回紇」為言，與邵注之說相近。

一五、錢注　直北，謂隴右關輔間也。

瑩按：此亦以「隴右關輔間」釋「直北」，乃一般之通說，而於「征西」句未加解說。

一六、張解　況今北征西討尚無成功。

瑩按：此說簡而泛。

一七、金解　直北，指隴右、關輔一路，為有河北群盜及回紇也。金鼓振，言寇警甚急。西，指吐蕃之亂。羽書，插羽於書取其速也。羽書遲，言捷報甚遲。如此寇盜旁午，師行未克，不知王侯第宅、文武衣冠，若何底止。

別批　上解是傳聞，尚在半信半疑，若此，直北金鼓，親聞其振；征西羽書，目睹其遲，則為更不可解。

又　「遲」字上用「羽書」字妙，羽書最急，而復遲遲，想見當時世事。

瑩按：金解以為「直北」句兼隴右關輔與河北而言，與諸家但指「隴右關輔之間」之說微異。至於兼河北群盜與回紇而言，則與邵注之說同。「征西」句以為指吐蕃，則諸家並同。「羽書」句雖亦依「遲」字立說，然而以為捷報又遲，則與演義同，而與詩通、邵解、意箋及胡注奚批之以為「徵兵莫至」之說異。至於別批所云親聞目睹，則文人誇大之言也。

一八、顧注　直北，謂隴右關輔之間金鼓未息，指安史餘寇言。征西，謂西有吐蕃之亂，時諸節度無一人救援者，朝廷遣使敦諭竟不至，公諱言其不奉命，而但曰遲，正立言蘊藉處。

瑩按：此與詩通之言相近，可以參看。

一九、朱注　舊注「直北」……關輔間（見諸家說）。

又　《子虛賦》：「摐金鼓。」注：金鼓，鉦也。

又　按史：廣德元年……故曰羽書遲（參看胡注奚批）。

又　金鼓、羽書，謂吐蕃頻年入寇。

瑩按：此二句蓋兼回紇與吐蕃之亂言之，詳見本聯總按語。而此但云吐蕃未免偏失。

二〇、論文　況北望關山，金鼓方振，安史之餘孽未平。征西車馬，捷書尚遲，吐蕃之侵凌未已，皆世事之可悲者也。

瑩按：此以「直北」為指安史餘孽，與諸家之說異。「羽書」句則亦以捷報遲為說，與演義及金解之說同。

二一、澤解　洙曰（見分門注）。

又　趙曰：言夔州之北用兵……豈有此事乎（見分門注）。

又　趙又曰：西，指吐蕃。征西者，將軍之號也（參看九家注）。

又　夢弼曰：言當時西有吐蕃之亂未息，羽檄交馳也（參看蔡箋）。

瑩按：此引蔡夢弼之言，亦以「羽檄交馳」為說。

二二、詩闡　彼當國者，但知營第宅、飾衣冠，關山金鼓之聲，車馬羽書之警，誠有褎如充耳者。豈知直北關山金鼓尚振，是河朔餘孽正未靖也。況乎征西車馬羽書又遲，是吐蕃猖獗終無已也。然則長安棋局，依然可覆之棋局，世事如此，彼王侯第宅，雖甍翼瓦者，何異燕雀處堂，文武衣冠，爭妍取憐者，不過蜉蝣掘穴，興言及此，一盤殘局，無處下子。

又　二句時事。

瑩按：此以「直北」為指河朔餘孽，與論文之說相近。「征西」為指吐蕃之亂，則與諸家之說並同。後半可覆殘局之說，則中述慨嘆之言。

二三、會粹《封禪書》：因其直北，立五帝壇。

又《劉琨傳》：金鼓振於河曲。

又　舊注直北謂隴右關輔間也。

又　史：廣德元年，吐蕃入長安，徵天下兵莫至，故曰羽書遲。

瑩按：此以「直北」為指隴右關輔間，乃一般之通說。「羽書」句依「遲」字為說，且引史為證，亦以為指廣德元年吐蕃入寇徵兵莫至而言，與詩通、邵解、意箋、胡注奚批之說同。

二四、仇注《封禪書》（見會粹）。

又　樂府有《度關山》曲。

又《晉書・劉琨傳》（見會粹）。

又　崔亭伯詩：「戎馬鳴兮金鼓震。」

又《後漢書》：馮異拜征西大將軍。

又《韓非子》：車馬不疲弊於遠方。

又《楚漢春秋》：黥布反，羽書至。

又《前漢・息夫躬傳》：軍書交馳而輻湊，羽檄重跡而狎至。

又　陳澤州注：廣德元年，吐蕃入寇，陷長安。二年，僕固懷恩引回紇、吐蕃入寇，又吐蕃寇醴泉、奉天，黨項羌寇同州，渾奴剌寇盩厔，是時西北多事，故金鼓震而羽書馳。或謂吐蕃入長安時，徵天下兵莫至，故曰羽書遲，非也。

又　陳又云：公詩「愁看直北是長安」，指夔州之北。此云「直北關山金鼓震」，指長安之北。

又　北戞回紇，西患吐蕃，事在廣德永泰間，或指安史餘孽為北寇者，非。

瑩按：此以「北」指回紇，「西」指吐蕃，既駁以「北」為指安史餘孽者之非。又引陳說駁以「遲」字釋「羽書」句者之非，復引陳說，以為「直北」乃指長安之北，而舉杜甫詩句以為與夔州之北，當分別觀之，與九家、分門、蔡箋、千家、演義之通言夔州之北者異。然長安既在夔州北，則長安之北，自亦為夔州之北，不過距離之遠近，範圍之廣狹微有不同耳。此二義實可相通，不必斤斤辯之也。

二五、黃說　乃今吐蕃內逼，禍尚未弭。

又　金鼓轟而直北之關山俱振，羽書急而征西之車馬自遲，橫插二字成句。

瑩按：此以「羽書急」而「車馬遲」為說，蓋與詩通、邵解、意箋、胡注奚批及會粹之以「徵兵莫至」釋「羽書遲」之說相近。

二六、潛解　直北，謂安史餘寇；征西，謂吐蕃之亂。時朝廷遣使敦諭諸節度無一人至，公諱言之，但曰遲，甚妙。

又　趙曰：直北……關輔間也；征西，言當時吐蕃之亂（參看九家注）。

瑩按：此亦以「直北」為指「安史餘寇」，與論文之說同。「羽書」句依「遲」字立說，以為徵兵不至，與詩通、邵解、意箋、胡注奚批及會粹之說同。

二七、言志　是以安史餘孽未能盡殄於直北，至金鼓之聲時動乎關山。羌胡之兵更復入寇於西陲，俾羽書之煩騷擾夫車馬。世事如此，可悲已甚。

瑩按：此亦不過以「直北」句為指安史餘孽，以「征西」句為指西陲之寇，並無新意。唯是「羽書」一句既取「遲」字為正，乃以「騷擾」為說，反似有「馳」字之意，殊嫌未恰也。

二八、通解　直北尚有餘寇，而關山一帶金鼓之聲振動不息。征西欲退吐蕃，而車馬一路羽書之去遲滯不應。

又　顧修遠曰（見顧注）。

瑩按：此說大抵與顧注同，並無新意。

二九、提要　曰振，見寇亂之多；曰遲，見將士之怠。字法雅煉，遂見立言蘊藉。

瑩按：此釋「羽書」句，亦依「遲」字為說，以為謂將士之怠，與徵兵不至之說相近。

三〇、心解　上年回紇入寇；上年吐蕃入寇。

又　《暮歸》詩「北歸秦川多鼓鼙」，即此二句意。

又　鼓震，書馳，見亂端不已，歸志常違，所以滯秋江而懷故國，職此之由也。

瑩按：此亦以回紇、吐蕃為說，與仇注同。「羽書」句則依「馳」字為說。

三一、范解　直北關山餘孽未平、金鼓方振。征西車馬羽書雖發，諸節度裹足不至，皆屬可悲之事。

瑩按：此說與胡注奚批、顧注、朱注及通解之說相近。

三二、偶評　「直北」句旁批云：回紇；「征西」句旁批云：吐蕃。

瑩按：此以回紇、吐蕃為言，頗為簡當。

三三、沈解　直北……西有吐番之變（參看演義）。

又　長安……捷報又遲（參看演義）。

三四、江說　朱鶴齡云（見朱注）。

又　陳廷敬云：廣德元年……故金鼓振而羽書馳（參看仇注引陳澤州注）。

三五、翁批　「馳」，一作「遲」，非。

瑩按：此言作「羽書遲」之非。

三六、鏡銓　「直北」句，謂回紇內侵。「征西」句，謂吐蕃入寇。

又　《子虛賦》：「摐金鼓。」注：金鼓，鉦也（見朱注）。

瑩按：此以回紇、吐蕃之內侵入寇為說，與仇注及心解同。

三七、集評　李云：時事。

三八、選讀　北憂回紇、西患吐蕃，故金鼓振而羽書馳。

瑩按：此云「羽書馳」，蓋以羽檄交馳為說，與蔡箋、愚得、澤解諸說相近。

三九、沈讀　「直北」句，謂安史餘寇。「征西」句，謂諸節度無救援者，公諱言其不奉命也。

瑩按：此與詩通及顧注之說相近。

四〇、湯箋　關隴之間，尚留餘孽，戎蕃之禍，竟少勤王。

瑩按：此云「竟少勤王」，蓋亦依「遲」字立說，以為吐蕃之禍徵天下兵莫至之意。至於關隴餘孽之說，所言頗略，而其意蓋亦指安史餘孽也。

四一、啟蒙　「直北」句，指回紇。「征西」句，指吐蕃。此其可悲之大者，所謂似奕棋者如此。

瑩按：此聯之說當與前一聯之說參看。

嘉瑩按：此二句之歧解頗多，首為「直北」所指之地。有以為指河北之地者，九家、分門及澤解引王洙之說主之；有以為指夔州之北隴右關輔間而言者，九家、分門、蔡箋、千家、邵注、顧注、朱注及澤解引趙注主之；有但以隴右關輔間為言者，詩通、意箋、錢注、金解、會粹及湯箋主之；有兼關隴與長安之北立說者，演義及沈解主之；有兼關隴與河北立說者，金解主之；有以為指長安之北，而駁夔州以北之說為非者，仇引陳澤州注主之。次為「金鼓振」之所指，有以為指河朔安史餘孽者，胡注奚批、論文、詩闡、溍解、言志、通解、范解及湯箋主之；有以為指回紇寇亂者，杜臆、仇注、心解、偶評、選讀及鏡銓主之；有兼河北群盜與回紇言之者，邵注及金解主之；有以為指朱泚之亂者，頗解主之。按《通鑑》卷二百二十三《代宗紀》載云：「永泰元年，秋七月，壬辰，以鄭王邈為平盧淄青節度大使，以兵馬使李懷玉知留後，賜名正己。時承德節度使李寶臣、魏博節度使田承嗣、相衛節度使薛嵩、盧龍節度使李懷仙，收安史餘黨，各擁勁卒數萬，治兵完城，自署文武將吏，不供貢賦，與山南東道節度使梁崇義及正己，皆結為婚姻，互相表裡，朝廷專事姑息，不能復制，雖居藩臣，羈縻而已。」據《通鑑》所載，是河北一帶，安史餘孽為諸節度所收，雖釀為藩鎮專據之形勢，而並無用兵之事也，故私意以為「金鼓振」不當指此而言，縱使杜甫或亦感慨及之，然而要不得依此立說也。又《通鑑》同卷又載云：「廣德元年冬十月，吐蕃寇奉天武功，京師震駭……丙子，上出幸陝州，戊寅，吐蕃入長安……郭子儀率兵來至……吐蕃惶駭……庚寅，悉眾遁去……十二月甲午，上返至長安。」又載云：「廣德元年冬十二月，吐蕃陷松維保三州及雲山新築二城。」又載云：「廣德二年三月，黨項寇同州。」又載云：「廣德二年冬十月，僕固懷恩與回紀、吐蕃進逼奉天，京師戒嚴。」又載云：「永泰元年九月……僕固懷恩誘回紇、吐蕃、吐谷渾、黨項、奴剌數十萬眾俱入寇……甲辰……吐蕃十萬眾至奉天，京城震恐……十月……吐蕃退至邠州，遇回紇，復相與入寇，辛酉，至奉天。」據《通鑑》所載，知吐蕃、回紇連年入寇，隴右關輔間用兵不已，故私意以為「直北關山金鼓振」之所指，當以隴右關輔間回紇、吐蕃之亂為主。至於河北藩鎮招撫安史餘孽形成專據之勢，則或者言外有旁及之意而已，不得據以立說也。至頗解以朱泚之亂為說，其年代之錯誤至為明顯，已早駁之於前矣。又仇引陳澤州注以為「直北」指長安之北，而與其他諸家之謂為指夔州之北隴右關輔間者，分別言之，實則此二說原無大異，不過一廣義一狹義而已。就其狹義者言之，則隴右關輔間可指為長安之北。然若就其廣義者言之，則隴右關輔間，又何嘗不可指為夔州之北乎？是以演義乃既言夔之北，又言長安之北，故知仇引陳氏之說，不過引杜詩聊作比較而已，可無須置辯也。至於「征西」一句，則諸家皆以為指吐蕃寇亂而言，實則北憂回紇，西患吐蕃，此二句原兼而言之，不過一句重在彼，一句重在此而已。至分門注之引王楷之說云漢代張遼為征西大將軍，及仇引《後漢書》云馮異為征西大將軍，不過標明「征西」二字之出處而已，與杜詩之內容情意並無重要之關係。而此一聯之最當辨者，厥惟「羽書遲」三字。按「遲」字一作「馳」，有解作羽檄交馳者，蔡箋、愚得、澤解、仇引陳注、心解及江說皆主之（九家趙注之說亦與之相近）。至於作「遲」字之解說，則有解作「捷報遲」者，演義、金解及論文主之；有解作「兵報遲」者，邵注主之；有解作羽書遲而以「徵兵莫至」為說者，詩通、邵解、意箋、胡注奚批、顧注、朱注、會粹、黃說、滄解、通解、提要、范解及湯箋皆主之。按「羽書」之意，原指徵兵之書而言。《漢書・高帝紀》云：「吾以羽檄徵天下兵。」注曰：「檄者，以木簡為書，長尺二寸，用徵召也，其有急事，則加以鳥羽插之，示速疾也。」又《文選》虞羲《詠霍將軍北伐》詩云「羽書時斷絕」，善注「羽書，即羽檄也」，銑注「羽書，徵兵檄也」。據此，則羽檄乃用於徵兵之檄，而演義、金解及論文之以「捷報」釋「羽書」及邵注之以「兵報」釋「羽書」者，其說自不可從。至於作「遲」字解作「徵兵莫至」，與作「馳」字解作「羽檄交馳」二說，作「馳」字，似較為坦率自然，且連年西北多事，用兵不已，作「羽書馳」亦頗切合史實，故翁批及仇引陳注皆以為當作「馳」，而以作「遲」字為非。然而試觀廣德元年冬杜甫在梓州所作之詩，如《冬狩行》云：「草中狐兔盡何益，天子不在咸陽宮。朝廷雖無幽王禍，得不哀痛塵再蒙，嗚呼，得不哀痛塵再蒙」，九家注引王洙曰：「是時詔徵天下兵，程元振用事，無一人應者，故章末感激言之。」又如《桃竹杖引贈章留後》云「爾之生也甚正直，慎勿見水踴躍學變化為龍」，及《將適吳楚留別章使君留後》詩云「所憂盜賊多，重見衣冠走。中原消息斷，黃屋今安否」諸句，皆深以梓州刺史東川留後章彝之不能赴詔勤王為憾。仇注《山寺》一詩亦引朱鶴齡云：「大抵彝之為人，將略似優，乃心不在王室。是冬天子在陝，彝從容校獵，未必無擁兵觀望、坐制一方之意。公窺其微，而不敢誦言，因遊寺以諷諭之。」可知杜甫於廣德元年吐蕃陷京師，徵兵莫至，天子蒙塵之事，固曾深心痛之。迄大曆元年，為《秋興八首》之時，雖上距廣德元年已有二年之久，然杜甫此八詩，既曾上慨及於天寶之亂，則又如何不可慨及廣德元年徵兵莫至之事乎？而況此章開端即言「長安似奕棋」，吐蕃陷長安，正其「似奕棋」之一端也。且作「羽書馳」，則與上一句「金鼓振」之意頗為相復，故私意以為作「遲」字較佳，以其感慨似更為深至也。

魚龍寂寞秋江冷，故國平居有所思

一、九家　秦有魚龍川。

又　杜云：《草閣》、《秋興》詩乃夔州所作，豈可言秦之魚龍川也。

又　趙云：「有所思」字，古樂府詩題也。末句言魚龍，直以夔峽積水之府，有魚龍焉。

瑩按：杜注駁「秦有魚龍川」之說之非，而趙注則徑以「夔峽積水之府有魚龍焉」為說，則其意亦以為不指秦之魚龍川也。至《有所思》之為古樂府詩題，則與杜詩此句並不相干。

二、分門　洙曰：秦有魚龍川（參看九家注）。

又　修可曰：《草閣》、《秋興》詩，乃夔州所作，豈可言秦之魚龍川乎（按此乃九家注杜時可之說）。

又　酈道元《水經注》曰：魚龍以秋日為夜，秋分而降蟄，寢於淵，故以秋日為夜也。此二詩皆秋日，是以子美言「魚龍回夜水」（按此乃《草閣》詩句）、「魚龍寂寞秋江冷」也。

又　趙曰：言故國平時之事今有所思也（按此句不見九家引趙注）。

瑩按：此除引九家注外，更引酈道元《水經注》「魚龍以秋日為夜」之說，以釋「魚龍寂寞」云云，蓋指魚龍之蟄伏而言也。

三、鶴注　洙曰（見分門）。

又　修可曰（見分門）。

又　趙曰（見分門）。

四、蔡箋　酈道元《水經》（瑩按經下當有「注」字）（見分門注）。

又　按集又有「魚龍回夜水」之句，蓋皆秋時作也。

又　言故國平時之事，今有所思也（參看分門引趙注）。

又　古樂府《鐃歌詞》：「有所思，乃在大海南。何用問遺君，雙珠玳瑁簪。」（參看趙注）

瑩按：此多引九家及分門注之說。
五、千家　魚龍川在秦州，因起故國平時之思也。
瑩按：此直依秦州之魚龍川立說。
六、演義　酈道元《水經注》（見分門注）。
又　甫有詩云：「魚龍回夜水。」（見分門注）
又　況在秋江之上，魚龍降蟄之時（朱刊虞注作際），豈非（朱刊虞注作不）重思故國平時之事乎！思故國之平居，則今日之不勝悲者，愈不勝悲（朱刊虞注無此悲字）矣。
瑩按：此亦依《水經注》「魚龍以秋日為夜」立說。
七、愚得（見前章旨）。
瑩按：愚得於此二句未加詳釋。
八、頗解　……凡此四者，皆可悲也。故國平居，是言長安太平無事之時，回首追思，益重其悲。
瑩按：此於「魚龍」句未加解說，「故國平居」句與各家之說略同。
九、詩通　酈道元《水經注》：「魚龍以秋日為夜。」（參看分門注及蔡箋）
又　故國，即指長安。
一〇、邵解　魚龍以秋為夜，故曰寂寞；故國，長安。
又　我今在秋山，當魚龍潛蟄之候，能不思故國平居時事乎！
一一、邵注　魚龍以秋日為夜，秋分龍蟄，寢於淵也。
又　今秋江之上，魚龍亦已藏蟄，我乃反不得歸，曾物之不如也，因重思故國平居之事，愈不勝其悲矣。
瑩按：此亦以魚龍藏蟄釋「魚龍寂寞」，而以為有自傷不得歸之意，與邵解之說相近。

一二、意箋《水經》（參看蔡箋）。

又　魚龍川，在秦州，公之故國也。其時方秋，公因以「魚龍寂寞秋江冷」為君臣失所、朝野變遷之喻，而又因起故國平居之思，蓋比而又興也。

又　四還朱公題：平居即是閒居。

又　詹言：魚龍寂寞，亦有龍馭蒙塵之意。

瑩按：此雖引《水經注》「魚龍以秋日為夜」之言，而不依之立說，乃以「魚龍」為指秦之魚龍川，又發為「君臣失所，朝野變遷」之說，且引詹言以為有龍馭蒙塵之意，似不免過於穿鑿深求矣。

一三、胡注　魚龍以秋冬為夜，故用之。舊注引秦州魚龍川誤。

奚批　魚龍寂寞，比君之蒙塵。

又　末句為八章之樞軸。

瑩按：胡注引《水經注》而駁秦州魚龍川之說之非。而奚批則以「魚龍寂寞」為比君之蒙塵，其說與意箋引詹言之說相近。「樞軸」之說則合後四章而言者也。

一四、杜臆　今魚龍寂，秋江冷，皆足增悲，而不能不思故國之平居也，蓋思平居，而致亂之故，可得而言矣。

又　「故國平居有所思」，讀者當另著眼……見所思非家也，國也，其意甚遠（參看前章法及大旨一節）。

瑩按：此云思平居而致亂之由可得而言，深得詩人之用心。魚龍寂，雖未加詳釋，然既加一「今」字，且以之與秋江相連立說，則不指秦州之魚龍川明矣。

一五、詩擴　「魚龍寂寞秋江冷」，語本易曉，何得謂是川名？如鸚鵡洲，單稱鸚鵡否？獨坐江樓，嘆飛騰之無日，猶之一臥滄江驚歲晚耳，自有解者。

又　或云《秦州》詩「水落魚龍夜，山空鳥鼠秋」，何必復贅山川字？曰：本句中現有山水字，但倒出耳，子不覺耶。且魚龍與鳥鼠對舉，則單用亦可。何也？鳥鼠字，捨山名別無泛用也，如「白狗斜臨北，黃牛更在東」，若非峽名，必不如是泛用，故可省耳。然其下即接云「峽雲常照夜」，是不獨《秦州》詩山水字倒出在上，此詩「峽」字亦補在下。公詩嚴於法如此，何不細觀之。況一句中既言川寂，又言江冷，安得此法。

瑩按：此駁以秦州之魚龍川釋魚龍句之非，所言極是。

一六、錢注　酈道元曰（見前分門注）。

又　白帝城高，目以（仇引作瞻）故國，兼天波浪，嘆彼（仇引作身近）魚龍，曰平居有所思，殆欲以滄江遺老，奮袖屈指，覆定百年舉棋之局，非徒悲傷晼晚，如昔人願得入帝城而已。

附輯評　陳云「故國平居有所思」，結本章以起下數章。

瑩按：此於「魚龍」句，亦依《水經注》「魚龍以秋日為夜」立說。至於「故國」句以為有所思者，不僅悲傷思念而已，更有欲覆定百年棋局之意，則引申推言之耳。輯評引陳氏之說，以為此句引起下數章，則就章法言之也。

一七、張解　平居，平日所居。故國，即長安。所思，即下文。

又　八章皆賦秋景，惟此章獨無，故以魚龍以秋為夜點明原題。舊注謂秦中有魚龍川，非是。

瑩按：此所言頗為簡要，然並無新意。

一八、金解　正志士枕戈泣血，滅此朝食之時，而乃去故國，竄他鄉，對此秋江，曷勝寂寞，曷勝悵恨，此所以寄興魚龍，而曰有所思者，正思此身為朝廷用也。酈道元《水經注》：魚龍以秋日為夜。魚龍極動之物，卻如此寂寞者，蓋處非其時也。故國，猶言故鄉。平居，是在故國之平日。見朝廷北討西征，便思戮力效忠久矣，不待今日也。此一首望京華而嘆其衰。

別批：因而自審，為魚為龍，雖不能自決，然目前惟有寂寞秋江而已，冷既徹骨，意望何為，惟有故國平居實不能自已其思云爾。

又　「故國」字下用「平居」字妙。我思我之平居爾，豈敢於故國有怨訕哉。

瑩按：金解以為魚龍所以寄興，以致慨於處非其時，其說頗有可取。至別批為魚為龍之言，則穿鑿附會，逞辭立說而已。至於釋「故國」一句，則別批不能自已其思及豈敢於故國有所怨訕之說，皆極蘊藉可喜，全解戮力效忠之言，反嫌著跡。

一九、顧注　魚龍以秋日為夜。寂寞，指魚龍言，言吾之飄泊秋江，正猶魚龍值秋而潛蟄。以魚龍喻己寂寞，甚奇。故國平居，是言長安太平無事之時，回首追思，益重其悲。

又　按前六句全不涉題，末二句方點出秋江。前六句所謂興也，有所思從寂寞來。故國平時之事到秋江寂寞歷歷堪思，子美胸中如奕布陣。

瑩按：此論魚龍之喻己寂寞以及前句與後句之呼應，甚為有見。

二〇、朱注　錢箋：《水經注》（見錢注）。

二一、論文　方今魚龍既蟄，秋江已寒，點還「秋」字，對秋江思世事，平居故國，事事經懷矣。即末句生出下四首，皆所思故國平居之事也。

瑩按：此於「魚龍」句亦依《水經注》「魚龍以秋日為夜」立說，故云「既蟄」；末句生出下四首之說，則兼章法言之。

二二、澤解　酈元（按元字上當脫一「道」字）《水經》（按當作《水經注》見分門注）。

又　趙曰：魚龍川在秦州，因起故國平時之思也（按此說見千家注，而千家注未標明趙曰，九家趙注之說亦與此相異，當係誤引）。

又　澤堂曰：「魚龍」句，秋興在是。

瑩按：此引《水經注》又以「秋興」釋「魚龍」句，則自當為秋日魚龍降蟄之意，而又引秦州魚龍川之說，頗為自相矛盾。

二三、詩闡　……所為對秋江之淒清，感魚龍之蟄伏，頓覺開、寶年間，故國平居之事，歷歷繫懷也已。

又　「有所思」三字，包下四章。

瑩按：魚龍蟄伏之言，亦依《水經注》「魚龍以秋日為夜」立說。包下四章之言，則就章法而論也。

二四、會粹　朱云：前三章，俱主夔州言。此下五章，乃及長安事。

瑩按：此說已見章旨。

二五、仇注　《水經注》（見分門注）。

又　《楚辭》：「野寂寞其無人。」

又　吳筠詩：「風起秋江上。」

又　桑弘羊《請田輪臺奏》：皆故國地。

又　阮籍詩：「念我平居時。」

又　阮籍詩：「登高有所思。」（按阮籍《詠懷》詩有「登高望所思」，又有「登高眺所思」之句，仇氏引作「有」不知何據，恐係誤引）

又　顧（宸）注：有所思，從寂寞來。故國平居之事，當秋江寂寞，而歷歷堪思也。「秋江」二字，點秋興意。

又　杜臆：思故國平居，並思其致亂之由。易故國心為故國思者，是孤舟所繫之心，為國非為家也，其意加切矣（見前章法及大旨一節，及本章所引杜臆之說。惟仇氏所引與杜臆原文頗有出入，當以前所引杜臆原文為正）。

又　澤州陳廷敬曰「故國平居有所思」，猶云「歷歷開元事，分明在目（按當作眼）前」此章末句，結本章以起下數章。

又　黃生曰：下四章……豈情也哉（見後黃說）。

瑩按：此於前「魚龍」句，亦引《水經注》「魚龍以秋日為夜」為注。至於「故國平居」句，引杜臆之說，已見前。陳廷敬之說，則就章法言之也。

二六、黃說　天涯羈旅，回思故國平居之事，不勝寤寐永嘆耳。

又　七句陡然接入，得此一振。全篇俱為警策，言外實含比興意，謂時事紛紜，志士正宜乘時展布，奈何龍蟠魚伏，息影秋江？回思昔日，亦嘗廁足朝班矣，乃今一跌不振，誰實為之。下章「一臥滄江」、「幾回青瑣」之句，分明表白此意。

又　八句結本章而起下四章之義。下四章不過長言之，以舒其悲耳。或謂寓譏明皇神仙遊宴武功之事，是猶其人方痛哭流涕而誣其嬉笑怒罵，豈情也哉。

又　旁批：「魚龍」句，振起，語含比興。

瑩按：此以比興釋「魚龍」句，與金解寄興魚龍之說相近。至於論下四章之言，以為不過長言以舒其悲，不可以譏刺為說，亦頗得忠厚之旨。

二七、滔解　魚龍川，在秦州，因起故國平居之思也。

又　至末，方點出秋江。前六句，皆所思也。

又　肅宗收京後……入帝城而已（見首聯及本聯錢注）。

瑩按：此既云魚龍川在秦州，而又云至末點出秋江，其說殊為含混。秋江在夔，魚龍在秦而合併立說，或者與後引提要之意相近也。

二八、言志　而懷康濟之略者，徒使之穩睡於魚龍寂寞之間，抑何謂耶？夫既不能一借前籌，又不能恝然膜置，則平居故國，屬有所思，夫焉能起不知我者而告之也。

瑩按：此所說亦能得杜甫言外之意。

二九、通解　當國家多事之際，正需老成練達之士出奇制勝，以攘外靖內，乃使士如魚龍伏於秋江耐冷而不起，此吾所以念及故國，而於平居之事歷歷思之，而有所不能已焉。

又　末二句以魚龍喻己寂寞。追思故國，益重其悲。

又　按前六句全不涉題，所謂興也；結聯方點出秋江，拍合本題，是章法一變。

瑩按：此所說與前諸說之意相近，可以參看。

三〇、提要　向來聚訟「魚龍」二字，按《水經注》「秦州天水縣有魚龍水」。《秦州》詩云「水落魚龍寂」，蓋秦州地名也。魚龍在秦，江在蜀，一彼一此，與「瞿唐峽口曲江頭」同一句法，身繫夔州，心思故國也，故緊接末句，並上「長安」、「直北」、「征西」六句一齊挽住，筆力千鈞。

瑩按：此亦以為魚龍指秦地水名，且舉《秋興》第六章「瞿唐峽口曲江頭」句為證，以為魚龍在秦，江在蜀，是秦之魚龍川既寂寞，蜀之秋江亦冷，因贊之曰「緊接末句」，「筆力千鈞」。其說似有理，然而實不可從，說詳後。

三一、心解　……所以滯秋江而懷故國，職此之由也。帶定夔秋，不脫題面。故國思，繳本首之長安，應前首之望京，起後諸首之分寫，通身鎖鑰。

又　通觀八首，帶言國事處，總是慨身事也。人知每飯不忘，不知立言宗主，徵引國故，文龐義雜。記曰：夫文豈一端而已，夫各有所當也。

又　《水經注》（見分門注）。

瑩按：此釋「魚龍」句，亦引《水經注》「魚龍以秋日為夜」之說，既云「滯秋江」，又曰「帶定夔秋」，知魚龍不作秦州之魚龍川解也。此外論承接之章法及立言之宗主，其說亦皆通達可取。

三二、范解　公方漂泊夔州，寂寞秋江如魚龍值秋而蟄，不覺故國平居之事，一一追思，不堪回首矣。

瑩按：此亦與諸說相近，並無新意。

三三、偶評　「魚龍」句旁批：點秋意。

「故國」句旁批：結本章以起下四章。

三四、沈解　魚龍以秋日為夜，龍秋風而降，蟄寢於淵，故以秋日為夜也（按「秋風」之「風」字，當為「分」字之誤）。

又　魚龍川亦在秦州。

又　況在秋江之上，魚龍潛蟄之際，豈不重思故國平居之事哉。思故國平居，而今日之不勝悲者，愈不勝悲矣。

三五、江說　杜臆：思故國平居，並思其致亂之由。易故園心為故國思者，見孤舟所繫之心，為國非為家也。其意加切矣（此蓋由仇注轉引，與杜臆原文並不盡合）。

又　顧云：有所思……歷歷堪思也（見顧注）。

又　黃生云：下四章皆故國事，特詳言之以舒其悲感耳（按此所引與黃說亦不盡合）。

又 陳廷敬云：故國平居……起下數章（見仇注引文）。

三六：翁批 第七句沉頓而出。

瑩按：翁批頗能得此句之情致。

三七、鏡銓 三、四言朝局之變更，五、六言邊境之多事，當此時而窮老荒江，了無所施其變化飛騰之術，此所以回憶故國，追念平居，而不勝慨然也。

瑩按：此於魚龍句未作明白之解釋，然觀其窮老荒江之言，此句當不指秦州之魚龍川。至於無所施其變化飛騰之術之說，則慨嘆推論之言，與錢注奮袖屈指，金解思為世用，及黃說龍蟠魚伏之說頗相近。蓋皆以此句為有比興之意，自慨其蟄伏不用也。至於故國平居句，各家之說多同。

三八、集評 「魚龍」句，李云：秋；「故國」句，李云：故園心。

三九、選讀 魚龍以秋日為夜，秋分而降蟄寢於淵。

又 有所思，從寂寞來……歷歷堪思也（見顧注）。

又 「秋江」二字，點秋興意。

又 思故國……為國非為家也（見仇注引杜臆）。

四〇、沈讀 至末方點出秋江，前六句皆所思也。

四一、施說 《水經注》（見仇注引）。

又 今按注，則「冷」字本作「夜」，或句下有「一作夜字」。然作「夜」不如作「冷」，謂秋日江寒魚龍俱落，故寂寞也。作「夜」字，反不明顯，且於秋江「江」字無著矣。

瑩按：施說專以駁仇注為事，此舉仇引之《水經注》而以為依仇注則「冷」字當作

「夜」，而反駁作「夜」字之非，其說迂執而無足取。觀各家引《水經注》「魚龍以秋為夜，蟄寢於淵」之言，不過釋「寂寞」二字，乃由魚龍蟄伏之故耳，與下文之作「秋江冷」抑「秋江夜」原不相干。施氏之說，吹求而無當。

四二、湯箋　舊日長安，已成往事；隱淪窮老，回憶增悲。

瑩按：此說大意頗是，而所言殊略。

四三、啟蒙　當此秋江寂寞之時，憶彼平居無事之日，又烏能已於思耶！平居與似奕棋，遙為反對。

又　帶定夔秋，不脫題面。故國思，繳本首之長安，應前者之「望」京，起後諸首之分寫。

又　按故國眼目又提，以下四首，皆跟此句。

又　前三首，皆已身上事，故曰故園；以下五首皆朝廷事，故易故園為故國，說本杜臆。

又　全首皆興，惟於第七句帶定「秋」字。

瑩按：此論「平居」與「似奕棋」之以一治一亂為反對，及「故園」與「故國」之章法，皆可供參考。

嘉瑩按：此二句首當辨者，厥為「魚龍」二字之所指。有以為指秦州之魚龍川者，九家、分門、洙注、鶴注、千家、意箋、潛解及提要皆主之；澤解雖亦引秦之魚龍川而未依之立說；有以為「魚龍寂寞」指秋日羈旅滄江，不勝寂寞而言者，引《水經注》「魚龍以秋日為夜」立說，九家及分門引杜時可注、蔡箋、演義、詩通、邵解、邵注、胡注、張解、顧注、選讀皆主之；又頗解、杜臆、詩攟、論文、黃說、通解、范解，雖未引《水經注》「秋日為夜」之言，然亦皆以「魚龍寂寞」為指秋日之夔江，而非指秦之魚龍川。初觀之，「魚龍」指秦州之魚龍川之說，似頗明白易解，提要更據之而發為「魚龍在秦江在蜀，一彼一此，與『瞿唐峽口曲江頭』同一句法，身繫夔州，心思故國」之說。然此說實不可據。蓋「瞿唐」一首，以地名為主，自瞿唐呼起到曲江，而繼之以花蕚樓、芙蓉苑，結之以「秦中自古帝王州」。此首則以慨長安之事為主，自首句「聞道長安似奕棋」以下，皆慨長安之事。至「魚龍寂寞秋江冷」句，始回至夔州，正如翁批所言，第七句沉頓而出，慨今日羈旅滄江之寂寞，無限哀感，盡在言外，而復結之以「故國平居有所思」則正如心解所言，繳本首之「長安」，應前首之「望京」，起後諸首之分寫，通身鎖鑰者也。若將「魚龍」二字解為秦州之魚龍川，則突插入此一地名，生硬牽強，更復成何章法。且僅以「秋江冷」三字寫夔秋，其分量亦嫌過輕，必加「魚龍寂寞」四字，然後秋江之淒冷始見，然後羈旅之哀感始深，然後對故國平居之思乃彌復可悲也。詩攟駁以秦州魚龍川為說之非，其言極剴切可取。金解、黃說及鏡銓以比興為說，以為有慨其蟄伏不用之意，則言外之意未始不可有此一想，然而不必執此立說也。若夫意箋及胡注奚批之以君臣失所，龍馭蒙塵為言者則過於穿鑿牽強矣。「故國」一句，諸家之說多同。論起結章法之言亦多相近，茲不具辨。

其五

蓬萊宮闕對南山，承露金莖霄漢間。
西望瑤池降王母，東來紫氣滿函關。
雲移雉尾開宮扇，日繞龍鱗識聖顏。

一臥滄江驚歲晚，幾回青瑣點朝班。

【校記】

宮闕　杜臆以為當作「仙闕」，云：家有豐考功《秋興帖》，寫蓬萊宮闕詩，尾自注：「仙闕」，誤作「宮」。公家數世積書，有萬卷樓，豈有善本可據耶？蓋下有「宮扇」字復，宜作「仙」。仇注本作「高闕」，注云：「舊作宮，別作仙。」又引豐存禮云：「宮闕」，舊本作「仙闕」為是，與下文「宮扇」不犯重。杜臆從之。今按「宮」當作「高」，蓋字近而訛耳。陸機《洛記》（按當是《入洛記》）：「高闕十二間。」選讀亦作「高闕」。施說駁仇注云：蓬萊，唐宮名，見注引《會要》。闕，亦引《古今注》云：觀也。古者每門樹兩觀，詩言「蓬萊宮闕」，是言蓬萊宮之闕，意本明顯，作「高」作「仙」皆似不承「蓬萊」字矣。公律詩中復字亦多，此兩「宮」字，「宮闕」字實，「宮扇」字虛，且本不復也。他本皆作「宮」。心解云：仇刊作「高」，不必。

瑩按：今所見諸本皆作「宮闕」，唯杜臆引豐考功說作「仙闕」及仇注與選讀作「高闕」。然二者皆無確據。蓋因後有「宮扇」字樣，避其重複，以意改易者。施說云杜之律詩中復字亦多，其言頗是，如《吹笛》一首，既云「吹笛秋山風月清」，又云「月傍關山幾處明」，「山」字與「月」字皆重出；《十二月一日三首》既云「即看燕子入山扉」，又云「重嗟筋力故山違」，亦於一首中兩用「山」字。其他類此者尚多，知杜甫固未嘗以字害意，於律詩之復字斤斤避之也。且「宮闕」二字極為渾成自然，作「仙」或作「高」，反不免生硬著跡，音調亦不響。私意仍以作「宮」字為是。如無確據，而妄加改易，誠如心解所云，大可不必也。

對南山　諸本皆作「對」，唯蔡箋及澤風解注云：「一作望。」

瑩按：「對」字自然，仍當以作「對」字為是，「望」字不可從。

滄江　蔡箋及范批作「蒼江」。

瑩按：「滄」通「蒼」，如滄浪亦作蒼浪，並通。作「滄」字較習見。

幾回　王本作「幾迴」。

瑩按：「回」字苟作回轉解，雖可與「迴」字相通，然而若作幾次幾回解，則仍以作回字為是。「迴」字不宜從，詳見尾聯總按。

點朝班　蔡箋、錢注、鄭本，皆作「照朝班」，而皆注：一作「點」。他本皆作「點」，唯心解及澤解注云：一作「照」。翁批及仇本則注云：「一作照，非。」

瑩按：當以作「點」字為是。如作「照」字，則青瑣門與朝班相照，乃毫無主觀之情意可言。著一「點」字，然後杜甫身入朝班之中，而其情意始深也。詳後尾聯總按。且「照」字與「朝」字音韻相近，讀之拗口，杜甫決不如此。

【章旨】

一、演義　此詩用長安事以起興，末乃自嘆而懷舊也。

二、邵解　感思故國宮闕。

三、邵注　此感長安二宮殿而言。

四、意箋　此公因秋而追思明皇。

五、錢注　公詩曰「憶獻三賦蓬萊宮」，此記其事也。

又　此詩追思長安全盛，敘述其宮闕崇麗，朝省莊嚴，而感傷則見於末句。

六、張解　此思故國之宮闕也。
　又　舊注謂此蓋譏其好神仙事，與結句不合。
七、顧注　前四句總追憶上皇於蓬萊宮求仙，而金莖承露，遂致青鳥紫氣，談符瑞者紛紛。其實霓裳羽衣，荒淫失政。公雖獻賦蓬萊，僅蒙聖顏一顧而已。
　又　通首總是瞻望長安，臥病峽中不得歸之嘆。
　　瑩按：此以通首為瞻望長安興不得歸之嘆，而又以前四句有指玄宗好神仙而暗諷其荒淫失政之意。
八、朱注　錢箋（見錢注）。
九、論文　此首思長安宮闕也。
一〇、詩闡　一思蓬萊殿。
一一、會粹　此首思宮闕也。
一二、仇注　五章思長安宮闕，嘆朝廷之久違也。
一三、黃說　此思已立朝得覲天顏之作也。
一四、言志　此第五首則追憶太平宮闕之盛，為孤忠之所愛慕不忘也。
　又　通首博大昌明，鏗鈜綺麗，舉初盛早朝應制諸篇，一齊盡出其下，真傑作也。
　　瑩按：此以通首為追憶太平宮闕之盛，並無諷意。
一五、通解　此公承上末句而言長安舊事，以傷己之不復立朝也。
　又　黃白山曰：此思立朝得覲天顏之作也。
　又　顧修遠曰：前四句引以喻明皇之好仙也。
　　瑩按：通解所說及引黃白山之言皆未及神仙之意，而又引顧注之言，則是以為言外亦可以有諷玄宗求仙之意也。

一六、提要　此思在長安獻賦蓬萊宮及拾遺赴闕之時也。

一七、心解　五章以後分寫望京華，此溯宮闕朝儀之盛，首帝居也，而意卻重在曾列朝班，是為所思之一。

一八、范解　此因秋而思長安宮闕也。

一九、偶評　追思長安全盛時宮闕壯麗，朝有尊嚴，而末嘆己之久違朝廷也。

二〇、沈解　此詩詠長安故事以起興，而有懷舊之思也。

二一、江說　查慎行曰：此言玄宗頗有神仙之惑，王母、函關，寓意顯然。老臥滄江感懷曩昔而不復見承平之盛也。

二二、集評　李云：前六句追想盛時，極其鋪寫。第七句忽一轉，結句仍繳上。前半總是極言其盛，謂有譏刺者，淺夫耳。

又　吳云：極刺時事，而雄渾不覺。徐士新曰：蓬萊宮闕言明皇之事神仙，不若指貴妃為當。

瑩按：此所引李、吳二家之說截然不同，一以為無譏刺之意，而一則以為極刺時事，且以為所刺在貴妃而並不在明皇之事神仙。凡此種種異說，皆當於最後總按語中詳之。

二三、選讀　五章思長安宮闕，嘆朝廷之久違也。上四記殿前之景，下四溯入朝之事。

又　仇兆鰲曰（見仇注）。

二四、沈讀　公詩曰「憶獻三賦蓬萊宮」，此記其事也。

又　此詩追思長安全盛，敘述其宮闕崇麗，朝省尊嚴，而傷感則見於末句。

又　「西望瑤池」以下，開、寶之長安也；「王侯第宅」以下，肅宗之長安也，徘徊感嘆，亦所謂重章而共述也。

瑩按：此前二則之說蓋引申錢注，而未注明出處。至於第三則則以為此詩之「西望瑤池」以下指開、寶之長安，而四章之「王侯第宅」以下則指肅宗之長安，以闡明杜甫此八詩之重章共述之意，頗為可取。

二五、啟蒙　此章思故國之蓬萊宮也。

瑩按：此章承上章結句而來，寫「所思」中「故國平居」之事，以「蓬萊宮闕」為「所思」之始者。一則蓬萊宮既為杜甫當年獻賦之地，再則蓬萊宮又為天子之所居，是無論就感發之先後言之，或就理性之次第言之，首思蓬萊宮皆為極自然之情事。前六句用筆宏偉壯麗，既可見當年朝省儀仗之盛，亦隱見杜甫當年意氣之盛。而尾聯結以「一臥滄江」慨「朝班」之不再，無限家國身世之慨，盡在言外，豈僅思宮闕、憶明皇而已哉！

【集解】

蓬萊宮闕對南山，承露金莖霄漢間。

一、九家　漢武帝置承露盤。

又《西都賦》：「抗仙掌以承露，擢雙立之金莖。軼埃壒之混濁，鮮顥氣之清英。」

又　趙云：蓬萊，殿名，在東內大明宮，正對南山；金莖，孝武帝作柏梁、銅柱、承露、仙人掌之屬。所謂金莖，即銅柱也。

瑩按：此但說明蓬萊宮之位置，並注釋承露金莖諸詞。

二、分門　洙曰：漢武帝置金露盤（參看九家注）。

又　《西都賦》（見九家注）

三、鶴注　洙曰（同分門注）。

又　希曰：按《地理志》云：高宗以風痹厭西內湫濕，龍朔三年，始大興葺，曰蓬萊宮。南山即志所謂寧民今顏祖入南山水入京（此句疑有脫誤），大曆元年尹黎幹自南山開漕渠抵景風延喜門以入苑，蓋京城前值此山也。

瑩按：此敘蓬萊宮之興葺及南山所在之位置。

四、蔡箋　《三輔故事》：承露盤，高二十丈，大七圍，以銅為之，上有仙人掌，承露，和玉屑飲之。

又　《西都賦》（見分門）。

瑩按：此亦但釋露盤金莖。

五、千家　希曰：南山，終南山也。

又　洙曰（見分門注）。

六、演義　蓬萊，唐宮名，即隋大明宮，唐高宗龍朔三年改蓬萊宮。

又　南山，終南山也。

又　金莖，漢武帝做承露盤，高二十丈，大七圍，以銅為之，上有仙人掌，承露，和玉屑飲之，號金莖露。莖，柱也。

又　唐自明皇尊玄元聖祖，朝獻太清，頗以神仙為事。然高宗龍朔三年，改大明宮為蓬萊宮，已有慕仙之意，故此篇借周漢神仙事起興，言唐天子坐蓬萊宮，正對終南山，而承露銅盤，竦立空中。

瑩按：此除注明蓬萊宮、南山、承露金莖之出處、故實以外，兼言及二句之用意，以為乃用周漢神仙事起興，以言玄宗之好神仙也。

七、愚得　希曰（見千家注）。

八、頗解　（見章旨）。

瑩按：頗解亦以此章為借周漢神仙事為言，以喻玄宗之好神仙。

九、詩通　蓬萊，宮名，即大明宮。承露金莖，即通天台，漢武帝做承露盤，高二十丈，以銅為之，上有仙人掌，承露，和玉屑飲之。

又　言蓬萊宮對南山而起，有承露之盤，高在霄漢。

瑩按：詩通之意，蓋以為此詩但寫宮闕之盛，恍然仙居。舊注謂譏其慕仙者，誤。說詳下聯。

一〇、邵解　蓬萊宮闕：唐受外朝。

又　南山：終南。

又　承露金莖：即通臺迎候仙神。

又　蓬萊宮，面對終南山；露盤，高在霄漢。

又　首聯寓言宮闕之勝，或謂譏慕神仙，與結意矛盾。

瑩按：此以為此詩多用有關神仙之字樣，不過借言宮闕之勝，儼然上帝之居，並無譏慕神仙之意，與詩通之說相近。

一一、邵注　蓬萊，唐時宮名，即大明，受外朝者。南山，終南山。承露金莖，漢武帝作承露銅盤，柱高二十丈，上有仙人掌，取露與玉屑飲之，號金莖露。莖，柱也，即通天臺，招仙人候神人者。

又　賦也，此感長安之宮殿而言，故首言唐天子坐蓬萊宮正對南山，而承露銅柱竦立空中。

瑩按：此但釋「蓬萊宮」與「承露金莖」，並就字面為解說。

一二、意箋　高宗以隋大明宮改曰蓬萊宮。

又　漢武帝立金莖承露盤，至魏明帝拆置鄴都，唐亦有之。

又　曰「蓬萊宮闕對南山」，以居挹終南之幽，即神仙之事也。

附眉批　前四句追言明皇慕神仙事。

瑩按：此以為有譏明皇慕神仙之意。

一三、胡注（無）

奚批　高宗以隋蓬萊宮為西內，新建蓬萊宮為東內，頗侈麗。

瑩按：此但言高宗之重建蓬萊宮，據《雍錄》卷三：「大明宮地本太極宮之後苑東北面射殿，地在龍首山上……龍朔二年高宗染風痹，惡太極宮卑下，故就修大明宮改名蓬萊宮，取殿後蓬萊池為名也。」

一四、杜臆　極言玄宗當豐亨豫大之時，享安富尊榮之盛，不言致亂而亂萌於此，語若讚頌而刺在言外。

瑩按：此以為語若讚頌而刺在言外。

一五、錢注　《劇談錄》：含元殿，國初建造，鑿龍首岡以為基址，彤墀釦砌，高五十餘丈，左右立棲鳳、翔鸞二闕，龍尾道出於闕前，倚欄瞰前山，如在諸掌。殿去五門二里，每元朔朝會，禁軍御仗，宿於殿庭，金甲葆戈，雜以綺繡，文武纓佩序立，蕃胡夷長，仰觀玉座，如在霄漢，識者以為自姬漢迄於隋，未有如此之盛。

又《雍錄》：東內大明宮含元殿基，高於平地四丈。含元之北為宣政，宣政之北為紫宸。地每退北，輒又加高，至紫宸則極矣。其北遂為蓬萊殿，自丹鳳門北，則有含元殿，又北則為宣政殿，又北則有紫宸殿。三殿南北相沓，皆在山上，至紫宸又北，而為蓬萊，則山勢盡矣。

又　公詩曰「憶獻三賦蓬萊宮」，此記其事也。

附輯評　李云：前六句追想盛時，極其鋪寫；第七句忽一轉，結句仍繳上。前半總是極言其盛，謂有諷託者，淺夫耳。

又　吳云：極刺時事，而雄渾不覺。徐士彰曰：蓬萊宮闕，言明皇之事神仙，不若指貴妃為當。

瑩按：錢注引《劇談錄》及《雍錄》，敘蓬萊宮形勢極詳。又云此記獻賦蓬萊之事，所言亦極是。蓋杜甫於故國平居之時，最可思者厥惟此事也。至於輯評李氏此言，以為「謂有諷託者，淺夫耳」；而吳氏引徐士彰之言，則以為有諷託，惟所諷者非明皇之事神仙，而為貴妃耳。其說與演義、頗解及意箋之以為諷玄宗好神仙者異，吳氏蓋兼三、四二句言之也，容後詳論。

一六、張解　宮對南山，露承霄漢，帝居何壯也。

一七、金解　長安宮闕甚多，獨言蓬萊者，先生曾於蓬萊宮獻《三大禮賦》，明皇奇之，故即用以起興也。蓬萊宮，貞觀經營，前對終南山。每天晴日朗，望終南如指掌。承露金莖，漢武之所設。漢武好神仙，造通天臺，以金盤承雲表之露，和玉屑服之，以求長生。此詩起句，以蓬萊宮闕起，蓬萊，仙山；終南，仙窟；承露金莖，乃求仙之物。致景設色，都在神仙一邊。三、四遂承以瑤池、紫氣云云，寫來極是湊手。亦見當日天子太平在御，不但宮闕壯麗，亦頗留意神仙之事，有如漢武也。

別批　因故國之思，而想至百年之事。蓋當日亦不可謂非全盛也。對南山，言宮闕之壯麗；霄漢間，言金莖之高峻，用「蓬萊」、「承露」字，見晏安日久，惟願長生，唐明、漢武，有同一轍。

瑩按：此亦以明皇之好神仙為言，與演義、頗解及意箋同。至於論獻賦蓬萊，故以蓬萊起興之言，則與錢注相近。貞觀間經營蓬萊宮之事，據《唐會要》卷三十《大明宮》條載云：「貞觀八年十月營永安宮，至九年正月改名大明宮，以備太上皇清暑。至龍朔二年高宗染風痹，以宮內湫濕，乃修葺大明宮，改名蓬萊宮。」是大明宮乃蓬萊宮之前身，為貞觀間所經營者也。

一八、顧注　《雍錄》：東內……山勢盡矣（見錢注）。

又　《三輔故事》：建章宮承露盤金莖高二十丈，引以喻明皇之好仙也。

又　對南山，蓋京城前直此山也。

瑩按：此除引故實之出處以外，並指次句之承露金莖有喻明皇好仙之意。

一九、朱注　《唐會要》：大明宮，龍朔三年號曰蓬萊宮，北據高原，南望爽塏，每天晴日朗，南望終南山如指掌，京城坊市街陌，如在檻內。

二〇、論文　蓬萊宮闕，遠對南山，一句大勢，下細寫宮闕之內，則承露金莖，直凌霄漢。

瑩按：此但泛依字面為說。

二一、澤解　希曰（見千家注）。

又　夢弼曰：《三輔故事》……以玉屑飲之（見蔡箋）。

又　《西都賦》（見九家注）。

二二、詩闡　長安宮闕，自紫宸北為蓬萊，山勢已盡，獨對南山，況承露金莖。所云仙人掌者，又聳然霄漢，當年明皇，誠勤政勤民，則蓬萊宮闕，豈非向明出治之所。

又　六句追賦玄宗事（按「句」字原誤作「母」，據文意改）。

又　金莖承露，如當年宮中築壇煉藥事。

瑩按：此云六句追賦玄宗時事。前四句為玄宗時事，自無可疑。至於五、六兩句，私意以為實兼玄、肅兩朝言之，前已於章旨一節言及，容後再為詳論。至於築壇煉藥之言，則亦以為譏玄宗好神仙之事。據《通鑑》卷二百十五《玄宗紀》：「天寶四載春正月庚午，謂宰相曰：朕比以甲子日於宮中為壇為百姓祈福，朕自草黃素自案上俄飛升天，聞空中語云：聖壽延長。又朕於嵩山煉藥成，亦置壇上。及夜，左右欲收之，又聞空中語云：藥未須收，此自守護。達曙乃收之，諸王宰相皆上表賀。」是築壇煉藥確有其事，杜甫寫玄宗之盛，用字用事皆極切當，惟不必定指此詩有譏諷之意也。

二三、會粹　《唐會要》：大明宮……如在檻內。（見朱注）

又　金莖，宮闕中所有。

瑩按：此但釋「蓬萊宮」及「承露金莖」。

二四、仇注　《唐會要》（見會粹）。

又　《雍錄》（見錢注）。

又　豐存禮云（見校記）。

又　陸機《入洛記》（見校記）。

又　班婕妤賦：「登薄軀於宮闕兮。」

又　班固《西都賦》（見九家注）。注：金莖，銅柱也。

又　陳澤州注漢武承露銅柱，在建章宮西，建章宮在長安城外西北隅。唐東內在京城東北，不聞有承露盤事。此蓋言唐開寶宮闕之盛，又以明皇好道，故以蓬萊、承露、瑤池、紫氣連類言之，不必實有金莖。

又　《劇談錄》（略同錢注）。

又　宮在龍首岡，前對南山，西眺瑤池，東瞰函關，極言氣象之巍峨軒敞。而當時崇奉神仙之意，則見於言外。

影印本眉批　方云：因提故國平居，想到長安全盛之日。此言天寶政衰，外惑於神仙，內蠱於女謁，雖知其將有土崩瓦解之禍，然方在下位，又未久而去，不能有所匡救也。

影印本旁批　此故國平居之盛。

瑩按：仇本引豐存禮之言，以為首句「宮」字當作「高」字，乃字近之訛，其說未可盡從，說已詳前校記。又引陳澤州注，以為金莖不必實有，其說亦通達可取。至於仇注及眉批所云崇奉神仙之意，則與演義、頗解、意箋及金解之說同。

二五、黃說　初以蓬萊宮闕起興，次句承南山而言。金莖雖入霄漢，實因南山之高以為高耳。

瑩按：此言金莖因南山而高，所說殊略。

二六、漕解　「承露」句，用漢武譏玄宗也。

又　希曰（見千家）。

又　《雍錄》（見錢注）。

又　公詩曰：「憶獻三賦蓬萊宮」，此記其事也（見錢注）。

瑩按：此亦以為「承露」句乃借漢武譏玄宗之好神仙也。

二七、通解　言思予居故國時入朝至蓬萊殿中，凡宮闕之連絡者則遙對南山；尚有承露之金莖立於山上，直在霄漢之間。

瑩按：此不過就原詩句鋪陳立說而已，不必拘執以求。

二八、提要　（見前章旨）。

瑩按：提要之意，以為首句思獻賦蓬萊之事，及寫宮廷之壯麗。

二九、心解　《唐會要》（見會粹）。

又　《西京賦》（按「京」字當為「都」字之誤，見九家注）。

又　一、二點宮闕，三、四表形勝，其金莖、瑤池、紫氣等，總為帝京設色，蓋以上帝高居，群仙拱向為比。

瑩按：此不以玄宗好神仙為說，而謂帝居如仙居之盛。

三〇、范解　《唐會要》（參看朱注）。

又　《三輔故事》（參看蔡箋）。

又　唐自明皇冊貴妃為太真宮女道士，又以田同秀見玄元皇帝降於永昌街，發使求靈寶符於函谷關尹喜宅傍，頗以神仙為事。故上截言蓬萊宮闕直對南山，承露金莖上衝霄漢（參看下聯）。

瑩按：此引玄宗時故事以本聯為有諷喻玄宗好神仙之意。

三一、偶評　前對南山。西眺瑤池，東接函關，極言宮闕氣象之盛。無譏刺意。

瑩按：此兼次聯言之，以為無譏刺意。

三二、沈解　唐自明皇尊玄元聖祖，朝獻太清，頗以神仙為事。然高宗龍朔三年改其宮名為蓬萊宮，已有慕仙之意。故此篇借周漢神仙事以起興。言天子坐蓬萊宮正對終南山，而承露銅盤，竦立空中。

瑩按：此亦以為首聯已有喻明皇好神仙之意，更指出蓬萊宮之命名，以為高宗已有慕神仙之意。

三三、江說　《唐會要》（見朱注）

又　仇云（見仇注）。

三四、鏡銓　《唐會要》（見會粹）。

又　《西京賦》（按此「京」字亦為「都」字之誤，見九家注）。

三五、集評　李云：有所思也。

瑩按：此蓋以為此詩承前一章「故國平居有所思」而來。次一則全用仇注，而未注明。

三六、選讀　眉批云：蓬萊，宮名。北據高原，南望終南如指掌。

又　宮在龍首岡……見於言外（見仇注）。

又　《西都賦》（見九家注）。

又　金莖銅柱本漢武事，以明皇好神仙，故及之。

瑩按：此亦以為有指明皇好神仙之意。

三七、施說　又云：「承露金莖霄漢間」，注引陳廷敬說：唐東內不聞有金莖，此第言明皇好道，故以蓬萊、瑤池等連類及之，不必實有也。今按下「西望瑤池」二句，可作虛設之詞，此承上「蓬萊宮闕」句，蓬萊既實有其宮，不應此句虛言金莖。玩「霄漢間」字，亦似非虛言者，明皇好道，安見不亦效漢武為之。且《洛城北謁玄元廟》詩「金莖一氣旁」，朱說引曹子建集謂洛城有金城（瑩按「城」字乃「莖」字之誤），則巡幸之地，尚沿有之，豈長安居不特置耶？諸書失載，故無考耳。

瑩按：此以為蓬萊宮實有金莖，雖無確據，然其說不無可取。

三八、湯箋　開元昔盛，荒色求仙，萊殿露莖，窮高極麗。

瑩按：此亦以神仙為說。

三九、啟蒙　《唐會要》（見朱注）。

又　《西京賦》（按「京」字為「都」字之誤，見九家注）。

又　宮闕直對終南，金莖上插霄漢，西接王母之瑤池，東挹函關之紫氣，總是極言其形勝，以見帝居之壯麗，並無諷刺之意。

瑩按：此亦兼次聯言之，以為但寫形勝，無諷刺之意，與偶評之說相近。

嘉瑩按：此二句首當辨者，厥惟有無託諷之意。有以為此詩但寫宮闕之盛，恍然仙居，並無譏玄宗好神仙之意者，詩通、邵解、錢注附輯評李氏之說、會粹、心解、張解、朱注、偶評、啟蒙皆主之；有以為有譏玄宗好神仙之意者，演義、頗解、意箋、金解、詩闡、仇注引陳澤州注、仇注影印本眉批、滑解、顧注、沈解、選讀、湯箋皆主之；又或以為雖有諷託之意，然非指玄宗好仙，而為指貴妃而言者，錢注附輯評吳氏之說主之；有以為刺其安富尊榮以致亂者，杜臆主之。綜觀諸說，錢注輯評吳氏之言，蓋因「蓬萊」二字，遂以為有指貴妃曾為女道士之意，其說最為乏據。至於前二說，則各有所偏。謂譏指玄宗好神仙者，其說固失之淺露；而謂必不指玄宗好神仙者，其說亦失之拘狹。私意以為杜甫有「憶獻三賦蓬萊宮」（《莫相疑行》）之句，此「蓬萊宮闕對南山」句雖不必即指當年獻賦之事，而當年獻賦蓬萊，對此宏麗之宮闕曾留有極深之印象，則必無可疑者也。故杜甫於思故國平居盛事之時，開端即言蓬萊，此在寫詩之章法及詩人之感情言之，皆為極自然之事，固不必有心於譏諷也。然玄宗之好道慕仙，亦確有其事。故寫玄宗盛世，於宮闕之宏偉，則以承露金莖及瑤池紫氣為言，此以詩人寫詩用字煉句言之，原為極切當傳神之筆。是雖不必明有所譏，而玄宗好神仙之事，則已自然見於言外矣。諸家之以譏諷為言，及杜臆以為有刺其致亂之意，皆有失杜甫忠厚之用心，不可據以為說。至於各家引證諸書以言蓬萊宮之形勢，則所言皆相近，可毋庸置辯。

西望瑤池降王母，東來紫氣滿函關。

一、九家　《漢武帝內傳》：七月七日西王母降，漢武帝夜忽見天西南如有白雲起，俄頃王母至。

又　《老子傳》注：《列仙傳》曰：關令尹喜，周大夫也。老子西遊，喜見其氣，知其人當過，物色而跡之，果得老子，亦知其奇，為著書，與老子俱之流沙之西，服巨勝實，莫知其所終。

又　趙云：瑤池，則《神仙傳》載，王母所居宮闕，在崑崙之圃閬風之苑，玉樓十二，瓊華之闕，左帶瑤池，右環翠水。

又　周穆王觴王母於瑤池之上，望瑤池，則望其自瑤池而降也。

又　有載尹喜所占見紫氣滿於關上。

又　瑤池在西極，故云西望；老子自洛陽而入函谷，故云東來。

瑩按：此但注釋「瑤池降王母」與「紫氣滿函關」之出處。

二、分門　洙曰：《漢武帝內傳》（見九家注）。

又　趙曰：周穆王觴王母……而降也（見九家注）。

又　洙曰：《老子傳》注：《列仙傳》曰：關令尹喜者，周大夫也，善學星宿，服精華，隱德行仁，時人莫知。老子西遊，喜先見其氣，知其人當過，候物色而跡之，果得老子，亦知其奇，為著書，與老子俱之流沙之西，服巨勝實，莫知其所終，亦著書九篇，名《關令子》（參看九家注）。

三、鶴注　洙曰（同分門）。

又　趙曰（同分門）。

又　洙曰……名關尹子（分門作關令子，餘同）。

四、蔡箋　「西望」句，此言西王母宴穆王於瑤池，喻言明皇之幸蜀也。

又　《列子・穆王篇》：周穆王命駕遠遊，升崑崙之丘，遂賓於西王母，觴於瑤池之上。

又　「東來」句，此言肅宗收復長安也。

又　《列仙傳》：老子西遊，關令尹喜望見有紫氣浮關，老子果乘青牛而過。

又　《關尹內傳》：「關令尹，周大夫也，善於天文，登樓四望，見東極有紫色，喜曰：應有聖人經過。果見老子。」

瑩按：《叢書集成》本《列仙傳》載：「關令尹喜者，周大夫也，喜內學，常服精華，隱德修行，時人莫知。老子西遊，喜先見其氣，知有其人當過，物色而遮之，果得老子，老子亦知其奇，為著書，授之。後與老子俱遊流沙化胡服巨勝實，莫知其所終。尹喜亦自著書九篇，號曰《關令子》」。分門引王洙注則見於《史記・老子列傳》。集解、九家注所引略同，而蔡箋所引《列仙傳》則為《列異傳》之誤，見《史記・老子列傳》索引，原文云：「老子西遊，關令尹喜望見其有紫氣浮關，而老子果乘青牛而過。」又蔡箋以為「西望」句喻言明皇之幸蜀，「東來」句則言肅宗之收復長安也。

五、千家　洙曰：七月七日西王母嘗降漢武帝殿（參看分門）。

又　《列仙傳》，老子西遊，紫氣浮函谷關（參看蔡箋，《列仙傳》當亦為《列異傳》之誤）。

又　劉評：律句有此，自覺雄渾。

六、愚得　七月七日，西王母降漢武帝殿（見千家）。

又　《列仙傳》（見蔡箋，亦為《列異傳》之誤）。

七、演義　《列子・穆王篇》（同蔡箋）。

又　漢武帝時，王母降於承華殿，見《早朝大明宮》詩注。

又　《關尹喜內傳》：關令尹周大夫也……見東來有紫氣浮關，喜曰：應有聖人過。果遇老子，著《道德經》（略同蔡箋）。

又　西則望王母自瑤池而降，東則望老子入函關而來。

瑩按：杜甫《早朝大明宮》詩「九重春色醉仙桃」句，演義注云：「漢武時有青鳥集於承華殿前，以問東方朔，朔曰：西王母必降。是夕，王母至，以桃七枚，母自啖其二枚，以五枚與帝。」

八、頗解　（見前章旨）

九、詩通　瑤池在崑崙之丘，西王母所居，漢武帝時，王母來降；函關在靈寶縣，老子西遊，紫氣浮函谷關。

又　……是以東西瞻望，為仙人往來之地，天子端拱於雲日間，以受群臣之朝，恍然上帝之居也（參看首聯之說）。

又　三、四一聯，乃《楚辭》寓言之意，以見宮闕之地，真為仙居耳。蓋因蓬萊露盤起興，舊注謂譏其慕仙者，誤。

瑩按：此以王母紫氣為寓言，但言宮闕之地，真為仙居，舊注謂譏其慕仙者，誤。

一〇、邵解　瑤池：古崑崙丘。

又　王母：漢時曾降。

又　紫氣：老子出關，紫氣。

又　西則有瑤池王母之降，東則有函關紫氣之浮，蓋神仙往來地也。

瑩按：邵解之意，蓋以為乃借神仙為寓言以寫宮闕之盛，恍然上帝之居，並非真指神仙之事也，可參看首聯之說。

一一、邵注　王母，《列子》：周穆王升崑崙丘，賓西王母，觴於瑤池。又漢武時，王母降承華殿。紫氣，函關令尹喜，周大夫，善天文，望見東來有紫氣，曰：應有聖人過。果遇老子。明皇晚好神仙，故公借漢為喻。

又　西則望王母自瑤池而降，東則望老子入函關而來。

瑩按：此以為二句乃借漢事為喻，言明皇之好神仙。

一二、意箋　瑤池在西，曰「西望瑤池降王母」，若真降也。函關在東，曰「東來紫氣滿函關」，若真來也。言明皇慕神仙之事如此。

又　王母，見《列子》及《史記》、《武帝內傳》。函關、紫氣，並見《列子》諸書。

又　《唐書》：明皇朝獻老君於玄元殿，田同秀言玄元降於丹鳳門。

又　《艷異篇》載，真妃死，玄宗思之不置，令巫遍求之，竟於崑崙見妃云云。

瑩按：意箋以為前四句有諷明皇慕仙之意（見首聯），尚可。至若引《艷異篇》云云，乃貴妃死後之事，與此詩回憶開、天盛事之意不合。

一三、詩攟　瑤池、紫氣、王母、函關，公詩時有此。王母對函關，亦如嚴僕射對望鄉台，殊不害其格力也。珠簾、錦纜，菰米、蓮房，工整極矣，乃微嫌合掌，必不得已，吾寧取拙；「叢菊兩開他日淚」、「孤舟一繫故園心」，所以為妙也。

瑩按：此但就對仗字法而言。

一四、郭批　律句……渾雄（見千家引劉評）。

一五、錢注　《樂史・楊貴妃外傳》：開元二十八年十月，玄宗幸溫泉宮，使高力士取楊氏女於壽邸，度為女道士，號太真，住內太真宮。天寶四載七月，於鳳凰園冊太真宮女道士楊氏為貴妃，進見之日，奏《霓裳羽衣曲》。唐人詩多以王母比貴妃，劉禹錫詩「仙心從此在瑤池，三清八景相追隨」，公詩云「惜哉瑤池飲」，又曰「落日留王母」也。

又　天寶元年，田同秀見玄元皇帝降於永昌街，云有靈寶符在函谷關尹喜宅旁，上發使求得之（按此見《唐會要》卷五十）。

又　《高力士外傳》：開元之末，天寶之初，陳希烈上玄元之尊，田同秀獻寶符之瑞，貴妃受寵，外戚承恩。

又　王母、函關，記天寶承平盛事，而荒淫失政，亦略見矣。

瑩按：錢注列舉史實，以見玄宗之失政，而結語則但云：王母函關，記天寶承平盛事，於玄宗之荒淫失政亦略見矣。引證翔實，而立言微婉，其說頗為得體。

一六、張解　西則有王母之臨，東則浮老子之氣，乃神仙往來地也，豈常人所可至哉！

一七、金解　見上聯。

別批　乃日望王母之降瑤池，豈知皇輿之幸巴蜀；日望紫氣之滿函關，豈知兩京之化灰燼，真有所謂不勝悲者，思之可為流涕也。止因沓用「瑤池」、「紫氣」等字，遂將後人瞞過多少。

瑩按：金解別批之意，蓋謂「瑤池」句以反筆慨皇輿之幸巴蜀。巴蜀在西也，無王母之降而有西幸之變。「紫氣」句以反筆嘆兩京之化灰燼。東京，在東也，無紫氣之來而有兩京之陷。其不勝悲之情盡在言外，而出之以「瑤池」、「紫氣」字樣，悲慨使人不覺也。至於金解之意則以為譏玄宗之好神仙，說已見上聯。

一八、顧注　唐人詩多以王母比貴妃，以貴妃曾為太真宮女道士也。公詩亦曰「惜哉瑤池飲」，又曰「落日留王母」，是也。天寶元年田同秀見玄元皇帝降於永昌街，云有靈寶符在函谷關尹喜宅傍，上發使求得之。《高力士外傳》：開元之末，天寶之初，陳希烈上玄元之尊，田同秀獻寶符之瑞，貴妃受寵，外戚承恩。公蓋以瑤池王母之飲，隱喻貴妃之冊為太真；紫氣函關之臨，顯譏玄元之降於永昌也。

瑩按：此詳引開、天時故事以說此聯，以為有譏刺玄宗寵貴妃及好神仙之意。與錢注之意同，不及錢注立言之婉。

一九、朱注　瑤池王母，暗指冊立貴妃。唐人詩以王母喻貴妃不一而足，以貴妃嘗為女道士也。天寶元年玄元皇帝降形云……故曰「東來紫氣滿函關」也。雖記天寶……失政亦略見矣（參看錢注）。

二〇、論文　宮闕之西，則遠望瑤池，思王母之或降；宮闕之東，則映帶幽谷，見紫氣之時來。

瑩按：此但就字面為說，未加詳釋。

二一、澤解　洙曰：《漢武帝內傳》（見分門）。

又　夢弼曰……明皇之幸蜀也（見蔡箋）。

又　劉評（見千家）。

又　夢弼曰：……肅宗之收復長安也（見蔡箋）。

又　《列仙傳》……果乘青牛而過（見蔡箋）。

又　澤風堂曰：上句言天寶遊宴之勝，下句言肅宗收復之美，皆蓬萊宮闕所見光景也。

瑩按：此以上句為言天寶遊宴之盛，下句為言肅宗收復之美。

二二、詩闡　……而乃由宮闕而西望，思下王母於瑤池；由宮闕而東來，空候函關之紫氣。

又　明皇度貴妃為女道士，是瑤池王母也；降玄元於永昌街，是函關紫氣也。

瑩按：詩闡於「瑤池」、「紫氣」二句，直指為貴妃及玄元，其說淺狹而拘執。

二三、會粹　《列子》：周穆王肆意遠遊……觴於瑤池之上（見蔡箋）。

又《漢武內傳》：七月七日，上齋居承華殿，忽青鳥從西來，集殿前，上問東方朔，朔曰：此西王母欲來也。有頃王母至。

又　《關尹內傳》：關令尹喜常登樓，見東極有紫氣西邁，曰：應有聖人經過京邑，乃齋戒。其日，果見老君乘青牛車來過（參看蔡箋）。

又　自宮闕而西，則瑤池可望；自宮闕而東，則函關在目。王母降，紫氣來，不過承瑤池函關言之，他作玄宗好仙及太真為女道士，俱無謂。

瑩按：此所引《漢武內傳》與演義所引《早朝大明宮》詩注略同，而與九家注不同。據墨海金壺本《漢武帝內傳》云：「元封元年……四月戊辰帝閑居承華殿，東方朔、董仲舒在側。忽見一女子著青衣，美麗非常，帝愕然問之，女對曰：我墉宮玉女王子登也，乃為王母所使，從崑崙山來……從今日清齋，不閑人事。至七月七日王母暫來也……言訖，玉女忽然不知所在。帝問東方朔：此何人？朔曰：是西王母紫蘭宮玉女。到七月七日……夜二更之後，忽見西南如白雲起，鬱然直來，徑趨宮庭，須臾轉近，聞雲中簫鼓之聲，人馬之響，半食頃，王母至也，縣投殿前，有似鳥集……王母上殿……又命侍女更索桃果，須臾以玉盤盛仙桃七顆，大如鴨卵，形圓，青色，以呈王母，以四顆與帝，三顆自食……至明旦，王母與上元夫人同乘而去。」則是諸家所引皆以此為據，惟繁簡字句略有不同耳。又此雖舉瑤池王母之出處，而駁譏玄宗好神仙之說為無謂。

二四、仇注　張衡《四愁詩》：「側身西望涕沾裳。」

又　《列子》（見蔡箋）。

又　《漢武內傳》（見會粹）。

又　《關尹內傳》（見蔡箋）。

又　錢箋：天寶元年田同秀見玄元皇帝降於永昌街……上發使求得之（見錢注）。

又　陳（澤州）注：唐公主如金仙、玉真之類，多為道士，築觀京師，西望瑤池，蓋言道觀之盛。

又　《唐會要》：太清宮薦享聖祖玄元皇帝，奏混成紫極之樂。東來紫氣，蓋言太清之尊，與上宮闕一類，或以瑤池、王母喻貴妃之冊為太真，紫氣、函關譏玄元之降於永昌，如此說，是追數先皇之失，非回憶前朝之盛矣。

又　瑤池本對函關，以聲律不諧，故句中參用變通之法。

瑩按：仇注駁諸家之以瑤池、王母為譏貴妃之冊為太真，以紫氣為譏玄元之降於永昌之說，以為如此說，是追數先皇之失，非回憶前朝之盛矣，其言甚為可取。又論對句變通之法，此正杜甫正變相參之妙。

二五、黃說　山高則望遠，故又以三、四承之，四亦蒙上「望」字。瑤池、王母，函關、紫氣不過與承露金莖作一副當說話，前半只了得「對南山」三字。

又　賦長安景事自當以宮闕為首，不睹皇居壯，安知天子尊，正是此詩立局之意。西望、東來，不過鋪張皇居門戶之廣大耳，以為譏明皇之好仙，真小兒強作解事。

瑩按：此以為二句不過寫皇居之壯，瞻望之遠，並無與於神仙之事。

二六、湣解　王母、函關，隱諷貴妃，顯譏老子。記天寶承平盛事，而荒淫失政亦略見矣。

瑩按：湣解多引錢注，而增「隱諷貴妃，顯譏老子」二句，不若錢說之含蓄委婉。

二七、言志　玄宗最好神仙，當太平無事，惟以升仙為望。西降王母，東來紫氣，何懿鑠也。

瑩按：此亦以此一聯有指玄宗好神仙之意，而不以譏刺為說，反以為此乃寫當日太平之事象。

二八、通解　昔聞漢武好神仙，而瑤池王母降而共飲。憶從闕外西望，如見王母之降焉；又聞尹喜好道術，而函關紫氣滿而不散，憶看闕外東來，尚見紫氣之滿焉。

瑩按：此亦以此一聯為指玄宗好神仙之事，而不以譏刺為言。

二九、提要　（見章旨）

瑩按：提要以為寫宮廷壯麗，朝會森嚴，而未嘗指其有譏諷之意。

三〇、心解　《漢武內傳》：上齋居承華殿，忽青鳥從西來集殿前，東方朔曰：此西王母欲來也（參看會粹）。

又　《關尹內傳》：關令尹喜，望見東極有紫氣西邁，曰：應有聖人經過。果見老君乘青牛車來（參看蔡箋）。

又　舊云譏冊貴妃、祀玄元，澤州既非之矣。而說者以此四句專指天寶之盛，亦非通論也。看五、六即入身預朝班，繫肅宗朝事，則上四便不得坐煞天寶，打成兩撅。大段言帝居壯麗，顯顯然在心目間，而扇影威顏，朝班曾點，不可復得於滄江一臥時矣，如此乃一片。

瑩按：心解以為前四句既非專譏冊貴妃、祀玄元事，抑且更非專寫天寶之盛，不過大段寫長安帝居壯麗顯在心目，而不勝今昔之感耳，其說頗通達可取。

三一、范解　《漢武內傳》（參見九家注及會粹按語）。

又　瑤池，周穆王與王母宴處，事載《列子》（參見蔡箋）。

又　西則望王母降自瑤池，東則見老子來從函谷。王母喻貴妃，函關指求靈寶符也。雖記天寶承平盛事，其荒淫失政之漸，已見於此（參看錢注）。

三二、偶評　（參看前一聯之說）。

三三、沈解　瑤池，周穆王命駕遠遊，升崑崙……瑤池之上（見蔡箋引《列子・穆王篇》）。

又　王母，漢武七月七日……王母降於承華殿（參看九家注及會粹按語）。

又　紫氣，老子西遊……著《道德經》（參看九家注引《老子傳》注）。

又　西則望王母，自瑤池而降；東則望老子，入函關而來。

瑩按：此多用舊注，並無新意。

三四、江說　《列子》（見蔡箋）。

又　《關尹內傳》（見蔡箋）。

三五、鏡銓　《漢武內傳》（同仇注）。

又　《關尹內傳》（參看蔡箋）。

又　顧（宸）注：天寶四年，田同秀見老君降於永昌街，云有靈寶符在函谷關尹喜宅旁，上發使求得之（見錢注）。

又　舊注以「王母」句比貴妃之冊為太真，「紫氣」句指玄元之降於永昌，雖記天寶承平盛事，而荒淫失政亦略見矣。今按西眺瑤池，東瞰函關，只是極言宮闕氣象之宏敞，而諷意自見言外，公詩每有此雙管齊下之筆。

瑩按：此引顧注，言老君降於永昌街在天寶四年，與錢注之作天寶元年者異。據《唐會要》卷五十載云：「天寶元年正月七日，陳王府參軍田同秀上言，玄元皇帝降於丹鳳門之通衢，告賜靈符，在尹喜之故宅，上遣使就函谷故令尹喜臺西得之，於是置玄元皇帝廟於大寧坊西南角。」是錢注作天寶元年者是，顧注作天寶四載者誤。又此所云言「宮闕氣象之宏敞，而諷意自見言外」之說，頗通達可喜。至其所引之舊注，則指錢注而言也。

三六、選讀　眉批：漢武（見九家注），關尹喜（見蔡箋）。

三七、沈讀　瑤池王母，隱喻貴妃之冊為太真；紫氣函關，顯指玄元之降於永昌。

三八、湯箋　瑤池西降，暗諷太真；紫氣東來，顯譏靈寶。

瑩按：此亦用錢注，然既不能引史為證，又顯為譏諷之說，則不免失之簡率拘狹矣。

三九、啟蒙　《漢武內傳》（見九家注及會粹按語）。

又　《關尹內傳》（見蔡箋）。

又　以瑤池降母，比玄宗之寵妃子；紫氣來函，比玄宗之好神仙，其說倡於顧氏，後人從而和之。陳澤州、黃生、浦二田輩，未嘗不駁之，而其旨未暢。試為置辨，略有三端：夫譏諷亦詩人所不廢，譏諷者，忠厚之所激也。「落日留王母，微風倚少兒」，公亦何嘗不譏諷。然言非一端而已，固各有所當也。蓋譏其事而或繫之以地者必非無故，如「解釋春風無限恨，沉香亭北倚闌干」，「七月七日長生殿，夜半無人私語時」，誠以沉香亭、長生殿固寵妃子之地也。如「竹宮時望拜，桂館或求仙」，以竹宮、桂館亦求神仙之地也。今此詩以蓬萊宮為主，蓬萊與含元、紫宸、宣政等殿相埒，為唐家視朝出治之所，非如沉香亭、長生殿、竹宮、桂館者比。即謂玄宗寵妃子好神仙，不知與蓬萊有何交涉，而必繫之以蓬萊，且從而切指之曰西望、曰東來，即其辨一也。且此聯既譏玄宗，則下文不得忽及肅宗，而下文所謂識聖顏者，固識肅宗之聖顏也。點朝班者，點肅宗之朝班也。乃顧氏欲圓其說，以為公於獻賦待制時，曾被玄宗召見，而以公詩往時文采動人主證之。然考新、舊《唐書》本傳內，並無玄宗召見之事，而所謂文采動人主者，特其三賦之文采，非其狀貌之文采也。且即謂識玄宗之聖顏，而識聖顏者，不過召見而已，不得謂之點朝班。召見者不過一次而已，不得謂之幾回。說者亦知其難通，而以識聖顏屬玄宗，指公之待制時，點朝班屬肅宗，指公之拾遺時，則愈割裂而支離矣。即五、六之識聖顏為確屬肅宗，則知三、四為泛言蓬萊形勝，而非專指玄宗以譏其寵妃子好神仙也，彰彰明矣，其辨二也。且如顧氏之說，既譏其荒淫矣，則下文當繼言死亡危辱之事，以為炯戒。如《鬥雞》詩，於上四句敘其荒淫之下，即繼以「仙遊終一閟，女樂久無香」，是其例也。而此詩之五、六但言當日朝儀之盛而已，七、八但言今日羈旅之衰而已。於三、四譏荒淫之意絕無照顧，於事為不屬，於文為不貫，於章法為散亂而無歸，老杜曾有是乎？其辨三也。以江河日月之文，而遭其薄蝕，受其壅遏，余欲為之刮垢磨光，決塞去滯，故不惜其文之繁而辭之費也。後之君子，尚其鑑諸！

瑩按：此駁斥前人以此一聯為諷玄宗之舊說。

嘉瑩按：諸家引書說此二句，或就所用之典而言，或就所寫之事而言，當分別觀之。就用典言，則瑤池見《列子．穆王篇》，降王母見《漢武內傳》，紫氣函關見《列仙傳》、《老子傳》注引《列異傳》及《關尹內傳》。就所寫之事而言，則有以「西望」句為指明皇之幸蜀，「東來」句為指肅宗之收京者，蔡箋主之；又有以為下句雖寫肅宗收京，而上句則寫天寶遊宴之盛者，澤解主之；有以為此聯乃寫宮闕之地真為仙居，而並無譏諷之意者，詩通、邵解、張解及通解主之；又會粹、黃生說及提要亦以為此聯但寫地勢之高遠、宮廷之壯麗，而未有譏諷之意，其說與詩通相近；有以為記天寶之盛，而荒淫失政亦略見者，錢注主之，且引《樂史・楊貴妃外傳》、《高力士外傳》及《唐會要》諸書為證，以為「西望」句指太真之度為女道士，「東來」句指玄元之降於永昌街，顧注、朱注、潛解、詩闡、范解、沈讀及湯箋皆用錢說，惟詩闡及湯箋之說較錢氏為淺率拘狹。鏡銓亦引錢說，而較錢說更為通達，以為此二句只是極言氣象之宏敞，而諷意不過見於言外耳；有以為此聯承首聯而言，以見玄宗之留意神仙之事者，邵注及金解主之；有以為「西望」句慨皇輿之幸巴蜀，「東來」句傷兩京之化灰燼，而不勝盛衰今昔之悲者，金解別批主之；心解亦以為此詩大段言帝居壯麗，不可復得見於滄江一臥時矣，其說蓋亦以為此二句寫昔日之盛而不勝盛衰今昔之感，與金解別批之說相近，而不拘拘為西望、東來之對比，其說更為通達，且指舊說以為二句寫冊貴妃祀玄元者為非；有以為「西望」句言道觀之盛，「東來」句言太清之尊者，仇引陳澤州注主之。綜觀諸說，似頗為紛紜歧異，然其大要可得而言也，蓋此章之詩意承上章「故國平居有所思」而來，其大旨在寫故國平居之盛事，故此聯之主旨似只在寫宮闕之宏敞壯麗。然玄宗之好神仙、冊太真、祀玄元，則又確有史事可徵，故杜甫於寫宮廷之宏敞壯麗之時，乃沓用「瑤池」、「王母」、「紫氣」、「函關」諸字樣，此正鏡銓所云「詩每有此雙管齊下之筆」者也。至於其是否有譏諷之意，則但可意會，既不必明言確指其為有，亦不必極言力辯其為無也。要之，此詩前六句仍當以頌意為主，如此方顯末二句之空際轉身，鯨魚掉尾，而使前六句之種種繁華盛美都成幻夢，然後以己自蓬萊獻賦以來之種種身世及國事之盛衰之變之感託意興悲，乃真有不可勝言者矣。若以譏諷為言，固有失杜甫忠厚之心，且但執一說，亦如以杓蠡之測江海，又烏能得杜甫含蘊之深妙。故諸家之說，皆但可視為昔日讀者聯想之一得，亦或可資為後日讀者聯想之一助，而不必拘執之也。至於意箋引《艷異篇》之說之妄誕不足信，已駁之於前，茲不復贅。

雲移雉尾開宮扇，日繞龍鱗識聖顏。

一、九家　趙云：言君王御朝，而諸公入朝也。

又　崔豹《古今注》：商高宗有雊雉之祥，服章多用翟羽，故有雉尾扇。

又　韓非云：夫龍之為蟲也柔，可狎而騎也，然其喉下有逆鱗徑尺，若人有嬰之，則必殺之，人主亦有逆鱗，說者能無嬰人主之逆鱗則幾矣。

又　「雲移雉羽」，則皇帝御朝初以扇障之，而開扇則如雲之移。《帝堯本紀》：望之如雲，就之如日，天子之相曰雲日之表，雲移則見日，故云識聖顏。

瑩按：此雉尾扇之所出，又以龍為天子之喻，並說明扇影移得見君顏之意，以雲移釋扇之開。

二、分門　洙曰：見「雲橫雉尾高」注。

又　趙曰：崔豹《古今注》云：商高宗有雊雉之祥，服章多用翟羽，故有雉尾扇。今公言天子雉扇，則天子御朝用（參看九家注）。

瑩按：「雲橫雉尾高」句見分門注卷十五「時事門」。《喜聞官軍已臨賊境》一首，注引洙曰：豹《古今注》：高宗有雉雊（按下當有「之祥」二字），服章多用翟羽，故有雉尾扇。

又趙曰：「天子所在，雲横其上，如黃帝戰於涿鹿之野，上常有雲氣。」

三、鶴注　洙曰（同分門）。

趙曰（同分門）。

四、蔡箋　崔豹《古今注》：殷高宗……翟羽。即緝雉羽為扇翣以障翳風塵也（參看九家注）。

又　唐太宗有龍風之姿，天日之表。

五、千家　趙曰：崔豹《古今注》：殷高宗……翟羽。故有雉尾扇（見九家注）。

六、愚得　《古今注》：殷高宗……翟羽。故有雉尾扇（見九家注）。

又　自言臥病夔府，自驚衰老，不與朝班，而憶宮闕君臣朝僅（按當作「覲」）之氣象儀仗焉。比兼賦也。

瑩按：此但言憶宮闕朝覲之盛，而未分別其為玄宗朝抑肅宗朝之事。

七、演義　雉尾：殷高宗……翟羽。即緝雉羽為扇翣以障塵也（見蔡箋）。

又　當此之時，雲氣隨雉尾扇而開，但見日光旋繞龍顏，群臣咸覩，儼若神人之見也。

瑩按：此以「雲氣隨雉尾扇而開」釋「雲移雉尾」句。雲氣，見分門注按語所引「雲横雉尾高」句趙注。

八、頗解　（見前章旨）

瑩按：頗解之意，蓋以前六句為總言帝坐蓬萊宮，神人來降，群臣咸睹之意。其說全以神仙為言，頗為拘執。

九、詩通　雉尾，以雉尾為扇也。

又　天子端拱於雲日間，以受群臣之朝，恍然上帝之居也（參看前一聯之說）。

瑩按：此但言天子端拱於雲日間，恍然上帝之居，而不以神仙為言。

一〇、邵解　當天子受朝，雉扇影開，望之如雲，龍顏光動，就之如日，儼然上帝之高居。

瑩按：此以扇影如雲釋「雲移」句，而未明言為玄宗朝抑肅宗朝事。

一一、邵注　雉尾，殷高宗有雊雉之祥，章服多用翟羽。唐緝雉尾為扇，未朝，兩兩相合，帝出便開。

又　龍鱗，衮衣上有龍章。

又　言宮中受朝，儼若神人之見。

瑩按：此亦以為寫宮中受朝情事，而未分別玄、肅兩朝。

一二、意箋　宮扇以雉尾為之，雲，扇影也；「雲移雉尾開宮扇」，望而見之也。龍鱗，衮龍之鱗；日，君象也。「日繞龍鱗識聖顏」，就而睹之也，言為拾遺而侍從之時如此。

瑩按：此亦以雲為指扇影而言，又以為此一聯乃指肅宗朝為拾遺時事。

一三、胡注　（無）

奚批　二句，往事。

瑩按：此言殊略。

一四、杜臆　然識聖顏不必自謂，蓋玄宗時公未立朝也。

瑩按：此以「日繞龍鱗識聖顏」為寫玄宗朝之事，而杜甫當時未立朝，故曰「不必自謂」。然杜甫當時雖未立朝，而自其《莫相疑行》「憶獻三賦蓬萊宮」句觀之，則杜甫固嘗於蓬萊宮見玄宗也，何可云「不必自謂」？且雲移日照，情事如見，非自謂豈能真切如是。

一五、錢注　《儀衛志》：唐制，人君舉動必以扇，大駕鹵簿儀物則有曲直華蓋、六寶香蹬、大傘、雉尾障扇、雉尾扇、方雉尾扇、花蓋、小雉尾扇、朱畫團扇、俾睨之屬。

又　《會要》：開元中，蕭嵩奏每月朔望皇帝受朝於宣政殿，先列仗衛，及文武四品以下於庭，侍中進外辦，上乃步自西序門出，升御座，起（按《唐會要》卷二十四作「朝罷，又自御座起」），步入東序門，然後放仗散，臣以為宸儀肅穆，升降俯仰，眾人不合得而見之，乃請備羽扇於殿兩廂，上將出，所司承旨索扇，扇合，上座定，乃去扇，給事中奏無事，將退，又索扇如初，今以為常（《唐會要》卷二十四作「令以常式」）。

又「雲移」二句，記朝儀之盛，曰識聖顏者，公以布衣朝見，所謂往時文彩動人主也，落句方及拾遺移官之事。

瑩按：此引《唐會要》釋「雲移雉尾」句，極為詳切。又以此二句為但指布衣朝玄宗時事。

一六、張解　故天子居此，受朝賀，望之如雲，就之如日。

瑩按：此承上一聯而言，居此，謂居蓬萊宮也。至於望之如雲、就之如日之說，則蓋用《帝堯本紀》之說。可參看九家注。

一七、金解　讀結句「青瑣朝班」字，乃知五、六蓬萊獻賦轉到拜左拾遺，筆墨無痕。先生先自蓬萊獻賦時，方識得宮殿親切。後自拜左拾遺時，方識得聖顏親切也。天子臨朝，御座左右，雉翣雙開，若雲之移。天子袞衣，上繡龍鱗，早旭照之，前光耀日。此乃親覲天子而後見之，亦不必擬定在蓬萊宮。先生爾時身列侍從之班，固於處處得見也。

別批　當此之時，先生目擊時艱，何以略無諫議，而坐視其敗？嗚呼！興言及此，為之浩嘆。蓋先生雖為右衛參軍，而其層級而上則有等矣。皇皇殿陛，可以次其列，不得升其階，況雉扇環遮，親臣密侍，豈得一望天顏者耶？祇因雲移雉尾，而暫開宮扇，稍露日色，光耀龍袞，因而一識聖顏耳。

瑩按：金氏前後二說相反，金解既云五、六二句已自蓬萊獻賦轉到拜左拾遺，則此二句所寫當為肅宗時事。而別批又云，乃為右衛參軍時事，則是此二句乃寫玄宗時事，而又與錢注之以為以布衣朝見玄宗，所謂往時文彩動人之說略異。究以何者為是，當於後文辨之。至於金解之釋「雲移」句云，雉翣雙開，若雲之移，與九家注及邵解之說同，較演義之釋作「雲氣隨雉尾扇而開」之說更為淺明。

一八、顧注　《會要》（見錢注）。

又　按蕭嵩奏宸儀肅穆不合使人見，故必俟雲移日繞，始得望見聖顏也。想見威儀之嚴，宮殿之邃，聖顏不易覿有如此，此憶獻賦時事。

瑩按：此以此二句為指玄宗時獻賦之事而言。

一九、朱注　《唐會要》（見錢注引會要）。

又　《南齊書》：高帝龍顙鐘聲，鱗文遍體。

又　《漢書》：高祖隆準而龍顏。注：顏，額顙也。

又　「雲移」二句，記朝儀之盛。曰識聖顏者，公以布衣召見，所謂「往時文采動人主」也。

瑩按：此亦以此二句為指玄宗時事而言。

二〇、論文　宮闕之中，則雲開宮扇，而雉尾初移，日繞赭袍而龍顏時識，為拾遺也。

瑩按：此亦以此二句為寫肅宗朝為左拾遺時事。

二一、澤解　洙曰：（同分門）。

又　夢弼曰：唐太宗……天日之表（見蔡箋）。

又　澤堂曰：此句言以拾遺侍從時所見也。鱗字可訝，豈指袞龍耶？

瑩按：此亦以為此聯為指肅宗朝為拾遺時事。「鱗」字當指袞龍之衣，見意箋。

二二、詩闡　我亦曾獻賦於蓬萊宮闕，當鳳歷軒轅之代，正龍飛四十之春。此時明皇御蓬萊宮闕，紅雲捧而雉尾移，皇帝宸儀，如在天上；朝暾射而龍鱗繞，小臣望見，只此一時。

又　「雲移」二句，若解作拾遺時事，青瑣朝班，語為重複，且以下四章，皆思玄宗年間故國平居之事，一字不及肅、代，青瑣朝班，亦為滄江放逐之故，追言之耳。

瑩按：此亦以此二句為寫玄宗朝獻賦蓬萊時之事，而駁其不當為肅宗朝為拾遺時事。

二三、會粹　《唐會要》：開元中，蕭嵩奏，朔望受朝宣政殿，請備羽扇，於殿兩廂，上將出，所司承旨索扇，扇合，上坐定，乃去扇，將退，乃索扇如初（參看錢注）。

又　《南齊書》（見朱注）。

又　曹植詩：「遲奉聖顏，如渴如飢。」

又　「雲移」二句，亦宮闕中所見。

瑩按：此所引《唐會要》較錢注所引為略。至「雲移」二句但云宮闕中所見，而未明指為玄宗朝抑肅宗朝事。

二四、仇注　陰鏗詩：「雲移蓮勢出。」

又　《儀衛志》：周制有雉尾障扇（影印本作「唐制」，「唐」字是，參看錢注）。

又　崔豹《古今注》：雉尾扇起於殷世，高宗時……以障翳風塵（見蔡箋）。

又　朱注云：《唐會要》：開元中……扇合，坐定，乃去扇（以上略同錢注）。唯宸儀不欲令人見，故必俟扇開日繞，始得望見聖顏。

又　《子虛賦》：「照爛龍鱗。」

又　《世說》：諸葛靚曰：今日復睹聖顏。

又　錢箋：儀衛森嚴之地，公以布衣召見，所謂「往時文采動人主」也，末句朝班，方及拾遺移官之事（按所引與錢注略異）。

又　趙大綱曰：雉扇數開，望之如雲。龍顏日映，就之如日也。

又　陳注：史稱明皇儀範偉麗，有非常之表。

又　雲移，狀障扇之兩開；龍鱗，謂袞衣之龍章。

瑩按：此引趙大綱之說以「雲移」為指扇開，又引錢箋以為此二句乃指玄宗朝以布衣召見之事。

二五、黃說　雉尾，即宮扇。開，言駕坐而扇撤也。曰雲移，則宮扇之多可知。龍鱗，指袞衣，識之雲者，前此尚未辨色，至日出而後睹穆穆之容耳。

又　五、六方貼蓬萊宮敘及早朝，結故以「點朝班」三字挽之。

瑩按：此未明言為玄宗朝抑肅宗朝事。

二六、滔解　《古今注》（見分門）。

又　獻賦事用在瑤池、函關後，正見霓裳羽衣失政已甚。公雖獻賦蓬萊，僅蒙聖顏一顧而已。落句方及拾遺移官之事。

瑩按：此以為此聯指玄宗朝獻賦蓬萊之事。至曰此聯「用在瑤池、函關後，正見霓裳羽衣失政已甚」，其說過為深求曲解，恐非杜公忠厚之旨。

二七、言志　至於開宮扇、識聖顏，一庭喜起，大可想見。

瑩按：此所說甚為空泛無意味。

二八、通解　至於天子御殿，雉尾簇擁，出若雲移。至日出而始開宮扇，龍鱗內爍上見日繞，因雲開而才識聖顏。

又　五、六想見威儀之盛，宮殿之邃也。

又　五、六方貼蓬萊宮敘。

二九、提要　（見章旨）

瑩按：提要曾引陳澤州注，以為此詩前六句皆指明皇時事。

三〇、心解　《古今注》：雉尾扇起於殷世高宗……多用翟羽（見九家注）。

又　（見次聯）

瑩按：心解以為五、六兩句繫肅宗，而前四句亦非專指天寶之事而言，說已見次聯。

三一、范解　《六典》：輿輦傘扇舊用翟羽。

又　《唐會要》（參看錢注）。

又　《漢書》（見朱注）。

又　頸聯寫朝儀之盛，雲氣隨雉扇而開，日光旋繞龍顏，群臣咸睹。是時公獻賦得召見，故曰識聖顏也。

瑩按：此亦以此聯指玄宗時之事而言。至於雲氣及龍顏之說，則就文字鋪衍，與原詩並不盡合。

三二、偶評　指獻《三大禮賦》時事。

三三、沈解　當此之時，雲氣隨雉尾扇而開，但見日光旋繞龍顏，群臣咸識，儼若神人之見也。

瑩按：此蓋用范解之說，而未指明其為獻賦時事。

三四、江說　《唐會要》（見錢注）。

又　趙大綱云（見仇注）。

又　仇云：雲移……袞衣之龍章（見仇注）。

三五、鏡銓　《儀衛志》：唐制有雉尾障扇（見仇注）。

又　《唐會要》：開元中……乃去扇（見錢注）。

又　仇注：龍鱗，謂袞衣之龍章（見仇注）。

又　此憶獻《三大禮賦》事。

瑩按：鏡銓以為此二句指玄宗朝獻賦之事。

三六、集評　李云：憶往事。

瑩按：此但云憶往事，而未指明為玄宗時之事或肅宗時之事。

三七、選讀　雉扇數開，望之如雲也。龍顏日映，就之如日也。

又　眉批：雉尾扇，緝雉尾為之。上將出，扇合；坐定，乃去。故必俟扇開日繞始得望見聖顏。

又　雲移……袞衣之龍章（見仇注）。

三八、湯箋　既懷乎國，又慨其身，待制集賢，龍顏曾侍。

瑩按：湯箋以為此二句乃指玄宗朝待制集賢之事。

三九、啟蒙　趙大綱曰（見仇注）。

又　仇注：雲移……袞衣之龍章（見仇注）。

嘉瑩按：此二句首當辨明者，厥惟其所指之時代。有以為指玄宗朝獻賦蓬萊之事者，錢注、顧注、朱注、詩闡、仇注、潛解、范解、沈讀及鏡銓主之；有以為指玄宗朝為右衛參軍時事者，金解之別批主之；有以為指玄宗朝待制集賢之事者，湯箋主之；有以為指肅宗朝為拾遺之事者，金解、意箋、論文、澤解及心解主之；有以為但言宮闕氣象儀仗之盛，而不分別玄、肅兩朝者，愚得、邵解、會粹、言志、通解、沈解、選讀主之；有以為指玄宗之朝而不必杜甫自謂者，杜臆主之。按此二句，如就開端「蓬萊宮闕」觀之，似當指玄宗朝獻賦蓬萊之事而言，然若就結句「青瑣朝班」觀之，則似當指肅宗朝拾遺近侍之事而言。其各執一說，皆以為二說不能相容並立，私意以為不然。蓋人之感情與回憶，其息息之相關，脈脈之相續，大有似水流波逐，固不必截然為之斷裂。不過此二句之重點，要在以玄宗朝獻賦蓬萊之事為主，則可信者也。何則？詩闡不云乎，杜甫《秋興八首》自「故國平居有所思」一句後，其所思皆為玄宗年間故國平居之事，其說頗有足取。且此二句承蓬萊宮闕、承露金莖、瑤池王母、函關紫氣而言，景物情事皆切合開、天時事，自當指玄宗朝，殆無可疑。而玄宗朝杜公所足資追憶者，厥惟蓬萊獻賦、待制集賢之事也。至如金解之別批以為指玄宗朝為右衛參軍之事而言者，觀諸杜甫《官定後戲贈》一首所言「耽酒須微祿，狂歌託聖朝。故山歸興盡，回首向風飆」數句，其為右衛參軍時之落拓不偶之心情顯然可見，而與此詩「雲移」二句所表現之瞻望欣喜之情，則固迥然不同者也。然則是此二句當以指玄宗朝獻賦蓬萊之事為主而不指玄宗朝為右衛參軍之事也。至於是否兼指肅宗朝為拾遺之事，則私意反以為不可必其無。何則？觀諸杜甫還朝為拾遺時所做之詩，如《奉和賈至舍人早朝大明宮》（按即蓬萊宮，見首聯諸家注）諸詩，其瞻望欣喜之情，乃頗與此二句相近，且也，結句又有「青瑣朝班」之語，故私意以為杜甫回憶玄宗朝瞻望聖顏欣喜之情時，未始不可一聯想及肅宗朝瞻望聖顏之欣喜也。故結句乃及「青瑣朝班」，正惟此一聯想之作用也。此即前所云回憶之情有如水流波逐，殊難截然斷裂者也，故此一聯實當兼指玄、肅兩朝而言。惟是自上聯觀之，則此聯似當承上而言，以玄宗朝為主，而兼及肅宗朝之事，以呼起下聯「青瑣朝班」，其情意之妙，正在此回環映帶之間。至於他說，如「雲移」當指扇影之移望之如雲，「龍鱗」則當指袞衣所繡之龍章，雖間有異說，然而不辨可知其誤，並皆從略。

一臥滄江驚歲晚，幾回青瑣點朝班。

一、九家　一臥滄江者，公自謂也。「幾回青瑣點朝班」，則想望省中諸公之朝也。青瑣者，漢未央宮中門名，應劭曰黃門郎每日暮向青瑣門拜，謂之夕郎。散騎常侍范雲與王中書詩「攝官青瑣闥，遙望鳳凰池」，大抵皆禁中事。

又　《左傳》：朝以正班爵之序。

瑩按：此釋青瑣及朝班，而以「一臥滄江」為公自謂，以「青瑣點朝班」為想望省中諸公之朝。

二、分門　趙曰：「滄江」句，公自謂也（參看九家注）。

又　洙曰：青瑣，見「通籍逾青瑣」注。

又　趙曰：想望省中諸公之朝也。青瑣者，漢未央宮中門名（參看九家注）。

瑩按：「通籍逾青瑣」句見分門注卷十七「投贈」門。《奉贈太常張卿垍二十韻》一首，注引洙曰：「漢給事日暮入對青瑣門拜，謂之夕郎。青瑣，以清（按當作青，下脫畫字，見後所引《漢書》注）戶邊鏤中，天子制也。刻為青瑣文，青塗之也。」又引趙曰：「青瑣也，中有青瑣門，刻為連瑣，而青塗之。」按《漢書・元后傳》：「曲陽侯根驕奢僭上，赤墀青瑣。」注：「孟康曰：『以青畫戶邊鏤中，天子制也。』師古曰：『青瑣者，刻為連環文，而青塗之也。』王先謙補注：『官本連環作連瑣，而下有以字。』」據此，則青瑣之制，顯然可知，是禁省之門以青瑣為飾也。至於青瑣朝班，趙注以為乃想望省中諸公之朝。

三、鶴注　趙曰（同分門）。

又　洙曰（同分門）。

又　趙曰（同分門）。

又　希曰：幾回，猶言幾時歸也。《原涉傳》：至官無幾。師古曰：無幾，言無多時也。《五行志》：其幾何。師古曰：言當幾時也。若如舊注以為數，則與上句不相屬。

瑩按：黃希之意蓋以為「幾回」乃「幾時回」之意，「回」字為動詞，舊注以為「幾回」乃「幾番」、「幾度」之意，則與上一句動詞之「臥」字不相呼應，故曰「與上句不相屬」也。

四、蔡箋　「滄江」句，甫自謂也。

又　甫追思前為左拾遺時，隨班列而朝謁也，或曰想望省中諸公之朝也。

又　青瑣，省中門也。

瑩按：蔡箋以為乃回憶前為左拾遺時隨班朝謁之事，而所引或曰與分門趙注之說同，以為乃想望省中諸公之朝，是疑而未敢定之也。

五、千家　青瑣，省中門也。

六、演義　青瑣，見前《晚出左掖》注。

又　末乃自嘆我獨臥病峽江，忽驚秋至，亦幾度立於青瑣門外以廁朝班者，而今不復睹矣，可勝情哉。

瑩按：《晚出左掖》一首「侍臣緩步歸青瑣」句演義注云：「青瑣謂省門也，以青畫省門戶邊鏤中。是禁省中門如此也。」「幾回」句，亦以為乃回憶之詞。

七、愚得　（見上聯）

八、頗解　末自嘆也。

瑩按：愚得但云自言臥病夔府，自驚衰老，不與朝班，而未明言「幾回」兩字之意。

瑩按：此說殊略。

九、詩通　青瑣，謂青瑣闥也。點朝班，謂為拾遺時也。

又　斯地也，我昔嘗幾回廁於朝矣，今一臥滄江，徒驚歲晚，安能復到耶！所以深致其戀闕之懷也。

瑩按：青瑣闥，猶言青瑣門。「幾回」句，以為乃回憶昔為拾遺幾度廁身朝班之事。

一〇、邵解　滄江，峽中；青瑣，闥名；點，廁也。

又　我昔幾回廁侍朝班，今臥滄江，徒驚秋至而歲晚矣，可復得邪！此依依戀闕之情也。

瑩按：此亦以「幾回」句為憶昔之辭，說與詩通相近。

一一、邵注　幾回，猶云幾度。青瑣，宮中門名。點，猶廁也，謂昔為拾遺時也。

又　末乃自嘆我今獨臥峽江，忽驚秋至，因思在昔幾度於朝班，而今不復睹矣，可勝情哉！

瑩按：此亦以為乃憶昔之辭。「幾回」乃「幾度」之意。

一二、意箋　及出為司功，避亂入蜀，其時公已衰矣，故有滄江驚歲晚，青瑣點朝班之感。滄江，即錦江；點，綴也。

眉批　後四句，言拜拾遺於肅宗時，及避亂入蜀，回思在朝之情，有諷有感。

瑩按：此亦以「幾回」句為回思在朝之情。至於五、六兩句，以為指肅宗朝為拾遺事，其不必確指，則已於前一聯辨之矣。

一三、胡注　（無）

奚批　末二句，言已流落，不在青瑣，然不能無望於在朝之人。

瑩按：此說雖不甚詳，然云「在朝之人」，則觀其語意，亦似以「幾回」句為指省中諸公之朝，說與九家注、分門引趙注及蔡箋或曰之說相近。

一四、杜臆　所思於平居者如此，而今安在哉？因自嘆一臥滄江而驚年歲之衰晚，雖幸入青瑣，而點朝班者能有幾回哉。舊注作追往事固無意味，且於驚歲晚無涉。

瑩按：此蓋以「幾回青瑣」句為寫未來而非追往事，其意謂即使他年得點朝班而年已衰晚，能有幾回，所說似過於迂遠。

一五、錢注　落句方及拾遺移官之事（參看章旨引錢注）。

瑩按：錢注亦以「幾回青瑣」為追憶肅宗朝身列朝班之辭，而以時日無幾釋「幾回」二字，則亦猶言幾度幾番而嘆其無幾也。

一六、張解　獨我隱居滄江不能與其列耳，安得不思。

又　「承露」、「歲晚」句，正題中秋字。

一七、金解　滄江，巫峽也。公始寓夔，故云一臥也。秋，歲晚也。驚，公獻賦時年四十，為左拾遺年四十六；是歲代宗大曆元年在夔，年五十有五，年老歲晚，故心驚也。班在青瑣之下，先生刻刻繫心朝廷，雖臥滄江，恍然若點朝班者。幾回，是每每如此，不止一回也。

別批　從此遂臥滄江，失驚歲晚，朝班預點，曾有幾回，用是憂勞，莫能自慰，長歌當哭，神傷心愴矣。

瑩按：金解於「歲晚」二字，所釋頗詳。然必言始寓夔，以釋「一臥」之「一」字，似有未安。「一」字有一自之意，言其久，不言其始。至於「點朝班」句，金解釋作「恍然若點朝班」，與他說之解回憶當年及想望省中之說均有不同。至於別批「朝班預點，曾有幾回」，則仍為回憶之辭。可知金氏於「恍然若點朝班」之說亦無確切之自信也。

一八、顧注　一臥滄江，言一臥遂不復起也。驚歲晚，追溯身歷三朝，皆成往事。今一臥不起，不知幾時再列朝班，故又因秋而感興也。蓋公自玄宗天寶十載獻《三大禮賦》，上奇之，命待制集賢院，時年四十，以布衣一識聖顏。至肅宗至德二載拜左拾遺，明年扈從還長安，時年四十六，始點朝班。至代宗大曆元年，自雲安至夔，秋寓夔之西閣，時年五十五矣。思及此那得不驚歲晚，舊注不考年月混作一時，則青瑣點朝班亦可移作玄宗時事乎！

又　幾回，憶昔幾番侍朝也。公身雖在夔，必猶不能絕望於朝班。點與玷同。公詩「凡才污省郎」，即此意也。

瑩按：此以此詩追憶三朝之事為言，不拘指玄肅任何一朝拘執立說，頗為有見。

一九、朱注　樓鑰曰：點與玷通，古詩多用之。束皙《補亡詩》：「鮮侔晨葩，莫之點辱。」陸厥《答內兄詩》：「復點銅龍門。」杜詩「幾回青瑣點朝班」，正承用此也。

又　錢箋（見錢注）。

二〇、論文　乃至今日，一臥滄江，忽驚歲晚，回憶昔時，幾回青瑣曾列朝班耶。歲晚，照秋字。

瑩按：此亦以為「幾回青瑣」乃回憶之辭。

二一、澤解　希曰：幾回，指言幾時歸也（見鶴注）。

又　夢弼曰：青瑣者，中門也，甫追思前為左拾遺時隨班列而朝謁也（見蔡箋）。

又　趙曰：想望省中諸公之朝也（見九家注）。

瑩按：此列舉三說，而未加按斷。

二二、詩闡　當年以杜陵布衣得瞻雲日，以二毛老叟能感至尊，亦誰知有今日滄江之臥與！曾不知自何年一臥，荏苒遲暮，遂至於此，蓋猶憶靈武回鑾之日，身與瑣闈，誰料華州貶斥以來，滄江便臥，回首蓬萊，祇腸斷耳。

又　二句放逐之感。

瑩按：此云「不知自何年一臥」，又云「華州貶斥以來，滄江便臥」，皆言其為時之久遠，與金解之以始寓夔釋「一臥」者異。至於「幾回青瑣」句，亦以為乃回憶之辭。惟云靈武回鑾，則似有未妥。考之《舊唐書・肅宗本紀》天寶十五載七月甲子，上即皇帝位於靈武，改元至德。九月壬辰，上南幸彭原，至德二載二月戊子幸鳳翔，九月癸卯，廣平王收西京，甲辰，捷書至行在，十月癸亥，上自鳳翔還京。今詩闡云靈武回鑾，蓋以肅宗初即位時在靈武，故泛言之耳。

二三、會粹　點，與玷通。

又　陸厥詩：「復點銅龍署。」（按此與後仇注所引不同，據丁福保編《全齊詩》此二句當作：「屬叨金馬署，又點銅龍門。」）

又　玷朝班，指為拾遺耳。

瑩按：此以「玷」字釋「點」。《說文》：「點，小黑也，從黑占聲。」段注：「今俗所謂點涴是也，或作玷。」是其說未為無據。《文選》司馬遷《報任少卿書》：「適足以見笑而自點耳。」善注：「辱也。」翰注：「自取點污。」皆以點為玷辱之意。

二四、仇注　任昉詩：「滄江路窮此。」

又　鮑照詩：「沉吟芳歲晚。」

又　范雲詩：「幾回明月夜。」

又　束皙《補亡詩》：「鮮侯晨葩，莫之點辱。」

又　左思《二唐兄弟贊》：「二唐潔己，乃點乃污。」

又　陸闕《答內兄希叔》詩：「既叨金馬署，復點銅龍門。」（見會粹引）

又　沈約《奏彈王源》：「點世家聲，將被比屋。」

又　樓鑰曰：點與玷同，古詩多用之，子美正承諸賢用字例也（參看朱注）。

又　焦竑云：王建詩「殿前傳點各依班，召對西來入詔鑾」，蓋唐人屢用之，亦可證杜詩之不音玷矣。

又　沈約《奏孔稚珪文》：「正臣稚珪，歷奉朝班。」

又　臥滄江，病夔州；驚歲晚，感秋深；幾回青瑣，言立朝止幾度也。

又　此章用對結，末兩章亦然。

又　一臥滄江，本謝安高臥東山。

影印本旁批　「一臥」句，顧夔府。

瑩按：仇氏既引樓鑰說並舉各家詩，以為「點」字乃玷辱之意；又引焦竑說及王建詩，以為「點」字乃傳點之意。並舉二說，而未加按斷。至於「幾回青瑣」句，則以為乃回憶之辭。以幾度釋「幾回」。至於以謝安之高臥東山釋杜甫之一臥滄江，其情意似不盡同。

二五、黃說　「幾回」字，見立朝之不久；一「點」字，更覺官卑之可憐。立朝曾幾何時，而一臥滄江，遂驚歲晚矣，自傷不得再睹天顏也。

又　七句倒收，八句對結。

瑩按：此亦以「幾回青瑣」為回憶之辭，而以立朝不久釋幾回，頗近於幾度之意。至於以官卑說「點」字，則似與玷辱之意頗為相近也。

二六、滔解　幾回青瑣，追數其近侍奉引，時日無幾也（參看章旨滔解及錢注）。

又　正指肅宗朝受拾遺事，點與玷同。

瑩按：此亦以「幾回青瑣」為追憶之辭，而以「玷」字釋「點」。

二七、言志　奈何亂離之後，放逐之餘，遂晚臥滄江，不得再點朝班，良可悲矣。

二八、通解　奈何一臥滄江，不覺自驚歲晚未能出峽，回思曾點朝班，自上皇至今上亦經幾回焉，而今已不可復得矣。

又　顧修遠曰（見顧注）。

二九、提要　（見前章旨）

又　如此對結，力大於身。

瑩按：提要亦以「幾回青瑣」為追思之辭，見章旨。

三〇、心解　滄江帶夔，歲晚，本言身老，亦帶映秋（參看次聯）。

瑩按：次聯心解云「扇影威顏，朝班曾點，不可復得於滄江一臥時矣」，是亦以「幾回青瑣」句為追憶之辭。

三一、范解　末言臥病峽江忽驚歲晚，追憶昔時青瑣門外曾幾回點辱朝班。此指為拾遺時而言。公身雖在夔，無刻曾忘朝班，故一望長安即不勝瞻戀宮闕之意。

又　點與玷通（參看朱注）

三二、偶評　「一臥滄江」句，指夔府言；「幾回青瑣」句，言立朝無幾日。

瑩按：此以「無幾日」釋「幾回」二字。

三三、沈解　今我一臥滄江，忽驚秋至，亦幾度立於青瑣門外以廁朝班者，而今不復睹矣。可勝情哉！

瑩按：此亦以「幾度」釋「幾回」二字，乃憶昔之辭。

三四、江說　樓鑰云（參看朱注）。

又　焦竑云（見仇注）。

又　仇云：臥滄江……幾度也（見仇注）。

又　查慎行曰：老臥滄江，感懷曩昔，而不復見承平之盛也。

三五、翁批　點一作照，非（見校記）。

又　有謂點是點辱者，非也。

瑩按：此駁作點辱為說之非。

三六、鏡銓　歲晚本言年老，亦帶指秋深。

又　舊注：樓鑰曰……束晳《補亡詩》……陸闕《答內兄詩》……（均見仇注）。

又　焦竑曰：王建詩……（亦見仇注）。

又　不作玷字解，尤勝。

又　句言立朝不久也。

又　吳瞻泰云：此處拾遺移官事，只用虛括，他人當用幾許繁絜矣。

瑩按：鏡銓於「點」字舉玷染及傳點二說，而以為不作「玷」字解為勝。「幾回青瑣」句，亦以為乃回憶之辭。

三七、集評　滄江，李云夔府；驚歲晚，李云秋；「幾回」句，吳云對結雄宕。

三八、選讀　臥滄江，病夔州；驚歲晚，感秋深；幾回青瑣，言立朝止幾度也。

三九、沈讀　驚歲晚，照「秋」字。

又　傷感則見於末句。蓋自堂武回鑾，放逐蜀郡舊臣，自此中官竊柄，開元、天寶之盛事不可復見。而公坐此移官，滄江歲晚，能無三嘆於今昔乎！幾回青瑣，追數其近侍奉引時日無幾也，正指肅宗朝受左拾遺事。點與玷同。

瑩按：此以「幾回」二字有慨嘆其為近侍奉引時日無幾之意，可發言外之慨。

四〇、施說　又云「幾回青瑣點朝班」，注引樓鑰說，點與玷同，古人多用之，如束皙《補亡詩》、左思《二唐兄弟贊》、陸厥《答內兄詩》、沈約《彈王源》文皆是。又引焦竑說，王建詩「殿前傳點各依班」，可證杜詩之不同玷矣。今按王建詩，「點」是實字，猶漏點也，此詩如作實字，不可解矣。仍從樓說為是，即《絕句漫興》「銜泥點污琴書內」之點。惟其字則已見太史公《報任安書》：「適足以見笑而自點耳。」樓說尚遺之。

瑩按：此以為作「玷」字解為是，而舉「漏點」駁作「點」字解之非，則似有不妥。蓋「漏點」固是實字，而「傳點」則並非實字也。

四一、湯箋　拾遺扈蹕，遂點朝班，歲晚身閒，滄江竟臥。

瑩按：此亦以「幾回青瑣」為回憶為拾遺時事，而於「點」字未加解說。

四二、啟蒙　以下乃言向為拾遺曾於蓬萊朝班之內幾回得覲天顏，今者臥病滄江，又值歲暮，不禁憶之而生悲耳。

嘉瑩按：此二句中前一句可辨證者少，如滄江之指夔，歲晚之言身老帶指秋深，皆無須辨證者也。一臥之「臥」字，蓋言衰老多病、放廢無成之意。至一臥之「一」字則慨時之久，言自拾遺移官一臥迄今也。金解以公始寓夔釋「一臥」，未免拘狹。次句「幾回青瑣點朝班」句，可辨證者多。大別之，此句約有五說：其一以為此句乃追思前為拾遺時曾幾度隨班而朝，憶昔而慨今也，蔡箋、詩通、邵解、邵注、錢注、金解別批、論文、詩闡、仇注、黃說、湣解、提要、沈讀、啟蒙皆主之；其二則以為此句乃想望省中諸公之朝也，九家、分門引趙注及胡注奚批皆主之；其三則以為「幾回」乃「幾時回」之意，謂幾時得重回青瑣再點朝班意也，鶴注引黃希之說主之，澤解亦引其說，惟但與他說並舉，而未加論斷；其四則以為杜甫雖臥滄江，然而繫心朝廷，每每恍然若點朝班也，金解主之；其五則以為乃指未來而言，意云年已衰晚，他年即使幸入青瑣而得點朝班，亦復能有幾回，杜臆主之。綜觀五說，鶴注之以「幾時回」釋「幾回」及金解之以「恍然若」三字加於點朝班之上，皆不免添字注經之嫌，其說牽強不可從。杜臆之以想望未來為說，亦嫌過於迂遠，與八詩慨昔傷今之情意未盡切合。三說皆為一家之私見，或可供人聯想之一助，然而不可確執以立說也。至於第二說之以想望省中諸公之朝為言者，其情意似頗為可取。蓋杜甫於乾元元年冬出官華州之時，其《至日遣興寄北省舊閣老兩院故人二首》，固已早有「正想氤氳滿眼香」與「朱衣只在殿中間」等想望省中諸公朝覲之句矣。惟是如詳味詩意，則知杜甫此二句之所以想望省中諸公之朝者，正以在此二句之前尚有「去歲茲辰捧御床，五更三點入鵷行」及「憶昨逍遙供奉班，去年今日待龍顏」等自慨之句，然後想望此日省中諸公之朝。其互相映襯之情意，始更為深切。若此章果為想望省中諸公之意，則於其承轉之間似不當如此簡率突兀，不能盡其悲慨淋漓之致也。故私意以為此五說中，仍當以第一說回憶前為拾遺時幾度隨班而朝之慨今思昔之說，最為親切可信，故主之者亦最多。如此，則今日之一臥滄江，與昔時之幾回青瑣，遙遙相對，一氣承轉，勁健有力，固真有不勝今昔之慨者矣。再者，此句仍有當辨者，則為「點」字之解釋，有作「廁也」解者，邵解及邵注主之；有作「綴也」解者，意箋主之；有以為乃言「官卑」之意者，黃說主之；有以為乃言「玷辱」之意者，會粹、溍解、朱注仇引樓鑰說、范解施說主之。諸說中，以作「玷辱」解者引證最豐，然而似不免於說經之法說詩，轉覺牽強穿鑿，有傷自然。蓋杜甫此詩，乃以回憶當年之盛事為主，似並無所用於以玷辱自謙抑也。故翁批即以作「點辱」解為非，鏡銓亦云不作「玷」字尤勝。至於他說，如仇注引焦竑說且舉王建詩「殿前傳點各依班」為證，以「點」字乃「傳點」之意，其說近之矣，然而猶未能得杜甫之全意。私意以為此句當綜合「廁也」、「綴也」諸說觀之，意謂以微軀列身朝班而聞傳點也。或者有以為此說過於含混者，然而詩人之情，意之所至，一字固可有無數情思盡包舉於其中也。其以「玷」字為言者，以知解說詩，深求而反失之；以「廁也」、「綴也」為言者，則但憑讀詩時一份簡單直接之感受，而不能加以辨析說明，故又嫌其疏略而不詳，要當以知解及感受合而觀之，庶幾可近得作者之原意也。

其六

瞿唐峽口曲江頭，萬里風煙接素秋。
花萼夾城通御氣，芙蓉小苑入邊愁。
珠簾繡柱圍黃鵠，錦纜牙檣起白鷗。
回首可憐歌舞地，秦中自古帝王州。

【校記】

瞿唐　演義、范批、愚得、邵解、張解、會粹、澤解、言志、通解、心解、沈解、鏡銓、集評、詩鈔作「瞿塘」。餘本作「瞿唐」。

瑩按：作「瞿唐」是，詳見首聯金解之說。

花萼　頗解作「華萼」。餘本皆作「花萼」。「萼」字亦有作「蕚」者。

瑩按：「華」乃「花」之本字，古經典多作「華」。「蕚」同「萼」，見《篇海》。

珠簾　王本、鄭本詩鈔作「朱簾」。
瑩按：當作「珠簾」，故各本皆引《西京雜記》織珠為簾立說。
繡柱　演義、詩通、邵注、張解、顧注、沈解皆作「綉柱」。
瑩按：「綉」乃「繡」之俗字。
黃鵠　王本、九家、分門、鶴注、千家、愚得、錢注、澤解、鄭本皆作「黃鶴」，而錢注本又別注云：「通作鵠。他本皆作鵠。」惟劉本、朱注、仇注、心解、翁批、湯箋別注云：「一作鶴。」
瑩按：鵠鳥與鶴鳥之形相似，音亦相近，故「鵠」、「鶴」二字往往相通假。如「鵠立」亦作「鶴立」、「鶴髮」亦作「鵠髮」，然鵠與鶴固是二鳥也。杜詩此句似仍以作「黃鵠」為是。蓋「黃鶴」二字連文，除黃鶴樓外殊不多見，若「黃鵠」二字則往往連文也，而況黃鶴樓乃在湖北武昌縣西黃鵠磯上。又《玉篇》云：黃鵠，仙人所乘，然則是並黃鶴樓之鶴亦當作鵠也。餘詳第三聯總按語。
回首　王本、分門、鶴注、蔡箋、千家、范批、胡注、錢注、金解別批、論文、心解、偶評、集評、詩鈔皆作「迴首」。
瑩按：「迴」同「回」。
自古　王本、分門作「自出」。
瑩按：「出」字當係誤字。

【章旨】

一、蔡箋　甫寓夔峽，感秋而思曲江地之遊會也。

二、演義　此詩思曲江而作也。
三、愚得　言在夔府而憶曲江。
四、頗解　此思曲江而作也。
五、詩通　此思故國之曲江也。
六、邵解　感思故國曲江。
七、意箋　此公因秋思曲江也。
八、胡注奚批　故國之遊觀也。
九、錢注　此記長安失陷之事也。
附輯評　陳云（見後仇注引陳廷敬之說）。
一〇、張解　此思故國之曲江也，承上章「朝班」字。
一一、朱注　此嘆曲江歌舞之盛不可復睹也。
一二、論文　此首思曲江也。
一三、澤解　夢弼曰（按見蔡箋，惟遊會作遊賞）。
一四、詩闡　一思曲池（按當為江字之誤）頭。
一五、會粹　此首思曲江之作，「花萼」以下俱承曲江言。
一六、仇注　六章思長安曲江，嘆當時之遊幸也。上四敘致亂之由，下四傷盛時難再。
又　澤州陳廷敬曰：此承上章，先宮殿而後池苑也。下繼「昆明」二章，先內苑而及城外也。上下四章，皆前六句長安，後二句夔州，此章在中間，首句從瞿唐引端，下六則專言長安事，俱見章法變化。
一七、黃說　此思曲江之遊也。

一八、湣解　此記長安失陷之事也（見錢注）。

一九、言志　此第六首則敘次及於巡幸之地，而兼傷其變亂之所由生。

又　此首言勝地，則帶言其衰，此自互文，而亦見立言有體，且得杼軸，饒有變化也。

二〇、通解　此公憶曲江之遊，蓋由今思昔，由盛悲衰之意也。

二一、提要　此思長安曲江之遊而傷亂也。

二二、心解　六章就曲江頭寫望京華，次池苑也，為所思之二。

二三、范解　此乘秋而思曲江也。

二四、偶評　此追敘長安失陷之由。城通御氣，指敦倫勤政時；苑入邊愁，即所云「漁陽鼙鼓動地來」。上言治，下言亂也。下追敘遊幸之時，見盛衰無常自古為然，言外有無窮猛省。

二五、偶評丙　眉批：此思長安之曲江而傷亂也。

二六、沈解　此詩思玄宗之遊樂曲江而作也。

二七、江說　朱鶴齡曰（見朱注）。

又　查慎行曰：此言朝廷頗多聲色之娛。前首由昔感今，此首由今溯昔。秦中歌舞，自昔為然。物盛而衰，不無有感於晏安之毒也。

二八、鏡銓　此思長安之曲江而傷亂也。

二九、集評　吳云：本言黍離麥秀之悲，乃反擬秦中富盛，立意最有含蓄。徐士新言譏明皇之事遠遊，誤矣。

三〇、選讀　六章思長安曲江，嘆當時之遊幸也。

又　陳澤州曰（見仇注澤州陳廷敬曰）。

三一、沈讀　錢箋（見錢注）。

三二、啟蒙　此章思故國之曲江也。

瑩按：此詩首句標舉「曲江」二字，其思長安之曲江自無可疑，至若錢注及澹解所云記長安失陷之事，則因思曲江之盛衰今昔，而感慨及之耳。若但言思曲江之遊，未免過於淺薄，而但言記長安之陷，又不免過於深曲，二者表裡相映，互相發明，正不可偏執一說。提要與鏡銓所謂思曲江而傷亂之說，近之矣。仇注引陳澤州論章法之言，謂此承上章，先宮殿而後池苑，下繼二章，先內苑而及城外，其次第頗是。此八詩自「故國平居有所思」一首之後，每章皆就所思之一地以起興，而其義蘊則不可以所思之一地限之者也。

【集解】

瞿唐峽口曲江頭，萬里風煙接素秋。

一、九家　趙云：瞿唐峽口，則公今所在之處；曲江頭，則公故鄉長安之景。

又　梁元帝《纂要》：秋亦曰素秋。

又　曲江，在升道坊，有流水屈曲，謂之曲江。司馬相如賦「臨曲江之隑洲」，蓋其所也。

又　瞿唐、曲江，雖南北萬里相遠，而秋止一色也。

瑩按：此所引各注皆極簡明，至於曲江所在之地，當為敦化坊，惟自興慶宮至曲江，須經升道坊耳。徐松《兩京城坊考》云：「《長安志》以曲江在升道坊，考《太平寰宇記》曲江與芙蓉園相連，則其中不容隔立政、敦化二坊。」

二、分門　洙曰：瞿唐，曲江，雖南北萬里相遠，而秋止一色也（參看九家注）。

三、鶴注　洙曰（見分門）。

四、蔡箋　甫寓夔峽，感秋而思曲江地之遊會也（見章旨）。

五、千家　瞿唐在夔，曲江在長安。

又　劉評，起便是。

瑩按：劉評言起句筆法神致之佳。至論瞿唐、曲江之所在，諸家並同，惟詳略微異耳。

六、演義　瞿塘在峽口夔州，曲江在長安。

又　《方輿勝覽》云：瞿塘峽在州東一里，舊名西陵峽，瞿峽乃三峽之門。

又　言瞿塘、曲江相去萬里，而風煙相接，同一蕭索矣。

瑩按：此以風煙指秋之蕭索，與九家注秋止一色之說相近。

七、愚得　言在夔府而憶曲江（見章旨），曲江與夔，相去萬里，向者曲江乃帝王州之歌舞地，有珠簾繡柱、錦纜牙檣之綺麗，而通御氣。今也，惟風煙之接素秋而入邊愁。今非昔比，故回首實惟可憐矣。賦也。

瑩按：此兼全首言之，若就首聯言，則曲江與夔相去萬里，惟風煙之接素秋，與前諸家之說並同。

八、頗解　（見前章旨）。

瑩按：頗解之說，亦謂在夔而思曲江也。

九、詩通　瞿塘峽在夔州，曲江在長安。

又　言峽口之地，遠連曲江，同一秋色矣。

一〇、邵解　瞿塘峽在夔州，曲江在長安。

又　言峽口去曲江萬里，當此秋深，風煙相接，同一蕭索。

又　西方色白，故曰素秋。

瑩按：此以「西方色白」釋素秋。

一一、邵注　賦也。瞿唐峽，在夔州；曲江，在長安；素秋，秋屬金，金水號素，瞿唐、曲江雖遠萬里而秋氣蕭索，止一色也。

又　此感曲江之廢而言，瞿唐曲江，相去萬里，風煙相接，同一蕭索。

瑩按：此以「秋屬金，金水號素」釋素秋，他說與諸家皆相近。

一二、意箋　瞿塘峽口，去曲江頭萬里，「風煙接素秋」，言亂未定也。

瑩按：「風煙接素秋」，就字句言之，自當指秋之一色，同此風煙蕭索，而時之不靖，感慨乃在言外，此以亂未定為言，殊不必如此明言確指之也。

一三、杜臆　此章直承首章以來，乃結上生下，而仍歸宿於故園之心也。始但見巫峽蕭森耳，不知自峽口到曲江，相去萬里，而風煙相接，同一蕭森也。

又　按曲江，在今咸寧縣南十里，周六七里，亦名芙蓉池，漢武帝穿以為宜春苑，其水曲折有似廣陵之江，故名。

瑩按：此蓋以瞿唐峽口為與首章之巫峽相呼應，而結云「秦中」，則所謂「故園心」也。至於「風煙」二字，亦以為寫秋氣之蕭森。

一四、詩攟　「瞿唐峽口曲江頭」，只如此對舉，意已躍露，不待盡讀始知。

瑩按：此就對舉筆法之渾雄有力言之，故國之思可見，說亦良是。

一五、郭批　引劉評，起便是（見千家注）。

一六、錢注　玄宗自秦幸蜀，故有瞿唐曲江，萬物風煙之感，蓋玄宗幸蜀，正八月也（按鈔本「萬物風煙」作「萬里風煙」，「八月」，鈔本脫「八」字）。

附輯評　李云：風煙，輕點一句，諷刺亦渾然不露，可以為法。

瑩按：錢注全以玄宗幸蜀為言，似未免過於深求，且失之拘狹。輯評引李氏之說，亦以為「風煙，輕點一句」，有諷刺之意。私意則以為杜甫即使未必無此感，然不必如此拘執立說也。可參看意箋此聯按語。

一七、張解　瞿塘，在夔；曲江，在長安。頭，言峽之口即曲江之頭。西方色白，故曰素。見萬里氣相通也。

又　言曲江與夔州雖隔萬里，而秋氣實相連也。

一八、金解　前者結云「一臥滄江」、「幾回青瑣」，固未隔也。明皇自秦幸蜀，中原板蕩，故有「瞿唐」、「曲江」、「萬里風煙」之句。瞿唐為三峽門戶，最險。人到此者，但睜開兩目，心數都絕，故從二目，從隹。隹者，短後鳥，喻後必（新陸書局本誤作「心」字）不行也。唐者，唐喪，《內典》云：福不唐捐。睜眼（新陸書局本作「目」）看去，幾乎喪身失命也。以是峽極險，故名。曲江池，唐開元中疏鑿，號為勝境。都人遊賞，盛於中和、上巳節。萬里，不必指定瞿唐、曲江遙遙萬里。前者幅幀（按「幀」字當作「隕」，見《詩經．商頌．長發》，鄭箋云：「隕當作圓，圓謂周也。」校勘記云：「鄭以隕為圓，是其本作圓也。《釋文》云：作圜，音還，又音圓。考圜即圓之正字。《考工記》注云：故書圜，或作員。」今多寫作「幅員」二字，指國之疆域而言）全盛之日，控制何啻萬里；今者寇盜縱橫之日，一片都是風煙，故曰「萬里風煙」，而瞿唐口、曲江頭正接於素秋風煙中矣。

別批　身處萬里之外，心注萬里之間，便定然有此等想頭。瞿唐之與曲江則有間矣。然其相去萬里，里里風煙相接，則素秋之相接可知，乃同此秋光，而秦蜀風景迥異，則豈非以其以漸遞故，當之者溺玩而弗辨乎！此不特地界相接有然，即世運遞更亦無不然。

瑩按：金解論瞿唐峽之得名，其說雖未盡當，然而亦不無可取。按《說文》：「瞿，鷹隼之視也。」又《禮記・檀弓》：「瞿瞿如有求而弗得。」《疏》：「瞿瞿，眼目速瞻之貌。」又《禮記・檀弓》：「曾子聞之，瞿然。」孔《疏》云：「聞童子之言乃便驚駭，是瞿字有聞而驚心之意也。」又「唐」字，《說文》：「大言也。」又《法華經・普門品》：「福不唐捐。」《玄應音義》：「唐，徒也。徒，空也。」《莊子・田子方》：「求馬於唐肆。」《莊子・天下》：「荒唐之言。」諸「唐」字皆有空之意，亦引申有大之意。是「瞿唐」者，言是峽之險峻高大，望之足可驚心也，故名。至於俗作「瞿塘」者，蓋二字音近，往往互假通用也。如錢唐又作錢塘可證。至金解以幅員全盛之日，控制何啻萬里，釋「萬里」二字，未免稍嫌拘執。萬里，極言其今日相去之遠耳，何必有昔日盛時控制之意？至於以寇盜縱橫釋風煙，其說與意箋及錢注輯評李氏之說相近，私意以為似不必如此明言確指，說已詳前。又別批以地界相接之漸遞釋為世運之遞更，亦嫌過於穿附。

一九、顧注　舊注云：瞿唐峽在夔州，曲江在長安，雖相去萬里，而秋色蕭條如一色，故曰接素秋。愚謂此亦公思歸之切也。風煙相接正描寫亂離光景，萬里之遙，塵煙滿目，聲息遙阻，一望黃葦白草有如素秋，故又因秋而感興也。

瑩按：「黃葦白草」自是素秋光景，何得云「有如素秋」。「風煙」寫「素秋」光景，言外可以有亂離之慨，而不可謂其即寫亂離也。

二〇、朱注　薛道衡詩：「鳥道風煙接。」

又　梁元帝《纂要》（見九家注）。

二一、論文　此地瞿塘峽口耳，而曲江萬里之遠，總在此秋色之中也。點秋字。

瑩按：此亦以秋色為言，而不以「風煙」指寇亂。

二二、澤解　批曰：起便是（見千家注引劉評）。

又　洙曰：瞿塘曲江……而秋止一色也（見分門注）。

又　夢弼曰：甫寓夔峽……遊會也（見蔡箋）。

瑩按：所引各說皆已詳前。

二三、詩闡　我由瞿唐望曲江，有萬里之勢矣。然瞿唐此秋，曲江亦此秋，瞿唐之秋，搖落堪憐；曲江之秋，蕭條似此。

瑩按：此以秋色之搖落蕭條釋「萬里風煙」，兩地之蕭條相似也。

二四、會粹　韋鼎詩：「萬里風煙異。」

又　薛道衡詩：「鳥道風煙接。」

又　梁元帝《纂要》：「秋曰白藏，亦曰素秋。」（參看九家注）

又　起句言此是瞿唐峽口耳，而回望曲江，不下萬里，故接以萬里云云。

瑩按：此說頗略。

二五、仇注　《方輿勝覽》：瞿唐峽在夔（演義脫「夔」字）州東一里……三峽之門（見演義）。

又　陸機《辯亡論》：謹守峽江口。

又　《劇談錄》：曲江池，唐開元中疏鑿勝境，花卉環周，煙水明媚，都人遊賞，盛於中和、上巳節。

又　韋鼎詩（見會粹）。

又　劉琨詩：「緊英落素秋」，注：西方白色，故曰素秋。（按《文選》劉越石《重贈盧諶》詩六臣注引濟曰：隕，落也。秋，西方，白色，故曰素秋）

又　錢箋：萬里風煙，即所謂「塞上風雲接地陰」也。（按前章法及大旨一節，錢注云：「兵塵秋氣，萬里連延，首章即云『塞上風雲接地陰』也。」仇注所引略異）

又　瞿峽曲江，地懸萬里，而風煙遙接，同一蕭森矣。

影印本眉批　倒起，變化，言我凝望之久，雖萬里而遙，不啻與京華風煙相接，亦從一臥滄江來。瞿唐峽口，即上所謂「夔府孤城」，蓋公自言所處之地也，明皇幸蜀，未至成都，與瞿唐無與。

瑩按：影印本仇注眉批，謂明皇幸蜀，未至成都，考之新舊《唐書・玄宗紀》皆云「天寶十五載七月庚辰次蜀郡」，而清陳芳績《歷代地理沿革表》卷十五「郡表」十二云「唐成都府亦曰蜀郡」，又《通鑑》卷二百十八《唐紀》三十四《肅宗皇帝紀》上之下亦云：「至德元載（按即天寶十五載，肅宗即位後改元至德），秋七月，庚辰，上皇至成都，從官及六軍至者千三百人而已。」又宋程大昌《雍錄》卷五「明皇幸蜀」條亦云：「至德元載，七月庚辰，至成都。」又唐杜荀鶴《松窗雜記》及李濬《摭異記》並載：「玄宗西狩，初至成都，前望大橋，上舉鞭向左右曰：『是何橋也？』崔圓躍馬前進曰：『萬里橋也。』」然則，是玄宗曾幸成都也。影印本仇注眉批之言不可據，然其用意則尚不無可取。其意蓋在駁錢注之以玄宗幸蜀釋「萬里風煙」之說，謂瞿唐峽口乃杜甫自言所處之地，與玄宗之幸蜀無涉也。夫玄宗幸蜀在天寶十五載，杜甫為此詩在大曆元年，前後相去已十年之久，杜甫此二句必不斤斤詠此事也。即使三、四兩句感慨及於天寶之亂，而要之首二句仍就眼前之秋色與一身之羈棲起興，又何必舉玄宗未嘗幸蜀為立說之據乎！

二六、黃說　首句接上「滄江」字來，一、二分明言在此地思彼地耳，卻只寫景。杜詩至化處，景即是情也。

瑩按：黃生「景即是情」之說頗是。

二七、滔解　洙曰：瞿唐在夔，曲江在長安（按此與分門注所引洙曰不同，而與千家注相同）。

又　評曰：風煙，正亂離慘景。

又　開句即說素秋，法又變。

又　玄宗自秦幸蜀……正八月也（見錢注）。

瑩按：此云「風煙正亂離慘景」，又引錢注以玄宗幸蜀為言，蓋亦以「風煙」為指祿山之亂，其說失之狹，說已詳錢注。至於「開句即說素秋，法又變」之言，蓋以四章第七句始言「魚龍寂寞秋江冷」，而五章亦至第七句始言「一臥滄江驚歲晚」，而此章開口便點明瞿峽素秋，是與前二章之法不同也。

二八、言志　承上言宮闕之盛，既如彼其不可復睹矣，而一時名勝之地，如曲江、花萼諸處皆非尋常所有。乃曾幾何時，而素秋之間，接入一派萬里風煙。

瑩按：此以「萬里風煙」接曲江並及次聯之花萼諸處，殊失杜詩本意。

二九、通解　言吾在瞿塘，去曲江頭幾及萬里，乃遲留峽口，時當素秋，而黃茅白葦，風煙一片與之相接。

三〇、提要　首句兩地名，中間不著一字，以次句七字入夾縫中，覺瞿唐、曲江，相隔萬里，真是一片風煙相接耳，此兩句串一句法也。

瑩按：此但論杜詩句法。

三一、心解　此詩開口即帶夔州，法變。

又　瞿峽、曲江，相懸萬里，次句鉤鎖有力，趁便嵌入秋字，何等筋節。

瑩按：此所云「開口即帶夔州，法變」，即滔解所云「法又變」者也。「次句鉤鎖有力」之說，則與提要之說相近。蓋此章首二句之章法、句法，確有提挈開闔之力，即此二句已可見杜甫於七律一體之開拓與成就矣。

三二、范解　《方輿勝覽》（見演義）。

又　梁元帝《纂要》（見九家）。

又　瞿唐、曲江，相去萬里，天氣蕭森，同一素秋景色，故風煙相接也。

三三、偶評　瞿唐，夔府；曲江，京華。

三四、沈解　瞿塘峽口，在夔州；曲江，在長安。

又　言瞿塘曲江相去萬里，而風煙相接，同一蕭索矣。

三五、江說　梁元帝《纂要》（見九家）。

仇云：瞿峽曲江……同一蕭森矣（見仇注）。

又　瞿唐，夔府。曲江，京華。風煙，秋。

三六、翁批　（見前章法及大旨一節）

瑩按：翁批以為此章首尾以兩地回環，乃特提之章法，凌厲頓挫，大開大合，如此則後四首始不傷板滯，其說就章法立論，頗為可取。

三七、鏡銓　梁元帝《纂要》：秋曰……素秋（見九家注及會粹）。

瑩按：邵解及仇注引劉琨詩注，皆云西方白色，故曰「素秋」；與會粹及鏡銓所引秋曰白藏，亦曰素秋之說，正相符合。

三八、集評　瞿塘，李云：夔府。曲江，李云：江頭。風煙，李云：風煙輕點一句，諷刺亦渾然不露。

瑩按：此所謂「風煙」一句之「諷刺」，蓋亦以為有暗傷亂離之意也（參看錢注）。

三九、選讀　瞿塘曲江……同一蕭森矣（見仇注）。

又　長安之亂，起自明皇，故追敘昔年遊幸始末。

又　萬里風煙……接地陰也（見錢注之章法及大旨與本聯仇注引錢箋）。

又　眉批：瞿唐（按原書「瞿塘」「瞿唐」不統一）峽在夔州東一里，乃三峽之門；曲江池，開元間疏鑿為勝境。都人遊賞，盛於中和、上巳節。秋，西方白色，故曰素秋。

四〇、沈讀　玄宗自秦幸蜀……正八月也（見錢注）。

四一、湯箋　身居瞿峽，心想曲江，萬里素秋，風煙相接。

瑩按：此說頗簡要。

四二、啟蒙　《劇談錄》（見仇注）。

又　瞿唐處南，曲江在北，相隔萬里，而素秋之風煙可接，故身滯瞿唐而神遊曲江耳。

嘉瑩按：首句瞿唐在峽口，曲江在長安，此盡人皆知之事也，諸說並同，可毋庸贅述。二地之相遠，與杜甫之感夔秋而思曲江，此亦盡人皆知之事。然則此二句之當辨者，惟在次句「萬里風煙」之所指耳。有以為謂秋之一色，同此蕭索者，九家注、分門、演義、詩通、邵解、邵注、杜臆、論文、澤解及詩闡皆主之；有以為傷寇盜縱橫，亂離未定者，意箋及金解主之；有以為玄宗幸蜀在八月，故有萬里風煙之感者，錢注及涽解主之。綜觀三說，錢氏之說過於深曲拘狹（涽解用錢說），而但言秋之蕭索一色，亦未免微嫌淺率。要之，風煙素秋，寫秋景之蕭索，而傷時念亂懷鄉戀闕之悲，自在言外，不必拘指之也。至於金解「控制何啻萬里」及金氏別批「地界相接」、「世運遞更」之說，其為勉強穿附，則已駁之於前矣。他若涽解、提要、心解及翁批，論章法句法之言，頗為有見，正可見杜甫七律一體之開拓與成就，其筆力自有不同於人者。已詳各家之說，茲不具論。

花萼夾城通御氣，芙蓉小苑入邊愁。

一、九家　花萼夾城，見「白日雷霆夾城仗」注。

又　芙蓉小苑，見「青春波浪芙蓉園」注。

又　花萼樓、芙蓉園，皆長安宮禁故事。

又　趙云：花萼樓，在南內興慶宮。夾城在修德坊。芙蓉苑在敦化坊，與立政坊相接。本隋氏離宮，大抵興慶宮、夾城、芙蓉苑，皆接曲江，通御氣，則以南內為主耳。本遊幸之地，今乃有邊愁入於其間，以紀吐蕃之亂嘗陷京師故也。

瑩按：前所引「白日雷霆夾城仗」及「青春波浪芙蓉園」二句俱見杜甫《樂遊園歌》。「夾城仗」句，九家注本誤作「甲城仗」，注云「甲當作夾。趙云夾城當作甲，非」。芙蓉園、夾城，於曲江地皆相近。按《長安志》載：「樂遊與芙蓉園、曲江並出京城東延興門。」又「芙蓉園」句注云：「在城南曲池坊臨水亭進芳門外，即樂遊園也。《玄宗紀》：『開元二十年廣花萼樓，築夾城至芙蓉園。』」至於所云宮禁故事，按《舊唐書》卷九十五《睿宗諸子傳》：「初，玄宗兄弟聖曆初出閤，列第於東都積善坊，五人分院同居，號五王宅。大足元年，從幸西京，賜宅於興慶坊，亦號五王宅。及先天之後，興慶是龍潛舊邸，因以為宮，憲（按即讓皇帝）於勝業東南角賜宅，申王撝、岐王范於安興坊東南賜宅，薛王業於勝業西北角賜宅，邸第相望，環於宮側。玄宗於興慶宮西南置樓，西面題曰花萼相輝之樓，南面題曰勤政務本之樓。」（《新唐書》略同）又《舊唐書》卷八《玄宗本紀》云：「開元二十年六月，遣范安及於長安廣花萼樓，築夾城至芙蓉園。」至於花萼樓、夾城及芙蓉園所在之位置，則有清徐松所撰《唐兩京城坊考》所附之《西京外郭城圖》，可供參證。自興慶宮有夾城經立政、敦化諸坊至芙蓉園，與《舊唐書》所載相合。至於所引趙彥材之說云「夾城在修德坊」者則當為另一段夾城，在皇城西北掖庭宮與禁苑之間者，亦見徐氏《唐兩京城坊考》所附之《西京外郭城圖》。至趙氏所云南內即指興慶宮，據宋程大昌《雍錄》卷三《唐宮總說》：「太極在西，故名西內；大明在東，故名東內。別有興慶宮者在都城東南角，人主亦於此出政，故又號南內。」又趙氏以為入邊愁乃紀吐蕃之亂陷京師（亦有以為指安祿山之亂者，說詳後）。

二、分門　洙曰：夾城，見「白日雷霆夾城仗」注。

又　趙曰：花萼，明皇樓名。

又　洙曰：芙蓉苑，見「青春波浪芙蓉園」注。

又　洙曰：花萼樓，芙蓉園，皆長安宮禁故事。

又　趙曰：芙蓉苑，在敦化坊，本天子遊幸地，而今乃有邊愁入於其間，以紀吐蕃之亂嘗陷京師故也（見九家注）。

瑩按：所引俱見九家注，可參看前九家注按語。

三、鶴注　洙曰：花萼樓……宮禁故事（見分門）。

又　趙曰：花萼……樓名（見分門）。

又　趙曰：芙蓉苑……京師故也（見分門）。

又　鶴曰：舊史云：南內曰興慶宮，在東內之南，隆慶坊。（按隆慶即興慶也，《新唐書》卷八十一《睿宗諸子傳》云以隆慶舊邸為興慶宮，而《舊唐書》云「興慶是龍潛舊邸」，可知隆慶即興慶也，隆慶乃舊名。宋程大昌《雍錄》卷四「興慶宮」條云：「大興京城東南角有坊名隆慶，中有明皇為諸王時故宅……明皇開元二年七月以宅為宮，既取隆慶坊名以為宮名，而帝之二名其一為隆，故改隆為興，是為興慶宮也。」）自東內達南內，有夾城復道，西南隅有花萼相輝、勤政務本之樓。又，開元二十年築夾城入芙蓉園。

瑩按：自東內（大明宮）至南內（興慶宮），原有夾城復道相通，至開元二十年廣花萼樓，又築夾城至芙蓉苑。詳見前九家注及後演義所附按語。

四、蔡箋　花萼，明皇樓名。夾城，在修德坊，與升道坊相接。

又　「芙蓉小苑」句，謂吐蕃陷京師也，芙蓉苑，在敦化坊，與立政坊相接。

瑩按：此云「夾城在修德坊」者，其誤與九家注所引趙注同，說已詳前。又此亦以「入邊愁」指吐蕃陷京師而言，與九家注、分門注及黃鶴注同，諸坊名可參看九家注按語。

五、千家　洙曰：玄宗開元間廣花萼樓，築夾城入芙蓉園。

又　劉評：兩句寫幸蜀之怨懷，故京之思，不分遠近，如將見焉。

瑩按：所引劉評之說頗晦，其意蓋以為此二句傷玄宗之幸蜀。而花萼樓、芙蓉園，今雖與杜甫羈身之夔府相去頗遠，而每一念至，如在目前也。

六、演義　玄宗開元間廣花萼樓，築夾城入芙蓉苑。入邊愁，言吐蕃陷京師也。

又　因言昔明皇友愛五王，嘗自宮內穿夾城，至花萼相輝樓同寢，故云通御氣也。

又　芙蓉苑，又近曲江，乃天子遊幸地，而關中數亂，故云入邊愁也。

瑩按：此亦以為「入邊愁」指吐蕃之陷京師，關中數亂，與前引諸家之說同。而以「通御氣」為指玄宗自宮內至花萼樓與五王同寢。據程大昌《雍錄》卷三《唐宮總說》云：「興慶宮雖有夾城可以潛達大明宮，要之隔越衢路，亦當名為離宮而已。」蓋興慶宮乃在宮外興慶坊，欲至大明宮則隔越衢路往來不便，故有夾城相通。而花萼樓即在興慶宮側。可參閱九家注按語所引《舊唐書》。瑩意以為兩夾城當相連，沿入苑經長樂坊以達大明宮，故《雍錄》卷四《興慶宮》說云：「開元二十年築夾城通芙蓉園，自大明宮夾東羅城復道，由通化安興門次經春明門、延喜門，可以達曲江芙蓉園。」是由興慶宮通芙蓉園之夾城，原亦可通大明宮也。演義以為「夾城通御氣」，但指明皇之友愛，至花萼相輝樓與諸王同寢，而不及至芙蓉園之遊幸，似未免失之褊狹。且演義亦引有開元間廣花萼樓至芙蓉苑之言，則夾城之御氣所通，豈僅自大明宮至花萼樓而已哉！

七、愚得　洙曰：按玄宗開元間……築夾城入芙蓉苑（參看千家注）。

又　向者，曲江乃帝王州之歌舞地……而通御氣（見首聯）。

瑩按：此云曲江通御氣，則通御氣自指玄宗曲江之遊賞。

八、頗解　昔明皇廣花萼樓，築夾城入芙蓉苑，故曰通御氣。公在夔，為西南邊徼，故曰入邊愁。

瑩按：此以「築夾城至芙蓉苑」釋「通御氣」，其說與演義之以為指自宮中至花萼樓與五王同寢之說異。而以「公在夔為西南邊徼」釋「入邊愁」，其說則未免牽強不通。如謂「入邊愁」指杜甫在西南邊徼之地而愁，則前四字「芙蓉小苑」當著落何所乎？

九、詩通　玄宗廣花萼樓，築夾城入芙蓉園，故謂之通御氣也。入邊愁，謂吐蕃之陷也。

又　然此曲江之地，通於禁御，今乃為裔夷所陷。

瑩按：此亦以築夾城入芙蓉園為「通御氣」，以吐蕃之陷為「入邊愁」。因傷曲江乃通於禁御之地，今乃為裔夷所陷也。

一〇、邵解　玄宗廣花萼樓，築夾城入南內之芙蓉園（按芙蓉園在曲江，南內乃興慶宮，南內雖通芙蓉園，然不得謂南內之芙蓉園也）。

又　芙蓉苑，別連曲江，駕遊幸，有別殿。

又　如曲江，有花萼夾城也，玄宗因亂去此幸蜀，使御氣通於外。近曲江，有芙蓉苑，吐蕃入長安，遂陷之，使邊愁入其中。

又　玄宗去蜀，本避亂，曰通御氣，微辭也，如天子狩於河陽者。

瑩按：此以吐蕃陷長安為「入邊愁」，然而以御氣通於外釋「通御氣」，且謂為指玄宗之幸蜀，則不免添字解經，失之穿附矣。杜甫明明於「通御氣」三字上著「花萼夾城」四字，何得遽謂之外通於蜀也！

一一、邵注　花萼，樓名，明皇友愛兄弟故建此樓。芙蓉苑，近曲江。通御氣，天子行於夾城中，故云「通御氣」也。「入邊愁」謂吐蕃陷京師也。

又　遂述其初，極富貴遊賞之盛。

瑩按：此以「入邊愁」為指吐蕃陷京師，又以遊賞為言，則「通御氣」當指曲江遊賞。

一二、意箋　明皇自開元間，花萼樓築夾道至芙蓉苑，與諸王宴遊。祿山始陷，吐蕃復入，而苑荒矣，故曰「花萼夾城通御氣，芙蓉小苑入邊愁」。

瑩按：此亦以築夾城通芙蓉苑釋「通御氣」。而「入邊愁」句，則以為兼指祿山之陷與吐蕃之入。

一三、胡注　劉云：兩句……如將見焉（見千家注劉評）。

奚批　「花萼」句，承曲江；「芙蓉」句，此句轉下，下正入邊愁也。

瑩按：奚批但論句法承轉，雖未加詮釋，然自「花萼句承曲江」之說觀之，則似以「通御氣」指曲江之遊幸也。

一四、杜臆　按《名勝志》：「花萼樓與勤政務本樓同建於開元間，勤政樓在南，花萼在西，俱隸興慶宮。」又云：「夾城為興慶宮附外郭，為復道，自大明宮潛通此宮及曲江芙蓉園。」故公謂當其盛時，花萼夾城時通御氣，敦天倫，勤國政，海內乂安，未幾而芙蓉小苑遂入邊愁，一人之身，而治亂頓異，何也？

瑩按：此以為夾城之通御氣，乃兼指花萼樓與曲江芙蓉園而言。盛時敦倫勤政，衰時遂入邊愁。

一五、詩攟　「御氣」二字，未知所出，稍覺欠典。

瑩按：此但言「御氣」二字之欠典，然杜詩中屢用之，蓋指天子之氣耳。參看後金解及鏡銓之說。

一六、郭批　次聯寫幸蜀之怨……如將見焉（見千家注劉評）。

一七、錢注　《舊唐書》：開元二十年，遣范安及於長安廣花萼樓，築夾城至芙蓉園。

又　《長安志》：開元二十年，築夾城入芙蓉園，自大明宮夾東羅城復道，經通化門觀以達南內興慶宮，次經春明、延喜門，至曲江芙蓉園，而外人不之知也。

又　入邊愁，並指吐蕃陷長安也（鈔本無此二句）。

又　開元中，廣花萼樓，築夾城復道，自南內徑達曲江芙蓉園，故曰通御氣。亂後御道崩隤，宸遊絕跡，可悲也。

又　祿山反報至，上欲遷幸，登興慶宮花萼樓置酒，四顧淒愴，此所謂入邊愁也。舊箋謂並指吐蕃陷長安，非也。

瑩按：錢氏初以為「入邊愁」並指吐蕃之陷長安，而後乃改正前說以為此句但指祿山之亂，而曰舊箋非也，其說亦頗有可採者。蓋花萼夾城芙蓉小苑，原為玄宗遊幸之所，是杜甫之意原以慨玄宗時祿山之亂為主，則謂為不並指代宗時吐蕃之陷長安，其說亦不為無見。

至所引花蕚樓置酒淒愴之事，則見於唐李德裕所編之《明皇十七事》。按《學海類編》收有唐李德裕編次《明皇十七事》一卷，前有李德裕自序云：「太和八年秋八月乙酉，上於紫宸殿聽政，宰臣涯以下奉職奏事，上顧謂宰臣曰：『故內臣力士終始事跡，試為我言。』臣涯即奏云：『上元史臣柳芳得臣竄黔中時力士亦從巫州，因相與周旋，力士以芳嘗司史，為芳言時禁中事，皆芳所不能知，而芳亦有所質疑者，芳默識之。及還，編次其事，號曰《問高力士》。』上曰：『令訪史氏取其書。』臣涯等奉詔，乃召芳孫度支員外郎璟詢事，璟曰：『某祖芳，前從力士問覶縷，未嘗復著唐歷，採摭義類尤相近者，以傳之，其餘或秘不敢宣，或奇怪，非編錄所宜及者，不以傳，今按求其書，已失不獲。』臣德裕亡父先臣與芳子吏部郎史冕，貞元初俱為尚書郎，後謫官，亦俱東出，道相與語，遂及高力士之說，且曰：『彼皆目睹，非出傳聞，信而有徵，可為實錄。』先臣每為臣言之，臣伏念所憶授，凡有十七事，歲祀久，遺稿不傳，臣德裕非黃瓊之（按此處當有脫字）達練習故事，愧史遷之該博，唯次舊聞，懼失其傳，不足以對大君之問，謹錄如左，以備史之闕云。」然則李氏此書所載之事雖得之傳聞，而所傳告者既為其父，所呈對者又為其君，其言或不無可信也，其中第十二事所載即為花蕚樓置酒淒愴之事，云：「興慶宮，上潛龍之地，聖歷初五王宅也。上性友愛，及即位，立樓於宮之西南垣，署曰「花蕚相輝樓」。朝退亟與諸王遊，或置酒為樂。時天下無事，號太平者垂五十年。及羯胡犯闕，乘傳遽以告，上欲遷幸，復登樓，置酒，四顧淒愴……上將去，復留眷眷，因使視樓下有工歌而善《水調歌頭》者乎。一少年心悟上意，自言頗工歌，亦《水調》，使之登樓且歌，歌曰：『山川滿目淚沾衣，富貴榮華能幾時，不見只今汾水上，惟有年年秋雁飛。』上聞之潸然出涕，顧侍者曰：『誰為此詞？』或對曰：『宰相李嶠。』上曰：『李嶠真才子也。』不待曲終而去。」錢氏所引，蓋出於此，確有所據，是錢氏以為指祿山之亂當較指吐蕃之亂之說更為可信也。

一八、張解　明皇友愛兄弟，故建花萼樓；築夾城，入芙蓉苑；通御氣，指幸蜀言。

又　苑本曲江，文帝惡其名曲，改名芙蓉。祿山陷京師，是邊愁入苑中。

又　當日明皇雖自曲江幸蜀，其御氣未嘗不通。然止有夾城之外，芙蓉小苑乃入邊愁耳。

又　舊注「通御氣」，有改通禦氣者，有改虛御氣者，有言御氣即御風者，止緣未就上下文思耳。蓋萬里氣既相接，可見雖幸蜀其御氣自通，當日止小苑入邊愁耳，此蓋不忍斥者，故加一小字，見原非大內也。實為尊者諱，而不然小字作何解？亦正見無害其全盛。

瑩按：此欲以「幸蜀」說「通御氣」，其言實不可從，當於本聯總按語中詳之。

一九、金解　三、四總承曲江來。花萼夾城者，明皇性極友愛，即位後，以隆慶舊邸為興慶宮，五王賜第宮側。又於宮西置樓，署曰花萼相輝之樓。開元二十年，廣花萼樓，築夾城，至芙蓉園。園與曲江相接。名芙蓉者，以其水盛而芙蓉富也（按此說出劉餗《小說》，亦見《雍錄》卷六「曲江」條，仇注亦引之）。天子時幸芙蓉園，必從花萼樓夾城通去，故曰通御氣。御氣，天子之氣也。御氣無處不通，而花萼夾城畢竟是明皇友愛之所，故時幸曲江遊樂，未為大過。芙蓉小苑，畢竟是明皇遊幸之地，故同此曲江遊樂，已入邊愁。邊愁不從花萼夾城入，偏從芙蓉小苑入，先生立言之旨，蓋不苟也。又，邊愁，不但祿山陷京，即就明皇幸蜀，而先生因此徙倚素秋，悵望於瞿唐峽口，豈非邊愁乎？故知「入邊愁」三字，隱已承瞿唐峽口，益見先生律法之細。

別批　三、四緊承，明皇當日敦尚友悌，御氣與花萼交輝，晚歲偶漁聲色，邊愁與芙蓉共慘，當一王之朝，而前後異政，國步遂移，倘辨之早，辨幾何而至如此之劇也（按後一「辨」字疑為「變」字之誤）。御氣用一「通」字，何等融和。邊愁用一「入」字，出人意外。先生字法不尚纖巧，而耀人心目如此。

瑩按：金解以為花萼樓為友愛之所，故但曰「通御氣」。芙蓉苑為遊幸之地，乃曰邊愁自此而入，可見杜甫立言之旨。夫花萼、芙蓉，不過借曲江之遊幸來往，發今昔盛衰之慨耳。昔日之通御氣者一旦而入邊愁，朝政之異，盛衰之感，盡在其中。雖不必如金解之分別立說，然杜甫之立言確為得體。別批論「通」字與「入」字，亦極警切。可見杜甫煉句用字之妙，又以御氣為指天子之氣，說亦頗是。

二〇、顧注　《長安志》（見錢注）。

又　通御氣，言明皇遊幸復道，其氣無不通也。祿山警報日至，芙蓉小苑遂入邊塞之愁，此亦就當時而言，非日後京城淪陷始云入邊愁也。如此萬戶千門，層累覆壓，天日隔離，而御氣可通，以見其制度之奇麗，物力之殷繁。如此深沉杳隔而邊愁得入，所云「漁陽鼙鼓動地來」也。若將入邊愁作既陷長安語，下二句便接不去。

二一、朱注　《舊唐書》：南內曰興慶宮，宮西南隅有花萼相輝、勤政務本之樓。開元二十年六月，遣范安及於長安廣花萼樓，築夾城，至芙蓉苑。（參看九家注按語）

又　《漢書》：蕭望之：署小苑東門候。小苑，宜春苑也。宜春苑，即曲江。

又　入邊愁，見御苑已廢。

二二、論文　曲江之上，有花萼夾城，直通御座。孰意芙蓉小苑，竟入邊愁乎！邊愁者，祿山陷長安也。

瑩按：此以御座釋「御氣」，拘而不切。至於「邊愁」句，則亦以為指祿山陷長安而言，與錢注同。

二三、澤解　趙曰：花萼，明皇樓名。芙蓉苑在敦化坊……嘗陷京師故也（見分門注）。

又《舊史》云：自東內達南內……勤政務本之樓。開元二十年築夾城入芙蓉苑（見黃鶴注）。

又 批云：御氣即御風。兩句寫幸蜀之怨懷，故京之思，不分遠近，如將見焉（兩句以下，見千家注引劉評）。

又 澤堂曰：舊通御氣，今入邊愁也，謂芙蓉苑入於邊愁中，文理不通。「御氣雲樓敞」，同此意，御風，非是。

瑩按：以御風釋「御氣」，自屬非是。至於「芙蓉小苑入邊愁」，澤堂所謂文理不通者，則正為杜公句法之妙。其意蓋謂芙蓉小苑乃竟有邊愁入於其中也，此乃加重語氣，深慨乎言之。試思倘易為「邊愁竟入芙蓉苑」，文法雖通，而淡薄淺俗，更復有何詩意乎？「御氣雲樓敞」見《千秋節有感二首》之二，蓋亦指天子之氣也。

二四、詩闡 二句寫曲江往事。

又 明皇往日亦曾遊幸其處，遊曲江，必從花萼樓而來，入芙蓉園而止，乃御輦則自夾城而達。蓋夾城之中為復道，從南內竟達曲江，其中深沉杳隔，往來者，但通御氣。夫以夾城御道之深邃，君王遊幸，但聞御氣之通，庶幾芙蓉小苑之流連，別殿征歌，永絕邊愁之入，乃當年邊愁之入，又安得禁也。青海之烽煙頻傳，南詔之喪亂見告，誰料平安之火，不報潼關，漁陽之笳，忽吟細柳，此日邊愁一入，而花萼、芙蓉便為灰燼，曲江往事如此，今由瞿唐一望，惟有蒼茫素秋而已。

瑩按：《通鑑》卷二百十四至二百十七《玄宗紀》云：「開元廿五年河西節度使崔希逸襲吐蕃，破之於東海西」；「天寶五載以王忠嗣為隴右節度使兼知朔方河東節度事……天下重兵皆在掌握，與吐蕃戰於青海積石，皆大捷」；「天寶七載哥舒翰築神威軍於青海上，吐蕃至，翰擊破之，又築城於青海中龍駒島」；「八載以謫卒二千戍龍駒島，冬冰合，吐蕃大集，戍者盡沒」，此所謂「青海之烽煙頻傳」也。《通鑑．玄宗紀》又載：「天寶九載十二月，劍南節度使鮮于仲通性褊急，失蠻夷心。故事，南詔常與妻子俱謁都督，過雲南，雲南太守張虔陀皆私之，又多所徵求。南詔王閤羅鳳不應。虔陀遣人詈辱之，仍密奏其罪。閤羅鳳忿怨，是歲，發兵反，攻陷雲南，殺虔陀，取夷州三十二」；「天寶十載……南詔王閤羅鳳謝罪，請還所俘掠，城雲南而去。……鮮于仲通不許，囚其使，進軍至西洱河，與閤羅鳳戰，軍大敗，士卒死者六萬人。……閤羅鳳斂戰屍築為京觀，遂北臣於吐蕃。……制大募兩京及河南北兵以擊南詔。人聞雲南多瘴癘，未戰，士卒死者什八九，莫肯應募。楊國忠遣御史分道捕人，連枷送詣軍所」；「天寶十一載六月甲子，楊國忠奏吐蕃兵六十萬救南詔，劍南兵擊破之於雲南……十月南詔數寇邊」；「天寶十二載夏五月，以左武衛大將軍何復光將嶺南五府擊南詔」；「十三載六月，侍御史劍南留後李宓將兵七萬擊南詔，閤羅鳳誘之深入至太和城（閤羅鳳所居也），閉壁不戰，宓糧盡，士卒罹瘴疫及餓死什七八，乃引還。蠻追擊之，宓被擒，全軍皆沒。」此所謂「南詔之喪亂見告」也。詩闡所言，雖於史有徵，然而杜甫此詩作於大曆年間，相去時間已遠，必不斤斤以此為言。如曰推原當日邊愁之入，則自當仍以安祿山漁陽之變為主也。至於「通御氣」亦以為指君王之遊幸往來，與頗解之說同，此二句自係承上素秋而傷往事之言。

二五、會粹　《舊唐書》：南內曰興慶宮，宮西南隅，有花萼相輝、勤政務本之樓。開元二十年六月，遣范安及於長安廣花萼樓，築夾城至芙蓉苑（參看九家注按語）。

又　張正見詩：「御氣響鈞天。」

又　小苑，宜春苑也，即曲江。曰「入邊愁」，見御苑已廢。

瑩按：此以「入邊愁」為指御苑之已廢，而不明指邊愁之戰役，與前諸家之說有異。

二六、仇注　杜臆：城通御氣，前則敦倫勤政；苑入邊愁，後則耽樂召憂，見一人之身，而理亂頓殊也。

又　劉餗《小說》：園本古曲江，文帝惡其名曲，改名芙蓉，為其水盛而芙蓉富也（參看金解）。

又　《舊唐書》：南內曰興慶宮……開元二十六年……築夾城至芙蓉苑（見會粹，唯仇注誤引為開元二十六年，據《舊唐書》當是二十年，見九家注按語）。

又　《長安志》：開元二十年築夾城入芙蓉園，自大明宮夾羅城復道，經通化門以達南內興慶宮，次經明春（按當是春明）、延喜門至曲江芙蓉園，而外人不之知也（參看演義及錢注）。

又　張正見詩（見會粹）。

又　錢箋：祿山反報至……四顧淒愴（見錢注）。

又　《一統志》：芙蓉苑即秦宜春苑地。

又　《蕭望之傳》（見朱注）。

又　庾信詩：「停車小苑外。」

又　陳蘇子卿詩：「故鄉夢中近，邊愁酒上寬。」

又　小苑，指宜春苑。

又　長安之亂，起自明皇，故追敘昔年遊幸始末。

影印本旁批　「花萼」句，天寶以後，明皇移仗於南內聽政，故曰「通御氣」也。

瑩按：仇注既云「追敘昔年遊幸始末」，又引錢注「祿山反報至」云云，則邊愁自當指祿山之亂，是此二句，蓋謂明皇遊幸招致禍亂。然「花萼」句，似亦以為有勤政之意。如所引杜臆，以為指敦倫勤政，影印本旁批亦以聽政為言，蓋明皇由開元之勤政，轉為天寶之遊幸，其事雖可分別言之，然杜甫之感慨，則渾然不可斷裂分指者也。

二七、黃說　《舊唐書》：開元廿年廣花萼樓，築夾城至芙蓉園（參看九家注）。

又　「芙蓉小苑」句，敘祿山陷長安事，渾雅之極，稍粗率，即為全詩之累。

又　三、四兩句首藏初時後來四字。

瑩按：此既云三、四兩句藏有「初時後來」之意，則似亦以為三句為指初時之勤政，後來則以遊幸致入邊愁也。至於評「芙蓉小苑」句之渾雅，所言頗是。

二八、潛解　入邊愁，並指吐蕃陷長安也（見錢注）。

又　開元中，廣花萼樓，築夾城復道，自南內徑達曲江芙蓉園外，人不知也，故曰「通御氣」。亂後御道崩潰，宸遊絕跡，可悲也（按此引用錢注，而稍加顛倒）。

又　祿山反報至……舊箋謂並指吐蕃陷長安，非也（見錢注）。

瑩按：潛解多用錢注，說已詳前。

二九、言志　使邊塞戎馬之愁，竟入於芙蓉小苑之中也。

三〇、通解　憶初時花萼夾城，路徑曲折，而惟通御氣；及後來芙蓉小苑，門戶幽深，而竟入邊愁。

三一、提要　三、四交互句，言盛時花萼城、芙蓉苑皆通御氣，衰時芙蓉苑、花萼城皆入邊愁。

又　若苟將次聯解作一盛一衰，三聯解作全盛，則濃艷癡肥，無異嚼蠟，而上下文俱成兩橛矣。

瑩按：此以三、四兩句為交互句，其說較他說之以一句指盛一句指衰者，為通達可取。

三二、心解　《舊書》：開元二十六年（按六字衍，說詳仇注），廣花萼樓，築夾城至芙蓉苑。

又　錢注：祿山反報至……四顧淒慘（見錢注，淒慘當作淒愴）。

又　中四，乃申寫曲江之事變景象。

瑩按：此引錢注，亦以「入邊愁」為指祿山之亂。至於曲江事變景象之言，其說頗是，惟稍略耳。

三三、范解　《舊唐書》（見朱注）。

又　張禮《遊城南記》：芙蓉園在曲江西南，秦宜春小苑地。園內有池為芙蓉池。

又　曲江之上，明皇嘗穿夾城，由花萼樓至芙蓉苑以通御氣。自祿山陷後，常入邊愁。

三四、偶評　城通御氣……動地來（參看章旨）。

三五、沈解　言昔玄宗友愛五王，嘗自南內穿夾城，至花萼相輝樓同寢，故云通御氣也。芙蓉苑又近曲江，乃天子遊幸之地，而關中數亂，故云入邊愁也。

三六、江說　《舊唐書》（見朱注）。

又　入邊愁……已廢（見朱注）。

三七、鏡銓　《舊唐書》：南內曰興慶宮，宮西南隅有花萼相輝之樓。開元二十年六月，遣范安及廣花萼樓，築夾城至芙蓉園（參看會粹）。

又　《隋書・天文志》：天子氣內赤外黃，天子欲有遊往處，其地先發此氣。

又　《漢書》：蕭望之：署小苑東門候（見仇注）。

又　《一統志》：芙蓉苑即秦宜春苑地（見仇注）。

又　舊注：祿山反報至……四顧淒愴（見錢注）。

又　小苑，宜春苑也。

又　通御氣，言自南內至曲江，俱為翠華行幸處耳，與敦倫勤政意無涉。
又　二句，言以御氣所通，即為邊愁所入，正見奢靡為亡國之階，耽樂乃危身之本，下文又反覆唱嘆言之。
瑩按：此引《隋書・天文志》，以為御氣乃天子之氣。此二句但言遊幸御氣所通，即為邊愁所入，而不以前句指勤政分別盛衰為言，與提要之說相近。
三八、集評　李云：長安所思。
三九、選讀　《舊唐書》（見朱注）。
又　開元間廢花萼樓……通御氣也（見詩通，此「廢」字當為「廣」字之誤）。
又　祿山反報至……入邊愁也（見仇注）。
又　城通御氣，前則敦倫勤政；苑入邊愁，後則耽樂召憂，見一人之身，而理亂頓殊。
四〇、沈讀　錢箋：開元中……可悲也（見錢注）。
又　祿山反報至……非也（見錢注）。
四一、施說　「花萼」句，注引《唐書》、《長安志》，皆言范安及廣花萼樓，築夾城至芙蓉苑，復道相通。又引張正見詩「御氣響鈞天」。今按此句，諸本皆作「御氣」，然在可解不可解之間，即張正見詩，亦第可證字面，詩意終不明晰。或說「御氣」當作「御仗」，復道往來，御仗常通也，據詩意，此說當是。
瑩按：此駁仇注「御氣」之非，而欲以意改「御氣」為「御仗」，其說殊妄，不可從。
四二、湯箋　旁鄰蓉苑，遙際夾城，復道氣通，邊愁曾入。
瑩按：此說極略。
四三、啟蒙　劉餗《小說》（見仇注）。

又《舊唐書》（見仇注）。

又　因憶曲江之上有芙蓉小苑，與花萼樓內外相隔。自築夾城以來，花萼之御氣自夾城而通於芙蓉。然芙蓉已不移時而入邊愁矣，可勝慨哉。考夾城之築在開元二十六年，而祿山之叛在天寶十四載，其間相隔尚有十餘年。而詩若云於此時而通，即於此時而入者，蓋以明敦倫勤政之地，而為耽樂召憂之所，敬肆治亂之幾，間不容髮，而刻不稍緩，其為垂戒也大矣。

嘉瑩按：此二句所涉及之花萼夾城及芙蓉小苑之位置，已詳見前九家注及演義之按語。諸家引證有誤者，亦已分別考訂於前，茲不復贅。至於「花萼」句之歧解，有以為指明皇盛時友愛諸王，敦倫勤政而言者，演義、金解及仇引杜臆之說主之；有以為指自花萼樓至曲江芙蓉苑遊幸而言者，九家注、分門注、千家注、頗解、詩通、錢注、詩闡、提要、心解、鏡銓主之，提要更明指其不當分別以此句指盛時，下句指衰時，鏡銓亦以為此句與敦倫勤政無涉。夫此二句，承首句「曲江頭」而來，蓋藉明皇之遊幸，慨盛衰之變也。故提要以為乃交互句，盛時皆通御氣，衰時皆入邊愁，其說頗是。唯是杜甫以「通御氣」承花萼樓，以「入邊愁」承芙蓉苑，則前句偏在盛，次句偏在衰，其感慨既渾涵淵厚，而立言亦為得體，必欲確指友愛諸王、敦倫勤政，反不免為小家之見矣。至於「通御氣」，御氣自當指天子之氣，金解及鏡銓引《隋書・天文志》之說是也。又或以御座、御風為說，其拘與妄，不待辨而明。又邵解以為「通御氣」謂御氣通於外，指幸蜀而言，未免過於旁附，其說更不可信。「通御氣」但指天子之遊幸往來而已。至「芙蓉小苑」一句，所當辨者，厥惟「入邊愁」之所指。有以為指吐蕃之亂者，九家、分門、鶴注、蔡箋、演義、詩通、邵解、邵注皆主之；

有以為指祿山之亂，而不並指吐蕃者，錢注、金解、論文皆主之，而仇注、澹解、心解、鏡銓皆用錢注之說；有以為指祿山始陷，吐蕃復入者，意箋主之；有以為兼青海烽煙、南詔喪亂與漁陽之變而言者，詩闡主之；有以為言御苑之已廢者，會粹主之；有以為杜甫自傷在西南邊徼者，頗解主之。綜觀諸說，自以指祿山陷亂之說最為切當。蓋此二句，原在慨明皇遊幸曲江盛衰之變，吐蕃雖亦嘗陷京師，或者杜甫之感慨亦有餘波盪漾及之，然而固決非此二句主旨之所在也。至於青海、南詔，相去益遠，與芙蓉小苑有何相干乎？至於御苑已廢，則邊愁入後之景而非所入之邊愁也。而杜甫在西南邊徼之說，則邊愁入後杜公所受之影響，亦非所入之邊愁也。且邊愁上既著以芙蓉小苑，自以指明皇之遊幸與祿山之叛亂為是。然而天子之耽於遊嬉，與京師之屢遭陷亂，又豈可明言易言之乎？而杜甫此二句呼應轉變之神妙，感慨託興之深微，用字立言之恰切，回環吟諷之餘，乃愈知其自有不可及者矣。

珠簾繡柱圍黃鵠，錦纜牙檣起白鷗。

一、九家　昭陽殿織珠為簾，風至則鳴，如珩珮之聲。

又　趙云：上句蓋言繡窠（按疑有誤字）作雙鶴圓（按據分門注引當是「圖」字之誤）狀，而用黃線繡為鶴也，乃所謂鞠豹盤鳳之類。舊注引黃鶴樓在漢陽軍，非是。下句則芙蓉苑中有水可以泛舟故也，公嘗曰：「青春波浪芙蓉園。」

瑩按：此以黃鶴為所繡之花紋，「錦纜」句為芙蓉園之景。至於「青春波浪」句，已詳前一聯九家注按語。昭陽殿織珠為簾，則見《西京雜記》。

二、分門　洙曰：昭陽殿……如珩珮之聲（見九家注）。

又　趙曰：言繡窠作雙鶴圖，而用黃線繡為鶴也。舊解惑於「黃鶴」二字，遂便以為黃鶴樓，非（參看九家注）。

瑩按：此所引多出於九家注。

三、鶴注　洙曰（見分門注）。

又　趙曰（見分門注。惟「雙鶴圖」作「雙鶴圓」，同於九家注，而缺「狀」字）

瑩按：此所引亦出於九家注，與分門注同。

四、蔡箋　《西京雜記》：昭陽殿織珠為簾……如珩珮之聲（見九家注）。

又　江總《應詔詩》：「彩桷珠簾金刻鳳，雕梁繡柱玉蟠螭。」

又　「珠簾」句，謂曲江宮殿之簾帷，繡為黃鵠之文也。

又　「錦纜」句，謂天子泛龍舟於曲江池，而驚起其白鷗也。

瑩按：此以黃鵠為曲江宮殿簾帷所繡之文，白鷗則為龍舟驚起者也。

五、千家　夢弼曰：珠簾繡柱，言曲江宮殿。錦纜牙檣，言天子泛龍舟宴賞也（參看蔡箋）。

又　劉評：對句耳，不足為麗。

瑩按：此亦以「珠簾」句為指曲江宮殿，以「錦纜」句為指龍舟宴賞，與蔡箋同。至於劉評，則但就字面評論，未嘗仔細研味此二句言外感慨之深。

六、演義　《西京雜記》：昭陽殿織珠為簾。

又　繡柱：柱帷繡作黃鵠文。

又　言花萼樓中之簾柱，皆盤黃鵠宛轉之形，珠則織，繡則畫也。苑外江中，御舟常驚白鷗飛起，以錦纜牙檣之華彩也。

瑩按：此以珠簾繡柱為指花萼樓中之簾柱，與蔡箋及千家注之以為指曲江宮殿者不同。謂簾則織珠為黃鵠之形，柱帷亦畫為黃鵠之形，至於白鷗為御舟驚起之說，則與蔡箋及千家注之說相同。

七、愚得　夢弼曰：珠簾繡柱……言天子龍舟也（參看千家注引蔡夢弼之說）。

又　向者曲江……有珠簾繡柱、錦纜牙檣之綺麗（見首聯）。

瑩按：此亦以為「珠簾繡柱」為指曲江之盛，與蔡箋及千家注之說同，而與演義之以為指花萼樓者異。

八、頗解　珠簾繡柱，言芙蓉苑中宮殿。錦纜牙檣，言天子泛舟之象。

瑩按：此亦以珠簾繡柱為指曲江芙蓉苑，與演義之以為指花萼樓者異。至於錦纜牙檣之指天子泛舟，則諸家之說同。

九、詩通　黃鵠，珠繡作黃鵠文。

又　因憶盛時遊幸，其舟則有珠簾繡柱以圍黃鵠，錦纜牙檣，驚飛白鷗。

瑩按：此以黃鵠為珠繡，是並珠簾繡柱混為一談。又以為其舟則有珠簾繡柱，與蔡箋、千家注、愚得、頗解之以為指曲江芙蓉苑宮殿，及演義之以為指花萼樓者並異。然下句既有「錦纜牙檣」諸字樣以寫舟矣，上句不當更寫舟。所說不可從。

一〇、邵解　樓中以珠織簾，以繡畫柱，皆作黃鵠盤旋文，故曰圍黃鵠。江中以錦絨為纜，以象牙飾檣，鷗鳥見彩絢驚飛，故曰起白鷗。

又　回想升平，有珠簾繡柱、錦纜牙檣之麗，實宸遊歌舞之地，若此蕭索，不可惜哉？

瑩按：此云樓中以珠織簾，以繡畫柱，與演義之說同，皆以為指花萼樓而言。「起白鷗」之說則與諸家之說相近，皆言天子御舟華絢，驚起白鷗也，如此，則二句自是寫回想昇平之景象。

一一、邵注　珠簾，昭陽殿，織珠為簾，風至則鳴，如珩珮之聲。繡柱，繡帷為黃鵠之形以圍柱，此指樓言。牙檣，以象牙飾帆檣，此指曲江言。起，驚起也。

瑩按：此亦以「珠簾」句為花萼樓之珠簾繡帷，而非指曲江宮殿。次句始寫曲江。

一二、意箋　當時樓殿舟舵皆極侈麗，故曰「珠簾繡柱圍黃鵠，錦纜牙檣起白鷗」。鵠是繡成鵠文，鷗起，以船移也。

瑩按：此泛言樓殿，未分別其為指花萼樓抑曲江宮殿。至鷗起之說，則與各家同。

一三、胡注　對句耳，不足為麗（見千家注引劉評）。

奚批　故國之遊觀也。

又　從盛滿說出衰殘，下聯可接。

瑩按：此云「故國之遊觀」，又云「從盛滿說出衰殘」，是以此二句前半句為寫昔日遊觀之盛滿，後半句則寫今日之衰殘之意也，可參看後論文、詩闡、涪解、提要之說。

一四、杜臆　當邊愁未入之先，江上離宮，珠簾圍鵠，江間畫艦，錦纜驚鷗，曲江誠歌舞之地也（參看下聯）。

瑩按：此以為二句皆寫曲江之盛。

一五、詩擴　「珠簾」、「錦纜」一聯，安得非麗，但效之不難耳。

瑩按：此語蓋針對劉評不足為麗之說而言，可參看千家注所引劉評。

一六、郭批　對句耳，不足為麗。

瑩按：郭批所云，即用千家注劉評之言。

一七、錢注　珠簾繡柱，指陸地簾幕之妍華。錦纜牙檣，指水嬉棹枻之炫耀。《哀江頭》云「江頭宮殿鎖千門」，此則痛定而追思也。

鈔本錢注　黃鵠，此暗指公主和親之事也。《留花門》云：「公主歌黃鵠」（按此條世界書局本及石印本並皆不載）。

石印本眉批　吳云：本言黍離麥秀之悲，乃反擬秦中富盛，立意最有含蓄。徐士彰言譏明皇之事遠遊，誤矣。

瑩按：錢注以陸地與水嬉對比，是亦以為「珠簾繡柱」乃指曲江宮殿，而非指花萼樓，與蔡箋、千家、愚得、頗解、杜臆，諸家之說同，而與演義、邵解及邵注之說異。至於以此二句為指痛定追思盛時而不明指衰盛，則與諸家之說並同，唯與胡注奚批異。眉批引吳氏之說云「本言黍離麥秀之悲，乃反擬秦中富盛」者，是也。至於鈔本引《留花門》「公主歌黃鵠」句，以為指公主和親之事，據《舊唐書・回紇傳》載：「乾元元年秋七月甲午，肅宗送寧國公主至咸陽磁門驛，公主泣而言曰：『國家事重，死且無恨。』上流涕而還。」又《漢書・西域傳》載：「烏孫於是恐……願得尚漢公主為昆弟。……漢元封中，遣江都王建女細君為公主以妻焉……烏孫昆莫以為右夫人……昆莫年老，言語不通，公主悲愁，自為作歌曰：『吾家嫁我兮天一方，遠托異國兮烏孫王。穹廬為室兮旃為墻，以肉為食兮酪為漿。居常土思兮心內傷，願為黃鵠兮歸故鄉。』天子聞而憐之，間歲遣使者持帷帳錦繡給遺焉。」按《漢書》烏孫公主雖有《黃鵠歌》，唐乾元元年亦有公主和親之事，然而此詩原在慨玄宗遊幸曲江之盛衰，與公主和親之事無關，且黃鵠之歌在傷遠別，與珠簾繡柱之園又何關乎？鈔本錢注之說望文生義，牽強不可從，竊諸他本，並不載此條，蓋錢氏亦以此說為不妥而刪之矣。

一八、張解　樓中以珠織簾，以繡畫柱，皆作黃鵠盤旋文。

又　錦纜，錦絨為纜。牙檣，象牙為檣。起白鷗，驚起白鷗（前二則參看邵解）。

又　昔時朱樓彩船，其盛如此。

一九、金解　《西京雜記》：昭陽殿織珠為簾（參看蔡箋）。

又　繡帷為柱，通繡作黃鵠文。

又　錦纜牙檣，江中御舟，極其華麗，故能驚起白鷗也。

又　當日曲江之遊，天子方以為通御氣，而不覺已入邊愁，豈非歌舞極盛之所致耶！五、六二語，只為轉出「歌舞」字來。

別批　珠簾繡柱，錦纜牙檣，總極豪華，黃鵠即珠繡所織之文，用以襯起「白鷗」字。白鷗者，野鳥也，錦纜牙檣之下，胡為乎起哉？則豈非以其全盛之日，但知珠圍繡繞，以致絕漢南巡，黃鵠難尋，白鷗群起，真為可嘆也。「白鷗」上用「錦纜牙檣」字，一圖映照反射作色，一見明皇雖遭顛沛，尚不知自檢也。

瑩按：金解云「五、六二語只為轉出『歌舞』字來」，則二句自當指當時歌舞勝地而言，當是追想全盛之景。然金氏別批則既云白鷗野鳥，「錦纜牙檣之下，胡為乎起」，又云「黃鵠難尋，白鷗群起，真為可嘆」，則「起白鷗」又似指以後衰景，至「圍黃鵠」則仍為追思盛景之言，以對「起白鷗」者也。金氏蓋亦不能自決其說，故先後矛盾如此。

二〇、顧注　舊注：柱帷繡作黃鵠文，非也。愚考漢元帝時黃鵠下太液池，上歌曰：「黃鵠飛兮下建章，金為衣兮菊為裳。」（按「元帝」當作「昭帝」，見後之按語。）

又　珠簾繡柱，乃池旁之宮殿，圍黃鵠者也。借用此事以侈內苑之壯麗耳。

又　黃維章曰：珠簾繡柱，指曲江宮殿。錦纜牙檣，泛指龍舟。宮殿密而黃鵠之舉若受圍，舟楫多而白鷗之游為驚起。寫出荒佚景象，卻不見痕跡。

瑩按：《漢書》卷七《昭帝紀》載云：「始元元年春二月，黃鵠下建章宮太液池中。」又《全漢詩》卷一載有昭帝之《黃鵠歌》云：「黃鵠飛兮下建章，羽肅肅兮行蹌蹌，金為衣兮菊為裳。」注引《西京雜記》云「始元元年黃鵠下太液池，帝為此歌」，知「黃鵠下建章宮太液池」當為漢昭帝時之事，顧注作「元帝時」，當係誤引。至於杜甫之用「黃鵠」，則不過借用古事以寫宮苑之盛麗而已。

二一、朱注　《西京雜記》：昭帝始元元年，黃鵠下建章太液池中，帝作《黃鵠歌》。圍黃鵠，蓋用此事。夢弼云柱帷繡作黃鵠文，非。

又　錦纜牙檣，言泛舟曲江，《樂遊園》詩「青春波浪芙蓉園」是也。

二二、論文　下頂「邊愁」句，珠簾繡柱，室已無人，空圍黃鵠而已。錦纜牙檣，舟已沉波，徒起白鷗而已。

瑩按：此全從衰殘一面立說，言昔盛而今衰，與胡注奚批之說可相參證，而與他家之但以為追思昔日之盛者有別。

二三、澤解　洙曰：昭陽殿織珠為簾，風至如珮聲（參看分門注）。

又　趙曰：言繡窠……以為黃鶴樓，非也（見分門注）。

又　夢弼曰：曲江簾帷，繡為黃鵠之文也（見蔡箋）。

又　夢弼曰：謂天子泛龍舟……驚起白鷗也（見蔡箋）。

又　批曰：對句耳……為麗（見千家注劉評）。

又　澤堂曰：用漢時黃鵠下太液池事，池園之盛也（參看顧注）。

瑩按：《漢書．昭帝紀》：「始元元年春二月，黃鵠下建章宮太液池中。」注引王贊曰：「時漢用土德，服色尚黃，鵠色皆白，而今更黃，以為土德之瑞，故紀之也。」然則黃鵠之下太液池，僅為紀瑞而已，與池園之盛，本不相干。惟是杜甫之用「黃鵠」二字，或者亦有用此典兼寫天子之園池與當時盛世之意。至所引各家注，皆已詳前。

二四、詩闡　曲江宮殿，千門萬戶，向曾珠簾繡柱矣，今日素秋中，黃鵠空圍耳。曲江龍舟，橫流溯波，向曾錦纜牙檣矣，今日素秋中，白鷗時起耳。

瑩按：此以「珠簾繡柱」、「錦纜牙檣」，為指昔日之盛，而「圍黃鵠」、「起白鷗」，則寫今日之淒涼，與論文之說相近。

二五、會粹　《西京雜記》：昭陽殿，織珠為簾（參看蔡箋）。

又　裴子野詩：「流雲飄繡柱。」

又　《西京雜記》：昭帝始元元年，黃鵠下建章太液池中，帝作歌（參看顧注及朱注）。

又　王臺卿詩：「錦纜回沙磧。」

又　古詩：「象牙作帆檣。」

又　圍黃鵠，言黃鵠在於池中，而池傍宮殿若圍。

瑩按：此以「圍黃鵠」為黃鵠在池中，而池傍宮殿若圍。其說與前九家、分門、鶴注、蔡箋、演義、詩通、邵解、邵注、意箋、金解，諸家之以為繡帷作黃鶴之形者異。

二六、仇注　《西京雜記》：昭陽……為簾（見會粹）。

又　裴子野詩（見會粹）。

又　《西京雜記》：昭帝……帝作歌（見會粹）。

又　庾信詩：「錦纜回沙磧。」（按此詩題為《奉和泛江》，《藝文類聚》作王臺卿詩，《初學記》及《文苑英華》並作庾信詩，參看會粹引王臺卿詩）

又　《哀江南賦》：「鐵軸牙檣。」

又　古詩（同會粹）。

又　《埤蒼》：「檣尾銳如牙也。」

又　何遜詩：「可憐雙白鷗，朝夕水上游。」

又　顧注：宮殿密而黃鵠之舉若圍，舟楫多而白鷗之游忽起，此皆實景。舊云杜帷繡作黃鵠文者，非。

又　杜臆：因想邊愁未入之先……錦纜驚鷗（見《杜臆》）。

瑩按：仇注既引古詩「象牙作帆檣」，又引《埤蒼》「檣尾銳如牙」，二說互異。私意以為當以象牙之說為是，邵解亦云「以象牙飾檣」，蓋此二句乃形容當時遊覽之盛，故簾則曰珠，柱則曰繡，纜則曰錦，檣則曰牙也。至於所引顧宸「黃鵠之舉若圍」之說，按舉，鳥飛也，《文選》張衡《西京賦》云「鳥不暇舉」，是亦以黃鵠為指池中之鳥，言宮殿密，黃鵠之飛若在圍中也，與會粹之說相近。又引《杜臆》之說，以為此二句，皆指邊愁未入前之事，而不以「圍黃鵠」、「起白鷗」為指今日之衰，與胡注奚批、論文及詩闡之說異。

二七、黃說　當邊愁之未入也，宮殿舟楫，備極繁華。

又　珠簾繡柱，苑內之宮殿。錦纜牙檣，江中之舟楫。圍黃鵠者，水穿其內也。起白鷗者，舟滿其間也。鵠可馴，故曰圍；鷗易驚，故曰起，極形繁華之景，穠麗而不癡笨。緊要在句眼二字（按指「圍」、「起」），後人學盛唐易入癡笨者，由不能煉句眼故也。

又　五、六應三句。

瑩按：此亦以此二句為指邊愁未入前之盛景，可參看仇注及杜臆之說，以「珠簾繡柱」為指苑內宮殿，而云「圍黃鵠」者，水穿其內也，其意蓋謂苑內有水，其中有黃鵠，而宮殿在其四周也，與會粹之說相近。至於錦纜牙檣之驚起白鷗，則與舊說同。

二八、潛解　珠簾繡柱，指陸地帟幕之妍華……此則痛定而追思也（見錢注）。

又　黃鵠、白鷗，言昔時宮殿龍舟之盛，今日止為鵠、鷗所有耳，下接可憐，甚順。

瑩按：錢注云「痛定而追思」，原謂追思其盛。然則錢注之意，原以為二句指當時宮殿舟楫之盛，今潛解既引錢注，又曰「今日止為鵠、鷗所有耳」，是以二句之前半句指盛時，而下半句「圍黃鵠」、「起白鷗」為指衰時也，與論文及詩闡之說同。

二九、言志　至於今則宮苑中猶珠簾繡柱也，而所圍者黃鵠耳。曲江頭猶是錦纜牙檣也，而所起者白鷗耳。豈復有當年歌舞之盛哉！

三〇、通解　當其盛也，珠簾繡柱之密，至黃鵠飛來，圍繞而不能去。錦纜牙檣之多，至白鷗游泳，驚起而不敢下。

三一、提要　五、六兩截句，上四字記其盛，下三字起其衰，謂昔日之珠簾繡柱，今但圍黃鵠而已；昔日之錦纜牙檣，今但起白鷗而已。

又　黃鵠聚群以居，故曰圍。白鷗飛翔而出，故曰起。語極淒涼，舊注非是。

又　公詩句法，開有唐一代之門，宋元以來，其法遂絕，如此一詩，不會其句法，如何解得？此所以有黃鵠圍刺繡文之誤也。

瑩按：此以二句之上四字為紀其盛，下三字為起其衰，與論文及詩闡之說同。至於以「黃鵠聚群以居」釋「圍黃鵠」，則既異於舊注之刺繡黃鵠紋圍於繡柱之說，亦不全同於會粹及黃說之池傍宮殿圍黃鵠於池中之說也。

三二、心解　（參看前一聯及後一聯心解之說）

瑩按：心解以為中四句乃申寫曲江之事變景象，不必如俗解，說盛說衰之紛紛也。

三三、范解　《西京雜記》：昭帝時……黃鵠歌（參看顧注按語）。

又　今日苑中宮殿，珠簾繡柱，闃其無人，空圍黃鵠；曲江錦纜牙檣之盛，無人遊泛，徒起白鷗而已。此承上邊愁來，起下可憐意。黃鵠，疾鳥，見人即翔；白鷗，靜鳥，遇喧則避。苑囿繁華，遊人雜遝，二鳥皆所罕到。故惜此以寫荒寂，非侈張語也。

三四、沈解　珠簾，昭陽殿織珠為簾。繡柱，柱帷繡作黃鵠文也。錦纜牙檣，謂天子所泛之龍舟也。

又　言花萼樓中之簾柱，皆盤黃鵠宛轉之形。珠則織，繡則畫也。苑外御舟，常驚白鷗飛起，以錦纜牙檣之華彩也。

三五、江說　《西京雜記》（參看蔡箋）。

又　裴子野詩（見會粹）。

又　庾信詩（見仇注）。

又　《哀江南賦》（見仇注）。

又　古詩（見會粹）。

又　朱鶴齡：錦纜牙檣……是也（見朱注）。

又　顧云：宮殿密……白鷗之游忽起（參看顧注）。

三六、鏡銓　《西京雜記》：昭帝始元元年……帝作歌（見會粹及仇注）。

又　回憶當日珠簾繡柱，曲江殿宇之繁華，錦纜牙檣，曲江水嬉之炫耀，宮室密而黃鵠之舉若圍，舟楫多而白鷗之游驚起（參看錢注及仇引顧注）。

瑩按：此以二句為指盛景。

三七、集評　李云：舊事。

三八、選讀　因思邊愁未入之先，江上離宮，朱簾圍鵠；江間畫舫，錦纜驚鷗。

又　宮殿密……忽起（參看江說引顧云）。

又　皆是實景。

三九、沈讀　「圍黃鵠」句，室已無人；「起白鷗」句，舟已沉沒。

又　珠簾繡柱，指陸地簾幕之妍華；錦纜牙檣，指水嬉棹枻之炫耀。《哀江頭》云：「江頭宮殿鎖千門。」此則痛定而追思也。黃鵠白鷗，言昔時宮殿龍舟之勝，今日止為鵠鷗所有耳。

四〇、施說　「珠簾」二句，注：江上離宮，珠簾圍鵠，江間畫舫，錦纜驚鷗，曲江歌舞之場，回首失之，豈不可憐。今按上句「芙蓉小苑入邊愁」已說到由盛而衰，不應此二句復說盛時。詩意即承上句，說衰時景象，珠簾繡柱之間但圍黃鵠，錦纜牙檣之處，亦起白鷗也，意在衰颯，而語特濃麗，猶下章「織女」、「石鯨」等句。

瑩按：此駁仇注之說，以為二句非寫盛時景象乃寫衰時景象，兼論其造語之妙。

四一、湯箋　珠簾繡柱，錦纜牙檣，圍鵠起鷗，繁華歌舞。

瑩按：此亦以二句為全指盛景，然其說殊略。

四二、啟蒙　因思邊愁未入之先……檣纜驚鷗（參看杜臆）。

又　其歌舞之盛如此。

又　顧注：宮殿密……白鷗之游忽起（參看顧注）。

又　此皆實景。舊謂柱帷繡作黃鵠文者，非。

嘉瑩按：此二句歧解頗多，茲依字句先後，分別縷述如下：前一句「珠簾」，自當依各家所引《西京雜記》之說，乃指珠織之簾。至於演義、詩通、邵解及金解，以為珠織為黃鵠之形，則是並後三字「圍黃鵠」串講，似嫌過於牽附，不可從。「繡柱」二字，則各家之說，多含混不清。有以繡為畫者，如演義及邵解之說；有以繡為刺繡之繡者，如九家、分門、蔡箋、意箋、金解諸家之說，又並下「圍黃鵠」三字串講為畫成或繡成黃鵠之文。然杜雖可畫，而固不可繡者也，故又添字為之說。或以「柱帷」釋「柱」字，如演義之說；或與上二字珠簾並言簾帷，如蔡箋及澤解之說；或泛言帟幕，如錢注及溍解之說；或強解云繡帷為柱，如金解之說。以上諸說，私意以為並皆不妥。按「繡」字，《說文》云：「五彩備也。」段注引《考工記》云：「畫繪之事雜五彩，五彩備，謂之繡。」是「繡柱」之「繡」但言雕飾彩繪之華美耳。如蔡箋引江總詩「雕梁繡柱玉蟠螭」及會粹引裴子野詩「流雲飄繡柱」之繡柱，皆但言其柱之華美耳。至「珠簾繡柱」之所指，或以為指曲江宮殿而言，蔡箋、千家、愚得、頗解、杜臆、黃說、鏡銓皆主之；或以為指花萼樓而言，演義、邵解及邵注主之。私意以為當指曲江宮殿為是，蓋此詩首句即言「瞿唐峽口曲江頭」，是杜甫所懷者原以曲江為主，即次聯「花萼夾城通御氣」句，亦以其通曲江而及花萼樓耳，故「珠簾繡柱」自以指曲江宮殿為是。至詩通之以為指曲江之舟有珠簾繡柱之說，其為狹隘牽強，已辨之於前。至「圍黃鵠」三字，有以為乃指簾帷所織繡之黃鵠文者，九家、分門、鶴注、蔡箋、演義、詩通、邵解、邵注、意箋及金解皆主之；有以為黃鵠乃池中之鳥，而其傍宮殿若圍者，會粹、仇引顧注、黃說及鏡銓主之；有以為黃鵠乃池中之鳥，而黃鵠聚群以居，故曰圍者，提要主之。綜觀三說，簾帷織繡為黃鵠文之說，主之者雖多，然而實不可從，蓋簾既不必織珠為黃鵠文，而繡柱之繡亦非刺繡之意也。「珠簾繡柱」四字當連讀一頓，總寫池旁宮殿之富麗華美。至於「黃鵠」，則仍當以指池中之鳥為是，而池旁宮殿若圍與黃鵠群居二說實可合為一解，蓋四圍有珠簾繡柱之宮殿，而池中則有群居之黃鵠也。他如鈔本錢注之以黃鵠為指公主和親事，前已辨其不妥矣。至澤解之引漢昭帝時黃鵠下太液池事，以釋「圍黃鵠」為池園之盛，其說雖似過於拘執，然杜甫或亦有借用黃鵠下太液池之「黃鵠」二字，以指天子之園池且兼用紀瑞之典暗寫當年盛世之意，此亦正為前校記以為本句當作「黃鵠」，而不作「黃鶴」之又一因也。至「錦纜牙檣起白鷗」一句，「錦纜」二字最無異義，蓋指船纜之華美為錦製者而已。「牙檣」二字則有二說：仇注引《埤蒼》以「檣尾銳如牙」釋「牙檣」，而邵解則云「以象牙飾檣」釋「牙檣」，二說似以邵解為長，蓋「錦纜牙檣」四字乃極言曲江舟楫之華美，纜則為錦製，檣則為牙飾也。且會粹及仇注皆引有古詩「象牙作帆檣」之語，「牙」字自當指帆檣所飾之象牙，而非指檣尾之銳如牙也。至於「起白鷗」三字，則有以為指當時曲江泛舟遊賞之盛，白鷗為龍舟驚起者，九家、蔡箋、千家、演義、頗解、詩通、邵解、金解、仇引顧注、黃說及鏡銓皆主之，如此則全句皆指當時盛景，上句「珠簾繡柱圍黃鵠」亦然。亦有以此句「起白鷗」及上句「圍黃鵠」為皆指今日曲江之衰敗淒涼者，胡注奚批、論文、詩闡、溍解、提要及施說主之；又或以此句「起白鷗」為寫今日衰景，而上句「圍黃鵠」則仍為指當年盛景者，金解別批主之。夫此二句如但就字面一口讀來，頗似全寫盛時景象，然細味之，則次聯已有「入邊愁」字樣，且次聯所引提要曾云「三聯解作全盛，則濃艷癡肥，無異嚼蠟」，其言亦不為無見。蓋杜甫之詩渾涵汪茫，感慨淵深，殊難直言淺釋之也。若以二句皆解作全盛，固屬直截淺率，然若將二句皆解作前半句寫盛，後半句寫衰，或前一句寫全盛，次一句之前半句寫盛，後半句寫衰，亦不免拘執狹隘過於割裂。蓋杜甫此二句，看似一氣寫下，而其盛衰之感，詠嘆之情，乃盡在於言外，正與次聯之呼應轉變，有異曲同工之妙。心解於此詩末聯，即曾云：「末以嗟嘆束之，總是一片身親意想之神，亦不必如俗解，說衰說盛之紛紛也。」其說良為有見。蓋昔盛今衰之感，即在此一片身親意想之精神意象中矣。

回首可憐歌舞地，秦中自古帝王州。

一、九家　謝玄暉《鼓吹曲》：「江南佳麗地，金陵帝王州。」
　　瑩按：此但引「帝王州」三字之見於古詩而已。
二、分門　洙曰：謝玄暉《鼓吹曲》……帝王州（見九家注）。
三、鶴注　洙曰（見分門注）。
四、蔡箋　謝玄暉《鼓吹曲》……帝王州（見九家注）。
　　又　甫哀憐曲江苑囿遊幸之地，而為兵革之傷殘也。
　　瑩按：此但以哀傷為言。
五、演義　若此皆歌舞之地，今則焚蕩殘毀，令人回首，良可憐惜也。然神京帝里，只在秦中，終非天下所能及也，我安得而不思歸邪！
　　瑩按：此以為哀傷殘毀之外，更有思歸之意。
六、愚得　（見首聯）
　　瑩按：愚得之意，亦但以為「今非昔比，故回首實惟可憐」而已。
七、頗解　末二句思歸長安，意在詞外，所謂不露脈骨者也。
　　瑩按：此亦以為言外有思歸之意，與演義之說同。
八、詩通　秦中，古雍州之城，周、秦、漢、隋皆都焉。

又　歌舞地，指曲江也，公《樂遊園》詩：「近水低回舞袖翻，緣雲清切歌聲上。」
又　回望此歌舞之地，真為可惜，蓋此地乃古帝王之都，所以紛華盛麗，甲於天下也。
瑩按：此注明秦中之為自古帝王州，及歌舞地之指曲江，而以「可惜」釋「可憐」，有嗟嘆哀傷之意。

九、邵解　可憐，惜也；秦中，古雍州城，周、秦、漢、隋皆都焉，曲江其屬也。
又　蓋秦中，自古帝王之都，所以南面聽天下者，惟歌舞盛則兢業衰，宴安崇則禍亂起，故蕭索可惜耳，此見有天下者不可荒於歌舞，非惜其歌舞之廢也。
瑩按：此更申言可惜者，惜其廢於歌舞，而非惜歌舞之廢，至「雍州」云云，乃點明古帝王州也，「曲江其屬」云者，言曲江亦在其地也。

一〇、邵注　歌舞地，即曲江之所；秦中，即長安，周、秦、漢、隋皆都焉。
又　而今乃若是，令人回首良可惜矣。然秦中自古為帝王所都，必非篡竊所能依據，我安得而不思歸哉。
瑩按：此亦以為哀傷可惜之外有思歸之意，並注明「秦中」指長安，「歌舞地」指曲江。

一一、意箋　公言昔時曲江為歌舞地，而今不存，故回首而憐傷之。又嘆秦中為古帝王州，而守之在德，為子孫者所宜念，此言外意也。
瑩按：此以為可憐者乃傷曲江歌舞之不存，而守之在德之意在於言外。

一二、胡注　（無）
奚批　末句有龍回鳳繞之勢。
瑩按：此言句法回環呼應之妙。

一三、杜臆　一回首而失之，殊為可憐，然秦中自古帝王建都之地，盛衰倚伏，安知今之亂不轉為他日之治，而安能已於故園之思也（參看上聯）。

瑩按：杜臆上聯亦云曲江為歌舞地，此則云可憐其回首失之，故園思則亦諸家所云思歸之意。

一四、詩攟　小時讀此詩結句，頗以為嫌，謂歌舞語既稍輕，又天子現在長安，何意祇言自古。其後讀史，始知爾時有並建五都之說，又讀公《建都詩》云「建都分魏闕，下詔闢荊門。恐失東人望，其如西極存。時危當雪恥，計大豈輕論」之句，蓋慮乘輿既數蒙塵，萬一朝議遷就，復踵平王故事，失計非小，故有斯語耳，今人亦多草草看過。

瑩按：《通鑑．肅宗紀》：「至德二載以蜀郡為南京，鳳翔為西京，西京為中京。上元元年九月甲午，置南都於荊州，以荊州為江陵府。（據《新唐書．呂諲傳》載：「時呂諲為荊州刺史，始建請荊州置南都，詔可，於是更號江陵府，以諲為尹。」）上元二年九月罷鳳翔西京及江陵南都之號。寶應元年，建卯月復以京兆府為上都，河南為東都，鳳翔府為西都，江陵府為南都，太原府為北都。」（新舊《唐書．肅宗紀》所載與《通鑑》略同）詩攟所云並建五都之說，即指此事。然此事乃在寶應元年夏，杜甫《秋興八首》則作於大曆元年秋，前後相去已有五年之久。且詩攟所舉杜甫《建都十二韻》一詩，觀其「下詔闢荊門」之句，蓋作於上元元年，呂諲請建荊州為南都，肅宗詔可之時，而其後於寶應元年，則既已並建五都矣，杜甫又何必於五年之後寫《秋興八首》之時，更復論及此事，且有「萬一朝議遷就」之憂乎？詩攟之說，蓋於時代先後未加詳考，故有此誤也。至於「自古」云云者，不過深慨今日秦中之地之屢遭殘毀而已。云「自古」，正所以傷今也。

一五、錢注　歌舞樂遊之地，一切殘毀，則宗廟宮闕，不言而可知矣。

又　長安天府三成帝畿，故曰周以龍興，秦以虎視，至有唐而胡虜長驅，天子下殿，不亦傷乎。

又　落句之意，以為樂遊歌舞之地，逸豫不戒，馴至於都邑風煙，九廟灰燼，而自古帝王都會，遂有百年為戎之嘆也。王仲宣《七哀》云：「南登灞陵岸，回首望長安。」回首之言，良可深省。

石印本眉批　李云：用「回首」字，則身在蜀中，足抱起聯矣。

瑩按：錢注以為云「歌舞地」者，有二層意：一則歌舞之地既已殘毀，則宗廟宮闕不言可知；二則有逸豫不戒之嘆。至石印本眉批，論「回首」二字「足抱起聯」之說，與胡注奚批之說相近。

一六、張解　正以此蓋前日可歌可舞之地，且又古帝王之州，豈人所得竊據哉！所以思也。

一七、金解　形容歌舞地如此（按此承上聯言，見前），則歌舞不言可知矣。然才說可憐歌舞，忽轉出自古帝王，言秦中畢竟是帝王州，煌煌天朝，豈盜賊所得而覬覦者哉。

別批　同一秦中也，而謂之歌舞地，又謂之帝王州，使人毛髮蹋踖，遍身不懌，當此而不斬然思奮者，殆非人君矣。「回首」字，合「起白鷗」句，「可憐歌舞地」，合「珠簾繡柱」句。「秦中自古帝王州」，則總合上六首下二首為八首。

瑩按：金解所謂「煌煌天朝，豈盜賊所得而覬覦」之言，其口氣似有自哀傷轉為寄望之意，與蔡箋、演義、愚得、意箋及錢注之但以為哀傷嗟嘆者異。至別批「毛髮蹋踖」、「斬然思奮」之言，寫讀此一聯之感，雖不免有誇大之處，然而此二句之令人嗟傷奮嘆，固自有其極為感人者在也。

一八、顧注　秦中自古帝王州，舊注云必非篡竊久據，殊無意味。愚謂自古帝王勤儉者必興，荒佚者必亡。秦中自古到今，不知幾帝幾王矣，言外感慨危甚，竦甚。

又　緊接回首可憐，淒其無限。

又　張綖曰：此地乃自古帝王之都……甲於天下也（以上參看詩通）。到底思其盛，亦是。

瑩按：此既以為有感慨荒佚之意，又引張綖詩通之說，以為「到底思其盛」。

一九、論文　因回首而憐此皆昔時歌舞之地也，蓋秦中自古為帝王之都者何以致此耶？

瑩按：此云帝王之都何以致此，蓋亦有嗟嘆逸豫不戒之意。

二〇、澤解　謝玄暉《鼓吹曲》……帝王州（見九家注）。

又　夢弼曰：甫哀憐曲江……傷殘也（見蔡箋）。

二一、詩闡　曲江，本歌舞地，何以至此？自有長安以來，不知幾人帝，幾人王，大略勤儉者必興，逸豫者必亡，明皇一日不戒，罹百年為戎之禍，有國家者，當回首知戒也。

瑩按：此亦以「知戒」為言，與邵解、意箋及錢注之說相近。

二二、仇注　王粲《七哀》詩：「南登灞陵岸，回首望長安。」

又　庾信詩：「正自古來歌舞地。」

又　《史記・劉敬傳》：輕騎一日一夜可至秦中。

又　謝朓詩（按朓即玄暉）……帝王州（見九家注）。

又　《秦紀》：衛鞅說孝公曰：秦據河山之固，東向以制諸侯，此帝王之業也。

又　陳澤州注：曲江與樂遊園、杏園、慈恩寺等相近，地本秦漢遺跡，唐開元中疏鑿更為勝境，故有末二句。

又　帝王州又起下漢武帝。

又　曲江歌舞之場，回首失之，豈不可憐。然秦中自古建都之地，王氣猶存，安知今日之亂，不轉為他日之治乎。

影印本旁批　「回首」句，承上「珠簾」二句來，所以示戒也。

瑩按：仇氏所謂「自古建都之地，王氣猶存」云云，有寄望於他日之意，頗近於金解「豈盜賊所得覬覦」之說。至所引陳澤州注，則以為曲江名勝，歌舞之地，原為自古帝王遺跡，敘其所以云「自古帝王州」之故。至「帝王州又起下漢武帝」之說，就章法而言甚是。影印本旁批「示戒」之說，則與邵解、意箋、錢注、詩闡之說相近。

二三、黃說　可憐藏歌貯舞之地，一朝化為戎馬之場，因思秦中歷代所都，勝跡非一處，益令人不堪回首耳。下二章遂復以池苑之屬起興。

又　七、八，應四句，又總挽首句。

瑩按：此亦以歷代勝跡為言，與仇引陳澤州之說相近。至其論章法之言，謂曲江為歷代勝跡，故下二章以池苑起興，其說重在「池苑」，與仇注所云「帝王州又起下漢武帝」之重在「自古帝王」之說不同，杜甫於此二說，蓋兼有之。

二四、濳解　長安天府……不亦傷乎（見錢注）。

又　落句之意……百年為戎之嗟也（見錢注）。

又　曰自古帝王，見形勝之地，不可不亟圖恢復。

瑩按：以「不可不亟圖恢復」為言，嗟嘆之餘，而復寄望於他日也，蓋兼有演義、愚得、意箋及錢注哀傷嗟嘆之情與金解及仇注寄望於他日之意。

二五、言志　回首此中一片錦繡乾坤，非帝王州不能佳麗若是，今何以一旦破壞至此極耶？

瑩按：此以為有感慨盛衰之意。

二六、通解　此皆歌舞之地，何意賊陷長安之後，衰謝荒涼，令人不堪回首也。思秦中關河險阻，為帝王建都之州，蓋自古已然矣。其興廢之由，何可不三致意乎？

又　顧修遠曰：緊接……無限（見顧注）。

二七、提要　平時歌舞之地，化為戎馬之場，故曰回首，故曰可憐，一句回抱上文，十分警策。又作用力語，因此日之衰，而復思自古之盛，見忠君愛國之懷，而詩境亦不寂寞。

瑩按：此論第七句有「回抱上文」之筆力，第八句「見忠君愛國之懷」，所言頗是。

二八、心解　末以嗟嘆束之，總是一片身親意想之神，亦不必如俗解，說衰、說盛之紛紛也。

又　若黏定玄宗，則為追咎先朝，若泛說君王遊幸今昔改觀，則將使子孫尤效而後可乎，俱非著述之體。

瑩按：心解之說乍看似頗為空泛渺茫，一字不肯落實，然細味之，方知其所言「身親意想之神」，及其不黏定不泛說之語，乃真能得杜甫精神之所在者也。

二九、范解　昔時歌舞之地，回首可憐。秦中自古到今，不知幾帝幾王建都於此，興廢之感，其何能已。言外本嘆曲江之衰，卻以自古為詞，並含不盡意，令人思而自得。

瑩按：此說杜詩此二句之興廢之感及不盡之意，頗有是處。

三〇、偶評　旁批：見有德易以興，無德易以亡意。

瑩按：此全以教訓為說，則不免拘板矣。

三一、沈解　昔皆歌舞之地，今則焚蕩殘毀，令人回首良可憐惜也。然神京帝里自古只在秦中，終非天下所能及，而我安得不思歸耶！

瑩按：此論杜甫感慨盛衰及思歸之意，亦有可取。

三二、江說　曲江歌舞之場，回首失之，豈不可憐。然秦中自古建都之地，王氣猶存，安知今日之亂不轉為他日之治乎！

又 查慎行曰：今溯昔秦中歌舞，自昔為然。物盛而衰，不無有感於晏安之毒也。

瑩按：江說所云「安知今日之亂不轉為他日之治」之說，殊嫌迂闊。

三三、鏡銓 班固《西都賦》：「漢之長安，三成帝畿，周以龍興，秦以虎視。」（按「漢之長安」四字，非賦文原句）

又 公《樂遊園歌》「曲江翠幕排銀榜，拂水低回舞袖翻，緣雲清切歌聲上」詩所言，當即指此。

又 言秦中本古帝王崛興之地，今以歌舞之故，而致遭陷沒，亦甚可憐也已。

瑩按：此引《樂遊園歌》，以證曲江為歌舞之地，已見前詩通。至於傷其以歌舞故，致使古帝王之都竟遭陷沒，則與演義、意箋及錢注之說相近。

三四、集評 「回首」句，李云：望京華。「秦中」句，李云：用「回首」字，則身在蜀中，足抱起聯矣。

瑩按：次一則亦當屬「回首」句，不當錄於「秦中」一句之下。

三五、選讀 曲江……他日之治乎（參看江說）。

又 帝王州又起下漢武帝。

三六、沈讀 長安王府……不亦傷乎（見錢注）。

又 落句……百年為戎之嘆也（見錢注）。

又 曰自古帝王，見形勝之地不可不亟圖恢復。

三七、湯箋 秦中之盛，幾帝幾王，今且何如，不堪回首。

瑩按：此說頗略。

三八、啟蒙　夫秦州本自古帝王州也，帝業王猷，皆肇於此。今乃以歌舞之故，回首失之，豈不可憐。然亡國者於斯，興國者亦於斯，轉亂為治，易禍為福，是所望於後來者矣。

嘉瑩按：此二句之歧解並不多，惟所說有深淺廣狹之異耳。有但以哀傷曲江為兵革傷殘為言者，蔡箋、愚得、詩通及澤解主之；有以為哀傷殘毀之外，更有思歸之意者，演義、頗解、邵注及杜臆主之；有以為惜其荒於歌舞，有逸豫不戒，守之在德之意者，邵解、意箋、錢注、論文、詩闡、仇注影印本旁批及鏡銓諸家之說皆相近；有以為嗟嘆之餘，更有寄望於他日之意者，金解及仇注主之；故灊解即合嗟嘆與寄望為說。綜觀諸說，恰如盲人之捫象，各得其一體，而杜甫之滿腔忠愛興慨深微，乃足以兼諸說而有之，殊難於瑣瑣辨析者也。夫「可憐」二字已有無限哀傷，「自古」二字更有無窮慨嘆，提要所云「見忠君愛國之懷」，心解所云「一片身親意想之神」，雖不為明確之立說，而反若能探其根本，得其神致也。至於詩攟所云「時有並建五都之說」，其時代不合，牽強穿鑿，已辨之於前，茲不復贅。他若諸家論篇章呼應之妙，各有所見。回首歌舞，既足以回抱上文，自古帝王，又起下章漢武，至末二章之詠池苑，亦復以類及之。陳澤州論《秋興八首》章法之妙云「分之如駭雞之犀，四面皆見，合之則常山之陣，首尾互應」，其信然矣。王堯衢《古唐詩合解》以為「回首」一句，指「祿山陷京，京都殘破，凝碧池頭，賊恣為管弦歌舞之地矣。回首遙望，實屬可憐，此非譏諷明皇，乃是怨諷逆賊耳」。其說不過因《明皇雜錄》載有祿山獲梨園弟子數百人，大會於凝碧池之事，王維又有「秋槐葉落空宮裡，凝碧池頭奏管弦」之詩，遂以為「回首」句之「可憐歌舞」為「怨諷逆賊」，其說頗為拘強。其他諸家，又豈不知祿山於凝碧池頭奏管弦之事乎，特如此解說，則與上二聯不相呼應耳。錄之，聊備一說。

其七

昆明池水漢時功，武帝旌旗在眼中。
織女機絲虛夜月，石鯨鱗甲動秋風。
波漂菰米沉雲黑，露冷蓮房墜粉紅。
關塞極天唯鳥道，江湖滿地一漁翁。

【校記】

夜月　九家、分門、千家、范批、錢注、漘解康熙戊寅刊本、鄭本及沈讀作「月夜」，而錢注及鄭本皆注云「一作夜月」，漘解道光辛丑重刊本亦改作「夜月」。他本亦皆作「夜月」，唯仇注、鏡銓注云「一作月夜」，翁批及湯箋則注云：「一作月夜，非。」

瑩按：當作「夜月」為是。以「夜」對「秋」，「月」對「風」，較工；且「虛夜月」者，虛對此夜中月明，意境亦較「虛月夜」為佳，翁批及湯箋云「作月夜，非」，良是。

波漂　諸本皆作「漂」，唯金解別批作「飄」。

瑩按：「波漂」者，隨波浮盪之意，自當作「漂」，唯「漂」與「飄」二字，往往以形音相近而通假。

【章旨】

一、蔡箋　甫寓夔峽，感秋而思昆明池之景物也。

瑩按：此但云思昆明池之景物。

二、演義　此詩因昆明池之景而嘆其不得見也。

瑩按：此云思而嘆其不得見。

三、愚得　王氏曰：公在夔，傷昆明之廢，因其廢又思其興，是也。

瑩按：此言傷昆明之廢而思其興盛之時。

四、頗解　此詩，前六句詠池上寂涼之景，末二句言已阻絕而不得見也。

瑩按：此亦以不得見為言，與演義同。

五、詩通　此思故國之昆明池也。

瑩按：此說殊泛。

六、邵解　感思故國昆明池。

瑩按：邵解於首聯有「時昆池荒廢，不修習戰遠謀」，「故述漢武……之功」之言，此所謂感思之感，蓋傷今思昔之意也。

七、意箋　此公因秋思長安之昆明池也。

瑩按：此亦泛說，與蔡箋同。

八、胡注　（無）

奚批　故國之窮兵也。

又　比而賦也，武帝比玄宗。

瑩按：此以為以武帝比玄宗，言故國之窮兵。

九、杜臆　與後章俱言秦中形勝。

瑩按：此以為言秦中形勝，其說亦泛。

一〇、錢注　此借武帝以喻玄宗也。《兵車行》云：「武皇開邊意未已。」韋應物詩云：「少事武皇帝。」唐人皆然。

又　舊箋謂借漢武以喻玄宗，指武皇開邊為證，玄宗雖興兵南詔，未嘗如武帝穿昆明以習戰，安得有「旌旗在眼」之語？《兵車行》、前後《出塞》，諷諫窮兵者多矣，安用於此中廋辭致譏，豈主文譎諫之義乎？今謂「昆明」一章，緊承上章「秦中自古帝王州」一句而申言之。時則曰漢時，帝則曰武帝，織女、石鯨、蓮房、菰米，金隄靈沼之遺跡，與戈船樓櫓並在眼中，而自傷其僻遠而不得見也，於上章末句克指其來脈，則此中敘致，褔疊環瑣，了然分明。

石印本眉批　李云：此篇追悼先帝以好武致亂，遂致杼柚其空，風雨不時。

瑩按：錢氏舊箋以為借武帝以喻玄宗，指開邊之事，而隱以窮兵為說，其說誠不免拘執穿鑿。然若如又箋所云，但承「自古帝王」而言，謂「金隄靈沼之遺跡，與戈船樓櫓並在眼中」，則章法及大旨一章，已引有潛解駁錢氏之言，云「謂非借喻，則昆明年代遠隔，非公目睹關情，何言在眼，何取追憶」，又潛解本章章旨亦云「若謂公捨近代，而追思漢武陳跡，殊覺無謂」，其批駁之說，亦不為無理。然潛解直指此章為借漢武諷玄宗之「喜事開邊，喪師勞民」，則其拘執穿鑿既與錢氏舊箋之說同，而淺露之弊更有過之。二說皆有未妥，可參看後引潛解之說。

一一、張解　此思故國之昆明池也。

一二、金解　此因曲江而更及昆明池也，最為奇作。前諸作皆亂後追想，此作特於事預慮。千年來，人只當平常讀去，辜負先生苦心久矣，可嘆也。

瑩按：金解釋此詩首聯：「夫窮兵非美事，乃極頌之曰漢時功，蓋謂有此池水，在今日尚可習水師，以防禦東南之變，豈非功乎？」故其說以事前預慮為言，蓋指防禦東南以圖立功之意也。所言與八詩慨今思昔之情調不相聯貫，且與本詩「虛夜月」、「動秋風」、「波漂菰米」、「露冷蓮房」之一片衰颯之情調不相調合，其說不可從。

一三、顧注　錢牧齋曰：此借武帝……唐人皆然（見錢注）。

一四、朱注　此嘆昆明荒涼，玄宗窮兵南詔，旋致禍亂，故借漢武事以發嘆也。「織女」以下，極狀昆明清秋景物，故國舊君之感，言外淒然。

瑩按：此以為借漢武發端，有嘆息玄宗窮兵南詔，以致禍亂之意。

一五、論文　此首思昆明池也。

一六、澤解　夢弼曰：甫感秋而思昆明池之景物也（見蔡箋）。

又　錢箋此緊承「秦中自古帝王州」……了然分明矣（見錢注）。

影印本眉批　此因上「秦中自古」，而因及其景物之盛。後半又自傷不得復見也。

瑩按：此亦以為傷遠離不得復見之意。

一七、詩闡　一思昆明池。

一八、會粹　此首思昆明池而作。

一九、仇注　七章思長安昆明池，而嘆景物之遠離也。

二〇、黃說　此思昆明之遊也，詩皆賦秋景，亦承上章「萬里風煙」之句而來。

瑩按：此以為思昆明之遊。

二一、溍解　此首借漢武以喻玄宗也。《兵車行》……。韋應物詩……。唐人皆以漢武稱玄宗（參看錢注）。

又　公以明皇喜事開邊，喪師勞民，罷敝中國，故借漢武構兵西域致諷……借古傳今，不過大意，豈必如漢武鑿池習戰方合耶！

又　若謂公捨近代而追思漢武陳跡，殊覺無謂（道光辛丑重刊本，無此二句）。

瑩按：溍解乃用錢注舊箋之說，以為此章乃「借武帝以喻玄宗」，而批駁錢氏又箋以為此章乃承上章直詠「自古帝王」之說為非。可參看前引錢注，並將於本節後總按語論之。

二二、言志　此第七首，因上文「自古帝王」之語，遂引漢武以為明皇之比。蓋明皇好大喜功，窮兵黷武，使中國蕭然煩費者，亦略與漢武等，以致釀成安史之禍。

又　此一首追咎明皇喜事開邊而寵任賊臣之過也。

瑩按：此亦以為此詩有指明皇黷武之意，但用「追咎」二字，則未免有失杜甫忠厚之意矣。

二三、通解　此思昆明之遊，而因古跡之荒涼，以悲客居之無定也。

二四、提要　此思長安昆明之遊，而借漢武以起興也。

瑩按：此以為思昆明之遊，「漢武」云云，不過借之起興而已。

二五、心解　七章就昆明池寫京華，次武事也，為所思之三。

瑩按：心解以為五章以後分寫「望京華」，首帝居，次池苑，次武事。其說頗是。至於杜甫詩所有之盛衰今昔之感，懷鄉望闕之情，則渾涵汪茫，殊難截然分劃者也。此章以漢武昆明池起興，自不免有感傷及於武事之慨，故心解亦以武事為言，然較之溍解之明言確指，為含蓄得體。

二六、范解　此乘秋而思昆明池也。玄宗窮兵南詔，旋致禍亂，故借漢武征夷事以喻之。

二七、偶評　借漢喻唐，極寫蒼涼景象。結意身阻鳥道，跡比漁翁，見還京無期也。中間故實點化《西京賦》及《西京雜記》中語意。

二八、沈解　此詩嘆昆明池之景，今不得見，而因傷己之漂泊也。

二九、江說　朱鶴齡曰（見朱注）。

又　查慎行曰：此言朝廷頗事邊功之失，昆明習戰，勝跡猶存，而池水秋風，不堪零落，所以撫時而自嘆耳。

三〇、鏡銓　此思長安之昆明池，而借漢以言唐也。

又　昆明在唐屢為臨幸之地，與曲江相類，故次及之。

瑩按：此云「借漢以言唐」，其說亦較滑解為含蓄。至於所言「與曲江相類，故次及之」之說，就詩人寫詩時之感情及聯想而言，此說似較為自然。然而杜甫此八詩，一本萬殊，分合變化，每章之重點，各有所在。此章以漢武之功起興以致慨，自與《曲江》一章以遊賞致慨者異，故前引心解乃分別有池苑、武事云云，蓋就其所偏重之點言之也。

三一、集評　李云：此篇追憶先帝以好武致亂，遂使杼柚其空、風雨不時。五、六因言宮女不復如前拾菰採蓮，而漂米之多，墜粉之久。末聯自述其播遷絕域，寄慨深而措詞雅。無妙不臻，殆難為懷。

又　吳云：此篇楊用修批為確。世人惘惘去取，各逞偏說以馳騁，伯敬指為深寂，孝轅目之俚俗，皆劣見耳（參看錢注及按語）。

三二、選讀　七章思長安昆明池，而嘆景物之遠離也。

三三、沈讀　此借漢武以喻玄宗也。《兵車行》云：「武皇開邊意未已。」韋應物詩：「少事武皇帝。」唐人皆以漢武稱玄宗。公以明皇喜事開邊，喪師勞民，罷敝中國，故借漢武構兵西域致諷……借古傳今，不過大意。若謂公捨近代而追思漢武陳跡，殊覺無謂（按其間刪節者，分見各聯集解）。

瑩按：此以諷玄宗構兵西域為言。

三四、啟蒙　通首皆屬興，而月夜秋風、菰米蓮房、波漂露冷等，即於彼處帶出秋字。蓋他首多言

夔峽之秋，而此下二首獨言長安之秋也。亦變化法。

瑩按：此所說兼及章法而言。

嘉瑩按：此章開端即云「昆明池水」，故各家多以思長安昆明池之遊為說，而尾聯又有「關塞極天」之言，故演義及仇注又有「嘆遠離」、「傷今不得見」之說。若此諸說，皆可一望而知，毋庸置辯者也。唯是此章又有「漢時功」及「旌旗在眼」之言，諸家或就此二語而深求之，有但以「窮兵」或「武事」為言者，胡注奚批及心解主之；有直指為借漢武以諷玄宗之「窮兵」、「好武」、「喜事開邊」者，錢注舊箋、朱注、湽解及范解主之；有以為乃「事前預慮」謂今日「可習水戰以禦東南之變」者，金解主之。綜觀諸說，金解之說過為深求，傷於穿附，杜甫即使於慨今傷昔之餘，隱然有寄望於習戰以圖復興之意，然而殊不必如金解之確指，以「預慮」為說也。邵解釋此詩首聯亦有習戰之言，而仍以傷昆明之荒廢為主，其說較金解為佳（可參看首聯引邵解之說）。錢注舊箋及湽解之說，以為此章有譏諷玄宗之意，過於拘狹，故錢注又箋即已自以為不妥，胡注奚批「窮兵」之說雖簡約，然意亦近於諷，皆不若心解所言「武事」之含蓄渾厚。瑩意此章蓋承上一章「自古帝王」而來，故開端即以漢武起興。而昆明池則又係因上一章曲江而連類及之，其章法承轉既極為自然，而於國家武事之前則窮兵黷武，今則淪陷衰殘，言外亦自有無窮感慨，若如錢注又箋之以為但詠自古帝王遺跡，自不免索然無味，然必如湽解總論八詩章法之說，以為全與自古帝王無關，謂「昆明年代遠隔，非公目睹關情，何言在眼，何取追憶」，其言亦不免拘狹已甚。夫詩人

之聯想，豈因時地而有所限制。然則杜甫自曲江而思及昆明池，復自昆明池而思及漢時功，則武帝之旌旗，想像如在眼前矣。非僅此也，杜甫乃又自漢時旌旗武功之盛，而慨及今日之衰，其情思聯想，正如水流珠貫，何必硜硜瑣瑣辯其為漢為唐哉！然則此章章旨，杜甫蓋自昆明池之興廢，而感慨古今之盛衰，既傷今日昆池景物之衰殘，更慨己身之流落不返也。至於明皇之「喜事開邊」，「罷敝中國」，則殊不必明言確指之也，而以譏諷為言，則更有失杜甫忠厚之用心矣。

【集解】

昆明池水漢時功，武帝旌旗在眼中。

一、九家　初武帝欲征昆明夷，為有滇河（按當作池），乃作池以習水戰，因而得名。

又　趙云：漢武元狩三年鑿昆明池，臣瓚曰：《西南夷傳》：越嶲昆明國有滇池，方三百里，漢時求身毒國，而為昆明所閉。今欲伐之，故作昆明池象之，以習水戰，在長安西南，周回四十里。則所謂「昆明池水漢時功」也。《食貨志》又曰：時粵欲與漢用船戰，遂乃大修昆明池，治樓船，高十餘丈，旗幟加其上。下句則泛言池中之景物矣（參看後引蔡箋）。

瑩按：此敘昆明池之開鑿及得名，而以次句為泛言池中景物，然未分別其為漢為唐。

二、分門　洙曰：初武帝欲征昆明夷，為有滇池，乃作池以習水戰，因而得名（見九家注）。

三、鶴注　洙曰（見分門）。

又　希曰：高宗問許敬宗，漢武開昆明池，實何年？對曰：元狩三年，將伐昆明，實為此池，以隸戰。

又　《寰宇記》云：宋元嘉二十三年，築堤以堰水為池。《輿地志》：齊武帝理水軍於此池中，號曰昆明池。故沈約《登覆舟山》詩云：「南瞻儲胥館，北眺昆明池。」

四、蔡箋　《武帝本紀》：元狩三年，發吏穿昆明池（按《漢書・武帝紀》吏上有「謫」字）。注引《西南夷傳》有越雟（《漢書》作巂）昆明國有滇池，方三百里……在長安西南，周回四十里（見九家注引趙彥材之說）。

又　《西京雜記》：昆明池中，有戈船樓船，各數百艘，樓船上建樓櫓，戈船上建戈矛，四角悉垂幡旄（按正覺樓叢書本作「旄」，津逮秘書本作「旄」，當從「旄」字為正），旍葆麾蓋，照灼涯涘。

瑩按：此引《西京雜記》以證漢時昆明池中樓櫓旌旗之盛。

五、千家　洙曰：《漢紀注》：武帝欲征昆明夷，為其地有滇池，乃作池象之，以習水戰，因名曰昆明池，在長安西南（參看九家注及蔡箋）。

六、演義　漢武帝元狩二年（按據《漢書》當是三年）……昆明夷國（《漢書》無「夷」字）有滇池……周回四十里（參看蔡箋）。

又　此池乃漢時開鑿之功，至今武帝旌旗猶若在人眼中。

瑩按：此亦以旌旗為指武帝時事，不過想像之猶如在眼中耳。

七、愚得　洙曰：《漢紀》……乃作池象之（見千家注）。

又　言昆明池在長安，乃漢武所做，以習水戰，則旌旗如在眼中。

瑩按：此蓋謂思漢武之功，旌旗如在眼中也。

八、頗解　昆明池，漢武帝所鑿，以習水戰。公追想往事，不可得見，在反看，言不在眼中也。

瑩按：讀者讀此二句，自可知「在眼中」乃想像中之言，不在而曰在，正是杜公用字之妙。

九、詩通　昆明池在長安西南，周回四十里，漢武帝欲往昆明，為其地有滇池，乃作池象之，以習水戰。

又　言昆明池作於漢武，以習水戰，其旌旗如在眼中。

瑩按：此與演義「旌旗猶如在人眼中」之說相近。

一〇、邵解　昆明池，長安東南。漢時功，武帝習水戰。在眼中，思其功若見其旌旗。

又　言昆明之作乃漢武之功，其旌旗若在眼中。

又　時昆池荒廢，不修習戰遠謀，致胡羌內入，長安屢陷，故述漢武制服蠻夷之功，而想見其旌旗也。

瑩按：此亦以想見旌旗若在眼中為言，而云乃因今日昆池之廢而思漢武之功，所說更深一層。

一一、邵注　賦也。昆明池在長安西南。昆明國有滇池，方三百里，漢使通身毒國，為昆明所蔽，武帝欲伐之，作昆明池以習水戰，諸國俱在今雲南交趾界。

又　此感昆明池之廢而言，武帝欲征昆明，而為池以習水戰，則其旌旗尚可想見者。

瑩按：此亦以為慼昆池之廢，因思武帝之功，旌旗猶如在眼也。

一二、意箋　漢武欲征越雟，求通身毒國，為昆明所閉，故鑿池象之，習水戰。

又　昆明池乃漢武所鑿，而英武之風，千載如見，故曰「昆明池水漢時功，武帝旌旗在眼中」也。

又　張文忠公云（按據顏廷榘《上杜律意箋狀》云張文忠公乃永嘉人，嘉靖初為相。據《明史》卷一百九十六，列傳第八十四，張璁，字秉用，永嘉人。《明史》卷一百九《宰輔表》云，嘉靖六年為相，卒謚文忠。此云張文忠公，當是張璁氏）：武帝欲征昆明，為池以習武備，而今荒廢如此，反致胡羌內入，長安屢陷，於是託意蜀道難歸，遠適江湖之興。

又　武帝開邊，明皇黷地，昆明池雖在，而宮闕再遭吐蕃，可憐焦土矣。公詩中含此意，但不明言耳，此又公之忠厚處，然武帝之英雄，今亦安在哉。

瑩按：此所云「武帝開邊，明皇黷地」，雖亦以為借漢武指明皇，然不以譏諷為說，而曰「公詩中含此意」為「公之忠厚處」，其說頗深婉可取。

一三、胡注（無）

奚批　武帝比玄宗。

瑩按：此直以武帝為比玄宗。

一四、杜臆　昆明池在長安西南三十里，周回四十里。漢武將征昆明夷而穿此池以習水戰，亦前代帝王之雄略也，故首及之，而謂旌旗猶在眼中。

瑩按：此蓋謂因昆明池思前代武帝雄略。

一五、錢注《西京雜記》：昆明池中，有戈船樓船，各數百艘，樓船上建樓櫓，戈船上建戈矛，四角悉垂幡旄，旍葆麾蓋，照灼涯涘。余少時猶憶見之（略同蔡箋，惟蔡箋少引最後一句）。

一六、張解　武帝欲征昆明夷……以習水戰。名昆名池（按後一「名」字當作「明」，參看九家注）。

又　「武帝」句，猶如親見。

又　承上章自古帝王州，故言池自漢造。

一七、金解　昆明池在長安城西南，周回四十里，漢武元狩年間，鑿之以習水戰者。東西岸立石刻織女、牽牛以象天河。又刻石為鯨魚，長三丈。武帝治樓船，加旌旗其上，往來習戰，將以伐昆明也。因昆明有滇池，故鑿池以象之。夫窮兵非美事，乃極頌之曰漢時功，蓋謂有此池水在，今日尚可習水師，以防禦東南之變，豈非功乎？次句正言其習水師也。

別批　漢武窮奢極欲，貽譏後史，然而武威遠震，炳煥千秋，不得已而思其次，則德盛唐虞，所不可望，而功高漢代，猶可比隆。奈何池水徒深，旌旗空耀，歌舞為歡，有同飛燕，旂常著績，竟乏驃姚也耶。在眼中，妙，漢武武功，故粲然耳目，百代一日者也。

瑩按：金解以習水師禦東南之變為言，說已詳前章旨。至別批雖亦有「功高漢代，猶可比隆」之言，然「池水徒深」「竟乏驃姚」諸語，則傷感之意較寄望之意為多，與中二聯衰颯之情調，更為相近。

一八、顧注　《漢書・武帝紀》：元狩三年……以習水戰（以上參見蔡箋及千家注）。列館環之，內有樓船高十餘丈，旗幟加其上，甚壯。

又　此詩首說一「功」字，便見武帝掃蕩昆明，其功猶如在眼中。

一九、朱注　《漢書》：元狩三年……方三百里……周回四十里（見九家注趙云）。

又　《長安志》：昆明池在長安縣西二十里，今為民田。

又　《西京雜記》（見蔡箋）。

二〇、論文　昆明為漢武所鑿，當日旌旗習戰，若在眼中，乃傷其事去時移，杳不可見也。

瑩按：此謂「若在眼中，乃傷其事去時移，杳不可見也」。

二一、澤解　夢弼曰：《武帝本紀》：元狩三年……周回四十里（見蔡箋）。

又　夢弼曰：《西京雜記》：昆明池中……照灼涯涘（見蔡箋）。

又　《平準書》：漢修昆明池，治樓船，旗幟加其上，甚壯。

二二、詩闡　漢武穿池習戰，以象昆明，為征昆明夷也。明皇連擊南詔，事同漢武，公往在長安，目擊其事，有《兵車行》詩，故曰在眼中。

又　昆明池水，乃漢時穿鑿之功也。當年武帝習戰於此，至今旌旗猶在眼中，乃昆明池水猶昨，武帝旌旗安在哉。

又　「旌旗」二字亦非漫下。

瑩按：明皇擊南詔事，見第六章「花萼」一聯詩闡條所附按語。雖有此史實，杜甫亦或有感興及之意，然而必以「目擊其事」，「故曰在眼中」為說，則失之拘矣。此二句承上章「自古帝王」而來，自仍以詠漢武之功為主。在眼中者，言武帝之功，旌旗之盛，彷彿猶在眼中，既以襯今日之衰，更借以慨唐代之武事，若一加確指，則反傷淺露矣。

二三、會粹　《漢書》：元狩三年，發謫吏，穿昆明池。臣瓚曰：《西南夷傳》……周回四十里（參看蔡箋）。

又　虞茂詩：「昆明池水秋色明。」

又　《西京雜記》：昆明池中……照灼涯涘（見蔡箋）。

二四、仇注　《漢書》：元狩三年，發謫吏，穿昆明池。臣瓚曰：《西南夷傳》……周回四十里（參看蔡箋）。

又　《長安志》：昆明池，在長安縣西二十里。

又　虞茂詩（見會粹）。

又　《史記・平準書》：武帝大修昆明池，治樓船，高十餘丈，旗幟加其上，甚壯。（按較詩闡所引多「高十餘丈」四字，據《史記・平準書》當有此四字。）

又《西京雜記》：昆明池中……照灼涯涘（見蔡箋）。

又《家語》：旌旗繽紛。

又徐陵詩：「密意眼中來。」

又穿昆明以習水戰，其跡始於武帝。此云旌旗在眼，是借漢言唐，若遠談漢事，豈可云在眼中乎？公《寄岳州賈司馬》詩：「無復雲臺仗，虛修水戰船」，則知明皇曾置船於此矣。

影印本旁批「昆明池」句，接上歌舞地。

嘉瑩按：史不載明皇於昆明池修戰船之事，杜甫《寄岳州賈司馬》詩雖有「虛修水戰船」之語，又何可謂其必指明皇修戰船於昆明池乎？詩闡釋此二句即云「行宮草創，雲臺之仗蕭然，濟河未能，水戰之船焉用」，則是以此二句為指肅宗時討賊之事矣。心解之釋此詩亦云「憶昨」（按乃「憶昨趨行殿」句，指在鳳翔謁肅宗事）以下二十句為「述帝在鳳翔時事」，是此二句原指肅宗時事也。又本章章旨引錢注又箋亦云：玄宗雖興兵南詔，未嘗如武帝穿昆明以習戰，然則修戰船句既不指玄宗時事，更不可謂必指昆明池矣，仇注明皇曾置船於此之說不可據。

二五、黃說　武帝鑿昆明，本以習水戰，故用「旌旗」二字。在眼中，想像之意也。謝康樂詩「想見山中人，薜蘿若在眼」三字出此。

又　說者多以漢武指明皇，然自蓬萊宮闕以後，並敘己平居遊歷之地，以伸故國之思耳，何必首首牽入人主。況昆明以下諸處，皆前代之跡，詩已明言「自古帝王州」矣，後人都不細繹，故其知者，則以為思明皇，其不知者，遂以為譏明皇荒淫失國，膚見小生，強作解事，竟使杜公冤沉地下，「文章千古事，得失寸心知」，公蓋已預料後人不能窺其潭奧矣，噫。

又　或曰五言《宿昔》、《能畫》、《鬥雞》諸作，固皆指切明皇。子何所見而謂《秋興》必無譏乎，曰凡說詩當審其命意所在，而後不以文害辭，不以辭害志，如望京華，思故國乃《秋興》之本意也。以此意逆之，自然絲絲入箋，葉葉歸根，若云譏及明皇，支離已甚，其害辭害志豈細乎？而謂《宿昔》諸詩，可同日而語乎？

瑩按：此說以為《秋興》八詩自「蓬萊」一首以後，大抵敘平居遊歷之地以申故國之思，而不必首首牽入人主。又論及說詩當審其命意所在，不可概指為有譏切之意，所言頗為有見。《秋興》八詩自以故國之思為主，不得與《宿昔》、《能畫》、《鬥雞》諸篇專詠明皇之事者等視齊觀，更何得以譏諷為說。惟若以為但思故國平居昔遊之地則又不然。杜甫此八詩自「蓬萊」一首以下雖皆以故國平居之景事起興，然亦自有無窮盛衰之慼在於言外。必其有所指，固失之拘；必其無所指，又失之淺，此正杜甫之所以成其為渾涵汪洋也。

二六、滔解　《漢紀》：武帝欲征昆明夷，為其地有滇池，乃作池象之，以習水戰，因名曰昆明池（參看九家注及蔡箋）。

又　明皇喜事開邊……故借漢武構兵西域致諷（見前章旨）。

瑩按：滔解全以譏諷明皇為說，其拘執穿鑿已詳見前章旨按語。

二七、言志　即今追憶昆明池水，而漢武之故轍猶在眼中，彼其開拓西南，鑿池習戰，好大而夸。

二八、通解　《漢書》：武帝欲征昆明夷……以習水戰。內有樓船、旌旗加其上（參看顧注）。

又　言憶予在長安，得遊昆明，而見夫池水瀠洄，此由漢時穿鑿之功。蓋武帝欲伐昆明以習水戰，至今其旌旗之飛揚如在眼中。

又　顧修遠曰：此詩首說……猶在眼中（見顧注）。

二九、提要　漢武鑿昆明池有何功，而曰漢時功者，浚池原以習戰也，而池中有戈船樓船，船上建戈矛，四角悉垂幡旄旍葆麾蓋之類，所謂旌旗在眼中也（參看蔡箋）。

又　首練一「功」字，無功也；次練一「在」字，不在也。

瑩按：提要之意蓋以為此章乃思長安昆明之遊，而借漢武起興，以寫昔盛今衰情景，可參看前章旨及後二聯之說。「功」字、「在」字，不僅煉字工也，言外亦有無窮感慨。

三〇、心解　《漢書注》：越雋昆明國有滇池……以習水戰（參看九家注及蔡箋）。

又　《平準書》：武帝大修昆明池……甚壯（見詩闡）。

又　仇注云：公《寄賈司馬》詩：虛修水戰船，知明皇曾置船於此。

又　前詩尾云「回首」，此詩起云「在眼」，可知皆就身親見之設想。

瑩按：心解所引仇注之說不可據，說已詳前仇注按語。

三一、范解　《漢書》……加其上（參看顧注）。

又　昆明池水，漢武所鑿，當旌旗習戰時，其功猶在眼中。

三二、偶評丙　眉批：此思長安之昆明池，而借漢以言唐也。

又　昆明在唐屢為臨幸之地，與曲江相類，故次及之。

三三、沈解　昆明池，漢武帝……以習水戰（參看九家注及蔡箋）。

又　言昆明池乃漢時開鑿之功，而武帝旌旗至今猶若在人目中。

三四、江說　《漢書》：元狩三年……周回四十里（見九家注）。

又　「昆明」句旁批：長安。「武帝」句旁批：有所思。

三五、翁批　（已見前章法及大旨一章）

三六、鏡銓　《漢書注》（參看九家注及蔡箋）。
又　《長安志》（見仇注）。
又　《平準書》（見仇注）。
又　仇注云：公《寄賈嚴兩閣老》詩「無復雲臺仗，虛修水戰船」，則知明皇曾置船於此（見仇注）。
瑩按：鏡銓亦引仇注，其不可信，說已詳前。
三七、集解　「昆明」句，李云：長安。「武帝」句，李云：有所思。
三八、選讀　《西南夷傳》：越嶲昆明國……在長安西南（見九家注引趙云）。
又　昆明池有戈船樓船，立旌旗其上（參看顧注）。
三九、沈讀　「昆明」句，緊承「秦中」句。
四〇、湯箋　漢代昆明，鑿池習戰。
瑩按：此說殊略。
四一、啟蒙　《漢書注》：越嶲昆明國……以習水戰（參看九家注引趙云）。
又　《平準書》：武帝大修昆明池，治樓船……甚壯（見詩闡）。
又　仇注又云：旌旗在眼……置船於此矣（見仇注）。
嘉瑩按：此聯「漢時功」究為借漢言唐，抑或但詠自古帝王，前於本章章旨一節，已曾加以辨說。今更有言者，則本聯所引黃說批駁諸家以譏明皇立說之言，極愜人意，可補本章章旨辨說之不足。意箋雖以「明皇黷地」為說，然而但云「含此意」並不明言，且以忠厚為說，亦較以為有譏諷之意者為委婉得體。至於詩闡以為指「明皇擊南詔，事同漢武」，且云

「目擊其事」，「故曰在眼中」，則未免拘鑿矣。又仇注以「明皇曾置船於此」為說，既於史無徵，自不可據為確指其事，且即使有此史實，杜甫所感懷之盛衰今昔之情，亦不可以此一事盡之，反不若邵解「昆池荒廢」，「故述漢武之功，而想見其旌旗」之言，但自傷今思古立說之為愈也。蓋此二句乃承上章「自古帝王州」而來，「在眼中」自當指漢武之「旌旗」。想像如在眼中，傷今之意，自在言外，不必如胡注奚批之直指武帝為玄宗，更不可以譏諷為說也。可參看本章章旨按語。

織女機絲虛夜月，石鯨鱗甲動秋風。

一、九家　《西京雜記》：昆明池刻玉石為鯨（正覺樓叢書本作「魚」），每至雷雨，鯨常鳴吼，鬐尾皆動，漢世祭之以祈雨，往往有驗。

又　《西都賦》：「集乎豫章之宇，臨乎昆明之池，左牽牛而右織女，似雲漢之無涯。」

又　杜田云：《西都賦》注：武帝鑿昆明池，於左右作牽牛、織女，以象天河。

瑩按：此但注明織女、石鯨之出處。

二、分門　洙曰《西京雜記》（見九家注）。

又　西都賦（見九家注）。

又　修可曰：《西都賦》注……（見九家注引杜田之說）。

三、鶴注　洙曰：《西京雜記》……（見九家注）。

又　《西都賦》……（見九家注）。

又　修可曰：《西都賦》注……（見分門注）。

四、蔡箋　《漢宮闕記》：昆明池有二石人，東西相望，以象牽牛、織女。

又　《西都賦》（見九家注）。

又　《西京賦》：豫章珍館，揭焉中峙，牽牛立其左，織女立（按《西京賦》作「處」）其右。

又　《西京雜記》：昆明池刻石為魚……漢世祭之以祈雨，有驗（略同九家注，當以九家注所引為正）。

五、千家　《西京雜記》：昆明池刻玉石為鯨……漢世祭之以祈雨（見九家注）。

又　洙曰：《西都賦》注：昆明池左右，作牽牛、織女，以象天河（見九家注，唯九家注引作杜云，分門注引作修可云，此又引作洙曰，當以九家注為正）。

六、演義　《漢宮闕記》：昆明池左右，有二石人相望，以象牽牛、織女（見蔡箋）。

又　《西京雜記》（見九家注）。

又　池邊象形之織女，不能機杼，故云虛夜月。池中刻石之鯨魚，相傳有靈，故云動秋風也。

瑩按：此釋「虛夜月」、「動秋風」二句，頗簡明，然未能闡發。

七、愚得　昆明池有織女、石鯨等物。

瑩按：此說頗略。

八、頗解　織女、石鯨，皆池邊象形之物，織女有形無實，空立於明月中，故曰虛夜月，石鯨動秋風（此句疑有脫字）。

瑩按：此釋「虛夜月」之說與演義相近。

九、詩通　昆明池左右有二石人，作牽牛、織女，以象天河。又刻石為鯨，相傳每至雷雨，鯨常鳴吼，鬣（《西京雜記》作「鬐」，《三輔黃圖》引《三輔故事》作「鬣」）尾皆動。

本義　（同前）

又　織女、石鯨之象，宛然猶在。

一〇、邵解　池左右，石作牛女二人，象天河，刻石鯨，每雷雨鳴吼，鬣尾皆動。

又　夜月猶虛織女之絲，秋風猶動石鯨之甲，宛然當時遺象也。

瑩按：此釋「虛夜月」與「動秋風」，但就字面為說，所言亦略。

一一、邵注　織女，池左右有二石人，做牽牛、織女，以象天河。又刻石為鯨，每至雷雨，鯨嘗鳴吼，鬐尾皆動。虛夜月、動秋風，極荒落之狀。

又　今織女無復天河之象，石鯨無復雷雨之異……（參看下聯）。

瑩按：此云極荒落之狀，所言頗是。至於「無復天河之象」云云，則但依字面敷衍，並無確見。

一二、意箋　池左右有二石人，象牛女，又刻石為魚，每雷雨，魚常鳴吼，鬣尾皆動。

又　織女，石所象者，機絲具而不織，故曰虛夜月。石鯨，亦石所刻者，鱗甲備而自奮，故曰動秋風，言巧而神如此。

瑩按：此以為「虛夜月」及「動秋風」乃言刻石之巧而神。

一三、胡注　（無）

奚批　中四句，是池中原有的，但今非盛時，惟虛夜月動秋風而已。

瑩按：此釋「虛夜月」及「動秋風」二句，以非盛時為言，則二句為寫今日之荒涼矣。

一四、杜臆　且織女、鯨魚，鋪張偉麗壯千載之觀（參看仇注引杜臆之說）。

瑩按：此蓋以二句為寫景物之偉麗，並無衰殘之意。

一五、詩擴　「石鯨鱗甲動秋風」與「日色才臨仙掌動」，二「動」字並奇妙，石鯨尤不可測。

瑩按：此論「動秋風」句用字之妙。

一六、錢注　《漢宮闕疏》：昆明池有二石人，牽牛、織女象（參看蔡箋）。

又　《西都賦》：左牽牛而右織女，似雲漢之無涯（見九家注）。

又　《西京雜記》（見九家注）。

又　今人論唐七言長句，推老杜「昆明池水」為冠，實不解此詩所以佳。楊用脩曰：觀《西京雜記》、《三輔黃圖》所載，則知盛世殷富之景；觀「織女機絲」四句，則知兵火凋殘之狀。此亦強作解事耳，敘昆明之盛者，莫如孟堅、平子。一則曰：「集乎豫章之館，臨乎昆明之池，左牽牛而右織女，若雲漢之無涯。」一則曰：「豫章珍館，揭焉中峙，牽牛立其左，織女處其右，日月於是乎出入，象扶桑與濛汜。」此用脩所誇盛世之文也。予謂班、張以漢人敘漢事，鋪陳名勝，故有雲漢、日月之言。公以唐人敘漢事，摩挲陳跡，故有機絲、夜月之詞，此立言之體也。何謂彼頌繁華，而此傷喪亂乎？菰米、蓮房，補班、張鋪敘所未見，沉雲、墜粉，描畫素秋景物，居然金碧粉本，昆明水黑，故賦言黑水玄址，菰米沉沉，象池水之玄黑，極言其繁殖也，用脩言兵火殘破，菰米漂沉不收，不已信乎？

又　舊解謂借漢武以喻玄宗……環鎖了然分明（見本章章旨引），如是而曰七言長句果以此詩為首，知此老亦為點頭矣（鈔本無此一節）。

石印本眉批　吳云：此篇楊用脩批為確，世人惘惘去取，各騁偽說以馳騁。伯敬指為深寂（見鍾惺《唐詩歸》），孝轅目之俚俗（見胡震亨《唐音癸籤》），皆劣見耳。

鈔本　「織女」以下模寫昆明清秋景物，而天寶喪亂之餘，金粟仙遊之後，淒涼黯淡如在目前（另二本無此數句）。

瑩按：錢氏所引用脩之說，見楊慎《丹鉛總錄》卷廿一「詩話・波漂菰米」條，原文云：「客有見予拈『波漂菰米』之句，而問曰：杜詩此首中四句亦有所本乎？予曰：有本，但變化之極其妙耳。隋任希《古昆明池應制》詩曰『回眺牽牛渚，激賞鏤鯨川』，便見太平宴樂氣象；今一變云『織女機絲虛夜月，石鯨鱗甲動秋風』，讀之則荒煙野草之悲見於言外矣。《西京雜記》云：太液池中雕菰、紫蘀、綠節、鳧雛、雁子、唼集其間。《三輔黃圖》云：宮人泛舟採蓮為巳（當為『巴』字之誤）人棹歌，便見人物遊嬉，宮沼富貴；今一變云『波漂菰米沉雲黑，露冷蓮房墜粉紅』，讀之則菰米不收而任其沉，蓮房不採而任其墜，兵戈亂離之狀具見矣。杜詩之妙，在翻古語，千家注無有引此者，雖萬家注何用哉？因悟杜詩之妙如此，四句直上與《三百篇》『牂羊墳首，三星在罶』同，比之晚唐『亂殺平人不怕天，抽旗亂插死人堆』，豈但天壤之隔。」楊氏之意蓋以為此四句乃寫「荒煙野草之悲」、「兵戈亂離之狀」，而錢氏則以為此章乃承上章「自古帝王州」句而申言之，因及「織女、石鯨、蓮房、菰米、金堤、靈沼之遺跡」，然則此四句乃追念當時之盛，故有「補班、張鋪敘」，「居然金碧粉本」之言，而以楊氏之說為非。然此四句自「虛夜月」、「動秋風」、「露冷」、「波漂」、「沉雲」、「墜粉」之種種用字觀之，自有一片衰颯氣象，而沉雲及墜粉之黑與紅之對照，尤見淒厲之景。楊氏云「菰米不收」、「蓮房不採」，或不免過甚其詞，然其意要不過狀其衰殘而已。然錢氏以為此四句乃但鋪敘昆明池之景，而全無衰颯哀傷之意，與全詩情調似有未合，則所失更甚矣。故石印本眉批引吳農祥之言，仍以楊用脩之說為可信也。至於鈔本與另二本之不同，蓋錢氏初箋，原亦以中二聯為喪亂淒涼之狀，又箋則與初箋之說相反，故爾有所刪改也。

一七、張解　池左右作牽牛、織女，以象天河。

又　池刻玉為鯨魚，每至雷雨，鯨常鳴吼，鬐尾皆動。

又　承上章自古帝王州，故言池自漢造。

一八、金解　織女、石鯨，承昆明池。機絲、鱗甲，承旌旗。織女機絲，喻言防微杜漸之思，不可不密。石鯨鱗甲，喻言強梁好逞之徒，蠢蠢欲動。今日西北或可支吾，萬一東南江湖之間，變起不測，則天下事不可為矣。故先生豫設此一著，以諷執政也。言若不早為之圖，是猶織女停梭，虛此夜月，則石鯨乘勢，已動秋風，可奈何？今昆明池在眼中，何武帝旌旗無有為之髣髴者耶？

別批　三、四即承上昆明池景，而寓言所以不能比漢之意。織女機絲既虛，則杼柚已空。石鯨鱗甲方動，則強梁日熾，覺夜月空懸，秋風可畏，真是畫影描風好手，不肯作唐突語，蹦磕時事也。

瑩按：金解能於此二句看出寫景之外別有寓託之意，其所感受者良是。蓋凡感情深篤之詩人，其所寫之景，多不僅但出於肉眼之觀察，而更出於心靈之感受。而況杜甫此二句，原非眼前實景，而為想像之言，則此二句所表現之意象情調，更不可以實景限之，惟是詩人所表現之意象情調，又往往不可確指。故金解能體會得此二句於所寫昆明池景物以外，更有託喻之意。其所感雖不可謂不銳，然而其「防微杜漸」「不可不密」、「東南江湖」「變起不測」之說，則支離牽強，全不可從。至別批贊杜甫為「畫影描風好手，不肯作唐突語，蹦磕時事」之言，則頗能得杜甫詩中之妙，非虛譽也。

一九、顧注　《三輔黃圖》：昆明池中，立二石人……鬐尾皆動（參看九家注引《西京雜記》及詩通）。

又　楊升庵曰：隋任希《古昆明池應制》詩……見於言外矣（見錢注按語）。

又　今水戰不修，兵戈滿地，秋風夜月，沉米墜蓮，總是蕭條之象。

又　錢牧齋曰：「織女」以下……如在目前（見錢注）。

二〇、朱注　曹毗《志怪》：昆明池作二石人，東西相望，象牽牛、織女。

又　《西都賦》注（見九家注引杜田云）。

又　《西京雜記》（見九家注）。

又　「織女」以下，極狀昆明清秋景物，故國舊君之感，言外淒然。

二一、論文　池邊織女，機虛夜月之中；池內石鯨，風動秋波之內而已。

瑩按：此但就字面演釋，所言頗略。

二二、澤解　《漢宮闕記》（見蔡箋）。

又　《西都賦》：左牽牛……無涯（見九家注）。

又　洙曰（見分門注）。

二三、詩闡　昆明以象天河，立於池上者，舊有織女，其機絲更次，久虛夜月之往來，武帝旌旗不見矣。昆明時興雷雨，置於池上者，舊有石鯨，其鱗甲動搖，猶助秋風之蕭瑟，武帝旌旗不見矣。

二四、會粹　曹毗《志怪》：昆明池作二石人，東西相望，象牽牛織女。

瑩按：此釋此二句，皆以「武帝旌旗不見」為言，頗有盛衰今昔之感。

又　《西京雜記》：昆明池刻玉石為鯨魚……鬐尾皆動（見九家注）。

又　劉孝威詩：「雷奔石鯨動，水闊牽牛遙。」

二五、仇注　曹毗《志怪》（見會粹）。

又　《西京雜記》（見會粹）。
又　蔡邕《漢律賦》：「鱗甲育其萬物。」
又　《晉夏歌》：「晝夜理機絲。」
又　「虛夜」，「動秋」，靜與動對。
又　楊慎曰：隋任希《古昆明池應制》詩……因悟杜詩之妙如此（見錢注按語）。
又　錢箋：今人論唐七律……不已倍乎（見錢注）。
又　按王嗣奭云：織女鯨魚，鋪張偉麗，壯千載之觀，菰米蓮房，物產豐饒，溥萬民之利，此本追溯盛事也。說同錢箋（見杜臆）。
又　「織女」二句，記池景之壯麗，承上「眼中」來，「波漂」二句，想池景之蒼涼，轉下「關塞」去，於四句分截，方見曲折生動。舊說將中四句作傷感其衰，杜臆作追溯其盛。此獨分出一盛一衰何也？曰：織女鯨魚，亙古不移，而菰米蓮房，逢秋零落，故以興己之漂流衰謝耳。

影印本旁批　遙想昆明之秋色也。

瑩按：此以「織女」二句為記池景之盛，「波漂」二句始為感其衰，與錢注之以為二聯全為鋪敘池景，及錢注按語引楊慎《丹鉛總錄》之以為二聯全寫衰殘者並異。

二六、黃說　三、四與「畫省香爐違伏枕，山樓粉堞隱悲笳」，並倒押句，順之，則夜月虛織女機絲，秋風動石鯨鱗甲也，句法既奇，字法亦復工極。

瑩按：此論字法句法，可見杜甫於七律一體開拓變化之功。

二七、滘解　《西都賦》注（見千家注引洙曰）。
又　《西京雜記》：昆明池……祭之以祈雨（見九家注）。

又　月夜、秋風、沉雲、墜粉，總寫禁苑荒涼，以見其勤遠功而貽近禍。

又　「石鯨」句評曰：妙在說荒涼處反壯麗。

瑩按：此亦以四句為全寫荒涼之狀，與錢注引楊慎之說相近。惟楊氏但云「兵戈亂離之狀具見」，此則更以「勤遠功而貽近禍」為言。

二八、言志　至取天上星文，立於河岸；海中異獸，鼓鬣波濤，究竟夜月徒虛，秋風自動，有何益哉！

瑩按：此蓋承上聯而言，以為所寫乃漢武之好大而誇，徒然無益。

二九、通解　《三輔黃圖》（見顧注）。

又　顧修遠曰：今水戰不修……蕭條之象（見顧注）。

又　池有織女，而機絲不理，徒自虛度此夜月；池有石鯨，而鱗甲猶存，竟欲鼓動於秋風。

又　黃白山曰：三、四倒押句……鱗甲也（見黃說）。

三〇、提要　又有織女、石鯨、菰米、蓮房，點綴池上，並在眼中，月上如見織女之機絲，風來若有石鯨之鱗甲，波中菰米則如雲之黑，露下蓮房則若粉之紅，鋪張濃艷，盛已極矣，而全以練字取勝。

又　三、四、五、六練「虛」字、「動」字、「漂」字、「沉」字、「冷」字、「墜」字，則荒煙蔓草，一片荒涼，可見昆明舊跡，與今何異。

又　白山（按白山乃黃生之字）云：三、四，倒押句，順之……鱗甲也（見黃說）。

瑩按：此先云四句「鋪張濃艷，盛已極矣」，又云練「虛」、「動」、「漂」、「沉」、「冷」、「墜」諸字，「則荒煙蔓草，一片荒涼」，其說能調和盛衰諸歧說，而折中立論，頗為有見。蓋四句雖為鋪敘之句，而鋪敘中其用字自有淒涼之致也。

三一、心解　曹毗《志怪》（見會粹）。

又　《西京雜記》（見九家注）。

又　三、四切昆明傅彩；五、六從池水抽思，一景分作兩層寫。其曰：夜月、秋風、波漂、露冷，就所值之時，染所思之色，蓋此章秋意，既借彼處映出，故結到夔府不復帶秋也。

又　錢云：自傷僻遠而不得見（見本章章旨），此得情之論，必欲定盛象衰象之是非，則詩如孔翠奪目，色色變現，不可得而捉摸矣。

瑩按：此所云「傅彩」但為鋪敘之意，與盛衰無關，引錢注云「自傷僻遠」，是於池景致懷想之思而已。至於論秋字之映帶，可與翁批之說參看。

三二、范解　《三輔黃圖》（見顧注）。

又　今武備不修，織女之機絲徒虛夜月，石鯨之鱗甲自動秋風。

三三、沈解　池邊象形之織女，不能機杼，故云「虛夜月」；池中刻石之鯨魚，相傳有靈，故云「動秋風」也。

三四、江說　曹毗《志怪》（見朱注）。

又　織女以下……言外淒然（見朱注）。

三五、翁批　此首夜月秋風，無意中從昆池咽到題緒。所以五、六一聯遂提筆從菰蓮重寫秋景，以為實，則實之至，以為虛，則又虛之至，想像中，波光涼思，沉切蕭寥，彌天塞地。……（參看前章法及大旨一章所引翁批）

瑩按：翁批原論《秋興》八章之章法，因及八詩中虛實明暗種種映帶秋字之處，織女、石鯨、菰米、蓮房，固是昆池實景，然一切又均屬想像中之虛象，要不過表現其一份沉切蕭寥之意緒耳。而此一份沉切蕭寥之意緒，又復有多少哀傷感慨在其中，此所以翁批乃有「以為實則實之至，以為虛又虛之至」之言也。然翁氏不過於論及秋字之映帶時，偶然以虛實為說，雖頗可引人尋索，而並未指言其實景中有喻託之意也。

三六、鏡銓　曹毗《志怪》（同會粹）。

又　《西都賦》注：作牽牛、織女於左右，以象天河（參看九家注）。

又　《西京雜記》：昆明池刻玉石為鯨魚……鬐尾皆動（見九家注）。

三七、集評　「織女」句，李云：承。

三八、選讀　昆明池有二石人，東西相望，象牽牛織女。

又　昆明池有石鯨魚，每雷雨，常鳴吼，鬐尾皆動。

又　「織女」二句，記池景之壯麗，承上眼中來（見仇注）。

瑩按：此以二句為寫池景之壯麗。

三九、沈讀　妙在說荒涼處，反壯麗。

又　月夜秋風，沉雲墜粉，總寫禁苑荒涼，以見其勤遠功而貽近禍（此兼下聯而言）。

瑩按：此二句雖似壯麗，而實寫荒涼。

四〇、湯箋　旁立刻石，牛女鯨魚，夜月秋風，今非昔盛，機絲絕響，鱗甲如張。

瑩按：此云「今非昔盛」，蓋亦以二句所寫為今日荒涼之狀。

四一、啟蒙　曹毗《志怪》（見朱注）。

又　《西京雜記》（見九家注）。

又　仇注又云：「織女」二句……衰謝耳（見仇注）。

又 織女之機絲，當月夜而虛；石鯨之鱗甲，遇秋風而動，是以動靜作對。

嘉瑩按：此二句就表面觀之，蓋承首二句「昆明池水」，鋪寫漢武遺跡。而「機絲」、「鱗甲」云云，敘寫亦極真切生動，故邵解則云「宛然當時遺象」，意箋則云「巧而神如此」。然此一聯，除此表面之詮釋以外，尚有當辨者二：一則為此一聯有無盛衰之感，再則為此一聯有無喻託之意。有以為此詩中二聯但為鋪敘昆明遺跡，並無衰殘之感者，錢注及杜臆主之；有以為此一聯為寫其盛，下聯始轉入衰景者，仇注主之；有以為有荒煙野草之悲，慨禁苑荒涼今非昔盛者，錢注引楊慎之說、顧注及胡注奚批、湽解、通解、湯箋皆主之。夫此詩中二聯鋪敘雖盛，然觀此聯所用「虛夜月」、「動秋風」，及下聯「漂」、「沉」、「冷」、「墜」諸字，自仍以寫衰景為是，故湽解即云「妙在說荒涼處反壯麗」，提要亦云「鋪張濃艷，盛已極矣」、「練『虛』字、『動』字……則荒煙蔓草一片荒涼」。沈讀亦云「妙在說荒涼處反壯麗」，此種自鋪敘見荒涼之筆法，正為杜甫詩之妙處，而紛紛以盛衰為辨者，反傷淺薄。至於有無喻託之意，則金解以為「織女」句「喻言防微杜漸之思不可不密」；「石鯨」句「喻言強梁好逞之徒蠢蠢欲動」。金解別批則以為「織女」句「則杼柚已空」，「石鯨」句「則強梁日熾」，且更以「萬一東南江湖之間，變起不測」為言。細味之，杜甫此聯，「織女」句自有一片搖蕩淒涼機絲徒具之悲，「石鯨」句自有一片搖蕩不安鱗甲欲動之感，非唯狀昆明之景生動真切，更復有無限傷時念亂之感，而於政之無望，時之不靖，種種感慨，皆借此意象傳出，寫實而超乎現實之外，此正為杜甫在七律中之一大成就。唯是若如金解之確指為有所喻託，則反傷拘淺矣。王堯衢《古唐詩合解》云：「一云石鯨鱗動，比強梁之人動而欲逞，織女機虛，比相臣失其經綸，猶織女停梭，虛此夜月，亦是深一層看法。」既不全做肯定之說，亦不全做否定之辯，立言頗為得體，蓋讀者未嘗不可有此想，作者亦未嘗不可有此意，唯若固執此說，則反而拘執淺薄，情味全失矣。

波漂菰米沉雲黑，露冷蓮房墜粉紅。

一、九家　趙云：上句言菰之多，其望之長遠，黯黯如雲之黑也。菰米，事在《周禮》，曰：魚宜菰。（按見《周禮・天官・食醫》，菰字作苽）鄭玄云：菰，雕胡也。賈公彥云：今南方見有菰米。宋玉諷楚王曰：主人之女，為臣炊雕胡之飯，烹露葵之羹。宋玉，楚人也，蓋以雕胡為珍，則菰米本南方之物，而移種於是池矣。「沉雲黑」字，杜田引唐《本草圖經》：菰，又謂之茭白。歲久者，中心生白臺，如小兒臂，謂之菰手。其臺中有黑者，謂之茭鬱。至後結實，乃雕胡米也。沉雲黑，其茭鬱乎？故子美《行宮張望補稻畦水歸》詩，有「秋菰成黑米」之句（按以上自沉雲黑以下乃杜田說）。穿鑿非是。蓋臺中有黑，則黑在實之中間，豈望而可見乎？若秋菰成黑米；自是已為米則可見其黑也。「蓮房墜粉紅」，正謬謂蓮實上花葉墜也。《爾雅》：荷，芙蕖，其華菡萏，其實蓮，其中的。郭璞注：蓮，謂房也。的，房中子也。

瑩按：趙彥材以為「沉雲黑」乃指菰米，而駁杜田之以為「沉雲黑」乃指茭鬱者為非。花葉，當指花瓣，故云「墜粉紅」也。

二、分門　洙曰：《西京雜記》：太液池邊，皆是雕胡、紫籜、綠節之類。菰之有米者，長安人謂之雕胡。菰之有首者，謂之綠節（按此條不見九家注）。

又　趙曰：言菰之多，其望之長遠，黯黯如雲之黑也（見九家注）。

又　洙曰：蓮房，蓮花也（按此條不見九家注）。

又　修可曰：蓮房墜粉紅，謂蓮實上花葉墜也。《爾雅》：荷，芙蕖，其華菡萏，其實蓮，其中的。郭璞注云：蓮謂房也。的，房中子也。以此考之，則蓮房非花矣。唐《本草圖經》云：菰又謂之茭白。歲久者，中心生白臺，如小兒臂，謂之菰手。其臺中有黑者，謂之茭鬱。至後結實，乃雕胡米也。沉雲黑，其茭鬱乎？

又　趙曰：言蓮花一朵而諸相，是花房中已自有一蓮蓬。其房中有的，其的有薏，皆分明也（按此數句不見九家注）。

又　見「滑憶雕胡飯」注（按此句見《江閣臥病走筆寄呈崔盧兩侍御》詩，注引《西京雜記》：太液池邊皆是雕胡。菰之有米者，長安人謂雕胡。又引沈休文詩：雕胡方自炊）。

瑩按：分門多引九家注，而此聯所引洙曰、趙曰，多有未見者，疑今本九家注有脫誤之處。至所引修可之說以「沉雲黑」為指茭鬱，前九家注引趙曰，已駁此說之非。至於引《爾雅》郭注，以為蓮房乃蓮實，而謂蓮房非花，亦不免過於拘執。蓋蓮房即在蓮花中。故趙氏有「花房中已自有一蓮蓬」之說，是。露冷深入花中之蓮房，而「墜粉紅」者正此花也。如所引洙曰直謂蓮房為蓮花，固屬非是，然必謂蓮房非花，則又復與「墜粉紅」何干乎？不曰「露冷蓮花」，而曰「露冷蓮房」者，正見露冷之淒寒深切直入於花之深處耳。

三、鶴注　洙曰：《西京雜記》（見分門注）。

又　趙曰：言菰之多……如雲之黑也（見分門注）。

又　洙曰：蓮房，蓮花也（見分門注）。

又　修可曰（見分門注）。

四、蔡箋　《西京雜記》（見分門注洙曰）。

又　唐《本草圖經》：菰又謂之茭白……至後結實乃雕胡米也（見九家注趙曰）。

又　《爾雅・釋草》：荷，芙蕖……其實蓮。郭璞注：別名芙蓉，江東呼荷。蓮謂房也（參看九家注引《爾雅》）。

又　「波漂」句，謂池中之雕胡茂盛也。「露冷」句，謂池中之荷花雕謝也。

瑩按：此以「雕胡茂盛」、「荷花雕謝」為說，頗簡明。

五、千家　夢弼曰：菰米蓮房，皆言池中所有（參看蔡箋）。

六、演義　菰，又曰蔣，又曰茭白。中心生白臺，如小兒臂，謂之菰手。臺中有黑者為烏鬱，一名茭鬱。苗硬者曰菰蔣。秋結實，乃雕菰米也。

又　菰沉、蓮墜二句，即秋景言。

瑩按：此以秋景為說。

七、愚得　今也惟菰米、蓮房耳，言其廢也。

又　菰米、蓮房，池中所有。

瑩按：此云寂涼之景，與愚得傷其廢之意頗相近。

八、頗解　此詩前六句詠池上寂涼之景。

九、詩通　菰一名蔣，秋實乃凋黑米（凋黑米疑為雕胡米之誤）。

又　斯時也，菰沉雲黑，蓮墜粉紅，想見其秋晚之景又如此。

一〇、邵解　皆晚秋景。

又　值此秋晚，菰米沉黑而誰收？蓮房紅墜而誰採？

瑩按：此云秋景，而其語意皆有寂涼荒廢之意。

一一、邵注　菰即茭白，其中烏者為烏鬱，秋結實為菰米。墜粉紅，蓮初結實，花蒂褪落，故墜粉紅。

又　唯有菰、蓮雜生其中，當秋凋謝而已。嘆池水之荒廢，為武備之不修，至胡羌內入而長安屢陷也。

瑩按：此直以嘆池水之荒廢，嘆武備不修、胡羌內入為言。

一二、意箋　菰米波漂而沉雲，言無收之者。蓮房露冷而墜粉，言無採之者。雖晚秋淒涼，亦以胡羌內侵之故，此公所以有漢武之思。

又　張文忠公云……而今荒廢如此（參看首聯）。

瑩按：此於晚秋淒涼之外，亦以胡羌內侵為說。

一三、胡注　（無）

奚批　菰米、蓮房，空沉空落，則人民逃亡矣。

瑩按：此云人民逃亡，其意蓋亦以為二句寫菰米、蓮房無人收採也。

一四、杜臆　菰米、蓮房，物產豐饒，溥生民之利，予安能不思。

瑩按：此其意蓋謂思當年盛景如此。

一五、詩擴　菰米、蓮房一聯，語異而意同。未如黃鶴、白鷗以真對假，鸚鵡、鳳凰以實對虛也。

瑩按：其意蓋謂此一聯二句用字雖異，而用意則同，故不如他二聯之工妙也。

一六、錢注　《西京雜記》（見分門注洙曰）。

又　《西京賦》：「昆明靈沼，黑水玄址。」善曰：水色黑，故曰玄址也。

又　趙注曰：言菰米之多，黯黯如雲之黑也（參看九家注。錢注鈔本無此數句）。

又　昌黎《曲江荷花行》云：「問言何處芙蓉多，撐舟昆明渡雲錦。」注云：昆明池周回四十里，芙蓉之盛如雲錦也。

鈔本　楊慎曰：菰米不收，而聽其漂沉，見長安兵火之慘矣（另二本無此數句）。

石印本眉批　李云：五、六言因宮女不復如前拾菰採蓮，而漂米之多、墜粉之久。

瑩按：此既引趙注「菰米之多，黯黯如雲之黑」以釋「沉雲黑」，又引《西京賦》「黑水玄址」李善注「水色黑」以釋「沉雲黑」。自下句觀之，「墜粉紅」既指「蓮」，則此「沉雲黑」自當以指「菰米」為是。即使菰米望之如雲之黑與水色之黑有關，亦不可以「沉雲黑」為指水也。至於鈔本所引楊慎之說，則自前一聯錢氏批駁楊慎之說觀之，蓋錢氏初箋曾引楊說，又箋則刪之矣。

一七、張解　菰米，一名雕胡，生池中，至秋，實如米。沉雲黑，其勢如雲。

又　中四聯正言秋景，謂古跡之奇既可以觀，且地之廣闊。秋來菰米已熟，蓮子已實，復可以食。

又　楊升庵云：《西京雜記》……兵戈亂離之狀具見矣（見前一聯錢注按語）。

又　此（指楊說）自是一段佳話，但與全詩大旨不合。

一八、金解　上解已畢，忽換筆作轉。五、六二句，不從昆明池來，蓋為下解「江湖滿地一漁翁」作轉也。若謂昆明且置，吾今身在峽中，日與水相習，當此秋深之際，菰米波漂，蓮房粉墜，一時衰颯如此，則江湖之上，實切隱憂。

別批　五、六轉到黎民阻飢，馬嵬亦敗，亦以不忍斥言，故為隱語，猶言菰米為波所飄，而遂沉雲之黑，固所料也，亦所甘也。詎意蓮房紅粉亦遽墜於冷露，豈所料哉！尚忍言哉！

瑩按：金解唐人律詩每章皆以前後四句分為二解，其分截頗為牽強。頗解及後引提要之說，皆以前六句為寫池上之景，是前六句原聯為一氣，不可從四句斷開。蓋杜詩此八章之分合變化，首尾呼應，固所謂變化萬端者也。金解全以每四句分解，誠令人有一棒打成兩橛之感。故金解之以為此二句與尾聯二句皆指今日峽中之說，不可從。至於別批，以黎民阻飢、馬嵬亦敗釋此二句，則不免傷於穿鑿。杜甫此一聯固有無限喪亂之感，此正杜詩妙處所在，以意象喚起人之聯想觸發，然不可明言確指之也。

一九、顧注　《本草圖經》：菰即茭白，其臺中有黑者，謂之茭鬱。至後結實，乃雕胡米也。沉雲黑，「黑」字非漫下。露至秋則漸冷，蓮房經冷露始墜。上句「雲」字借用，言其一片皆黑，此句「露」字則實用也。

又　楊升庵曰：《西京雜記》……唼喋其間。《三輔黃圖》……巴人棹歌，便見人物遊嬉，宮沼富貴，今一變云波漂菰米……墜粉紅，讀之則兵戈亂離之狀具見矣。杜詩之妙，在能翻古語（參看前一聯錢注按語）。

二〇、朱注　《西京賦》（見錢注）。

又　趙曰（參看九家注）。

又　《爾雅》（參看九家注）。

又　《杜詩博議》：《北史》：李順興言昆明池中有大荷葉，可取盛餅食。其居去池十數里，日不移影，順興負荷葉而歸，腳猶泥，可證。昆明蓮花自古有之，注家都失引。

又　楊慎曰：菰米……兵戈亂離之狀具見矣（參看錢注按語）。

二一、論文　況池之左右，惟餘菰米沉沒，蓮房墜露，一望荒蕪矣。

又　中二聯帶詠秋景。

瑩按：此亦以此二句為詠昆明池秋景之荒蕪。

二二、澤解　洙曰：《西京雜記》（見分門注）。

又　趙曰：言菰之多……如雲之黑也（參看九家注）。

又　洙曰：蓮房，蓮花也（見分門注）。

又　修可曰：「蓮房墜粉紅」……以此考之，則蓮房非花矣（見分門注）。

又　葉夢得《石林詩話》曰：禪宗謂雲門有三種語，其一謂隨波逐浪句，謂隨物應機，不主故常；其二為截斷眾流句，謂超出言外，非情識所到；其三為函蓋乾坤句，謂泯然皆契，無間可伺，其深淺以是為序。余嘗戲為學子言，老杜詩亦有此三種語，但先後不同，以「波漂菰米沉雲黑，露冷蓮房墜粉紅」為函蓋乾坤句，以「落花游絲白日靜，鳴鳩乳燕青春深」為隨波逐浪句，以「百年地僻柴門迥，五月江深草閣寒」為截斷眾流句，若有解此，當與渠同參。

又　澤堂曰：禾稼如雲也。

瑩按：澤風解引舊注，皆已見前。至所引葉夢得詩話，乃論其句意之妙，有涵蓋乾坤之勢，至澤堂所云「禾稼如雲」，則不過引此一成語以證「如雲」二字為盛多之意耳。

二三、詩闡　池中有菰米，經波漂而黯澹難尋，料已沉雲俱黑也。旌旗之影，尚有波底否？池中有蓮房，經露冷而淒其欲絕，可憐墜粉猶紅也。旌旗之影，還拂露中否？眼中之旌旗不見，池上之物色空留，當年目擊心傷，今日想像神愴。

瑩按：此有意以池上之物色，與武帝之旌旗，相對立說，雖牽強然亦頗得詩中感慨之意。

二四、會粹　庾肩吾詩：「黑米生菰葑，青花出稻苗。」

又　鮑照詩：「沉雲日夕昏。」

又　陶潛詩：「昔為三春渠，今作秋蓮房。」

又　庾肩吾詩：「秋樹翻紅葉，寒池墜黑蓮。」

又《北史》：李順興言：昆明池中有大荷葉，可取盛餅食。其居去池十餘里，日不移影，順興負荷葉而歸，腳猶泥。

瑩按：此但就字面引證，且證昆明池之多荷花耳。

二五、仇注　陳琳檄：「隨波漂流。」

又《本草圖經》：菰即茭白，其臺中有黑者，謂之茭鬱。後結實，雕菰米也（參看九家注）。

又趙次公曰：沉雲黑，言菰米之多，一望黯黯如雲之黑也（參看九家注）。

又庾肩吾詩（見會粹）。

又鮑照詩（見會粹）。

又蔡邕《月令章句》：陰者，密雲也；沉者，雲之重也。沉雲意本此。

又王褒詩：「塞近邊雲黑。」

又陶潛詩（見會粹）。

又庾肩吾詩：秋樹……黑蓮（見會粹）。

又徐孝伯詩：「詎識鉛粉紅。」

又邵注：蓮初結子……故墜粉紅（見邵注）。

又「波漂」二句，想池景之蒼涼（參看前一聯仇注）。

影印本旁批　鋪張菰蓮，寂寞可悲。

瑩按：此以二句為寫衰景。

二六、黃說　五、六，比賦句。菰米蓮房，賦也；雲粉，比也。

又雙眼句，以句中「漂」字、「沉」字、「冷」字、「墜」字，皆眼也。

瑩按：此但論比賦字法，並無深意。

二七、滔解　沉雲黑，言菰米之多，黯黯如雲之黑也（參看九家注）。

又　墜粉紅，昆明池周四十里，芙蓉之盛，如雲錦也（參看錢注）。

又　夢弼曰：菰米蓮房，皆言池中所有（參看蔡箋）。

二八、言志　惟今城社丘墟，人民塗炭，如波漂菰米，黑爛沉雲。宮庭喪亂，骨肉拋離，如露冷蓮房，殘紅墜粉。二語便暗指陳陶、馬嵬諸變。

二九、通解　《本草圖經》（見顧注）。

又　當此秋景蕭條，而波飄（按當作漂）露冷，滿眼淒涼。菰米已實，因波漂蕩而沉，竟如雲黑也。蓮房已殘，因露冷落而墜，恍如粉紅也。日來昆明之風景大抵然也。

瑩按：此但就字面敷衍為說，殊無意味。

三〇、提要　（參看前一聯）

又　五、六，比賦句。……比也（見黃說）。

又　六句皆寫昆明池古跡。

瑩按：前一聯引提要說，以為此聯鋪張濃艷，而自「漂」、「沉」、「冷」、「墜」諸字，見一片荒涼。

三一、心解　《本草圖經》：菰即茭白，後結雕菰也（參看九家注）。

又　……波漂露冷，就所值之時，染所思之色（參看前一聯）。

瑩按：此以為借所思昆明景色映帶今日夔府之秋。

三二、范解　菰米即茭白之實。沉雲黑，言菰米之多，望之如沉雲之黑也。

又　《爾雅》（參看九家注）。

又　菰米不收，聽其沉波；蓮房不採，任其墜露。池中黯然淒涼之景，如在目前。

三三、沈解　菰米，一名凋胡，生池中，至秋，實如米。

又　菰沉蓮墜，即秋景而言。

三四、江說　《本草圖經》（見顧注）。

又　蔡邕《月令章句》（見仇注）。

又　鮑照詩（見會粹）。

又　趙云：沉雲黑……如雲之黑也。

又　楊慎云（見錢注按語）。

三五、江說　「波漂」句，李云：有感。「露冷」句，李云：秋。

三六、翁批　……五、六一聯遂提筆從菰蓮重寫秋景（參看前一聯）。

瑩按：翁批以此二句為寫昆明池秋景。

三七、鏡銓　《本草圖經》：菰即茭白，其臺中有黑者，謂之茭鬱，後結實，雕胡米也（參看九家注）。

又　庾肩吾詩（見會粹）。

又　《釋文》：葑，方用切，菰根也。

又　《西京雜記》（見分門注洙曰）。

又　趙注：沉雲黑……如雲之黑也（參看九家注）。

又　《爾雅》：荷，芙蕖，其實蓮，其根藕，其中的。注：蓮，謂房也（參看九家注）。

又　昌黎《曲江荷花行》……如雲錦也（見錢注）。昆明蓮花，自昔當已有之。

又　邵注……（見邵注）

又　按中四句，特就昆明所有清秋節物，極寫蒼涼之景，以致其懷念故國舊君之感，言外淒然，紛紛言盛言衰，聚訟總覺無謂。

瑩按：此云寫蒼涼之景，以致故國舊居之感，而無取於盛衰之聚訟，所言頗通達可取。

三八、選讀　沉雲黑，言菰米之多。墜粉紅，言花蒂之退。

又　「波漂」二句，想池景之荒涼，轉下關塞去。

又　中四句，或作感傷其衰，或作追溯其盛，此獨分一盛一衰，何也？曰：織女、鯨魚亙古不移，而菰米蓮房逢秋零落。以興己之漂流衰謝耳。

瑩按：此以中四句分一盛一衰為言。

三九、沈讀　沉雲黑……如雲之黑也（參看九家注趙云）。

又　墜粉紅，昆明池周……如雲錦也（參看錢注引昌黎《曲江荷花行》注）。

四〇、施說　「波漂」句，注引蔡邕《月令章句》：陰者，密雲也；沉者，雲之重也。沉雲本此。今按詩意，謂停雲映水，菰米漂波，沉入停雲影中。「沉雲」字，不當連讀，猶下句「墜粉」字也。注引蔡邕說，殊不合，即證字面，亦非。

瑩按：此駁仇注引蔡邕《月令》以釋「沉雲」之說，所言頗是。唯是此以「雲」字為指水中停雲之影，而非指菰米之多，則似有未妥。

四一、湯箋　池內菰蓮，米沉粉墜。

瑩按：此說頗略。

四二、啟蒙　菰米如雲之黑，當秋而沉，雲黑，即指菰米，是一物；蓮花如粉之紅，逢秋而墜，粉紅不指蓮房，是二物。蓋蓮花粉墜，而後蓮房露冷耳。

嘉瑩按：此二句先就字面之歧解辨之。「沉雲黑」，自當如九家注趙彥材之說，指「菰之多，望之長遠，如雲之黑」，故分門、鶴注、朱注、澤解、仇注、江說、鏡銓皆引趙說，澤解更舉「禾稼如雲」以證「雲」字為盛多之意。而九家注引杜田說及分門注引修可說，以為指茭鬱乃菰之臺中有黑者，其說不可從。蓋「沉雲黑」者，不過狀菰米之深沉盛多而已，固不必拘指臺中有黑色立說也。至錢注更引《西京賦》李善注「水色黑」之說，亦不可據此為解，說已詳錢注按語。又施說以為指水中雲影，更嫌牽強，並不可從。至「蓮房」句，分門、鶴注、澤解並引洙曰，以為「蓮房、蓮花也」，而又並引修可說，以為「蓮房，非花也」。夫就訓詁言，蓮房自指蓮實而非蓮花，然就詩人之觀感言之，則蓮房即在花中，亦不必定然截分為二也，辨說已詳分門注按語，故邵注即云「蓮初結子，花蒂褪落」，乃兼蓮實、蓮花為言。就字面為說，則此二句為寫想像中昆明池秋晚之景，菰米波漂，蓮房粉墜，一片荒涼。諸家之說，小異而大同。惟《杜臆》以為寫盛景，就字面之「波漂」、「露冷」觀之，自以寫衰寂荒涼為是，可毋庸置辯。惟金解以為此二句乃寫今在峽中，衰颯如此，乃以為二句寫峽中之景，其說之不可信從，已詳金解按語。至於二句言外之意，則邵注及意箋皆以為有傷武備不修、胡羌內侵之意；胡注、奚批則以為「菰米、蓮房，空沉空落，則人民逃亡矣」；錢注舊鈔本引楊慎說則以為「菰米不收，而聽其漂沉，見長安兵火之慘矣」；金解別批則以為「五、六，轉到黎民阻飢，馬嵬亦敗，亦以不忍斥言，故為隱語」；鏡銓則以為「就昆明所有清秋節物，極寫蒼涼之景，以致其懷念故國舊君之感」。綜觀諸說，立言雖異，然而大旨皆就離亂荒涼之感為說，意實相近也，而以鏡銓之言，最為含蓄得體，他說亦或可得其一體，惟但可作讀者聯想之一得，若過為確指，則反嫌拘狹淺露。

闕塞極天唯鳥道，江湖滿地一漁翁。

一、九家　趙云：闕塞，指白帝城之塞。鳥道，則一帶皆高山，故得稱鳥道。一漁翁，公自謂也。

二、分門　洙曰：言道路多狹，所通者鳥道而已。

又　趙曰：言白帝城之塞，鳥道則一帶皆高山也（參看九家注）。

又　沈括曰：《南中地志》：交趾郡治龍偏縣自興古鳥道四百里。

又　「江湖」句，趙曰：公自謂也（參看九家注）。

瑩按：此所舉沈括引《南中地志》鳥道云云，不過引「鳥道」二字之所見所出而已，非謂杜詩所云鳥道在交趾也。

三、鶴注　洙曰（見分門注）。

又　沈曰（見分門注）。

又　「江湖」句，趙曰（見分門注）。

瑩按：此所引多同於分門注。

四、蔡箋　「闕塞」句，言白帝城之塞。鳥道，則一帶皆高山也（參看九家注）。

五、千家　夢弼曰：闕塞，言白帝城；鳥道，言峽中高山（參看蔡箋）。

又　趙曰：漁翁，公自謂也（見九家注）。

六、演義　闕塞，言白帝城；鳥道，言峽中高山（參看九家注）。

又　乃謂劍閣秦塞，造天之高，唯一鳥道，所以不易還。以見此池之景，唯順流下峽，則江湖滿地，任我漁翁之漂泊，亦豈不令人慼嘆乎。

瑩按：此言「關塞」句寫昆明池景之不易見，「江湖」句則嘆己今日之漂泊也。

七、愚得　結言昆明若江湖，而不容我者，以在夔故爾。

瑩按：此說殊為費解，其意蓋云昆明池水之廢，有若江湖，而我乃在江湖，不在昆池者，以羈身夔府故爾。

八、頗解　末二句，言己阻絕而不得見也。關塞，指出蜀入秦之路，江湖，指所寓之地。

瑩按：此以「出蜀入秦之路」釋「關塞」，與演義「劍閣秦塞」之說相近，而不同於九家趙注之僅以「白帝城之塞」為說；「江湖」則指夔峽。

九、詩通　鳥道者，惟鳥可過也（按本義鳥道上多一「惟」字）。

又　江湖，謂瀟湘洞庭。漁翁，公自謂也。

又　因嘆流落天涯，道路遼阻，但隨江湖之處，作一漁翁耳，豈能歸見此地哉？

瑩按：此以瀟湘洞庭釋江湖，蓋謂杜甫順江下峽，就其漂泊將往之地言之也。

又　我流落天涯，關塞阻隔，不得如鳥飛去而一見，惟隨到處江湖，作一漁翁焉耳。

一〇、邵解　「鳥道」，阻絕惟鳥可過。

瑩按：此云「到處江湖」，雖未明言瀟湘洞庭，然而其不僅指夔府一地明矣。

一一、邵注　鳥道，言山高徑窄，唯鳥可過。江湖，謂瀟湘洞庭。漁翁，公自謂也。

又　故卒乃託於蜀道險阻不可以歸，如江湖滿地風波；我但一漁翁漂泊其間，曷勝悲哉。

瑩按：此以為「鳥道」乃言道途險阻不得歸，「江湖」則指瀟湘洞庭，與詩通之說相近。

一二、意箋　又念蜀道之難，北歸無日，惟思東下，自分為漁翁而已。曰滿地，則有隨寓皆安之意。關塞，即劍閣。鳥道，即棧道。

又　眉批：虞注（按：即演義）以關塞為巫峽，鳥道為峽中道，非是。

瑩按：此以「關塞」為指劍閣，以「鳥道」為指棧道，似嫌稍為拘狹。

一三、胡注　此詩妙處，尤在一結，人多以其儷句少之。《秋興》作於夔府，前六句，皆想像昆明池景色，於夔府全無根著。不著此二句，做出許大悵望悲感意來，安能收向本題？筆頭上真挽得千萬斤力者。昔余友俞羨長，於八篇中極推服此詩此結，其言不誣。

奚批　末二句，嘆已之流落，不得歸長安也。

又　末二句，極天、滿地，終然汗漫無何矣。

瑩按：此論二句結束收挽之筆力，所評頗是。奚批以「嘆已之流落」為說，亦頗簡當。

一四、杜臆　乃劍閣危關才通鳥道，欲歸不得，而留滯峽中。江湖滿地，而漂泊如漁翁，與前所見之信宿泛泛者何異？與其漁於江湖，何如漁於昆明池耶？

瑩按：此以「劍閣危關」釋「鳥道」。「漁翁」二字，杜甫不過自傷漂泊之意。「漁於昆明池」之說，則有意牽附，欲將夔峽、昆池合為一談，而「漁」字之解，似嫌落實。

一五、錢注　末二句，正寫所思之況。關塞極天，豈非風煙萬里；滿地一漁翁，即信宿泛泛之漁人耳。上下俯仰，亦在眼中。謂公自描一漁翁，則陋。

鈔本　鳥道、漁翁，俯仰上下，故國舊臣之感在焉。

石印本眉批　李云：末聯自述其播遷絕域，寄慨深而措詞雅，無妙不臻，殆難為懷。

瑩按：錢氏釋「信宿漁人」一句，以為乃杜甫以所見自況，如三章信宿漁人「延緣荻葦，攜家嘯歌，羈棲之客殆有弗如」之意，此句亦然，蓋借眼中所見以寄慨，非自描一漁翁也，與諸家引趙注以為漁翁公自謂者不同。舊鈔本「故國舊臣之感」之說及石印本眉批李氏所云「寄慨深而措詞雅」之言，皆能發言外之意，所言頗是。

一六、張解　關，劍關。塞，秦塞。鳥道，言其險絕，止鳥可度。

又　奈今劍閣秦塞，極天之險，更不易通。所以滿地皆江湖，止我一漁翁之漂泊耳。

一七、金解　況時方戰伐，蜀山鳥道，為關塞之至險，乃自上皇回鑾以後，僭亂相仍，極天之險，竟無足恃。顧此江湖，滔滔皆是，將何底止邪？然而抱江湖之憂者，只一個漁翁，雖憂亦安所用之？其必在當事慮患於未然哉！漁翁，蓋先生自謂也。

別批　目今關塞極天，往來閉塞，可通惟有鳥道。江湖滿地，渙然瓦解，繫心止一漁翁。縱有嘉謀，又將焉展也哉。

瑩按：金氏所謂「僭亂相仍」、「滔滔皆是」，全自言外之感慨立說，亦頗得杜甫憂傷之意，惟不可拘指耳。

一八、顧注　關塞，即白帝城。鳥道，峽中高山也，以其險絕，獸猶無蹊，特上有飛鳥之道耳。漁人，公自謂也。

又　而公居於蜀，隔以極天之鳥道，江湖雖廣，無計可歸，竟若漁翁之飄泊，良可嘆也。

一漁翁，「一」字，杜老胸中一肚皮不合時宜，大有目空四海之意。

又　鳥道、漁翁……故國舊臣之感在焉（見錢注）。

又　胡孝轅曰：此詩妙處，尤在一結。《秋興》作於夔府，前六句皆想像昆池景色，於夔府全無根著，不著此二句說出許大悵望悲感意來，安能收向本題？筆頭上真挽得千萬斤力者。

一九、論文　而此地則關塞也，山高極天，而惟通鳥道，亦不必昆明也。江湖滿地，何處不容漁翁耶！

瑩按：此乃作自為慰解之說。

二〇、澤解　洙曰（見分門注）。

又　夢弼曰（見千家注）。

又　「漁翁」句，趙曰：公自謂也（見九家注）。

二一、詩闡　身違故國，仰見關塞極天；夢斷長安，俯見江湖滿地。迢迢鳥道，無限烽煙；泛泛漁翁，堪悲身世。能勿興哀於昔年之窮兵黷武哉！

瑩按：此所云「關塞極天，夢斷長安」，「泛泛漁翁，堪悲身世」之說，闡述頗是。至於以「興哀於昔年之窮兵黷武」為說，則由於詩闡釋此詩「昆明池水漢時功」一句，即以明皇連擊南詔為說，其拘鑿已於首聯總按語辨之矣。

二二、會粹　漁翁，公自謂。

二三、仇注　庾肩吾詩：「輦道同關塞。」

又　《南中八志》：鳥道四百里，以其險絕，獸猶無蹊，特上有飛鳥之道耳（參看分門注）。

又　《孔叢子》：「世人言高者，必以極天為稱。」

又　《列子》：身在江湖之中。

又　隋《望江南曲》：「遊子不歸生滿地。」

又　傅玄詩：「渭濱漁釣翁，乃為周所諮。」

又　陳澤州注：關塞，即塞上風雲。江，即江間波浪。帶言湖者，地勢接近，將赴荊南也。公詩「天入滄浪一釣舟，獨把釣竿終遠去」，皆以漁翁自比。

又　身阻鳥道，而跡比漁翁，以見還京無期，不復睹王居之盛也。

影印本旁批　「關塞」一聯，顧夔府。

瑩按：仇引陳注，分別解說「江湖」二字，以為「江」字指夔府之「江間波浪」，湖則指「將赴荊南」之地，其用心頗細。然在杜甫寫此句時，恐未嘗如此瑣瑣辨析，而但渾然一氣寫下，非惟夔府荊南，無限漂泊之感，盡在其中。而錢注所云「故國舊臣之感」，金解所云「滔滔皆是」之憂，亦盡在言外矣。

二四、黃說　七言道阻難歸，八言旅泊無定，公思歸不得，多以道遠為辭。蓋本張衡《四愁》之旨。江湖滿地，即「陸沉」二字變化出之。

瑩按：此所云「陸沉」，與金解所云「滔滔皆是」之意頗相近。

二五、澹解　夢弼曰（見千家注）。

又　末二句，指玄宗幸蜀事，關塞極天，江湖滿地，隔絕飄零，為可悲也。一漁翁，即信宿泛泛之漁人耳。上下俯仰，亦在眼中。謂公自指則陋。

又　鳥道、漁翁，正寫西幸險遠冷落，以見其初放侈而後衰颯。

又　此結最妙，前六句俱寫昆明景色，於夔府全無著落，用對語收到本題，筆有千鈞之力。

瑩按：澹解釋此詩，全以「借漢武諷玄宗」，譏其「喜事開邊」，「勤遠功而貽近禍」為說（見本章章旨及首聯之說），故以「指玄宗幸蜀」說此二句，其拘執穿鑿，已於前文辨之矣。至於漁翁，以為乃「眼中」所見，而非公自指，說與錢注同。而論二句收挽全詩之妙。則與胡注之說同，皆已詳前。

二六、言志　是向之欲立功異域者，今且秦關百二，不能自保。舉目天涯，處處皆成險阻，與鳥道無異。烏睹此謂太平之世，王道蕩蕩者耶？徒使江湖之間，有一漁翁，投竿而泣。滿地兵戈，誰為抱杞人之憂者？末二語言天下大勢，壞亂已極，憂之者惟己一人也。

瑩按：此以「險阻」釋「鳥道」，以「滿地兵戈」釋「江湖滿地」，以「漁翁」為杜甫之自喻。

二七、通解　而公客居於蜀，隔以極天之鳥道，而飄泊江湖，無計可歸，竟若一漁翁然，良為可嘆。「一」字有旁若無人意。

又　黃白山曰：七云……飄泊無定也（參看黃說）。

二八、提要　一結及自己，所以傷之也。練「極天」字、「滿地」字、「唯」字、「一」字，儼然天地甚窄，無處可容身也。回抱上六句，一線穿成，其用意沉鬱，良由練字響亮也，唯其練字響亮，故用意愈沉鬱。

又　對結有力，二句傷今。

瑩按：此論煉字及對結之有力，所言頗是。

二九、心解　極天鳥道，夔多高山也；江湖滿地，猶云漂流處處也。

瑩按：此以「漂流處處」釋「江湖滿地」，而不作夔府與荊南之辨說。

三〇、范解　徒嘆關塞之遙，隔以極天鳥道。江湖雖廣，無計可歸，若漁翁之漂泊無所，良可悲也。

又　《秋興》作於夔府，惟第六首點「瞿唐」二字，此前六句皆想像昆明池景物，於夔府全無根著，不著此「關塞」二句，安能收到本題？第四首「秋江冷」，第五首「臥滄江」，皆用此法。蓋八首中詠夔州總不脫長安，詠長安必仍顧夔州，故園之心，寓居之地，處處環映，章法最細。

瑩按：此亦以「漁翁」為杜甫自喻。後一則自此一聯論本章之章法，而兼及他章之章法。

三一、偶評　結意身阻鳥道，跡比漁翁，見還京無期也。

又　旁批：對結。

三二、沈解　乃謂劍關秦塞，極天之高，唯一鳥道而已，所以不易還也，可見此地之景。唯順流下峽，則江湖滿地，我若一漁翁，任其飄泊耳。安得不令人感嘆乎。

三三、江說　關塞，巫山、巫峽。

又　《南中八志》（見仇注）。

三四、鏡銓　「關塞」句。謂夔多高山。

又　極天、滿地，乃俯仰興懷之意。言江湖雖廣，無地可歸，徒若漁翁之飄泊，昆明盛事，何日而能再睹也哉。

瑩按：此以「俯仰興懷」說「極天」、「滿地」，雖似含混，而情意頗是。「若漁翁之飄泊」者，蓋亦以漁翁為杜甫自況。

三五、集評　「關塞」句，李云：巫山、巫峽。

又　末聯自述其播遷絕域，寄慨深而措詞雅，無妙不臻，殆難為懷。

三六、選讀　鳥道，謂險絕無獸跡，止有飛鳥之道。

又　身阻鳥道……王居之盛也（見仇注）。

又　關塞……荊南也（見仇注引陳澤州注）。

三七、沈讀　此結最妙，前六句俱寫昆明景色，於夔府全無著落，用對語收到本題，筆有千鈞之力。

又　末二句……自指則陋（見溍解）。

三八、湯箋　山城關塞，一望極天，鳥道才通，險危曠絕，波流漁父，俯仰皆愁。

瑩按：此云「俯仰皆愁」，蓋亦鏡銓俯仰興懷之意。

三九、啟蒙　仇注：身阻鳥道……不復睹昆明之勝也（參見仇注）。

嘉瑩按：此二句首當辨者，為「關塞」之所指。有以為指白帝城之塞者，九家趙注、分門注、蔡箋、千家注、顧注、澤解及滔解主之；有以為指劍閣者，意箋及杜臆主之；有兼劍閣、秦塞而言者，張解及沈解主之。演義雖亦引九家趙注以為關塞言白帝城，然而立說乃兼劍閣秦塞而言；有以為指出蜀入秦之路者，頗解主之。綜觀諸說，以為但指白帝城或劍閣，似皆稍嫌拘狹，而以為指出蜀入秦之路，則又嫌稍泛，然各說亦皆有可取之處。蓋就眼前所見者言之，則有白帝高城焉；就蜀地之具有代表性者言之，則有劍閣危關焉；而就詩人之所感慨者言之，則正慨秦蜀道路之隔絕遙遠焉。詩人情意感慨之所及，原可兼此三說而有之。與其確指某一關塞以實之，不如以之為泛指秦蜀間之高城險塞之為愈也。夫如此則雖未標舉白帝城、劍閣，而白帝城、劍閣皆在其中矣。又其次當辨者，則「鳥道」之所指。有泛言一帶高山者，九家趙注、分門注、蔡箋、千家注、演義、澤解、滔解皆作此說；有以為指夔多高山者，心解及鏡銓主之；有以為指棧道而言者，意箋主之；有以道路多狹，通者鳥道為說者，分門注引洙曰及邵注主之；有但以險絕為說者，張解、顧注主之。綜觀諸說，立言雖異，而意頗相近。蓋鳥道原不過寫山路之險絕難通，高山、棧道、狹路，皆此意也。次句當辨者，則首為「江湖」二字之所指。有以為指所寓之地者，頗解主之；有以為謂瀟湘洞庭者，詩通及邵注主之；有以為指順流下峽者，演義及沈解主之；有以為江即江間波浪，湖者將赴荊南也，仇引陳澤州注主之；有以為江湖有滔滔皆是之意者，金解主之；有以為乃陸沉二字變化出之者，黃說主之；有以為乃漂流處處之意者，張解、顧注及心解主之；有以昆明若江湖為說者，愚得主之。綜觀諸說，愚得所云昆明若江湖之說，最為牽強不可通，已辨之於前。至於其他各說，約可做如下之歸納：私意以為「江湖」二字實兼指所寓之地與將往之地而言，故演義乃以順流下峽為說，心解乃以漂流處處為說。至於仇引陳注分別以江為指江間波浪，湖則指將赴荊南為說，其意雖亦相通，然如此分劃反嫌拘執，詩通及邵注瀟湘洞庭之說，亦失之狹。至金解「滔滔皆是」與黃說「陸沉」及言志「滿地干戈」之說，即使杜甫言外有此感，然不必如此解也。又次當辨者，則為「漁翁」二字之所指。有以為公自謂者，九家趙注、分門注、千家注、演義、詩通、邵注、金解、澤解、會粹、仇引陳澤州注皆主之，杜臆云漂泊如漁翁，提要云結及自己，顧注、通解、范解、沈解及鏡銓皆云若漁翁漂泊，亦皆以漁翁為杜甫自謂；有以為乃就眼中所見以寄慨者，錢注、溍解及沈讀主之。觀此詩「江湖滿地一漁翁」之句，「漁翁」二字仍以杜甫自謂為是，不得與三章之「信宿漁人還泛泛」同觀也，錢注及溍解之說不可從。至此二句之言外之意，則有以為乃鳥道、漁翁興哀於昔年之窮兵黷武者，詩闡主之；有以為乃指玄宗幸蜀，寫西幸險遠者，溍解主之。觀此一聯不過慨昆明之阻絕，己身之流落，頗解、詩通、邵解、邵注、胡注、黃說皆但作此說，雖自首聯「漢時功」二句觀之，今日之阻絕流落，不可謂無慨及昔年武事之意，然必如詩闡之以窮兵黷武為言，則反傷淺露，至溍解以為鳥道、漁翁乃慨西幸險遠，則迂遠穿鑿，更無可取矣。

其八

昆吾御宿自逶迤，紫閣峰陰入渼陂。
香稻啄餘鸚鵡粒，碧梧棲老鳳凰枝。

佳人拾翠春相問，仙侶同舟晚更移。
彩筆昔遊干氣象，白頭今望苦低垂。

【校記】

昆吾句　分門、錢注、翁批、仇注、鄭本皆注云：一本作「紫閣峰陰入渼陂，昆吾御宿自逶迤。」

瑩按：無論以平仄格律及情致次第言之，皆以「昆吾」句在前為佳。當以「昆吾」句作首句為是。

渼陂　王本作「漢陂」。分門引鄭句：「今本作漾，非是。」錢注及鄭本皆注云：「晉作漾。」

瑩按：渼陂，地名，為長安附近勝遊之地，作「漢」作「漾」者，皆為形近之誤。

香稻　蔡箋、范批、金解、黃說、通解、心解、集評、詩鈔皆作「紅豆」，惟心解注云：「一作香稻。」他本皆作「香稻」，惟分門及鶴注引《古今詩話》注云「一作紅飯」；朱注云「一作紅豆」，一作「紅稻」；又錢注、翁批及鄭本皆注云：「草堂本作紅豆，一作紅稻，一作紅飯。」鏡銓則但注云：「一作紅豆。」

瑩按：私意以為作「香稻」為是，注云一作「紅稻」者，則因俗士或易「香」字為「紅」字，以與下句「碧」字相對。至於「紅豆」則「紅稻」二字音近之訛，「紅飯」則「紅稻」之引申也，說詳此聯集解按語。

啄餘　朱注、詩闡、仇注、翁批及選讀作「啄殘」，而仇注及翁批皆注云：「一作餘。」他本皆作「啄餘」，惟蔡箋、錢注、鄭本及鏡銓注云：「一作殘。」

瑩按：此句蓋回憶當年渼陂景物之富饒豐美，似以作「餘」字意味較佳。

仙侶　或作「僊侶」。

瑩按：「仙」與「僊」二字相通，可毋庸辨。

晚更移　諸本皆同，惟邵注一本作「晚更携」。

瑩按：此詩叶支韻，「携」字在齊韻，不可從，仍以作「移」字為是。

昔遊　王本、九家、錢注、朱注、通解、翁批、江說、黃說、鄭本皆作「昔遊」，而錢注、翁批、鄭本皆注云：「一作曾。」他本皆作「昔曾」，惟仇注云：「一作遊。」

瑩按：雖各本作「昔曾」者為多，然此句似當從較早之王洙本作「昔遊」為是。「彩筆昔遊」者，以「彩筆」記「昔遊」也，且「彩筆昔遊」正與下一句「白頭今望」相呼應。夫尾聯雖不必對偶工整，然呼應對比亦自有其神情氣勢之妙，如第七章尾聯，豈不亦以相呼應之對句取勝。故此句似當作「昔遊」，與下句「今望」相對，言昔日遊賞之地，今但遙思遠望而已，正可為八章結句，收煞極為得體。

今望　王本、九家、分門、鶴注、蔡箋、千家、演義、愚得、頗解、詩通、邵解、邵注、意箋、胡注、劉本、郭批、錢注、金解、翁批、論文、澤解、詩闡、湣解、心解、鄭本、鏡銓、湯箋諸本，並皆作「吟望」。惟會粹、仇注、黃說、通解、提要及選讀作「今望」。

瑩按：自上一句「彩筆昔遊」觀之，此句自當以作「白頭今望」為是，而較早之諸本並作「吟望」，蓋因「今」、「吟」二字形體相近，各本相沿致誤，會粹、仇注及黃說辨之頗詳，可參看末聯集解。

【章旨】

一、九家　趙云：此篇紀其舊遊渼陂之事。

二、演義　此詩專為渼陂之景而作。

三、詩通　此思故國之渼陂也。
四、邵解　感思故國渼陂。
五、意箋　此公因秋思昔日渼陂之遊也。
又　朱批：張文忠公云：遊渼陂，感時物之變，以比小人厚祿，君子位衰。看得深，但與「佳人」、「仙侶」語意不合，細玩，總是追言昔盛時年穀豐登，賢臣遇主，以及士女宴遊之樂，而嘆今之不然耳。

瑩按：意箋朱批駁張文忠公之說，以為此詩乃寫盛時治平宴遊之樂，不必作為小人君子過為深求之解也。

六、杜臆　所思不專渼陂。
又　此詩止「仙侶同舟」一語涉渼陂，而演義云專為渼陂而作，誤甚。

瑩按：此以為不專思渼陂，與諸說異。

七、錢注　此記遊宴渼陂之事也（按抄本句末無「也」字而多「嘆焉」二字）。
又　箋以為思昔遊之長安是矣，今更指昔遊之地，謂亦連躡上章而來。蓋武帝建元中，微行數出，廣開上林，東南至宜春、鼎湖、昆吾、御宿，北繞黃山，周袤數百里。元狩三年，始穿昆明池以象滇河。今詩「昆吾御宿」二句，正指武帝所開城南故地，言自逶迤者，躡昆明池水言之，謂不獨穿鑿昆明為武帝之功，凡上林黃山之間，更衣禁禦，建置歷然，亦皆如昆明旗幟，常在眼中也。「秦中自古帝王州」一句，亦總結於此，蓋事訖而重申，亦章重而事別矣。公詩如駭雞之犀，四面皆見，故錯綜牙舉，以告知者。

瑩按：錢氏初箋但以為此章為記遊宴長安渼陂之事，而又箋則以為此章連躡上章而來，接言漢武之功，而遠承六章之「自古帝王」一句。夫杜公此八詩，若細加按求，則其間往復交織，章章莫不有相承相應之處，錢氏又箋之說，固不為無見，然若以分章章旨言之，則殊不必如此葛藤牽附以為之說也。

八、張解　此思故國之渼陂也，承上章漁翁，故思及泛舟事。

九、金解　末一首，乃其眷戀京華之至也。

瑩按：金解不以渼陂為言，而云「眷戀京華之至」，蓋就其所含之情意為說，惟稍嫌含混耳。

一〇、顧注　前所思蓬萊、曲江、昆明，皆屬朝廷之事。此思渼陂，則追溯昔遊而自嘆也。公與岑參輩泛舟渼陂，賦詩相樂，公詩所謂「半陂以南純浸山」者是也。

一一、朱注　錢箋：此記遊渼陂之事也（參看錢注）。

一二、論文　此首思渼陂也。

一三、詩闡　一思渼陂。

一四、會粹　此首追憶渼陂而作。

一五、仇注　八章思長安勝境，溯舊遊而嘆衰老也。

一六、黃說　此思昆吾以下諸遊也。

一七、溍解　此記遊宴渼陂之事也。

一八、言志　此第八首承上文昆明池，而次及於昆吾、御宿、紫閣、渼陂諸勝，以追憶昔遊之不可復得也。

又　前數首皆慷慨君國，以極其怨慕之意；此一首則悼惜己身之盛衰，亦先公後私之義也。

一九、通解　此公憶遊渼陂，而敘其遊時之物、遊時之人，而總收八首作結也。

二〇、提要　此思長安渼陂之遊，為八章總結。昆吾、御宿、紫閣峰三地名，皆近渼陂。

二一、心解　卒章之在京華無專指，於前三章外，別為一例。此則明收入自身遊賞諸處，所謂向之所欣，已為陳跡，情隨事遷，感慨繫之，此《秋興》之所為作也，為八詩大結局。

二二、范解　前思蓬萊、曲江、昆明，皆指宮苑而言，故國有所思也；此思渼陂則追溯昔遊而自嘆，是平居有所思。

二三、偶評　此章追敘交遊，一結並收拾八章。所謂故園心、望京華者，一付之苦吟悵望而已。

二四、沈解　此詩專詠渼陂之景，而因傷今之不如昔也。

二五、江說　查慎行曰：後四首接有所思來，末首追溯交遊，興感搖落，為八首之總結也。追思故國，回首長安，皆昔所不能忘者，故以「昔」字收之。所謂故園心、望京華者，一付之苦吟，以見悲秋之意也。

二六、鏡銓　此思長安之渼陂也，上三首皆言國事，歸到自己憶舊遊作結。

二七、選讀　八章思長安勝境，溯舊而嘆衰老也。

二八、沈讀　此記遊宴渼陂之事也。

二九、啟蒙　此章思故國之渼陂也。

嘉瑩按：此章為八詩總結，有無限懷思唱嘆之餘音，就字句之表觀之，自以渼陂為主，故九家、詩通、邵解、意箋、錢注初箋、張解、顧注、朱注、論文、詩闡、會粹、通解、湣解、提要、范解、沈讀、啟蒙諸說，皆以思渼陂為言。然若就其所蘊涵之情意觀之，則此詩所感嘆懷思者，實不僅渼陂而已，不過借渼陂以發之耳。故此詩更於第五句著一「春」字，以為秋興之餘韻，第七、八兩句著一「昔」字與「今」字相映帶，以為八詩之總結。杜臆云所思不專渼陂，金解云乃眷戀京華之至，心解云卒章之在京華無專指，此三說皆為有見有得之言，不可以其為浮泛而悠忽視之也。至意箋朱批引張文忠公小人君子之說，則不免過於深求。朱批引「佳人」、「仙侶」之句以為張說與原詩語意不合，其說極是。至於演義之以為專為渼陂之景而作，其為拘狹淺薄，一望可知，杜臆已早駁之於前矣。又錢注又箋以為此章乃承前二章之「漢時功」及「自古帝王」而來，似嫌牽強，亦已於前引錢注時辨之矣。又偶評及江說以為追敘交遊，則自可聯想及之。

【集解】

昆吾御宿自逶迤，紫閣峰陰入渼陂。

一、九家《杜補遺》：揚雄《羽獵賦序》：「武帝廣開上林，南至宜春、鼎湖、御宿、昆吾。」晉灼曰：昆吾，地名，有亭。師古曰：御宿在樊川西。

又　趙云：此篇記其舊遊渼陂之事。師古曰：御宿在樊川西。以今《長安志》考之，在萬年縣西南四十里。孟康注《漢書》曰：為離宮別觀，禁御不得使人往來，遊觀止宿其中，故曰御宿。自逶迤，想今尚如此，而引下句渼陂，大率皆終南山一帶之下耳。紫閣峰，終南山之峰名，終南山以鄠縣言之在東南二十里，渼陂在縣西五里。

瑩按：此釋諸地名，《漢書》卷八十七《揚雄傳・羽獵賦序》云：武帝廣開上林，南至宜春、鼎湖、御宿、昆吾。注引晉灼曰：鼎湖，宮也，《黃圖》以為在藍田。昆吾，地名也，有亭。師古曰：宜春近下杜，御宿，在樊圃西也。

二、分門　鄭曰：晉灼曰：昆吾，地名，有亭。

又　顏師古曰：御宿苑，在長安城南。

又　孟東（按當是「康」字之誤）曰：諸（按當是「離」字之誤）宮別觀，不許人往來，上宿其中，故曰御宿。

又　趙曰：此篇紀其舊遊渼陂之事也，昆吾、御宿，皆地名，以《長安志》考之，在萬年縣西。紫閣峰，終南山之峰名（見九家注）。

三、鶴注　鄭曰（見分門注）。

又　孟東曰（見分門注）。

又　趙曰：昆吾、御宿，皆地名……在萬年縣西（見分門注）。

又　鶴曰：《子虛賦》：「琳珉昆吾。」張揖曰：昆吾，山名也，出善金。

按《史記‧司馬相如傳》引《子虛賦》作「琨珸」。集解云：琨珸，山名也。索隱引《河圖》云：流洲多積石，名琨珸石，煉之成鐵。《十洲記》云：流洲在西海中，多積石，名為昆吾，冶其石，成為鐵。據此知《子虛賦》之「昆吾」，非杜甫詩「昆吾御宿」所云在長安附近之昆吾。唯是長安附近之昆吾或即因西海中之昆吾山得名耳。《通鑑》云：郭子儀引三千騎，自御宿洲（按當作「川」）循山而東，謂王延昌曰：六軍將士逃潰者，多在商州，今速往收之，並發武關防兵，數日間，出藍田以向長安，吐蕃必潰。則御宿川在京兆府之境甚明。

四、蔡箋　逶迤，通作委蛇，委曲自得貌。《左氏傳》：衛顓帝之墟。杜預曰：帝丘昆吾，因之故曰昆吾之墟。《後漢志》：東郡治濮陽，古昆吾國。杜預曰：古衛地。

又　《揚雄傳》：武帝廣開上林，南至宜春、鼎湖、御宿、昆吾。晉灼曰：昆吾，地名也，有亭。孟康曰：諸宮別觀，不許人往來，上宿其中，故曰御宿（按所引見《漢書・揚雄傳・羽獵賦序》可參看九家注）。

又　《三秦記》：漢武帝果園，一名樊川，一名御宿，有大梨如升，落地則破，名含清梨。

又　渼陂，在長安鄠縣。紫閣峰，乃終南山連屬之峰也。

五、千家　趙曰：昆吾、御宿，乃地名。《漢書》：武帝廣開上林，南至宜春、鼎湖、御宿、昆吾，是也（參看九家注）。

又　紫閣峰，乃終南山之別峰，與渼陂皆在長安。

六、演義　「昆吾」、「御宿」，地名。《漢書》：武帝廣開上林，南至宜春、鼎湖、御宿、昆吾（見千家注）。

又　按《通鑑》：郭子儀引三千騎，自御宿川循山而東，北出藍田，以向長安。公《渼陂》詩云：「水面月出藍田關。」又：「下歸無極終南黑。」可以見昆吾、御宿，乃渼陂相近之地。紫閣又南山之峰名，臨乎陂上者也。蓋公自長安而遠遊渼陂，必道經昆吾山、御宿川而行，及至則見峰陰入陂，所謂「半陂以南純浸山」是也。

瑩按：此引杜甫詩為證，以釋昆吾、御宿、紫閣峰、渼陂諸地，而以「半陂以南純浸山」釋「入渼陂」，似以為此三字乃山影入於陂中之意。

七、愚得　言長安勝遊之地，若昆吾、御宿、紫閣、渼陂，則佳人拾翠，仙侶同舟，昔我彩筆，曾干氣象。今在夔府，白頭吟望，而苦低垂者，感傷之至，不能自已耳。賦也。

瑩按：此就通篇立說，以為昆吾、御宿、紫閣、渼陂，皆指昔日長安勝遊之地。

八、頗解　公自長安往遊渼陂，必道經昆吾山、御宿川。曰逶迤，嘆己不得至也。首四句，言渼陂之景。

瑩按：「逶迤」二字有委曲長遠之意。蓋寫經昆吾、御宿、紫閣而入渼陂之路也。曰「自逶迤」，則想像當年路徑依然如故，而人老滄江，羈身夔府，言外自有無窮感慨懷思之意。惟若徑以「嘆已不得至」釋「逶迤」，則似過於簡率。

九、詩通　昆吾，地名。御宿，川名。乃長安至渼陂所經之地。逶迤，回遠貌；紫閣，終南山之別峰，所謂「半陂以南純浸山」者也。

又　此思故國之渼陂也，言適渼陂之路，浸渼陂之山，今自皆在，而我乃不得復遊其地也。

瑩按：此以「今自皆在」釋「自逶迤」之「自」字，頗得原詩情意。

一〇、邵解　昆吾，地名。御宿，川名。逶迤，回遠。紫閣峰，終南別峰。

又　長安至渼陂，道必經昆吾、御宿，然昆吾、御宿但自逶迤耳。惟紫閣峰陰則入於渼陂，即公所謂「半陂以南純浸山」是也。

瑩按：此蓋亦以山影入於陂中釋「入渼陂」三字。

一一、邵注　賦也。昆吾，地名。御宿，川名。紫閣峰，終南山之別峰。渼陂，水名。皆在長安。昔公自長安而遊渼陂，必道經昆吾、御宿，及至，則見峰陰入陂，所謂「半陂以南純浸山」者是也。

又　此感渼陂不得返舊遊也，言由昆吾、御宿逶迤而至於渼陂，惟見紫閣峰陰倒浸陂間。

瑩按：此亦以峰影倒浸釋「入渼陂」。

一二、意箋　昆吾、御宿，所經之地。逶迤，回遠也。紫閣峰陰入渼陂，所謂「半陂以南純青（按：當是「浸」字）山」是也。

一三、胡注　紫閣峰，秦地。

奚批　此已在故國時也。

又　首句，仍從故國起。

一四、杜臆　按《名勝志》：御宿、昆吾，傍南山而西，皆武帝所開上林苑也，方三百里。按其故基，跨今盩厔、鄠、藍田、咸寧、長安五縣之境，而渼陂在鄠，則知昆吾、御宿，逶迤皆在故時上林苑中。

瑩按：此但云諸地之位置。

一五、詩攟　「昆吾御宿自逶迤，紫閣峰陰入渼陂」，二句中有四地名，與青蓮《峨眉山月歌》四句中有五地名，皆大手筆，偶然流出，不自覺知，使有意爐錘，豈易到此。

瑩按：此就所用地名之多評筆力氣魄之大，而未加解說。

一六、錢注　《羽獵賦序》：武帝廣開上林，東南至宜春、鼎湖、御宿、昆吾。晉灼曰：昆吾，地名，上有亭。師古曰：御宿，則今長安城南御宿川也。羞、宿聲相近，故或云御羞，或云御宿。《三輔黃圖》曰：御宿川，在長安城南，武帝離宮別館，禁禦人不得往來，上宿其中，故曰御宿（參看九家注）。

又　《遊城南記》：東上朱坡，憩華嚴寺，下瞰終南之勝，霧巖玉案，圭峰紫閣，粲在目前。注曰：圭峰紫閣，在終南山祠之西，圭峰下有草堂寺，紫閣之陰，即渼陂，杜詩「紫閣峰陰入渼陂」是也。

又　蓋武帝建元中微行數出，廣開上林，東南至宜春、鼎湖、昆吾、御宿……故錯綜牙舉以告知之（參看章旨錢注）。

石印本眉批　李云：起聯山水之盛。

瑩按：錢注亦但注諸地之位置，眉批以為寫山水之盛。

一七、張解　昆吾，山名。御宿，川名，因上宿於此驛故。紫閣，終南山之別峰。

又　言自長安而遠遊渼陂，必道經昆吾、御宿，及至，則見峰陰入陂，所謂「半陂以南純浸山」也。

一八、金解　前解（按指前四句）極言長安風土之樂。昆吾，地名，有亭。御宿，川名，有苑，漢武嘗宿於此，故曰御宿。渼陂，魚甚美，因以為名，在紫閣峰之陰。遊渼陂者，必從昆吾、御宿經過，紫閣峰陰，因渼陂而及之也。先生年老，浪跡夔州，意在歸隱。因昔嘗同岑參兄弟遊渼陂，經昆吾、御宿，喜其風土之良，故切切念之，特掛筆端耳。

瑩按：杜甫久羈夔府，思昔遊，念渼陂，是也。必加歸隱為說，則不免添字解經矣。

一九、顧注　《漢書・揚雄傳》：武帝……有亭。師古曰：長安城南有御宿川，武帝遊觀宿其中，人不得入（參看蔡箋）。

又　《通志》：紫閣峰，在圭峰東，旭日射之，爛然而紫。其形上聳若樓閣。公自長安而遊渼陂，必道經昆吾山、御宿川而行，及至，則見峰陰入陂，故曰逶迤，曰入。

又　張禮《遊城南記》曰：圭峰紫閣……入渼陂是也（參看錢注引《遊城南記》注曰）。

二〇、朱注　《羽獵賦序》（參看九家注）。

又　師古曰（參看分門注）

又　《長安志》：昆吾亭在藍田縣境。御宿川在萬年縣西南四十里。

又　《三秦記》（參看蔡箋）。

又　張禮《遊城南記》（參看錢注及顧注）。

又　《長安志》：終南有紫閣峰。

又　《一統志》：在鄠縣東南三十里。

二一、論文　自昆吾苑、御宿苑逶迤而來，則紫閣峰陰而渼陂至矣。

瑩按：此以為入渼陂，乃至渼陂之意，而非山影入於水中也。

二二、澤解　鄭曰：晉灼曰：昆吾，地名，有亭。顏師古曰：御宿苑在長安城南。孟東野（按此蓋由分門注誤引孟康為孟東又輾轉訛為孟東野也）曰：諸宮別觀，不許人往來，上宿，皆宿於此，故名御宿（參看九家注）。

又　趙曰：昆吾、御宿，皆地名，以《長安志》考之，在萬年縣西（參看九家注）。

又　鶴曰：《子虛賦》：「琳珉昆吾。」張揖曰：昆吾，山名也，出善金（見鶴注）。

又　夢弼曰：逶迤……委曲自得貌（見蔡箋）。

又　趙曰：紫閣峰，終南山之峰名（見九家注）。

二三、詩闡　昔年漢武廣開上林，南至昆吾御宿。我天寶末年在長安待詔時，嘗循昆吾御宿而行，到紫閣峰陰遂入渼陂也。

瑩按：此亦以到紫閣峰入渼陂為說，非山影入於水中也。

二四、會粹　《羽獵賦序》：武帝廣開上林，東南至宜春、鼎湖、御宿、昆吾。

又　《長安志》：（見朱注）。

又　《四皓歌》：「漠漠高山，深谷逶迤。」

又　《長安志》：終南有紫閣峰。

又　《一統志》：在鄠縣東南三十里（按此指終南峰，參見後之仇注）。

二五、仇注　《羽獵賦序》：武帝廣開上林，東南至宜春、鼎湖、御宿、昆吾。金注：御宿，次武帝宿此得名（參看九家注）。

又　《長安志》：昆吾亭……四十里（見朱注）。

又　《四皓歌》（見會粹）。逶迤，回遠貌。

又《通志》：紫閣峰，在圭峰東，旭日射之，爛然而紫，其形上聳，若樓閣然。（按仇注《渼陂西南臺》詩「顛倒白閣影」句引《通志》云：紫閣、白閣、黃閣三峰，俱在圭峰東。紫閣，旭日射之，爛然而紫。白閣陰森，積雪不融。黃閣，不知所謂。三峰不甚遠。）

又張禮《遊城南記》：圭峰紫閣，在終南山寺之西（參看錢注）。

又《一統志》：紫閣峰，在鄠縣東南三十里。

又演義：公自長安遊渼陂……所謂「半陂以南純浸山」者是也（見演義）。

又杜臆：按《名勝志》……昆吾，御宿，皆在上林苑中。曰逶迤，則延袤廣矣（參看杜臆）。

二六、黃說　逶迤，兼下句而言。

瑩按：此云逶迤兼下句而言，其意蓋謂路經昆吾、御宿逶迤傍紫閣峰陰而至渼陂。

二七、滷解　趙曰：昆吾、御宿，乃地名。《漢書》：武帝廣開上林，東南至宜春、鼎湖、御宿、昆吾。紫閣峰乃終南山之別峰，與渼陂皆在長安（參看九家注）。

又此記遊宴渼陂之事也。首句言山川之勝。

又公自長安遊渼陂，必道經昆吾山御宿川而行，故曰逶迤。

又前《渼陂行》「岑參兄弟皆好奇」，正其事。

瑩按：此以為二句記當年遊宴山川之勝。

二八、通解　言憶前與岑參兄弟遊渼陂，從昆吾而始，復經御宿川，一路逶迤，及至渼陂，則紫閣峰高，陰入水中，地偏而境何幽也。

又《漢書》：昆吾，山名。御宿川，通紫閣峰，在圭峰東（參看千家注）。

又顧修遠曰：此思渼陂，追溯其遊，而自嘆也。首聯，紀山川之勝（參看顧注之章旨及次聯之說）。

二九、提要　一、二，昔遊所歷之山川。

三〇、心解　一、二，羅列長安諸勝，皆身所歷者。

瑩按：以上二說皆與仇注相近。

三一、范解　昆吾，地名；御宿，川名。《羽獵賦序》（見九家注）。

又　《通志》（見顧注）。

又　言自昆吾、御宿逶迤而來，至紫閣峰之陰，已入渼陂，固昔時熟遊地也。

三二、沈解　昆吾，山名。御宿，川名，亦漢武帝所開也。紫閣峰，乃終南之別峰，與渼陂並在長安。

又　言我自長安而遠遊渼陂，道經昆吾御宿而行，及至，則見南山紫閣之峰，臨乎陂上，而陰入其地也。

三三、江說　《長安志》（見朱注）。

又　《三秦記》（參看蔡箋）。

又　《一統志》（見朱注）。

又　演義：公自長安……純浸山是也（見演義）。

三四、鏡銓　昆吾、御宿，乃適渼陂所經。

又　《羽獵賦序》：武帝廣開上林……昆吾。晉灼曰：昆吾，地名也，有亭。師古曰：御宿苑，在長安城南，今之御宿川也（參看九家注）。

又　《三秦記》：樊川，一名御宿川（參看蔡箋）。

又　《長安志》：昆吾亭……四十里（見朱注）。

又《長安志》：終南有紫閣峰。

又《通志》：其形上聳（按指紫閣峰，參看仇注）。

瑩按：此亦但云諸地之位置。

三五、集評　李云：起聯，山水之盛。

三六、選讀　御宿、昆吾，傍南山西，皆漢武所開。御宿，以武帝宿此得名。

又　逶迤，延衣貌（按此說不及蔡箋解作委曲自得貌為勝）。

又《長安志》（見朱注）。

又《通志》（見顧注）。

又　自長安遊渼陂，必道經昆吾、御宿，及至，則見紫閣峰陰入於渼陂焉（參看張解）。

三七、沈讀　公自長安遊渼陂，必道經昆吾山、御宿川而行，故曰逶迤。

三八、湯箋　更想昔遊，渼陂為最，昆吾、御宿，道經紫峰。

三九、啟蒙　浦注：昆吾、御宿，皆在漢武所開上林苑中，方三百里，跨今盩厔、鄠、藍田、咸寧、長安五縣之境。紫閣峰在圭峰東，渼陂即在圭峰之旁。

又　昆吾、御宿，為自長安入渼陂所經，而紫閣峰則與渼陂相連。峰陰入陂，所謂「半陂以南純浸山」者也。

嘉瑩按：此一聯諸家之說，所注諸地名之位置，雖引書有詳略之異，而大體皆相近。要之，諸地皆在長安城南，昆吾、御宿，乃適渼陂所經，逶迤而行，遂沿紫閣峰陰至於渼陂矣。「自逶迤」三字，情致極佳，想像當年遊歷所經，依稀如在目前。疊用諸地名，正可見懷舊之情之深切纏綿。此聯所當辨者，惟「入渼陂」三字，演義、邵解、邵注、張解皆引杜甫《渼陂行》「半陂以南純浸山」一句，以山影入於陂中，釋「入渼陂」三字，所說似未免拘執。蓋「入渼陂」句，乃承上一句「逶迤」而來，論文、詩闡、黃說、范解皆以為逶迤而至於渼陂之意。如此，二句之情意始相呼應連貫，「半陂以南純浸山」句，但可證明陂水正在紫閣峰陰之畔，而不可以山影浸入陂中釋「入」字也。

香稻啄餘鸚鵡粒，碧梧棲老鳳凰枝。

一、九家　趙云：言其昔日所見如此。《秦紀》：初長安謠曰：「鳳凰上阿房。」苻堅遂於阿房城植桐數萬株。可見種桐之事。貼以鳳凰枝，則莊子鳳凰非梧桐不棲也，因言梧桐而非鳳事飾之（按此句疑有脫誤）。沈存中：「紅稻啄餘鸚鵡粒，碧梧棲老鳳凰枝」，此蓋語反而意寬。韓退之《雪》詩「舞鏡鸞窺沼，行天馬度橋」，亦效此體，然稍牽強，不若前人之語渾也。沈之說如此，蓋以杜公詩句本是鸚鵡啄餘紅稻粒，鳳凰棲老碧梧枝，而語反焉。韓公詩句本是窺沼鸞舞鏡，度橋馬行天，而語反焉。韓公詩，從其不反之語，義雖分明，而不可誦矣，卻是何聲律也？若杜公詩則不然，特紀其舊遊渼陂之所見，尚餘紅稻在地，乃宮中所供鸚鵡之餘粒，又觀所種之梧，年深即老，卻鳳凰所棲之枝，既以紅稻、碧梧為主，則句法不得不然也。

瑩按：九家注此聯上句作「香稻」，然趙注引沈括（存中）《夢溪筆談》則作「紅稻」，仍當以作「香稻」為是。至於論此二句之特紀渼陂之所見，故以香稻、碧梧為主，則其說甚是。據杜甫《與鄠縣源大少府宴渼陂》詩有「飯抄雲子白」之句，足見渼陂稻米之美。又趙注引《秦紀》：「苻堅遂於阿房城植桐數萬株。」據《史記・秦始皇本紀》：「三十五年，乃營作朝宮渭南上苑中。」正義云：「秦阿房宮亦曰阿城，在雍州長安縣西北一十四里。」而渼陂正在長安城西，杜詩屢云「城西陂」，則自昆吾、御宿、紫閣逶迤而入渼陂，其沿途所見之多碧梧亦可知。杜甫回憶當年景物盛麗，故首云香稻、碧梧。至於啄餘鸚鵡、棲老鳳凰，不過極寫香稻、碧梧之美而寄其今昔之悲慨耳，與韓詩之故作反語者，固不可同日而語也。

二、分門　余（按此字當為「洙」字之誤，黃鶴注本引作「洙曰」可證）曰：《古今詩話》云：「紅飯啄餘鸚鵡粒，碧梧棲老鳳凰枝」，此語反而意奇。退之詩云「舞鑑鸞窺沼，行天馬度橋」，亦效此裡（按黃鶴本作「理」字，千家本作「體」字，當從千家本為是）。

瑩按：「香稻」之誤為「紅稻」，蓋由「紅」字與下一句之「碧」字相對，字面較工，因而致誤。其後復由「紅稻」誤為「紅飯」，則既卑俗且竟鄰於不通矣。至於論杜、韓二公之用反語，則已詳前九家注。

三、鶴注　洙曰：《古今詩話》云……亦效此理（見分門注）。

四、蔡箋　《說文》：鸚鵡，能言鳥也。

又　郭璞《贊》：「鸚鵡惠鳥，棲林啄蕊。」

又　《韓詩外傳》：黃帝時，鳳凰止帝東園，集帝梧桐，食帝竹實。

五、千家　《古今詩話》……亦效此體（見分門注）。

又　劉評：語有悲慨可念。

明易山人本眉批：沈存中評《離騷》引杜詩二句「香稻」作「紅豆」。

瑩按：此二句以「香稻」、「碧梧」為主，旨在極寫渼陂當日景物之盛麗，而懷鄉念昔之情，自在言外，故劉云「悲慨可念」，與韓公之於字句間故為反語者，其情致深淺，正自不同。可參看九家注按語。

六、演義　頷聯言陂上物色之景麗如此。

七、顧解　首四句，言渼陂之景（參看首聯）。

八、詩通　因憶其景物之麗（參看首聯及頸聯）。

九、邵解　二句語倒競奇。

又　物色之盛，則有鸚鵡啄餘之香稻，鳳凰棲老之梧枝。

瑩按：此以物色之盛釋「香稻」二句，所言甚是。

一〇、邵注　香稻、碧梧、鸚鵡、鳳凰，倒用文法。

又　遂賦時物之變（參看下聯）。

瑩按：此亦以二句為寫渼陂四時之景物，且論其文法之顛倒。

一一、意箋　鸚鵡，隴西所產，曰「香稻啄餘鸚鵡粒」，侈言見豐年之象也。鳳凰非時不至，曰「碧梧棲老鳳凰枝」，託言見有道之時也。

朱批　張文忠公言（參看章旨）。

又　劉須溪所謂悲慨可念者，正在「啄餘」、「棲老」四字（參看千家注）。

瑩按：意箋以「香稻」句寫豐年之象，「碧梧」句見有道之時，蓋因所寫景物之盛麗，因憶及當時之盛世，此在杜甫言外之意，固令人有此想。至朱批引張公之言，更以賢臣遇主釋「碧梧」一句，則嫌穿附矣。其評「啄餘」、「棲老」四字，則頗能發劉評之義。

一二、胡注　（無）

奚批　三、四，言昆吾御宿中，鸚鵡啄餘香稻，豈非禽獸食人之食乎？紫閣峰上，鳳凰棲老碧梧，豈非賢人隱退乎？

又　紫閣峰，秦地。

瑩按：杜甫此詩原在寫當年景物遊賞之盛，至其所慨雖不僅渼陂，然要在借盛言衰，以寄其無限今昔之感。若如胡注奚批「禽獸食人之食」及「賢人隱退」之說，則不免穿附鑿求之譏矣。且「啄餘」之「餘」字，原在寫當時之富盛，何必以「禽獸食人食」之惡劣刻薄之譏諷為說乎？

一三、杜臆　地產香稻，鸚鵡食之有餘；林茂碧梧，鳳凰棲之至老。

又「香稻」二句，所重不在鸚鵡、鳳凰，非故顛倒其語，文勢自應如此，而《詩話》乃以「舞鑑鸞窺沼」擬之，真同說夢。

瑩按：此以「地產香稻」，「林茂碧梧」為說，則「香稻」、「碧梧」自為渼陂之景物，故又云「所重不在鸚鵡、鳳凰」，其說極是。

一四、詩攟　稻為鸚鵡粒，紀實也。梧實鳳凰枝，不以凡鳥棲故，沒其本色也。五穀養人，乃以飼鳥；鳳凰不至，梧亦虛名。世稱公詩史，此等句法，頗類史筆，言外各有含蓄，泛作悲慨語看，便嫌合掌。又謂之倒句，此直頓挫耳，不可言倒。何以故？如鸚鵡啄餘香稻粒，可耳；鳳凰棲老碧梧枝，難通矣。本應如是，非謂倒也。

瑩按：此云其不可謂為倒句，可參看九家注及千家注按語；至「五穀養人，乃以飼鳥」之言，則頗近於胡注奚批「禽獸食人之食」之說，其荒謬已於胡注按語中駁之矣。又以「鳳凰不至，梧亦虛名」為言，雖與胡注奚批「賢人隱退」之說不同，然其穿附則一也，並不可從。

一五、郭批　次聯，語有悲慨可念。

瑩按：此引用劉辰翁評語，可參看千家注。

一六、錢注　沈括《筆談》及洪興祖《楚辭補注》並作「紅豆啄餘鸚鵡粒」，當以草堂本為正

（按：草堂本指蔡箋，蔡箋作「紅豆」）。

又《雲溪友議》：李龜年曾於湘中採訪使筵上歌：「紅豆生南國，春來發幾枝。」

眉批　李云：三、四，國用之豐。

又　吳云：三、四，濃艷。

瑩按：李龜年所唱乃王維詩，夫紅豆既云生南國，而杜詩乃詠長安渼陂景物，此其不可據一。又且不聞鸚鵡以紅豆為食，此其不可據二。且考之杜詩各本，仍以作「香稻」者為多，錢箋輕信草堂本以為當作「紅豆」，殊不可從。

一七、張解　二句見生物之美貴。

又　陂之景物，則有秋時香稻，曾為鸚鵡所啄；秋時梧枝，曾為鳳凰所棲，其美貴如此。

一八、金解　三、四，句法奇甚。畜鸚鵡者，必以紅豆飼之，先生自喻不苟食也。啄之而有餘，此真豐衣足食之所矣。黃帝即位，鳳集東囿，棲梧樹，終身不去，先生自喻不苟棲也。棲之而至老，此又安居樂業之鄉矣。可見長安盛時，且不必說天子公侯，極意遊玩，乃至布衣窮居，盡足自適，有如此也。

別批　況鸚鵡啄餘，當此衣食豐盈之盛。鳳凰棲老，又承奠安可久之基。其足之蹈、手之舞，又寧有涯量哉！

瑩按：金解所云「畜鸚鵡者，必以紅豆飼之」，其說不過望文生義，全無所據。至於「先生自喻不苟食」、「先生自喻不苟棲」之說，更為穿鑿附會之言，全無足取。惟所云「長安盛時……盡足自適，有如此」之說，尚屬可取。至於別批所云「衣食豐盈之盛」、「奠安可久之基」，尚頗能得二句意興所在，「足之蹈」、「手之舞」，亦不過極言當日「自適」之樂耳，與金解「極意遊玩」、「盡足自適」之說正復相近。

一九、顧注　舊注以「香稻」一聯為倒裝句法，今觀詩意，本謂香稻乃鸚鵡啄餘之粒，碧梧則鳳凰棲老之枝。蓋舉鸚鵡、鳳凰以形容二物之美，非實事也。重在稻與梧，不重鸚鵡、鳳凰。若云鸚鵡啄餘香稻粒，鳳凰棲老碧梧枝，則實有鸚鵡、鳳凰矣。少陵倒裝句固不少，惟此一聯，不宜牽合。首聯紀山川之勝，此聯紀物產之美，下聯則寫士女遊觀之盛。

二〇、朱注　趙曰：紅稻，宮中以供鸚鵡者（參看九家注）。

又　香稻、碧梧，渼陂景物。鸚鵡、鳳凰，形容其美耳。《筆談》目為倒句，非是。

二一、論文　陂之上，則有香稻也，乃鸚鵡啄餘之粒；碧梧也，乃鳳凰棲老之枝。誰知碧梧尚在，而鸚鵡、鳳凰去已久矣。

又　篇中香稻、碧梧，暗點秋字。

瑩按：此云「陂之上」有「香稻」、「碧梧」，其說頗是。然而又以「鸚鵡、鳳凰去已久矣」為言，一若確有鸚鵡與鳳凰二物者，則過於執著矣。至於「香稻、碧梧，暗點秋字」之說，則頗為可取。

二二、澤解　夢弼曰：《韓詩外傳》……竹實（見蔡箋）。

又　夢弼曰：《說文》……能言鳥也。郭璞《贊》……啄蕊（見蔡箋）。

又　批云：語有悲慨可念（見千家注劉評）。

又　洙曰：《古今詩話》……亦效此體（參看分門注）。

又　《冷齋》（按指《冷齋夜話》）：老杜云：「紅稻啄殘鸚鵡粒，碧梧棲老鳳凰枝」，舒王（按：乃舒國公王安石）云「繰成白雪桑重綠，割盡黃雲稻正青」，鄭谷云「林下聽經秋苑鹿，江邊掃葉夕陽僧」，以事不錯綜，則不成文章。若平直敘之，則曰：鸚鵡啄殘紅稻粒，鳳凰棲老碧梧枝。以紅稻於上，以鳳凰於下者，錯綜之也。言繰成，則知白雪為絲；言割盡，則知黃雲為麥也。

又　澤堂曰：若云碧梧枝、紅稻粒，則便是小兒對，故互換作句，此是倒插法也。

瑩按：澤解所徵引之諸倒句與錯綜句，皆不可與杜甫此二句相提並論。蓋杜甫此二句原以「香稻」、「碧梧」為主，若將「鸚鵡」、「鳳凰」移前，則有失杜甫原意，而坐實「鸚鵡」、「鳳凰」二物。夫「鸚鵡」猶可說也，至於「鳳凰」豈復真有其物乎？故知杜甫此二句之以香稻、碧梧置之句首，正乃情理所趨。蓋如此方見此二句之以香稻、碧梧為主，非如他人之故為錯綜顛倒也。

二三、詩闡　渼陂上有香稻，往時鸚鵡所啄者，嘆一飽之無時，啄應殘矣。陂上有碧梧，往時鳳凰所棲者，愾千仞之無自，棲應老矣。

瑩按：此望文生義，徒弄筆墨，而於詩中原意，並未能了悟闡發。

二四、會粹　《南都賦》：「香稻鮮魚。」

又　鄭玄《詩箋》：鳳凰之性，非梧桐不棲。

又　香稻、碧梧，皆渼陂間景物。鸚鵡、鳳凰，形容其美耳。舊作倒裝句，誤。

瑩按：此引《南都賦》「香稻鮮魚」，又可為此句當作「香稻」而不作「紅稻」之一證。至於以「香稻」、「碧梧」為渼陂景物，而云「鸚鵡」、「鳳凰」「形容其美耳」，其說極為簡當可取。

二五、仇注　《南都賦》（見會粹）。

又　錢箋：沈括《筆談》……當以草堂本為正（見錢注）。

又　《雲溪友議》……春來發幾枝（見錢注）。

又　徐彥伯詩：「巢君碧梧樹。」

又《山海經》：黃山有鳥，其狀如鴞，人舌能言，名曰鸚鵡。

又鄭玄《詩箋》（見會粹）。

又《說苑》：黃帝即位，鳳集東囿，棲帝梧樹，終身不去。

又陳澤州注：香稻、碧梧，屬昆吾、御宿。拾翠、同舟，屬渼陂。

又陳注：公《與鄠縣源大少府宴渼陂》詩，有「飯抄雲子白」句，說者謂雲子，碎雲母，以擬飯之白。

又唐解（按唐為唐汝詢）：趙注以香稻一聯為倒裝法，詩意本謂香稻則鸚鵡啄餘之粒，碧梧乃鳳凰棲老之枝，蓋舉鸚、鳳以形容二物之美，非實事也。若云鸚鵡啄餘香稻粒，鳳凰棲老碧梧枝，則實有鳳凰、鸚鵡矣。

又「香稻」二句，記秋時之景，連屬上文。「佳人」二句，憶尋春之興，引起下意。

影印本眉批　安溪云：稻餘鸚粒，而梧無鳳棲，佳人拾翠，仙侶移棹，皆因當年景物起興隱寓寵祿之多而賢士遠去，佞幸之盛而高人遁跡也。末聯入己事，宛與此意湊泊。

瑩按：仇注本此聯上句原作「香稻」，雖引錢箋「紅豆」之言，不過備一家之說耳。至所引《南都賦》、陳注、唐解諸說，則仍依「香稻」立說。陳注引杜甫《宴渼陂》詩「飯抄雲子白」，足證渼陂稻米之美。唐解以為此聯所云鸚鵡、鳳凰皆非實有，不過借以形容稻、梧之美，而稻、梧正為渼陂秋景，故仇氏云香稻二句記秋時之景，至於鸚鵡則既非實有，則鸚鵡啄紅豆之說自不可從，而況並不聞鸚鵡以紅豆為食之說，故此聯上句仍當作「香稻」為是。所引唐解之說，辨此聯非倒裝句，其言極為簡明切當。至影印本眉批之言，雖亦嫌過於深求，然其聯想尚頗為近情，較意箋、胡注奚批、詩攟、金解之說稍為周至。

二六、黃說　「紅豆」，一作「香稻」，非。錢注引草堂本及沈存中《筆談》正之，是也。

又　三、四，舊謂之倒裝法，余易名倒剔，蓋倒裝則韻腳俱動，倒剔不動韻腳也。設云鸚鵡啄餘紅豆粒，鳳凰棲老碧梧枝，亦自穩順，第本賦紅豆、碧梧，換轉即似賦鳳凰、鸚鵡矣。杜之精意，固不苟也。

又　三、四詠景中之物。

瑩按：此論倒剔句及意不在鸚鵡、鳳凰，所說皆是，惟以「紅豆」為正，則囿於錢注之說也。「紅豆」之不可從，已辨之於前。

二七、渻解　次聯，紀物產之美。

又　「香稻」二句，本謂香稻乃鸚鵡啄餘之粒，碧梧乃鳳凰棲老之枝，蓋舉鸚鵡、鳳凰，以形容二物之美，非實事也，深看便非。

又　《古今詩話》（見分門注）。

瑩按：此云次聯紀物產之美，其說甚為簡明。又云鸚鵡、鳳凰，「非實事也，深看便非」，一語將賢人隱遁及君子小人諸說，一齊駁倒。

二八、言志　言此昔遊諸勝，其飲啄之佳，棲遲之善，皆各極其美。

二九、通解　其地物產之美，有紅豆焉，是鸚鵡之所啄者，而若餘其粒焉。有碧梧焉，是鳳凰之所棲者，而竟老其枝焉（按此謂「若餘其粒」「竟老其枝」云云，實強做解人）。

又　顧修遠曰：次聯紀物產之美（見顧注）。

瑩按：此以「紅豆」為說，然所謂「若餘其粒」云云，不過牽強附會之言，於此一聯之佳處全無所知。

三〇、提要　言鸚鵡啄餘之粒，香稻也；鳳凰棲老之枝，碧梧也。以興盛時食飲棲息之不同，如此。

又　三、四，昔遊所遭之食息。

又　倒剔句。

瑩按：「倒剔句」之說，已見黃說。至於「食飲棲息之不同」之說，似嫌過於落實。二句寫盛時之景物，而今昔不同之慨，乃在言外，確指飲食棲息以實之，則求深反淺矣。

三一、心解　王右丞有《紅豆》詩。

又　李紳《新樓琪樹詩序》：琪樹條如弱柳，子如碧珠，一年綠，二年碧，三年者紅，綴於條上，璀錯相間。紅豆或其類耶？

又　鸚鵡粒即是紅豆，鳳凰枝即是碧梧，猶飼鶴則云鶴料，巢燕則云燕泥耳。二句鋪排精麗，要亦借影京室才賢之盛，如《詩》詠菶萋，賦而比也。不著秋景說，舊解俱謬。

瑩按：心解此聯前一句首二字亦作「紅豆」，而引李紳《詩序》，尚不能確知紅豆之為物，而云「或其類耶」，則何所據而以為上句首二字當係「紅豆」耶？又以「鶴料」、「燕泥」釋「鸚鵡粒」、「鳳凰枝」，自以為發前人所未發，實則會粹、仇引、唐解、溍解固已早云鸚鵡、鳳凰不過為形容稻、梧二物之辭矣。如心解之以「鶴料」、「燕泥」為說，反嫌庸俗呆滯，又云「二句鋪排精麗」，其言頗是，而以為「借影京室才賢之盛」，則不免拘執穿鑿矣。

三二、范解　渼陂之上，香稻餘粒可為鸚鵡所啄；碧梧老枝可為鳳凰所棲。二語寫陂上秋時物產，特借鸚鵡鳳凰以形容之，重在稻、梧，不重在鸚鸚、鳳凰，非倒句也。

三三、偶評　旁批：二語倒裝句法。

三四、沈解　鸚鵡啄稻，鳳凰棲梧，陂上物色之麗如此矣。

瑩按：此以「陂上物色」為言，是以鸚鵡、鳳凰為實有矣。殊非杜詩本意。

三五、江說　朱鶴齡云（見朱注）。
又　趙注以「香稻」一聯為倒裝法，詩意本謂香稻則鸚鵡啄餘之粒，碧梧乃鳳凰棲老之枝，蓋舉鸚、鳳以形容二物之美，非實事也。若云鸚鵡啄餘香稻粒，鳳凰棲老碧梧枝，則實有鳳凰、鸚鵡矣（參看仇注）。
瑩按：此說甚簡明可喜。
三六、鏡銓　公《與鄠縣源大少府宴渼陂》詩：「飯抄雲子白。」（參看仇引陳注）
又　二句言陂中物產之美。
瑩按：此說頗簡明，引「飯抄雲子白」句，是鏡銓亦以為上聯首二字當作「香稻」也。
三七、集評　李云：錯綜句法，亦帶秋意。
又　李云：三、四，國用之豐。
又　吳云：三、四，濃艷。
三八、選讀　《山海經》（見仇注）。
又　鳳凰之性，非梧桐不棲。
又　香稻則鸚鵡啄餘之粒，碧梧乃鳳凰棲老之枝。蓋舉鸚、鳳以形容二物之美，非實事也。有謂作倒裝云云者，非是。
又　香稻、碧梧，承昆吾、御宿。
又　「香稻」二句，記秋時之景，連屬上文。
三九、沈讀　物產之盛。
四〇、施說　仇注本：「香稻啄餘鸚鵡粒。」注：草堂本「香稻」作「紅豆」。錢箋引沈括《筆談》、洪興祖《楚辭補注》，亦皆作「紅豆」。今按此注，則詩當作「紅豆」，注「一作香稻」，方合。

瑩按：此但據仇引錢箋，便以為仇本應作「紅豆」，注「一作香稻」，而以為不當徑作「香稻」，注「一作紅豆」，此實一偏之見。夫仇注豈不亦引《南都賦》之「香稻」及陳澤州注「香稻」及「飯抄雲子白」之說乎？蓋仇氏實以香稻為正，至於引錢箋不過備一家之說而已，何可據彼而易此？

四一、湯箋　稻粒殊香，啄曾鸚鵡，梧枝最碧，棲過鳳凰。

瑩按：此亦以「香稻」為正，惟所說過簡，且觀其語意似以鸚鵡、鳳凰作實解，殊為拘執。

四二、啟蒙　以言其物產之豐饒，則有鸚鵡之香稻、鳳凰之碧梧。

又　香稻為鸚鵡所啄，則香稻竟為鸚鵡之粒矣；碧梧為鳳凰所棲，則碧梧竟成鳳凰之枝矣。一似被他占定者然。然不過極言物產之盛耳，不但鳳凰無有，即鸚鵡亦生隴西，不生長安。

嘉瑩按：此聯首當辨者，厥惟上聯首二字「香稻」與「紅豆」之異，瑩意以為當作「香稻」為是。蓋鸚鵡乃禽鳥之類，其飼原以稻穀之類為主，初不聞以「紅豆」飼之之說。且稻之美者有「香稻」之類，會粹及仇注皆引《南都賦》「香稻鮮魚」之句，可以為證。而況渼陂稻米之美，又有杜甫《與鄠縣源大少府宴渼陂》詩「飯抄雲子白」之句可證，仇引陳注及鏡銓皆曾引之為說矣。更且作「紅豆」者僅有蔡箋、范批、金解、黃說、通解、心解六本，他本皆作「香稻」。錢注雖以為當依草堂本作「紅豆」，然其言既無確實可據之說，何能以寡易眾，而況錢注雖作此說，而錢本正文固亦作「香稻」也，且金解、黃說、心解皆不過依錢氏不可據之一說，惑於錢氏聲望之重，遂遽從之耳。故此聯上句仍當以作「香稻」為是。至其誤作「紅豆」，與各本或注云「一作紅稻」、「一作紅飯」者，其致誤之由已於校記中論之矣，茲不復贅。此聯次當辨者，則為二句義之所指，有以為但寫舊遊渼陂所見景物之美盛者，九家、演義、頗解、詩通、邵解、杜臆、張解、顧注、朱注、論文、會粹、仇注、溍解、通解、江說、鏡銓諸說皆相近。有以為此聯別有託意者，則又可別為以下數說：或以為二句寫昔之衣食豐盛，奠安有道者，意箋與金解之說相近；或以為影京室才賢之盛者，心解主之；或以為寫興盛時食飲棲息之不同者，提要主之。以上三說雖不盡同，然要皆以為二句寫昔日之美盛。至於胡注奚批及詩攟之以為乃寫鳥獸食人之食及賢臣隱退，則全從反面譏諷立說。又或以為乃寫一己之不苟食，不苟棲，而致慨乎一飽無時，千仞無目，金解及詩闡主之。綜觀諸說，以為寫鳥獸食人之食從反面譏諷立說者，最不可從，其為惡劣刻薄，已論之於前。至於以為為一己致慨者，其說亦復拘執狹隘。就寫昔日之美盛立說者，雖然賢臣賢才之說亦不免過於深求，然而其盛衰之慨，今昔之悲，尚頗能得杜詩言外之意。要之，此聯固當以寫昔遊渼陂景物之美盛為主，其感慨自多，然而殊不必指明某事以實之也。至於或以為「香稻」句指昆吾、御宿，碧梧在紫閣峰（見胡注奚批），或以為此聯皆屬昆吾、御宿，次聯始屬渼陂（見仇引陳注），私意以為昆吾、御宿正為適渼陂之所經，此聯要在寫適渼陂一路所見景物，殊不必如此瑣瑣分之也。又次當辨者，則此聯是否為倒句之說。蓋此聯之句法，以表面之文法觀之，實不免似倒裝之句。蓋香稻無喙，本不能啄，啄者自當是鸚鵡；碧梧無足，又何能棲，棲者自當是鳳凰。故分門、鶴注、千家注，皆引《古今詩話》以此聯為倒裝句，而邵解、澤解、黃說、溍解，則名之為倒插句或倒剔句，名雖不同，其意則一，蓋皆以為此聯之文法不順也。然而若就義法言之，則此聯原以寫渼陂附近之香稻、碧梧為主，而鸜鵒之啄餘、鳳凰之棲老，不過以之形容稻、梧之美盛耳，並非實有之物也。如此，則香稻、碧梧，自當置之句首，而「啄餘鸜鵒」、「棲老鳳凰」，不過為稻、梧之形容子句耳，此與韓退之諸人之詩之故為倒句者，自然有所不同。蓋杜甫情意工力所及，行乎其所當行，自然如此，而非有意炫奇立異。蓋詩歌原以所表現之情感意象為主，情感意象既得之矣，則文法、句法之為我所用，自可左右逢源，何必拘拘辨其為順為倒？若杜甫此等句法，為後世開無數法門，下而至於今日之現代詩，似亦可自其中尋繹得一線淵源也。

佳人拾翠春相問，仙侶同舟晚更移。

一、九家　趙云：言其昔日之實事。拾翠，起於曹子建《洛神賦》。而用「拾翠」字，則《玉臺》前集載費昶《春郊望美人》詩：「芳郊拾翠人，回袖掩芳春。」後集載虞茂《衡陽王齋閣奏妓》詩：「拾翠天津上，回鸞鳥路中」也。春相問，方春時遊賞，佳人更相問勞也。仙侶同舟，用郭、李事。

瑩按：此注明「拾翠」二字之出處，又引古詩說明其意則指佳人遊春之情事也。

二、分門　洙曰：《洛神賦》：「或拾翠羽。」

又　趙曰：費昶《春郊望美人》詩（見九家注）。

又　洙曰：李膺、郭林宗同舟而濟，人望之為仙舟（按《後漢書·郭泰傳》「仙舟」作「神仙」）。

三、鶴注　趙曰（見分門注）。

又　洙曰：《洛神賦》：「或拾翠羽。」

又　洙曰：李膺……仙舟（見分門注）。

四、蔡箋　問，乃詩人雜佩以問之之問也。

又　費昶《春郊望美人》詩（見九家注）。

瑩按：「雜佩以問之」，見《詩・鄭風・女曰雞鳴》篇。《毛傳》：問，遺也。

五、千家　趙曰：費昶詩……（見九家注）。

又　夢弼曰：問，乃詩人……之問也（見蔡箋）。

又　洙曰：李膺、郭林宗……人望之，以為神仙。（參看分門注。按《後漢書・郭泰傳》：林宗唯與李膺同舟而濟，眾賓望之，以為神仙。分門注引作「仙舟」，誤。）

又　劉評：甚有風韻，「春」字又勝。

六、演義　仙侶，李膺、郭林宗……以為神仙（見千家注）。

又　頸聯言陂上遊人之盛如此。春相問，遊者眾也；晚更移，忘歸時也。按：公與岑參兄弟遊渼陂有二詩，又與源少府宴渼陂亦有詩，又有《城西陂泛舟》之詩。其時公未授官，所做之詩，皆以文采干動時貴，求見知也，故此言思渼陂之遊。

瑩按：此云「思渼陂之遊」，又云「陂上遊人之盛」，是也。其所舉與岑參兄弟遊渼陂及與源少府宴渼陂諸詩，皆為當日遊宴渼陂之作。至於「干動時貴」之說，當於下一聯「干氣象」一句辨之。

七、愚得　洙曰：李膺……以為神仙（見千家注）。

又　言長安勝遊之地，若昆吾御宿、紫閣、渼陂，則佳人拾翠，仙侶同舟。

八、頗解　第三聯，追言渼陂之事。

九、詩通　晚更移，言忘歸也。

又　及遊人之盛如此（參看前二聯）。

一〇、邵解　相問之「問」，以物相贈也。

又　遊人之盛，則有佳人春物之相贈，仙客晚棹之忘歸。

一一、邵注　問，遺也。仙侶同舟，用李郭仙舟故事。晚更攜，忘時歸也。

又　遂賦時物之變……遊人之多如此（參看上聯）。

一二、意箋　李膺、郭泰……神仙（見千家注）。

又　佳人拾翠，如采芣苢之類。春相問，彼此問遺同也。仙侶同舟，用李、郭事，謂名士。晚更移，留連未歸也。盛時之遊如此。

瑩按：他注但引曹子建《洛神賦》及費昶詩云「拾翠羽」及「拾翠」諸句，而未加詮釋。此云「如采芣苢之類」，不必拘詩序「樂有子」之說，不過如邵解所云「春物」之意，蓋謂婦女遊春鬥草折花以問遺也。實則亦不必確指某事，不過言婦女春日嬉遊之盛而已。

一三、胡注　（無）

奚批　五句，乃與岑遊渼陂之事。

瑩按：杜甫曾與岑參兄弟遊渼陂，斯固然矣，然而似不必確指此事為說以限之也。

一四、杜臆　佳人春問，遊者眾也。仙舟晚移，樂忘歸也。非帝王之都，何以有此。向嘗熟遊。

一五、郭批　「佳人」句，甚有風骨，「春」字又勝（參看千家注劉評）。

一六、錢注　《洛神賦》：「或采明珠，或拾翠羽。」

又　仙侶同舟，指岑參兄弟也。

石印本眉批　李云：五、六，因憶身遭承平，高朋嘉會。春相問，妙。晚更移，謂遊賞不足，晚且轉而之他也。

又　吳云：五、六，流逸。

瑩按：錢氏指定岑參兄弟為說，似嫌過拘，反不如眉批李氏之泛說為通達可取。

一七、張解　《洛神賦》（參看錢注）。

又　郭林宗與李膺同舟，人羨為神仙（參看千家注）。

又　因思昔與岑參諸人携妓遨遊，飲酒賦詩，幾欲仙去。

一八、金解　後解從上轉下，轉到今日（按新陸書局本作「秋日」，據味古齋鈔本當作「今日」），大曆元年丙午秋，作此《秋興》詩，以結出吟望之苦也。言當日昆吾、御宿、渼陂之間，陸有為陸，水有為水，佳人拾翠則於陸，仙侶同舟則於水，亦既窮（按新陸書局本作「無窮極」，據味古齋本當作「既窮」）水陸之興矣。佳人與美人、麗人不同，從上至下，從下至上，節節看去，無有不佳，曰佳人。巧笑美目，胡天胡帝，曰美人。彼此爭妍，相去不遠，曰麗人。仙侶，如李、郭同載，望若神仙是也。春相問、晚更移，著一「春」字「晚」字，乃反擊「秋」字。相問、更移，乃暗提「興」字。五、六二句，正欲轉到今日作（按味古齋本無「作」字）《秋興》詩也。

別批　五言佳人，則拾翠尋芳，女子尚有同情。六言晚移，則仙侶相從，入夜還須秉燭。

瑩按：金解所云佳人、美人、麗人之說，徒弄筆墨，殊為無味。「春」字「反擊秋字」之說，尚頗有見，「晚」字則並不相干。至於「相問、更移，乃暗提興字」之說，蓋由於金氏誤以興味之「興」釋秋興之「興」，故有此言，其說已於章法及大旨一章駁之於前矣。至於別批之說，亦不過就字面渲染引發而已，殊無足取。

一九、顧注　費昶詩（見九家注）。

又　虞茂詩（見九家注）。

又　問，蔡夢弼云（見蔡箋）。

又　郭林宗……神仙（參看千家注）。

又　公與岑參兄弟同舟泛陂，借以相況。晚更移，言舟屢移而忘歸也。

二〇、朱注　《洛神賦》（參看錢注）。

又　《後漢書》：李膺……神仙（參看千家注）。

又　錢箋：仙侶……兄弟也（見錢注）。

二一、論文　猶記當時拾翠之佳人，相逢春日，同舟之仙侶，移棹晚風，如岑參輩也。

瑩按：此云如岑參輩，較胡注奚批之指定岑參為說者，通達可取。

二二、澤解　趙曰：費昶……詩……拾翠人（見九家注）。

又　夢弼曰：問……之問也（見蔡箋）。

又　洙曰：李膺……仙舟（參看千家注）。

又　批曰：甚有……尤勝（見千家注劉評）。

又　澤堂曰：問，遺也。

二三、詩闡　渼陂之遊何如，猶憶春泛，有青蛾皓齒之歌舞，是佳人拾翠也。「春風自信牙檣動，斜日徐看錦纜牽」，此其時乎。猶憶夜遊有岑參兄弟之好奇，是仙侶同舟也。「船舷暝戛雲際寺，水面月出藍田關」，此其時乎。

又　六句，渼陂。

瑩按：「青蛾皓齒」及「春風」、「斜日」二句，俱見杜甫《城西陂泛舟》詩，而「岑參兄弟皆好奇」及「船舷」、「水面」二句，俱見杜甫《渼陂行》詩。青蛾皓齒與佳人拾翠，不過言士女遊賞之盛，水面月出，則寫泛舟之久，似相關聯，然不必拘指也。

二四、會粹　費昶詩……卷芳春（九家注作掩芳春，按宋本《玉臺》作掩，一作卷）。

又　問……之問也（見蔡箋）。

又　《後漢書》：李膺與郭泰同舟而濟，眾賓望之，以為神仙（參看千家注）。

又　仙侶同舟，如岑參兄弟輩。

二五、仇注　《楚辭》：「唯佳人之獨懷。」

又　曹植《洛神賦》……翠羽（參看錢注）。

又　費昶詩……卷芳春（見九家注）。

又　夢弼注：相問，乃……之問也（見蔡箋）。

又　《漢書・婁敬傳》：數問遺。顏注：問遺，謂餉饋之也。遺，去聲。

又　周王褒詩：「仙侶自招携。」

又　《後漢書》：李膺……神仙（見千家注）。

又　陳澤州注：拾翠、同舟，屬渼陂。公《城西泛舟》詩：「青蛾皓齒在樓船，橫笛短簫悲遠天」，所謂「佳人拾翠春相問」也。又《與岑參兄弟遊渼陂行》「船舷暝戛雲際寺，水面月出藍田關」，所謂「仙侶同舟晚更移」也（參看詩闡）。

又　「佳人」二句憶尋春之興（見上聯）。

又　春相問，彼此問遺也。晚更移，移棹忘歸也。

二六、黃說　《詩》：「雜佩以問之。」「拾翠」字出《洛神賦》，而意則暗用漢皋解佩事，此鎔古入化處。

又　五、六，詠景中之人，要形容士女遊宴之盛，非必有所指。乃仙侶同舟，解者輒以岑參兄弟當之，然則佳人拾翠，又將以何詩為證耶？其陋極矣。

瑩按：此以為二句不必確指，「仙侶同舟」不必指岑參兄弟。至云「暗用漢皋解佩事」，則當指「相問」二字言也。

二七、潛解　仙侶同舟，指岑參兄弟也。

又　費昶詩……拾翠人（見九家注）。

又　夢弼曰：春相問……之問也（參看蔡箋）。

又　李膺……神仙（參看千家注洙曰）。

瑩按：此直以仙侶為指岑參兄弟，可參看胡注奚批按語。

二八、言志　佳人仙侶相與唱酬，亦何其都雅也。

二九、通解　費昶詩（見九家注）。

又　郭林宗……神仙（參看千家注）。

又　至於遊人之眾，但拾翠者，盡屬佳人，及春相問而結伴同行也；同舟者亦得仙侶，當晚更移，而流連忘返也。

又　顧修遠曰：三聯……之盛（見次聯顧注）。

三〇、提要　五、六，昔遊所與之伴侶。

瑩按：此云「所與之伴侶」，雖不拘指岑參，然要之仍以為指杜甫之伴侶，以之說「仙侶同舟晚更移」尚無不可，以之說「佳人拾翠春相問」則過於拘執落實，杜甫豈曾與佳人相問乎？

三一、心解　《洛神賦》（見錢注）。

又　拾翠、同舟，則當時身歷實事，澤州以《城西陂泛舟》及《與岑參兄弟遊渼陂》證之，最合（參看仇引陳注）。

瑩按：此二句確為杜甫當年所見情事，惟不必指身歷，尤不必指定某人以實之耳。

三二、范解　費䄶詩（見九家注）。

又　虞茂詩（見九家注）。

又　《後漢書》（參看千家注及會粹）。

又　拾翠佳人，逢春相問，同舟仙侶，至晚更移。二句寫陂上遊觀。又借佳人陪起泛陂之事，總寫昔遊之樂。

三三、偶評　旁批：「佳人」句，城西泛舟事。「仙侶」句，與岑參兄弟遊渼陂事。

三四、沈解　拾翠，費䄶詩（見九家注）。

又　仙侶，李膺……神仙（參看千家注）。

又　至拾翠之佳人相問，遊者眾也。同舟之仙侶更移，時忘歸也。

三五、江說　《洛神賦》（見錢注）。

又　《前漢書・婁敬傳》：數問遺。顏云：問遺，謂餉饋之也（參看仇注）。

又　《後漢書》（參看千家注及會粹）。

又　蔡夢弼曰（參看蔡箋及顧注）。

又　陳廷敬云（見仇注引陳澤州注）。

又　仇云：晚更移……忘歸也（見仇注）。

三六、翁批　（參看章法及大旨一章）

瑩按：章法及大旨一章曾引翁批之言云「彩筆干氣象，轉於春字繫出，此則神光離合之妙也」，又「第八章，乃重與一彈三嘆耳」，其說頗能得此章之神致，當細味之。

三七、鏡銓　《洛神賦》（見錢注）。

又　費昶詩……拾翠人（參看九家注）。

又　問，即《毛詩》「雜佩以問之」意。句言士女嬉遊之盛。

又　《後漢書》：李膺……神仙（見會粹）。

又　陳廷敬注：公城西陂泛舟詩……晚更移也（參看仇注引陳澤州注）。

三八、集評　李云：思舊事。

又　李云：五、六，因憶身遘承平，高朋嘉會。

又　吳云：五、六，流逸。

三九、選讀　《後漢書》李膺……如神仙（參看千家注及會粹）。

又　春相問，彼此問道也。晚更移，移棹忘歸也。

瑩按：「問」字自當為「問遺」之意，此以「問道」為言，殊非詩之本意。

四〇、沈讀　二語又閒適。

又　仙侶同舟，指岑參兄弟也。

四一、湯箋　拾翠佳人，冶遊仕女；同舟仙侶，岑氏季昆。

瑩按：此亦以同舟仙侶指岑氏兄弟。

四二、啟蒙　《洛神賦》（見錢注）。

又　按：此云拾翠如踏青之類。

又　仙侶同舟，用郭泰、李膺事，暗喻公與岑參兄弟遊渼陂也。

又　以言其士女之都美，則有拾翠之佳人、同舟之仙侶，何其盛也。

又　仇注：春相問……忘歸也（見仇注）。

嘉瑩按：此一聯自是寫當年渼陂士女遊宴之盛。仇引陳澤州注舉杜甫《城西陂泛舟》詩「青蛾皓齒」、「春風」、「斜日」諸句及《渼陂行》「船舷」、「水面」諸句為證。夫此二詩雖為杜甫自記其遊渼陂之事，然而實不必拘定杜甫一身立說，若杜甫與岑參兄弟遊渼陂之「船舷暝戛」、「水面月出」，固屬「仙侶同舟晚更移」矣。然而杜甫《渼陂行》詩，更有「群龍趨」之句。彼群龍者，則杜甫所見陂上之群舟也，而彼群舟之上又豈無其他同乘之仙侶乎？又《渼陂行》詩更有「湘妃漢女」與「金支翠旗」之句，則所見群舟上歌舞之眾女也。然則此聯所云「佳人拾翠」、「仙侶同舟」云者，是杜甫之所歷，亦杜甫之所見也。仇引陳注舉杜甫詩句，以證其所歷與所見渼陂遊賞之盛有如此者，固極是也。然而胡注奚批、錢注、張解、顧注、溍解、偶評、沈讀、啟蒙皆據此便指定岑參兄弟立說，則太過拘狹矣。故黃說乃評之云：「其陋極矣。」又云「佳人拾翠又將以何詩為證耶」，蓋「青蛾皓齒」、「湘妃漢女」，固是杜甫之所見，然而至於「拾翠相問」之事，則就杜甫詩考之並無此身歷之事也。是此句不過見他人士女遊賞之盛，想當然有如此者而已。故此一聯，仍以不確指立說為是。至於「拾翠春相問」，亦不必拘定《洛神賦》之「拾翠羽」為說，不過寫鬥草尋芳之遊，折花解佩之贈而已。「問」字，固當是「問遺」之意，故諸說多引《毛詩》「雜佩以問之」為證，是也。至於千家注引劉評佳人句云「甚有風韻，春字又勝」，所評頗是。翁批於此闡發極詳。「晚更移」，自是寫樂而忘歸情事，故演義、詩通、邵解、意箋、杜臆皆如此說，若錢注石印本李氏眉批之以「轉而之他」為說，反嫌拘實。

彩筆昔遊干氣象，白頭今望苦低垂。

一、九家　趙云：末句，公蓋言其昔日曾攜彩筆題詩，而干其氣象，今則老矣，正白頭中吟詠而望之，其頭苦於低垂。公有《渼陂行》，又有《渼陂西南臺》詩，又《與源大少府宴渼陂》詩云「飯抄雲子白，瓜嚼水精寒」，則為彩筆昔遊矣。

又　卓文君有《白頭吟》。

瑩按：此云「彩筆題詩」，又云「彩筆昔遊」，則是彩筆題詩曾記其昔日之遊，如所舉諸詩者也。而於「干氣象」未加詳釋，又舉卓文君《白頭吟》，實則與此「白頭吟望」句並不相干，不過字面偶然相合而已，且作「吟望」實不若作「今望」於義為長，說詳後。

二、分門　洙曰：卓文君有《白頭吟》（參看九家注）。

又　趙曰：公自言昔日曾攜彩筆題詩，干歷其氣象，老矣，正白頭中吟詠而望之，其頭苦於低垂（參看九家注）。

瑩按：此云「干歷其氣象」，「歷」有遊歷之意，則「氣象」當指渼陂山水景物之氣象而言。

三、鶴注　洙曰（見分門注）。

又　趙曰：公自言其（按分門無「其」字）……今（按分門無「今」字）老矣……低垂（見分門注）。

四、蔡箋　庾信詩：「彩筆既操，香殘（按當係「殘」字之誤）遂滿。」

又　甫思昔壯遊渼陂，携彩筆以干覽其物象以留題。按集有《渼陂行》，是也。今老矣，周（按當係「因」字之誤）賦是詩以望之，故頭苦於低垂也。

瑩按：此云「干覽其物象」，蓋亦以氣象為指山水景物之氣象也，而以「賦是詩以望之」釋「吟望」，則頗為拘狹。

五、千家　夢弼曰：子美昔遊渼陂，曾留篇詠，集中有《渼陂行》，故今相望，有白頭低垂之嘆（參看蔡箋）。

六、演義　彩筆：江淹夢人授五色筆，自是文藻日進。

又　其時公未授官，所作之詩，皆以文采干動時貴，求見知也（參看前一聯）。

又　結聯乃云，我彼時弄筆以干氣象，實擬飛騰也；而今白首矣，乃在峽中吟望渼陂，何其低垂不能奮飛若此乎！自「聞道長安」以後，五首皆以前六句始終長安之事，而末乃嘆其在異鄉而不得歸也。

瑩按：此以「干動時貴」釋「干氣象」，故云「弄筆以干氣象，實擬飛騰」。然而「氣象」何指乎？若以為指朝廷時貴之氣勢，亦頗牽強。

七、愚得　昔我彩筆曾干氣象，今在夔府，白頭吟望而苦低垂者，感傷之至，不能自已耳，賦也。

瑩按：此說頗概略。

八、頗解　彩筆，言賦詩也。公昔遊陂上，每有篇詠。氣象，即賦詩之氣象，公他詩亦云「賦詩分氣象」，虞注（按即演義）舛甚。「干」字諸解非，一有曰闌干盛貌，則此「干」字作「盛」字才通。苦低垂，正與干氣象相照應。吟望，言望渼陂。

瑩按：此以「氣象」為詩之氣象，且引杜甫《秋日寄題鄭監湖上亭》詩「賦詩分氣象」為證。然「分氣象」，似不指詩之氣象，而當指所詠事物之氣象。仇注此句即引朱注云「分氣象，分詠湖亭之氣象」，可以為證。至於以「盛」字釋「干」字，以為乃「闌干盛貌」，尤為牽強無據之說。

九、詩通　氣象，指山水之氣象。干者，言其彩筆之作，氣淩山水也。公昔有《渼陂行》及《城西陂泛舟》等篇。

又　我昔彩筆之作，曾干其氣象，以與山水爭奇。今白頭吟望，苦為低垂而不能忘也。

瑩按：此亦以「氣象」為指「山水之氣象」，惟以「淩」駕，「與山水爭奇」釋「干」字，則較前分門注之「干歷」、蔡箋之「干覽」諸說為長，而與演義之干動時貴及頗解之以氣象為指「詩之氣象」而以「盛」字釋「干」字之說相異。

一〇、邵解　「彩筆」句，公泛西陂有詩，與岑參兄弟遊，有《渼陂行》。

又　我嘗於此彩筆題詩，舉首昂藏，直與山水爭奇，而淩其氣象。今老矣，峽中吟望彼處，深覺白頭有低垂之苦，彼何時，而此何時也。

瑩按：此亦以「與山水爭奇」，「淩其氣象」為說，與詩通之說相同。

一一、邵注　彩筆，江淹夢人授五色筆，自是文藻日進，公自況也。干氣象，干歷渼陂之氣象。

又　因思己彼時弄筆以干歷氣象，尚擬飛騰，而今乃白首在峽，吟望於渼陂，何其低垂不能奮飛耶！

瑩按：此亦以干歷渼陂之氣象為說，與分門趙注之說同。

一二、意箋　又言昔時所作，足干氣象，而今在峽中老矣。回思其地，惟吟望低垂而已。蓋祿山亂後少豐年，安有啄餘之粒！公在朝不見容，安有棲老之枝！而佳人拾翠，仙侶同舟，付之夢想耳。

又　虞注（按即演義）以干氣象謂干時貴。非。正言昔遊渼陂時，筆方豪壯，足干氣象，如沖牛云（按當作「斗」字，涉下「云」字而誤）云。

瑩按：此駁演義「干時貴」之說為非，頗是。而曰「筆方豪壯，足干氣象，如沖牛斗云」，是以為「干氣象」乃「氣沖牛斗」之意，亦似未妥。「氣象」仍當以指山水之氣象為是，說詳翁批。

一三、胡注　（無）

奚批　末句有五層，可結完八首。

又　以第七句繳完上六句。

又　七句乃追獻賦事。

瑩按：奚批末句「五層」之說，亦猶況周頤評晏幾道《阮郎歸》詞之「殷勤理舊狂」云「五字三層意」，皆不免故為誇大之說。要之杜甫此一聯，「彩筆」一句寫昔遊之盛，層層高起，「白頭」一句寫今望之悲，節節折下，然不必故為鑽求也。若奚批之以「彩筆」句為但指昔之獻賦，則似嫌過狹。且既云七句繳完上六句，而上六句乃寫渼陂景物，則「彩筆」句仍當指昔日遊渼陂之諸詩作為是。

一四、杜臆　爾時國家全盛，天子好文，嘗以彩筆干之，所云獻賦蓬萊宮是也。今時事已非，身亦白首，且吟且望，望而不得，垂首自悲而已。

補　末章，「彩筆昔曾干氣象」，自余發明，才有著落，才有意致（參看首章「故園心」一聯）。

又　故當時彩筆上干，已有憂盛危明之思，欲為持盈保治之計，志不得遂，而漂泊於此，人已白頭，匡時無策，止有吟望低垂而已。此中情事，不忍明言，不能盡言，人當自得於言外也。此八章總結。公有詩云「自謂頗挺出，立登要路津。致君堯舜上，再使風俗淳」，此正彩筆干主之詩，而可以知其微意之所在（參看章法及大旨一節）。

瑩按：此亦以「彩筆」句為指蓬萊獻賦之事，且舉「致君堯舜上」諸詩句為證，夫杜甫之繫心君國，忠愛纏綿，固其一貫之感情志意。若謂杜甫此詩，因憶昔遊渼陂之盛，而念及遊渼陂之詩，更因當時作詩意氣之盛，彷彿如彩筆在握，因而感慨及於獻賦之事，則言外之意彷彿有之。然若但以蓬萊獻賦釋「彩筆」一句，則似未免失之拘狹矣，至於所云「此中情事」，「人當自得於言外」之說，尚頗可取。

一五、錢注　公詩云「氣沖星象表，詩感帝王尊」，所謂「彩筆昔遊干氣象」也。公與岑參輩宴遊，在天寶獻賦之後，窮老追思，故有白頭吟望之嘆焉。

石印本眉批　李云：第七句總收，第八句仍轉到蜀夔旅泊，無一意不圓足，且不止結此篇，並八詩皆繳住，真大手筆。

又　吳云：結本「吟望」，作「今望」是對結體，當從。

瑩按：錢注引杜甫《奉留贈集賢院崔于二學士》詩「氣沖星象表」句以釋「干氣象」三字，亦嫌牽強，可參看後引翁批之說。至於所云「公與岑參輩宴遊，在天寶獻賦之後」，則所言頗有見，此所以杜甫因思渼陂遊宴賦詩之盛，而言外似有感慨及於獻賦之意也。又眉批吳云「『吟望』作『今望』是對結體，當從」，所言極是。

一六、張解　彩筆，江淹夢人授五色筆（參看演義）。

又　故一時彩筆，舉首昂藏，直與山水爭奇而凌其氣象。今老矣，峽中吟望，惟有垂首喪氣而已。

又　「白頭」字妙，正與首篇「玉」字應，言亦若玉露凋傷也（按此說過於牽強）。

一七、金解　「彩筆昔曾干氣象」，先生曾於蓬萊宮獻《三賦》，干動龍顏，雖實有此事，然此處提出，非自誇張，不過借作轉語，以反襯出「白頭吟望」七字來。言此天涯窮老，望京華如在天上，既不見有拾翠之人，亦復無有同舟之侶，白頭淪落，侘傺無聊，徒屈從前干氣象之筆，以作此苦殺皇天之詩，即何能禁淚之淫淫下哉。吟，吟《秋興》；望，望京華。一頭吟，一頭望；又一頭望，又一頭吟。於是頭低到膝，淚垂至頤，其苦有不可勝言者。而庵詩曰：「好个好丞相，清霜兩鬢寒。頭垂扶不起，老眼淚難乾。」矍齋云：余曾於同學案頭，見唱經批《秋興》詩數語，與此少異，然意實相發，附識於此。

別批　揮毫落紙，筆走雲煙，矢口成章，上干氣象，所固宜也。卻悄悄下一「昔」字，便令兩解七句都成鬼哭，直逼出「白頭吟望苦低垂」七字來，總結如上八首十六解六十三句四百四十一字。手舞足蹈了半日，卻是瓦解冰消，煙盡灰燼，更無處可出鼻孔息也。白頭已是傷心，白頭而低垂，更傷心。以白頭而吟、而望、而苦、而到底低垂，此傷心之所以徹骨也。八首十六解詩，皆從「吟望苦」三字中吟出來、望出來、苦出來。若其低垂，則未作此詩之前，固如此低垂，既作此詩之後，到底亦只如此低垂也。試看八首詩，是一首還是八首？增得一首否？減得一首否？增得一句、減得一句否？試看八首詩，是分解的，還是不分的？是聖嘆勉強穿鑿否？錦心繡口才子，當共證之。

瑩按：金解亦以蓬萊獻賦釋「彩筆」句，此說之為拘狹，已見胡注及杜臆之按語。至於「吟望」二字，實當作「今望」，錢注石印本吳氏眉批云「對結體，當從」，甚是。蓋「吟望」二字相連成辭，實不甚妥。金聖嘆氏蓋亦感此一辭之不妥，因而反就此二字大作其文章，而曰：「一頭吟，一頭望，又一頭望，又一頭吟」云云，徒逞其才子之筆，實極俗惡。至於「天涯窮老」，「白頭淪落」之悲及別批所云「悄悄下一『昔』字，便令兩解七句都成鬼哭」之說，則情意極是。總之，「彩筆昔遊」、「白頭今望」，此二句足可為八詩之總結收尾，沈痛蒼涼。若別批之以「吟望苦」三字相連立說，云八首「皆從『吟望苦』三字中吟出來、望出來、苦出來」，則又有不然，蓋苦字原屬於「苦低垂」，杜甫當時縱有滿腹苦情，然而要不得與「吟」、「望」二字相連為說也。金氏所說之情意縱然不差，而設辭則殊不甚妥也。

一八、顧注　天寶末，公獻《三大禮賦》於蓬萊宮。干氣象，干明主也。公詩云：「氣沖星象表，詞感帝王尊。」此公最得意之處，亦最得意之詩。今白首乃在峽中，吟望渼陂，何其低垂而不能奮飛也。吟望，為仰首；低垂，為俯首。忽而吟望，忽而低垂，心在長安，身在峽中，慘鬱之懷欲絕。

瑩按：此以「干明主」釋「干氣象」，其說實不可從，說詳後之總按語。

一九、朱注　彩筆，指集中《渼陂行》諸詩。干氣象，即賦詩分氣象意也。

又　錢箋：公詩云……吟望之嘆焉（見錢注）。

又　張性曰：自聞道長安以後……末乃嘆其不得歸也（參看演義）。

二〇、論文　獻賦明堂，曾干人主。今則白頭吟望，何以為情乎。

又　八首至「彩筆」、「白頭」二句，黯然神傷，遂爾止矣。

瑩按：此亦以「獻賦」釋彩筆，以「曾干人主」釋干氣象，其不可從，可參看前引演義、錢注諸說及後翁批按語。至評此二字之「黯然神傷」，則此二句原為八詩總結，無限今昔之感，自有令人黯然神傷者也。

二一、澤解　趙曰（同分門注）。

又　夢弼曰（同千家注）。

二二、詩闡　我待詔長安，日遊渼陂，宦情亦澹矣。先是獻賦已感宸聰，繼而蹉跎，一官不就，回首彩筆昔年曾干氣象者安在？今日白頭吟望，止有低垂，更欲仰首伸眉，一吐生平之氣，何可復得哉？

又　吟望，即前望京華之望，望蓬萊、望曲江、望昆明、望渼陂，望之不見而思，思之不見而仍望，屈子被放，行吟澤畔，睠顧不忘，正「吟望」二字意。

又　二句自傷。

瑩按：此亦以「獻賦已感宸聰」釋「干氣象」，其不可從，可參看後翁批按語。此一聯總結八詩，「望」字，自有兼括前望京華及蓬萊、曲江、昆明、渼陂之意。

二三、會粹　「彩筆昔曾干氣象」，即「往時文采動人主」，「賦詩分氣象」意。

又　「望」，回望渼陂也，言我已白頭矣，今望之，與前比事事相違，意氣能不低垂乎，此二句對結，舊作白頭吟望，誤。

瑩按：此既引「往時文采動人主」，又引「賦詩分氣象」，而二句之意，並不相侔，今並引之，則是會粹於此「彩筆」一句，並未確得其解也。至於論「吟望」之誤，以為當作「今望」，則所言極是。

二四、仇注　《南史》：江淹嘗宿冶亭，夢郭璞謂曰：吾有彩筆，在卿處多年，可以見還。乃探懷中，得五色筆以授之。嗣後有詩，絕無美句，時人謂之才盡。

又　江淹《麗色賦》：「非氣象之可譬。」

又　漢古詩：「令我白頭。」

又　司馬相如《美人賦》：「黼帳低垂。」

又　張綖注：氣象……氣凌山水也。即指《渼陂行》……等篇言（參看詩通）。

又　朱注：此句當與《題鄭監湖亭》「賦詩分氣象」參看。錢箋引「氣沖星象表，詞感帝王尊」，解作賦詩干主，非也。

又　張遠注：此詩末聯與上章末聯，皆屬對結體。「昔曾」對「今望」，意本明白，舊作

「吟望」，乃字訛耳（參看張遠會粹，此所引與會粹原文略有出入）。

又　陳注又云：此「望」字與「望京華」相應，既望而又低垂，並不能望矣。筆干氣象，昔何其壯，頭白低垂，今何其憊。詩至此，聲淚俱盡，故遂終焉。

瑩按：此引張綖注及朱注，蓋亦以為「氣象」乃指「山水之氣象」，而駁錢注之非，又引張遠注，以為末句當作「今望」，頗知辨擇。至於引陳注，以為「望字與望京華相應」，與詩闡之說相近，可參看。

二五、黃說　予嘗疑其似對結，而以中二字不侔為恨，又疑「吟」字當作「今」字。後閱錢牧齋本，乃作「昔遊」，而注云「一作曾」，予始大悅。上句當以「遊」字為正，下句則「今」字無疑也。「昔遊」，「今望」，對結既不可易，而二字又皆橫插成句，且一「遊」字，不但收盡一篇之意，兼收盡曲江以下數篇之意，而「望」字則又遙應第二首「望」字，因嘆公詩經營密緻，殆同織錦，不幸為誤本所汩沒，安得人人而夢告之！

瑩按：此論「昔曾」當作「昔遊」，「吟望」當作「今望」，「彩筆昔遊」一句總收，「白頭今望」一句遙應，如此，乃彌覺其章法完足，感慨無限，所言極是。

二六、渻解　夢弼曰……《渼陂行》（見千家詩）。

又　公詩云……之嘆（見錢注）。

又　吟望低垂，忽仰忽俯，無聊之狀。

又　朱云：自「聞道長安」以下五詩，皆以前六句詠長安之事，末乃嘆其不得歸也。

瑩按：此用錢注之說以釋「彩筆」一句，錢注之不足信，已辨之於前，茲不復贅。

二七、言志　且其時以彩筆上干御覽，而一時之卿相，莫不折節逢迎，氣象崢嶸，頗稱豪俊。而今胡為流落江關，回首顧望，不啻雲泥之隔。白頭遭際若此，寧有不頹然自喪者耶？

瑩按：此既以「彩筆上干御覽」說「彩筆昔曾干氣象」之句，而又曰「氣象崢嶸」，則「氣象」之意究竟何指，殊嫌含混。

二八、通解　兼記當時曾挾彩筆以獻賦，得邀人主之一顧，而上干氣象，此昔遊事也。何期今日落拓白頭，長望當年，苦自低垂，有不堪回首者。此《秋興》之所以為作也。

又　天寶末，公獻《三大禮賦》於蓬萊宮。干氣象，干明主也（參看顧注）。

又　顧修遠曰：末聯，公思昔再（按此或「日」字之誤）得意之遊。今白首乃在峽中，吟望渼陂，何其低垂而不能奮飛也。

瑩按：此多引顧注之說，然余所見之顧撰《杜詩注解》辟疆園本，則但於首聯、次聯、三聯有簡短說明，而並無此處所云「末聯」云云者，不知通解所據何本。

又　黃白山曰：七、八，他本「昔曾」、「吟望」四字，閱錢牧齋本，作「昔遊」、「今望」四字，是對結，確不可易。而二字又皆橫插成句……殆同織錦（參看黃說）。

瑩按：此多引舊說，而往往加以增刪變易，即如其所引「顧修遠曰」云云，余所見之顧撰《杜詩注解》辟疆園本即無此數句。又如其所引「黃白山曰」云云，亦與余所見之黃生撰《杜詩說》並不盡合，不知通解所據何本。

二九、提要　以七句總之，具見盛時氣象，故常筆之於詩賦也，而今安在哉！頭白低垂，徒付之一望而已。八句收得嚴密，一絲不漏，且「昔遊」、「今望」四字，不唯收盡一篇之意，而八篇之大旨，無不統攝於斯矣。若俗本「今」作「吟」，一字謬以千里。

瑩按：此亦論二句當作「昔遊」、「今望」，與黃說同。

三〇、心解　公詩云「詞感帝王尊」，又云「賦詩分氣象」，兼此兩意。

又　「彩筆」句七字承轉，通體靈動。末句以今日窮老哀吟結本章，即結八首，再著一

「望」字，使八首京華之想眼光一亮，而又曰「低垂」，則嗒焉自喪之狀如見。

瑩按：此云「彩筆」句兼「詞感帝王」及「詩分氣象」而言，其說自較拘指獻賦一事立說者，為通達可取，可參看杜臆及錢注按語。至於論「白頭今望」之說，亦頗能得其神致。

三一、范解　江淹夢……文藻日進（參看演義）。

又　干氣象，干明主也（參看顧注）。

又　末二句，則總八章而統結之，公前獻三賦時，明皇奇之，召試文章，公有「氣沖星象表，詞感帝王尊」之句，所謂彩筆干氣象也。今留滯夔州，已成白首，徒然長吟遠望，欲歸無日，何其低垂而不能奮飛乎！盛衰不常，今昔異感，即一人之身，亦不能以自主。故國平居，感慨繫之矣。

又　一說末二句「昔曾」係「昔遊」，「吟望」係「今望」，作對收看。「曾」、「吟」二字係刻本之訛，愚意如此說則「干氣象」三字無著落，且止結得本首，如何結得八首住？聊附辨之。

瑩按：此蓋以為若作「昔遊」，則僅能結本首所寫對渼陂舊遊之追憶，謂「干氣象」三字無著落者，蓋其意亦以為「干氣象」有干動人主之意，若僅為追憶舊遊之辭，則此三字無著落矣。然其所說實不可從，詳見本聯後之總按語。

三二、沈解　因思我昔日所作之詩，皆以文彩干動時貴，實擬飛騰也。而今白首矣，乃在峽中，吟望渼陂，何其低垂不能奮飛若此乎！自「聞道長安」以下五首，皆以前六句始終長安之事，而末乃嘆其在異鄉而不得歸也。

瑩按：此以「干動時貴」說「干氣象」三字。

三三、江說　朱鶴齡云：彩筆……意也（見朱注）。

又　張綖云：氣象……氣凌山水也（見詩通）。

又　陳云：此「望」字……故遂終焉（見仇注引陳注）。

又　張遠云：此詩末聯與上章末聯皆屬對結體，「昔曾」對「今望」，意本明白。舊作「吟望」，乃字訛耳（參看會粹）。

三四、翁批　謝道韞《登山》詩：「氣象爾何物，遂令我屢遷。」方綱按：《詩・大雅》鄭箋云：天為之生配於氣勢之處。《正義》曰：氣象之處，謂洽陽渭涘也。此「氣勢」二字，可作謝詩「氣象」二字之證。杜詩「昔遊干氣象」，又云「賦詩分氣象」，即此義也。「昆吾御宿」以下六句，皆括入「氣象」二字內。或遂以「氣沖星象表，詞感帝王尊」之句例之，則非矣。惓戀主知意，自在「蓬萊」一首內耳。「干」字，猶「吹皺一池春水，干卿何事」之「干」，俗解則類於干求、干犯之干，誤也。東風入呂，青雲干呂，正是杜詩此句「干」字之義。解此，方知此首第七句反照凋傷，卷回八首，綴繫於秋，尤為奇特矣。

眉批又云：公有《秋日寄題鄭監湖亭》五律，亦云「賦詩分氣象」，可相證。

瑩按：翁氏引《詩・大雅・大明》鄭箋及正義以證「氣象」為指山水之氣象，其說頗是。孔疏更云「名山大川，皆有靈氣」，則山川固自有其氣象也。至於引「干卿何事」及「青雲干呂」以釋「干氣象」之「干」，意味頗是，近於前詩通之以「氣凌山水」及「與山水爭奇」之說，而更為含蓄有致。至於演義「干動時貴」及錢注「氣沖星象」之說，正所謂「俗解則類於干求、干犯之干，誤也」。論七句「反照凋傷」，立說亦能得杜甫詩神致。

三五、鏡銓　公詩「賦詩分氣象」，即指集中《渼陂行》諸篇，謂山水之氣象，筆足凌之也。

又　陳注：此「望」字……故遂終焉（見仇注）。

瑩按：此以「山水之氣象，筆足凌之」為說，與詩通之說同。

三六、集評　李云：第七句總收，第八句仍轉到蜀夔旅泊，無一意不圓足，且不止結此篇，並八詩皆繳住，真大手筆。

又　吳云：結本「今望」，非「吟望」，是對結體，當從。

三七、選讀　氣象……氣凌山水也（參看詩通）。

又　「望」字……故遂終焉（參看仇注引陳注）。

瑩按：此全引舊注，與江說同，而未加注明。

三八、沈讀　干氣象，即「賦詩分氣象」意。又即「氣沖星象表，詞感帝王尊」意。公與岑參輩宴遊……之嘆（參看錢注）。

瑩按：此云「彩筆干君」，蓋亦以「彩筆」句為指獻賦之事也。此說之拘執，已見杜臆、錢注按語及翁批之說。

三九、湯箋　彩筆干君，昔恩難再，於今吟望，苦恨白頭。

四〇、啟蒙　張綖注：氣象……氣凌山水也（見詩通）。

又　朱注：此句當與《題鄭監湖亭》「賦詩分氣象」參看。顧氏引「氣沖星象表，詞感帝王尊」，非是（參看朱注及顧注）。

瑩按：此雖注明引自朱注，但與朱注原文並不盡相同。

嘉瑩按：此一聯首當辨者，厥惟「昔遊」之「遊」字與「今望」之「今」字。通行各本，多作「昔曾」與「吟望」。初觀之，似以作「昔曾」之意味較寬較遠，且有懷舊撫今之意，作「吟望」亦似較為活潑有神致。然時代較早之各本，如王洙本及九家注皆作「昔遊」，恐非無據，蓋第七句乃總收之筆，作「昔遊」似更為切實有力，如此則不僅收渼陂之意，言外更兼收以上蓬萊、曲江、昆明諸地，真所謂筆力萬鈞者也。若作「昔曾」，則反嫌浮泛，且一「昔」字已隱有「昔曾」之意，故私意以為當作「昔遊」為是。至於第八句，則為與第七句相呼應之對句。「昔遊」、「今望」，遙遙相對，昔日親身遊歷，今則望斷神傷，今昔盛衰，感慨無限。諸說之依「吟望」立說者，如杜臆之「且吟且望」、金解之「一頭吟，一頭望」、滘解之「吟望低垂，忽仰忽俯」，皆不免支離牽強，瑣雜紛紜，蓋並由於強依「吟」字立說之失也。至於諸本多作「吟」字者，不過為形近之誤耳。黃說及提要論此二句當作「昔遊」、「今望」，其說極為可取。次當辨者，則為彩筆之所指，有以為指昔遊渼陂之篇什者，九家、千家、頗解、詩通、邵解、澤解、滘解及鏡銓皆主之。有以為指蓬萊獻賦之事者，胡注奚批、杜臆、會粹、論文及詩闡主之。觀此詩前六句所寫皆為渼陂景物，則七句「彩筆」，自當指遊渼陂篇什為是。翁批云「惓戀主知意，自在蓬萊一首內耳」，其意蓋謂在第五章內，已曾有惓戀主知之意，此章不必更及之。所言極是。惟是遊渼陂正當獻賦之後，若謂杜甫因憶昔遊意氣之盛，彷彿如握彩筆，言外或有感慨及於獻賦之意，隱隱呼應「蓬萊」一首，尚無不可，惟不可拘指獻賦而言耳。再次當辨者，則為「干氣象」三字之意。有以「文彩干動時貴」為說者，演義及沈解主之。有引「文彩動人主」，或「氣沖星象表，詞感帝王尊」為說者，錢注、會粹、顧注、通解、滘解、范解及沈讀主之；湯箋亦用此說，且直指為「干君」，意箋則更以「沖牛斗」為言。有以為「干氣象」之「干」乃「盛」之意，而「氣象」則指「賦詩之氣象」者，頗解主之。有以「氣象」為指「山水之氣象」者，詩通、邵解、朱注、翁批、仇注、鏡銓及啟蒙皆用此說；分門及蔡箋，雖未明作此說，而意頗相近。至於「干」字，則或解作「干歷」，分門及邵注主之。或解作「干覽」，蔡箋主之。或解作「干凌」，以為乃「氣凌山水」，「與山水爭奇」，詩通、邵解、張解、仇注、鏡銓，皆主之。翁批則引「干卿何事」及「青雲干呂」為說，而不加確解。綜觀諸說，「干動時貴」及「詞感帝王」之說之不可從，頗解、意箋、翁批、仇引朱注已早駁之於前矣；而頗解以「干」為盛，亦殊無據；意箋「沖牛斗」之說，亦不切當。要之，「氣象」仍以指「山水之氣象」為是，翁批引謝道韞《登山》詩及《詩・大雅》鄭箋可以為證，如更引申其意，則此所云「氣象」，當兼指帝京城內城外種種故國平居時景物之氣象而言，總括後四章，而遙遙與「故國平居有所思」一句相應。「干」字則與「傍素波干青雲」之「干」字，義頗相近，雖可解釋為「凌駕」、「爭奇」，惟說破反覺無味，翁批雖含蓄，而又惜不甚明確，「干歷」、「干覽」，亦復語焉不詳。蓋此句總結上文，感慨含蘊，神致之佳、意味之厚，但可於言外求之，而不可拘定字句為解也。若強為之說，則大抵謂昔遊之彩筆與山水之氣象正復相得相映耳。又當辨者，則「白頭今望」句所望之地。有以為但指渼陂者，頗解主之。有泛言彼處者，邵解主之。有以為與「望京華」相應者，金解、仇引陳注、鏡銓引陳注皆主之。或以為兼望京華、望蓬萊、望曲江、望昆明、望渼陂而言者，詩闡主之。意者，就此一章詩而言，則所望自當是渼陂，而就八章言之，則此章確與次章「望京華」遙遙相應，而蓬萊、曲江、昆明、渼陂，皆在其中，此正杜詩神光離合之妙。至於「苦低垂」，實不必定指白頭必然下垂，如金解之說為「頭低到膝」也。「望」字實亦不必定指為仰望，於是乃有如灊解「忽仰忽俯」之說，遂爾令此句有俯仰失據，支離零亂之感。大抵「望」字只是寫其心繫故園，一心想望之情，已自「每依北斗望京華」所寫之眼之實望，轉為心之虛望矣。而「苦低垂」亦不必定指其頭之必如此下垂，而只是寫其今日窮老衰病頹然委頓之狀而已。如此方能欣賞杜詩情致之妙，而不致死於句下也。

《杜甫秋興八首集說》增輯再版後記

《杜甫秋興八首集說》原是多年前我在台灣大學擔任杜甫詩課程時所撰寫的一冊研讀杜詩的參考書籍。當時共搜輯了自宋迄清的杜詩注本三十五家，計共得不同之版本四十九種，曾分別為之考訂異同，對諸家之說各依時代先後加以整理校評，共寫成了二十餘萬字的《集說》。初稿完成於一九六四年，其後於一九六六年由台灣中華叢書編審委員會印行出版。及至一九八一年四月，我應邀至四川成都參加在草堂舉行的杜甫學會首次年會，與會友人聽說我曾寫有此書，遂勸我將大陸所流傳之歷代杜詩注本一併收入，再加整理，予以重印。恰好近年來我曾多次應聘至國內各地講課及合作研究，遂利用此機會加以搜輯，先後見到各種不同版本的杜甫詩集在數十種以上。因慮及字數過多，內容亦多有重複，遂決定但以增入前在台灣所未見之各家注本為主。至於注本相同而僅為版本之不同者，則並皆從略。經過刪擇之後，又增入歷代杜詩不同之注本十八種，與前在台灣所搜輯者，按時代先後重新加以編排改寫，計共得不同之注本五十三家，不同之版本七十種。自一九八一年開始在國內搜輯資料，至今日重新寫定，又已將近三載，而距離此書在台灣完成初稿之時間，則已有二十年之久矣。

關於撰寫此書之動機，我在舊版《集說》之《代序》中，已曾約略述及。蓋當日正值台灣之所謂「現代詩」風行一時之際，一般讀者對於此種以句法之顛倒錯綜及意象之晦澀新異為美的作品頗有爭議。那時我正在台灣大學講授杜甫詩，因此乃注意到杜甫《秋興》八詩中，其句法之突破傳統及意象之超越現實諸特色，與當日台灣所流行的現代詩風，頗有某些相近之處。而由此種特色所引起的歷代杜詩評注對此八詩之紛紜歧異的解說，也與當日伴隨現代詩而在台灣風行一時的歐美新批評所提倡的詩歌多義之說，頗有不謀而合之處。不過杜甫之根基深厚，其晚年七律如《秋興》諸詩，所表現的突破傳統與超越現實之特色，原來卻正是他深於傳統之修養，也深於現實之體驗，然後達到的一種變化超越之表現。而當日台灣之現代詩，則頗有一些對文學之傳統及現實之生活都並無深厚之修養體驗，而卻想要以艱深晦澀來文飾其浮淺幼稚的作品，因此乃引起了不少爭議。於是我遂動念欲撰寫此文，希望能使當日反對現代詩的人們，藉此而能理會到如現代詩之「反傳統」與「意象化」之作風，原來也並非全然荒謬無本；而當日之耽溺於晦澀以自鳴現代化的人們，也藉此可以窺知傳統之深奧，要想違反傳統、破壞傳統，卻要先從傳統中去汲取創作的原理與原則。所以我當初之本意，原想在搜輯各家評注編為《集說》以後，再寫一篇詳細的《綜論》，為杜甫此八詩之意象與結構之錯綜變化的妙用歸納出一些重要的原則與方法，使耽溺於現代之晦澀的青年人，可以自其中見出一些詩歌創作的基本之要理，而並不是任意造作為艱深晦澀之辭，便可以欺人自欺以文飾其浮薄和淺陋的。當我開始著手搜輯整理以後，才發現歷代評注杜詩的人們，對此八詩之紛紜歧異的解說，竟有如許之多。而當日的台灣各圖書館中還並沒有複印機之設備，而且我所搜輯的杜詩又是以清代以前的評注為主，很多都是被圖書館列為珍藏的善本書籍，不能外借出去從容參考，只能一字一句親手抄錄。當時我除去在台灣大學任教外，還在淡江及輔仁兩所大學兼課，並在教育電台與教育電視台播講大學國文及古典詩歌。平日工作極為忙碌，只有利用週末及寒暑假日，擠乘公共汽車到各圖書館去查閱和抄錄資料。僅以這一項工作而論，便已經耗時甚久，何況還要將這數十種書的資料，重新排比整理，更分別加以按斷評說，然後再繕為清稿。這其間所花費的時間精力都是不可計數的。而當時我又已接受了美國哈佛大學及密歇根州立大學兩校的邀聘，雖然將《集說》部分於百忙中勉力完成，但卻已無暇更寫為詳細之《綜論》。遂以一篇較早時寫成的《論杜甫七律之演進及其承先啟後之成就》的長文作為《代序》，對杜甫七律之不同時期的多種成就，及其在意象與結構方面的各種組合與變化，略加論述，便於倉促間離開台灣去了美國。原意以為以後有暇可以補寫此一篇《綜論》，卻始終沒有完成。那是因為我抵達美國後便認識了兩位友人，一位是在普林斯頓大學任教的高友工教授，另一位則是當日正在哈佛大學任教而現在已轉去康奈爾大學任教的梅祖麟教授。我當時曾把台灣新出版的這一冊《杜甫秋興八首集說》送給他們請求指正。不久以後他們就寫出了一篇極具工力的論文《分析杜甫的〈秋興〉——試從語言結構入手作文學批評》（TuFu's Autumn Meditation: An Exercise in Linguistic Criticism）。原文發表於一九六八年出版的《哈佛大學亞洲研究學報》（*Havard Journal of Asiatic Studies*）第二十八期，其後曾由黃宣範先生譯為中文，發表於一九七二年十一月在台灣出版的《中外文學》第一卷第六期。此一論文對杜甫《秋興》八詩在語言質素方面的變化妙用，做了極為細緻的分析，在當時曾引起不少重視。既已有此論文，則我計畫中之《綜論》，自可不必再為續貂之舉。昔杜甫曾有詩句云「安得思如陶謝手，令渠述作與同遊」，我對於高、梅二位教授的此一論文，便亦正有類似的欽佩之感。不過國內很多讀者，可能尚無機會讀到此一論文，因此我現在便將藉此機會對之略加介紹。

高、梅二教授之論文，一方面既參考了《杜甫秋興八首集說》中所引用的中國傳統諸家之舊說，一方面更參考了西方批評理論中的李查茲（I. A. Richards）、恩普遜（William Empson）、弗萊（Northrop Frye）及喬姆斯基（Chomsky）諸家的理論與方法，從語音之模式（Phonic Patterns）、節奏之變化（Variation in Rhythm）、語法之類似（Syntactic）、文法之模稜（Gramatical Ambiguity）、形象之繁複（Complex Imagery）及語彙之不諧調（Dissonance in Diction）各方面，對杜甫之《秋興》八詩做了細緻的分析。本文在此不能詳加引述，茲僅就其中所舉之數則例證，略做簡單之說明。首先就語音之模式而言，高、梅二教授以為，如「聞道長安」一首，其第三句之「王侯」與第四句之「文武」，既彼此互相對偶，而在本句中之「王」與「侯」及「文」與「武」也各自對偶，而且「文」「武」二字又為雙聲。此外首句末三字之「似奕棋」與第四句末三字之「異昔時」，其平仄及韻部亦復全同，更且第一句之「聞」字及「安」字，也與第四句之「文」字及「冠」字聲韻全同。這些語音上的互相呼應，對於外在的音聲與內在之情意所顯示的如棋局之盛衰變化的滄桑之慼，有更為加強之效果。而第五句之「金鼓」二字亦為雙聲，同時第五句末一字之「震」與第六句第一字之「征」亦為雙聲。而此種連續的雙聲字之出現，則正好烘托出金鼓震耳及車馬奔馳的快速的步伐。到了第七句的「魚龍寂寞」，則使得前面的「金鼓」和「車馬」頓時無聲，以寂寞取代了喧嘩，以憂思取代了奔馳。可見語音的形式在詩歌中實在佔有很重要的地位（按高、梅二教授在分析語音之聲韻時，所根據者乃聲韻學家董同龢先生所擬定之中古音值）。其次就節奏之變化而言，高、梅二教授以為，本來七言詩句的一般節奏在誦讀時多為四、三之頓挫，而在《秋興》八詩中，則凡一句之節奏表現為五、二或二、五之頓挫時，則表示出一種驚愕或緊張之效果。例如「夔府孤城」一首，其第一句、第三句、第六句，所寫者是杜甫身在夔府的見聞，而其第二句、第四句、第五句，所寫者則是杜甫心在長安的遙想。這幾句的錯綜變化，可以使人想到自日落到月出之際，杜甫的冥想在夔府與長安兩地之間，已經有過很多次的往復。而後面的第七句「請看石上藤蘿月」，則表現了最後面對現實的覺醒，所以其節奏乃為二、五之頓挫，而且用「請看」二字直稱的句法，也表現了杜甫自冥想中醒悟以後的慨嘆。可見節奏的變化在詩歌中也具有重要的作用。其三就語法之類似與文法之模稜而言，高、梅二教授以為，如第一首中的「叢菊兩開他日淚，孤舟一繫故園心」一聯，每一句既可視為獨立之一句，又可視為兩個不相干之短句的結合。

也就是說「叢菊兩開」四個字及「他日淚」三個字，既可視為分別寫叢菊花開的景物與作者對此景物之落淚的反應，也可以將此七字視為連續的一句，把「他日淚」視為「兩開」的受詞，作為描述菊花之花瓣或花瓣上之露滴之猶如淚點。下一句的「孤舟一繫」四個字及「故園心」三個字，也是既可視為兩個短句，將泊岸的孤舟與懷念故園的歸心相對照，亦可以將七字視為連續之一句，表示一種因果之關係，意謂孤舟一繫則故園之心也便與之長繫而不能成歸。再如「夔府孤城」一首，其第二聯「聽猿實下三聲淚，奉使虛隨八月槎」兩句，其表面上之詞語雖然互相對稱，然而內在之意義則並不對稱。蓋此聯之上句按文法之順序本當作「聽猿三聲實下淚」，杜甫將文法之次序顛倒，以「三聲」置於「淚」字之上，以與下句之「八月槎」相對偶，是表面之語法結構雖然相同，而深一層之情意結構則並不相同。這種情形可以說是一種「偽聯」（Pseudo Parallel）。「偽聯」常可以有多種意義的解釋，所以用在詩中往往可以造成預想不到的新意象和新效果。這種「偽聯」的情形，在近體律詩中頗為常見，因為律詩既要求對偶，而中國語文之文法又比較自由，所以詩人往往可以將一句之文法顛倒以求對偶，因而可以造成一種強烈之效果。例如「瞿唐峽口」一首，其第二聯「花萼夾城通御氣，芙蓉小苑入邊愁」兩句，上一句之語法次序正常，而下一句則可以有三種不同的意思。其一可以解釋為「邊愁入芙蓉小苑」，將「入」字視為及物動詞；其二可以解釋為「芙蓉小苑邊愁入」，將「入」字視為不及物動詞；其三可以解釋為「芙蓉小苑使邊愁入」，將「入」字視為使動詞。如此多種解釋的可能性，就使得此一聯有了極豐富的含意，既表現了詩人的盛衰之感，同時對玄宗當日之耽於享樂而招致變亂，也暗示了諷刺之意。這都是因詩句的語法之相似與文法之模稜所造成的特殊效果。其四再就形象之繁複與語彙之不協調而言，高、梅二教授以為，如「昆明池水」一首，其第三聯「波漂菰米沉雲黑，露冷蓮房墜粉紅」兩句，「紅」與「黑」是兩種強烈的顏色，表示了一種過分成熟的感覺而有接近腐爛的一種趨向。而在此強烈之色彩下，則雜用了四個表現荒涼之感的動詞，如「漂」字，不僅寫出了菰米在水中之漂浮，也暗示了詩人與之相似的飄零蓬轉的生涯。「冷」字也不僅表現了蓮房之露冷，還暗示了詩人內心的淒寒之感。至於「沉」字與「墜」字，則當然是明白表現了衰落的字樣。像這種由性質不相同之詞語來傳達詩人複雜之情意的手法，是杜甫晚年詩中常見的風格。如果將「露冷蓮房墜粉紅」一句與第一首的「玉露凋傷楓樹林」一句合看，則兩句中的「露」字都表現了一種透明的感覺，而「蓮」與「楓」則是鮮明的紅色，透明的露襯托在紅色背景之下，表現出一幅晶瑩美麗的畫面。而另一方面則「露」原是寒冷的，而「楓」之「凋傷」與「蓮」之「墜」落，則也表現了殘敗和凋零。於是在此種鮮明的對比之下，秋日的美麗遂包含了陰沉的對衰亡的暗示。可見繁複的意象與性質不諧調的語彙，也是在詩歌中造成特殊效果的重要因素。以上是我對於高、梅二教授此一論文之極為簡單的介紹。高、梅二教授在完成此一論文以後，還曾由此引發了對於唐詩之更為廣泛的研究。不久就又發表了另外的兩篇論文：其一是《唐詩的語法、用字與意象》（Syntax, Diction, and Imagery in Tang Poetry），原文發表於一九七一年出版之《哈佛大學亞洲研究學報》第卅一期，其後曾由黃宣範先生譯為中文，發表於一九七三年三月至五月在台灣出版之《中外文學》第一卷之第十至十二期；其二是《唐詩的語意、隱喻及用典》（Meaning, Metaphor, and Allusion in Tang Poetry），中文譯文也由黃宣範先生譯出，於一九七五年十二月至一九七六年二月先後發表於《中外文學》第四卷之第七至第九期，原文則遲至一九七八年十二月始發表於《哈佛大學亞洲研究學報》之第三十八卷第二期。在此二文中，高、梅二教授對唐詩在語言學方面所能見到的各種特色，做了細緻深入的分析。其所牽涉之範圍極廣，當然已不限於杜甫之《秋興》八詩，而且此二文之篇幅甚長，即使加以簡化，也非本文之所能介紹。近年來我曾將海外有關中國古典文學之英文論文的抽印本多種，分別寄給國內各中文系作為參考。也許不久之後便可以看到中文之譯文在國內發表，我在此就不再多加介紹了。

除去高、梅二教授曾由杜甫《秋興》八詩而引發了很多篇極精彩的論文以外，另有在威斯康辛大學任教的周策縱教授，在讀了《杜甫秋興八首集說》以後，也曾給我寫了一封長函，對《集說》中的一些論述和按斷，提出了很多寶貴的意見。惟是因為引證之資料甚多，與原書之按語的簡述之體例不合，所以此次重印未能將周教授之說法增入，現在謹在此略加引述說明：第一，周教授謂「尊著《代序》對七言律詩之發展及杜甫七律詩藝進益完成之過程，分析詳審，發人未發。縱嘗疑律詩之形成，恐係大半由宮體而起，或至少由宮廷作者兼採民間詩藝與樂曲之長而逐漸形成。……即如尊著所引隋、唐以前及唐初諸律詩或其雛制，亦多詞臣與帝王之宮詞、春詞及應制之作，猶存遺跡。……舊作《卷阿考》一文，載《清華學報》，曾略發此意。……此論當否尚待研定」。第二，周教授謂「《秋興八首》各本文字，往往有異。尊著校訂周審，論斷尤極平允。現不妨加舉一二理由，以贊尊說。如第一首『叢菊兩開他日淚』……雖諸家皆以『兩開』為優，然鮮言『重開』不妥之故。……尊意更進一層謂『音義皆更為切實有力』，此理自較勝。實則『叢』字與『重』字皆在『通』攝，韻部相近。『叢』字在從紐，為舌尖前音；『重』字即令讀上或去聲，仍當在澄紐，為舌面前音。又皆送氣。二字連讀不順。『叢菊重開』，佶屈矯舌。以杜律音韻之諧和，應不出此」。第三，周教授謂「第八首末二句，則頗多疑義。……『干』字在詩文中之用法，前於杜甫者，往往與天象雲霄相連。如張衡《西京賦》云：『干雲霧而上達。』……何晏《景福殿賦》稱『飛閣干雲』。……左思《蜀都賦》『干青霄而秀出』……凡此皆用於上干雲霄之意。《說文》訓『干，犯也。從反入，從一』。……按干之初意為枝幹之幹，又為盾。從枝幹之義引申乃為侵犯干觸，從盾之義引申則為防阻捍衛。……氣、象之觀念，源於古人對自然現象之了解。古代天文、星占、望氣、陰陽、律曆及道家往往有中、應、干、逆氣象與否之論……即音樂、書文，亦與天地時氣相感應。……此本與《詩・大序》『正得失、動天地、感鬼神，莫近於詩』之說相關。杜甫受《詩序》之影響自深……此所干之氣象，似指天地、日月、星辰、山水、帝王等氣象，與『動天地』相類。……此詩前六句多指風景遊覽，則若云氣象乃天地、山水，時氣，自極合理。惟『昆吾、御宿』等地舊皆在上林苑中，且八首雖云感秋，實是悲時，則此所云『干氣象』，恐亦不必無干動時君或正得失之含義。……縱意『干氣象』一語，當以採廣義之解釋為是，此與尊說『於言外求之』，尚不相背也」。第四，周教授謂「惟尊著於末句『白頭吟望苦低垂』採清人黃生、吳瞻泰及吳農祥之說，以為『吟』應作『今』，且二句乃『對結體』。縱案如尊著所舉，早期各本……皆作『吟』……就尊著採用『昔遊』依早期各本之例而言，此似難取信。杜甫詩中用『白頭吟』一語者，除《秋興》外尚八見……杜詩中更可注意者如『惆悵白頭吟，蕭條遊俠窟。臨軒望山閣，縹緲安可越』（《七月三日呈元曹長》），於『白頭吟』後用『望』字。……他如『吟詩坐回首，隨意葛巾低』（《課小豎鋤斫果林三首》之二），亦『吟』詩與『低』字並列，『回首』恐亦隱含顧望之意。……且『吟望』一詞，亦見於杜詩他處，而『今望』則無。……《秋興》第二首『每依北斗望京華』，錢謙益注云『此句為八首之綱骨。章重文疊，不出於此』。實則此『望』字正是全詩主眼。……是八首主題本是『吟望』長安，故結句點出之。至於『對結體』之說，實不盡然。『干氣象』與『苦低垂』本不全相對，且以『今望』對『昔遊』亦殊板滯多餘，轉不若『吟望』之錯落有致。以上論『吟望』，固亦多係就杜詩他句比照為說，證其可能性之多少，自不可必。……尊著《集說》詳審如彼，當代及後來讀者，必多採信。拜讀之餘，偶有未安之見，匆促草此奉商，而屢為俗務所累，擱筆者再三，疏陋之處，尚乞裁正」。以上是周策縱教授對拙著《集說》所提出的幾點寶貴的意見。前三點對拙著中之按語，補充了更多可貴的例證。至於最後一點對於「吟望」與「今望」之孰是，其取捨之意見，則微有不同。私意蓋以為杜甫詩中雖不乏既寫「吟」又寫「望」之例證，然而卻並無以「吟望」二字連言之例證。而且此八詩之骨幹，原在身居今日之夔府，而遙憶昔日之長安，結尾如以「今」字與「昔」字對舉，似乎更可增加全詩中一種張力之效果。而且以此一聯而論，則「彩筆」與「白頭」原是明顯之對偶，至於此二句後三字「干氣象」與「苦低垂」之不完全相對，則是對於前二字所形成之對偶的一種破壞，所以私意以為下一句反而更要以「今」字與上句之「昔」字相對，如此則可以將後三字之破壞加以平衡，使此一聯在總結八詩所表現的時間及空間之多重對比的敘寫以後，在收尾之時更造成一種強烈的對比的效果。當然，這也只不過是我個人讀詩時，但憑感受之直覺的一點私見。至於「吟」字與「今」字究以何者為是，則亦殊未敢自必也。周教授惠賜之長函，資料豐富，論述詳明，個人對之甚為感佩。周教授原函，其後曾於一九七五年六月發表於台灣出版之《大陸雜誌》第五十卷第六期，讀者可以參看。再者，自近年西方之「結構主義」學說流行以來，更有在美國聖地亞哥加州大學比較文學系任教的鄭樹森教授，在其《結構主義與中國文學研究》一文中，也曾從結構主義的觀點，指出拙著《杜甫秋興八首集說》一書之《代序》對於杜甫七律之演進及其承先啟後之成就的探討，與西方結構主義重視文學中之文類研究的觀點有暗合之處。他說：「例如在討論杜甫《秋興八首》時，葉嘉瑩便仔細追溯七律的歷史構成，透過與其他同類型作品的關係，比照出杜甫作品的成就。這種做法基本上已具備了『文類批評』的特色。」鄭教授此文是為台灣東大圖書公司於一九八三年所刊印的一套「比較文學叢書」中之《結構主義與中國文學》一冊書所寫的序文，文中對於七十年代後期中文知識界引用結構主義對中國文學所做的一些研究及其長處與局限之所在，都做了扼要的敘述。不過，我寫作《杜甫七律之演進及其承先啟後之成就》一文之時間甚早，原稿完成於一九六四年，其後發表於台灣《大陸雜誌》一九六五年之一至四期。當時中文知識界對西方之結構主義還沒有普遍的認識和介紹，我對杜甫七律的「承先啟後」之探討，其與西方結構主義的文類研究有暗合之處，也不過是因為古今中外對文學發展的探討方式，原有其根本相同之處而已。因此鄭教授在其《結構主義與中國文學研究》

一文中之提及我的《論杜甫七律》一文，也不過僅是偶然點到而已，並不屬於鄭教授所要介紹的中文知識界引用結構主義研究中國文學的正式範疇之內，這一點是我必須在此加以說明的。

以上所述，可以說是此一冊《杜甫秋興八首集說》自撰寫之前到刊行之後，在台灣及海外之一些有關的因緣和反響。至於近年來，則因為我經常回國講課，這一本《集說》雖然尚未在國內出版，卻已經為我帶來了不少幸運的機遇。原來我於一九七九年回國教學時，曾有幸認識了南京大學的程千帆教授及南京師範學院的金啟華教授，其後又認識了北京大學的陳貽焮教授。在一九八一年春，程千帆教授擬推介此《集說》前之長文《代序》交《南京大學學報》發表，適值杜甫學會將在成都草堂召開首次年會，金啟華教授遂來函相邀赴會，於是我便有幸參加了一九八一年在成都草堂舉行的杜甫學會首次年會。在會議中得識四川大學之繆鉞教授，又蒙其相邀合作研究並至川大講授唐宋詞，我遂於一九八二年再來成都，又有幸參加了杜甫學會在草堂舉行的第二次年會。其後於一九八四年春，又因得陳貽焮教授之推介，蒙山東大學蕭滌非教授所主持的《杜甫全集》校注組相邀，在當年五月參加了在杜甫故鄉河南鞏縣所召開的《杜甫全集校注》討論會。我一生因為教書的關係，在國內外各地參加過不少次學術性的會議，而給我印象最深且使我最為感動的，則是在成都草堂及河南鞏縣所參加的這三次有關杜甫的會議。如果說我在海外所參加過的一些學術會議，是屬於純知性的會議，那麼我在成都草堂及河南鞏縣所參加的這三次有關杜甫的會議，則可以說是在知性以外兼具強烈之感性的會議。先就我個人而言，我在海外講授中國古典詩多年，一般說來，我的研讀範圍和研讀興趣原是相當廣泛的，對於不同時代不同風格的作者也都可以取客觀公正的態度來評賞。但當我去國日久思鄉日切而一直還鄉無計的一段年月中，我卻逐漸發現最能引起我懷鄉去國之思的，實在是杜甫的詩篇。那時每當我在海外為學生們講授杜甫《秋興八首》詩，讀到「每依北斗望京華」一句時，便總不免會引起內心中強烈的家國之思。所以後來在一九七七年還鄉到西安旅遊時，就不禁寫了「天涯常感少陵詩，北斗京華有夢思。今日我來真自喜，還鄉值此中興時」的詩句。及至一九八一年接到邀請函將要赴成都的杜甫草堂去參加杜甫學會的首次年會時，心中更感到異常興奮。那時正值溫哥華繁花如錦的春天，而我卻一心嚮往著草堂的春天，所以在回國的飛機上我又寫了一首詩，說「平生佳句總相親，杜老詩篇動鬼神。作別天涯花萬樹，歸來為看草堂春」。這兩首小詩，都是我在旅途中隨口吟成的，當然決非什麼好詩，但它們卻確實真誠地表現了杜甫的詩所引起我的家國之思的感動。而當我在成都草堂及河南鞏縣參加有關杜甫的會議時，我更從繆鉞教授和蕭滌非教授幾位前輩學人的講話中，深切地感受到了他們對於杜甫的一片尊仰愛慕的深摯之情。而當開會以後大家一同到有關杜甫的一些故地去參觀遊覽時，杜甫詩中所寫過的景物情事，就會同時湧現在每個與會人士的心中腦中，隨便任何一個人吟誦或提起杜甫的一二詩句，都可以引起其他同遊者的共鳴，彷彿當年寫詩的杜甫，也就正行走在大家的身邊。而這種感受，自然是我在海外所參加過的任何會議中所完全未曾有過的。我論詩一向主張中國詩歌之傳統，實在以其中所蘊涵的興發感動之生命為主要之質素。而這種感發之生命的質素，則與詩人的心性、品格、學養、經歷都有著密切的關係。但是如果僅具有這些能感之的要素，而不能將之完美地敘寫表達在詩篇之中，當然就決不能成為一個偉大的詩人。所以除了這些能感之的要素以外，詩人便還須要具備有能寫之的能力。本文在前面所介紹的高、梅二教授的論文，就正是對於此種「能寫之」的因素的細緻的分析。所以在那篇論文的收尾之處，高、梅二教授就曾提出了一段結論，大意是說，杜甫一向被稱為中國最偉大的詩人，本文並無絲毫想改變此種傳統評價之意，不過傳統的批評常以為杜甫之偉大是由於他廣博的學識（encyclopedic eruclition），由於他對時事真切的描述（vivid dipiction of events of his time），由於他對君國的纏綿忠愛（steadfast loyalty to the emperor and fervent patriotism），還由於他對疾苦大眾的同情（moving compassion for the suffering masses），我們並無意對這些評說加以指摘，我們只是想鄭重說明，所有以上的各種說法，都是屬於詩歌以外的評論，而詩歌本身則是一種精美的語言的加工品（excellent verbal artifacts），在此種衡量的標準下，則就語言之精美的創造而言，杜甫確實是一位難與倫比的大詩人。希望本文以語言學來評詩的嘗試，可以為杜甫之所以為偉大的詩人，提供一些評論的基礎。以上高、梅二教授的這一段話，對於中國之一向重視文以載道及作品中之思想意識，而忽視純文學之藝術價值的批評傳統而言，自然是一種極值得重視的箴言。不過，如果就詩歌之以感發之生命為其主要之質素而言，則高、梅二教授所提出的評詩標準，實在只是就詩歌之「能寫之」一方面的因素所做的衡量而已。可是「能寫之」實在只是一種傳達詩歌的感發之生命的手段，至於藉此手段所傳達出的感發生命之本質，則其質量之大小、深淺、厚薄、廣狹之差異，卻必然與詩人之「能感之」的因素，結合有極為密切之關係，如此則詩人之性情、學養、襟抱，便自然仍在詩歌之感發生命中佔有極重要的地位。以前，我在《〈人間詞話〉境界說與中國傳統詩說之關係》一文中，便曾經提出說「能感之」與「能寫之」，「這兩類因素，在詩歌中當然都佔有極重要之地位，只是這些因素之所以重要，卻仍然有賴於詩歌中先須具有一種興發感動之生命力始可為功」（見《迦陵論詞叢稿》）。即如明代的前後七子中的李夢陽、何景明諸人，他們都曾極力提倡復古，主張詩必盛唐，對於唐詩之聲調、語彙及意象等，也都曾極力模仿，然而令人讀之卻往往終有形似而神非之感。這便因為他們詩中的感發生命有所不足，所以縱然有某些詩句可以模仿得與唐人非常相似，如何景明《昭烈廟》一首五律，其「峽路原通楚，岷江不向秦。空山一祠宇，寂寞歲華春」諸句，便可以說幾乎都是模仿杜甫的《謁先主廟》一首五言排律中的「錦江原過楚，劍閣復通秦。舊俗存祠廟，空山泣鬼神」諸句而來，但如果就全詩所傳達之感發生命言之，則杜甫詩中所充滿的「懷古感時、溯洄不盡」之意，便決不是何氏之空疏模仿的詩篇所能比擬的了。所以作為一個偉大的詩人，杜甫所具有的一些「能寫之」的工力，當然是使得他成為偉大之詩人的重要條件。但杜甫之詩篇之所以能引起千百年以後的中國讀者對之都有一種共同的感動和仰慕，便也仍由於他藉著「能寫之」的工力所傳達出來的「能感之」的感發生命之本質，果然有足以使讀者興發感動之處的緣故。海外學人對杜詩「能寫之」的因素的論述和分析，既是值得重視的，國內學人對杜詩「能感之」的因素的體認和景仰，也是極值得寶貴的。而我竟然因為這一本《集說》的因緣，而從兩方面先後獲得了如許多的教益和啟發，當然更是極值得慶幸的事了。至於如果就《集說》一書體例之擬定及編寫之甘苦而言，則在河南鞏縣所召開的《杜甫全集校注》討論會，尤其使我個人更有戚戚之共感。因為要想搜輯幾十種不同的杜詩注本而加以綜合的編排整理，原來並非易事。此次《杜甫全集校注》討論會曾編有《徵求意見稿》一冊，計共輯錄有歷代杜甫詩集六十八種，均各別標以簡稱。其編寫體例則分為題解、注釋、集評、備考、校記等共五項。會議中所曾討論者，如各家評注若有重複當如何刪擇去取之問題，前人之注本往往注釋與評語夾雜當如何加以區分之問題，校記中是否應詳列各版本之問題，注釋時當以一句為單位或一聯為單位之問題，凡此種種，也都是當年使我極為困擾之問題。雖然我當年編寫《集說》重在求全，主要目的是想在全備中比較各家之異同，以見杜詩之變化超越之妙，與《杜甫全集校注》之重在求綜合之歸納者不同，然而所面臨的使人困擾之問題，卻實在仍是有許多相似之處的。再有就是中國的複印機也仍不夠普遍，圖書館借書的手續也仍不夠方便，更沒有電腦的設備來協助整理資料，而這些不便之處，也正是我當年在台灣與近年在大陸為編寫此一冊《集說》所經歷過的共同的困難。雖然近年國外的學者也曾提出過，過分依靠複印機和電腦的研究，也有使思想性日趨淺薄的危機，但對於要依據九十種以上的注本來編校杜甫全集而言，則適當的科學技術方法的使用，實在也是有其必要的。因此在戚戚的共感中，就不禁使我想到在學術研究方面，如何使中國之長處與西方之長處相結合，使文學的研究與科學的技術相結合，實在都是極值得我們注意的問題。除此以外，更因為我這一本

《集說》的初稿，原是在台灣編寫的，而現在增輯的資料，則主要是在大陸編寫的，這便使我感到大陸與台灣的學術研究，實在也有交流結合的需要。台灣於一九七四年曾出版了一套第一至第四輯的《杜詩叢刊》，共收錄了歷代杜甫詩集三十五種。較之我一九六六年出版的《集說》中所收的杜詩版本尚少十四種，但增入了我未曾收入之注本三種，其一是明汪瑗之《杜律五言補注》，其二是清王澍之《杜詩五古選錄》，其三為日人津阪孝綽之《杜律評解》。前二種因所選錄者並無杜甫之七言律詩，後一種因係日人編注，且多截取諸家之舊說並無新意，所以我當日都未曾收入《集說》之中。至於我近年在大陸所增輯之各種杜詩注本，則多為我當年在台灣之所未見。我曾想，如果大陸能根據台灣已出版的《杜詩叢刊》，再增入大陸現存的各種杜詩注本，合編為一部更完備的《杜詩叢刊》，以便對歷代杜集加以完整的保存和流傳，那一定是一件極有意義的事，而如果有了這樣一部完整的《杜詩叢刊》，則《杜甫全集校注》的編寫，便果然可以存精去蕪，加以更切實的歸納整理，而不必如現在之在存精與求全之間作困難的選擇和決定了。

最後，還有一點我願在此一提的，就是二十年前當我撰寫此一冊《杜甫秋興八首集說》時，原意本是想要將杜甫此八詩中的一些超越變化的妙用之理，提供給當日台灣之寫作現代詩的年輕人，作為參考之用。如今事隔二十年以後，台灣的現代詩風已早趨沒落，而另由質樸簡淨的新詩風所取代。可是近年大陸興起來的朦朧詩，其文法之突破傳統及意象之超越現實的作風，卻似乎形成了一種風尚。然則此一冊《集說》在今日之大陸增輯再版，對於大陸寫詩的年輕人，便或者也仍可以有一些用資參考之價值。不過，舊體詩之寫作與新體詩之寫作，在寫作藝術方面雖然也有相似之處，然而卻也有很多相異之點。一般而言，如詩歌中所講求的音聲之效果、句法之結構及意象之安排等，這些基本的原則自然是無論寫作新舊體詩都應該重視的。至於其相異之點，則除去文言與白話之差別及古今語法和語彙之不同以外，另外一點極顯著的差別，則是舊體詩特別是像《秋興八首》

一類近體律詩，都具有極整齊的聲律格式，而新體詩的形式則是完全自由的。對於不熟悉舊詩聲律的人而言，那種嚴格的格律自然是一種死板的約束，可是對於習慣於這種聲律格式的作者而言，則這種嚴格的聲律，卻不僅不是死板的約束，而且還可以成為一種呼喚起感發之力量的媒介。所以舊傳統的詩人一般都注重吟誦。就以杜甫而言，他的詩中就有不少提及作詩時常與吟詠相結合的例證。即如其《解悶十二首》之七中的「新詩改罷自長吟」、《題鄭十八著作丈故居》中的「詩罷能吟不復聽」、《至後》中的「詩成吟詠轉淒涼」諸句，就都表現了杜甫寫詩時是注重吟誦的。而這種吟誦的習慣對於寫作聲律嚴格的近體詩，實在極為重要。因為寫作舊體詩的詩人，他們一般並不是逐字逐句去核對平仄和聲韻來寫詩的，他們的詩句是在形成時就已經與聲律之感發結合在一起了。然後在修改時，也不是檢查著字書、韻書去修改，而是在邊寫邊吟的情況中，同樣伴隨著吟誦的聲律去修改的。無論在詩句的形成中，或在詩句的修改中，聲律所呼喚起的一種感發，在舊體詩的寫作中，都是極值得重視的。而我以為這也就正是中國詩歌傳統一向都以感發為其主要質素的許多原因之一。前文所引高、梅二教授對杜甫此八詩的「語音之模式」之分析，正可以作為杜甫寫詩時，其音聲之感發與情意之感發密切結合的最好證明。我們後人說詩，可以自其形成後之結果作出細密的理論之分析。但杜甫當日寫詩時，卻並沒有理論的思索，而是僅憑吟誦時之聲律所呼喚起的一種直覺而寫成的。至於就新體詩而言，則情形就完全不同了。新體詩歌雖然也重視音聲之效果，可是卻並沒有一定的格式可以依循，在這種情形下，新體詩之寫作，一方面雖在形式上獲得了極大的自由，但另一方面卻也同時失去了經由聲律而呼喚起感發，和經由聲律而加強字句之鍛煉的一種輔助的條件。因此資質和才能優秀的詩人，雖可以在自己對形式的自由安排設計中，創作出內容與形式密切結合的精美的作品，而資質才能有所不足的詩人，則在此絕對的自由中，便不免會或者故求艱澀或者掉以輕心，而寫出一些迷亂粗糙的失敗的作品了。要想避免此種流弊，則對於中國古典詩歌中的一些典範作品，如杜甫《秋興》八詩一類工力深醇藝術精美的詩篇，若能加以仔細的研讀和體會，則對於寫新體詩的年輕人要想養成更精切的掌握和運用中國文字的能力，也定能有所助益。這是我二十年前編寫此書時，對台灣年輕詩人的期望，也是我今日重新增輯此書再次出版時，對大陸年輕詩人的期望。而在前面所曾提出的東方與西方理論之結合、文學研究與科學技術之結合、台灣與大陸學術之結合以外，如能再加以古典與現代之結合，則我們的學術研究與詩歌創作，都必將收到更為豐美的果實，和開拓出更為廣闊的道路。在此增輯版出版的前夕，謹拉雜書寫與此一冊《集說》有關的情事和想法如上，希望能得到廣大讀者的批評和指正。

葉嘉瑩一九八五年三月十六日寫畢於溫哥華

葉嘉瑩作品集 9

杜甫秋興八首集說

作　者：葉嘉瑩
責任編輯：李瀟美
封面設計：蔡怡欣
文字校對：楊菁、陳錦生、張弘韜
法律顧問：全理法律事務所董安丹律師
企　畫：網路與書股份有限公司
網　址：www.netandbooks.com
地　址：台北市 105 南京東路四段二十五號十一樓
出　版：大塊文化出版股份有限公司
地　址：台北市 105 南京東路四段二十五號十一樓
網　址：www.locuspublishing.com
讀者服務專線：0800-006689
電　話：(02) 87123898　傳眞：(02) 87123897
郵撥帳號：18955675　戶名：大塊文化出版股份有限公司
總 經 銷：大和書報圖書股份有限公司
地　址：新北市新莊區五工五路 2 號
電　話：(02) 89902588（代表號）　傳眞：(02) 22901658
初版一刷：二○一二年十二月
ISBN 978-986-213-407-8
定　價：新台幣四五○元
Printed in Taiwan

杜甫秋興八首集說 / 葉嘉瑩 著；
一 初版. 一 臺北市：大塊文化：
2012.12：面；　公分. 一（葉嘉瑩作品集；9）
ISBN 978-986-213-407-8

851.4415　　　101023792

葉嘉瑩作品集

葉嘉瑩先生幼年學習古典詩詞，對於中國古典詩詞及中西文藝理論涉獵頗深。這位中國古典文學專家，以其生動優美的語彙和獨特細膩的興發感受，跨越時空阻隔，去體味挖掘詩人複雜而敏感的內心世界，帶領現代讀者與古代詩人做了一次次的心靈發現之旅。

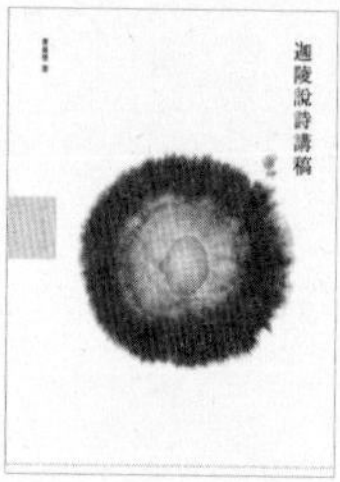

1 迦陵說詩講稿

本書是葉嘉瑩先生融會古今中外文藝理論之精華，對中國古典詩歌的全新解讀，新穎而不偏頗，深刻而不深奧。作者深入淺出的講解，對中國古典詩歌做出了清晰透徹的闡釋，並將中西方文藝理論講解得深入淺出平易近人。

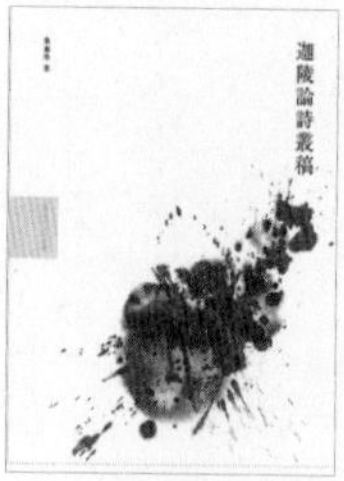

2 迦陵論詩叢稿

本書收錄葉嘉瑩先生評賞詩歌的十四篇文稿，葉先生以其知人論世之學養，以意逆志，縱觀古今、融貫中西的論詩特點，在本書中收錄了其從主觀到客觀、從感性到知性、從欣賞到理論、從爲己到爲人的過程中的多篇論著，讀者透過此書也能了解作者研讀態度與寫作方式的轉變過程。

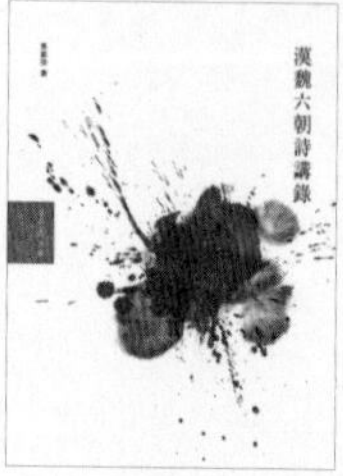

3 漢魏六朝詩講錄

本書是對漢魏六朝時期代表性詩人及其作品的鑑賞評點，葉嘉瑩先生從具體的個體詩人入手，以深入淺出的講解評析，闡述了歷史背景、社會現狀和詩人的身份地位、品性才情對其作品的深刻影響，並展示了整個漢魏六朝時期文學的整體風貌，以及這個時期的詩歌在中國文學史上的地位和承先啓後的過渡作用。

4 阮籍詠懷詩講錄

阮籍是中國文學史上繼建安文學之後正始文學時代的詩人。當時正處於魏晉之交，社會上的文士外表看來放蕩不羈、不守禮法，而內心深處卻懷有許多悲愴和痛苦。阮籍的詩寄託幽微，蘊藉深厚，在痛苦無人可訴的時候，把零亂的悲苦的內心感情用詩表現出來，這是一個亂世詩人的悲苦心聲。

5 陶淵明飲酒及擬古詩講錄

陶淵明親見東晉的滅亡，身處這樣的亂世，如何能夠持守住內心之中的一份平安，這也是詩人終其一生努力的目標。書中葉嘉瑩先生講解陶淵明的飲酒詩和擬古詩，解讀並深入詩人之內心，從詩的風格剖析陶淵明感情中的、孤獨、悲愴，讓讀者循著低迴宛轉的情思意念的流動，走入詩人的內心世界。

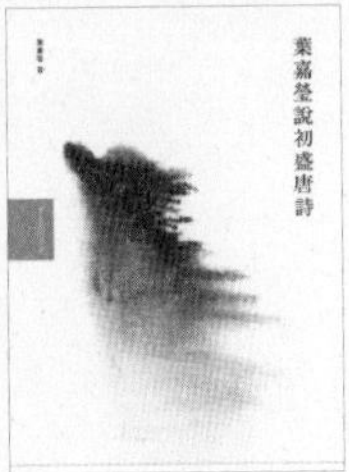

6 葉嘉瑩說初盛唐詩

本書是上世紀八十年代葉嘉瑩先生在台灣的《國文天地》雜誌上連載的唐詩系列講座。作者結合人物的生平和當時的歷史，對作品加以深刻剖析，講來入木三分，讓大家在領略詩歌的優雅與雋美的同時，更能體會作者獨到的用心。

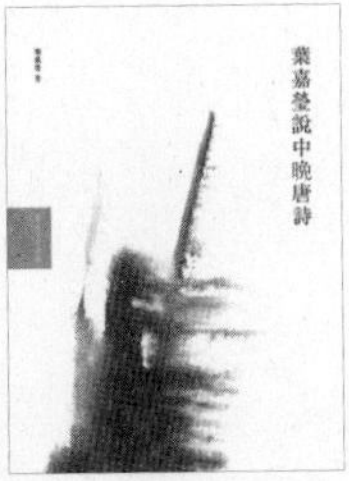

7 葉嘉瑩說中晚唐詩

本書融會了作者古今中外文藝理論之精華，對中晚唐時期的重要詩人，如韋應物、柳宗元、劉禹錫、韓愈、白居易、李賀、李商隱、杜牧等人，透過品評其詩作、細說人生，帶領讀者深切地剖析了詩人及其詩作。

8 葉嘉瑩說杜甫詩

在唐朝詩歌的歷史演進中，杜甫是一位集大成的人物，他的詩作中，有相當一部分反映的是他現實中的生活，所以被稱爲「詩史」。葉嘉瑩先生結合杜甫的生平，融入自己對於詩歌感發生命的理解，深入講解杜甫具有代表性的作品，尤其對〈秋興八首〉作了詳細的解讀。

9 杜甫秋興八首集說

葉嘉瑩先生在本書中以〈秋興八首〉爲例，展現了杜甫詩歌之集大成的成就，可以作爲現代詩人之借鑒。並先後選輯了自宋迄清的杜詩注本 53 家，不同之版本 70 種，考訂異同，在仔細研讀和體會中將古典與現代結合，希望對新詩創作和學術研究都能有所助益。